KB073814

칠부능선에서

칠부능선에서

ⓒ 민병재, 2024

초판 1쇄 발행 2024년 4월 18일

지은이 민병재
일러스트 민일래
펴낸이 이기봉
편집 좋은땅 편집팀
펴낸곳 도서출판 좋은땅
주소 서울특별시 마포구 양화로12길 26 지월드빌딩 (서교동 395-7)
전화 02)374-8616~7
팩스 02)374-8614
이메일 gworldbook@naver.com
홈페이지 www.g-world.co.kr

ISBN 979-11-388-2961-8 (03810)

• 가격은 뒤표지에 있습니다.
• 이 책은 저작권법에 의하여 보호를 받는 저작물이므로 무단 전재와 복제를 금합니다.
• 파본은 구입하신 서점에서 교환해 드립니다.

閔草 사색사화집

칠부능선에서

민병재 지음

좋은땅

프롤로그

제대로 배우지 못하였으니 스승이 있을 리 없고 사회 활동을 거의 하지 않았으니 지인이나 친구도 없다. 따라서 무엇을 보여 주고 말고 할 사람도 평가받을 일도 없는데 웬 책을 낸다? 老牛空耕田(늙은 소가 헛되이 밭을 간다)임은 이미 알지만 어찌하랴. 또 한 번 흰소리를 늘어놓을 수밖에.

시, 풍월은 아무나 할 수 있는 게 아니고 더구나 나 같은 범생이에게는 가당찮은 사치며 허욕이고 허영이라는 것도 안다. 가로세로 막 긋고 동그라미와 네모를 함부로 붙여 놓았으되 그래도 문자의 형상을 닮고 그 옷을 빌려 입었다면 그냥 글이라고 해 두는 편이 낫겠다. 하지만 서당 개가 왈왈(日日)해도 구탕(狗湯)집에 끌려갈까 봐 두려워서 그러는 것은 아니란 걸 밝혀두고 싶다.

태양계의 어느 행성에서 살고 있을지도 모르는 할아버지, 할머니, 아버지, 어머니 그리고 안타까운 형님과 형수께 이 글을 바친다.

차례

2부. 인생과 우주

용심하는 지혜로운 기술

愼獨(신독)

자유로워지는 연습

스스로 만든 감옥

존재와 사용가치

生來處(생래처)와 死去處(사거처)

3부. 흰소리 떫은 소리

쓴 소리도 귀담아들어야

視也聽而皆不會(시야청이개불회)

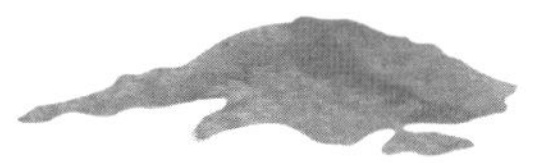

1부.

고향, 어머니 그리고 눈물

1부를 열고 들어가며

누구든 고향 없는 사람은 없을 터. 실향민 중에도 38선 이북에 있거나 수몰된 댐 속에 있거나 갈 수는 없어도 기억의 맨 안쪽에 자리 잡고 있는 고향은 있을 것이다. 고향과 어머니에 대한 추억을 간직하고 있고 언제든지 불러낼 수 있다면, 그리고 그 아득한 그리움과 멀어질수록 더 간절하고 생생해지는 향수가 아릿한 슬픔으로 다가올 때 저도 모르게 써지는 글이 있다면 여기 몇 개의 졸문에서 그 흔적을 엿볼 수 있기를 바란다.

生長(생장)의 인연

장마와 꿈

어떤 시인이 말하기를 나를 이만큼 키운 것은 팔 할이 바람이라고 했던가…. 그리운 사람들이 사라지고 없는 고향은 마냥 쓸쓸하고 허전한 심사를 가눌 길 없는 無窮洞(무궁동, 텅 빈 공간)이 되어 버렸지만 그래도 아직은 무작정 가고 싶은, 그립고 애잔한 추억들이 매장되어 있는 곳이다. 나를 이만큼 키운 것은 바람이 아니라 고향의 강산이다. 나는 그 강, 눈 시리도록 맑은 강변 백사장을 뛰고 뒹굴며 자랐고 피라미, 은어, 모래무지, 꺽지들과 함께 꿈을 꾸었다. 황폐해 가는 민둥산을 토끼, 노루와 같이 뛰어다니며 잔뼈가 굵어져 갔다. 부모님은 나를 낳았고 애틋하게 길렀으되 실제로 성장의 밑거름이 되고 맑고 밝은 영혼을 자리 잡게 해 준 것은 그 강과 산이었던 것이다. 심원 유현한 경계에 노닐던 시인은 바람을 師事(스승 삼아)하여 그런 경지에 이르렀다지만 100% 나를 키워 준 고향의 산하는 변함없이 건재하고 언젠가는 내가 돌아오기를 기다리며 여전히 범부의 틀을 벗지 못한 나를 말없이 감싸 안아줄 것이다.

어떤 것, 어떠한 상태가 행복이냐고 묻는다면 지금 살고 있는 것, 살아 있다는 사실이 제일 큰 행복이라고, 고통을 모르는, 고통을 수반하지 않는 행복은 없다고, 그리움을 모르는, 그리워할 대상이 없는 행복은 행복이 아니라고 말해 주겠다. 열대야에 뒤채는 새벽꿈에 어머니가 오셔서 "애야, 이제 집에 안 올래?" 하셨다. "아니, 왜 안 가요. 이번 주말에 갈게요." 꿈에라도 찾아갈 고향이 있고 기다리는 어머니도 있다면 이 얼마나 감사하고 아름다운 행복인가…. 늘그막에 와서 가끔 하늘을 보는 것은 오십 년을 살았건 백 년을 살았건 한 번이라도 사람답게 살았느냐가 문제고 답이라는 것을 알고 그것을 내 안의 하늘에서 찾아보려는 까닭이다. 天聽寂無音 蒼蒼何處尋 非高亦非遠 都只在人心(천청적무음 창창하처심 비고역비원 도지재인심, 『명심보감』 천명 편 참조). 높고 푸른 하늘이 실은 높고 푸르지도 않다는 것을, 물리적 공간과 비물질적 공간이 다르지 않다는 사실을 깨달으면 하늘을 보나 땅을 보나 마음의 빈틈을 찾아보는 것이나 다 같은 것이다. 쉬지 않고 내리는 장맛비는 농사꾼에게는 아무 일도 못 하게 하는 심술쟁이다. 젖은 흙은 다루기 힘들고 잡초는 제 세상 만난 듯 왕성한 生長力(생장력)으로 산야의 모든 것을 덮어 버린다. 애써 키우고 가꾼 과일과 과채류에는 병충이 호기롭게 달려든다. 이때 농부가 할 수 있는 일은 낮술을 거하게 마시고 잠이 드는 것이다. 그리고 낮잠 속에서 아련한 고향 꿈을 꾸는 것이다. 고향은 말만 들어도 생각만 해도 눈물 나는 존재의 근원, 鄕愁(향수)는 특정한 지역이나 시기를 想定(상정)하지 않아도 무방하다. 당신을 사랑하고 즐거웠던 시절과 스쳐간 인연들을 회상하는 것만으로도 충분히 마음 설레고 행복하다.

굴러온 돌이 박힌 돌을 차낸다고 한다. 天地者萬物之逆旅(천지자만물지역려, 이 세상은 온갖 존재들이 머물다 가는 여관)라는 오래된 語句(어구)가 있지만 이 말은 절대 진부한 성격의 표현이 아니다. 생명체든 무정물이든 처음부터 거기 그 자리에 있었던 것은 없다. 다 어디에서 굴러왔거나 바람에 불려 온 것이다. 우주적 관점에서는 너나없이 지구별이 고향일 테지만 존재감이 미미한 개별자에겐 生長(생장)의 인연이 있는 곳을 고향이라고 한다. 고향을 아끼고 사랑하는 보편적 현상은 首丘初心(수구초심)이란 成語(성어)로 증명된다. 만약 내가 장차 어떤 사유로 우주의 미아가 되었을 때 만난 외계인이 '당신 고향이 어디요?'라고 묻는다면 나는 '지구라는 곳이요'라고 당당하게 말할 수 있을까? 여관, 여인숙은 하룻밤 쉬어 가는 집이다. 고단한 여정에서 편히 쉬고 몇 푼의 숙박료도 제대로 지불하지 않고 떠나면서 쓰레기만 잔뜩 남겨놓고 간다면 이건 정말 어떻게 해야 하나?

낮과 밤이 정확히 교대하고 절서에 따라 꽃은 피고 지며 열매를 맺고 더위와 추위가 번갈아 드는 것도 다 자연의 일이라서 인간이 어떻게 해 볼 수가 없다. 조작과 통제가 불가한 자연현상은 잘 적응하고 지혜롭게 활용해야 한다. 자연 질서에 착오는 없고 불청객도 없다. 태풍, 가뭄, 장마와 한파도 해마다 거르지 않고 찾아와서 불편과 고통을 선물처럼 떠안긴다. 매미가 울기도 전에 시작하는 장마가 찜찜하지만 어찌하랴…. 한잔 술로 시름 풀고 팔베개를 하고 누워 장자의 호접몽을 꾸든 미지의 우주를 유체여행하든 마음 편한 호사를 누리는 것이다. 먹고살기 위해서든 특별한 목표를 설정하고 그것의 성취를 위해서든 일을 하지만 노작하는 인간의 모습도 중요하나 잘 쉬는 것, 휴식이야말로 필수 불가결한 인생 요건이다. 하늘과 땅 사이에 존재하는 모든 유정무정은 끝없는 여행자이고 지구는 이들이 쉬어 가는 집, 여관, 모텔이라고 오래전에 말한 이는 누구일까?

인간들이 얼마간의 숙박비를 내는 것도 필요하지만 더 중요한 것은 깔끔한 뒤처리를 하고 가는 것이다. 그것이 존재의 집, 삶의 터전에 대한 최고의 예의다.

지빠귀의 노래

강기슭 위태해 보이는 언덕에 자리한 초막

'둥기당기둥기당'

거문곤지 가얏곤지 소리 들리는 곳에 옥양목 두루마기를 단정히 차려입은 중늙은이가 있었다.

"밤마다 고향엔 뭣 하러 찾아가나? 봐 허니 반겨 줄 이도 없을 것 같은데."

"나도 몰라요. 그냥 발길 가는 대로 따라갈 뿐."

"꽃피는 시절도 아니고 바람도 찬데 괜한 고생 하는군. 들어와 막걸리나 한잔해."

신선인지 도사인지 모를 그는 또

"그리운 사람들이 생각나면 밤하늘의 별을 봐. 그 별들이 언제부터 신호를 보내고 있는지 궁금해질 거네."

"정붙일 곳이 없어 그런가 봐요."

"정이란 게 뭔지 아나? 욕심내지 않는 거지. 그저 신호를 보내 주면 돼. 신호가 바로 정이야. 인정 없는 곳에선 새들과 나무에게 신호를 보내라고."

"신호를 어떻게 보내냐고? 나지막이 휘파람을 부는 거지. 더 나지막이. 귀를 기울여야. 가만히 기울여야 들리도록."

"초봄 새벽 어스름 때, 지빠귀, 호랑지빠귀 울음소리를 들어봐. 그대로 듣고 정직하게 따라 하면 딱이지."

"하나 더 일러 줄게. 가는 신호가 있으면 오는 신호도 있게 마련. 저 먼 우주에서 우리에게 깜박깜박 타전하는 별들의 신호를 눈치챈 이는 몇 안 돼. 억겁이 지나도록 말이지."

"별들이 보내는 신호는 어렵지 않아."

'한 뼘 방구석을 차지하고 앉아 당신의 밤을 밝히는 등잔불을 기억하세요. 우리도 그와 다름없어요. 꽃과 나비들, 장거리 여행자 철새들은 벌써부터 알고 있지요. 서두른다고 빨리 가는 것 아니고 늑장 부린다고 더디 가는 것도 아니란 걸.'

"암호 같은 건 쓰지 않는 교신 내용을 바로 알아채면 그게 정이고 세상은 시끌벅적해도 살맛이 나지."

"팁(tip) 추가, 절대 쇳소리는 내지 마요. 기쁜 일이 있어도 크게 웃지 마요. 그게 세상에 대한 예의고 겸손의 시작이지."

장마 1

편안하고 행복한 잠을 자고 싶은가요? 고향 꿈을 꾸는 겁니다. 어린 시절 같이 놀고 자라던 붕어, 피라미들과 함께 유영하는 꿈을! 헤어진 지 오래된 부모 형제를 만나 가난하게 살아도 마냥 즐겁고 행복하던 그때로 돌아가는 꿈을! "잠을 자야 꿈을 꾸지"라는 말이 있지만 잠들기 전에 그런 꿈을 꾸기를 바라는 것입니다. 의식적이면서 가볍고 선한 원망이 꿈을 추동하고 꿈은 자연스럽게 이루어지는 것이지요. 그리고 잠결에 나지막이 지붕을 두드리는 빗소리를 듣는 것입니다. 아마도 당신은 그 꿈에서 깨어나기 싫을 것입니다.

더위와 습기에 숨 막히고 물컷들이 설쳐대는 장마가 괴롭고 고달플 때 편안하고 달콤한 낮잠은 보약 같은 것이지요. 금방 잠이 들지 않으면 그리운 이름들을 하나씩 불러 봅니다. 입속으로 가만히 되뇌어 보는 것이지요. 그리고 까마득히 잊어버렸던 그 모습들을 다시 떠올려 보는 겁니다. 푹 자고 산뜻하게 깨어나면 행복은 멀리 있는 것이 아니라는 사실을 문득 깨닫게 될 것입니다.

끊임없이 비는 내리고 안개는 무시로 삶을 미궁에 가둡니다. 맥이 풀리고 기가 흩어지면 죽게 됩니다. 고단한 삶에 지치고 환경에 적응하지 못해도 괴롭기는 마찬가지입니다. 이럴 때 맛있고 영양가 높은 음식을 먹고 기운을 차리는 것도 필요하지만 정신을 맑게 유지하는 것이 더 중요할 것입니다. 그리운 사람들을 초대한 꿈속에서 그분들이 전하는 말씀은 아마도 "살림의 누추함은 어쩔 수 없더라도 궁기는 보이지 마라. 많이 배우지 못하고 가진 것 적어도 기죽지는 말고 고요히 심성을 기르며 맑은 정신으로 살아가라" 정도 아닐까요? 기(氣)란 여러 가지 의미가 있지만 사람이 살아가고자 하는 의지와 그것을 뒷받침하는 유무형의 요소들 중에서도 유연하면서 강인한 정신력을 뜻하는 것입니다.

습도가 낮으면, 즉 건조하면 저절로 콧물이 흘러나옵니다. 비강을 습윤케 하기 위한 생리적 기제가 작동하는 것이지요. 그런데 까닭 모르게 눈물이 나는 것은 무슨 이유일까요? 보고 싶은 사람들이 많은데도 볼 수 없다는 안타까움 때문일까요? 비 오는 날엔 비를 맞고 바람 부는 날에는 바람을 맞으며 눈 내리는 날에는 눈을, 그냥 맞고 살았지요. 무엇인가에게 누구인가에게 까닭 없이 맞는다는 건 이해하고 사랑한다는 뜻입니다. 슬퍼도 울고 너무 기뻐서도 운다지만 인생의 의미가 가슴 깊은 곳에 적실하게 와 닿았을 때도 그냥 눈물이 흐르지요. '내 기억이 잔존하는 유년부터 지금까지 물욕으로 허둥대어 본 적이 있는가?', '재물, 재산이나 이익, 손해 개념도 모르고 모으고 써 볼 줄도 몰랐던 아이가 노인이 되어서도 여전히 그 꼴이라면 더 할 말 없는 것 아닌가?' 라는 자탄(自嘆) 반 안도(安堵) 반의 심정에서도 한 줄기 눈물을 보일 수 있습니다.

스스로 변화하지 않거나 변하지 못해도 죽게 됩니다. 실기(失機)하지 않는 것, 그때그때 상황에 알맞게 변화하는 것이 삶의 지혜며 생존의 기술입니다. 변화의 핵심은 세계의 주관자이고 주체인 자기가 객관적 상황과 필요성에 능동적으로 부응하는 것입니다. 즉 무엇인가에게 피동(被動)되고 끌려가는 것은 주체성을 상실한 무의미한 생일 뿐입니다. 장림(長霖) 중에 보낼 곳도 받아 볼 이도 없는 편지 형식의 글을 쓰는 것도 이 불편한 상황을 극복하고 자신을 다독이기 위한 하나의 방편일 따름입니다.

계묘 칠월 중 민초

新春祭(신춘제)

생멸의 긴 강에 너를 띄워 보내마
잠깐 피었다 이내 지는
꽃잎으로 보내마
나고 죽음의 길에
절뚝이지 않고
슬픔에도 물들지 않는
새하얀 꽃잎으로 보내마

물에 떠가도
바람에 날려가도 꽃잎은
떠난 가지에 다시 돌아온다
보아라
앞 강물 뒷 강물 점점이 떠내려오는
저 꽃잎들
천지산하 가득히 날리는 꽃잎을 보아라

눈처럼 날리고 춤추는 생명의 精華(정화)여
아득히 먼 남녘 포구 어디쯤
안착하거든
뒤늦게 북상하는 봄바람 편에라도
소식 보내주렴

모진 세상 힘들게 살아도 꼿꼿하게 견뎌내고
앉은 채로 꽃잎이 되신 어머니 영전에 바침

장마 2

칠월 중하순, 해마다 찾아오는 장마가 그 진면모를 보여 주는 시기다. 한나절이라도 햇살 쨍한 날을 기억할 수조차 없다. 한용운 님의 장마 중 언뜻 보이는 쪽빛 하늘 조각이 간혹 드러날 때도 있지만 그건 순간에 구름 속으로 사라지고 세상은 다시 우중충한 비구름 속으로 빨려 들어간다. 이러한 환경에서는 아직 돌아갈 준비가 되지 않은 철새들도 침묵한다. 비를 맞아가며 노래할 기분이 영 아닌 것이다. 간간이 빗속에서 비둘기가 울지만 그건 노래가 아니다. 무엇이 서러워서 우는 듯 쥐어짜는 울음소리는 예민한 이들의 가슴을 아프게 한다.

곳곳에서 물난리, 산사태가 나고 많은 사람들이 애꿎게 죽고 다치며 가난해서 더 서럽던 소꿉놀이 살림의 터전도 순식간에 폐허가 되어 버린다. 자연계에서 날씨에 가장 민감하게 반응하는 것이 조류와 개미들이다. 새벽 공기가 청량하고 온습도가 적당하면 새들은 다투어 노래한다. 뻐꾸기, 꾀꼬리, 밀화부리는 물론 숲속에 숨어 홀로 우는 쏙독새, 지빠귀까지 가세하여 숲과 계곡은 천상의 노래 경연장으로 변한다. 그러나 구름이 낮게 깔리고 기압이 낮으면 텃새인 박새류와 직박구리, 아직 밤중으로 착각한 듯 소쩍새가 더러 존재감을 드러낼 뿐 철새들은 대부분 침묵한다. 개미들이 줄지어 어디론가 이동하는 모습을 목격하면 오래지 않아 폭우가 쏟아지고 홍수가 날 가능성이 높다는 것을 경험해 본 이들은 다 아는 사실이다. 무덥고 습도 높은 여름날 어디선가 청개구리가 울면 곧 비가 올 징조라는 것을 사람들은 오래전부터 알았다. 기상 관측과 예보 시스템이 변변치 못했던 시절에 청개구리는 기상 예보관의 임무를 톡톡히 수행했던 셈이다. 사람들은 장마에 지치고 삶의 의욕이 저하되지만 텔레비전과 스마트폰을 켜놓고 잘생긴 청춘 남녀들의 노래와 춤을 감상하며 시름을 달랜다. 발전한 과학문명 기기의 도움을 받아 불편하고 위험하기도 한 생애의 한 계곡을 무난히 건너가는 것이다.

새벽 산길을 수십 년째 걷고 뛰어다니며 세월의 강을 건너고 산을 넘어왔어도 여전히 장마는 귀중한 생의 휴식을 제공한다. 일에 파묻혀 사는 산골 촌로는 가끔 지인들로부터 핀잔 반, 충고 반 소리를 듣는다. '돈도 안 되는 것을 무어 그리 열심이요. 일을 줄이고 쉬엄쉬엄 하소.' 옳은 말인지 그냥 해 보는 소린지 모르겠으되 돈 안 된다는 말은 맞는 것 같다. 돈, 돈이라. 그렇군. 돈 없으면 아무것도 못 하지. 빈대떡도 못 구워 먹고 맛있는 술과 고기도 못 먹지. 일거리는 잔뜩 벌여 놓고 소득 없이 진만 빼놓았으니 이젠 어쩐다? 소득이라, 얻는 바가 무엇이냐…. 무슨 일을 하든 일한 만큼 얻는 것이 있어야 할 터인데 매번 노력비도 못 건지니 헛심만 쓰는 것 아닌가?

창문 너머로 끈질기게 쏟아지는 빗줄기를 바라본다. 앞산 능선이 비구름에 가려 보일 듯 말 듯 하다. 무언가 보이는 듯하지만 환영이고 아무것도 없는 것 같지만 거기에 내가 모르는 무언가가 있다. 지금까지 헤치고 온 안개 속 같은 인생길. 뻔히 내다보이는 남은 여정에도 알 듯 모를 듯 한 일들이 숨어 있을 것이다. 모든 소득과 수확을 돈, 경제가치의 척도로 표지하는 세상에서 돈을 모르고 살아온 내가 얻은 것은 그냥 無(무)인가? 얻고 구하는 법을 몰라서 실패한 인생이라면 역발상을 시도해 볼 필요가 있다. 잃는 것. 얻는 것과 잃는 것은 불가분의 관계다. 다 아는 일이지만 돈은 벌기도 하고 잃기도 한다. 성공한 인생도 실패할 때가 종종 있었다. 물질적 재력이 있으면 무형의 자산도 있다. 인간은 벌고 모으기만 하는 것이 아니라 잃고 버려야 할 때도 있다. 이제 잘 잃는 것, 잘 잃어 주는 방법을 연구할 때가 되었다. 本自不失(본자불실), 본래 잃은 것이 없는데 무엇을 얻었다는 말인가? 본래 가진 것이 없었는데 잃을 것은 또 무엇인가? 청춘도 사랑도 그냥 바람처럼 지나간 것이지 잃은 것이 아니다. 늙음도 죽음도 그렇게 지나가는 것이다.

장마가 마냥 불편하고 고통스럽지만 자연현상은 잘 관찰하면 생을 더 성숙시키기 위한 조물자의 배려라는 것을 알 수 있다. 자연재해는 방만하고 탐욕스러워진 인간들의 사고에 제동을 걸고 성찰의 기회를 제공하는 것이다. 내가 잃어 주고 버려야 할 것은 탐심이나 재물, 명성 같은 것이 아니다. 본래 없는 것들이기에. 적극적으로 버릴 것은 나쁜 버릇(習癖, 습벽)과 부정적 사고와 가치관이다. 본래 있던 것들이 아니기에. 그리고 더 이상 잃을 것이 없다고 생각될 때 누군가를 위해 잃어 주어야겠다는, 그것이 무엇인지 확실하게 알고 실천하는 것이다. 잃는다는 것은 그냥 자연스러운 현상이지만 잃어 준다는 것은 어떤 의도와 목적이 있고 무엇이든 간에 나눈다는 것의 다른 표현이다. 목숨과 나이는 나눌 수 없을 것 같지만 전쟁터 같은 극한의 상황에서 생사를 같이하는 것도 결과적으로 나누는 것이다. 명예? 내가 얻은 명성과 신분도 보통 그 과정에서 타자의 緣(연)이 개입되게 마련이고 그 영예를 타자에게 돌리면 역시 나누는 것이다. 사랑? 쟁취와 독점이 아니라 나누고 공유할 때 살맛 나는 세상이 펼쳐지는 것이다.

웬일로 장대비 속에서 비둘기가 울었다. 말 못 할 사연이 있겠지. 세상일을 다 알아야 하는 것은 아니니까. 기분 좋은 낮잠이나 자두어야겠다. 점점 멀어져 가는 고향 꿈을 꾸면서. 이것도 장마로 인한 소득이라면 결국 무소득인 셈인가….

빗소리에 드다

두 다리가 성해도 밖으로 나가지 못하고
손도 할 일이 없다
비의 창날을 세워 가둬놓은 울타리
바깥 풍경은 어둡다

다만 열려 있으니
귀는 닫을 수 없어
무연한 천지탄금
적묵을 두드린다

물수제비뜨던 꿈 하나 까무룩
잠기어 간 저쪽 심연의 소식도
이렇게나 들을 수 있을까

어머니 배 속에서 놀던 시절
먼 산울림으로 다가와서
꼼지락거리던 소리

눈이 없을 땐 귀로 세상을 보고
귀가 생겨나기 전에는 빛으로 들었지
새벽 빗줄기 사이로 날아온 천둥
당달봉사의 눈을 지졌네

어떤 邂逅(해후)

계묘년 윤이월 열사흘 새벽 인시(寅時), 봉황이 울어 날이 밝아왔다. 그리고 나는 보았다. 내 유년의 꿈, 일생의 로망(roman)이 실현되는 것을! 등잔의 심지에 성냥을 그어대고 멀찌감치 물러나 앉아 처음에 녹두알만 하던 불꽃이 점점 커지며 엠원(M1) 소총 탄알만 해져 가는 것을 지켜보고 있던 중에 별안간 천둥 같은 소리가 산촌의 적막을 깨트리고 귀 고막을 찢어 놓았다. 부헝! 나는 귀를 의심하였다. 다시 부헝! 밖으로 뛰쳐나간 나의 눈에 들어온 것은 기적이었다. 집 뒤에 서 있는 보안등 불빛에 언뜻 비친 거대한 새, 그것은 봉황이 아니라 하늘의 제왕 부엉이였다. 엄청 큰 날개로 새벽 공기를 휘저으며 내 머리 위를 낮게 날아 어둠 속으로 사라지는 것이 얼마 전 들일을 하던 중 목격하였던 미 전략폭격기 B-1B가 전투기 편대의 호위를 받으며 바로 머리 위를 날아가는 것과 같은 형국이었다. 사라진 부엉이는 어둠 속 어딘가에서 또 한 번 울었다. 부헝! 이게 꿈이냐 생시냐? 나는 꿈만 같았다.

지리산 연봉(連峰)의 기슭을 휘감아 흐르는 경호강 변에 자리한 내 고향에 부엉이 산이 있다. 그 산을 우리는 예부터 불러오던 대로 '붕디뫼'라고 했는데 아마도 부엉이 산의 음운이 변하여 그렇게 되었을 것으로 추정한다. 그 붕디뫼의 북쪽 깎아지른 절벽 틈새에 부엉이 가족이 살았다. 부엉이는 아무 데나 집을 짓지 않는다. 사람이나 맹수는 물론 뱀이나 다른 포식자들이 접근할 수 없는 절벽 바위틈에 보금자리를 만들고 새끼들을 낳아 기른다. 저녁 어스름이 깔릴 무렵 마을 뒷산 소나무의 가로로 뻗은 편평한 가지 위에 오뚝 앉아 간헐적으로 우는 장중한 소리는 세상을 압도하는 무게와 울림이 있었다. 만뢰가 잠든 달밤, 하얗게 부서지는 월광을 배경으로 노송의 가지 위에 앉아 있는 그 자태는 엄청난 위엄과 위용, 카리스마를 품고 있었다.

나는 그 부엉이 울음소리를 들으며 태어나고 자랐다. 그리고 그 부엉이 울음과 뒷동산 소나무 가지 위에 앉아 있는 그 자태는 바로 나의 꿈이고 로망이 되었던 것이다.

지금 내가 머무르고 있는 산골은 부엉이가 살 만한 조건을 갖춘 곳이 없다. 이곳에서 한 이백 리쯤 떨어진 고향의 부엉이가 날 찾아올 리는 만무하고 부엉이 울음을 듣고 모습을 본 지도 오륙십 년은 되었는데 이게 기적이 아니면 무엇인가? 봉황은 죽실(竹實)이 아니면 먹지 않고 오동나무 가지가 아니면 앉아 쉬지도 않는다는 상상의 새다. 신령스럽고 고귀함을 상징하는 봉황 문장(紋章)은 우리나라에서 공식적으로는 대통령만 사용할 수 있다. 그런데 내가 왜 난데없이 부엉이 울음소리를 듣고 봉황을 떠올렸을까? 그것은 세월과 함께 기억 속에서 가물가물 사라져 가는 고향과 유년의 추억을 한꺼번에 살려내고 소환해 주었기 때문이다. 지나간 과거와 오지 않은 미래를 연결하는 것이 현재라면 지금 향유하고 있는 현실은 과거의 자식이고 미래의 부모다. 어린아이가 자라서 어른이 되고 늙고 병들어 다시 옛 고향으로 되돌아간다. 인생은 다양한 형태의 삶의 방식과 경로가 있지만 거기에 어떤 가치의 대소나 경중을 가리고 따질 수는 없다. 까마득 잊었던 부엉이의 기억이 갑자기 살아난 것이 내겐 귀한 봉황의 출현과도 같은 감격으로 다가왔던 것이다.

뜻하지 않은 곳에서 역시 뜻밖의 해후를 한 부엉이는 내겐 바로 고향

그 자체다. 나는 이제 날마다 밤이 오면 부엉이를 기다릴 것이다. 좀처럼 모습을 보이지 않는 희귀한 존재는 억지로 찾으려 할 까닭이 없고 가능한 한 그 소리를 듣는 것으로 만족해야 한다. 부엉이 울음소리와 함께 타임 슬립(Time slip)의 고향 꿈을 꾸면서 말이다.

〈後記(후기)〉

이후 내 소망은 이루어지지 않았다. 한 번도 부엉이 울음을 듣지 못했고 물론 모습도 볼 수 없었다. 아마도 그때 그 부엉이는 살 만한 곳을 찾아다니던 나그네였지 싶다.

遠源慕(원원모)

사람은 누구나 자기 입장에서
스스로의 가치관으로
상대방이나 세상의 일들을
판단, 평가하려고 하지요

그렇지 않은 이들도 있었습니다
바로 내 부모님이지요
그분들은 무슨 일이 있거나
말을 할 때도 항상 남의 처지를
먼저 이해하고 그들의 주장을 경청했지요

반론도 하지 않고
그냥 고개만 끄덕이며 웃고 말았지요
무식해서일까요…

모르지요
그분들은 지금 여기
안 계시니까요

기쁨과 슬픔의 교차로

전쟁의 참화가 가시기도 전에 소리 없이 들이닥친 흉년과 饑饉(기근), 범 아가리처럼 무섭게 버티고 있는 보릿고개를 넘지 못해 허덕이던 그 시절에도 보통 五六(오륙), 더러는 八九(팔구) 남매를 가을밭 무 뽑듯 잘도 낳았던 그 어머니, 그 자식들은 다 어디로 간 것일까? 제 어미 배를 가르고 나온 손주 소식을 듣던 날, 기쁘면서도 가슴이 미어지는 슬픔과 서러움에 문득 낙루하지 않을 수 없었던 까닭은 어머니가 아이를 쉽게 배고 쉽게 낳는 것이 아니란 것을 다시금 뼈저리게 느꼈기 때문이었다. 태중에서 열 달 동안 가난과 노동에 시달리는 어머니를 거머리 피 빨아먹는 것같이 착취하며 괴롭히고 출산 시에도 무진 고통을 선물하며 그 어진 인내의 공덕으로 이 세상 빛을 본 이후 내가 한 일 중에 무어 가치와 보람 있는 것이 있는가? 나도 똑같이 끓어오르는 욕정을 주체하지 못하고 아내의 등과 배를 오르내리며 매번 같은 고통을 안겨 준 것 이외에는….

내 어머니는 이십여 년 전 동짓달 새벽 매서운 추위 속에서도 잠자리에서 일어나 앉은 채로 遷化(천화)했다. 이웃에 사는 육촌 형수가 아침 반찬을 가지고 와서 불러도 대답이 없어 방문을 열어 보니 생전처럼 앉은 자세로 미동도 않는데 이미 숨이 멎은 상태였다는 전언이었다. 뒤늦게 달려간 자식의 눈에 비친 어머니의 얼굴은 평온한 모습이었으나 숨넘어가기 전 약간의 미세한 고통의 흔적이 보였다고 어느 글편에 기록한 적이 있지만 지금 와 다시 생각해 보니 그것은 생명과 정신을 가진 한 존재의 일생과 소멸에 대한 아득한 슬픔 같은 것이 미간에 고요히 서려 있는 것을 보았던 것이었다. 인간이 태어나는 것은 경사고 죽어가는 것은 흉사인가?『莊子(장자)』에 친구의 부인이 죽어 문상을 가니 친구는 부인의 棺槨(관곽)을 두드리며 노래하고 있더라는 내용이 있다. 一言以蔽之(일언이폐지)하고 道(도)는 생사와 무관한 것이 아니라 생사 자체가 바로 도라는 뜻이다. 나고 죽는 것이 도의 한 부분인데 하물며 인간의 희로애락이 어찌 도의 작용이 아니겠느냐는 말씀이다. 도인이라고 해서 부모, 처자가 죽었는데 슬프지 않다면 새빨간 거짓말이다. 그러나 도인, 특히 장자는 그 비탄을 우주의 섭리에 歸元(귀원)하여 고단한 생애를 접고 편히 쉬는 단계의 한 과정으로 置換(치환)하고 담담하게 망자의 혼령을 위로하는 것이다. 기쁜 일이 있으면 기뻐하고 슬픈 일이 생기면 또 슬퍼하는 것이 극히 자연스러운 것이며 그 자체가 바로 도의 실상이지만 모든 존재와 세계 질서와의 관계를 확연히 체달하지 못한 상태에서는 좋은 일과 궂은 일이 대척점에서 별개로 벌어진다고 생각할 수밖에 없는 것이다.

어쨌거나 칼날처럼 예리하던 애증과 희로애락의 감성이 점점 무뎌져가는 노경에 이르러 부모 형제를 떠나보내던 그때의 슬픔을 다시 생각해 이제는 그분들을 따뜻이 위로하고 나 자신도 편안해지는 길을 모색해 보자니 자괴감과 서글픔이 여윈 등줄기를 서늘하게 훑고 지나가는 霜菊(상국, 서리 국화) 시절에 한 가지 다짐하는 것은 비록 부모 자식간의 불가역적 사실이나 현상이지만 타자에게 고통을 선사하고도 放心(방심)하는 짓은 말아야겠다는 것, 덜 먹고 덜 쓰고 덜 버려서 산하대지를 덜 괴롭혀야겠다는 것, 욕구, 욕망의 제어를 실행해야 한다는 것을 다짐하게 된다.

태어나지 않으면(no be born) 죽을 일도 없고(no die)

죽지 않으면(no die) 나지도 않는다(no born).

사뭇 다른 것 같으면서도 동일한 명제가 반어적 입증으로 성립하는 경우다.

기쁠 때는 슬픈 일은 생각하지 않고

슬픈 일이 있으면 기쁨은 사라진다.

손이 시리면 마음도 춥고

발이 시리면 뼛속까지 춥다.

자연의 도와 인간의 도가 별개로 있지 않고 서로 간섭하지 않고 천연스럽게 유지되면 궁극의 도가 펼쳐지는 것이다.

아기와 늙은이(還歸本處, 환귀본처)

어머니
당신의 사랑스럽던 애기가
늙은이가 되어 있네요

아직 이름도 없던
마알간 눈
무심이 고인 작은 못으로
당신을 올려다보며
열심히 젖을 빨던 애기가
여기
허접한 이름표를 달고
꾸벅 꾸벅 졸고 있네요

어머니
옛 시인은 별 하나마다에
어머니를 불렀지요
나는 옛날로 돌아가고 싶어요

다시 아기가 되고
아기 이전으로 되돌아가고 싶어요
無心泉(무심천)에 되비치는 당신의 仁慈(인자)
오직 사랑 하나뿐이던
아득한 처음으로요

서글픈 부탁

한미하고 가난한 농부의 자식으로 전쟁 중에 태어났지만 전후 극한의 보릿고개에도 어떻게든 끼니는 거르지 않고 살아남았다. 지혜롭고 자상한 부모님 덕분이었다. 고달픈 유년과 소년기를 지나 군대를 마치고 어렵사리 직장 생활을 하면서도 나는 돈이 무엇인지 그 가치와 중요성을 별로 느끼지 못했다. 잘살아서가 아니라 태생적으로 가난이 몸에 밴 결과였다. 자식들을 줄줄이 낳아 키우면서도 돈 모을 궁리를 해 본 적이 없다. 화끈하게 돈을 벌어 보지도 못했고 써 본 적도 없이 그저 무룡태로 보낸 칠십 년이 꿈같은데 지금도 아득바득 돈 벌고 모아야 할 필요성도 모르고 산다. 재미없는 것을 재미로 여기고 살듯 부족하여 불편한 것이 자연스럽게 익숙해지면 그 불편함이 일상 자체가 되어 오히려 편안해지는 이치로 갑자기 생활이 풍족해지고 부자가 되면 그 또한 오히려 거북하고 어색해지는 것도 비슷한 맥락에서 이해하면 될 듯하다.

당신은 아버지, 어머니의 내색하지 않는 기쁨을, 무심한 듯 기뻐하는 모습을 본 적이 있는가 모르겠다. 좀처럼 감정 표현을 하지 않는 아버지는 내가 세 번의 도전 끝에 경찰관이 되었을 때 모처럼 주름진 얼굴이 환해졌다. 말수가 적고 잘 웃지도 않는 어머니는 한 해 여름 읍내 학교 건물을 빌려 노인들 무료 건강검진을 할 때 수없이 몰려든 노인들 사이를 헤치고 건장한 아들이 손잡고 다니며 차례를 지키고 진료를 빨리 마치자 어깨가 으쓱해지고 걸음걸이가 한결 가벼워졌다. 어머니 곁을 조금도 떨어지지 않고 지키는 나를 두고 누구냐고 사람들이 묻자 우리 둘째 아들이고 현직 경위라고 자랑스레 말하던 그 어머니, 아버지께 돈 벌어 용돈 몇 푼 드려 보지 못한 불효도 이젠 어찌할 수 없는 회한으로만 남아 있다.

나는 여기서 효를 말하려는 게 아니다. 경제적 여유와 효도를 굳이 연계시키지 말라는 뜻으로 자식이 믿음직스러우면 부모는 말하지 아니해도 내심 기뻐한다는 것을 내 초라한 옛 기억을 더듬어 표현한 것일 뿐. 하나 덧붙일 것은 적지 않은 경험으로 절감한 실수와 잘못들 중에 별것 아닌 것 같으면서도 심각한 상황을 초래할 수 있는 생애의 암초 같은 간과하기 쉬운 복병이 있으니 혼자 있을 때나 곁에 누가 있거나 간에 제발 짜증을 내지 말라는 부탁을 하고자 한다. 보통 짜증은 하던 일이 잘 풀리지 않거나 장애가 생길 때 내게 마련인데 스스로에게 내던 짜증도 가족이나 곁에 있던 사람이 들으면 자기에게 부리는 것으로 오해하기 십상이고 짜증이 도를 넘으면 화를 내게 되고 화를 참지 못하면 결국 싸움이 벌어진다. 짜증을 부리고 화를 내게 되면 그 대상이 남편이나 아내는 물론 부모 자식 형제간이라도 다만 제삼자에 불과하고 다툼으로 비화하면 파국을 초래하고 인생의 큰 실패로 남을 수밖에 없다. 어둡고 처연한 비애를 불러올 수밖에 없는 실수와 실패를 미연에 방지하는 비결을 조언한다면 늘 심신의 컨디션을 최적의 상태로 조절하는 노력이 필요하고 아울러 나(我, 아)라는 생각(自意識, 자의식)을 지우고 객관세계를 유의미(有意味)하게 바라보라는 것이다.

내 부모님은 내가 성장할 시기나 사회 활동을 할 때도 가정교육의 형식을 취한 훈계 같은 것은 물론 어떤 종류의 조언이나 관여도 하지 않으셨고 고달픈 생애를 마감하면서도 끝내 말 한마디 없었다. 그러나 나는 안다. 그분들은 말없음의 말(無言之言, 무언지언)로 자식에게 가르침을 주고 무한의 사랑을 베풀었다는 것을! 다른 章(장)에 언급한 것처럼 비록 가난하고 무식하더라도 궁기는 보이지 말고 못난 짓 하지 말라는, 그리고 기죽고 살지도 말라는 그 무언의 부탁을 이제 나는 내 자식들에게 말해 주어야 할까 말까. 자식 사랑이 유별나서 시끄러운 요즘 세상에 인연 있는 분들에게 이 이야기가 참고가 될 수 있다면 내 서글픈 부탁도 그런대로 의미가 있다고 할 수 있을지….

물지게가 있던 자리

어린 시절
언 손을 부비며
물지게로 물을 져 날랐다
드므에 가득 차오르는
아침 샘물을 바라보며
흐뭇해하시던 어머니

야야, 손 시리것다
이리 와서 불 쬐어라
아궁이 앞에 쪼그려 앉아 말던
땟국 절은 어머니 치마 냄새
그때는 그게 행복이었다

앞마당에 우물을 파던 날
내 기쁨은 반으로 줄었다
마중물 한 바가지 붓고
뽐뿌질을 하면
맑은 물이 펑펑 쏟아졌는데도

수도꼭지만 틀면
철철 흘러넘치는 오늘 내 기쁨은
그 절반의 반으로 또 줄어들었다
아니 사라져 버렸다

작은 풍요를 길어 나르던 물지게는 없고
행복의 원천이던 새미도 말라 버렸으니

고사리 손을 이끌어 불 쬐게 하던
그 치맛자락

온 식구 먹여 살리고
등 따숩게 하던
어머니 손바닥같이
새까만 아궁이도 이젠
찾을 수 없으니

쏙독새를 따라서

삼십 년 전 이맘때 선운사 도솔암 아래 허름한 민가를 찾아드는 母子(모자)가 있었다. 초저녁 어스름이 짙게 내리는 산골에서 때아닌 소나기에 흠씬 젖은 두 사람을 흔쾌히 맞아준 노부인은 마침 가마솥에 낮에 따온 햇차를 덖고 있는 중이었다. 따끈한 찻잔을 만지작거리며 모자는 말이 없는데 주인은 잘 익은 머루주를 내왔다. 군불을 넣은 방 구들목에 젖은 옷을 깔아 말리고 밤을 새운 다음 날 새벽, 잠에서 깨어난 아들은 태어나 아직 한 번도 들어 본 적이 없는 이상한 소리를 들었다. '쏙쏙쏙' 혹은 '쏙독쏙독'으로 들리기도 하고 '빗중 삣쭝' 하는 것도 같은데 먼저 일어나 앉아 있는 어머니에게 물었다. "어무이, 저게 무신 소리요?" 한참 듣고 있던 어머니는 "얘야, 머슴새란다. 부잣집 머슴더러 빨리 일어나 일하라고 우는기란다." 머슴새라, 머슴새라….

십 년 후 아들은 하룻밤 묵었던 그 민가를 다시 찾았다. 이번엔 혼자였다. 어머니와 함께했던 시간과 여로를 더듬어 추억하기 위한 홀로 도보 무전여행이었다. 그때와 비슷한 시기에 이미 저녁 공양을 마친 스님들이 잠시 쉬고 있는 선운사에 도착한 아들은 쉬어 가기를 청하였으나 거절당하고 다시 밤길을 걸어 십 년 전 그 민가의 사립문을 두드렸으나 주인은 예전의 그 자상했던 노파가 아니었다. 할머니의 아들이라는 주인은 어머니는 돌아가셨고 지금은 외부 사람도 들이지 않는다고 하였다. 할 수 없이 발길을 돌린 아들은 밤을 도와 부안 채석강으로 향했다. 이튿날 해 질 무렵 채석강 방파제에 당도한 거지꼴의 아들은 수중에 남아 있던 잔돈 몇 푼을 털어 소주 두 병을 마시고 수평선 너머로 잠기어 가는 해를 넋을 잃고 바라보다가 그만 방파제 아래 차가운 바닷속으로 퐁당 빠져 가라앉고 말았다.

삼십 년 전의 어머니만큼 늙어 버린 아들은 他官(타관)의 산중에서 따비밭을 일구어 푸성귀를 심어 먹고 산기슭 나무 그루터기 사이의 약초 나부랭이를 캐며 살고 있는데 이 지역에선 여름 철새인 쏙독새를 심심찮게 볼 수 있고 박새 종류는 어디에나 흔한 텃새이다. 날마다 새벽 산길을 걸어 다니는 그는 쏙독새 울음소리를 들을 때마다 도솔암 아래 민가에서 듣던 '쏙쏙쏙' 소리의 주인공이 바로 쏙독새였고 '빗쫑빗쫑' 울던 새는 머슴새, 즉 박새였다는 것을 실감한다. 조금 멀리 떨어진 수풀에서 '쏙쏙쏙 쏙독쏙독' 울던 것은 쏙독새, 집 근처의 나무 위에서 명징한 소리로 울던 것은 박새라는 것을….

머슴새의 실체를 확인해 보기도 전에 어머니는 돌아가셨고 변산 앞바다에 빠져 죽을 뻔했던 아들은 간신히 살아나 지금껏 명을 부지하고 있지만 쏙독새와 박새 울음소리도 분간하지 못했던 그때! 어머니와 함께했던 추억은 조금도 바래지 않고 남아 있다.

어느 날 갑자기

장작을 패다 말고
하늘을 보았다
파아란 허공 저 너머
그리운 얼굴 하나 떠오르고
남 볼세라
황급히 주저앉아
다리 사이에 고개를 파묻었다

동지섣달
모질게도 추운 날
차가운 방에 홀로 앉아 가신
울 어무이

자식 줄줄이 낳아
고생고생 키워 보았자
무슨 소용이더냐고
쓸모 있어 길렀더냐고
지나가던 개가
물끄러미 쳐다본다

어무이 어무이
간밤에 바람같이 다녀가신 후
자꾸만 하늘을 봐요

우리 모자
한집 한방에서
한 이불 덮고 살 날이
다시 올 수 있을까요
그런 날이 정말 온다면
그땐 저 아무것도 안 하고
나무만 할게요
어무이 누우실 자리
아랫목 구들장이 식을 틈이 없도록
부득부득
군불만 땔게요

그리고 그리고요
그 옛날처럼
해 질 녘 땔나무 한 짐 지고
비척비척 돌아오던 자식
저 멀리 동구 밖까지
막걸리 주전자 들고 마중 나오시던
어무이 어무이

배고파도 고픈 줄 모르고
헐벗어도 가난인 줄 몰랐던
그것이 행복이었던 그때처럼
우리 그렇게
다시 살아봐요

칠부능선에서

風雨(풍우)에게 묻다

생애의 모든 것을 오로지 눈과 귀에 의지해 살았고 많은 일들을 주둥이와 손발로 해결하려 하였다. 또한 혓바닥은 콧구멍과 공모하여 分外(분외)의 것을 탐하였으나 남은 것은 쉽게 녹이지 못할 業障(업장)뿐이니 저 大乘(대승)의 經(경)에 이르기를 無眼耳鼻舌身意(무안이비설신의, 六根의 부정)라 하였은즉 과연 賢察痛析(현찰통석, 뼈아픈 분석)이라 하겠다.

父母未生 主客不分 聲色以前 天地未分(부모미생 주객불분 성색이전 천지미분), 이른바 混沌(혼돈)의 시대로 환귀하여 無五蘊(무오온) 無六根 無六境 無六識(무십팔계)이 되면 無明(무명)과 老死(노사)의 인연도 끊어져 寂滅(적멸)이 될 것이나 현재 상태의 나를 아무리 부정하여도 당장 없어지는 것이 아니므로 虛勞(허로)할 것이 없다. 이 몸과 이 마음은 그대로 두고 생애의 軌跡(궤적)을 遡及(소급)해 가면 처음으로 돌아갈 수 있을 것이나 하많은 경로와 세월을 다 재생하는 것은 너무 번거롭다. 여기에 여전히 재생 가능한 幼年期(유년기)의 遺物(유물)이 하나 있으니 석유 등잔이다. 아직 심지가 남아 있는 등잔에 기름을 채우고 불을 붙이면 단박 육십여 년 전으로 되돌아간다. 옛 고향의 흙집 어둑한 방구석, 희미하게 어둠을 밝히던 등잔불 아래서 어머니는 나를 낳았을 것이다. 갓난 강아지 새끼처럼 눈을 뜨지도 못하고 고사리 새순 같은 손발가락을 꼼지락거리면서 응애 하고 힘없이 첫 울음을 울었을 내가 눈을 뜨고 난 뒤 이 세상에서 처음 보았던 불빛은 아마도 어머니의 눈동자에 반사된 등잔 불꽃이었을 것이다. 강보에 싸인

채로 젖을 빨며 올려다보던 어머니의 눈에서 흔들리던 불빛, 짐승의 눈에 이는 시퍼런 안광이 아닌 세상에서 가장 따스하고 자애로운 모정의 불! 그 불빛의 근원은 인간의 眼光(눈빛)이 아닌 우리들의 소박하고 가난한 밤을 밝히던 등잔불이었던 것이다. 아, 그때는 어머니도 꽤나 젊고 고왔으리라…. 한없이 그립고 가슴 아린 그 상상의 추억들, 가물가물하던 불빛의 기억부터 리셋(reset)하였다가 금생에 처음 본 불빛을 지우고 따스하고 부드럽던 어머니의 젖무덤과 달콤한 젖을 빨던 기억마저 지워 버리면 이제부터는 미지의 영역에서 夢幻(몽환)의 여로를 시작할 수밖에 없다. 어머니의 자궁과 바깥세상과의 실제 거리는 한 뼘도 되지 않지만 累劫(누겁)의 세월인 듯 길고 좁은 터널을 되짚어 들어가서 내 영원의 고향 바다에 안착한다. 자유롭게 헤엄치고 평화롭게 놀며 자라던 母胎(모태) 속 시절이 다시 거꾸로 돌아가고 손발이 없어지고 이목구비가 사라지고 조그마한 수정란만 남는다. 이른 봄날 웅덩이 속의 개구리알같이 어머니가 품어 놓은 난자에 아버지의 精蟲(정충) 한 마리가 무단침입 하는 影像(영상)이 지워지고 마침내 부모미생, 존재 이전의 완벽한 無(무)의 상태로 환원된다. 잠깐! 그때 과연 나는 무엇이며 어떻게 定義(정의)할 수 있겠는가? 이것이 리셋한 긴 꿈이라면 밤새 지붕을 두드리고 창문을 흔드는 저 비바람이 이 꿈을 깨워줄 수 있을까….

무술년 경칩절 새벽에 민초

오월의 悲嘆(비탄)

노오란 감꽃이 떨어진다
아득한 슬픔이 별처럼 쏟아진다

허기에 내몰리던 幼年(유년)
아이는 온갖 것이 먹을 것으로 보였다
감꽃을 주워서 목에 걸고 보릿고개를 넘었다
다 자라서 철든 아이가 어머니에게 물었다
배를 곯아가며 아이는 뭣 하러 낳았대요
어머니는 쓸쓸히 웃으면서
얘야 아이는 낳고 싶어 낳는 것이 아니란다
그냥 생기는 것이지

어른이 되고 아비가 된 아이가 다시 어머니에게
어머니 그때 그 말씀 이제 저도 조금은 알 거 같네요
라고 말하려 하였으나
어머니는 기다리지 않았다

감꽃 하나 주워 깨물어 보니
떨떠름한 꽃 이파리가
눈물처럼 씹혔다

직관과 이성이라는 도구

불의 추억

내 고향은 내가 중학교를 마칠 때까지 전기가 들어오지 않았다. 등잔불 아래서 책을 읽고 공부를 하며 등불 바로 아래는 어둡다는 것을 체험으로 알았다. 그래도 그때는 밤이 좋았다. 아무 간섭도 방해도 없이 밤새도록 빌려온 책을 읽을 수 있어서…. 가물가물 졸아드는 등잔을 아예 방바닥에 놓고 바짝 엎드려 날밤을 새우는 손자를 할머니는 걱정하셨다. '얘야, 이제 그만 자거라. 내일 학교 안 갈래?' 섣달 그믐밤에는 온 집 안을 촛불로 밝혔다. 이것은 애비 불, 저것은 손자 불. 아, 얼마나 눈부시고 밝았던지, 할머니는 촛불 앞에서 끊임없이 절을 하며 비손을 하였다. 모두 가족의 무병장수를 기원하는 간절함으로…. 내가 촛불 아래서 공부를 하였더라면 지금 상황이 많이 달라졌을지 모른다. 정월 초하루 설날 아침이 밝아올 때까지 갈아대는 촛불처럼 조용히 타버리고 벌써 空無化(공무화)했을지도…. 아주까리 등잔이 석유등으로, 전등으로 바뀌는 동안에도 변하지 않은 것은 아궁이 불이다. 밥 짓고 국 끓이는 것은 물론 쇠죽 쑤고 군불 때는 것도 모두 아궁이 몫이니 학교 갔다 오면 지게를 지고 민둥산을 헤매고 다니며 땔나무를 해다 날랐다. 아궁이에서 타고 사그라드는 불꽃 같은 삶이 지금까지 이어지는 것은 아마도 운명일 것이다. 불은 우선 밝고 뜨겁다. 그리고 무엇이든 태운다. 태우는 것은 생명을 소진하고 정화하기도 한다. 불씨가 있어야 불이 살아나고 불꽃이 일어난다. 화염이 치성하면 불티가 날고 불똥이 튄다. 먹고사는 것을 책임지던 그 시커먼 아궁이 앞에서 고달픈 노년을 준비하는 지금도 불의 상념은 행복하다. 등불, 촛불, 아궁이의 잉걸불, 시냇가의 모닥불, 어려서 실수로 낸 산불, 초원에 번지는 들불, 집이 타고 도시가 불타는 戰火(전화), 산짐승의 눈에 이는 퍼런 불길, 밤하늘에 유성이 그리는 불의 포물선, 마침내 모든 것이 타고 공으로 돌아갈 劫火(겁화). 아, 나는 과연 무슨 불에 속하며 어떤 불꽃을 피워 올렸는가. 그냥 어지럽게 튀는 불티, 한낱 불똥에 불과하였는가? 어둠을 몰아내고 세상을 밝히는 불의 권능은 어디에서 비롯하는가….

사람의 세상사에 완벽한 것은 없다. 100% 건강한 몸이 없듯 가정도 사회도 흠결이 수두룩하며 국가 작용인 치안과 방위도 허술하기 짝이 없다. 건강염려증, 사고, 공포증이 만연한 신문명 시대에 완벽함을 추구한다는 것 자체가 무모한 일이다. 명암, 빛과 어둠은 인간 사회에는 어디에나 존재한다. 그것이 긍정이든 부정이든 서로 조화하고 조율하면서 발전해 나가는 것이다. 아름답다고 여기는 그림에 밝은 빛이 비추이면 미감은 줄어든다. 반대로 추한 형상에 밝은 조명이 들어오면 의외로 추한 감정이 완화된다. 이는 단순한 빛의 작용이 아니라 심리적 명암 효과의 일종으로 빛과 그림자, 불과 어두움 혹은 차가움이 빚어내는 관념의 이면에 있는 실체를 봐야 한다. 밝음이 있으면 어둠이, 뜨거움이 있으면 차가움이 있기에 세계가 존재한다. 완벽하게 타고 완벽하게 사라지는 불의 작용, 無欠無缺(무흠무결)한 本源心(본

원심), 존재의 본성도 완벽하다. 물들임도 물듦도 부서지고 찢어짐도 없고 선하지도 악하지도 않은, 모양도 아니면서 그냥 환함 그 자체인 불.

무술년 설날 아침에 민초

목구멍에 걸린 가시

바람벽
사진틀 속에 갇혀 있던
아버지, 어머니가 눈물을 떨구었다

얘야, 묵는기 그게 뭐꼬
다 늙어서
그래 묵고 전디내것느냐

아, 그래도 예전보다는 낫지요
잡곡밥에 장아찌
막걸리도 한 사발 있잖아요

보리밥 두어 숟갈 후딱 삼키고
이십 리 학곳길
먼지 풀풀 날리는 신작로에
줄행랑치는 어린 아들이
안쓰러워
어머니는 아침마다
삽짝 밖 골목길에
우두커니 서 있었다

觀燈歸原(관등귀원)

내 생애의 CCTV(closed circuit tv), 동영상을 전부 재생하려면 꼭 살아온 세월만큼의 시간이 걸린다. 육십팔 년을 거꾸로 돌아가서 모두 확인하려면 그땐 이미 나는 죽고 없을 것이다.

一超直入如來地(일초직입여래지)는 못 하더라도 一跳遡歸未生前(일도소귀미생전, 한번 뛰어 미생 전으로 돌아감)은 가능하니 바로 저 조그마한 등잔불을 觀(관)하는 것이다. 가는 심지로 작은 구멍을 통하여 기름을 빨아올리고 조용히 밤을 밝히고 있는 등잔불은 微動(미동)도 않는 것 같지만 자세히 보면 끊임없이 흔들리고 있다. 微細(미세)하고 柔軟(유연)하게 좌우로 흔들리면서 때로는 신들린 무당처럼 모두뜀을 하는 불춤을 추기도 한다. 그러나 저 幽玄(유현)한 불춤도 기름이 바닥나면 멈추고 꺼질 수밖에 없다. 父母未生前(부모미생전)으로 돌아가는 인간의 목숨과 같이….

평생을 끌고 다닌 수레가 부서지고 공들여 쌓은 탑이 무너지며 四大(사대)가 뿔뿔이 흩어지는데 창고에 가득한 재물과 지식들은 어디에 쓸 것이냐? 정신적, 靈的(영적) 한 경지가 없다면 천년만년 산다 한들 허수아비 춤에 불과한 것이다.

당장 발등에 떨어진 불도 끄지 못하면서 輪回(윤회)를 논하고 貧富(빈부)와 是非善惡 美醜好惡(시비선악 미추호오)의 관념 말뚝에 매여 있으면서 몸뚱이의 건강과 生死大事(생사대사)를 염려, 고민한다. 남의 돈이나 세고 남의 나이를 가늠하면서 지금 죽어가고 있는 자신을 잊고 있는 것이 凡生(범생)이다.

사람들은 곧잘 이름과 가치(name value)에 집착하는데 그것이 名聲(명성)과 함께 사회적 待遇(대우)의 근간이 되는 명예를 表象(표상)하기 때문일 것이다. 聖人 賢者(성인 현자)는 이름을 드러내는 걸 좋아하지 않는다. 스스로 드러낸 이름은 虛名(허명)으로 끝나는 것이 대부분이기 때문이다. 칠십억 개가 넘는 인간들의 이름과 그 인간들이 부여한 무수한 자연계의 이름들이 있는데 그 명찰의 이면에는 나름대로 각자의 특징과 사연들이 있겠지만 그 이름들은 존재 자체의 본질과는 아무 상관도 없다. 이름이란 본래 비슷한 것들 간의 혼동을 피하고 식별을 용이하게 하기 위한 것으로 남이 알아보고 불러 줄 수 있는 인식표 같은 것이다. 그 이름이 假名(가명)이든 虛名(허명)이든 간에 진정한 가치가 있으려면 他者(타자)와 세계에 어떠한 寄與(기여)를 해야 한다. 그렇지 못하다면 운동선수의 백넘버나 인간들의 주민등록번호, 공동묘지 푯말의 일련번호와 같아서 누군가 알아주고 불러 주지 않는 한 있으나 마나 한 것이다. 鬼中不名鬼 蟲中無骨蟲(귀중불명귀 충중무골충), 이름표 없는 귀신, 뼈다귀 없는 벌레는 쓸모도 없거니와 대접받지 못하는 세상에 산골짜기에 엎드려 迷夢(미몽)이나 꾸고 있는 존재는 사람인가 귀신인가?

가물거리는 등잔불을 바라보며 一跳回歸(일도회귀), 단번에 돌이켜 보면 부모미생전의 객관적 정황은 참혹한 戰亂(전란)에 시달리며 삼십대 초반의 아버지와 어머니는 부모님을 모시고 동생들과 함께 어렵게 살아가면서 그 난리 통에서도 틈틈이 사랑을 나누었다는 사실이다. 과거 소급의 類推(유추)이고 假定(가정) 상황이지만 부정할 수 없는 인간의 역사이자 실존이므로 이를 부인하면 현재의 나, 나의 실존 내지 현존을 부정하는 것과 마찬가지인 것이다. 여기서 그때의 주관적 상황으로 장면을 전환하면 다시 오리무중에 빠지고 만다. 부모미생전, 즉 入胎(입태) 전의 나는 무엇인가를 묻는 질문이자 眞理(진리) 혹은 道(도)란 무엇인가라는 의문과 같은 맥락의 문제인 것이다.

우주에 遍在(편재)하지만 形迹(형적)이 없는 진리는 道(도)와 一脈相通(일맥상통)하여 無所不在(무소부재)한 존재의 근원 또는 원리라고 볼 수 있다. 진리는 이론과 사실의 차원이 아니므로 언어와 記號(기호), 圖形(도형), 사상, 이념 등의 개념으로 뭉뚱그려 표현할 수 없다. '可道非常道(가도비상도)'와 代置(대치)시켜 보면 言表(언표)에 의해 이미 드러난 것은 진리가 아니다. 오직 體達(체달)하여 그 原形(원형)에 上到(상도)했을 때만이 진리의 본질을 파악하고 깨달을 수 있는 것이다. 개별적 체험, 體認(체인)만이 진리와 契合(계합)할 수 있다면 진리는 주관적 측면에서 접근해야 하는 것 아닌가? 그러나 진리는 主客(주객)을 벗어나 있고 時空(시공)에도 障害(장해)받지 않는 영원불변의 존재 형식 같은 것. 무소부재인 도를 실제로는 모르는 것처럼 진리도 숨겨진 비밀 같은 것이 아니고 다만 인간의 무지가 그것을 가리고 있을 뿐이다. 인간이 예민해지고 밝아지면 진리는 가까이 다가와 모습을 드러낸다. 인간의 고민과 염원이 해결되면 자연계의 복잡미묘한 비밀과 의문들도 동시에 밝혀질 것이다. 인간도 자연의 일부이므로. 엉킨 실타래의 한 가닥이 풀리면 거침없이 나아가 그 끝을 보게 되는 것처럼 세계의 全貌(전모)가 드러나는 것이다.

마음과 인연이 아주 쉬어진 境地(경지), 즉 休歇處(휴헐처)를 '寬得深林鳥不驚(관득심림조불경, 서산 스님 게송)', 그 쉬어진 마음의 쓰임이 자연스럽게 機敏(기민)한 경지를 '從觀寫出飛禽跡(종관사출비금적, 벽암록)'이라고 표현할 수 있다. 옛사람의 詩句(시구)이지만 이 정도는 되어야 진리니 도니 깨달음이니 뭐라고 한마디 해 볼 수 있지 않겠는가…. 이제 혼자 사는 법, 고독의 기술을 터득해야 한다. 같이 왔다가 같이 가는 인연은 희귀하고 아무나 가능한 일도 아니다. 언젠가는 홀로 가야 하고 아니면 홀로 남아야 할 때가 온다. 孤獨(고독)에의 적응과 단련이 없으면 모래 탑처럼 무너지는 한 세계의 허망을 보게 될 것이다.

자그마한 등잔 불꽃을 보든 먼 밤하늘의 별빛을 바라보든 빛은 어둠 속에 있을 때 유용하고 진가를 발휘한다. 빛을 좇아 존재의 근원으로 돌아갈 수 있다면 그러한 억념(憶念)이 작용한다면 아직은 더 노력해 볼 소지가 충분하다. 늦기 전에, 더 늦기 전에….

가시의 노래

새벽 산길
컴컴한 덤불숲에
유령처럼 매달려 있는

새하얀 보석으로
줄줄이 박혀
웃고 있는
찔.레.꽃

갈데없이
옛날 내
어머니 얼굴
그
애잔한 웃음

가시에 찔리면 왜 아픈지
왜 눈물이 찔끔 나는지
오늘에사 비로소 알았네

찔 레 꽃
찔 레 꽃
찔 레 꽃

5 30

5 30

觀瀾記(관란기)

現象(현상)에는 이미 本質(본질)이 내포되어 있다. 그러나 현상을 인식하고 파악하는 인간의 인지 능력은 늘 부정확하다. 인간들은 보통 이해득실의 타산을 선행하면서 시비선악, 미추호오, 빈부귀천 등 상대적 가치 관념에 익숙한 주관적 판단 습성으로 대상에 접근하기에 오류에 빠질 확률이 높을 수밖에 없는 것이다. 현상을 바르게 인식하고 이해하는 것이 모든 착오와 시비, 갈등을 풀어가는 키포인트다. 우선 현상을 관찰하고 의미를 찾아내거나 부여하는 과정에서 假飾(가식)과 造作(조작)의 개입이 없어야 하며 객관적 판단을 저해하는 요소인 편견과 감정을 배제한 상태에서 문제에 접근하면 객관 현상이 바로 사태의 본질임을 알 수 있는 것이다. 세계의 모든 존재와 현상은 그냥 그대로이고 있는 그대로 드러날 뿐인데 거기에 인간이 관념의 너울을 덧씌우고 자의적 판단, 평가의 색칠을 해 버리는 모순과 착각을 바로잡는 도구는 직관과 이성이다.

有無(유무)는 상반된 개념이 아니고 대척적 지점에 있거나 어떤 현상도 아니다. 유무를 판단하는 주체는 언제나 사람이지만 기준은 제각각이고 판단 대상도 천태만상이다. '귀신은 있는가 없는가?' '생사는 사실인가 아닌가?' 생사를 나고 죽고 하는 하나의 현상으로 보면 在不在(재부재), 있느냐 없느냐로 분별할 수 있지만 體(체)와 用(용), 본질과 현상의 관계로 접근하면 本無生死 體無生死 用無生死(본무생사 체무생사 용무생사)라고 단언한다. 많은 사람들이 쉴 새 없이 죽어 나가고 실제로 세계의 화장터 굴뚝에는 연기가 그칠 날이 없지만 그에 관심이 없거나 모르는 일이면 내게는 생사가 아닌 것, 즉 내게 닥쳐오지 않는 생사는 남의 일일 뿐인 것이다. 태어남도 마찬가지…. 눈앞에 보이면 있는 것이고 보이지 않으면 없는 것, 존재 사실을 알면 있는 것, 모르면 없는 것이며 실재 여부는 다음 문제다.

停滯(정체)되어 있는 것은 썩고 죽은 것이다. 우물 밑에서 끊임없이 새 물이 솟아나면 누가 길어 먹지 않아도 절로 흘러넘치고 생명력을 유지하지만 새 물이 湧出(용출)하지 않으면 우물은 이내 썩고 용도 폐기 된다. 인생도 마찬가지, 물의 흐름과 존재 원리가 동일하며 이것이 바로 세계의 구성과 유지 원리인 것이다. 先入後出, 先出後入(선입후출 선출후입)하는 원칙이나 질서가 본래 정해져 있는 것이 아니다. 進退(진퇴), 入場(입장)과 退場(퇴장)이 동시에 일어나고 앞 강물이 흘러가면 뒤 강물이 연이어 흘러오는 것이지 흐름이 잠시도 멈추거나 단절되면 더 이상 강이 아니게 된다. 끊임없이 흘러가고 흘러오는 것, 이 현상이 곧 변화요 불변의 진리인 것이다. 과연 그렇다면 변해 가는 것이 곧 불변이라는 역설적 命題(명제)가 성립한다. 단 진리라는 전제하에.

고향 마을을 정겹게 휘돌아 흐르는 경호강 변 언덕에 亭閣(정각)이 있고 先祖(선조)의 堂號(당호)인 '觀瀾齋(관란재)' 偏額(편액)이 누마루 위에 걸려 있다. 그분은 아마도 생전 이 정자 난간에 뒷짐을 지고 서서 고요히 흘러가는 강과 반짝이는 물결을 굽어보며 아득한 상념에 잠겼을 것이다. 어쩌면 여울에 튀어 오르는 피라미의 은비늘이 저녁 노을빛을 받아 번뜩이는 것을 보며 '생이란 무엇이고 죽음은 또 무엇이길래 인간들은 이리 허둥거리느냐'고 곱씹어 보았음 직하다. 등잔의 기름이 졸아들면 불꽃이 차츰 작아지다가 기름이 바닥나고 심지가 더 빨아 올릴 것이 없어지면 마침내 깜빡 불이 꺼지듯 사람도 체력이 약해지고 심신을 지탱하던 기운, 즉 氣(기)가 빠져나가면 생명은 스르르 연기처럼 흩어진다. 有無(유무), 在(재)와 不在(부재), 있었느냐 없었느냐? 살았느냐 죽었느냐? 고 누가 기억하고 알아줄 것인가…. 저 강은 보고 들었고 그래서 알고 있겠지만 말이 없는 것을!

생은 이미 받았으니 어찌할 수 없고 누릴 만큼 누렸으면 죽음도 기쁘게 맞이하고 담담하게 수용하는 인생의 자세와 지혜가 일반화되면 세상은 훨씬 살기가 좋아지고 더 발전하면 지옥이 천국으로 바뀌는(變地獄作天堂, 변지옥작천당) 기적이 이 땅에서 일어날 수 있을 것이다.

片紙(편지)

내게 아직 남아 있는
그리움 두 개가 있는데요

하나는 옛날이나 지금도 내 영원인
어머니께 드리고
또 하나는 어떻게 할까요

그건
그건
당신에게 바치지요

落葉記(낙엽기)

활엽수들이 물든 잎을 떨구기 시작하는 늦가을, 나무들은 사람이 옷 갈아입듯 한꺼번에 홀랑 벗어던지지 않고 우듬지와 가지 끝부분부터 하나둘씩 이파리들과 袂別(몌별) 의식을 치른다. 전혀 무게감이 느껴지지 않는 나뭇잎들이 팔랑팔랑 허공에서 맴을 돌다가 지상에 사뿐히 내려앉는 광경은 보는 사람에게 묘한 감동과 여운을 선물한다. 아주 미세한 중량도 간과하는 법이 없는 자연의 물리법칙은 땅 위에서 출현한 모든 존재는 그 인연이 다하면 반드시 母胎(모태)인 땅으로 돌아와야 한다는 歸根落地 還歸本處(귀근낙지 환귀본처)의 哲理(철리)를 엄숙히 증명하고 있는 것이다. 나무는 왜 꼭대기에 매달린 잎부터 떠나보낼까? 짐작건대 수목의 상층부는 햇빛과 달빛을 먼저 받고 바람도 많이 타기에 우듬지 쪽 잎들이 생장 활동을 왕성하게 할 수밖에 없고 자연히 에너지의 소모도 클 수밖에 없으니 할 일 다 해 마친 잎부터 먼저 떠나는 순리를 그대로 示顯(시현)해 보이는 것 아니겠나 싶다.

가을이 깊어지기도 전에 감나무에 매달린 감들도 먼저 익거나 벌레 먹고 병든 것부터 떨어지고 미성숙한 것들은 찬 바람 불고 서리가 내려도 가지에 매달려 있다가 끝내 까막까치의 밥이 되기도 한다. 계절과 환경의 변덕에 적응하지 못하여 미처 익지 못한 과육이 꼭지에 달라붙은 채로 서서히 말라가기 때문이다. 가고 오는 것의 선후를 누가 정하는 것이 아니라 지극히 자연적으로 진행된다는 사실을 인간사에도 그대로 적용하면 문제는 한결 간단해진다. 비슷한 환경에서 같은 세월을 보낸 사람이지만 지적, 육체적 활동을 상대적으로 많이 하여 에너지 소모가 크면서 氣(기)가 소진되면 먼저 죽게 마련이다. 이는 초목과 인간의 존재 방식과 생명계의 섭리가 다르지 않다는 것을 여실히 증거 하는 것이다.

松柏(송백)이 늘 푸르다지만 그들도 해마다 옷을 갈아입는다. 가을이 오고 서리가 내리면 소나무들은 묵은 잎을 떨구고 겨울을 맞을 채비를 한다. 독야청청, 월동을 마친 소나무는 봄이 오면 새잎을 돋아내어 묵은 잎들이 떠나간 자리를 다시 메운다. 그러나 봄이 되어도 새잎을 피워내지 못하면 남은 잎으로 한 해를 버티고 점차 말라가기 시작하다가 끝내 枯死(고사)의 길로 들어선다. 물기 하나 없이 말라서 바람처럼 가벼운 나뭇잎들이 푸른 하늘로 날아가지 못하고 땅 위로 떨어지고 마는 것은 물질 형상을 가진 존재는 결코 중력을 이길 수 없기 때문이듯 모든 생명 있는 존재도 緣(연)이 다하면 因(인)의 고향으로 돌아가야 하는 것이다.

물질로 組合(조합), 형성된 有機體(유기체), 그 몸으로 살아가는 種(종)들, 특히 인간은 시공을 벗어나 존재할 수 없다는 사실을 안다. 그러나 그의 精髓(정수)한 思惟(사유)와 幽玄(유현), 深厚(심후)한 내공이 창출하는 아스트랄체(astral body)는 물리법칙에 장애받지 않으며 자유자재이므로 시공 초월이 가능하고 混沌系(혼돈계)와 그 이전으로도 갈 수 있을 것이다. 사람들은 흔히 사후세계의 이상향으로 極樂國(극락국)과 天國(천국)을 갈망하는데 '평생을 따라다니며 고생한 이 몸을 버려두고 저 혼자 간다는 것이 말이 되느냐?'라고 詰問(힐문)한다면 무어라고 대답할 것인지 궁금하다. 이 몸은 주인의 시중을 드는 종이 아니고 일을 부려먹는 머슴도 아니며 아바타도 아닌 주인 그 자체다.

心身一如(심신일여), 완벽한 합일을 이루지 못하면 어떤 공덕이 있어도 虛幻(허환)에 불과하다. 몸을 바르게 하면 마음도 따라 자연히 바르게 된다. 조화를 이룬 심신에서 바른 작용이 나오는 것이다. 그러므로 살아 있어 가능할 때 힘써 천국도 극락국도 일구어 내야 하는 것이다.

인생이라는 것, 더구나 사회적 인간이란 것은 사람과 사람 사이의 일이라는 전제하에 그 틀 속에서 부대끼며 살아갈 수밖에 없는 존재라는 것을 함축해 놓은 표현이고 또 인간이란 말의 語源(어원)이 사람과 사람의 관계란 것을 의미하는 것이다. 인간, 특히 사회적 인간은 갈등하는 존재다. 서로 뒤엉켜 이익과 세력을 탐하고 힘과 꾀를 겨루는 것이다. 그 갈등이 악화되면 싸움으로 번지고 집단적 갈등이 심화되면 전쟁으로 비화하면서 대량 살상의 참극이 벌어진다. 그런 이유로 사회관계망을 형성하는 인간의 場(장)을 벗어난 일체의 논의는 허구에 불과하고 무익한 일이라고 주장할 수도 있다. 그러나 한 가지 간과하는 것이 있다. 인간 사회에 국한된 우물 속 갈등과 싸움은 진부한 말로 '그들만의 리그'라는 점이다. 세계는 무한하고 그 공간 속에는 무수한 미지의 존재들이 각자 영역을 구축하며 또 한 세계를 이루고 있을 것이다. 그들은 저마다 독특한 가치와 존재 이유(역할)가 있을 것이고 알게 모르게 크고 작은 영향을 서로 간에 미치며 시공을 넘나들 것이다. 인간들이 하루살이와 초파리를 우습게 보고 폄하하지만 자칫 인간이 뒤바뀐 입장에 처할 수도 있다는 것은 모르고 있는 것이다.

凋落(조락)의 계절, 스산한 날에 적막한 동구를 지키고 있는 느티나무나 팽나무 아래에 서 보라. 노거수 밑 휑한 공간에 회리바람이 몰아치면 마치 메뚜기 떼처럼 새까맣게 날아올라 하늘을 가리는 마른 잎새들이 가슴을 서늘하게 하겠지만 그들도 결국 어딘가에 내려앉아 세상의 한구석을 덮을 것이고 마지막 역할을 묵묵히 이어갈 것이다. 바람에 불려 가든 물결에 쓸려 오든 오고 가는 것은 흔적을 남기게 마련, 忘我(망아), 나를 잊으면 貪慾(탐욕)이 붙을 자리가 없고 苦樂(고락)이 사라지며 종당 생사마저도 여의게 될 것이다. 나를 잊는다는 것은 내가 없다(無我, 무아)는 것과 같은 상태이니 主觀(주관), 나를 고집하지 않음으로써 외물에 추동될 까닭도 없게 되는 것이다. 낙엽! 나뭇잎이 떨어지는 것이 아니라 허공으로 날아올라 어디론가 사라지는 노목 아래에 서면 평생 세파에 시달리면서도 나름대로 치열하게 살았던 나, 그 나를 잊어버리기 딱 좋은 무대와 상황 설정이 된다. 모든 집착이 사라진 나는 더 이상 이전의 내가 아니다. 떨어지든 날아가든 어디론가 가기는 하는 것인데 그 가는 곳이 어디인가….

장마

배고파 손가락을 빨며
울어대는 아이에게
황급히 옷고름을 헤치고 젖을 물리는
어머니
측은한 눈빛으로 아이를 내려다보는
어머니를
안심의 눈빛으로 마주 올려다보는
아이

세상의 시작이자 마지막이었다
그 어머니도 아이도
혼돈 속으로 돌아갔다
많은 사람들이 기억하는 석가와 예수의 생일에
무수히 꽃을 바치고 탄생을 축하하고 경배드리면서
그 어머니의 생일은 잊고 지낸 시간들

장마 속으로 무연히 걸어가면
하늘 어디에서 번개와 우레가
천지창조를 기억하라고 소리친다

하늘과 땅이 나누어지기 전에도
위대한 어머니가 있었고 그래서
너의 탄생도 있었다는 걸

잊지 말라고
하늘과 땅 사이에
弦(현)을 걸어 놓고
교묘한 손놀림으로 彈奏(탄주)하는 바람

비는 강물이 되어 바다로 돌아가고
소리는 허공으로 재편입된다
허공이 覺(각)을 드러내었는지
覺(각)에서 허공이 돌출했는지
다만 저 빗소리
저 바람 소리에게 물어보라

인간은 신이 될 수 있어도
신은 인간이 아니라는 것을

너는 내가 될 수 있지만
나는 네가 아니라는 것을

장림(長霖) 중에 의문이 풀리면
함께 더덩실 춤을 추자

미리 본 自輓詞(자만사)

칠십 년 생애가 훌쩍 한 마리 새처럼 날아가는 세모에 맵짠 날씨처럼 마음도 추워지는가? 무릇 인생살이 행보는 곧게 탄 가르마같이 一以貫之(일이관지)로 반듯하고 분명해야 할 것이다. 춥다고 웅크리고 덥다고 늘어지는 것은 생리적 반응이기도 하지만 오랜 세월 매번 똑같은 경험을 되풀이하다 보니 습관이 되어 버린 점도 있을 것이다. 생의 마지막 순간까지 삶의 자세를 바르게 유지하기란 쉬운 일이 아니다. 그날 그때까지 조금도 흔들리거나 추한 모습을 보이지 않은 내 부모님처럼.

아버지는 말년에 찾아온 惡腫(악종)으로 고통스러워하면서도 끝내 의연함을 잃지 않으셨다. 그해 추석 전날 가족들은 임종 준비를 하고 있는데 아버지가 돌연 "추석 날 내가 죽으면 명절을 망치고 가족과 동네 사람들에게 면목이 없게 된다. 내일 가겠다"라고 선언하고 평소와 다름없이 시간을 보내다가 정말 다음 날 조용히 천화하셨다. 그때 나는 서울에서 내려오고 있는 중이었고 동구에 들어서니 그제서야 곡소리가 터졌다. 짐작건대 아버지는 둘째인 내가 오면 삼 형제를 한자리에 앉혀 놓고 남기실 말씀이 있었는데 나는 너무 멀리 있고 당신은 기다릴 여력이 없어 그만 명줄을 놓고 말지 않았나 싶다. 어머니는 하루 모자라는 팔순을 앞두고 동짓달 몹시 추운 날 새벽에 잠자리에서 일어나 앉은 이부자리 위에서 그야말로 坐脫(좌탈) 하셨다. 팔십 년 생애를 서리 국화처럼 꼿꼿하게 살아오면서 남긴 것은 유산도 빚도 없이 그저 古拙(고졸)한 筆致(필치)의 遺墨(유묵) 한 점이었다.

나는 그분들의 아들이다. 자문자답이 필요 없이 길은 그대로 열려 있다. '세간 살림살이의 누추함은 어쩔 수 없더라도 窮氣(궁기)는 보이지 말고, 잘 배우지 못하고 아는 것 빈약하더라도 못난 짓 말고, 그렇다고 기죽지도 마라.' 책상머리 액자 속에 앉아 있는 두 분의 傳言(전언)이다. 그렇다. 떠날 자리는 깔끔하게 정리하고 物心間(물심간)에 어떤 빚도 흔적도 남기지 말 것, 그리고 기름이 바닥나고 한 가닥 연기와 함께 마지막 불꽃이 사라지는 저 하얀 등잔처럼….

내 존재의 유일한 통로이자 출구였던, 못난 자식을 끝까지 보듬어 안아 주었던 부모님! 그분들을 실망시키고 은혜를 등져서는 절대 안 된다. 그러기 위한 전제로 이대로 허망하게 쓰러져서도 절대 안 된다. 아무리 등이 시리고 손발이 갈라 터져 피가 흘러도 흔들리거나 포기해서도 안 된다. 이미 노쇠의 길로 들어섰지만 아직 숨이 붙어 있는 이 몸뚱이가 의지하는 한 칸 초막을 옛적 수행자가 머물던 설산 동굴이라고 여기면 된다. 춥지 않고 덥지도 않은 곳이 어디인가? 이 세상에는 없어. 아프지 않고 죽지도 않는 곳은 어딘가? 그런 곳도 이 세상엔 없어. 늘 만족하고 쾌락한 곳은? 그런 곳도 물론 없지. 이 현상계에서 다 느끼고 받아들이기(感受, 감수) 나름일 따름. 지금 따스하고 지금 만족하면 애써 찾는 거기가 바로 여기인 것을….

〈輓詞(만사)〉

"그대 떠난 빈자리가 허전하고 쓸쓸하더라도 너무 서러워 마오. 머지않아 누군가가 슬며시 그 자리를 차지할 테니…. 믿지 못하겠거든 새봄이 오면 荒蕪(황무)한 산과 들을 파랗게 덮는 풀잎들을 보소. 망초, 강아지풀, 귀침초…. 한해살이풀들이 떨궈 놓은 씨앗들이 하나도 빠지지 않고 차례로 生(생)의 기운을 받아 나오는 모습을!" 초목이나 짐승, 물고기, 곤충, 무엇이든 살아 있는 것들이 비록 외형은 천차만별이지만 생명의 본질은 동일하고 그 본체는 불변이라는 사실을!

洗顔 懺悔(세안 참회)

눈을 씻는다
이 눈이 언제부터 생겨 세상을 보고 있나
코와 귀를 씻고 입도 헹군다
꺼칠한 볼을 문지르다 말고 손바닥을 바라본다
코와 귀가 생기기 전에는
향그러운 꽃 내음도 고운 새소리도 몰랐겠지
입이, 혀가 없을 적에는
배불리 먹고 말하지도 못했겠지
이 손, 두 손이 없었다면… 아아
어머니가 보고 싶다

나 홀로 宮殿(궁전)
이 세상에서 사라진 나만의 보금자리를 지금
어디에서 찾을까
누구의 허락도 받지 않고 뛰어 들어간 客室(객실)
入胎(입태) 전 떠돌이에게 어머니는
기꺼이 내어 주셨지

出世(출세)를 꿈꾸던 열 달
深海潛水士(심해잠수사)의 생명선 같은 배꼽 줄로
당신의 가난을 도둑질하던
그때를 참회합니다

사람이 되기도 전에
仁慈(인자)의 옆구리를 발길질한
그 죄를 참회합니다

날마다 손을 씻고
얼굴을 닦으면서
禿老(독로)가 된 지금도 묵은 빚을 갚지 못하는
慙愧(참괴)를
懺悔(참회)합니다

늙은 나무꾼의 노래

1. 懷故(회고)

咸陽 山淸(함양 산청) 물레방아를 힘차게 돌리며 지리산 기슭을 굽이굽이 휘돌아 흘러내리는 鏡湖江(경호강)! 이름 그대로 거울같이 맑고 깨끗한 蛇行川(사행천)이다. 내 고향은 이 강이나 다름없고 강 자체가 바로 고향이다. 이 강변에서 태어나 유년기를 거쳐 청년이 될 때까지 피라미처럼 여울을 거슬러 오르고 모래무지처럼 맑은 강바닥에 엎드려 꿈을 꾸었다. 사철 은모래가 수북이 쌓여 있는 백사장을 뛰고 구르며 강아지마냥 놀고 모래톱에 숨겨놓은 자라 알을 훔쳐 먹으며 개구쟁이 시절을 보냈으니 얼마나 행복했는지 지금 생각해도 가슴이 울렁거린다. 연례행사로 치르는 여름철의 홍수 때 집 앞 축대와 마당까지 차오르는 氾江(범람한 강)을 겁도 없이 바라보며 자랐으면 미래의 큰 꿈이라도 꾸었을 법하건만 기억건대 나는 靑雲(청운)은 고사하고 개꿈도 꾸어 본 적이 없다. 지금도 밤마다 꿈을 꾸지만 대개는 어린 시절 고향의 강에서 피라미, 모래무지, 꺽지와 함께 살아가는 추억이고 간혹 어머니와 가족들이 나타날 뿐이다. 사람은 누구나 꿈을 꾸고 꿈을 이루고 싶어 하며 꿈을 키우면서 그 꿈을 먹고 산다. 산골 아이의 꿈이라는 것이 노년에 이르도록 여전히 여울에 튀어 오르는 은어, 피라미, 모래 속에 반쯤 몸을 숨기고 은비늘만 반짝이던 모래무지와 사춘기를 지나며 일시적 방황이 찾아와 강변 진달래꽃 무더기 그늘에 술에 취해 늘어져 있던 젊은 날의 내 모습이 생애의 片鱗(편린)으로 겹쳐져서 再生(재생)되는 것이다. 그렇게 태어나고 성장한 내가 과연 무엇이 되었

겠는가…. 늙은 나무꾼! 딱 제 길로 간 것이다. 고향의 風情(풍정)과는 다소 거리가 멀지만 더 외진 산골짜기에서 땅이나 파고 땔나무하는 村老(촌로)가 되었으니 내 꿈은 현재진행형이면서도 이미 이루어진 셈이다. 하나 더 남은 일이 있다면 渡殘年(도잔년) 하면서 老醜(노추)가 되지 않는 것이고 마지막으로 가슴속에 묻어둔 고향에 돌아가서 내 꿈의 원천인 강변 어디쯤에 高士觀水圖(고사관수도, 강희안)의 그림 한 폭이 되는 것이다.

2. 旅路(여로)

나는 지금까지 살아오면서 죽을 고비를 수도 없이 넘어왔다. 都心(도심)의 시내버스에 치여 죽었다가 살아나고 내 차가 언덕배기에서 굴러 죽었다가 살아나고 절벽에서 떨어지고, 바다에 빠지고, 높은 나무에서 떨어지고…. 일일이 기억할 수 없을 정도로. 물론 이때 죽었다는 표현은 사고로 인하여 잠시 의식이 끊어진 상태를 의미하지만 아무튼 그때마다 冥府(명부)의 왕이 발부한 체포 영장의 집행을 아슬아슬하게 비껴갔던 것이다. 저승사자가 나에게 인정을 베풀 여지도 없는데 이처럼 수많은 위기의 순간을 모면한 것은 순전히 運(운)이 좋았던 것일까?

운이 없으면 접시 물에도 코를 박고 죽는다는 말이 있는데 이때의 운이란 命運(명운)이고 죽을 때가 되었음을 의미한다. 보통 운이란 명운과 財運(재운)을 말하는데 과연 운이란 있는 것이며 있다면 어떻게 인간사에 작동하고 영향을 미치는 것인지는 범부중생으로서 알 길이 없다. 나는 종교를 믿지 않으므로 하느님이나 불보살의 가피를 입을 일도 없고 善業功德(선업공덕)을 지어 놓은 것도 없으므로 사회적 보상을 받지도 못한다. 그러나 분명히 무슨 운이든지 운이 작용했기에 그러한 위험, 고비를 무사히 넘겼다고 여겨지는데 과연 무슨 운일까? 말하자면 아직 명운이 다하지 않았다는 것인가? 생각하건대 운이란 복권당첨같이 그냥 굴러 들어온 횡재 같은 것이거나 흔히들 運七技三(운칠기삼)이라고 하듯이 도박이나 부동산, 주식 투기 등 어느 정도 위험을 감수하고 투자한 경우의 대박 같은 것이라고 볼 수도 있는데, 財物運(재물운)은 그럴 수 있다고 치더라도 명운은 노력과 투자는 없거나 미미한데 소득은 큰 橫財(횡재) 같은 것이 아니라고 본다. 횡재의 橫(횡)은 橫領(횡령)과도 통하는 의미로 남의 것을 가로챈다는 뜻이 있다. 순전히 내 노력과 투자의 산물이라 하더라도 거기에는 무수한 인연의 고리들이 얽혀서 상호작용한 결과로서 나타난 것이다. 재운이든 명운이든 운이란 因(인)과 緣(연)이 얽혀서 빚어내는 결과이고 필연이지 우연이 아니라는 점이다. 그러므로 나라는 한 인간의 現存(현존)은 이 세상의 모든 존재와 현상에게 빚지고 있는 결과로 인식하고 謙遜(겸손)과 謙虛(겸허)라는 內心(내심)의 옷을 벗어던지지 말아야 할 것이다.

3. 變成(변성)

매일 새벽 산책을 하면서 별자리를 관찰하는 버릇이 있는데 같은 時點(시점), 같은 장소에서 보는 하늘의 별이 계절에 따라 위치가 달라지는 것을 알 수 있다. 초가을부터 점차 南中(남중)하던 샛별(金星, 금성)이 동지를 기점으로 며칠간 멈추었다가 다시 점점 원위치로 돌아간다. 여름엔 초저녁에 보이던 북두성이 가을에는 북녘 산마루에 걸려 있고 겨울에는 새벽 中天(중천)에 定座(정좌)해 있다. 내가 사는 곳이 窮僻(궁벽)한 산골짝이라서 그런지는 모르지만 하늘, 우주의 변화는 肉眼(육안)으로도 확인되는데 내 사는 곳, 내 삶의 형편은 전혀 달라지는 것이 없다. 지구는 가만히 제자리를 지키고 있는데 해와 달이 교대로 숨바꼭질을 하고 있다는 천동설이나 이를 뒤집은 지동설이 어느 쪽에 영향을 미치든 우주는 변함이 없는데 사람들이 경우에 따라 錯視(착시) 또는 錯覺(착각)을 일으키는 것이다. 이것이 지구의 自轉軸(자전축)이 약간 삐딱하게 기울어져 있고 공전 궤도가 타원형인 천체 구조가 빚어내는 현상이라는 초보적 지식은 이제 쓸모가 없다. 우주 자연의 이치와 현상에 대한 공식적 견해와 판단은 留保(유보)해 두고 그냥 보이는 대로 관찰하고 이해하면 족하다. 거기에는 거창한 비밀이나 속임수 같은 것은 없다. 그러나 인간 세상, 人寰(인환)의 거리에서는 보이는 대로 보고, 들리는 대로만 듣다가는 판판이 속고 만다.

거짓과 誇大包裝(과대포장)이 난무하는 정치, 경제, 사회현상을 지혜롭게 간파하지 못하면 詐術(사술)에 속거니와 제 꾀에도 속게 된다. 사람들은 자신은 여전히 굳건한데 세상이, 사회가 무섭게 변해 간다고 한다. 산천은 依舊(의구)한데 인걸은 간곳없다는 옛 노래가 있는데 인간의 집단인 사회는 변화의 속도가 감지되지 않을 정도로 느리지만 정작 사회의 구성원인 인간 자신의 변화는 잠시도 멈추지 않는다. 백 년의 일생을 어느 한 시점에서 조망하면 나는 언제나 그 자리에 있는 것 같지만 백 년을 時分秒(시분초)로 쪼개어서 보면 존재의 생이란 날아가는 화살과 같은 것이다.

변하지 않으면 죽은 것과 같은 것이 있다. 사람이 刹那(찰나) 간에 변해 가고 사회현상과 민심도 時流(시류)와 함께 발전과 쇠퇴를 반복하며 변해 가게 마련인데 特有(특유)하게도 獨占(독점)과 지배, 君臨(군림)을 좋아하는 권력의 屬性(속성)과 行態(행태)는 천 년 전이나 지금이나 조금도 다를 바가 없다. 낱낱의 내가 변하고 세상이 변해야 살아 있는 세계가 펼쳐진다. 오늘의 내가 어제와 같은 나라면 나는 停滯(정체)된 우물과 같고 이내 썩고 말 것이다. 하나의 個別者(개별자)가 그러할진대 통일된 의사의 합일과 결정이 어려운 사회, 국가 조직이나 권력 시스템은 불문가지, 매 순간 성찰하고 변화하지 않으면 꽃놀이패를 놓고 計家(계가)만 하다가 한 집 더 이겨 본들 크게 얻고 이긴 것이 없다는 결말에 봉착한다.

4. 歎息(탄식)

나는 부모님 臨終(임종)을 못 했다. 그 말은 부모님을 직접 모시며 살아 본 적이 없고 결국 奉養(봉양)을 하지 않았다는 뜻이다. 늙어서 기댈 언덕이 자식 말고 따로 있다면 돈 많은 부자거나 특별한 剛斷(강단)이 있는 인물일 것이다. 세상이 많이, 그것도 급변했어도 자식이란 대를 잇는다는 점도 있지만 무엇보다 현생에서 믿고 의지할 수 있는 최대 자산인 것이다. 그런데도 나는 아버지, 어머니를 모시기는커녕 돌아가셨다는 연락을 받고서야 어정거리며 고향 땅을 밟았다. 통신수단이 별무하던 시절에는 人便(인편)으로 訃告(부고)를 전했다. 시집간 딸이 친정 부모님이 돌아가셨다는 부고를 받으면 고향 마을이 보일 때쯤부터 비녀를 뽑아 머리 풀고 고무신 벗어 들고 동네 사람들이 다 들리도록 放聲大哭(방성대곡)하며 마치 넋 나간 사람같이 고개를 숙이고 허둥지둥 들어왔다.

거개가 그렇지만 그때만 해도 三代(삼대)가 한집에서 살았고 우리도 예외가 아니었다. 비록 가난했지만 어떻게든 끼니는 거르지 않았고 무더운 여름날 저녁이면 마당 한쪽에 모깃불을 피워 놓고 온 식구가 멍석 위에 둘러앉아 뜨끈뜨끈한 수제비를 맛있게 먹었다. 금방이라도 쏟아질 듯 촘촘한 밤하늘의 별과 함께 그저 우리는 씩씩하게 자라만 주면 되었던 그 시절이 이제 다시는 못 누릴 행복이었다. 쇠죽 끓이는 아궁이에 감자며 고구마를 묻어 놓고 하나씩 꺼내어 손자 입에 까서 넣어 주던 할아버지는 어른들 틈에 끼어 돌아가시는 모습을 지켜보았지만 민둥산을 헤매며 간신히 땔나무 한 짐 해 지고 돌아오면 미리 막걸리 한 주전자 받아 놓았다가 손자와 나누어 마시던 할머니도 임종 못 했거니와 결혼하여 자식 낳고 가정을 꾸리면서도 제대로 한 번 모셔보지도 못했다. 무슨 넋두리 같은 이 이야기는 단순한 추억담이 아니라 오늘날의 炎凉世態(염량세태)에 비추어 보기 위하여 옛 거울을 한 번 꺼내 본 것이다. 지금은 다들 孝(효)를 바라는지는 몰라도 强勸(강권)하지는 않는 시대가 되었다. 엎드려 절 받기는 싫다는, 어찌 보면 모두 살 만한 형편이 되었다는 희소식이라면 그나마 다행이겠지만 그래도 나는 여전히 슬프다.

정치, 경제를 비롯한 모든 분야에서 성공한 사람들의 이야기만 世間(세간)에 膾炙(회자)되고 得勢(득세)한 이들의 武勇談(무용담)만 횡행하는 어지럽고도 날카로운 이 시대의 모서리에서 흙수저 물고 버둥거리다가 다시 흙으로 돌아가고 마는 무지렁이들의 이야기는 쓰고 새길 곳도 없거니와 들어줄 사람도 없다. 그래도 한편 돌이켜 보면 生(생)이란 과녁을 조준해 시위를 당기는 弓手(궁수), 표적을 놓치지 않고 따라가는 狙擊手(저격수)의 시선처럼 완벽을 꾀하고 추구하는 것만이 아니라는 생각이 든다. 비록 한갓 無名草(무명초)였다 할지라도 어질고 良順(양순)하게 한 生(생)을 살고 가신 내 父祖(부조)님께 이 글과 함께 拙詩(졸시) 몇 편을 바친다.

己亥 大寒節(기해 대한절)에 민초

須臾(수유)를 바라보며

열병을 앓는 어린 아들을 살리려고
엄동설한 눈발을 헤쳐
산수유 한 움큼 따온 아버지
그 서늘한 두루마기 자락이
뜨거운 이마를 감싸 식히는
父情(부정)에
눈물겨워하던 시인이 있었다

잠깐 사이에 놓쳐 버린 세월이
情(정)인지 꿈인지 모르는
틈 사이로
십이월 산수유 열매가
저리도 붉은데
언제나 무명 두루마기 차림이던
내 아버지는 어디에 있을까

幽體旅行(유체여행)

歸還(귀환) 프로그램이 搭載(탑재)되지 않은
우주선을 타고
영원을 향해 날아갔다

황량한 이마에 검푸른 상처를 간직한 달
그 서늘한 미소를 至近(지근)거리에서 바라보며
無限反射(무한반사)의 寂光(적광) 속으로 들어갔다

지구궤도의 안쪽에 있는 개밥바라기는
내 생애의 길잡이였기에 고이 모셔두고
지구 바깥에서 맴을 도는 마르스는 벌써
인간의 손길이 뻗친 곳이라 버려두고
다음 목성에 잠깐 들르기로 하였다

인적 없는 平原(평원)
드문드문 고사목이 쓰러져 있는
어느 길모퉁이에서
술병을 끼고 앉아 있는
오십오 년 전에 돌아가신 할아버지를 만났다
할아버지는 布袋上人(포대상인)처럼 웃고 있었다

몇 개의 荒蕪(황무)한 구역을 지나
조그만 돌무지 앞에서 비손하는 할머니를 보았다

삼십오 년 전에 歸天(귀천)한 분이 여기 계실 줄은 몰랐다
할머니, 저 모르시겠어요?
나? 나는 아무것도 몰라
그냥 이렇게 하고 있는 것이야

오로라의 환영을 받으며 도착한 토성에는
아담한 토담집을 짓고
아버지와 어머니가 살고 있었다
두 분은 지금 행복하신가 물었다
가난은 잊어버렸고
빚도 없다고 했다

질량과 중력의 법칙이 적용되지 않는 우주선은
토성의 한 위성으로 진입했다
아! 찬란한 빛의 고리들이 뒤엉켜
무수한 光輪(광륜)을 그리는 그곳에서
형을 만날 줄이야

바짝 야위었던 형은
젊은 시절의 씩씩한 청년이 되어 있었다
얘야, 잘 있었니?
너도 많이 늙었구나
멀리 갈 것 있냐
그만 여기 정착해라

천왕성, 해왕성을 지나
인간들이 태양계에서 逐出(축출)한
어둠의 왕이 지배하는
별로 방향을 틀었다

冥界(명계)의 왕은 거대한 별 자체였다
인간들이 사물에 붙인 이름
천체에 부여한 명칭들이 모두
허구임을 비로소 알았다

인간 자신에게 命名(명명)된 이름도 엉터리
일련번호에 불과한 것을
빛에 반응하는 눈
소리를 쫓아가는 귀의 속임수가
훨씬 정직하다는 것을

태양의 眷屬(권속)들과 이별하면서
깨달았다

老樵歌(노초가, song of old wood cutter)

평생을 이웃하고 지낸 친구들! 고라니, 토끼, 멧돼지, 산고양이, 다람쥐, 청설모, 까치, 까마귀, 꿩, 어치, 직박구리, 멧비둘기, 멧새, 솔새, 박새, 참새, 솔개, 새매, 봄여름 한 철 살다 가는 온갖 철새와 나그네새들, 나를 먹여 살리고 노동과 관조(觀照)의 기쁨을 선사한 풀과 나무들이여! 이제 생의 마지막 깃발을 꽂아야 할 언덕을 물끄러미 바라보고 있는 늙은 나무꾼의 노래를 들어라.

生(생)이란 길지도 짧지도 않고 딱 그만큼만 살고 가는 것. 오래 산 것으로 유명한 팽 씨와 동방 씨도 속절없이 가고 오는 세월 속에 묻혀 갔다네. 우여곡절 끝에 그대들을 만나 같이한 짧지 않은 세월이 하룻밤의 꿈에 불과할지라도 이 인연을 좇아오느라고 철새가 살만한 곳을 찾아다니듯, 나그네새가 잠깐 쉬어 가듯 그렇게 어머니의 자궁을 몇 번이나 드나들고 헤매었는지 모른다네.

친구들이여! 집을 이고 돌아다니는 달팽이를 보았겠지? 그대들의 아담하고 겸손한 집들도 멋있지만 저 달팽이는 얼마나 현명한가! 태어나면서 지고 나온 집 한 채. 평생을 끌고 다녀도 아무런 부담 없이 편리한 집. 이 나무꾼이 지게로 져다 나른 것은 사실은 법당(法堂)이었네. 그대들의 법당, 자연을 지고 다닌 나무꾼은 무득지득(無得之得), 얻은 바 없이 얻은 것은 결국 무소득임을 안다는 것이라네.

내가 하느님이라고 하면 웃겠지? 내가 부처님이라고 하면 다들 돌았다고 하겠지? 그러나 사실이라네. 이 세상에도 저 세상 어디에도 그런 사람 아닌 존재는 없다네. 이고 지고 안고 끌고 다니는 내 안에 있는 부처님, 하느님을 찾아 만나야 하지. 이 몸이 하늘나라 궁전이고 신전이며 법당이라네.

가는 정이 있어야 오는 정도 있다는 관용구(慣用句)가 있지. 무엇인가 가는 것이 있어야 오는 것도 있다는 것. 즉 가지 않으면 오지도 않는다는 의미지. 또한 무엇이든지 바뀌지 않으면 현상이 유지되지 않는다는 것. 물리적 변화가 현상계 존속 유지의 기본 틀이라면 생리적 신진대사 역시 생명체의 존재 조건인 것이지. 절서(節序)에 따라 꽃이 피고 지는 것은 주기적 변화이며 꽃이 지지 않으면 열매가 맺지 않고 결실이 이루어지지 않으면 종(種)을 유지할 수 없지.

생멸거래! 오면 가고 가면 또 온다. 오는 것은 반드시 가야 한다. 즉 언제까지나 머물 수 없다는 말. 나면 죽고 죽으면 다시 온다. 단순 논법으로 죽어야 나는 것이고 죽지 않으면 나는 것도 없다. 가고 오고 피고 지고 나고 죽고 하는 일련의 반복 현상들이 전체적 변화의 흐름 속에서 일어나는 존재의 기본 형식이며 세계 질서 유지의 불변 구도(構圖)인 것이다.

제집 한 칸을 구하지 못해 차가운 밤거리를 헤매는 노숙자들이 한천(寒天) 빈 가지에 걸려 있는 그대들의 집을 보면서 탄식할 것이다. 집! 내 집이란 무엇인가? 가장 안전한 자유 공간? 그럴듯하지. 짝을 찾지 못해 방황하는 사람들. 혼자는 서글퍼서인가, 불안해서인가? 내 입에 쏙 들어가는 그것 말고는 진실로 내 것이라고 할 만한 것이 없다는 사실을 모르는 까닭이지.

오랜 세월 길 위에서 왔다 갔다 하는 것은 무슨 일인가? 부질없는 듯하지만 자연스레 변화를 따르는 삶의 방식이지. 땅에 박힌 말뚝처럼 가만히 서 있기만 하면 무슨 소용인가? 초목이 한자리에 붙박여 있는 듯하지만 절대 그렇지 않지. 끊임없이 자라고 뿌리의 영역을 넓혀 가지. 움직이지 않는 것은 죽은 것이야. 모태(母胎)든 동굴이든 풀 방구리든 자꾸자꾸 출입거래 하는 것이 다 존재 형식이라 그 말이야.

그대들 친구여! 희비고락(喜悲苦樂)을 믿지 말게나. 배부르면 노래 부르고 외로우면 짝을 찾는 일이 다 자연 그대로네. 늦여름과 초가을 사이, 문득 하늘에서 툭 떨어지는 매미를 보았나? 허공을 날아가다가 그대로 바람이 되어 버리는 저 선자(蟬者)의 천화(遷化)! 그것이 무려 몇 년을 땅속에서 잠자며 꿈꾼 생의 결말이라네. 거기엔 기쁨과 슬픔, 고통과 쾌락이 붙을 자리가 없지. 인간 사회에서는 헌신과 희생을 미덕으로 삼지만 가장 자연스럽게 사는 것이 진정한 헌신이라네. 아무리 좋은 일이라도 꾸미고 드러내 보이는 것은 속임수가 있거나 허영일 뿐이야. 그런 면에서 그대들은 순수한 봉사와 헌신으로 가득한 일생을 산다고 볼 수 있지.

반신반의(半信半疑), 친구들이여! 소박하고 조촐한 그대들의 삶과는 무관한 인간 세상의 이야기를 들어 보라. 정치라는 것으로 먹고살고 입신양명하는 자들의 공언(公言)은 반 이상이 허언(虛言)이고 천박한 계산이 깔린 속임수로 술책을 부리는 상업 광고 또한 믿을 것이 못 된다네. 문자 그대로 반은 믿고 반은 의심할 정도를 훨씬 넘어서는 간교함이 횡행하는 인세(人世)의 일을 배우고 물들지 않아도 되는 그대들의 삶이 온전한 행복이라네.

다른 이야기를 들어 보라. 어떤 현상 혹은 사태(事態)의 본질에 도달하지 못한 채로 꾸미고 드러내는 모든 행위는 가식(假飾)이며 허영이고 사치에 불과하지. 터럭을 깎거나 기르고 다듬는 것. 씻고 바르는 것. 번듯하게 차려입고 나서는 것. 온갖 말글. 시선으로 눈알을 돌리고 생각을 굴려 존재감을 표하는 것들이 다 그런 것에 속하지.

이제 나의 마지막 노래를 들어라. 누군가 설치해 놓은 덫이 있다. 노년의 인생이 걸리기 딱 좋은 여생(餘生)의 덫! 나는 이것을 복몽(複夢), 즉 이중의 꿈이라고 명명한다. 아직도 얼마간의 살날이 남아 있고 나는 이 미지의 세계를 무난히 통과할 수 있겠지 하는 막연한 기대와 착각이 그 하나요, 그 착각의 꿈 속에서 빠르게 쇠약해 가는 육신으로부터 스멀스멀 기어 나오는 벌레 같은 본능과 물안개처럼 피어오르는 허욕이 두 번째 덫인 것이다. 외형적으로는 인간을 비롯한 모든 생명체들이 자유의지대로 살아가는 듯이 보이지만 실은 자기도 모르는 운명에 끌려다니는 노예의 삶을 살고 있는 것이다. 결혼을 하지 않았다면 이 불행은 없을 것을. 거기 가지 않았더라면, 그 비행기에, 그 배에, 그 자동차에 타지 않았더라면 죽는 일도 없었을 것을! 그러나 후회할 순간도 없이 존재의 블랙홀 속으로 빨려 들어가 버리고 마는 것이다. 보통 인간들의 인지 능력과 지혜로는 도저히 분별, 판단과 회피의 통로를 찾을 수 없는 운명의 조롱을 어떻게 대응해야 할까….

있는 듯하지만 없고(有卽無, 유즉무) 없는 것 같아도 엄존(儼存)하는 이치가 그리 쉽게 터득할 수 있는 것은 아니지. 생명체들이 느끼는 희로애락의 감정, 나고 죽고 하는 생멸거래의 현상에 대한 인식에 명확히 드러난 실체가 없다는 것이야. 내가 사는 청산에 그 수많은 짐승들, 이 글의 첫머리에 일부 호명한 금수들은 무덤을 남기지 않는다. 그렇게 수명이 길지도 않은 그들은 대체 어디서 어떤 모습으로 죽고 사라져 가는 것일까? 약간의 증감(增減)은 있을지라도 언제나 비슷한 양태(樣態)의 길짐승, 날짐승들이 서식하고 있으니 누가 죽고 누가 다시 태어난 것인지 모른다. 물론 인간의 관점에서. 행불행, 기쁨과 슬픔, 고통과 쾌락도 수용자(受容者)의 감정의 상태와 편차(偏差), 변이(變移)에 따른 일시적 현상일 뿐 고정된 실체가 있는 것은 아니다. 당연히 슬플 때도 있고 기쁠 때도 있지만 영원히 지속되는 그런 감정 상태는 없다. 더 나아가서 궁극의 문제인 생사거래 역시 그러할 뿐이다. 분명히 살아 있는 것 같은데 세상에서는 누군가 계속 죽어 나가고 있고 그 많은 죽음의 대열 속에 나도 포함되어 있다는 사실을 모르거나 부정하고 있는 것이다. '있어도 있는 것이 아니고 없어도 없는 것이 아니다.' 이 논제(論題)를 생사에 대입시켜 '살아도 산 것이 아니고 죽어도 죽는 것이 아니다'라고 유추, 증명할 수 있다. 생명체로서 살아가는 존재의 최대 난제(難題)인 생사 문제의 논의에서 방심(放心)과 집착을 유보하고 한 발짝 가볍게 물러서면 어렴풋한 윤곽이 보이고 더 물러서서 제삼자의 입장에서 철저한 객관적 지혜로 관조하면 긍정과 부정이 묘하게 만나고 원융(圓融)하는 지점에서 한 해답을 얻을 수 있지 않을까 싶다.

이제 내 노래, 노래 아닌 횡설수설은 끝을 맺는다. 흉내쟁이 언치, 까치의 목쉰 울음만도 못한 허튼소리를 노래로 포장(包裝)한 것은 실은 들어줄 청중이 없는 까닭이다. 이 세상 새 중에서 몸집이 가장 작은 벌새가 꿀을 채집하는 현장을 무수히 봐 왔던 나는 그저 황홀했었다. 솔가지 사이를 가볍게 날아다니며 혹은 작은 나무의 우듬지에 앉아 부르는 박새, 솔새의 노래를 들어 본 이라면 탄복할 것이다. 어쩌면 저리 작고 여린 몸피에서 저렇게 예쁘고 힘 있고 발랄하며 생명력 넘치는 노래가 나올 수 있을까! 그것은 필시 자연 그대로의 노래이면서 만약 신이 있다면 모든 제약을 초월한 그 신이 부르는 노래일 것이다. 제군(諸君)은 모름지기 다들 저러한 경지에 있다. 무엇이 아쉽고 또 허전할 것인가…. 咄嗟(돌차, 가볍게 꾸짖고 혀 차는 소리).

母轉子轉啐啄機(모전자전줄탁기)

밤새 한숨도 아니 주무시고
어디를 다녀오셨나요
위대한 어머니여

암탉이 두 발로 끊임없이
알을 굴리듯
억조창생 품어 안은 자애로
또 고단한 발품을 파셨군요

안에서 두드리고
밖에서 쪼면
노오란 병아리가 톡 튀어나올까요

너도 나도 어김없이
제자리에 둘러앉는 아침
눈부신 登空祭儀(등공제의)로 감사하여라
그 은혜

한 번도 자리를 떠나지 않은 채
빙글 돌아온 세상
테 없는 동그라미 하나
허공에
띄워 올립니다

어떤 회상

나지막하고 차분하지만 일관성과 거부할 수 없는 힘이 실려 있는 소리, 지리한 장마 중에 종일 내리는 같은 톤(tone)의 빗소리다. 누워 쉬면서 번거로운 의식을 내려놓고 다만 귀는 열어둔 채 몰입하는 빗소리는 나를 일천구백오십일년의 어느 뜨거운 여름날로 안내해 간다. 때는 한국전쟁이 절정으로 치달을 무렵. 부모님은 삼십 대 초반의 젊은 시절이었고 아버지는 북한군에게 끌려가 탄약 운반 강제 노역을 하고 있었다. 해방 전 일제에 징용되어 홋카이도에서 젊음을 착취당하다가 기적적으로 탈출에 성공하여 생환한 경험이 있던 아버지는 인민군의 감시망을 뚫고 생사를 건 두 번째 탈출에 또 성공하여 고향으로 돌아왔다. 사지에서 살아 돌아온 아버지는 영 못 볼 뻔했던 어머니를 그날 밤 덥석 끌어안고 사랑을 나누었다. 이듬해 초여름 전쟁은 진퇴를 거듭하며 점점 깊은 수렁으로 빠져드는데 한 아이가 태어났다.

이 서문은 순 객관적 사실에 기초하여 내 출생까지의 상황을 형상화해 본 것이다. 선가에 '부모미생전본래면목'이라는 공안이 있는데 시기적으로나 공간적으로 볼 때 그 치열하고 비참하던 전쟁이 내 부모미생전의 정황일 것이다. 어떤 禪者(선자)는 '미생전은 차치하고 지금은 무엇이냐'고 되묻지만 한 존재의 정체성이라는 것은 혼자서 쉽게 정의할 수 있는 것이 아니라고 본다. 과거와 현재, 미래, 시공은 通時的(통시적)이든 개인사든 간에 분리 불가한 관계로 연결되어 있다고 하더라도 '어떻게 태어나기 전의 존재를 논의할 수 있는가?'라는 의문은 '현재의 나를 알면 과거의 나도 알 수 있고 미래의 나를 알고 싶으면 현재의 내가 그 답이다'라고 하는 經句(경구)에서 의미하듯이 지금 내가 처해 있는 현실, 현재의 주·객관적 상황을 명료하게 인식하면 과거의 내 행적도 알 수 있거니와 미래의 상태도 예측할 수 있다는 뜻에서 그 답을 찾을 수 있다. 나는 가끔 충격적인 꿈을 꾸는데 대부분이 전쟁에 관한 악몽들이다. 직접 전쟁을 겪거나 참여한 사실이 없는 내가 왜 이러한 전쟁, 전투에 비록 꿈으로서나마 관여하는지 프로이트 선생이 살아 있다면 물어보고 싶은 심정이다. 부모미생전 화두가 시공이나 윤회와 관련하여 성립된 것이 아님은 명백하지만 현실을 벗어난 空理空談(공리공담)도 아니라는 것을 먼저 이해하고 접근해야 화제의 본질을 만날 수 있다. 한마디로 '너는 누구냐?'라는 원초적 질문을 무시하지 말라는 것이다.

존재의 輪回轉生(윤회전생)을 확신하는 차원에서 본다면 전쟁에 관한 내 꿈들이 암시하는 바는 나의 전생은 그 전쟁에서 전투 중 사망한 병사일 것이라는 추측을 가능케 한다. 도력이 높은 수행인은 자기는 물론 타인의 전생까지 꿰뚫어 본다고 하지만 범부중생에게는 언감생심 꿈도 꾸지 못할 일. 만약 대부분의 인간들이 전생을 기억할 수 있다고 가정하면 이 세상은 뒤죽박죽으로 뒤엉켜 대혼란이 일어나고 결국 파국으로 종지부를 찍고 말 것이다. 피나는 수행을 하고 도를 닦는 것은 전생을 알아보고자 함이 아니고 그 결과로 알게 되는 경우도 있다는 전제하에 혜안이 열리고 숙명통을 얻게 되면 적이나 다행이랴만 굳이 전생사를 알아서 무엇에 쓰겠는가? 모르는 일은 모르는 대로 버려두고 현실, 현재(now, here)라는 상황에서 기회를 놓치지 말고 최선을 다하여 생의 목표를 달성하는 것이 우선일 것이다. 빗소리를 따라 추적회귀한 과거사는 하나의 상념일 뿐 현실과는 아무 관계도 없다. 그래도 '너는 누구이며 무엇이냐'라는 의문은 여전히 필요하다.

駑馬(노마)의 꿈

생이(喪輿, 상여) 알이 다 되어가는
오령잠처럼 마알간 어머니
아직도
고향집 툇마루를 지키고 있다
훅
촛불을 불어 끌 기력만 있어도
새봄을 다시 맞을 수 있다는데
한숨 같은 미풍에도 그만
날아가 버릴 것 같은 체수로
졸고 있는 어머니는
무슨 꿈을 꾸고 있는지

나는 내일을 믿지 않는다
차라리 아무리 풀어도 해제되지 않는
잠금장치
內同心圓(내동심원)의 견고한 유폐
그 꿈을 신뢰한다

어머니는 나일 수 있어도
나는 내가 아니라고
항변할 수 없는
칠십 고개 마루에 턱받이를 하고 앉아
졸고 있는 노마여

눈물샘

결혼해서 한집에 사는 아들이 밤마다 늙은 아버지 곁에서 시간을 보낸다. 아버지는 싫지는 않아도 맘이 짠해서 "얘야, 네 색시한테 가서 잘해야지." "예, 아부지. 조금 있다 갈게요." 팔다리를 주무르고 등허리를 토닥여 주다가 "아부지, 이젠 갈게요. 편히 주무세요." 오줌이 마려워 잠이 깬 아버지가 깜짝 놀란다. 간 줄 알았던 아들이 홀랑 벗고 곁에 누워 자고 있는 것이다.

모기장도 약도 없던 시절 무더운 여름날 밤에 무차별로 덤벼드는 모기를 퇴치할 묘방이 없던 때, 말 안 해도 다 아는 사실. 이 전설 같은 이야기를 뒤늦게 알고 속울음이 아니라 부끄러움도 잊고 오열했다. 영문을 모르는 아내가 눈을 똥그랗게 뜨고 "왜, 무슨 일이 있어요? 내가 뭘 잘못했나요?" 내 아버지는 기회를 주지 않았다. 어렵사리 직장을 구해 나간 후 같이 살면서 모셔 본 적이 없다. 그 사이 아버지의 육신은 급속히 무너져 내리고 있었는데 자식은 아무것도 모르고 그저 제 살아가기에 급급했다.

고전적 수법으로는 누선을 아무리 건드려도 눈물은커녕 쓴웃음만 지을 뿐인 시대와 세태에서 이 무슨 곰팡내 나는 이야기냐고 할지 모르지만 사람마다 다른 사정이 있으니 이해해 주기를 바랄 수밖에. 내 아버지는 일제 강점기 때 북해도(홋카이도)에 끌려갔다가 탈출하여 구리무(박가분) 장사로 변장하고 구사일생 고향으로 돌아왔다. 형을 낳고 그런대로 안정된 삶이 이어지다가 전쟁이 터졌다. 인민군의 탄약 운반 노역에 잡혀가서 또 생사를 넘나드는 곤경을 치르고 시체 더미 속에서 간신히 살아나와 집에 돌아왔는데 그때의 정황을 할머니께서 표현하시길 문밖에 쓰러져 있는 것이 아들인 줄도 몰랐다고, 그저 무슨 옷 껍데기인 줄 알았다고 했다. 그리고 전쟁이 끝나기도 전에 내가 태어났다.

세상사와 인생의 길이란 전혀 짐작이 안 되던 시절의 이야기다. 내가 중학교에 들어가고 고등학생이 되었을 때 나는 기존의 인습을 거부하고 탈출했다. 바람난 수캐처럼 밖으로 떠돌았다. 초등학교도 가기 전에 중학교 책까지 다 독파해 버리고 중학교에 들어가자마자 영문판 선데이 서울을 꿰고 다니던 아들이 안타까워 사방 각지로 찾아다니던 아버지. 남해 이동면 포변의 선창에, 찬 바람 부는 대전역 역두에, 살벌한 군인들이 진 치고 있는 진해 육 정문 앞에, 풍랑이 거세게 일던 울릉도 도동항 부두에. 언제나 허름한 흰 두루마기 차림이었던 아버지. 집 나설 적엔 어머니가 곱게 다려 입혀 주었을 두루마기가 땟국에 절어 꾀죄죄한 것도 모르고 자식을 찾아다닌 아버지. 나는 지금까지 다섯 번 부모님의 천도재를 모셨다.

효란 과연 무엇인가? 대통령 아들 아무개, 국회의원, 장관 자식 누구라고 새겨놓아 본들 그 부모가 기뻐할까…. 단언컨대 아니라고 할 수 있다. 모든 생명자들이 어울려 살아가고 세계가 유지되는 원리, 즉 도를 터득하여 선망 부모님의 내세까지 보듬고 추스를 수 있어야 가없는 은혜에 보답하는 진정 효도일 것이다. 포화가 작렬하는 전쟁 통에 태어나 칠십여 년을 보내는 동안 내 존재의 근원들은 모두 사라지고 없는데 가로늦게 눈물을 불러내려고 하는 까닭은 별게 아니다. 눈물의 역할과 효능은 흘리는 자신을 정화하기도 하지만 나아가 주변과 세상의 해묵은 갈등과 감정의 골에 쌓인 찌꺼기들을 걷어내고 불화와 통증을 치유하는 기능이 있기 때문이다. 시문이라고 할 수도 없는 케케묵은 글들의 행간에 묻어 있는 슬픔이 눈물이 되지 않고 고요하고 잔잔한 기쁨이 되기를 바랄 뿐이다.

간이역에서

모르는 사이에
하나씩 잊혀 가고
말끔히 지워진 허공이 되었을 때
생은 새로운 기억의 출발역으로
되돌아간다

鄕愁(향수)가 그리움의 대명사일 때가
행복이었던가
그리운 것들이 사라져 가는
황폐한 驛頭(역두)에
망연히 서 있는 팻말

고향 어머니 그대 당신 같은 낱말들이
마른 꽃 이파리처럼 떠도는 시대

兩岸(양안)에 포진한 적군으로 마주 보는
기억과 망각인가
존재의 의미를 실어 나르는
순환 열차인가

누군가에게
잊히는 것이 두려워
죽지도 못하는 자들은

새로운 세상을 꿈꾸지만
열차는
잠깐 쉬었다가 다시 돌아온다

여름나기

칠월이 가면 팔월이 오고
팔월이 가면 여름도 물러나겠지

여름이 가면 가을이 오고
그다음엔 내가 가겠지

긴긴날 따가운 햇볕에
하얗게 바래진 허수아비가
비틀거리며 춤추다가 사라진
적멸의 들녘

재잘재잘 참새 소리 들리는
어느 길목에
커다랗게 해바라기는
웃고 있겠지

정유 복중에 민초

老樵(노초)의 노래

한겨울 영하의 날씨에
땔나무를 져 나르면서 울었다
그 나무로 장작을 패면서
또 울었다
다 늘그막에 웬 잦은 울음이냐고
제발 꾸짖어 다오

輪回(윤회)의 길을 두려워 말어라
누구 가서 오지 않는 사람 있거든
한번 나와 보라
그런 不來不還者(불래불환자)를 아는 사람 있거든
한번 말해 보라

누군가 태어나지 않으면
누군가 다시 오지 않는다면
喜悲苦樂(희비고락) 엇갈리는 이 세상도 없다
진귀한 寶玉(보옥)
해탈열반을 어디에 쓰랴

윤회를 自請(자청)하는 것은
悲願(비원)이 있기 때문이다
나무하고 장작 패면서 운 까닭은
이 늙은 몸이 장만한 땔나무로 군불 넣어

뜨듯한 방에 어머니 한 번 모셔보지 못했기 때문이다
이 갈라 터진 손으로 불 때어 따스한 밥 한 그릇
어머니께 올리지 못했기 때문이다

저승에서?
극락에서?
천만에

이 세상 아니고는 만날 길 없는
어머니를
언제고 만나려면
백 번이고
천 번이고
다시 와야 하는 까닭이다

어머니 꿈

간밤 꿈에 어머니가 날 찾아오셨다. 그 옛날 고향의 들녘 어디쯤 되겠지. 나락이 익어 누렇게 물결치는 논두렁 편편한 곳에 어머니가 가져온 새참을 펼쳐 놓고 우리는 나란히 앉았다. 같이 나락을 베던 삼촌과 이웃이 막걸리를 찾았으나 새참에 술은 없었다.

배도 고프지 않고 술 생각도 없는 나는 오직 어머니와의 대화를 시도하였으나 어머니는 끝내 말이 없었다. 사람들은 툴툴거리며 다시 일을 시작하고 나는 먼 데 하늘을 보았다. 어머니는 못내 서운하신 것이 있는 것일까? 당신과 함께 들일을 하며 보낸 내 소년기의 기억들이 모두가 한바탕 꿈이었던가. 그때에 나는 분명히 당신의 아들이었고 또한 당신은 나의 어머니였다. 이 분명한 사실은 지금 살아 있는 우리의 형제들이 증명할 수 있다. 그래도 이것 역시 꿈에 불과한 것인가. 나는 어머니의 고단했던 생애를 알고 있고 말년에 가까워지면서 여러 가지 노환에 시달리는 어머니의 고통을 함께하고 덜어드리지 못한 불효를 슬퍼하고 뉘우친다. 그리고 가까이 살면서도 어머니의 임종도 하지 못했다. 이 모든 지난 일들이 실제로 있었던 것인지 그 또한 꿈인지 아직도 모르겠다. 어차피 모든 것이 꿈이라면 그때나 지금이나 마찬가지로 웃고 이야기하며 회포를 풀 수는 없는 것인가?

아무렇거나 어머니가 다음 생도 인간을 택한 것이 틀림없고 그것도 여자로 재래했다면 지금쯤은 세 살배기의 귀여운 딸아이로 자라며 한창 재롱을 피우고 있으리라. 내 금생에 꼭 이루고 싶은 비원이 있다면 언제 어디서건 환생한 어머니를 다시 만나 이 미칠 것 같은 가슴의 응

어리와 애틋한 회포를 함께 풀어 보는 것이다. 비록 눈매도 다르고 목소리가 닮지 않았더라도 옛날의 내 어머니! 그분임을 확인할 수 있다면, 그리고 내 불효에 대한 용서를 눈물로써 빌고 내생에서도 다시 당신의 아들이 되어 못다 했던 자식 도리를 다하기를 언약할 수 있다면 정말 아무 회한이 없겠다.

계미 이월 열엿새 날 하동에서 민초

遺産(유산)

내게
모시 등거리 한 개가 있다
어머니가 남겨 주신 업장(業障) 덩어리
이 몸뚱이와 또 하나의
슬픈 유산

고졸(古拙)한 솜씨의 올 굵은 모시 적삼
흐린 돋보기 너머로 손가락 찔러가며
손수 기워 마름질한
서럽고
아픈
선물

초봄

혼자 아침을 먹다가
갑자기 코허리가 시큰해지고
어머니가 생각났다
아마도 시절 탓이려니

어머니
그 옛날 내가 당신께 부친
그리운 편지들은 다
어찌했나요
먼 길 떠나기 전에
소지(燒紙)해 버리셨나요

그렇담
지금쯤 봄소식 되어
하마 늙어가는 아들에게로
하늘하늘
날아오고 있을까요

나풀나풀
하얀 나비 되어
날아오고 있을까요

이름

어머니
오늘 새벽에 유성을 보았습니다
잠깐 동안 꼬리를 끌며
북쪽으로 사라진 별

내가 유성이라고
마음속으로 소리칠 때
그는 이미 사라져 가고 있는 중이었습니다
억겁 세월의 강을 건너
본공(本空)으로 돌아가는 그를
눈물겹게 바라보았습니다

어머니
세상은 다만 이름뿐이란 걸 알았습니다
지어 주지 않은 이름
불러 주지 않는 이름은 의미도 없고
존재하지도 않습니다
누가 유성이라고
강물이라고 말했습니까
누가 어머니라고
아프게 말했습니까

어떤 사람은 어머니가 물려준 유산
40억으로 장학재단을 만들었답니다
그 어머니에 그 아들이겠지요

어머니
당신의 유산은
누가 계산하고
누가 이어갑니까

여기
초라하게 늙어가는 당신의
헛된 그림자
짐짝 같은
몸뚱이 하나가 있습니다

어느 해 늦여름

매미도 지쳐 헐떡거리는
처서 무렵

백발 노모와
턱수염이 꺼실한 애늙은이 아들이 마주 앉아
늦은 저녁을 먹고 있는 것을
넋을 잃고 바라보다가
그만 적시고 마는 눈시울

마당 한편
매캐하게 피어오르는 모캣불 연기 사이로
두런두런 새어 나오는 말소리
아들은 합쪽한 어머니 입에
상추쌈을 넣어 주는가 보았다

아아
내게 금생에는 없을
가슴 아픈 여름날 저녁 풍경이
저승 강가의 화톳불마냥
화닥화닥 타며
노을에 지고 있었다

양의 해 늦은 팔월 민초 涕泣(체읍)

잊어버린 이름

언제부터인가 생각나지 않는
그리운 이름이 있습니다
봄이 오면
비인 남새밭에 저 홀로 피어서
이웃집 누이같이 웃던 그 이름을
나는 어머니에게서
들어 알았습니다

세월이 흐르고
까마득 잊혀간 것을
어느 날 문득 만났으나
아무리 해도 살아나지 않는
안타까운 기억
오직 어머니만이 내게 말해 줄 수 있는
그 이름
그러나 어머니는 계시지 아니하니
어찌합니까

봄꽃 책 식물도감을 다 뒤져
겨우 찾아낸 것이 흡사하여
광내나물이라 했는데 나는
수긍할 수 없습니다

그 옛날
어머니가 가르쳐 준
정겹고 살가운 그 이름이
아니기 때문입니다

패랭이꽃(思母曲, 사모곡)

한 세상 가고 오는 길머리 어디쯤에
모습을 보이리까
자취를 남기리까

내 다음 생엔 기필코
당신이 눈여겨볼 앉은뱅이
한 줌 패랭이꽃으로 주저앉아

가고 오는 걸음걸음마다
밟고 가시게 하오리다
밟아도 또 밟아도 아프지 않고
해맑게 웃는 작은 꽃잎으로…

벽난로

자다가 깨어 보니 어머니가 군불을 때고 계셨다
낯선 방 벽난로 앞에 등을 보이고 앉은 어머니는
말없이 보릿대를 아궁이에 밀어 넣고 계셨다
장마에 삭신마저 녹아들던 어느 해 여름인가
늦추위가 객기를 부리는 요즘인가
'얘야, 떨지 말고 따시게 하고 자거라'
말 안 하셔도 알기는 하겠는데
그런데 하필이면 벽난로일까
어머니는 지금
어디 살 만한 집 포근한 이불 속에서
아치라운 옛 꿈을 꾸고 계신 걸까

연습

어머니
지금 갈까요
예전에 어머니가 그랬던 것처럼
이렇게 앉은 채로 가 버릴까요

마침
아늑하고 편안한 심정입니다
이럴 때가 자주 오진 않을 것 같은데요

남은 이들 몇은
더러 눈물방울도 보이겠지요
그리고 이내 잊어버리겠지요
내가 아버지를 잊고 사는 것처럼

사람들은
잊히는 게 서러워서
정든 것들 보지 못하는 것이 두려워서
자꾸 미적대는 것 같아요

어머니
지금 바깥엔 눈이 내리는데요
눈은 오자마자 바로 녹아 버리는데요

고사리

고사리 순을 꺾으며
한 개 꺾을 때마다 한 번 절하고
바구니에 담을 때마다 울었다던 울 어머니

돌 전의 아기들을 몇씩이나 묻으면서
고사리마냥 꼭 쥔 파리한 손들이
삐삐 꽃처럼 흔들리더라고

고사리를 삶아 말릴 때에는
더 깊은 속울음을 울었다는 울 어머니
봄날이 길어서 더 서러웠다는

공허한 물음

어머니가 쓰던 빗이며 비녀, 바늘쌈지와 골무 같은 하찮지만 평생의 체취가 배어 있는 그런 것들도 봄 들녘의 잔잔한 보리 이랑처럼 곱던 가르마와 함께 공으로 돌아갔을까.

그리고 어머니의 비인 곳을 부쩌지 못해 가끔씩 어린 짐승처럼 허둥거리는 그대도 이제 편히 쉴 자리를 마련하였는가.

불망의 세월

나는
어머니가 나를 사랑하여
머리를 쓰다듬어 주거나
볼기짝을 톡톡 두드리거나
꼬옥 안아 주곤 하던 기억이 없다
원래 그런 일이 없었는지
아니면 내가 잊어버렸는지 모르겠다

모두에게 자랑이고 추억인
곱고 환한 모습
젊은 날의 어머니의 기억이 없는
내게는 여전히
늙어 백발이 처량하던
어머니가 그리울 뿐이다

哀想(애상)

늙은 말이
저문 강가에 우두커니 서 있었다

한 떼의 기러기가 북쪽으로 날아가고
가서 오지 않는 사람을 기다리는 나도
사라지기 위하여 여기 서 있는 것은 아니다

봄새가
진달래 꽃잎을 물어뜯으며 희롱하는 것을
넋을 잃고 바라보았다

길거리에서
아버지인 듯한 사람의 손에 끌려가던
네 살쯤 되어 보이는 눈이 똥그란 계집아이가
한참이나 나를 빤히 쳐다보았다
나는 그만 가슴이 덜컥 내려앉았다

봄풀이 파릇파릇 돋아나기 시작하는 무덤가에
하염없이 퍼질러 앉아 있는 중년의 사내는
아마도 오마니 생각에 목이 메는 듯했다

멀리서
경전선 기적이 울었다

갑신 윤이월 초하루 민초

쏙독새의 추억

궂거나 비 오는 새벽이면 어김없이 들려오는 소리
빗쫑 빗쫑 빗쫑 쫑쫑쫑쫑----
어무이 저 새가 뭔 새요?
그 옛날 선운사 도솔암 산골짜기
쏙쏙쏙 쏙독 쏙독 울어대던 새 이름을 몰라서
잠든 어머니를 깨워 물어보던 아들은
이제 한 마리 새가 되었다
얘야, 그건 머슴새란다, 머슴들 일찍 일어나 새벽일 하라고 울어대는 머슴새란다

비 오는 오월 아침
어디선가 젖은 찔레꽃 향기 흘러오고
바람이 분다
불꽃이 쓰러진다
우주가 흔들린다
아아, 먼 길을 비를 맞고 걸어오신 어머니
저 세상 동그라미 밖으로 뛰어가 버린 아들을 슬퍼하여
어머니가 울고 계신다
쏙독 쏙독 쏙독, 상한 창자를 잘라내듯
새들의 길을 따라가신 어머니를 그리워하여
불환의 동그라미 밖 못난 아들이
쏙독새 되어 울고 있다

슬픈 꿈

새벽꿈에
젊은 날의 어머니를 보았다
내 기억에는 없는

어머니는 고왔다
곧게 탄 가르마에 쪽 찐 머리
흰 저고리 검정 치마가 단아한
어머니는 그러나 말이 없었다

아아, 누가 저 세상에 먼저 가서
우리 어머니를 만나거든
하릴없이 남아 있는
머리 희끗한 늙은 아들이
아직도 못내 슬퍼하고 있더라고
꼭 전해 주오

찬 새벽 토막 꿈에 뒤척이며
그리워하고 있더라고 말해 주오

세상살이

개구리가 울지 않아도
올챙이는 자라고
나비는 날개를 접어도
번데기는 꿈을 꾼다

풀은 베어도 자꾸 돋아나고
벼락 맞은 나무도 반쪽 몸으로
여전히 하늘을 떠받치고 있다

모두가 제 갈 길을 가는 새벽 빛속에서
뻐꾸기가 울었다
문득 어머니 생각

이천이년 오월 하동에서

누가 편지 좀 전해 주오

자식이 너무 슬퍼하면
부모는 가야 할 곳을 잃어버린다는데
어머니, 당신께서는 길을 찾으셨는지요
그 길이 도솔천을 향한 것인지
중생의 길인지는 모르오나
이제 어디에서 어떤 모습으로 만나리까
인연을 따르는 것은 껍데기요
겉모습은 수시로 변하는 것이거늘
설령 만나더라도 알아볼 수나 있으리까
죽지 않으면 영원을 사는 것이 아니라
죽지 않는 것은 영원히 죽은 것
죽음은 환생의 어머니
생은 사의 씨앗
어머니
생사란 본래 없는 것이라고 알았다면
아무나 붙들고 이 편지 좀 전해 달라고 해도
되겠군요

꿈

바람결에
어머니가 오셨다는 소식을 듣고
밤을 도와 달려갔더니
고향집 댓돌 위엔
흰 코고무신 한 켤레
빨간 코고무신 한 켤레
가즈런히 놓였는데
옛날 어머니가 날 낳으신 갓방에는
곡식 자루며 가재들이 예전처럼 놓여 있고
봉창에는 새벽빛이 흘러들고 있는데
아, 방 안에는 푸르스름한 기운만 감돌 뿐
그림자도 없었다

저 아른아른한 기억 속의 고무신
원시의 카누 같은 코고무신은
누가 타고 왔을까

저녁상

게가 갯뻘을 파먹고 있다
제 몸통보다 큰 집게발로
열심히 집어 입안에 넣는다

날이 저물고 있는데
게는 무슨 생각을 하고 있는 것일까
문득 산다는 것이 슬퍼졌다

돌아와 저녁상 앞에 앉아
나도 게처럼 밥을 퍼 넣었다
먹어야 산다는 것
먹지 않으면 죽는다는 것

옛날 울 어매도 십여 년을 혼자 살면서
게처럼 세월의 비늘을 파먹었을 것이라는
생각에 목이 메어
헛손질을 해 가며
미친 듯이 퍼 넣었다

박새

어머니
또 봄이 오나 봅니다

어제는 이른 아침
어디선지 들려오는 박새 울음에
한참이나 넋을 잃었습니다

오늘 아침엔
혼자 밥을 먹다가
문득 한 방울 낙루했습니다

아마도
어제의 그 새소리
바람 끝에 울던 박새 때문이겠지요

어머니
지금은 어디서 무얼 하고 있나요
설마 박새가 되진 않았겠죠
그런데 왜 나는 유난히도
저 작은 새의 몸피와 노래에 끌리는지
모르겠어요

어머니
이다음에 나도 어머니 뒤를 따라가면
박새가 울던 그 길로 가렵니다

갑신 매화절 민초

잊혀져 가는 것들을 위하여

엄마엄마엄마엄마
마음마음마음마음

티비를 보다가 문득 주르륵
같이 앉아 있던 아내도
말없이 글썽글썽

등 시린 여윈 바람이
메마른 살구나무 가지 흔들듯
그렇게 부르던 이름

어머니
아마도 몇 겁이 지난 것 같애요
크게 소리쳐 불러 보고 싶었던
그 이름을
더 크게 목 놓아 부르고 싶었던
그 이름을
아무도 말리지 않는 지금
조용조용
되뇌어 봅니다
엄마이름엄마이름

세월의 언덕 저 너머
지는 달로 가라앉아 가는 것을
붙들고 놓아주지 못하는 슬픔
이젠 잊어야 할까요
빈 가지에 내리는 눈처럼
쌓이는 그리움을
그만
내려놓아야 할까요

매서운 한기를 녹이는 밤비 소리에
마음은 벌써 봄 내음을 맡는데
엄마라는 이름은
아득히 멀어져만 가는데
우리는 어디에서
다시 만날 수 있을까요
겨울비 봄바람처럼 그렇게
그렇게요

어머니
돌아오지 않는 기차를 기다리는
환승역에서
배고픈 젖먹이가 애타게 부르던
음마음마음마음마

어머니 편지

손녀 일래에게.

반갑게 편지를 받았구나. 읽고 또 읽고 보고 또 보니 한 글자 한 글자가 곡절이 순수하고 필적이 아름답네. 할머니를 위해 말하는 사연이 더욱 고맙구나. 이때에 삼춘(봄)은 서서히 지나가고 지금은 하사월(여름이 오는 때)인데도 날씨는 썰렁하지만 일래도 위로 부모님, 또 형, 동생과 함께 다 잘 있겠지. 어른들은 마냥 공부가 우선이라고 말하지만 쉬어야 할 때는 쉬고 잠 오면 조금 자고 그리하여라. 나는 항상 너희 아버지가 가족과 항상 멀어져 있고 식사를 손수 해야 하는 그 마음이 얼마나 서글플꼬. 아무리 남의 사람 많다 한들 외롭겠지 생각하면 내 마음이 아프다. 나는 여자라서 슬픔도 고독감 그런 것 없이 잘 있으니 염려 말아라. 본래 나는 글도 못 배웠거든. 받침도 제대로 못 하고 그래. 마음은 청춘인데 정신도 없고 힘도 없어 먹고 노는 것뿐이다. 그러나 시 같은 것은 잘 모르지만 네가 쓴 그 시는 보니 의미가 있고 아름답고 좋은 줄 안다. 잘 배워라. 아무튼 일후(장래)에 너희 네 자매가 다 위대한 사람이 되어서 잘 살면 어머니, 아버지 편히 모셔서 잘 살기가 소원이다. 너희들 정성이 고마워서 몇 자 적었다. 능숙한 네 의견으로 맞춰 읽어 보아라.

즉일(오늘) 조모 서

* 아직 어린 셋째 손녀가 할머니께 보낸 편지에 화답한 어머니의 필

적을 당신께서 가신 지 이십여 년이 지난 최근에야 발견하고 아들은 뒤늦게 울면서 자식들이 알아보기 쉽게 가필, 윤문하다.

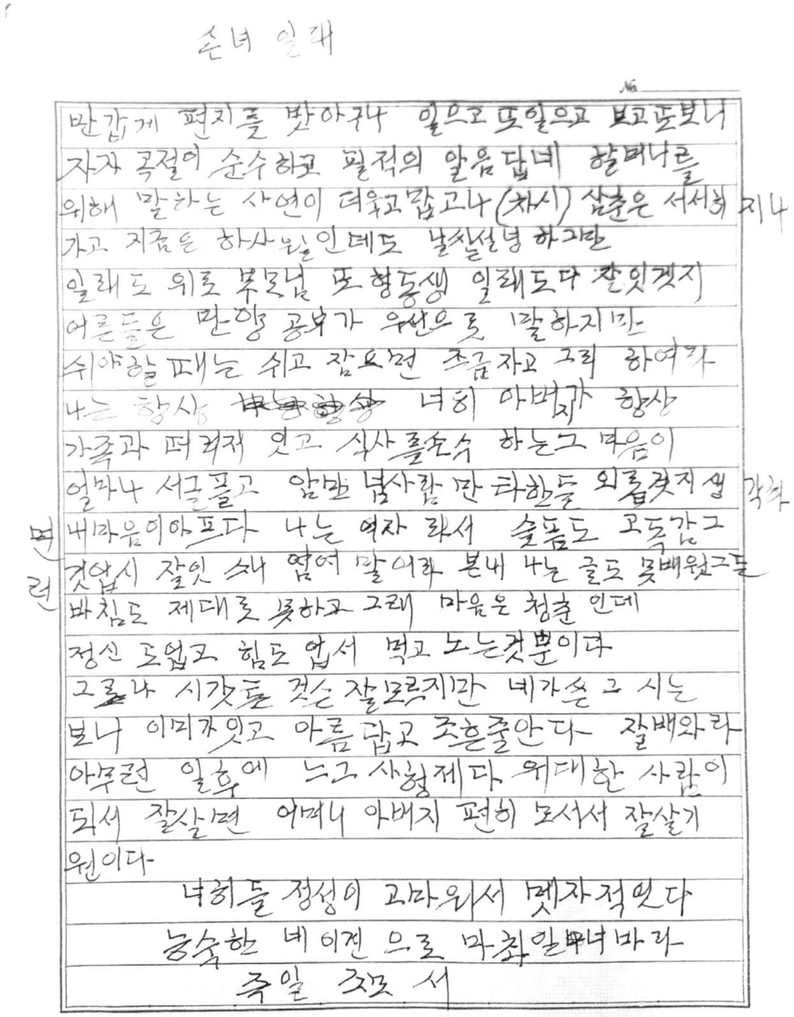
순녀 일대

반갑게 편지를 받아구나 읽으고 또 읽으고 보고 또 보니
자자 곡절이 순수하고 필적의 알음답네 할머니를
위해 말하는 사연이 더욱고맙고나 (차시) 삼춘은 서서히 지나
가고 지금은 하사 될 인데도 날씬설녕 하그만
일래도 위로 부모님 또 형동생 일래도다 잘 잇겟지
어른들은 만항 공부가 우선으로 말하지만
쉬야할 때는 쉬고 잘요면 조금자고 그리 하여라
나는 항사 너히 아버지가 항상
가족과 떠려저 잇고 식사를 손수 하는그 마음이
얼마나 서글플고 암만 남사람 만 타한들 외롭것지 생각하
면 내마음이 아프다 나는 여자 라서 술돔도 고독갇고
것업시 잘잇스나 엽여 말이라 본내 나는 글도 못배웟그들
련 바침도 제대로 못하고 그래 마음은 청춘 인데
정신 모업고 힘도 업서 먹고 노는것뿐이다
그럿나 시갓들 걸슨 잘모르지만 네가쓴 그 시는
보나 이미가 잇고 아름답고 조흔줄안다 잘배와라
아무런 일후에 느그 사형제다 위대한 사람이
되서 잘살면 어머니 아버지 편히 모서서 잘살기
원이다
너희들 정성이 고마워서 몃자 적엇다
능숙한 네 이젠 으로 마촤일녀 바라
죽일 잣고 서

2부.

인생과 우주

2부를 시작하며

적지 않은 세월을 토막 내고 잘라낸 그 세월을 또 쪼개어 낸 자투리 시간들을 생의 덤으로 알고 허비하며 되어먹지 않은 글들을 개발새발 써 왔다. 풍타죽낭타죽 살아온 삶의 궤적이 꼭 지렁이가 비틀거리며 기어간 흔적과 비슷하다고 여기는데 내가 글이랍시고 끄적거려 놓은 것들이 지렁이를 닮았다면 아마도 맞을 것이다. 누가 보고 읽어 주기를 바라서도, 민 아무개라는 한 존재성을 인정받고자 함도 아닌 오로지 자가발전과 자아도취 그리고 자기만족에 불과했음을 고백한다.

용심하는 지혜로운 기술

심법 1

百草是佛母(백초시불모)라는 말이 있다. 온갖 풀이 바로 부처의 어머니라는 뜻이지만 그 수많은 풀들 하나하나가 다 생명체라는 사실을 강조하고 생명 존중과 경외심, 생명에 대한 예의를 갖추라는 含意(함의)를 갖고 있다. 어떻게 해야 위대한 성인의 어머니인 생명 그 자체를 예우할 수 있을까?

먼저 동물적 인간의 淨化(정화)가 필요하다. 대도시처럼 밀집해 사는 인간 사회의 공기는 濁氣(탁기)와 臭氣(취기)가 혼합되어 숨쉬기조차 거북할 정도며 그 환경에 익숙하지 않은 외지인들은 자연히 숨결이 가빠지는 것을 느낄 수 있다. 정화의 핵심은 호흡법이다. 심호흡, 느리고 긴 호흡을 24시간 자연스럽게 지속할 수 있도록 단련하면 龜息(구식) 龜脈(구맥)의 특성을 닮아 간다. 호흡 기능이 강해지고 완급 조절이 가능해지면 심장도 자연히 튼튼해지면서 물속에서 오래 견디는 거북의 호흡과 徐脈(서맥) 현상이 나타난다. 심호흡 수련이 완성되면 대자연의 氣(기)를 흡수하는 호흡법을 익힌다. 大地(대지)의 구성물인 초목과 토양, 巖塊(암괴), 맑은 물에는 眞氣(진기)가 스며 있고 특히 초목에는 生氣(생기)가 넘쳐난다. 大氣(대기) 중에 미만해 있는 그 기를 심호흡으로 고요히 흡수하고 체내에 축적하면 동물적 인간에서 본래의 인간으로 전환되는 계기를 마련하는 것이다.

다음은 인간의 精華(정화)다. 진실로 인간다운 인간(참사람)이 되려면 心法(심법)을 익혀야 한다. 심법이라…. 무슨 거창하고 심오한 행법을 이르는 것이 아니라 아주 단순하고 쉬운 길이지만 사실 결과를 보려면 지난한 수행을 동반하기도 한다. 심법의 다른 말은 용심, 즉 마음 쓰는 기술에 다름 아니다. 언어와 구체적 행위로 나타나는 마음의 표출은 한 인간의 본성, 성품을 드러내는 것이다. 심법의 핵심은 욕망의 다스림이고 허욕과 過貪(과탐)의 統御(통어)에서 출발한다.

百草佛母何向驀面唾(백초불모하향맥면타). 다시 처음으로 돌아가서 일개 산골 樵老(초로)에 불과하지만 나는 풀밭이나 나무 잎사귀에 함부로 침을 뱉거나 오줌을 누지도 않는다. 적잖은 농사가 버겁고 힘들어 간혹 제초제를 사용하기도 하지만 극히 자제하고 낫과 호미를 들고 살다시피 해도 필요 이외는 사용치 않는다. 무슨 대단한 履歷(이력)이 있어서가 아니라 비록 농사지만 낫으로 베고 약으로 말려 죽이는 것도 생명을 해치는 것은 마찬가지라 자연과 생명에 대한 敬畏心(경외심), 예의를 조금이나마 지켜보려고 노력하는 所以(소이)다. 산하대지를 가득 채우고 있는 온갖 생명체와 物象(물상)들이 다 어머니의 얼굴이라면 어느 곳을 향하여 침을 뱉어도 어머니를 모독하는 것이고 함부로 똥오줌을 누고 쓰레기를 버리는 것도 어머니를 더럽히고 고통을 안겨 주는 비인간적 행위가 아닐 수 없다.

인간은 마음을 쓰지 않고는 정상적 생활을 하지 못한다. 일상적으로 이루어지는 모든 행동과 일들이 다 마음의 작용인 생각에서 의지와 의도를 갖고 시작하기 때문이다. 생각과 의지가 개입할 여지가 없는 반사적 언어와 동작들도 실은 오랜 경험과 반복되는 행위로 축적된 習業(습업)에서 비롯한 것이다. 대체로 인간은 일탈과 방종이 지속되면 성찰의 길에서 멀어지고 타락의 도가 심해지면 인면수심의 나락에 빠지는 것도 모르게 된다. 많이 배워 알고 좋은 직장과 유족한 생활을 향유하고 있다 해도 이런 함정에 쉽게 빠져드는 것은 작금에 세상을 시끄럽게 하는 정치인들의 행태를 보면 실감, 실증할 수 있다. 이 모든 현상들, 인간이 인간을 슬프게 하는 요인은 허욕에서 출발하고 끝없이 분출하는 탐심을 제어하지 못하는, 즉 用心(용심)의 실패에서 비롯된 것이다.

호흡법을 익히든 심법을 수련하든 선결문제는 허욕이 발동하는 심리적 기제를 잘 觀(관)하여 보고 명예도 지키고 물욕도 만족시키려는 과도한 탐욕과 집착을 내려놓는 일이다. 물욕이든 색욕이든 욕망이 강하게 추동되면 자연히 호흡이 가빠지게 된다. 심리적 변화가 생리 현상에 영향을 미치는 경우다. 반면 호흡이 심후하고 순일해지면 달아오르던 탐욕심이 차분히 가라앉고 욕망에 끌려 허둥대던 마음의 실체를 간파하면서 자칫 파국으로 치달을 수 있었던 사태를 진정시킨다. 이는 생리적 순조로움이 심리 상태에 긍정적 영향을 미친다는 사실을 입증하는 것이다.

巨視的(거시적), 通時的(통시적) 관점에서 인간도 대자연의 일부임은 거론할 필요조차 없다. 하지만 인류가 출현 이래 진화의 속도를 앞당기면서 구축해 온 인위적 세계 질서는 재편되고 자연 질서는 복원불능 상태에 이르렀다. 유연하고 강인한 생명력을 가진 야생의 세계는 이제 인류의 생존과 번영을 위한 부존자원의 역할자로 전락하고 철저

한 파괴와 착취, 미미한 복원의 비대칭 시소게임을 벌이고 있지만 미래는 암담하다. 그 와중에서도 어떤 類(유)의 인간은 이를 연민의 시선으로 본다. 관찰자와 피관찰자의 입장을 바꾸어 놓으면 누가 누구를 동정하고 안타깝게 여길지 모호한 현상이 벌어지고 있는 것이다. 그러나 인간은 同類(동류)의 種(종)을 연민과 자비로 보듬을 수 있는 유일한 존재다. 그런 천부적 심성과 무한에 가까운 능력을 가진 인간이 그 마음을 잘못 써서 타락자로 蔑稱(멸칭)된다면 진실로 서글프고 어리석은 일 아닌가….

쓰지 않는 마음은 이미 마음이 아니다. 부득이 마음이라 이름을 붙여놓았지만 쓰지 않을 때의 마음은 모든 존재에게 동일한 본성이며 필요할 때 꺼내어 용도에 맞게 사용할 준비가 되어 있는 보관창고 기능을 하고 있을 뿐이다. 無名(무명)의 창고에서 문득 뛰쳐나온 그것이 어떠한 형태로든 작용할 때 비로소 마음이라는 이름을 갖게 되며 구체적 쓰임새에 따라 선용심, 악용심 등으로 불리는 것이다. 마음은 쓰는 훈련을 어떻게 하느냐에 따라 삶의 苦樂(고락)과 일생의 성패가 갈린다고 할 수 있다. 이때의 훈련은 보통 수련 또는 수행이라는 의미로 무형의 공력, 즉 내공을 쌓아가는 과정에 속한다. 곳간에 보관하고 있던 총칼이나 독약을 꺼내는 순간 생명을 해치는 凶心(흉심), 凶器(흉기)가 되고 연민, 자비 같은 보약을 꺼내어 선용하면 무한 공덕이 되는 것이다. 인생사 대강의 顚末(전말)이 이러할진대 어찌 선불리 용심할 것이며 또한 힘써 심법을 닦지 않을 수 있으랴….

대저 심법이란 용심하는 지혜로운 기술이며 용심의 구체적 실현과 실천을 위한 各則(각칙)을 行法(행법)이라고 할 수 있다. 행법에 관한 현실적 유사 사례를 들어 보면 저축성 예금 통장을 개설하고 돈이 생기는 대로 적금을 부어 넣는 것이다. 은행 등 금융기관에 돈을 맡기고 적립하는 것이 가장 안전하고 무난한 재산 증식 수단인 것은 주지의 사실인바, 일확천금을 노리고 부동산 투기, 증권이나 코인 등 위험을 무릅쓴 투자로 패가망신한 사람들이 본다면 인생에 있어 확실하고 안전한 투자와 그 방법은 무엇일까? 바로 연상되고 짚이는 바가 있을 것이다. 무슨 일이든 계획하고 실행에 착수하기 전에 한 템포 늦추어 '수단과 목적 간에 선한 의지가 개재되어 있는가?', '公私(공사)의 구분은 명확한가?', '무모한 목표를 설정하지는 않았으며 그 목적은 정당한 것인가?' 등을 재점검하는 것이다. 언어로 의사를 표현하고 전달할 때, 의도한 바를 신체 동작으로 나타낼 때. 모든 행위에 있어 끊임없이 선한 의지를 일으키면서 살아가다 보면 적금 통장에 돈이 불어나듯 그 사람의 내면에 자기도 모르는 사이에 善功德(선공덕)이 낙엽처럼 차곡차곡 쌓여 가면서 지혜 또한 나날이 증장되어 갈 것이다. 이것이 인간의 삶, 인생을 충만케 하는 이른바 심법 중 하나인 것이다.

등

손발 시린 새벽에야 알았네
등 뒤엔 아무도 없다는 것을

여윈 등짝 마주 붙여 버텨내던
우리들의 가난도 이제야 알았네
마음 추위를 이겨내는 안간힘이었음을

남쪽 바다 어디쯤
빤짝이는 물살 위에 멈칫거리는
봄
느릿느릿 왔다가 서둘러 가 버리는
그런 사랑도
오랜 기다림의 선물이란 걸

가끔 등이 가려운 건
텅 빈 교차로의 점멸등처럼 깜빡이는
그대 향한 그리움의 신호

새벽별 떨고 있는 동천
꿈속을 나는 기러기들이
가까이 더 가까이 오라고 부르네

시린 등짝도 마주 대면
이내 따스해진다고

심법 2

증오와 저주가 들끓고 원한이 사무쳐 있는 곳에서 좋은 기운이 나올 리 없고 오히려 악령이 출몰할 가능성이 높다. 사랑과 은혜, 감사가 있는 곳에는 따사로운 햇볕이 내리쬐는 봄 들녘에 무수한 새싹들이 고개를 내밀듯 생명의 기운이 넘쳐나며 정말 살맛 나는 세상, 지상의 파라다이스가 펼쳐질 것이다. 다양한 가치관이 서로 얽혀 복잡하게 돌아가는 인간 사회에서 수없이 충돌하는 이해관계와 인연의 매듭이 꼬이면서 갈등이 생겨나고 은원이 교차하게 된다. 애증, 은원은 인간의 마음에 잠재해 있는 심리 유형이며 상대성을 띨 수밖에 없는 이 감정이 외부로 표출되면서 심각한 갈등을 유발하는 것이다.

시비선악이 본래부터 인간의 마음에 들어 있는 것은 아니다. 살아가면서 어떤 대상(境界, 경계)을 만났을 때 不知不覺間(부지불각간)에 본능적으로 이루어지는 내심의 판단, 평가와 구체적 감정의 형태로 상대에게 전달되었을 때의 두 경계가 순차적으로 이루어지는 것이 아니라 순간적으로 한꺼번에 일어나는 것이다. 특정인을 만나거나 중요한 모임, 행사에 나가려는 계획이 있으면 무슨 말을 하고 어떻게 처신할 것인지 미리 대비하게 마련이다. 그러나 인간사 대부분은 아무런 생각이나 준비 없이 부닥치게 되고 때로는 당황하여 곤경에 처하기도 하지만 최악의 경우가 아닌 한 그럭저럭 넘어간다. 임기응변과 처세술에 능하여 위기도 잘 넘기는 이가 더러 있는데 이들의 특징은 번지르르한 말재간과 약은 꾀로 술수를 부리는 천박한 부류와 말실수(失言, 실언)를 좀처럼 하지 않고 처신도 흠잡을 데가 별로 없는 愼重派(신중파)로 구분해 볼 수 있다. 같은 인간이고 같은 마음의 작용인데 왜 이렇게 극단의 차이가 나는가? 용심의 훈련과 단련된 경지에 현격한 차이가 나기 때문이다.

물건이 아닌 마음은 닦아서 쓰고 보관하는 것이 아니다. 道不用修(도불용수)라는 말이 있지만 마음 역시 道(도)와 같아서 본질과 작동원리를 잘 觀(관)하고 잘 써서 自他(자타) 공히 행복해지도록 하면 족한 것이다. 옛사람의 말에 마음 한번 돌리기가 그렇게 어렵고 그렇게 쉬울 수가 없더라는 것이 있다. 문득 마음 한번 돌리니 세상이 확 바뀌는 것을 경험해 본 이는 알 것이니 回心(회심)이 곧 會心(회심)인 것이다. 羊頭狗肉(양두구육)이란 말도 흔히들 쓴다. 사리사욕을 취하면서 공익과 국익으로 포장하여 변명하고 죄책을 교묘히 피해 간다. 마치 투명한 비닐 천막을 치고 그 안에서 謀議(모의)를 하는 것 같은 형국이다. 고위 공직자와 법률가들이 세상과 국사를 專斷(전단)하는 듯한 시국이 펼쳐지고 있는데 과연 마음을 제대로 쓰고 있는 것일까?

완곡한 청탁이 있으면 역시 완곡한 거절도 있게 마련. 의도가 있는 인정을 매섭게 뿌리치지 못해 슬그머니 응낙하고 마는 재물욕의 충동은 쉽게 가라앉히지 못한다. 욕심! 불같이 타오르는 욕망을 불 끄듯 억누르려 하지 말고 한발 물러서서(退一步, 퇴일보) 욕망이 발동하는 기제, 그것을 충동하는 심리가 어떤 것인지 가만히 살펴보아야 한다. 마치 맑은 못물에 비친 자기 얼굴을 고요히 들여다보듯이. 거울에 비친 제 얼굴이 왠지 낯설어 보이면 심경에 변화가 일어나고 있다는 징조다.

명리와 은원, 애증에 이리저리 얽히고 꼬인 세상살이도 부지런히 나대며 살든 느긋이 숨어 살든 나고 죽고 오고 가는 절차와 과정은 같다.

때로는 전광석화같이 처리해야 할 일도 있지만 매사 한 박자 쉬고 한 템포 늦추어 지나온 길을 되돌아보는 여유를 갖는 것도 지혜로운 심법이다. 觀(관)은 觀心(관심)의 준말로 봐도 무방하다. 형체가 없는 마음의 작동과 교류, 무형의 인위적, 자연적 현상들을 심안으로 살펴보는 것을 말한다. 심법이 곧 용심법이고 또 관심법과 다르지 않다. 흔히 인간들은 불변의 사랑과 약속을 지키겠다고 맹세한다. 변치 않는 것이 과연 있을까? 마음의 본체는 변화의 속성을 따르지 않더라도 세계와 모든 존재의 生住異滅(생주이멸)을 주관하는 그 작용은 언제나 유동하는 변화의 묘법인 것이다.

밤새 내리는 눈처럼

나무의 나이는
밑동을 잘라 보지 않으면 모른다
생김새로 보아
대강 추정만 할 뿐

사람의 나이는
죽을 때가 되어 보아야 안다
애늙은이 겉늙은이도
그냥 짐작만 할 뿐

채곡채곡 그려 넣고 늘려간
나이테가 궁금하다고
하많은 세월의 허리에
톱을 댈 수는 없지

눈 내리는 소리도 들리는 산촌의 밤
새벽잠 없는 樵夫(초부)는
홀로 켜둔 등잔불 춤사위에
귀를 쫑긋 세운다

적잖은 나잇값을 하려면
저 나무들처럼
눈은 반쯤 열어 두고

입은 다물 수밖에

아무도 모르게 내리는 눈이
곱게
따스하게 세상을 덮듯
보일 듯 말 듯 키워간

나이테의 동그라미
무한 확장 너머 可逆(가역) 축소의
소실점에서
조용히 묻히어 가면

사라진 종소리
지워져 간 동심원의 波紋(파문)같이
딴 세상 어디에서
아련한 낮 꿈속에

닭 울음소리 들어 보려나

존재감

현재의 나를 기준하여 세대를 거슬러 올라가면 直系(직계)든 傍系(방계)든 모든 선대의 사람들이 다 조상이 된다. 인류의 시조인 최초의 조상에까지 소급하면 그간에 출현하고 사라져 간 인간의 수는 계산할 수 없고 대략 추측만 가능할 뿐이다. 이미 오래전에 죽고 없는 한 존재의 生因(생인)과 生緣(생연)을 엄밀히 따져 알기는 곤란하지만 근본 원리는 하나로 명백하다. 數不知(수부지, 무수한)의 조상들 중에 하나라도 없었다면 지금의 나도 당연히 없고 생멸의 순리를 어기고 그 조상들 중 하나라도 죽어가지 않았다면 지금의 나 역시 당연히 없다. 바로 이것이 인연의 섭리며 철칙인 것이다. 분명한 사실은 처음에 누군가가 있었기에(존재) 차례로 무수한 내(個我, 개아)가 있었고 지금의 나도 있다는 것, 처음의 그로부터 무수한 나들이 차례로 소멸되어 갔기에 역시 지금의 나도 있을 수 있었다는 것이다. 미래에도 똑같은 방식과 과정으로 이행되어 갈 것이라는 것 또한 명백한 사실이라면 나, 또는 당신은 지금 어떠한 존재감을 느낄 수 있을까….

과거 누군가가 존재했었다는 사실, 시공을 초월하여 누군가의 존재가 내 존재의 因(인)이 되었고 누군가의 소멸로 인한 부존재가 내 존재의 因(인)이 되고 緣(연)이 되었던 것이다. 과거를 부정하는 것은 미래에 빚지는 것이다. 후대에 갚지 못할 채무를 떠안기는 것은 면책 사항이 아니라 큰 죄업이다. 특정 시기의 역사적 사실을 부정, 왜곡하는 세력과 그 무리들이 있다. 어제도 이미 과거요 작년의 일도 역사인데 먼 과거사를 부정하는 것은 不正(부정)한 목적이 있거나 무지의 소치이며 현재의 자기를 부정하는 결과가 되는 것이다. 스스로 부정한 현재는 미래에도 부정당할 수밖에 없다.

나는 내가 어디서 왔는지를 안다. 지수화풍은 空(공)의 자식들이고 그 자식들이 化合(화합)하여 형상을 만들고 생명을 불어넣었다. 나는 내가 어디로 가는지도 안다. 인연을 차례로 소급해 가면 처음, 출발지에 가닿는다. 과거를 조망하는 시선의 소실점 너머 거기가 모든 존재의 始點(시점)이자 순환 종점이다. 비우기도 하고 채워지기도 하며(虛, 滿, 허, 만) 만들어지고 부서지기도 하는(成, 壞, 성, 괴) 것이 공의 본질이고 功能(공능, 작용)인 것이다. 그렇다면 모든 존재들의 고향은 시절 인연에 따라 풀어놓기도 하고 거두어들이기도 하는 空(공) 아닐 것인가?

일반적으로 인간이 존재감을 느끼는 것은 세상에 두각을 나타내는 것으로 시작한다. 그래봐야 개뿔이나 쥐뿔 비슷한 것이지만 그래도 불특정 다수인으로부터 존재성을 인정받을 때 그 감격은 결코 무시할 수 없는 성취감은 물론 쾌감 같은 것이기도 하다. 지난한 노력의 결과든 뜻밖의 행운이든 출세와 성공이 입신양명의 대명사이고 인간의 가장 오랜 욕망의 구현 목표가 된 것은 아무도 부인할 수 없다. 되지도 않은 글을 쓰고 책을 내는 것도 누군가에게 인정받아 보고 싶은 욕망이 그 출발점이며 온갖 매체에 얼굴을 내미는 것도 존재감 획득 욕구의 발로이다. 그렇다면 미미한 존재감, 이를테면 흔한 이웃이나 친구, 직장 동료들한테도 인정받지 못하는 사람은 어떻게 해야 하나? 세상의 온갖 것을 다 붙들고 가질 수는 없다. 재물과 명성도 포기할 수 있고 잡다한 욕구들도 잠재울 수 있다. 그러나 이 존재감만은 후천적 본능 같은 것이어서 도저히 버릴 수가 없다. 무력감과 함께 존재감을 상실하게 되면 생의 의미가 없고 살아갈 의지가 사라진다. 죽음뿐이다.

친애하는 사람이여. 세상이 날 알아주지 않는다고 해서 실망하고 절망까지 할 까닭이 없다. 오로지 법이 전부이고 법이 지배하는 인간 사회에서 법의 양면성을 살펴보면 표면적으로는 체제와 사회질서 유지 기능을 하지만 실제적으로는 개인의 자유를 억압하고 통제하는 도구로 작동하는 것이다. 공정하고 공평하게 적용되어야 할 법이 권력의 시녀가 되고 영악하고 교활한 자들은 오히려 법의 맹점과 제도적 허점을 이용하여 부정한 방법으로 축재하고 직위를 거래하며 법망을 교묘히 빠져나가는 반면 무지한 하층민들에게는 온갖 죄목을 동원하여 옥죄는 법치주의에 환멸을 느끼고 무력감과 함께 허탈 상태에 빠지면 극한 선택을 하는 경우도 있다. 존재감의 상실이 초래하는 비극이다. 이 복잡다단한 사회 시스템에 적응하지 못하고 존재감마저 느낄 수 없다면 다 버리고 그냥 떠나는 것이다. 굳이 소로우의 『월든(walden)』을 떠올릴 필요가 없다. 탐욕과 갈등이 뒤범벅되어 혼란스러운 이 땅에도 아직 오염되지 않은 곳은 많다. 자연으로 돌아가서 야생의 삶에 동화되면 막혔던 길이 뚫리고 행복의 문도 열린다. 누구의 간섭도 받지 않고 자유롭게 살아가는 짐승과 초목들이 당신의 친구가 되고 당신의 존재감을 충족시켜 줄 것이다.

존재의 고향은 먼 곳에서 찾아야 하는 것이 아니다. 거듭 空(공)을 들먹이니 거기에 무슨 거창한 비밀이라도 있는 것 같지만 그런 것은 없다. 이 세상 모든 존재 자체와 현상에는 이미 공의 본질이 내포되어 있다. 색즉시공 공즉시색이 빈말이 아님은 알지만 체득하지 못했을 뿐이다. 또 공과 물리적 공간을 반드시 분리해서 개념 정의를 할 필요도 없다. 공간의 속성이 곧 공이기 때문이다. 내가 사는 곳이 어떠한 공간이든 잘 적응하고 존재감을 만끽한다면 거기가 바로 본고향이고 사람들이 그렇게 갈구하는 파라다이스인 것이다.

빗소리 따라

초저녁에 지붕을 두드리는 손님이 있으면
곧장 드러눕는다
편안한 꿈을 청하는 주문을
모른 체할 수는 없는 까닭이다

새벽 빗소리가 들리면
바로 일어나 좌정한다
천상의 음률이 지상으로 내려오는
경건한 의식을 치러야 하기 때문이다

수직으로 꽂히는 현악 반주에
등잔불이 춤춘다
불춤을 외면하고 눈을 감으면
생을 허비하는 것이다

청맹과니가 기름값 내고
귀머거리 노래를 들어도
세상은 그런대로 괜찮다고
가만가만 다독이는 빗소리

태중에서 듣던 울 엄마
한숨 소리
울음소리

빗소리 따라 걸어온다

시리스리스리소로 마법 속으로

내려놓고 버릴 것들

당신은 왜 글을 쓰는가? 牽强附會(견강부회)식 억지와 낱말 이어가기 수준에다 엉성한 이미지 조합 등등 주제에 부합하지도 않고 세련미도 없는 잡문들을 무수히 써놓고 그마저도 死藏(사장)시키면서….

그렇더라도 나는 그만둘 수 없다. 미약하지만 민 아무개라는 나! 그 자의식과 존재감 때문이다. 닭 울고 개 짖는 것도 본능에 각인된 존재감의 발로이고 초목이 저마다 다른 꽃을 피우는 것도 각자 특성의 발현, 즉 존재감을 드러내는 것이다. 무릇 사람으로 태어나 세상에 두각을 나타내고 인정받기를 원한다면 더 많은 공부와 비상한 노력을 기울여야 하겠지만 나는 그런 이력도 없거니와 작은 명성도 생각해 본 적이 없다. 즉 종당 쓰레기통 속으로 들어가 태워지고 말 것들이지만 자가발전용이고 自己欺瞞(자기기만)으로도 족하다는 것이다.

가난해서 불편하고 무언가 늘 모자라서 불만인 삶들이 널려 있다. 물질적 가난과 일상의 사소한 불편은 몸에 끼는 때와 같아서 익숙해지면 그런대로 견디고 지낼 만하다. 정신적 빈곤에 의해 마음에 끼는 때는 때라고 느끼지 못하기에 스스로 더러운 줄도 모르니 씻을 생각도 않는다. 分外(분외)의 것을 탐하고(허욕) 허영의 그림자를 좇는 심리는 사람마다 약간의 차이는 있어도 어느 정도 보편성을 갖지만 정작 그것이 검질기게 따라붙는 인생의 최대 장애물, 찌든 때라는 것을 깨닫지 못한다.

피가 혼탁해지면 즉시 치명적 질병을 유발한다. 이른바 현대인의 아킬레스腱(건)인 심뇌혈관 질환이다. 깨끗하지 못한 피는 어렵사리 신체 각 부위에 공급된다 해도 그 功能(공능)을 다하지 못한다. 마음 거울(心鏡, 심경)이 흐려지면 心像(심상)이 밝고 바르게 맺히지 못하고 心地(심지)가 오염되면 아무리 좋은 씨앗을 뿌려도 싹을 틔우기 어렵고 발아한다 해도 제대로 성장할 수도 없다. 이 모든 부조화와 불편함들은 근원적 문제가 있는 데다 인생의 기본 원칙들이 지켜지지 않으면서 발생하는 것이다.

인간의 五慾(오욕)(食色財名睡, 식색재명수) 중에 도저히 삶과 분리할 수 없는 생리적 욕구(食色睡)는 통제와 조절이 쉽지 않고 나머지 재물욕과 명예심도 사회생활의 시작부터 축적되고 각인된 유전자적 특성이 있어 적절한 자기제어장치가 작동하지 않으면 사고가 발생할 개연성이 매우 큰 욕망들이다. 지극히 개인적 생각이지만 이 오욕 중 잠자고 싶어 하는 수면 욕구는 오래 살고 싶어 하는 長壽慾(장수욕)으로 대체해야 마땅하다고 본다. 갖가지 원인에 의한 불면증과 수면 부족에 시달리는 현대인들의 生態(생태)를 고려하면 잠은 못 자서 탈이지 숙면과 飽眠(포면)은 나무랄 데 없는 지극히 정상적 욕구인 것으로 달리 시비 걸 것이 없다는 말이다. 반면 장수 욕구는 생활수준과 의약 기술의 향상으로 평균수명과 기대수명도 획기적으로 늘어나면서 백세시대의 謳歌(구가)가 공공연한 사실로 받아들여지는 작금의 실상이다. 장수 시대의 복지 정책에 맞추어 현금성 지원 시책에 길들여진 사람들이 이제 무조건 오래 살고 볼 일이라는 심리가 일반화되어 있지만 그 부작용도 만만치 않다.

우선 사회적으로 백세 장수 시대에 편승하여 건강 보약, 장수 식품 산업의 무분별한 난립과 얄팍한 상술이 난무해도 수요가 있는 한 이를 통제할 마땅한 방법이 없고 기는 놈 위에 나는 놈 식으로 맹위를 떨치는 사기성 광고에 속는 줄도 모르고 物身(물신) 양면의 피해를 봐도 속수무책인 점이다. 가장 큰 사실적 부작용은 가족이나 제삼자의 고통을 외면하면서 본인에게도 실익이 없는 장수를 고집해야 하느냐의 문제다. 숨을 쉬고 심장이 뛰고 있으면 살아 있는 것이지만 의식이 중단되면 산송장이나 마찬가진데 연명치료를 계속하는 의료 윤리 등을 거론하는 것이 아니다. 흔히 하는 말로 '살 만큼 살았으면 가야지, 이만큼 살았으면 이제 떠날 때도 되었지' 하면서도 정작 그렇게 실천하는 이는 하나도 없다는 사실, 그래서 어떻게든 살아 보려고 하는 의지에는 아무도 시비를 걸 수 없다는 것이고 이 문제는 아주 신중하게 접근하지 않으면 큰 반발을 초래하고 시끄러운 사달을 일으킨다는 것이다.

목숨붙이들에게는 목숨 유지 자체가 지고의 가치이고 선이기에 생에 맹목적일 수밖에 없고 어떤 이유와 명분으로도 타자의 생명권에 개입할 수 없고 장수하고자 하는 의욕에 찬물을 끼얹을 수도 없다. 할 수만 있다면 세상을 다 팔아서라도 영생을 얻고자 하는 욕망도 나무랄 수 없는 것이다. 다만 가치와 보람이 있는 삶을 살고 적절한 시기에 표연히 떠나갈 수 있는 용기를 가진 자기 완성자는 수명을 五慾(오욕), 六欲(육욕)의 범주에 넣어도 대수롭지 않게 여길 것이다.

어떤 종교, 어떤 수행자도 오욕을 다 내려놓으라고 말하지는 않는다. 어느 것이든 부족하면 불편하고 과하면 해로운 욕망의 특성을 잘 파악하여 적절한 자율 통어가 이루어지도록 충고, 조언한다. 결국 내려놓을 것은 무거운 짐, 과욕이고 버려야 할 것은 허욕을 충동질하는 허영인 것이다.

옥수수의 꿈

강냉이 알이
자루에 자리 잡기 시작할 무렵
우리는 꿈을 꾸었다

물방울도 스밀 수 없는
간극을 불허하는
오와 열을 맞추어
완벽한 세상을 만들자는 꿈을

알이 익어가고
마침내 여물어
한 세계가 완성되었을 때
비로소 알았다
틈이 없는 유대와 질서도 결국은
허물어지기 위해 존재한다는 것을

몇 겹의 포장으로 감싼 비밀도
마침내 벗겨진다는 것을

그리고
옥수수수염처럼 고슬고슬
부드럽게 말라가며
자연 소멸의 저 너머로 내던져질 때

우리의 꿈도
완성된다는 것을

우주에서 온 편지

낯설지만 익숙한 사람에게서 편지가 왔다. 오래전에 우주로 귀환한 칼 세이건 씨였다. 내용은 이러했다. "변화하지 못하면 이미 죽은 것이요, 변화를 두려워하거나 스스로 변화하지 않으면 곧 죽게 된다. 失期(실기)하지 않는 것, 그때그때(隨時, 수시) 상황에 알맞게 최적의 상태로 변화하는 것이 삶의 지혜며 생존의 기술이다. 변화의 핵심은 主管者(주관자), 세상의 주체인 자기가 객관적 상황과 필요성에 능동적으로 부응하는 것이다. 자신이 세상을 바꾸고(개혁, 혁명) 主導(주도)한다는 것은 대착각이며 모든 존재는 상황에 따라 변화할 수밖에 없는 숙명을 지니고 있다."

우주 여행자 보이저 1호에 동승한 그가 1990년 지구에서 61억 킬로미터 떨어진 곳에서 보내온 최초의 전문은 '창백한 푸른 점'이라는 사진이었다. 33년 전 태양의 중력권을 이탈하면서 포착한 정밀한 광학렌즈의 시야에서 보일 듯 말 듯 했던 그 지구는 지금 어떻게 되었을까? 세이건 씨의 편지는 이어진다. "우주공간에서 거리와 시간은 그다지 중요하지 않다. 문제의 핵심은 지구에는 여전히 생명체들이 살고 있고 비바람 불고 꽃은 피어난다는 것, 그리고 우리가 밤하늘 먼 곳 희미하게 반짝이는 별을 보고 있듯 그곳 어느 별에서도 누군가 지구별을 바라보고 있을 가능성이 충분하다는 사실이다."

동양권에 속하는 공간과 비슷한 시대에 살았던 공자, 석가는 평생 그 삶의 권역을 멀리 떠나 활동한 기록이 없지만 그들의 사상과 세계관이 집약된 경전 어록에는 전혀 미지의 세계인 우주관이 상징적으로 묘사

되고 있다. 무진수의 별들에게 이름을 다 붙일 수 없듯이 무진수의 존재들에게도 일일이 付名(부명, 이름 붙이기)할 수 없고 그럴 필요도 없다. 중요한 것은 세상은 그렇게 살아가고 그렇게 유지되는 것이며 인간의 능력과 노력이 가상하고 기특하지만 아직 우주의 한 먼지, 대양의 거품 한 방울에 불과하다는 사실을 기억하고 있어야 한다는 점이다. 그렇다고 해서 기죽을 필요는 없다. 왜? 우주를 품에 안으면 되고 우주와 동심일체가 되면 아무런 시비 분별이 붙을 자리가 없으니까.

보이저 1호는 여전히 주어진 임무를 수행하고 있을까, 아니면 영영 우주를 헤매는 미아가 되었을까? 정보에 접근할 수 없는 우리에게는 그저 미지의 세계일 뿐이지만 나름대로 안심하는 것은 거기에 세이건 씨가 동승하고 있다는 사실 때문이다. 세이건 씨의 편지는 이렇게 끝을 맺는다. "죽음이라는 것도 변화의 과정이며 한 단계에 불과할 뿐이요. 저 곤충들의 變態(변태), 나비의 화려한 변신을 보지 못하였소? 그들이 탈피를 거듭하는 것은 새롭게 태어나기 위한 자연의 질서에 순응하는 것이지요. 인간의 죽음도 허망한 생의 종말이 아니라 낡은 옷을 벗고(脫殼, 탈각) 새 옷으로 갈아입는 중요한 절차와 의식이며 새로운 시작을 위한 조물자의 위대한 배려랍니다. 나는 지금 어디라고 할 수 없고 이름 붙일 수도 없는 황량한 구역을 지나고 있습니다. 아마도 지구별처럼 괜찮은 환경을 갖춘 곳은 찾기 어려울 것 같지만 그래도 살만한 곳을 찾고 안착하게 되면 다시 연락드리지요. 부디 자중자애하시고 안녕히…."

그에게 답신을 보낼 방법이 없는 나는 마음속으로 그가 우주공간 어디에서나 환히 웃고 있는 영원한 어린 왕자가 되었기를 빌었다.

영원을 꿈꾸다

등잔에 불을 붙이고
돌아앉아 눈을 감으면
명암이 사라진 저쪽 어디에서
고요히 떠오르는 시선이 있다

식(識)의 불이 꺼지고
오관(五官)의 문이 닫히면
태초에 있었던 말소리가
수런수런 걸어온다

지우지 못하고
지울 수도 없는
녹화 테이프

누가 내 생애를 훔쳐보았나
허공에 새겨진(虛空藏, 허공장) 비밀들이
과거와 미래가 혼교(婚交)하는
비희(秘戲)를

눈을 감고
귀를 막으면
모르는 것이 아는 것보다
훨씬 낫다는 것을 조금씩 깨달아 가고

무언가 보이기 시작한다는 것을 느낄 때
나풀나풀 날아오는 나비 한 마리
사익조의 변태로 부상(浮上)하는 잠자리들

새벽 빗소리

신새벽에 일어나 단좌하고 빗소리를 듣는 것은 무상의 행복이다. 소쩍새, 지빠귀, 올빼미 등 밤새들의 울음도 침묵하는 새벽에 다만 들리는 것은 빗소리뿐. 비는 창밖에 내리고 빗소리는 내 온몸의 세포들을 깨우고 흠뻑 적신다. 귀 고막이 소리에 반응하지만 교감하는 것은 전신의 세포인 것이다. 눈은 가물거리는 등잔불을 응시하고 한잔의 찻물은 혀를 씻어내고 마음까지 정화한다. 콧구멍의 후각 세포는 빗발을 뚫고 날아오는 밤꽃 냄새와 공기 중에 떠도는 초목들이 내뿜는 정갈한 기운을 호흡하고 거친 피부는 이 모든 고요 속에 이루어지는 자연의 향훈을 접촉하면서 한결 부드러워지고 의식은 비로소 모든 것들로부터 놓여남을 감지한다.

눈을 감고 귀를 닫는다고 해서 세상사에 초연하고 무관해지는 것이 아니다. 六門(육문)을 다 폐쇄해도 心王(심왕)은 작동하기 때문에 그를 쉬게 하지 않으면 妄識(망식)은 멈추지 않는 것이다. 교활한 인간군이 설쳐대는 정치판, 특히 괴물화한 집단들이 토해내는 언설과 소음을 보고 들어야 하는 것은 얼마나 괴로운 일인가? 이목구비가 반듯하고 사지도 멀쩡하며 잘 먹고 마시며 잘 삭여내는 것으로 추측건대 내장기관도 튼튼한 것 같은데, 즉 하드웨어는 별 흠이 없어 보이지만 영혼이 없는 듯한 언행과 간교한 처세술을 보면 소프트웨어가 문제라는 것을 금방 간파할 수 있다. 화려한 이력과 더불어 선문답을 연상케 하는 언변을 구사하며 세간의 이목을 모으지만 공허한 말재간으로 출세하고 먹고사는 세상이 아니라는 것을 아직 모르는 것 같다.

말과 글, 그림과 노래 등 예술 영역에도 기교가 있고 필요한 부분도 있을 것인데 인생, 한 생을 살아가는 길에도 기교가 있고 필요할까…. 언어와 문학 · 예술 작품에 기교는 흔히 쓰이고 굳이 감추려 해도 쉽게 드러난다. 기교와 함께 트릭이나 함의가 內藏(내장)되어 보고 듣는 이로 하여금 재미를 더하고 흥미를 유발할 수 있겠으나 그 내용의 실질에 있어 어떤 수식이나 조작이 가해질 수는 없다. 일견 화려하고 멋있어 보이는 인생의 모습도 그 이면을 들여다보면 씁쓸하고 눈살 찌푸려지는 구석도 얼마든지 있다. 삶의 전편을 통해서 살펴볼 수 있는 한 인간의 역량 중에 기회를 재빨리 포착하고 최대한 활용하는 능력과 위기를 벗어나는 술수가 돋보이는 사람들이 세간의 주목을 받고 출세 지향자들의 롤 모델이 되기도 하는데 인생사를 通時的(통시적)으로 보면 천박한 기교와 화려해 보이는 허영의 그림자일 뿐이다. 인생은 그저 소박해도 진실하게 접근하고 곤궁해도 장엄하게 이끌어 가는 것. "내 배는 살같이 세월을 헤친다. 내 운명의 종착지를 향해 지금 순항 중이다. 그러다가 心路(심로)의 어느 한 기점에서 조용히 하선할 것이다." 이렇게 노래 부르며 여정을 다독거릴 생각은 없는지?

金毛獅子(금모사자)! 황금빛 갈기가 무성한 백수의 왕이다. 그 雄姿(웅자)에서 뿜어 나오는 위엄과 카리스마, 가공할 위력 앞에 모두 벌벌 떨고 복종한다. 獅子吼(사자후) 일성에 세상은 침묵하고 獅子嚬呻(사자빈신), 사자가 한번 얼굴을 찡그리고 으르렁거리면 百獸腦裂(백수뇌열), 뭇짐승의 뇌가 찢어지고 간담이 떨어진다. 透網金鱗(투망금린)! 그물을 차고 나온 황금 비늘, 즉 잉어다. 생사를 초월한 존재에게는 아무런 제약이 있을 수 없다. 脫却(탈각) 生死觀(생사관), 나고 죽음의 허망성을 극복하고 생사의 그물을 벗어나려면 바람이 되어야 하고 本無生死(본무생사)임을 體得(체득)해야 한다. 무수한 존재들이 출현했다가 사라지는 현상, 나고 죽는 것을 반복하는 것은 생명계를 구성하고 유지해 가는 가장 기초 형식이자 불가결의 요건이다. 이 지극히 일반적이고 보편적이며 항상적인 현상에 생의 무게중심이 지나치게 치우쳐 있다는 것이 문제라면 문제이고 결코 간단히 해결할 수 없는 이 문제를 풀어내는 과정이 지난한 수행이며 수행의 極則(극칙)에 이르러 토해낸 결론이 본무생사인 것이다. 어떠한 두려움도 없고 그물에도 걸리지 않는 사자와 잉어처럼 되려면 이 본무생사를 透得(투득)하는 것이 관건이다. 粗雜(조잡)하나마 글을 쓰기 시작한 이래 지금까지 무수히 언급하고 천착해 온 영원 혹은 영원성이란 것의 실상은 생명의 본질, 불생불멸 부증불감하는 그것을 명징하게 인식하고 體化(체화)하여 변화의 물결에 자연스럽게 실려 가면서 현상계를 긍정하면서도 그것을 超絶(초절)하는 정신 작용을 의미한다고 본다. 아무런 기능이나 작용이 없는 정신 그 자체라면 비록 영원성을 인정하더라도 무정물과 다름없을 것이며 用(용)이 없는 體(체), 本質(본질)은 무의미, 무가치한 것이다.

頓覺(돈각) 三千是我家(삼천시아가)! 거두절미하고 생명 존재의 覺性(각성)은 여기 이렇게 나오는 것이다. 三千大天界(삼천대천계), 온 우주가 바로 내 집이고 나 자신인데 꾀죄죄한 집 한 채에 가시 울타리 쳐 놓고 그 속에서 안심, 안주하는 것이 그렇게 대단하고 그렇게 부러워할 일인가? 인간이 모르는 것이 별로 없다지만 다만 시기, 때를 모를 뿐이라는 말은 無不通知(무불통지)로 해박하다는 지식으로도 운명은 알 수 없다는 뜻이다. 자기 운명이 어떻게 전개되어 가고 변할 것인지, 또 언제 결정적 순간을 맞게 될 것인지 필연의 기정사실도 그 시기를 모르므로 그냥 잊고 사는 게 인간이고 중생인 것이다. 인류 출현 이후 수백만 년이 흘렀지만 사람다운 삶의 흔적과 유물을 남긴 것은 불과 오천 년 남짓하다. 그 전에도 이후에도 세계가 괴멸할 때까지 태어나고 죽어가는 생사의 릴레이는 잠시도 멈춘 적이 없고 아마도 영원히 반복, 지속될 것이다. 생사바다에 물거품처럼 起滅(기멸)하고 浮沈(부침)하는 것은 언제나 개별자, 個我(개아들)이다. 인간의 능력은 탄복할 만큼 경이롭지만 그 성행은 변덕스럽기 그지없다. 他者(타자)가 쳐 놓은 견고한 울타리는 어떻게 해서든 뛰어넘거나 뚫고 나가지만 자기 울타리에 한번 갇혀 버리면 평생 벗어나지 못하고 우물 안 개구리 신세가 된다. 그러나 한편 인간은 다르다. 나, 내 것, 또는 우리, 우리 것이라는 소아적 집착에 매여 있을 때는 한없이 왜소하고 초라한 인간 존재가 집착의 굴레를 부수고 울타리를 걷어 버리면 그 순간 우주와 더불어 영존하는 大人(대인)이 될 수 있는 것이다. 그러기 위해서는 우선 나(我相, 아상), 내 것이라는 것이 환상이고 환영임을 직시하고 나와 소유 개념을 완벽하게 정리할 필요가 있다. 우주는 멈추지 않는다. 인간도 변해 가며 발전한다. 개아의 나고 죽는 무한 반복 속에 大我(대아)는 건재하다.

만뢰가 잠든 새벽, 오직 빗소리에 묻혀 세상사 다 잊고 존재의 자각마저 놓아 버리면 완벽한 자유, 시공의 그물에서 벗어난 고요한 해방이 찾아온다. 보는 것이나 듣는 것, 접촉하는 물질이나 비물질까지 相卽相入(상즉상입)의 무애경계가 펼쳐지는 것이다. 丈夫自有衝天氣 不

向如來行處行(장부자유충천기 불향여래행처행), 人天(인천)의 師表(사표)인 불타의 길이라도 내겐 하늘을 찌르는 기상이 있으니 마냥 좇아가지만은 않겠노라는 선언이다. 그렇다. 장부라면 모름지기 이 정도의 기개는 있어야 할 것인데 남 흉내 내는 말재주나 부리고 권세의 주변에서 얼찐거리며 명리를 탐하느라 귀한 생을 허비하고 말 것인가….
咄嘆(돌탄, 꾸짖고 탄식함).

연습 자화상

억년 풍우에 닳고 씻기어
마알개진 너럭바위처럼
편안한 모습으로 노년을 보내며
생의 끝마무리 준비를 하는 그

오래지 않아
그가 천화했을 때
그 마른 얼굴에는
범부들에게 흔히 생애의 마지막 순간까지
따라붙는
조악한 탐욕의 흔적이나
순탄하지만은 않았던 삶에 대한
고뇌의 그림자는 없었다

평온함 그 자체이면서
감지 않은 눈은 이미
영원을 응시하고 있었다

별은 멀리 있지 않다

이 세상에 내가
별똥처럼 떨어진 날부터 그는
내게 신호를 보내고 있었다

칠십 년 동안이나
깜박깜박
암호전문을 타전해 왔는데도
나는 모르고 있었다

어느 날 새벽 동쪽 하늘에
꽃등으로 내걸린 신성(晨星)이 내게
가까이 오라고 눈짓하는 걸 보았다
그리고 알았다
별은 멀리 있지 않다는 걸

같은 하늘
하나의 시공에 동시에 떠 있는 우리는
모두 우주의 한솥밥 식구라는 걸

환영으로 부유하는 군상들이
기시감(旣視感)을 느낄 때쯤 사람은
별들의 신호를 해독할 것이다

깜박깜박…
언제 보았더라?

까무룩 까무룩
어디서 만났지?

그렇군… 꿈
기나긴 유전(流轉)의 강기슭 어디쯤에
묻어 버린 기억 속
몽환의 갈피에서 찾아냈지

한참
새벽 빗소리에 젖어 버린
고막을 뚫고
닭 울음이 날아왔다

소리가 지배하는 공간에서
시선은 안식을 취하고
어둠 속에 잠든 별들의 눈짓 손짓도
이젠 속삭임으로 바라보니

옛적
별이 떨어진 흔적을 더듬어
찾으니 고향

내 별이 네 별이면
네 별도 내 별
별 가족이 함께 긴 꿈을 꾼다

익숙해지는 것의 미덕

가난과 불편 사이에 반드시 等號(등호, =)를 놓아야 하는 것은 아니다. 꼭 필요한 것이 없거나 부족하면 불편한 것은 사실이고 가난하면 불편한 것이 많은 것 또한 사실이다. 그러나 거기에 일상적이라는 삶의 양태가 개입하면 문제가 달라진다. 즉 불편한 상태가 지속되고 일상화되면 어쩔 수 없이 그 불편함에 적응하면서 익숙해지는 것이 심리적 반응으로 나타나는데 이는 빈곤층이 주류인 지역 사회의 생활 양상을 보면 사실로 증명된다. 같은 이치로 비록 가난해도 그런 상황에 잘 적응하고 견뎌나가면 어느새 익숙해지면서 불편하다는 생각과 가난이라는 관념도 사라지게 되는 것이다.

힘든 일, 고된 노동이 처음에는 고통스럽지만 견뎌내면서 적응해 나가면 차츰 익숙해지고 삶의 당연한 무게로 받아들이면서 그런 생활이 일상화되면 더 이상 고통이 아니게 된다. 사람은 심신에 負荷(부하)되는 고통이 지속되면 그 상황을 극복하기 위한 대응력이 생겨나면서 인내력도 커지고 돌파구를 찾기 위한 다양한 노력이 투입된다. 그리고 그러한 삶의 방식이 반복, 지속되면 그 고통은 자연히 사라지거나 고통으로 여기지 않게 된다.

인간의 삶에 대한 집착을 유도하고 충동하는 가장 강력한 媒質(매질) 중 하나는 쾌락에의 유혹일 것이다. 五官(오관)이 감각하고 의식으로 수용하는 것들, 보고 들어서 즐겁고 香臭(향취)와 香味(향미), 촉감으로 인하여 느끼는 만족감이 다 일종의 쾌감이며 쾌감을 즐기는 것이 쾌락이고 거기에 과도하게 탐착하면 쾌락(享樂, 향락)주의자가 되는 것이다. 그러나 어떤 동기나 원인에 의하여 평소 탐닉하던 쾌락이 시들해지고 욕구가 사라지면 삶 자체에 큰 의미를 두지 않게 되고 생에 대한 집념도 느슨해지게 된다. 이때가 바로 죽음에 익숙해질 수 있는 기회다. 어둠에 익숙해지려면 계속 눈을 뜨고 있어야 한다. 무리하게 동공을 확대하려 하지 말고 어둠 자체를 조용히 받아들이면 동공은 자연스럽게 어둠에 적응하고 익숙해져 주위의 사물을 인지할 수 있게 된다. 마찬가지로 죽음에 익숙해지려면 죽음이라는 현상을 계속 응시해야 한다. 그렇다면 환자의 연명치료 중 사망선고를 해야 할 경우가 많은 의사나 변사체 처리를 자주 하는 경찰관, 속칭 염쟁이라고도 하는 장례지도사, 멀게는 저 티베트의 鳥葬(조장)을 집행하는 사람들은 죽음이나 사체를 접할 기회가 많은 부류인데 이들은 과연 죽음이라는 현상에 대하여 익숙해져 있을까? 도끼와 칼로 사체를 부수고 조각내어 독수리들에게 던져 주면서 '내가 죽으면 똑같은 방식으로 처리하겠지'라는 상념은 물론 사실상의 관습에 순응할 수밖에 없는 처지에서 죽음은 삶과 긴밀히 연결되어 있는 매우 익숙한 현상이자 풍경으로 각인될 것이다. 질병과 노쇠로, 사건 사고로 죽어가는 주변의 사람들, 참혹한 재난과 전쟁으로 수많은 사람들이 한꺼번에 죽음을 맞이하는 참상을 지켜보면서도 적어도 이 순간만큼은 나는 죽음과 관계가 없노라고 안심하고 하던 일을 계속하는 것이 일반적 심리다. 그러나 생사를 가르고 결정하는 운명은 아무도 모르고 또 모르도록 설계되어 있다. 운명에 관한 저작물과 광고들이 무수히 나돌고 있지만 정작 자기의 운명은 모른다. 자타 공히 운명을 알려고 하는 것은 시간 낭비와 정력 소모에 불과하다. 오히려 가족이나 친구, 지인들과의 사별을 경험하면서

'죽음이란 과연 생과 영원한 단절인가?', '죽음이란 현상의 실체는 무엇인가?'라는 질문을 고요한 수면에 돌멩이를 던져 동심원을 그리듯 파문 안에 던져 놓고 죽음이란 하나의 현상을 응시하면서 명상해야 하는 것이다.

설익은 음식은 제맛을 내지 못하고 서툰 솜씨로는 일의 진척이 더디고 인정받을 수도 없다. 선무당이 장고 나무라고 얼치기 백정은 좋은 고기를 벌집으로 만든다(好肉亂刺, 호육난자). 생의 達人(달인), 착실하게 삶의 기반을 다지고 거친 항로를 順行(순행)해 온 사람은 이미 죽음에도 익숙해져 있다. 무엇이든 익숙해져서 걸릴 것이 없는 사람이 달인이고 달인의 경지는 결국 達觀(달관)에서 오는 것이다.

사월은 가고

사랑보다 미움이 더
지독한 사랑이란 걸 알았을 때
맑고 슬픈 눈물이 흘렀다

반복되는 애증의 변주가
한 세상 살아내는 동력이란 걸 알았을 때
손바닥이 아프도록 땅을 쳤다

매번 한 박자
매사 한 발짝 늦는 것도
오래된 버릇이란 걸 알았을 땐
한숨이 절로 나왔다

조팝나무 꽃가지에 눈길이 자주 간 건
미운 당신 한차례 때려 주기 맞춤하다는
잠재의식 때문이란 것도 뒤늦게 알았다

이제야 알았다는 뼈아픈 후회는
실은 가슴에 몰래 묻어둔 진정을
잊고 살았다는 서툰 변명이었다

때맞춰 피는 찔레꽃
하트 다섯 개가 모여 보석이 된 예쁜 꽃으로

미운 그대 저고리에 브로치를
고운 브로치를 달아 주고 싶다

사랑하는 아내 강명희 님께 바침

幻想(환상)과 욕망의 덫

外物(외물)을 접하고 外境(외경, 바깥 세계)을 인식함에 있어 보고 듣는 것만으로는 성에 차지 않고 직접 거머쥐거나 소유해야 직성이 풀리는 것은 인간의 내면에 공통적으로 잠재하는 性情(성정)일 것이다. 현실적으로 불가능한 것들에 대한 환상을 품는 것 또한 인간들의 일반적 심리 현상이라고 할 수 있다. 그 환상의 基底(기저)에는 가 닿을 수 없고 이루어질 수 없는 동경 세계에 대한 성취동기와 소유욕이 자리 잡고 있으며 환상은 인간의 욕망이 추동되는 여러 기제 중 하나인 것이다.

환상은 필연적으로 욕망을 수반하고 상호 충돌하는 욕망은 인간 사회의 모든 갈등의 원인이자 진화와 발전의 동력이기도 하다(욕망의 양면성). 바라보는 것만으로 족하고 그쳐야 할 것을 무리하게 접근하고 소유하려는 욕망, 五感(오감)으로 六識(육식)을 만족시켜야 성취감을 느끼고 행복으로 여기는 심리와 그에 미치지 못하는 현실적 불만이 내부 갈등으로 중첩되고 사회 갈등으로 비화, 전이되어 나타나는 환상과 욕망의 불가피한 상관관계다.

너무나 멀리 있어 바라보는 것으로 만족해야 했던 달과 별들에게 온갖 이름과 감성적 이미지를 붙여 문학과 예술의 재료로 삼아왔던 인간들이 이제는 달에 발자국을 찍은 지 오래지만 평범의 울타리를 벗어나지 못하는 사람들에겐 여전히 영원한 꿈이자 환상으로 다가온다. 아름다운 것은 바라보기만 해야지 건드리면 곧 추하게 변해 버리고 고운 소리도 듣기만 해야지 잡음을 섞으면 소음이 되어 버린다. 고요히 밤을 밝히는 등잔불도 바라보는 것으로 공부를 삼아야지 그 앞에서 춤을 추거나 재채기를 하면 그만 꺼져 버린다. 종종 비극으로 막을 내리는 남녀 간의 이루지 못한 사랑도 환상을 품은 데서 시작하여 점점 강렬해지는 욕망이 좌절될 때 가해나 자해, 더러 동반자진으로 처음의 환상이 한낱 꿈이었음을 증명해 보인다. 일견 거창한 이념, 사상의 파편들이 도처에 번뜩이고 고급스러워 보이는 지식, 지적 용어들로 수식, 포장된 학문과 그 저작물의 껍질도 만져 보지 못한 凡衆(범중)에게는 그러한 세계가 동경의 대상이자 환상으로 다가오기도 하는데 이런 경우 글을 쓴다는 것이 비참해질 수도 있지만 그렇다고 해서 열등의식을 가질 필요는 없다. 또한 이른바 지성의 반열에 들지 못한다 하여 기죽거나 서러워할 까닭도 없다. 인생이라는 것이 한마디로 정의할 수 없는 각자의 개성과 역할이 있기 때문이다. 자기만의 특성은 우열을 가릴 문제가 아니고 각자의 역할에 要不要(요불요)나 가치의 경중을 따질 수 없기에 그냥 존재하는 것만으로도 그것은 충분한 의미가 있는 것이다. 높고 낮은 산, 흘러가는 물, 길가에 나뒹구는 돌멩이 하나도 다 세계의 구성원이며 제가끔 역할이 있는데 하물며 生命者(생명자)에게 있어서랴….

어떤 환상, 어떤 꿈을 가지든 생의 동력으로 삼으면 아무도 나무랄 수 없고 그것으로 인간의 성숙과 사회 발전에 기여할 수 있다면 금상첨화일 것이다. 그러나 이루지 못한 꿈, 붙잡지 못한 환상에 집착하면서 고통과 패배의 늪에 잠겨간다면 그것은 인생행로에 있어 치명적인 덫으로 작용할 뿐이다. 환상의 도가 심해지면 일종의 병증이 되고 환상은 幻影(환영)을 불러온다. 환영은 허깨비이다. 자기가 조작해 낸 허깨비에게 놀아난다면 허깨비놀음을 자청한 것이고 자신이 바로 허깨비가 되는 셈이다.

일국의 대통령이 되는 것은 꿈이고 환상일 수 있다. 오 년마다 한 번씩 치러지는 대선에 단골 후보로 등장하는 인물이 있다. 제삼자들은 대통령 병에 걸린 사람이라고 비웃는 경향이 있지만 정작 본인은 안 될 줄 뻔히 알면서도 매번 명함을 내미는 것은 대통령 병이 아니라 정치에 매몰된 인생을 戱畵化(희화화)하고 자기가 연출하는 퍼포먼스를 즐기는 듯한 인상이 강하고 한편으로는 야망을 실현하기 위하여 민심의 향배를 가늠해 보기 위한 나름의 정치 포석일 것이다.

나는 가끔 태양계에 속한 天體(천체)들을 幽體(유체)여행하는 꿈을 꾸곤 한다. 그리고 꿈속에서 먼저 가신 조상님들, 조부모님, 부모님과 형을 만나곤 한다. 이것은 환상이 아니라 심리적 생리 현상인 꿈이지만 환상이라고 해도 무방하고 이런 환상은 밤마다 꿈으로 찾아와도 아무런 문제 될 게 없다. 오랜 세월 한 가족으로 살았던 핏줄들을 환상으로나마 만날 수 있다는 것이 얼마나 다행인가…. 문제는 환상과 꿈, 현실을 착각하여 자신의 삶이 피폐해지는 줄도 모르고 나아가 타자에게 끔찍한 해악을 끼칠 수도 있다는 사실과 그럴 개연성도 매우 크다는 점이다.

민들레 통신

여기는 민들레
민들레 기지 본부
1번 전초기지 나오라 오버
1번 불응
2번 3번 4번 기지 순서대로 응답하라 오버
모두 무응답
불통인가
수신 거부인가

이런 제길
빈껍데기만 남은 본부기지라고
얕잡아 보는가 통제 불능이군
다시 한번 호출한다
전 전초기지 응답하라 오버
깜깜

최후통첩
본부를 폐쇄하겠다
더 이상 지원 여력이 없다
이제부터 각자 구명도생하라 이상

민들레 일가의 운명은
그 누구도 예측할 수 없는 가운데

불안한 미래를 향하여
떠내려갔다

愼獨(신독)

인생과 인연

인간의 행위를 규제하는 장치들은 무수히 많다. 가장 대표적인 것이 법이다. 법의 기능을 하는 유형은 실정법과 관습법, 윤리, 도덕, 양심 등이 있지만 일반적으로 성문법과 불문법으로 분류한다. 성문법은 물론 윤리와 도덕률도 시대의 변화와 필요성에 따라 적의하게 수정되고 변하여 가지만 인간의 천부적 양심은 불변이므로 사실상 양심이 최상의 법이라고 할 수 있다. 법의 특징이 압박과 강제로 효력을 담보하는 것인데 양심은 강요 불가한 자율 통제 방식으로 작동하므로 사회질서를 완벽하게 보장할 수 없다는 점에서 법치사회의 보조 요소에 불과한 현실이다. 법의 不知(부지)는 변명되지 않는다는 法諺(법언)이 있지만 그 많은 법을 누가 다 알 수 있는가? 차라리 모르는 게 낫고 양심에 따라 행동한다면 큰 탈은 없을 것을. 그래도 법은 내용과 취지를 이해하는 것을 전제로 피해 가는 것보다 지키는 것이 쉽고 마음도 편하다. 이것 역시 양심이 살아 있고 제대로 작동하기 때문에 가능한 일이다.

사회관계망 속에서 살아가는 한 인연을 피해 갈 수는 없다. 인연은 法類(법류)에 속하지는 않지만 인위, 자연을 불문하고 존재와 존재의 고리 역할을 하는 존재 형식이자 법칙이기에 天網(천망)이라는 은유로 표현되기도 한다. 인연을 존중하되 불필요한 인연을 맺지 않는 것이 조금이라도 편안해지는 길이다. 허욕에 추동되어 因(인)을 심지 말고 緣(연)을 불러들이지 않으면 더 이상 고통은 없다. 만약 기왕의 인연들까지 깨끗하게 無化(무화)시킬 수 있다면 그는 아마도 道人(도인)일 것이다. 백 근 남짓한 제법 무거운 이 몸뚱이를 끌고 허덕이는 삶, 쏜살같이 지나가는 今生(금생)이 다 부모 인연의 소산인데 그것을 부정하자는 것이 아니다. 무화시킨다는 말은 인연을 쉰다는 것과 같은 뜻으로 거짓과 조작, 허욕을 버리는 淨化(정화)를 의미한다. 인연이 결코 무시할 수 없는 보이지 않는 법망이라면 인과율은 더욱 엄중한 事前 警告法(사전 경고법)이다. 종자를 뿌리지 않으면 열매는 당연히 생기지 않으나 한번 뿌린 씨앗(행위)은 반드시 발아하고 결과를 보여 준다. 이것 또한 아무도 피해 가거나 거역하지 못하는 진리의 한 軸(축)이다.

야망과 좌절을 섞어 놓은 밥그릇에 약간의 고통과 쾌락을 양념으로 비벼 넣고 꿈과 현실을 섞어 만든 칵테일을 飯酒(반주) 삼아 한 생을 견디고 고해를 건너가는 인생행로에서 무엇이 그렇게 기쁘고 슬픈 일이더냐고 묻는다면 그대는 무어라고 대답할 것인가? 시위를 떠난 살은 다시는 돌아오지 않는다. 默箭(묵전)이나 鳴鏑(명적)이나 한번 땅에 떨어지면 임무는 끝나고 용도폐기 된다. 촘촘한 그물에도 걸리지 않는 바람처럼 자유롭게, 보이지 않고 만질 수도 없는 천라지망 같은 인연과 인과를 오히려 觀照(관조)하며 사는 건 어떨까? 법 영역의 확장이 아니라 본질이라고 해야 할 인연, 인과, 양심, 윤리, 도덕에서까지 자유로워질 수는 없다. 그것은 자유의 개념에 속하지 않는다. 사회적 인간으로 진화해 온 인간의 사회성에 근원적으로 내재하는 숙명 같은 것으로 이해하면서 바람이 되려면 먼저 내려놓고 한발 물러서야(放下着退

一步, 방하착퇴일보) 느긋한 관조가 가능하다.

무엇을 내려놓을 것인가? '별로 가진 게 없는데…'라고 중얼거린다면 하늘 한번 쳐다보고 발아래를 잘 살펴보시라. 물욕이 없어 가난하다면 궁핍이라는 생각을 내려놓고 부유하다고 여기면 부자라는 자부심, 그래서 행복이라는 생각을 내려놓는다. 하늘을 보면 해와 달이 밤낮을 교대로 비추는 것이 한 번도 약속을 어긴 적이 없고 땅 위에는 나만, 인간들만 살고 있는 것이 아니다. 내 발바닥이 무엇을 밟고 다니는지 자세히 살펴보면 자연 我慢(아만)은 사라지고 겸손과 感恩(감은)을 생각하게 된다. 어디로 물러나란 말인가? 눈먼 나귀가 발길 닿는 대로 나아가다가 생의 낭떠러지로 추락하듯 허욕에 눈이 멀어 무작정 밀어붙이고 보는 고집을 내려놓고 전후좌우를 둘러보면 발길을 어디로 돌려야 할지 물러야 할지 답이 자연 떠오를 것이다.

뻐꾹새에게 길을 묻다

자정 무렵 들려오는 검은등뻐꾸기
울음소리는
이제 막 도착했다는 안착 신호
새끼 낳아 기르며 한 철 나겠다는
방부의례
낯익은 산천은 기꺼이 받아주겠지

둥지도 틀지 않은 채
봄여름 헛헛한 노래 부르고
옛 친구에게 맡겨두었던 새끼들 다 크면
인간사 내 알 배 무어냐고 흔적 없이
떠나 버릴 그들

태어나자마자 울어대더니
내내 강산을 어지럽히다가
쓰레기만 잔뜩 남기고 갈 때는
또 어찌 그리 소란스러운지

날이 밝으면
검은 망토를 걸친 나그네를 찾아가
울어도 노래가 되고
노래가 곧 울음이라
가거나 오거나 그냥

바람처럼 사는 법을
물어보아야겠다

苦海渡難心訣(고해도난심결)

언어 동작 등 어떤 행위든 간에 의사표현을 함에 있어 상대방이나 이를 관찰하는 사람들이 객관적으로 천박하다는 느낌을 받고 평가할 수 있다면 그의 인생행로는 결코 순탄치 않을 것이다. 정작 본인은 이러한 인과관계나 복잡한 인연의 섭리에 대하여 전혀 모를 수도 있지만 설령 제 허물이나 약점을 알고 있다 해도 항상 염두에 두고 살아가는 것은 아니다.

보통 용모가 준수해도 시선이 곱지 못하고 언행에 흠이 많으면 인물이 아깝다 하고 懸河之辯(현하지변)에 문장이 자못 매끄러워도 인품이 별로이거나 인간미가 없으면 輕薄(경박, 경솔, 천박)才士(재사)라 한다. 언행이 경솔하면 곧 천박하고 이미 성품이 천박하면 경솔해지기 쉬운 까닭이다. 마주 보며 대화하는 경우 초면이건 구면이건 무심히 지나치는 듯해도 예리한 사람은 상대방의 인성과 품격을 바로 알아본다. 전화 통화를 하거나 영상으로 보는 경우는 대면하는 것보다는 덜하지만 역시 예리한 판단력을 갖춘 사람은 즉시 그의 인격 수준을 간파한다. 글은 자기 수양을 위한 일기 등을 제외하고는 보통 남에게 보이고 평가를 받아 보기 위해 쓰고 발표한다. 일반 독자는 文理(문리)가 제법 트였다 하더라도 흠결을 간과하는 수가 있지만 고수는 글의 수준을 一瞥(일별)하여 알아챈다. 그림을 그리고 노래를 부르는 것도 마찬가지로 전문가는 보고 듣는 즉시 내공 수준을 감별한다. 가요경연장에 배석한 심사위원들이 평점 결과를 발표할 때 가수의 입장에서는 축적된 공력과 영혼까지 절절히 쏟아부었지만 노래 실력이 수준급이고 무대 매너도 좋으나 가슴에 와닿는 깊은 울림이 없다고 지적하며 보고 듣는 양면 평가와 함께 내면의 성숙도까지 살펴보는 냉철함을 보여 주는 것이 한 예다. 내가 내뱉는 말, 내가 쓰는 글, 내가 드러내 보이는 언행은 스스로 평가할 기회가 별로 없지만 타인은 금방 알아보는 인간 사회의 가치 판단과 평가 구조에서 주객 간의 상대적 입장이 다른 한 단면을 보여 주는 현상이라고 할 수 있다.

옛사람은 愼獨(신독)을 말했지만 지금 시대에 무리한 요구일지 몰라도 한 번쯤 신독의 의미를 새겨 본다면 내가 하는 말과 쓰는 글, 언어동작이 세인의 어떤 평가를 받을지 생각해 보지 않을 수 없는 것이다. 평소의 얼굴 표정에서 드러나는 그 사람의 인간적 면모가 있다. 용모가 제법 반듯해도 은연중에 풍기는 印象(인상)에서 表徵(표징)되는 시선과 언행이 그이의 특징과 품격을 담고 있는 것이다. 말재간이 뛰어나고 임기응변에 능해도 품위가 없고 격이 낮으면 경박한 拙才(졸재)에 불과하고 얼굴에 궁기가 배어 있고(窮相, 궁상) 삿된 기미(邪氣, 사기)가 보이면 아무리 좋은 옷을 걸치고 근사한 언변을 쏟아내어도 천박하다는 인상을 지울 수 없는 것이다.

최대의 공력을 들여 쓴 글이라도 스스로 천박함이 느껴지면 즉시 수정, 보완하거나 폐기해야 하고 딴에는 온갖 修辭(수사)를 동원한 준비된 말이라도 역시 경박함이 묻어난다면 중지해야 한다. 박학다식이 생활의 밑천이 될 수 있어도 思考(사고)가 졸렬하고 천박하면 오히려 화근이 될 수 있다. 수심이 얕으면 큰 배를 댈 수 없듯 이해득실을 따지고 계산하는 데 영특함을 보이지만 거기에 큰 재물, 큰 명예는 따르지 않는 것이 인간 사회의 오래된 순리다.

말은 해야 할 때와 침묵할 때를 가리고 의사전달, 입장 표명은 분명하고 간략히 하면 족하다. 군더더기나 상대방이 오해하기 쉽고 심기불편을 초래할 수 있는 언사는 내뱉을수록 손해다. 글은 비록 주제가 모호하고 내용이 빈약하더라도 우직성과 진솔함이 보이고 전달하려는 메시지가 뚜렷하면 형식적, 표피적 흠결들은 상쇄될 수 있다. 얼굴은 항상 봄바람이 감도는 듯 온화하게 유지한다. 의식적으로라도 표정관리를 지속하면 자연스럽게 될 때가 오고 그렇게 하면 원하든 원하지 않든 스스로 복을 짓고 불러들이는 결과가 된다. 인생살이 한마당이 고해라 해도 잔잔한 바다에 배 띄워놓고 風流(풍류)하는 멋과 낭만으로 바뀔 수도 있다. 행복이 별것인가? 내가 짓고 만들고 느끼며 누리면 되는 것을….

밀화부리

노루귀
돌양지
섬제비
은방울

꽃송이를 연신 토해내는
마술사

색색의 이파리들이
마구 흩어진다

인간들이 내뱉은 저주와
독설이 맴도는 허공에 흩뿌리는
중화제

봄바람은
꽃비를 불러오고
신명을 타는 새는
또
노래 부른다

사월이 가면
오월이 오고
내가 가면 그대가 온다

無心(무심)이 有心(유심)을 넘고 가려면

十玄詩(십현시) 心印條(심인조)에 無心猶隔一重關(무심유격일중관)이라는 구절이 있다. 선가에서 즐겨 쓰는 무심도 아직 한 관문을 더 통과해야 한다는 말인데 무심이 모든 문제를 해결하는 키워드가 아니라는 뜻으로도 풀이할 수 있다. 무심의 실체에 접근하려면 먼저 善用心(선용심)을 길러야 한다. 즉 用心法(용심법)을 익히고 통달하면 하는 일마다 아무런 장애가 없고 다 성취할 수 있는 것이다. 마음의 本領(본령)은 有無(유무) 또는 在不在(재부재)와 관계없이 다만 그 쓰임, 즉 작용에 의해 존재 여부를 확인할 수 있는 것이다. 無心(무심)이라는 恒用語(항용어)의 사전적 字解(자해)와는 무관하게 선이나 철학의 영역에서는 不要不作(불요부작), 즉 불필요한 마음의 작동을 하지 않는다는 개념이다. 망상이나 망념을 일으키지 않는 경지의 마음의 작용을 의미하는 것이지 아무런 감정이나 생각이 없는 상태를 뜻하는 것이 아닌 것이다.

경전과 선어록에 빈번히 등장하는 無, 不, 非(무, 불, 비) 등의 용어는 현상을 부정하기 위해 사용한 것이 아님을 이해하면 의문의 해결에 도움이 될 것이다. 또 類推(유추)를 확대하면 無(心)가 有(心)를 부정하기 위해 등장한 것이 아니듯 죽음(死, 사) 역시 삶(生, 생)을 無化(무화)시키기 위해 존재하는 개념이 아니라고 할 수 있다. 오히려 생을 설계하고 보장하는 것이 죽음의 역할인 것이다. 달리 해석하면 죽음이라는 최종 관문이 없다면 이래도 살고 저래도 사는 것이라 생은 의미가 사라지고 난장판으로 끝나게 되는 것이다. 죽음이 없는데 무슨 두려움이나 긴장이 있을 것인가? 角逐(각축)과 질서가 필요 없는 세상은 인간 세상이 아니라 천국이거나 환상, 꿈의 세계일 뿐이다.

유심은 무심의 반어적 용법으로 사용하는 경우는 드물고 語義(어의)의 외연을 확장하면 有情(유정)이라는 표현이 더 적실할 것 같다. 情(정)이라는 낱말의 字意(자의)와 용례가 하도 다양하고 많은 까닭이다. 무정한 사람, 정 없는 인간은 사람이 아니라 짐승만도 못하다고 하는 세간의 일반적 인식 경향이 이를 증명하듯 정이란 인간 사회를 구성하고 결속, 유지하게 하는 최고의 마음의 작용인 것이다. 情이 좋은 의미로만 쓰이면 더 좋을 것이지만 인간의 마음은 그 작동 기제가 무궁무진하므로 시비선악 등 어느 한 영역에 한정하여 묶어둘 수 없다. 물질만 변화하는 것이 아니라 마음의 작용도 찰나 간에 변해 간다. 미세하고 신속한 흐름 속에서 지고의 가치인 진리를 찾아내고 영원을 포착하려는 노력과 궁리의 일환으로 無(무)라는 개념을 차용하고 수행의 요체인 心法(심법)으로 정착시킨 것이다. 정은 마음과 유사하여 그 쓰임에 따라 달리 나타나는 현상이지 따스한 정, 차가운 정, 좋은 정, 나쁜 정이 따로 있는 것이 아니다. 그렇지만 비정의 냉혈 인간들이 우글거리는 세상은 삼엄한 가시로 무장하고 있는 선인장들이 드문드문 서 있는 황량한 사막이나 오히려 지옥도의 복사판이라고나 해야 할 것이다. 인정이 곧 인심이라면 어떤 정이든 정붙이고 사는 세상에서 무정하고 무심하게 살아갈 수는 없는 법. 젊고 고운 색시를 등에 업고 물살이 거친 내를 건네준 두 남자 이야기를 비교해 보면 무심에 대한 관점의 일단이 엿보인다. 한 사람은 여자의 따스한 체온과 살 냄새를 못 잊는 반면 한 사람은 언제 무슨 일이 있었냐는 듯 훨훨 털고 제 갈 길을 간다. 바로 이것! 무심의 핵심은 무집착인 것이다. 空(공)과 無(무)를 길라잡이로 삼아 진리를 찾아가는 旅程(여정)에서 유정무정은 장애물이 아니라 오히려 중요한 道伴(도반)이 된다. 다 포용하고 같이 가되 집착하지 않는 것, 이것이 유심을 초월하는 무심의 경지인 것이다.

頌(송)

유심도 무심도 生死(생사)의 江(강)에 꽃잎처럼 띄워 보낸다.
꽃, 꽃잎은 오염되지 않는 本源(본원)의 순수.
꽃잎은 하염없이 떠내려가면서 혼탁한 강을 정화할 것이다.
有無(유무)와 在不在(재부재)를 잊어버린 그대여.
창공을 솟구쳐 올라 구름 속으로 사라지는 솔개(飛鳶, 비연)처럼
그렇게 영원으로 날아갔구려.

새벽 모놀로그

콜록-
살짝 흔들리는 불꽃

에에취-
모두뜀을 하는 불꽃

이건 예의가 아니지

언제부턴가
자그마한 불꽃을
정수리에 얹고
가부좌 튼 그

그가 말했다
나는 발이 없어 네게로 못 간다
지나온 일은 묻지 않겠다
나아갈 길도 덮어 두겠다
이름은 그대로 두고
성(性)이 무엇인지
네가 내게로 와서 가만히 일러다오

방바닥을 네발로 엉금엉금 기어
한 바퀴 돌았다

불꽃이

너울춤을 추었다

早春圖(조춘도)

1
봄비 조금 뿌리려고
바람의 심술 그리 요란했나
새벽 달 한껏 시위를 당기니
중천을 날던 기러기
황망히 구름 뒤에 숨고
시든 매향은 가는 빗발 사이로
젖지도 않고 날아온다

2
산 꿩은 껄껄 웃으며 날아가고
놀란 마을 닭 뚝 울음 그치네
꽃등 내건 샛별 손님맞이
먼동 터오는 길목
물 뿌려 비질하는데
아이 하나 없는 몇 집 산골
늙은이 밭은기침만 콜록콜록

3
가라앉은 것을 휘저으면
다시 흐려지고
걸러낸 것도 외물과 섞이면
도로 혼탁해진다

보탤 것도 덜어낼 것도 없는 無底洞泉(무저동천)
말갛게 고여 오르는 순수명징이라

허공에 살고 지다

걸어가든 뛰어가든 앞발 뒤축이 땅에 닿기 전에 뒷발 앞굽이 먼저 떨어지면 극히 짧은 시간 동안 몸 전체가 허공에 머무르는 滯空(체공) 현상이 일어난다. 지면과 신체 사이에 순간적으로 간극(gap)이 생겨나는 것이다. 찰나 간에 일어나는 현상이지만 사람들은 잘 느끼지도 못하거니와 설령 안다 해도 별 의미를 두지 않는다. 순간은 눈 한 번 깜박일 동안인데 흔히들 刹那(찰나)라고도 하는 짧은 시간, 그것도 사람이 의식하지 못하는 체공이 뭐 그리 이상할 것도 신기할 것도 없다고 한다면 할 말이 없다.

옛 祖師(조사)의 게송에 無量遠劫卽一念 一念卽是無量劫(무량원겁즉일념 일념즉시무량겁, 의상 스님)이라는 구절이 있다. 무한한 시간이 곧 한 생각이 일어나는 찰나이고, 그 한 생각이 일어나는 순간이 바로 무한이다. 즉 일순간이 무한이고 무한이 찰나라는 定言(정언)인 것이다. 이는 반야경의 색즉시공 공즉시색 논리와 같은 형식을 취하면서 시공을 融攝(융섭), 조율하면서 초월하는 對句(대구)로 자리 잡은 것이다.(前句: 一微塵中含十方 一切塵中亦如是. 전구: 일미진중함시방 일체진중역여시)

사람의 몸(세포조직과 기능)이 찰나 간에 변해 가고 변한다는 것은 곧 시간이 흐르고 늙어 간다는 것과 같은 의미다. 몸만 변해 가는 것이 아니라 외물과 현상을 인식하는 마음의 지각 작용도 역시 매 순간 변한다. 선어에 念念不停流(념념부정류)라는 언급이 있는데 생각과 생각이 일어나고 사라지는 것이 물 흐르는 것과 같이 조금도 멈추지 않는다는 뜻이다. 백세시대에 인생 백 년이 꽤나 긴 세월 같지만 劫數(겁수)의 관점에서는 역시 찰나에 불과한 것이다. 태어나는 것도 순간이요, 죽는 것도 순간이다. 매 순간 태어나고 죽어간다. 通時的(통시적) 안목에서 지구적으로 관망하면 사실이 그러한 것을 어쩌랴. 찰나에 起滅(기멸)하는 존재와 현상을 부정할 수 없으니 인간이 하는 일도 순간마다 이루어지고(발생) 사라진다(소멸). 즉 成壞(성괴)가 동시에 일어나는 것이다.

백 년 안팎의 인생에 自力(자력)으로 체공할 수 있는 시간이 얼마나 되겠는가? 한 걸음 옮기는 데 0.1초의 체공 현상이 생긴다고 가정하고 부지런히 뛰고 걷는다면 백 년 도합 얼마이겠는가? 새의 날개가 두 개인 것은 날아다니기 위해서다. 그러나 날다가 지치면 바로 내려와야 한다. 四翼鳥(사익조)의 이야기가 있지만 지어낸 허구일 뿐. 새는 아니지만 곤충인 잠자리는 날개가 두 쌍, 네 개이고 나비, 나방류도 속 날개가 있는 것도 있어 사실상 네 개의 날개를 달고 있다. 네 개의 날개를 단 잠자리, 나비는 사익조처럼 영원히 허공에 머물 수 있을까? 땅을 디디고 살아야 하는 존재가 자꾸만 땅을 벗어나려는 것은 땅이 비좁아서가 아니라 본래 虛荒心(허황심)이 있는 데다가 모험 기질이 다분하기 때문일 것이다. 우주공간으로 쏘아 올려진 不歸還(불귀환) 위성이 아닌 한 因地生物(인지생물)은 반드시 떠난 곳으로 돌아올 수밖에 없다. 변화의 속성을 거스를 수 없는 존재, 특히 인간은 머무는 곳보다 머무는 방식을 더 최적화해야 한다.

게송에 나오는 대로라면 찰나가 이어지고 모여서 세월이 가고 劫數(겁수)가 이루어지는 것이 아니라 刹那卽劫(찰나즉겁)이요 劫是刹那

(겁시찰나)라는 말인데 이는 인식과 깨달음의 영역이므로 斷定(단정)하여 논할 수는 없다. 매 순간 변해 가는 몸과 마음 작용의 推移(추이)를 지켜보면 찰나에 살고 찰나에 죽는다는 말이 공리공론이 아니라는 사실을 알 수 있다. 바꾸어 말하면 발걸음 한 번에 허공에 살고(머물고) 허공에 죽는(소멸) 것이 인생이라는 씁쓸한 결론이다.

입맛이 쓰다면 개운해질 방도를 찾아야 하지 않겠는가. 몸이 늙어가는 것, 세포의 재생력과 기능이 감퇴하는 것을 변화라고 하면 비물질인 의식의 흐름도 변화다. 變卽流 流卽變(변즉류 류즉변), 이것이 찰나간에 변하는 심신의 속성이고 존재의 원리다. 변화의 물결에 몸을 맡기는 것, 변화에 따르고 적응하는 것은 順理(순리)고 順命(순명)이지만 反旗(반기)를 들 수도 있다. 환경과 질서에 의하여 변하기 전에 스스로 변화하는 것, 최적의 상태로 변화를 모색하고 상황을 만들어 가는 것, 미리 정해진 절차나 모델케이스가 없으므로 오로지 자기만의 방식을 추구하는 이것이 생명과 생존의 최적화인 것이다.

틈

하늘에서 억수로 퍼붓는 비도
피해 갈 수 있다
못을 술잔처럼 기울이고
호수를 뒤집어엎는 듯해도
빗줄기 사이엔 틈이 있기 때문에

죽음을 먹잇감으로 삼는 死神(사신)도
피해 갈 수 있다
빗줄기보다 더 가늘어져
한 박자 멈추어 버리면
視界(시계)에서 사라져 버리기 때문에

부정한 권력
無道(무도)한 세력도
피해 갈 수 없는 게 있다
접경 지역의 서치라이트처럼
짯짯이 훑고 지나가는 시선들
저마다의 안목으로 교차하는 시선은
귀신도 피해 가지 못한다

철옹성 같은 저택의 밀실에서
벌어지는 秘戲(비희)도
완벽히 감출 수는 없다

제 마음을 제가 속일 수는 없으므로
더 작아지고
자꾸 졸아들어 마침내
무중력이 되었을 때
누가 나를 알아보며
손가락질할 것인가

해오라기가
갈꽃 속으로 걸어 들어가듯
은쟁반에 내리는 눈처럼
無隙(무극)
無痕(무흔)

濃霧(농무) 속에서
안개의 입자로 사라지면
언제쯤 시간의 틈 사이로
가녀린 고개를 내밀까

한 번 돌아서고
한 번 가 버리면 다시 오지 않는
그대는

생사의 매듭 풀기

어렵사리 습득한 지식이라도 선용하면 삶의 지혜가 되는 것이고 악용하면 毒果(독과)가 될 것이며 엉뚱한 데 쓰거나 死藏(사장)시키면 무용한 쓰레기에 불과한 것처럼 천재일우의 기회를 받아 나온 귀한 생을 축적한 지혜를 만반 활용하여 축복과 충만의 일생으로 승화시킬 수 있는가 하면 오로지 感官(감관)의 쾌락과 탐욕을 좇으면서 자칫하면 생 자체가 지옥도로 변할 수도 있다.

한 생을 누려가는 존재는 어떤 형태이든 욕망의 推動(추동)에 의하여 살아갈 수밖에 없다. 그 욕망의 발현과 추구를 부정하거나 그럴 필요도 없다. 다만 그것이 생의 족쇄가 되지 않도록 잘 관리하고 살면 족한 것이다. 욕망 자체를 부정할 수 없듯 욕망이 지배하는 사회현상 또한 부정하지 못한다. 나아가 인간계에서 벌어지는 절대적 현상인 생사와 관련한 문제들도 부정할 수 없다. 왜? 그 範疇(범주)에 갇혀서 존재하고 살아갈 수밖에 없으니까…. 그러나 용기 있는 자들은 이 견고한 울타리를 뛰어넘으려 시도하고 더러는 초월하기도 한다.

생사의 강은 배를 타고 건널 수 없고 그 험한 길은 차를 타고 갈 수도 없다. 오로지 제 발로 타박타박 걸어서 가야 한다. 걷고 또 걷고 가고 가다가 쓰러지면 여정은 종료된다. 그러나 문제는 여기서 끝나는 게 아니다. 여정을 마무리하기 전에 한 결말을 보아야 하는 것이다. 그 이유는 인간이기 때문이다. 자칭 만물의 영장이고 세계 생명 질서의 재편을 주도하는 명실공히 지구별의 지배자인 까닭이다. 그럼 인류 출현 이래 타 種(종)들에 비해 생물적 진화의 속도가 가장 빨랐던 것 이외에 인간이 성취한 것은 무엇인가? 현란한 문명의 진보와 과학의 발달인가? 인간 사회의 원초적 규범인 윤리, 도덕은 그들만의 세계에서 필요한 타인에 대한 배려와 존중을 보장하기 위한 최소한의 장치로서 등장한 것이고 그것도 인간 본유의 양심에 기초한 것일 뿐이다. 사회의 규모화, 복잡화에 따른 욕망의 충돌과 갈등을 조정, 해결하기 위한 질서와 체제 유지법은 필연적으로 등장할 수밖에 없었던 고육지책에 불과하다.

과학 문명은 지구상에 분포되어 있는 유무형, 물질, 비물질적 자원을 발굴, 활용하는 기술에 불과하고 이것의 성과에 대한 자화자찬은 몰라도 인간 이외의 다른 존재에게 자랑할 것은 못 된다. 왜 그런가? 인간이 세상의 지배자가 된 것은 우수한 두뇌와 무한한 잠재력을 가진 사유 능력의 果實(과실)이고 생존을 위협하는 외부의 적은 질병과 재난 외에는 거의 사라졌으며 다만 인간이 인간 최대의 생명 위협 요인이 되었을 뿐이다. 그리고 여전히 인간을 공포에 떨게 하는 것은 죽음! 언제 어떻게든지 간에 반드시 죽는다는 사실을 자각하고 있다는 것이다. 혜성처럼 등장한 인공지능이 인간을 불멸의 존재로 인도할지 알 수 없으나 그것 역시 인간이 운용하는 프로그램이고 시스템이라면 적어도 한 세기 안에는 그런 일은 일어나지 않을 것이라고 본다. 인류의 성취 중에 특기할 만한 것이 의술과 종교적 진보다. 인간의 생사와 직간접으로 관련된 분야로서 의술과 약학의 비약적 발전은 인간의 수명을 훨씬 늘려 놓았지만 아직도 많은 제약과 한계에 부딪혀 있고 종교는 그 유사 영역인 샤머니즘 등과 함께 현재까지 인간의 삶에 지대한 영향을 미치고 있지만 역시 확실하고 보편적으로 증명된 代案(대안)은 내놓지 못하고 있는 것이다.

그러면 인간이 죽기 전에 기필코 보아야 할 결말이란 무엇인가? 그것은 '나는 왜 태어나고 죽어야 하는가?', '생명을 가진 존재는 이 생사의 길에서 자유로울 수 없는가?', '생멸의 법칙을 초월하는 방법을 일러줄 구원자는 없을까?' 이 절대, 切迫(절박)한 질문에 응답할 자는 아무리 찾아봐도 자기 자신뿐이라는 점에서 어떻게든 결말을 보아야 하는 것이다. 결말을 도출하는 要諦(요체)는 쓰러지기 전에 나를 二元化(이원화)시키는 것이다. 이 나를 아무런 감정 없이 관찰하는 완전한 객관자로서 본래의 나를 상정하고 객관화된 나의 실체와 생사를 관념화하는 방식인 것이다. 구체적 방법은 1. 이 몸뚱이가 나라는 존재 의식(我相, 아상) 2. 이 몸뚱이가 내 것이라는 소유 의식(虛像, 허상에 대한 집착), 즉 고착되어 있는 나와 내 것이라는 관념과 집착을 앓던 이 뽑듯 쏙 뽑아내어서 버리는 것이다.

어떤 생명체나 사물이라도 존재의 기본 원칙인 출현과 소멸의 과정에서 이탈할 수 없다. 묘수가 있을 것 같지만 생겨나는 순간 결국 나고 죽는 생사의 길 위에서 오고 가는 방랑자의 운명인 것이다. 육신은 존재 형식이자 형태이고 존재의 집이기도 하다. 수행자들의 難行苦行(난행고행)은 무시로 끓어오르고 분출하는 인간의 동물적 욕구를 제어하기 위한 수행의 한 방편으로 선택한 것일 뿐 부질없이 몸을 괴롭히려고 한 것이 아님은 싯다르타의 下山(하산)과 깨달음의 과정에서 간취할 수 있다. 어떠한 수단과 지혜를 동원하더라도 궁극은 현실계를 벗어나지 않고 생사를 초탈하는 것이다. 그것은 결국 명징한 깨달음이고 그 방법과 과정에서 중요한 것은 어떻게 하든 저 언덕까지 이 몸을 함께 끌고 가는 것이다.

여기서 하나의 典故(전고)로서 엉성한 論旨(논지)의 의도와 端初(단초)를 고증하고 보충하자면 공자의 朝聞道夕死可矣(조문도석사가의)를 참고하면 대강 헤아려 볼 수 있을 것이다. 도는 말과 글로써 드러낼 수 없어 이것이 도라고 하는 순간 벌써 어그러진 것이다(可道非常道, 가도비상도). 언어로 표현할 수 없는 도를 들었다는 말은 실은 도를 깨달았다는 것을 에둘러 말한 것으로 아침이나 저녁이나 같은 오늘이므로 오늘 세계와 존재의 의문이 활짝 풀리고 도를 깨쳤다면 지금 죽어도 좋다는 선언이다. 도가 무엇이고 깨달음은 또 무엇을 깨달았다는 것이기에 이것을 알면 지금 죽어도 좋다는 것일까…. 어떤 이는 계곡의 너럭바위 위에 미투리 두 짝 달랑 남겨놓고 어디론가 사라져 버렸고 이것도 마뜩잖게 여긴 어떤 이는 돌멩이가 가득 든 망태를 짊어지고 바닷속으로 걸어 들어가 버렸다. 그들은 지금까지 소식이 없다. 생사의 울타리 밖으로 나가 버렸으니 시공을 초월한 것이고 시공에 걸리지 않으므로 예나 지금이나 그대로일 뿐. 변화의 진리 안에서 불변하는 존재가 되어 버린 것이다.

春分詞(춘분사)

영하 5도의 아침
떨고 있는 꽃잎을 생각해 봤니

너는 태양이고 싶지 않니
따스한 햇빛이 되어
오들오들 가여운
마냥 예쁘고 애처로운
작은 생명을
지켜 주고 싶지 않니

욕심 없고
자랑도 않는
꽃들이 있어 세상은
환하지 않니

춘분날 비 내리고
새벽엔 찬 바람
난분분 난분분
날려가기 전에
네 저고리라도 벗어
꼬옥
감싸 주고 싶지 않니

亂世出世遁世(난세출세둔세)

난세에 영웅이 나고 성인도 출현한다는데 지금이 자유와 평화가 충만한 시대인지는 모르겠지만 그런 조짐은 없고 가망도 없어 보인다. 노래 잘 부르는 가수, 그림 잘 그리는 화가들이 기라성같이 매체를 장식하고 감동을 선사하는데 정작 어지럽고 험난한 시국을 안돈시키고 민생고에 허덕이는 백성들에게 희망과 용기를 불어넣어 줄 영웅은 나타나지 않는 것이다. 과문한 탓이겠지만 우리들의 영웅은 세상 어딘가에서 힘을 기르고 勢(세)를 비축하며 때를 기다리고 있는지도 모른다. 하지만 힘(武力, 무력)과 술수를 기반으로 출세한 영웅들은 하나같이 말로가 별로 좋지 않았다. 동양권의 성인으로 명실공히 추앙받는 공자, 석가의 재세 시에도 세상은 그다지 평화스럽지 않았다. 성인이라고 해서 세상을 완벽하게 구제할 수는 없고 다만 救援(구원)의 표상으로서 중생에게 일말의 희망과 믿음, 세파를 헤치고 견뎌 나갈 용기를 갖게 하는 것으로 만족해야 했다. 현시대에 성인의 필요와 역할이 관심을 끌지 못하는 까닭은 叢生(총생)의 수가 많을 뿐만 아니라 인생의 길에서 한 세상 살아가는 방식이 다 비슷한 것 같아도 실은 그 價値觀(가치관)에 따라 너무 세분화, 다양화되어 있어 모든 질서 유지와 갈등을 인위적 규범(法, 법)으로 해결할 수밖에 없는 사정 때문이기도 하다. 그렇다고 무작정 오지도 않는 고도를 기다리고 있을 수만은 없는 것이니 暗中摸索(암중모색), 나름대로 출구와 활로를 찾아야 하는 것이다.

해질 무렵 成蟲(성충)이 낳아 놓은 알이 밤새 부화하여 이튿날 해 뜰 무렵부터 활동하다가 또 저녁때가 되면 마지막 群舞(군무)와 함께 알을 슬어 놓고 사라지는 것이 醯鷄蠛蠓(혜계멸몽), 이른바 하루살이들의 일생이다. 인생 백 년을 하루살이와 비교하면 삼만 육천오백 배나 길지만 세계(宇宙, 우주)의 생멸(成住壞空, 성주괴공)에 비유해 본다면 하루살이의 존재감도 찾아볼 수 없을 지경이다. 그럼에도 인간들은 왜 자칭 위대하다고 하는가? 그 위대성의 근거에 대한 답을 내놓지 못하면 唯我獨尊(유아독존)이니 萬有最貴(만유최귀)니 하는 보편적으로 증명되지 않은 筆舌(필설)과 헛된 自尊(자존)은 그만 내려놓아야 할 것이다.

醯鷄蠛蠓(혜계멸몽)은 인간의 입장에서는 하찮은 날벌레에 불과하지만 그들도 생명체임은 말할 것도 없다. 꼬투리나 이삭 하나에 몇 개나 들었고 달렸는지 모르는, 눈에 잘 보이지도 않는 작은 풀씨마다 생명을 간직하고 있는 것도 주지의 사실이다. 봄이면 황량하던 들녘을 파아랗게 덮으며 제각기 싹을 틔우고 밀어 올리는 저 강인한 생명력을 목도하면서 과연 생명은 어떤 각도에서 어떤 의미와 가치로 존중되어야 하는지 숙고해 보지 않을 수 없다. 하루살이의 목숨이라고 해서 우습게 여길 수 없다면 황차 한 인간으로서 그 어머니가 무진 고생을 해가며 낳고 그 부모가 또 무진 고생하여 길러놓았으되 그 부모에게 효도 한번 해 볼 기회마저 박탈하고 전쟁터로 내몰아 처참한 죽음을 맞게 하는 것은 무슨 이념이며 사상인가? 이런 국가, 이런 통치 행위와 정치가 용납될 수 있는가? 私的(사적) 범죄로 타인의 생명을 앗아가는 것도 절대 안 될 일이지만 공권력의 오남용으로, 책임 있는 자의 관리 부실 등으로 애먼 사람 생명, 신체를 해치는 것도 엄벌해야 마땅한데 대부분 유야무야로 끝내거나 솜방망이만 들었다 놓고 만다.

누구나 꿈이 있고 그 꿈을 실현하기 위해 노력한다. 그러나 그 꿈 때문에 타자의 권리, 그것도 절대의 권리인 생명을 밟고 가는 것은 어떤 이유로도 용인될 수 없다. 정치적 생명을 보전하기 위해서 황당한 변명으로 일관하며 구차하게 職(직)을 유지해 가는 사람들을 보며 난세를 당하여 출세의 기회로 포착하는 재주는 영악하지만 간교하고 비열한 성품에 전율을 느낀다. 산중 골짜기에 엎드려 두더지마냥 따비밭을 파헤치며 푸성귀나 뜯어 먹고 사는 주제에 난세니 둔세니 하는 어투가 가소로울 수도 있겠지만 모든 존재는 저마다 한평생 살아가는 요량이 있고 삶에는 항상 이유와 변명거리를 준비하게 마련이다. 현인 達士(달사)들이 어지러운 세상이 싫고 귀찮아서 으슥한 처소에 隱逸(은일)하는 처세는 예로부터 있어 왔고 요즘 시대에도 심원한 지혜와 덕성을 갖춘 인물들이 적지 않을 것인데 그들은 다 어디로 숨어든 것일까…. 權府(권부) 주변에 불나방처럼 모여들어 현란한 언변과 처세술을 선보이는 인재들을 하루살이에 비유하는 짓은 엄청난 괘씸죄가 성립하겠지만 그 또한 땅 두더지의 한숨 섞인 푸념이라고 제쳐두면 될 일.

하많은 새들과 곤충들이 다 언제 어디에서 죽는지 아무도 모른다. 물고기들은 더러 어부의 낚싯바늘에 꿰이고 그물에 걸리고 갇혀 죽기도 하지만 철새들은 그 황홀한 노랫소리만 산야에 가득히 울려 퍼질 뿐 그들의 생사거래는 여전히 비밀이다. 수억 년 전부터 땅속에 제국을 건설한 개미들도 여전히 비밀의 왕국을 유지하는데 그들 역시 인간의 관점에서는 신비의 존재들이다. 모든 생명 개체들은 자연의 섭리에 따라 종류별로 생멸 주기가 다르고 삶을 향유하고 유지하는 방식이 제

각각이지만 나고 죽는 것은 같은 과정과 형식을 취한다. 생명체가 생겨나는 원리는 胎生(태생) 아니면 卵生(난생)의 형태인데 자웅이 결합해야 다음 세대가 생겨난다는 점은 똑같고 죽어가는 것도 대부분 氣盡(기진)하고 호흡과 심장이 멈추는 것으로 생의 종지부를 찍는다.

한번 출세(出解脫門, 출해탈문)했으면 다음은 隱世(은세)의 순서인데 오히려 난세의 혼란을 가중시키는 역량을 발휘하는 것은 타고난 氣(기)의 발현인지도 모르겠다. 한 세상 그럭저럭 살다가 점점 세인의 기억에서 사라져 가고 완전히 잊혔을 때 그는 죽은 것이 아니라 다음 생의 준비를 위해 어디론가 숨어든 것이라고 본다. 종일 산골짜기와 언덕배기를 오르내리며 살면서도 자연사한 새나 곤충을 보는 경우는 극히 드물다. 특히 한 철을 나고 가는 철새들은 매년 같은 시기에 비슷한 수의 개체들이 다시 찾아와 생의 절정을 구가하는데 그들이 작년 여름에 떠났던 새들인지 아니면 새로운 생명체들인지 전혀 분별할 수 없다. 물론 대다수가 그 새끼들이 성장하여 고향을 찾아온 것이라고 짐작할 수 있지만 그런 假定(가정)이나 추측은 할 필요가 없다. 언제나 같은 새가 돌아와서 노래한다고 여기면 족한 것이다. 닮은 것이 아니라 똑같은 외형에 같은 유전자와 습성을 갖춘 그들은 생물 과학적으로는 遺傳生殖(유전생식)의 소산이더라도 현상적으로는 그가 곧 그이므로 이러한 생명의 릴레이와 饗宴(향연)이 계속되는 한 불멸의 존재인 것이다. 그러나 인간들은 이 사실 같지 않은 사실을 아는지 모르는지 외면하고 있다.

출세의 대명사 격인 권력, 부와 명망 따위는 인간의 天刑(천형)이라고 본다. 그렇지 않다면 인류 출현 이래 지금까지 이어져 온 생존 경쟁에서 발아하고 형성, 축적되어 온 習(습)이며 業(업)일 것이다. 비교와 경쟁에서 모방으로, 그 꿈과 願望(원망)이 현실화되는 과정에서 무수히 벌어지고 저질러 온 인간들의 추악하고 잔인한 행태들을 무엇으로 설명할 수 있겠는가? 천형이라는 것 말고는…. 內戰(내전)을 방불케 하는 昨今(작금)의 정치 사회 양상과 분열, 誤導(오도)되는 진실 앞에서 우왕좌왕 갈피를 잡지 못하는 군중을 지켜보면서 씁쓸하고 참담한 심정을 지울 길이 없다. 왜 우리 인간들은 저 새들처럼, 나비와 잠자리, 매미처럼 살 수 없는 것일까? 답은 過貪(과탐)이 빚어낸 허상과 환상에 매몰된 허욕의 무한 집착과 추구에서 비롯된 것이라고 할 수밖에 없다. 이 세상 어딘가에 은둔해 있을 우리들의 영웅과 성인의 출현을 막연히 기다리며 無用虛辭(무용허사)를 접는다.

'나' 밖으로 나온 '나'

소풍인가
여행인가
탈출인가

병풍 속의 범이 걸어 나오고
호리병 안에서 자라던 학이
날아 나왔다

頑固(완고)의 껍질 속에 검질기게 똬리 튼
그놈
옛 성에 幽閉(유폐)된 그를 끄집어냈다

자유롭고 당황스러운
낯설고 어수선한
기이함이
안과 밖의 경계선에
낮달처럼 걸려 있다

동그라미 울타리 따라
굴렁쇠를 굴리던 아이는
밀대는 내던지고 스스로
굴렁쇠가 되었다
그리고 다 큰 아이는

동그라미를 지워 버렸다

이젠
不歸 不廻(불귀 불회)
영원한 해방을 붙잡은 그대
학과 어울려
한바탕
無碍(무애) 춤을 추어라

생의 무게와 슬픔

말과 글에도 무게가 있다면 아마도 그것은 인생의 무게와 같은 의미일 것이다. 시각과 청각, 언어의 장애를 한꺼번에 짊어진 생은 참으로 드무니까. 누구나 말을 하든 글을 쓰든(點字, 점자) 그림을 그리든 의사 표현을 할 수 있고 그 의사 표현 행위가 평생을 지배하니 언어가 갖는 기능의 중요성에는 당연히 무게가 실릴 수밖에 없는 것이다. 글(文章, 문장)의 주제가 무거우면 내용도 따라 무거워지고 문장 전체가 鎭重(진중)해지면 독자는 심리적 부담을 느끼게 된다. 반대로 가벼운 주제와 내용은 흥미 유발에 실패하고 관심도는 현저히 떨어진다. 무거운 주제를 난해하게 풀어 가면 그 방면의 지식이나 독해력이 부족한 독자는 기가 죽고 이내 흥미를 잃고 만다. 반면 가벼운 내용은 이미 다 알고 있는 이야기를 재탕, 삼탕, 반복해서 늘어놓는 것 같은 감을 줌으로써 역시 관심 밖으로 밀려난다. 결코 가볍지 않은 주제를 平易(평이)하고 접근하기 쉽게 서술하면서 무리 없이 전달할 수 있다면 그 내공은 상당한 수준이라고 할 수 있을 것이다.

말 잘하는 것이 글 잘 쓰는 것보다 낫고 힘세고 돈 많은 것보다도 세파를 헤쳐 나가기에 유리하다고 한다. 말 한마디로 천 냥 빚 갚는다는 격언이 그 예일 것이다. 말은 그 진위나 가치를 당장 판단하기는 어렵지만 듣기에 편하고 쉽게 감동을 줄 수 있는 장점이 있다. 말의 품격이나 가치는 한두 마디로 일매지을 수 없지만 보통 웅변, 달변, 訥辯(눌변)으로 나눠 볼 수 있다. 말로써 입신양명하는 대표적 부류가 정치인들이고 강연 잘하는 종교인, 학자, 대중선동가 등인데 그 언변으로 유명세를 타면서 舌禍(설화)를 초래하여 출세가도에 걸림돌이 되기도 한다. 또한 글(文學, 문학)로써 먹고살며 인기도 누리는 사람들이 간혹 筆禍(필화)에 연루되어 고초를 겪기도 하는데 이는 자기의 재주만 믿고 방만하게 나아간 결과일 것이다.

무거운 것보다는 가벼운 것들이 살아가는 데 훨씬 유리하고 안전하다. 매년 두 차례 장거리 이동을 하는 철새들의 여행, 초목의 씨앗들이 낙하산처럼 바람을 타고 다음 생의 기착지를 찾아가는 장관을 관찰해 보면 수긍할 수 있다. 새들은 몸만 가벼운 것이 아니라 마음도 가볍다. 마음이 가볍다는 것은 살아가면서 한두 가지 본능적 목적만 추구하는 단순한 삶을 영위할 뿐 복잡하고 다양한 욕망들에 휘둘려 고뇌하고 갈등하지 않는다는 뜻도 된다. 인생의 무게는 언어와 무관하지는 않겠지만 오히려 그 언어와 의미들이 聯想(연상), 충동하는 욕망의 무게와 직접 관련된다고 본다. 체력이 감당하지 못하는 무거운 짐을 지고 비틀거리며 안 해도 될 고생을 자청하는 것이 인간이요, 그 자초 행위에 부질없는 욕망이 개재해 있는 것이다. 凡庸(범용)한 중생은 평생 의식(六識, 육식)이 감수(感受)하고 추구하며 집착하는 욕망의 사이클에 갇혀 뱅뱅 돌다가 허망한 생을 마감하고 만다. 보고 듣는 대로, 향기와 맛, 부드럽고 매끄러운 감촉이 제공하는 쾌락을 좇아 욕망을 추구하는 의식의 행로는 죽을 때까지 멈추지 않는다. 이 울타리와 일관된 삶의 궤적을 이탈해 보려는 노력이 없는 한 의식의 포로 신세를 면할 길이 없고 삶의 무게는 언제나 물먹은 솜처럼 무거울 뿐이다.

이고 진 짐만 무거운 것이 아니라 삶 전체에 산그늘 같은 무게와 압박이 드리워질 수도 있다. 짧지도 않고 가볍지도 않은 생을 가뿐하게 살아가는 사람이 있고 든 것도 난 것도 없는 삶을 터벅터벅 허덕이며 가는 사람도 있다. 어디 가서 내 인생 짐이 몇 근이나 되는지 달아 보자고 할 수 있을까? 가진 것이 결국 다 버릴 것이고 누린 것(享有, 향유)은 흔적도 없는 것이 인생이다. 내 인생, 삶의 무게가 얼마나 되는지도 모르고 허덕이는 것 또한 얼마나 슬픈 일이며 영욕이 엇갈리는 권력과 부침하는 명리의 세상에서 기멸하는 초라한 모습들을 보아야 하는 것은 또 슬픔 아닌가? 이러려고 어머니를 무진 고통스럽게 해 가며 세상에 나왔던가?

다양하고 유용한 정보(知識, 지식)를 많이 확보하고 적시 적소에 활용할 수 있다면 복잡하고 상시 이해가 충돌하는 사회에서 난관을 극복하고 경쟁에서 유리한 입지를 선점할 수 있다는 것이 일반 상식이다. 무엇인가 많이 알고 많이 소유한다는 것은 지적, 물적 자산 가치가 인생에 있어 그만큼 중요하기 때문일 텐데 박학다식과 축적한 재력이 온전히 善(선) 방향 순기능을 한다면 다행이지만 역기능도 만만치 않다는 점에서 유용한 자산도 쓰기에 따라 악재가 되면 뜻하지 않게 생을 짓누르는 무게로 작용하는 것이다. 버려도 버려도 쉽게 가벼워지지 않는 게 인생이다. 몸이건 마음이건 무거워서 좋을 것은 하나 없다. 새들이 왜 가볍게 날아다니는지 곰곰이 생각해 보라. 촘촘한 가시덤불 사이를 바람처럼 들락거리는 오목눈이 떼의 날렵한 비상을 보라. 그들에겐 추악한 욕망, 탐욕과 허욕은 물론 허영도 없다. 一言以蔽之(일언이폐지)하고 어느 날 길 위에서 덧없이 쓰러지더라도 하늘을 쳐다보며 미소 지을 수 있다면, 그 가벼운 웃음 속에 고단했던 생도 연기처럼 날아오를 것이다.

새봄의 노래

비바람에 닳고 씻겨 나간 것들이
세월에 등 떠밀려 돌아온다
함께 떠난 풍우도 환생한다

하늘에 떠 있으면 구름
잔 속에 담기면 추억
불지 않는 바람은 없고
흐르지 않는 강도 없다

바다에 떨어지면 짠물
술잔에 떨어지면 시름
핏줄기를 타고 소용돌이치는
폭풍

無窮洞(무궁동)의 세탁기 속으로
흡입된 영혼을
빨래하는 비바람

동그라미의 안팎을 가르는 경계선에
굴렁쇠를 굴리며
흔들던 손수건 하나

영원 속으로 내던진다

미로에서 활로로

안개 속, 그것도 지독한 농무 속에서 길을 잃어버리면 절망감이 엄습할 것이다. 또 한 치 앞을 볼 수 없는 밤바다의 해무 속에서 항진하는 선박의 경우에는 나침판과 항해도가 소용없는 절대 고립! 인생의 길에도 그와 같은 폐쇄와 고립에 봉착할 때가 있다. 안개 속에서 길을 잃으면 눈은 有而無用(유이무용)하고 귀는 소리가 들리는 대로 따라가다가는 죽기 맞춤하다. 온몸의 촉수로 밀고 더듬어 출구를 찾을 수밖에 없다. 미로에서 바로 출로를 찾지는 못한다. 출구, 먼저 가능성의 문을 찾아야 한다. 출구가 아예 없거나 막혀 있는 상황에서도 포기할 수는 없다. 해와 달이 나를 위해 밤낮을 밝혀 주는 것이 아니더라도 그렇게 믿을 수 있는 신념과 인생관이 정립되어 있으면 출구는 어디에나 열려 있고 통과하면 다음은 평탄대로다.

言辯(언변), 文章(문장), 다 좋지만 살아가는 데 꼭 필요한 기술은 아니다. 발 빠른 정보의 입수와 신속한 대응, 과감한 투자가 성공의 열쇠라고들 하지만 그 성공이 사실은 별 성공적이지 못하다는 데 문제가 있는 것이다. 한정된 자원과 이익을 先取(선취)하고 규모를 엄청나게 늘려가는 능력은 인정하지만 그 욕심은 허욕의 한계를 초과한다는 사실을 망각하고 있다. 남의 것을 훔치고 빼앗아야 도적이고 죄가 될 것인데 제 것을 훔친다는 건 어불성설, 남의 재물과 목숨도 강탈하지만 마음은 빼앗지 못한다. 왜? 그 마음이 제 마음과 똑같으니까. 네 것과 내 것이 명확하게 구분되지 않는 비물질의 세계에서는 소유 개념이 통하지 않는다. 인간의 마음이 가장 대표적인 영역이지만 누구나 내 마음, 내 생각을 주장하고 고집하지 상대방의 입장은 존중은 물론 인정하지도 않는다. 마음은 그 붙인 이름이 마음이지 본래 이름이 없고 모양도 없다. 이름은 그렇더라도 모양은 영 없는 게 아니다. 體(체, 본질, 근원)는 인연을 좇지 않지만 物(물)에 의하여 形(형)을 取(취)한다는 말이 있다. 즉 이미 나타난 물질 형상, 外物(외물)에 의탁하여 그 모습의 一端(일단)을 나타내니 내가 쓰고 나의 의지가 반영되는 곳에 작용을 통하여 정체를 드러내 보이는 것이다. 마음의 실체를 알고 싶은가? 일부는 조상의 유전적 기질을 수용하여 한 단면을 노출하기도 하지만 대부분 오랜 세월 반복하여 익힌 사고와 행위들이 경험칙과 결합하여 하나의 습성으로 굳어지고 마음이라는 이름으로 이미지(image)화되어 희미한 그림자 윤곽(silhouette)으로 포착되는 현상이라고 할 수 있으며 이 오래된 性行(성행, 습성, 습벽)은 주로 강력한 의지와 욕망에 추동되어 특정한 방향으로 흘러가면서 순간적 혹은 지속적으로 작동하는 경향이 있는 것이다. 아무리 高峻(고준)하고 현묘한 이치를 드러내어도 마음의 실체를 명백하게 정의할 수는 없다. 다만 用心(용심)에 따르는 千變萬化(천변만화)하는 그 變貌(변모), 變用(변용)을 어떻게 언설로 다 표현할 수 있단 말인가…. 선천적으로 心地(심지)에 뿌려져 있는 씨앗, 그 種性(종성)은 본시 선악을 비롯한 일체의 분별이 붙을 자리가 없는 평등, 동일한 근원이나 싹을 틔우고 길러내는 과정에서 온갖 習業(습업)이 개입하여 마음이라는 이름표를 달고 도깨비처럼 흔적을 남기지 않으면서 출몰하는 것이다.

妙用(묘용) 이전의 妙體(묘체)를 보고자 하는가? 體(체), 用(용)은 따로 놀지 않고 분리, 독립하여 있지도 않다. 用(용)의 작동 양상을 잘 보면(看破, 간파) 거기에 體(체)가 희미한 실루엣처럼 윤곽을 드러낸다. 즉 체가 곧 용이고 용이 체의 본모습인 것이다(體卽用, 用卽體). 묘용이 펼쳐지는 이치와 현상을 보면 용의 전개 과정을 통하여 거기에 이미 묘체가 들어 있음을 알 수 있다. 이는 사람의 意思(의사), 意志(의지)를 실현하는 구체적 행위가 五官(오관)을 통하여 나타나는 것과 같은 이치로 마음의 작용에도 이미 몸통이 내재해 있는 것이다. 가장 陳腐(진부)하고 平易(평이)한 표현을 빌리자면 '그 사람의 언행을 보면 그의 성행, 본심을 알 수 있다'라는 관용구를 참고하면 된다.

雲外萬里遊 非仙亦非人 只要通情味 他物接認性(自誦)
(운외만리유 비선역비인 지요통정미 타물접인성)(자송, 스스로 읊음)
上上根機者 文字言句不拘碍 駿馬見鞭影便走
(상상근기자 문자언구불구애 준마견편영변주)
만 리 구름 밖에 노닌다고 해서 신선이 아니고 사람도 못 되네.
다만 세간의 情理(정리)와 機微(기미)를 꿰고 외물의 근성을 터득한 다음에,
상근기는 한 번 고개를 돌리는 순간에 알아채고 준마는 채찍 그림자만 보고도 달린다네.

석가모니 부처님 처소의 청소 담당인 '출라판타카'는 일자무식에 머리 회전도 둔한 이였지만 비질하다가 먼저 깨닫는다. 오직 일념으로 마당을 쓰는 意識(의식)의 순일한 집중이 관건이었고 삼사십 년 공부

한 노장들이 모래를 씹는 허탈감을 맛보게 되는 所以(소이)다. 장사꾼이 장터를 벗어나면 할 일이 없고 문득 허전함을 느낀다고 한다. 인생이 치열한 삶의 현장을 이탈하면 고요한 가운데 편안해질까? 내 마음, 내 생각, 내 주장, 내 고집대로 살아온 세월이라고 여기지만 내가 뜻한 바대로 이루어진 것은 별로 없고 오히려 착각과 실패의 연속이었음을 늘그막에서야 어렴풋이 깨닫는다. 내 마음이면 내 의지대로 다 되어야 하는데 실은 제대로 된 것이 없는 까닭은 본래 내 것이 아닌 것을 내 소유물로 誤認(오인)하고 잘못 쓴 결과이다.

여기서 잠깐, 동아시아권 고전문학의 백미인 「삼국지연의」를 인용하면 魏吳蜀(위오촉) 삼국 중 후발주자인 유비(현덕)가 세를 늘려가는 과정에서 미리 점찍어 두었던 조운(조자룡)을 영입해 우대한다. 이미 도원결의하고 맹활약 중인 장비는 내심 마뜩잖게 여기며 자룡의 약점을 잡고자 하지만 그리 만만한 상대가 아니다. 나이는 한참 어리지만 무예가 출중한 데다가 성품 또한 비범하니 시기심이 일었을 법한데 조조군과의 장판교 大會戰(대회전)에서 單騎匹矛(단기필모)로 적진에 뛰어들어 위기에 처한 주군의 아들을 구출해 오는 不怖死(불포사)의 기개와 용맹함에 탄복, 의심과 私感(사감)은 눈 녹듯 풀어진다. 이는 의리와 忠情(충정)을 귀히 여기는 대장부의 마음에 公心(공심)이 작동했기 때문이다. 적대 세력은 물론 같은 패거리라도 경쟁은 언제나 치열하다. 그 맹렬한 싸움에서 빅 카드는 확실한 명분이 쥐고 있다. 요샛말로 하면 국민 지지율과 조직 구성원의 단합을 이끌어 내는 리더십이다. 명분이 없거나 약하고 실익도 별무한 싸움은 희생자만 있고 소득은 없으니 실패로 끝나고 만다.

권력과 명예, 재물은 나누기가 쉽지 않으나 마음은 機緣(기연)만 맞으면 순식간에 知己(지기)가 될 수 있다. 마음의 본질과 작동 기제가 同根(동근), 동일한 까닭이다. 知己가 무엇인가? 서로 마음이 통하니 公用心(공용심)이 되고 公心(공심)은 곧 共同心(공동심)이니 公共同心(공공동심)은 결국 空心(공심)이 되어야, 즉 비울 줄 알고 비워놓아야 通心(통심)이 되는 것이다. 人間萬事只有用心(인간만사지유용심)을 이해하였다면 이제부터는 그 마음을 어떻게 擁位(옹위)하고 闊用(활용)할 것인가를 고민하면 그다음은 잘 감아 놓은 연실 꾸러미 풀리듯 할 것이다.

세상사 현묘한 이치를 文語(문어)로 표현하자니 적은 공력으로는 감당하지 못한다. 사람마다 재주와 능력이 다르므로 근기와 내공이 수승한 사람의 공덕이 이미 만천하에 유포된 것은 그 내용의 일부를 차용하거나 훔쳐보는 것은 죄가 안 되고 그것들을 이정표 삼아 안개 속 미로를 헤쳐 나가는 것은 세상이 용인한다는 것이다. 다음 세상을 믿거나 기다리지도 말고 지금, 눈으로 보고 귀로 들을 수 있을 때 확실하게 해 두라. 其或未然(기혹미연)이면 손으로 더듬고 발바닥으로 비벼서라도 활로의 출구를 表證(표증) 해 두라….

법성포 바람

이를 악물고
눈을 부릅뜬 채로
줄줄이 오라를 진

혹은 입을 헤벌리고
허공을 응시하는
영원 퍼포먼스

점점 말라가는 등껍질에
까칠하게 돋아나는 비늘
푸른 바닷속
끼리끼리 떼로 놀다가
갈 때는 따로 가는 줄 알았는데
웬걸, 물에 나와서도
나일론 줄에 엮여
鹽藏(염장) 미이라가 될 줄
뉘 알았으리

죽어가는 듯해도 사실은
짐짓 그래 보이는 것인지
죽은 것 같아도
그저 사라지는 연습 삼아
능청을 떠는 것인지

속이는 것인지
속는 것인지 알 수 없지
아무도 넘볼 수 없는 고개에서
세상을 속이고
제가 판 우물 속에서
스스로를 속이는지도 모르지

식탁 위의 탐욕으로
살점과 내장, 뼈까지 씹어도
실은 바람의 자식들이 바람을 물어뜯고
있는 것인지도 모르지

물이랑마다 부서지는 달빛을 타고 놀던
시절은 까마득 잊었는가
천진무구를 누가 탓하랴만
죄는 본시 없고
다 만들어 낸 것

아슴한 눈길로 고향을 그리워해도
이젠 소용없다고
초점 잃은 눈망울 핥아 주는 愛憐(애련)
그래도
하릴없이 허전한 심사는
갈 곳을 찾지 못해
짭조름한 비린내로
배회하는 포구의 바람!

名實論(명실론)

차표 한 장 들고 오르면 기차는 목적지까지 실어다 준다. 예측을 불허하는 인생여로에는 반드시 이름표를 달아야 한다. 차표와 마찬가지로 이름표 없는 인생은 허수아비와 같아 제 맘대로 할 수 있는 것이 아무것도 없다. 명패를 붙이고 있으면 저승에 가서도 누릴 수 있는 권리가 있으나(형법상 사자명예훼손죄, 私法(사법)상의 상속 증여에 관한 특례 규정, 지적 재산권 등) 설령 생존해 있다 하더라도 이름이 없으면 公私法(공사법)상 권리의 주체가 되지 못하고 정상적 사회생활을 할 수도 없는 것이다. 또한 이름이 주관적으로는 별 문제 될 것이 없다 하더라도 객관적으로는 대외적 존재 증명이자 불가결의 형식인 것이다. 세상의 온갖 사물과 생명체에게 이름이 없는 것은 없다. 이름 없는 것이 발견되면 재빨리 발견자의 이름을 따거나 해서 적당한 이름표를 달아 준다. 또 이름을 붙일 수 없거나 붙이기 어려운 것에 대해서도 이름을 붙였으니 이른바 無名氏(무명씨)다. 無名草(초), 無名鬼(귀) 등이 있지만 사회적으로 유명하거나 특별한 지위, 신분이 있더라도 반드시 이름을 붙여야 그 별칭의 의미가 살아나게 되어 있다. 막연히 정치인, 종교인 등으로 불러 봐야 하늘에 뜬구름이라고 하는 것과 다를 바 없으니 시인 아무개, 화가, 가수 아무개라고 標識(표지)할 수 있어야 그 객관적 존재가 인정되는 것이다. 그렇다면 장삼이사, 길바닥에 나뒹구는 돌멩이 같은 존재들, 농사꾼, 나무꾼 아무개, 고기잡이 아무개, 장사꾼 아무개라고 불리는 것은 어떨까? 그는 아마도 사실이 그러하기 때문에 존재감은 미약하지만 별 불만은 없을 것이다.

인간 존재의 개체성을 특정하는 수단은 다양하다. 이름 외에도 만인부동의 指紋(지문)과 聲紋(성문), 안구의 虹彩(홍채) 등을 이용하는 과학적 기법이 있지만 가장 대표적인 것이 숫자를 이용한 주민등록번호다. 한 인간에게 불변의 번호를 부여함으로써 개체의 인격과 독자성을 인정하는 반면 질서와 합법을 유지하는 통제 수단으로 활용하는 장치다.

세상에 통용되는 수많은 이름 중에 인간들이 사용하는 이름의 유형들만 살펴보면 본명과 별명, 別號(별호), 字(자)가 있고 실명과 차명, 異名(이명)과 假名(가명), 법명과 속명, 필명, 아명, 예명 등이 있다. 별다른 특징이나 특성도 없으면서 왜 이렇게 다양한 형식의 이름을 선호하는 것일까? 아마도 스스로 허약한 실상을 돋보이게 하려는 의도이거나 취약함이나 단점을 감추려는 속내가 그 이름을 통하여 발현된 것이 아닐까라고 짐작한다. 파란만장한 세상을 살아가면서 미처 몰랐던 게 있고 까마득히 모르는 것도 있는데 이름은 쉽게 알고 기억하지만 그 내심, 實相(실상)은 그냥 모르는 것이 아니라 아예 알 수 없음을 이르는 표현이다. 실체가 사라지면서 지워지고 잊혀간 수많은 이름들. 그 이름은 사물의 본질이나 존재 이유, 가치와는 무관하게 외형상 특징이나 사물에 내재되어 있는 특성 등에 초점을 맞추어 인간들의 인식 편의상 붙여진 일련번호 같은 것으로 오히려 이름보다는 본래의 형상에 그 특질이나 본성이 갖추어져 있다고 보는 것이 옳을 것이다. 특히 지식보다는 직관을 중시하는 영역에서는 이름이나 언어가 갖는 의미 기능에 끌려다니는 것을 경계하므로 물질 형상이 있으면 반드시 이름이 따라붙는 인간 사회의 일반화된 認知規範(인지규범)을 좇으며 사안의 본질에 접근하고 문제의 핵심을 도출하려다 자칫 자기 함정에 빠질 우려가 있는 것도 사실이다.

사물과 이름은 지각 판단 작용에서 獨自(독자) 성립할 수 없는 불가분의 관계에 있다. 사물의 형태와 특성에 착안하여 부여된 이름은 어떤 인지 경로를 통하든 그 사물에 대한 기본 지식 정보가 경험, 축적된 경우에 한하여 유용할 뿐 실체가 없거나 전혀 모르는 사물의 이름은 안다고 해도 모르는 것과 같다. 처음부터 모르는 것과 알다가도 기억에서 지워진 것은 不知(부지)의 입장에서 마찬가지 현상이고 그런 명칭들은 아무리 많이 알고 있어도 무용한 徒勞(도로)일 뿐이다. 例示(예시)하면 직접 가 본 적 없고 그림이나 사진으로도 접해 보지 못한 세계의 유명한 풍물들, 산과 강, 호수 등의 이름은 기억할 필요조차 없는 것이다.

물리학에 複雜系(복잡계)라는 용어가 있다. 복잡이라는 형용사와 계라는 명사가 연관되어 내포하는 의미 중에 불교의 화엄과 동질성을 갖는 부분이 있다고 보는데 방대한 화엄의 바다에 펼쳐지는 四無碍觀(사무애관), 緣起論(연기론) 등이 인연을 기반으로 하는 세계의 존재 질서이자 형식 논리라고 한다면 물리학에서 주목받는 복잡계 이론은 세계를 구성하고 있는 물질들이 상호작용하면서 새로운 형태의 질서를 창출하고 언뜻 복잡하게 얽혀 있는 듯하지만 그 이면에는 엄연한 세계의 운행과 유지 질서가 비밀 아닌 비밀로 작동하고 있다는 것이다. 이를 사실로 가정해도 화엄과 물리학에 어떤 차이나 유사성이 있는지는 전문가의 역할에 위임해 둘 수밖에 없다. 화엄이니 복잡계니 하는 언어적 의미와 내포된 실질적 작용이 부합하는지는 문외한으로서 완벽하게 증명할 수 없는 까닭이다. 무질서의 질서가 갖는 역동성과 미학은 혼돈이 어수선하고 정리가 안 된 하나의 場(장)이 아니라 이미 세계의 존재 질서가 내포되어 있는 외형상 不可知(불가지)의 系(계)라고 정의한다면 언어가 갖는 의미와 기능 면에서 서로 비슷한 이름표를 달아 주어도 무방하지 않을까 싶다. 무질서, 즉 인위적 配列(배열)이 아닌 자연적 현상이 혼란스럽게 인식되는 것은 인간의 잠재된 습성의 발로라고 본다. 물질과 비물질이 뒤섞이면서 나타나는 복잡함과 혼란스러움은 극히 자연스러운 현상 그 자체임에도 매끈하고 반듯한 것을 좋아하며 인위적 질서에 반하거나 따르지 않는 것은 부정적 요소로 간주하는 인간들의 고정관념이 빚어내는 根本錯誤(근본착오), 즉 固着(고착)된 思考(사고)와 偏執(편집)에 기인한 일종의 병증이라고 보는 것이다.

사진술이 등장하기 이전 시대에는 이름이 곧 얼굴이었다. 역대 제왕이나 권력자, 富豪(부호), 文豪(문호), 武將(무장)들이라 해도 화공의 재주를 빌리지 않고는 이름 이외에 자기를 특정할 수 있는 수단이 없었다. 직접 자화상을 그린다 해도 제 얼굴을 스스로 그리기엔 능력 여부를 떠나 어색하면서 불편하거니와 자기 모습을 완벽하게 轉寫(전사)할 기술이 없을 때니까. 청사에 초라한 이름 한 줄 올려놓았으나 그 內實(내실)이 없다면 문자 그대로 유명무실이요, 外表(외표), 허우대는 번듯한데 속은 비었다면 外華內貧(외화내빈)이고 포장은 그럴싸해도 내용이 보잘것없다면 전부 겉치레요 虛名(허명)인 것이다. 무명도 이름이고 허명도 이름이기는 하지만 겉과 속이 다르면 짐승의 반열에도 끼이지 못하는 그 이름을 붙여서 무얼 하겠는가…. 易地思之(역지사지)해서 얻은 바는 있으나 이름이 없다면, 아름다운 풍광은 있으나 보아줄 사람이 없는 것과 마찬가지로 부조화의 세상일 뿐이다. 戰場(전장)에서 공을 세웠으나 세상에 알려지지 않은 무명용사, 遁世(둔세)의 隱逸之士(은일지사), 도인들도 많다. 古來(고래)의 출가 수행자 중에 자기완성, 究極(구극)의 깨달음을 성취한 이들이 적지 않으나 그들은 이름을 팔지 않았다. 진정한 자아를 완성한 만족으로 法悅(법열)과 함께 표연히 사라져 버린 것이다. 名實相符(명실상부)한 존재임을 증명하여 후세의 龜鑑(귀감), 師表(사표)가 되지는 못하였으나 낯 뜨거운 이름 두석 자 내걸어 놓고 후손들까지 곤혹스럽게 하는 것보다는 낫지 않은가?

제 인생 제 지게에 지고 간다고 이름을 남기든 껍데기를 남기든 각자 알아서 할 일이지만 아침 안개, 저녁노을이 흔적을 보이던가? 一片浮雲本無實 生死去來亦如然(일편부운본무실 생사거래역여연)이라는 말뜻이 的實(적실)하게 심중에 와닿거든 갈지자를 그리며 나아가든 뒷걸음질을 하든 자유롭게 살아가면 될 것을….

낯설지 않은 풍경

토닥토닥
또드락 또닥
겨울비가 양철 지붕을 두드리는 새벽

마음씨 고운 아가씨같이
착한 등잔불을 따라
本鄕(본향)으로 돌아가기 딱 좋은
축복의 고요

자그마한 불꽃을 머리에 이고
묵좌한 和尙(화상)
마주 앉아 독대하는 老和子(노화자)가 닮았다

세월이 거꾸로 흘러
더 돌아갈 곳 없는 강가에서
시간이 정지하고
미세한 틈마저 사라진 때
화자의 정수리에서 연기가 오르고
불이 켜지면 비로소
서로가 서로를 비추는 거울이었음을
깨달으리

토끼의 지혜

나의 일이란 내가 특정한 목적이나 계획을 갖고 의지를 동반하여 추진하는 것이 나의 일일 것이다. 날마다 규칙적으로 반복되는 일상생활이나 연중 동일한 업무에 종사하는 것은 직업이고 살아가는 일이지 그것이 나의 일이라고 할 수는 없다. 그렇다면 나고 죽고 하는 생사의 문제는 어떤가? 태어나는 것이 내 마음대로 하는 일이며 죽는 것도 내가 알아서 죽는 것인가? 自盡(자진) 이외에는 내 의지대로 되는 일이 아니므로 엄밀하게 정의한다면 나고 죽는 것은 본래 나의 일이 아니다. 여기에 나라는 관념, 我相(아상)을 지워 버리면 그냥 일반화된 객관 현상에 불과하다. 굳이 일이라고 해야 한다면 生死事大(생사사대)라는 말도 있으니 모두의 일, 公共事(공공사)라고나 하면 될 것이다.

心(심)! 마음은 형상이 없고 自性(자상)도 없는 妙體(묘체)다. 모양이 없고 처소가 없다고 하나 아주 없는 것도 아니면서 실제로는 한 인간의 모든 것을 지배, 조종하는 이것의 이름은 붙이기 나름이고 그 공능은 쓰기에 달려 있는 것이다. 사람마다 가지고 있는 마음은 근원과 작동 기제가 똑같으므로 公心(공심) 또는 空心(공심)이라 할 수 있고 공심은 곧 同心(동심)이라 그것은 네 마음도 아니고 내 마음도 아니다. 내가 쓰니 내 마음이라 마음대로 한다지만 그 쓰임새가 人則(인칙)에도 맞고 天道(천도)에도 맞아서 아무런 문제 될 것이 없다면 모르거니와 같이 살아가는 중생에게 해악을 끼치고 세상의 장해가 된다면 본래 제 것이 아닌 것을 가지고 큰 죄악을 저지르는 것이 된다. 이것은 公用心(공용심)을 私的(사적)으로 쓰되 바르게 쓰지 않고 邪心(사심)으로 드러낸 것인바 이럴 때는 마음이란 말을 쓰지 않는 것이 좋다.

髮白非心白(발백비심백)이란 말이 있지만 몸과 마음은 동시에 변해간다. 흑발이 백발이 되어도 마음은 여전히 청춘이라는 뜻일 텐데 그럴 수도 있지만 여기서는 마음의 본질을 뜻하는 것이 아니라 그 작용에 대한 특성을 말하는 것이다. 생명을 가진 존재는 스스로 변하지 않거나 변화를 거부하거나 간에 변화하지 못하면 결국 他物(타물)에 의해 被動(피동)된다. 즉 삶, 존재의 현장에서 밀려나거나 도태된다는 뜻이다. 환경이란 나의 생존에 직간접으로 영향을 미치는 모든 조건들이며 이 조건들은 고정되어 있지 않다. 수시로 변하는 환경에 심신을 최적화하는 것, 또는 거칠고 험난한 환경을 극복하는 것이 생존의 기술이다.

마음과 空(공)은 유사한 屬性(속성)과 功能(공능)을 가지고 있다. 공은 만생 만물을 창조하고 收藏(수장)하는 공능을 가진 본질, 본체이며 변화와 인연을 調合(조합)하여 물질계를 현출시키고 거두어들인다. 마음 역시 그 체가 없지만 작용의 범위는 무궁무진하다. 그 작동의 신속함은 번개를 능가하고 여유로움은 양지쪽에 엎드려 느긋이 되새김질하는 소와 같으며 악독함을 드러내면 온 세상이 두려워하고 착하고자 하면 부처를 초월한다. 心生種種法生 心滅種種法滅(심생종종법생 심멸종종법멸)이라는 法語(법어)가 그대로 증명한다. 인생은 드라마도 아니고 영화나 연극도 아니며 대본, 각본, 대역도 없고 관객, 청중도 없으며 남의 인생을 눈여겨보는 사람도 없다. 각자가 연출, 주연하는 일생일대의 한판 劇(극)인데 왜 다시 보아줄 이 없는 이 일회성 단막극을 허투루 연기하고 막을 내리느냐 이 말이다.

'마음은 두고 가는 것도 아니고 가져가는 것도 아니야. 올 때에 가져온 것이 아니니까. 一條澄江一月孤影(일조징강일월고영)! 세상에 진리는 하나뿐이라지만 변해 가는 것들이 이리저리 얽히고 엮여서 불변의 진리가 되는 거야. 權富(권부)와 명예, 미모와 건강, 쾌락, 무병장수, 다 幻影(환영)을 보는 거야. 幻(환)이 무엇인가? 空花(공화), 보이기도 하고 사라지기도 하는 것, 손에 잡힌 듯 했는데 펴 보니 빈손인, 봄바람에 어지러이 날리는 버들꽃 같은 그런 것이야. 그래도 心門(심문)이든 空門(공문)이든 오래 두드린 자는 무언가 契合(계합)하는 바가 있겠지.'

토끼가 자라의 꾐에 빠져 용궁 구경은 잘했지만 아무리 좋은 것이라도 목숨하고는 바꿀 수 없다. 그럴듯한 속임수로 위기는 모면했지만 그런 위험한 순간은 24시 중에 늘 함께한다는 사실을 잊고 사는 것이 이른바 중생이다. 狡兔三窟(교토삼굴)이란 말을 들어 보았는데 비유의 대상이 영 잘못되었다. 인간에게도 함부로 붙이기 어려운 간교한 심성을 어찌 죄 없는 토끼에게 덮어씌운단 말인가? 토끼로서는 한 번 속아 죽음의 문턱에 이르렀으나 기지로 살아났으니 같은 속임수로 되갚아 준 것일 뿐이다. 자초한 위기를 모면키 위해 온갖 꼼수를 동원하는 정치인들이 득세하고 혹세무민하는 줄도 모르고 한쪽으로 몰리고 줄을 서는 사람들의 심리도 자세히 들여다보면 不知不覺(부지불각)간에 內心(내심)을 만천하에 공개하는 정직함인가 모를 일이다. 토끼가 굴을 3개 판다는 것은 스스로 먹이사슬에서 하위에 속한다는 사실을 알기에 터득한 지혜를 이른 말이다. 이빨은 물론 발톱도 날카롭지 못하고 힘도 별로인 처지에 그래도 새끼는 낳아 길러야 하므로 육아실이 별도로 필요하고 유사시 이용할 비상 통로도 미리 만들어 놓는 것이다. 적자생존, 생존의 기술은 자연계의 모든 생명체에게 유전과 경험에 의하여 축적된 삶의 지혜인 것이다.

누가 누구에게 하는 말인지 모를 虛空譚(허공담) 같은 것이긴 해도 하나 더 누설하자면 萬法歸一一歸何處(만법귀일일귀하처)에서 그 하나를 처소로 볼 것 같으면 온 곳이요, 當體(당체)의 입장에서는 休歇因緣(휴헐인연)이라고 해 두겠다. 噫(희, 탄식).

등짝

내 일찍이 말했지
가진 것 없고 못났더라도
초라한 등짝은 보이지 말라고

국회 청문회장을 빠져나가는
물망 대신들의 뒷모습을 보면서
모자와 어깨에 붙이던 계급장과
가슴팍에 빛나던 자랑스런 훈장을
이제는 등짝에 붙여야 한다고

산중 촌로인은
외롭고 고달파도 당당하게
막걸리 한 병 삼천 원 주고 돌아오지
누가 내 등짝에다가
술 한 잔 뿌려 준다면
나는 그냥 취하고 말걸

가난뱅이 아들딸이라도 부모는
따뜻하고 편안한 등에 업히고 싶어 하고
밤거리를 헤매는 노숙자도
믿음직한 등을 찾아 서로 기대어 잠들지

세계의 황제가 쓸쓸한 뒷모습을 보이며
퇴장하는 것을 보았겠지

자그마한 새들도
흔적을 남기지 않는다는 사실을
당신이 안다면

모든 것 버리고 떠나는
그때에도
제발
추레하고 볼썽사나운
뒷모습
등짝은 보이지 말라고
진심으로 부탁하지

현상론에의 조심스런 접근

생로병사는 인생행로의 변화해 가는 현상을 순서대로 나열한 것이 맞는가? 疾病(질병)은 남녀노소를 가리지 않는데 늙음 다음에 病苦(병고)를 배열한 것은 무슨 이유가 있는가? 짐작건대 사람의 생체 발달 과정을 감안하여 생리적 성숙이 끝나면 바로 노화가 시작되는 신체의 특성에 착안한 발상 아닌가 싶다. 또한 젊음이 왕성한 시기는 질병의 대응력이 높고 회복도 빠른 반면 이미 노쇠가 진행되면 병마는 오랜 친구처럼 찾아오는 것이라 마냥 회피할 수만은 없는 불청객이 되고 마는 것이다.

전국적 혹은 전 지구적으로 발생하는 국지전을 포함한 인위적 사건 사고들과 불가항력적 재난들도 거시 관점에서 하나의 현상에 속하는 것은 분명하지만 그 현상 속에 개별적으로는 一生一大(일생일대)의 사건이 포함되고 한 존재의 생사가 엇갈리는 절대의 事故(사고)에 직면하여도 이것을 단순히 하나의 현상이라고 할 수 있을까? 지난해 가을 이태원 참사에서 당해 지역 행정기관장이 이 사건을 하나의 사회현상이라고 했다가 여론과 정치권의 뭇매를 맞은 적이 있는데 말실수보다는 인간들의 누적된 惰性(타성)과 대형 인명사고가 우려되는 위험 사태를 충분히 예견할 수 있었음에도 불구하고 안일한 대응이 빚어낸 특별한 현상은 사회적, 행정적 또는 형사적 책임을 추궁할 수밖에 없고 그 책임의 일부를 감당해야 할 위치에 있는 사람이라면 졸지에 참변을 당한 많은 젊은이들과 그 가족들의 심정을 조금이라도 헤아려 보았다면 현상이라는 언급을 함부로 할 수 없다는 점에 유의할 필요가 있는 것이다.

크고 작은 사건 사고, 다양한 형태와 성질의 재해들이 일상적으로 발생하는 것은 복잡한 사회가 야기하는 특징이자 현상으로 간주한다고 해도 그 사건 사고에 직접 부딪치고 희생되는 개별자에게 생사는 절대적 사건이므로 이것을 일반화된 현상론으로 접근하는 것은 차원이 다른 문제다. 글머리에서 언급한 생로병사의 과정은 모든 생명체들에게 적용되는 보편 현상이다. 생겨나지 않으면 늙고 병들 일도 없고 죽음도 당연히 없다. 역으로 무엇이든지 태어난 것은 노쇠와 병고의 과정을 거쳐 죽음과 소멸에 이르는 것이 자연의 섭리다. 이 지점에서 반전을 시도하는 접근은 개별자에게는 절대의 문제인 생사를 거시적, 전체적 프레임에 편입하여 일반화해 버리는 것이다. 동식물을 막론하고 유기적 형체를 통하여 발현되는 생명 활동에 있어 생로병사는 누구도 그 무엇도 예외가 될 수 없고 피해 갈 수도 없는 운명과도 같은 현상이다. 아직 한창 나이에 죽음의 문턱에 이른 사람은 이렇게 탄식하고 억울해할 것이다. "내가 무슨 잘못이 있고 세상에 무슨 죄를 지었나? 하늘은 왜 나를 버리는가? 해야 할 일들이 많은데…"라고. 반면 '밤하늘에 반짝이는 별들의 수효보다 많은 인류의 조상들이 지금까지 모두 살아 있다면 어떤 현상이 벌어질까?'라는 자문과 자답을 구해 보면 한번 태어난 것이 한번 죽어가지 않으면 엄청난 혼란과 파멸이 초래될 것이 명백하고 한번 생겨난 것이 소멸하지 않아도 결론은 같다는 것을 이내 깨달을 것이다. 태어난 것이 죽지 않는 것이 비정상이고 크게 잘못된 오류이며 그것이 모든 존재가 自覺(자각)하는 일반적 상식에서 작동하는 관념으로 정착되면 태어났다고 해서 크게 기뻐할 것도 없거니와 죽는다고 해서 억울하고 서러워할 일도 아니란 걸 체감할 것이며 '이 感得(감득)이 모든 사람들의 정서와 생사관으로 확립되면 어떤 현상이 벌어질까?'라는 의문은 명약관화한 결론에 이르게 될 것이다. 한 번 받아 나온 생을 최대한 보람 있고 순간순간을 가장 멋있게 살려고 노력할 것은 자명하니까.

불교 선가에서 수행하는 사람들은 과감히 本無生死(본무생사)라고 斷定(단정)하고 몰입한다. 죽음이 없으면 두려움도 없다는 결론부터 내려놓고 실체에 접근해 간다. 수행자들이 추구하는 궁극은 생사의 길에서 깨끗이 벗어나는 이른바 해탈이다. 견성오도, 해탈열반, 대각 등 아득히 우주 밖의 그림자 같은 실체가 불분명한 목표를 좇아 전 생애를 바쳐도 그 근처에도 가지 못하는 이가 수두룩하다. 비록 그러해도 현실계에서 천국, 극락을 구현할 가능성이 있는 분야와 인물은 유능한 정치인, 대부호도 아니며 일반 종교인도 아니다. 문학과 예술이 어느 정도 역할과 기여를 할 수 있을 것으로 보이나 결정적 역할은 수행자들의 몫으로 남아 있는 것이다. 그들의 치열한 건곤일척의 수행과 결실은 일부러 은폐하기 전에는 세상에 드러나게 마련이고 그들이 보여주고 증명할 수행의 결과는 일반적인 생로병사의 관념을 뒤집어엎어버리고 새로운 생사의 패러다임을 제시할 것이기 때문이다.

일반적으로 '깨달았다'라고 할 때 그 깨달음이란 모르던 이치나 현상을 어떤 계기로 알게 되었다는 뜻이다. 그러나 수행자들에게 있어 깨달음은 구극의 목표에 도달하는 지난한 과정의 산물이다. 이것을 위해 바치는 혼신의 鬪志(투지)는 세간의 모든 욕망을 뛰어넘고 간다. 그들이 마침내 견성오도하고 생사가 하나의 관념에 불과하다는 것을 확증하고 本無生死(본무생사)라고 당당히 외칠 때 자신과의 기나긴 싸움은 끝이 난다. 그러나 범부중생들은 대부분 생사와 노쇠 그리고 병고에 발목 잡힌 채 탐욕의 짐까지 가득 지고 비틀거리며 고해를 건너간다. 이 지점에서 인생의 최고 딜레마인 죽음의 두려움과 극복을 위한 대안으로 용어의 순화와 이미지의 산뜻한 전환을 시도해 볼 필요가 있다. 즉 죽다, 사망하다 등 죽음과 관련된 용어와 이미지를 새롭게 바꿔 보는 것이다. 예를 든다면 가족이나 친지, 친구 등이 죽었을 때 이렇게 말할 수 있을 것이다.

1. 그는 어느 날 바람처럼 사라졌지요. 바람! 태풍, 사이클론, 허리케인 등 소문난 바람은 광포한 위력으로 무참한 파괴의 상처를 남기지만 語感(어감)도 아름답고 부드러운 미풍, 훈풍, 순풍 등은 부정적 이미지의 흔적을 남기지 않아요. 만물만생을 생명의 율동으로 춤추게 하며 꽃을 피우고 벌, 나비를 불러들이는 훈풍. 잔잔한 호수와 바다에 돛배를 밀어가는 순풍. 한숨처럼 가벼운 미풍으로 그는 그렇게 사라졌어요. 2. 그분은 모든 존재의 근원으로 회귀하셨지요. 3. 그이는 한 존재가 어떻게 사라지는지 소멸의 과정을 試演(시연)해 보였을 뿐 사람들이 모르는 비밀한 곳에서 지금 휴식 중입니다. 4. 그 친구는 먼 곳으로 여행을 떠났지요. 아마도 밝고 좋은 세상이 오면 그때 돌아올 겁니다.

살을 더듬어 뼈를 만진다는 말이 있다. 몸의 외피를 형성하는 피부, 살을 먼저 접촉하지 않고 곧바로 뼈를 만져 볼 수는 없기에 지어낸 修辭(수사)이고 轉意(전의)하면 '현상을 분석하여 본질을 추론하고 찾아낸다'라는 의미다. 근기가 뛰어난 사람(上根機, 상근기)은 현상과 본질을 동일시하고 현상 속에서 뼈와 본질(精髓, 정수)을 직관하며 上根大

智(상근대지, 上上根機(상상근기))는 生(생)과 死(사)를 같은 자연현상으로 본다. 설령 생사 개념을 인정하지 않는다 하더라도 태어남과 죽음을 꿈으로 치부하지는 않고 구름이 일고 지며 물이 흘러가는 것과 같이 아주 자연스러운 존재 형식으로 간주하는 것이다. 또한 언설, 문자로 이루어지는 개념 따위에 구애받지 않고 현상과 본질, 理(이)와 事(사), 體(체)와 用(용) 등으로 이원화하는 지식 체계는 제쳐두어 버린다. 그보다는 세상에 대한 애정, 모든 생명 개체에게 보내는 따뜻한 시선과 인간적인 면모에서 뿜어 나오는 기품과 매력을 중시한다.

인간의 감각기관으로 느끼고 인지할 수 있는 세계의 모든 존재와 사물들이 인연으로 얽히고 인과관계로 나타나는 질서와 무질서한 상황이 어떤 방향으로 진행되든지 간에 하나의 현상이다. 특정한 사건 사고는 물론 일련의 지속적 사태도 사회 내지 국가 현상의 일부이며 이와 같은 갖가지 형태와 성격의 현상들을 정확히 관찰하고 파악하는 능력은 사람마다 차이가 있으므로 어쩔 수 없더라도 중요한 것은 이 현상들을 바라보는 시선이 정직해야 한다는 사실이다. 사실을 왜곡하고 진실을 호도하는 행태를 무수히 목격해 온 근현대사에서 관찰자의 입장은 번번이 무시되거나 등한시되었다. 그 과정에서 드러나고 확인된 문제는 정직한 관찰과 양심에 따른 입장 표명이 부재했거나 모종의 세력들에 의해 차단되었다는 것이다.

신 落花流水(낙화유수)

살아 있음은 축복이고
살아간다는 건 축제인데
우리는 환하게 웃지 못하는가

슬픔, 미움은 저 강물에 띄워 보내도 좋은데
우리는 붙들고 놓아주지 못하는가

날마다 덩실 춤을 추고
하루 한 줄씩 아름다운 글을 써도
삼백예순날이 아까울 뿐인데

영롱한 별빛을 받으면 꽃향기는
더욱 맑아지리란 걸 믿으며
물에 뜬 구름같이 살아도 괜찮은데
왜 목쉰 아우성들이
인생의 의미처럼 떠오르게 하는가

고양이 발걸음처럼 봄은
문지방을 넘어섰는데…

似種非類(사종비류)

생각(마음)이 미리 정해 놓은 목표에 행동(몸)이 따라가도록 설정되어 있는 인간의 행위 프레임, 번번이 시도와 결과가 어긋나지만 천 번 만 번 지속하면 일치할 때가 온다. 언젠가는 의지와 행위, 결과가 딱 맞아떨어지며 목적 달성이라는 결실이 보답 형식으로 나타나는 것이다. 그 이후는 자연히 하는 일마다 좋은 결과가 나오는 인생 성공 스토리의 주인공이 되는 것이다. 무슨 일을 하든지 익숙해져서 습관이 되면 몸이 먼저 가고(실행 착수) 마음은 뒤따라가는 主客顚倒 先後背馳(주객전도 선후배치) 되는 양상이 벌어지지만 이는 지극히 자연스러운 현상이다.

'마음이 주인이냐? 몸은 종이고 머슴이냐?'라는 해묵은 논쟁 아닌 설전은 이제 들먹이기조차 쑥스러울 지경이다. 날개 부러진 새가 큰 거북을 업고 날아오르려는 시도는 가상하지만 무모하고 백 근이 넘는 몸뚱이를 가지고 날개도 없이 자유 비상을 꿈꾸는 것도 노력도 안 해 보고 포기하는 것보다는 훨씬 진취적이고 희망적이다. 아득히 하늘 높이 떠 있는 연(鳶)은 인간의 오랜 꿈을 실현시켜 줄 수 있는 그 꿈의 변형 같은 것이다. 비록 실 끝에 매달려 날리는 이의 조종을 받지만 그 연이 변하여 비행기와 우주선이 되고 드론이 되어 인간의 의지대로 허공을 누비는 시대가 되었음은 다 아는 사실이니까. 같은 연(鳶) 字(자)를 쓰는 솔개는 유달리 큰 날개에 상승기류의 浮力(부력)을 받아 허공 높이 날아올라 마치 사람들이 띄우는 연처럼 한 곳에 오래 머물러 있기도 한다.

어떤 형태이든 행위를 하는 자는 반드시 먼저 意圖(의도)를 갖고 意志(의지)를 강화하게 마련이다. 계획이 훌륭하고 의지도 굳건하지만 이를 뒷받침할 실천력과 필요한 자원이 없거나 부족하다면 不渡手票(부도수표)를 발행한 것과 같다. 의욕은 넘치고 역량도 충분하지만 기본 설계가 미흡하거나 없다면 역시 용두사미가 되고 만다. 방송매체에 곧잘 등장하고 출연하는 정치인, 유명 인사들의 空理虛談(공리허담), 즉 궤변을 그럴듯한 말재주로 꿰맞추고 아전인수식으로 해명하며 교묘한 언변을 구사하는 행태에 환호하는 지지층 국민들, 침묵해야 할 때 떠벌리고 무언가 한마디 해야 할 때 주저하고 입 닫는 비겁자가 권력 주변에 무수히 얼찐거린다.

생물이라는 대분류, 다음의 동물이라는 중간 분류에도 같은 존재의 범위에 드는 사람과 솔개는 인간과 禽獸類(금수류)로 나뉘는 지점에서 種(종)을 달리한다. 졸문의 제목으로 사용한 似種非類(사종비류)는 순전히 창작어인바 굳이 해석하자면 同種(동종)이거나 그 비슷한 것은 맞지만 그렇다고 해서 꼭 같은 종류는 아니라는 뜻이다. 엄밀히 따진다면 사람도 짐승류에 속하지만 인간이 지구상의 모든 존재를 체계적으로 분류한 주체이기에 금수에서 스스로 제외하였을 뿐이다. 흔히 짐승만도 못한 ○○라고들 한다. 殘虐無道(잔학무도)한 악행을 저지르고도 태연한 자, 부모, 형제, 가족 간의 비윤리적 범죄, 수사기관을 조롱하는 희대의 범죄자 등을 빗댄 표현이지만 유명 정치인이나 고위 관리 등 국가 권력을 행사하는 부류들 중에 국민 일각에 떠도는 현 시국에 관한 환상이나 착각을 절묘한 정치적 재료와 타이밍으로 이용하는 세력도 짐승류에 포함될 수 있다. 즉 "種(종)은 人(인)이되 사람이라 할 수는 없다. 같은 사람이기는 해도 그 행위는 짐승과 다를 바 없다"라는 含意(함의)가 있는 것이다.

사람과 솔개는 種(종)은 다르지만 먹잇감을 찾아내 포획하고 환경에 맞추어 적절한 수의 새끼를 낳아 기르는 등 生殖生長(생식생장) 활동에서 비슷한 수단과 지혜를 활용하는 同類(동류)라고 할 수 있다. 앞서 인용한 破戒者(파계자)가 타인의 福田(복전)이 될 수는 없다는 如折翼鳥負龜靑天(여절익조부구청천) 비유는 宿業(숙업), 行業(행업)이 없거나 소멸한 자만이 타인의 업장에 도움을 줄 수 있다는 뜻으로 비약, 유추할 수 있겠지만 내심의 정화는 물론 국리민복에 충실한 公器(공기)와 公人(공인)의식도 빈약하면서 권력을 탐하고 지도자가 되려는 것 역시 파계자나 여절익조와 다름없는 덧없는 헛꿈인 것이다. 솔개나 사람이 날리는 연은 허공에 떠 있는 것은 같으나 연은 줄이 끊어지면 추락한다는 사실을 잊지 말도록.

山村(산촌) 편지

1

닭보다 꿩이 먼저 우는 산골 마을에 밀화부리가 다시 돌아오고 조팝나무 여린 가지가 하얀 꽃방망이를 내두를 때쯤이면 봄은 이미 한창입니다. 이어서 볕살이 조금 더 따가워지면 버들꽃이 날리기 시작할 겁니다. 유서(柳絮)라고도 하는 이 미묘한 부유물이 지천으로 날리면 꼭 때아닌 서설이 내리는 것 같은 착각을 하게 되는데 바람에 날리는 버들꽃은 손으로 아무리 잡으려 해도 잡히지 않습니다. 마치 한 집, 한 이불 속에 살고 있으면서도 잘 모르는 당신의 마음처럼…. 정자 앞에 늘어진 실버들이 간들간들 옥난간을 스쳐도 부여잡지 못하는 것은 봄바람 때문입니다.

2

아무리 추워도 얼지 않는 생명의 장(場)이 있습니다. 생명은 그 자체로 하나의 공간을 차지하면서 그 공간을 완벽하게 메우고 또 모든 공간과 연결되어 있습니다. 겨우내 황량하던 산과 들에 봄빛이 푸르러지기 시작하면 잠자던 생명의 기운이 머지않아 천지를 휘감아 덮어 버리는 대혁명, 천지개벽이 일어납니다. 심어 가꾸고 알뜰히 보살피지 않아도 잘도 싹이 트고 무성하게 자라는 산야초 같은 그런 인생은 어디 없을까요? 인가 근처를 어슬렁거리는 병든 너구리를 본 적이 있는지요. 본래 강인한 야생의 포식자이지만 굶주림을 견디다 못해 사람들이 버린 음식 쓰레기를 뒤지다가 부패된 것을 먹고 병에 걸린 것입니다. 그러나 본디 야생은 강하고 자연은 위대합니다. 모든 존재가 병들고 쇠약해지면 먼저 손을 내미는 것은 자연입니다. 어서 돌아오라는 신호이지요. 떠날 때처럼 아무것도 갖지 말고 빈손, 맨발로 돌아오라는….

3

잠들기 전에 오늘 밤 이러이러한 꿈을 꾸어야지 하고 좋은 꿈 꾸기를 원해도 뜻대로 되지 않습니다. 인생도 처음부터 나는 이러이러한 삶을 살아야지 하며 청사진을 그리고 힘찬 출발을 하지만 중로(中路) 어디쯤에서 혹은 생의 막바지 근처에 와서 궤도 수정을 하기도 하는데 어느 경우에나 다 뜻대로 이루어지는 일은 희유합니다. 소소하고 단순한 버릇이건 고질적 습성이건 간에 대다수 인생이 스스로 익힌 업력에 이끌려 살아가고 있기 때문입니다. 선로의 소실점 위에서 정지한 기차, 어떤 임계점에 도달한 생각의 흐름, 여기서 한 발짝만 더 벗어나면 어떻게 될까요? 나의 생이 보장되고 확인할 수 있는 지금의 이 현실을 조금이라도 이탈하면…. 마음의 본질, 정체에 접근하기 위한 마지막 고투(苦鬪)입니다. 마치 아무리 붙잡으려 해도 잡히지 않는 버들꽃, 난간에 부딪치는 실버들 가지처럼 신기루 같지만 분명히 있는 그것을 포착하기 위해서는 무엇이 필요할까요?

4

자연에 기대어 자연을 배우고 부단히 학습하면 아마도 자연을 닮아가고 자연의 일부가 아닌 자연 그 자체가 될 수 있을 것입니다. 인간도 본래 자연의 일원이었고 진화의 과정을 축약하면서 스스로 본고향인 자연을 지배한다는 착각에 빠져 있기는 하지만 결국 자연으로 회귀하고 말지요. 한 번의 설화(舌禍)로 평생 적공(積功)이 물거품이 되고 곧장 가던 길에서 약간만 이탈해도 낭떠러지나 늪으로 추락하고 마는 생의 몰락을 지켜보는 심사가 착잡합니다. 자연을 배우고 닮아서 스스로 자연이 되면 무심코 내뱉는 언설이라도 바람 소리, 물소리처럼 자연스러워서 아무런 허물이 없고 앞으로 가든 뒤로 가든 모로 가든 허공을 날아가는 새와 같이 걸림이 없으며 청산에 뛰노는 토끼, 고라니가 풀 한 포기 다치게 하지 않는 것처럼 자유자재일 겁니다. 언행이 자연 그대로라면 그가 품은 뜻도 사람의 법도에 맞고 하늘의 법칙(天道)에도 합당할 것인즉 굳이 버들솜을 잡지 못해 애태울 것이 무어 있겠습니까….

미래 投機(투기)

달포 전
약간의 땅을 사 두었지
매매계약서도 선금도 없는
無償(무상)의 大地(대지)를
바라보기만 할 수 있을 뿐
가질 수 없는
무소유의 황무지를 샀지

내 죽기 전
농기구 一襲(일습)과
순둥이 소 한 마리
마련해 두려네

뉘 알리
다시 백 년 뒤에
내 거기서 밭을 갈지
황소 목에 멍에 걸고 쟁기 채워
보습을 타고 넘어가는
부드러운 흙덩이를 밟을지

살지고 땅심 좋은
옥토를 일구어 놓으면
거기도 이 봄처럼 뻐꾸기 울고

꾀꼬리 노래할까

하룻밤에 한 뼘씩
야금야금 갉아먹는 그림자 도둑이
내 땅을 훔쳐 가지만
모른 척할 수밖에 없는
처지가 서글퍼도

술값을 아껴서
다시 그 땅을 사 두려네
뉘 알리
어느 날 문득
李(이) 씨와 杜(두) 씨가 찾아와
복사꽃 그늘에서 담소하며
함께 웃을지

자유로워지는 연습

비밀과 비법

야생의 새들처럼 간단하게 먹고 간편하게 살 수 있는 비법을 터득했다면 놀랄 일이겠는가? 비법이라고 했지만 뭐 대단한 기술이거나 감춰진 비밀 같은 것도 아닌 그저 몰랐거나 알아도 행하지 않는 그런 것들을 말하는 것이다. 잔뜩 먹어서 아랫배가 더부룩해져 포만감을 느낄 필요가 없는, 그래서 삶에서 먹는 일의 즐거움을 빼 버리면 어떻게 될까? 간단하게 식사하는 것에는 아주 오랜 옛날부터 있어 왔던 攝食行法(섭식행법)이 있고 초현대식 精製食餌法(정제식이법)이 있다. 옛날식은 다 아는 것으로 자연 그대로의 먹을 수 있는 초목이나 과실류를 섭취하는 방법이고 현대식은 이미 알려진 대로 우주비행사들에게 제공되는 고열량 영양식 형태로 간편하게 먹어도 일상생활에 지장이 없는 식사법이다.

50그램에 미달하는 작은 새들은 고작 작은 콩알이나 풀씨 몇 개, 날벌레와 유충 몇 마리 쪼아 먹고 덤불숲 사이를 잘도 날아다니며 철새들은 먼 길을 쉬지 않고 날아간다. 그들에 비해 덩치는 엄청 크지만 인간들의 밥상, 그것도 살 만한 집의 삼시 세끼와 간식거리를 보면 입이 절로 벌어진다. 혼자 오래 살아본 경험이 있는 나는 늘그막에 아내가 차리는 밥상에 비록 푸성귀들이지만 가짓수가 많으면 어느 것부터 젓

가락을 대야 할지 망설인다. 먹는 일이 곧 사는 일이고 한 생을 열어 가는 시작이다 보니 그보다 더 중요한 것이 없다고 볼 수 있다. 현재는 물론 앞으로도 상당 기간 모든 섭식 동물은 여전히 먹고 마시는 재미로 살아갈 것이다. 먹고 배설하고 生殖(생식)하는 생존의 기본 패턴이 언제 바뀔지 불확실한 현실에서 수저를 놓으면 바로 죽음이거니와 생에서 가장 비중이 큰 본능적 재미와 쾌락으로 정착한 동물적 특성과 권리를 포기할 수는 없는 까닭이다.

요즈음도 솔잎과 날곡식 등으로 간편 生食(생식)을 하는 사람들이 더러 있겠지만 굳이 생식하지 않더라도 손쉽게 구할 수 있는 다양한 먹거리가 지천으로 널려 있는 세상에서 취향대로 간단하게 식사를 해결하면 된다. 먹는 일은 그렇다 치고 간편하고 단순하게 사는 방법은 없는 것일까….

우선 필요한 것은 먹거리와 마찬가지로 욕망의 가짓수와 무게를 줄이는 일이다. 물질계에서 먹는 양을 줄이면 당연히 몸도 그만큼 가벼워지는 것처럼 욕망에도 질과 양이 있고 그것들을 조금씩 줄여 나간다면 인생도 한결 가뿐해질 수 있지 않을까? 세상의 비밀이라는 것은 공개되지 않은 내용들이고 내가 굳이 알려고 해도 모르는 것들은 다 비밀에 속한다. 비밀에는 공사의 구별이 있고 사람은 누구나 밝히고 싶지 않은 비밀이 있게 마련이다. 저마다의 사생활도 남이 알기를 꺼려하는 사적 비밀인 것이다. 그중에 공인들은 비밀이 탄로 나면 큰 곤욕을 치르게 된다. 사적 비밀이라도 공적인 사항이 개입되면 범죄를 구성할 수도 있기 때문이다. 비법은 타인들이 잘 모르는 나만의 특기를 지칭하는 경우가 많다. 인간 사회에 비법이 없는 영역은 없다. 요리,

의약 등 일상생활에 직결되는 온갖 분야에서부터 성공, 출세와 무병장수의 秘傳(비전)까지 사람들은 이 비법을 찾아 오늘도 거리로 나서고 헤맨다.

모르던 것을 알면 의문이 풀린 것이고 하나의 비밀이 해제된 것이다. 중생의 망상과 탐욕심에서 고개를 잠깐 돌리고 방향을 살짝 비틀면 헷갈리던 길이 바로 보이고 인생에는 비밀도 비법도 없다는 것을 문득 깨닫게 된다. 남의 사생활은 알아서 무엇 하며 내가 몰라도 될 공적 비밀을 캐내려는 것은 무슨 목적이 있어서인가? 거기에는 부정한 이익이 기다리고 있기 때문이다. 불로소득, 큰 힘 안 들이고 한꺼번에 챙길 수 있다는 계산과 탐욕이 뱀처럼 똬리를 틀고 있는 것이다. 인간의 뇌 속에 잠자고 있는 생각까지도 읽어낼 수 있는 시대가 곧 도래할 것인데 세상에 비밀이며 비법이 어디에 있고 무슨 소용이 있는가? 숨길 것도 드러낼 것도 없는 평상심의 유지가 비밀이라면 비밀이고, 간단하게 먹고 가볍게 사는 것이 비법이라면 또 비법일 것이다.

겨울 쑥부쟁이

영하 7도쯤 산길에
오도카니 앉아 있는 쑥부쟁이
얼굴이 해맑다

말라가는 향기를
차갑게 뿌리며 꽃은 시들어도
당신을 믿기에
쑥부쟁이는 울지 않는다

들릴 듯 말 듯
지나가는 바람에게 묻는다
누가 쑥부쟁이를 아느냐고

산골 색시처럼 고개 돌려
앉은뱅이 인사하는 그대여

겨울은 깊어 가고
뼛속까지 얼어붙어도
쑥부쟁이는 죽지 않는다

땅속에 묻어둔 목숨 뿌리
다시 찾아올
봄을 믿기에

문제가 되는 것과 안 되는 것들

본인의 허물이나 잘못에 대한 사과에 인색한 것은 본래 능금 같은 진실이 없고 구렁이 같은 음흉한 술수만 있었기 때문이다. 특히 공인의 신분으로 구차한 변명으로 일관하면서 속이 훤히 들여다보이는 궤변과 말재주를 자랑하는 듯한 행태는 그 자체만으로 도량 좁은 소인배임을 증명하는 것이다.

봄비가 양철 지붕을 두드리는 소리를 아내가 욕실에서 물 끼얹는 소리로 들었다면 이것이 착각인가 환상인가? 지극히 사적인 내심의 문제, 내심의 착각이 외표와 구체적 행위로 나타나지 않으면 아무런 문제가 없다. 그 착각을 사실로 알고 즐기고 있다 하여도.

사람은 누구나 장단점이 있는데 어떤 이는 그 사람의 장점만 취하여 좋아하고 또 어떤 이는 그의 단점만 눈여겨보고 그를 폄하한다. 공직 선거에 출마한 사람이 상대방 후보의 약점을 찾아내고 공격하는 것은 당연한 선거 운동으로 치부하지만 자기 자신의 부족함을 인정하고 자신의 단점을 열거한다면 이게 올바른 선거 유세가 되겠는가? 약점은 숨기고 강점은 드러내고 싶은 것이 인지상정인데 일반적 인식과 가치관을 뒤집는 파격은 문제가 되는가, 아니면 세상의 나태와 안일을 혁신하는 단초인가?

뒤처진 인생이 앞서간 것들을 따라잡을 수 있을까? 길이 막히면 뚫어야 하고 그러지 못하면 되돌아가야 한다. 밤 뻐꾸기의 이중창을 들어 보셨는지. 뻐꾹… 어허헛허… 뻐꾹… 어허헛허…. 아무 생각 말고 소리만 따라오라는 신호다. 어떤 契機(계기), 찬스를 제공하는 절묘한

時空(시공)의 調合(조합)을 놓치면 안 된다. 失期(실기)하면 안 되는 것 중 하나가 수행이고 다른 하나는 농사다. 철부지(不知), 때를 모르고 시절 인연을 放過(방과)하면 徒勞(도로)아미타불! 옛 스님의 遠村鷄鳴(원촌계명)이 문득 발목을 부여잡은 까닭을 先悟(선오)하고 사고의 대반전을 일으키면 저만치 달려가 버린 이들의 말꼬리를 붙잡을 수 있을 것이다. 習(습)과 業(업)이 지배하는 6-8識(식)의 울타리를 뛰어넘지 못하면 언제나 그렇듯이 妄識(망식)의 굴레를 벗지 못하고 허덕일 수밖에 없다. 대수행으로 대역전을 이끌어 내어야 하는 이유다.

사람은 왜 살아가면서 굳이 돈을 벌어야 하는가? 사람은 왜 태어나고 태어난 것은 반드시 죽어야 하는가? 매우 어리석고 무용한 질문 같지만 현명한 답을 내놓아야 한다. 이는 정답을 요구하는 질문이라기보다 인간 존재에 대한 궁극의 의문이며 풀어야 하는 과제라고 할 수 있다. 화폐의 고유 기능은 交換材(교환재), 蓄財材(축재재)이고 파생 기능으로 安心材(안심재), 依存材(의존재)를 거론할 수 있다. 즉 돈이 없으면 사회생활을 할 수가 없다는 뜻이다. 사회적 동물인 인간이 사회생활을 하지 못한다면 그 사회에의 부적응자로 퇴출될 것이고 소외와 격리 속에서 외롭게 죽어갈 것이다. 간단하게 정리하면 돈을 벌지 못하면 가난해지고 가난과 불편이 지속되면 죽을 수밖에 없다는 것이다. 더 쉽게 말하자면 태어나기도 전, 즉 入胎時(입태시)부터 돈이 없으면 죽음과 직면한 상태에서 불안한 여행을 시작하고 이어간다는 것이다. 그러니 돈은 절대적 안심재가 될 수밖에 없고 마약과 같은 의존재의 기능을 하는 것이다. 이처럼 돈이 생사와 직결되어 있는 인생의 구조를 탈피할 수는 없는 것일까? 위의 서로 무관한 듯한 두 질문이 뜻밖에도 긴밀하게 연관되어 있다는 사실을 알았다면 이제 궁극적 의문을 해결하는 길을 모색해야 할 순서가 기다리고 있다.

인생의 길에서 더구나 사회생활에서 아무런 문제가 없다면 거기가 바로 천국일까? 시비, 갈등과 이해 충돌이 없는 곳은 인간 세상에는 없다. 긴장이 풀린 느슨한 사회, 무료와 따분함이 널려 있는 세상은 아무런 재미도 없고 긴박감이 사라지고 생존의 고투가 필요 없어진 세상은 이상향이 아니라 지옥의 다른 모습일 것이다. 끊임없이 생겨나는 갈등을 슬기롭게 풀어나가면서 善葛藤(선갈등)이 삶의 활력소가 되고 활기가 넘치는 사회는 이탈자와 隱逸者(은일자)도 별문제 없이 생을 향유할 수 있을 것이고 불필요한 재물을 모으기 위해 애쓰고 손에 피를 묻혀 가며 지배 권력을 탐할 이유도 사라진 진정한 파라다이스가 될 것이다. 또한 거기에는 삶과 죽음, 생사 문제가 아침저녁으로 내리는 이슬 같은 것, 해와 달이 낮밤을 교대로 지키는 것과 같은 우주 자연현상의 한 부분으로 여기는 깨달음의 속성이 생겨날 것이다.

보통 질문은 답을 기대하고 던진다. 의미 있는 질문에 훌륭한 답이 나오면 세상은 발전한다. 선지식도 아니면서 선문답을 연상케 하는 어법을 구사하는 사람들은 본래 밝은 세상을 흐리게 한다. 부조화로 가득한 세상이 인위적 법을 방패 삼아 합리적으로 유지된다고 호도한다. 의혹과 부정으로 신뢰성이 무너진 정치, 경제가 위태로운데도 사람들은 그저 탐욕과 쾌락을 좇는 일에 분주하다. 균형과 조화를 잃은 조직이나 사회는 곧 붕괴된다. 개인사도 예외가 있을 수 없다. 상체를 안전하게 지탱하는 양다리가 떠받치는 힘을 잃고 비틀거리면 상체에 붙어 있는 두 팔이 균형을 잡아 준다. 한쪽 다리가 부실하면 힘이 배로 들지만 다른 다리가 역할을 대신한다. 오른팔이 아프면 본래 오른손잡이가 자연스럽게 왼손잡이로 변한다. 신체의 모든 기관과 구조가 균형과 조화를 완벽하게 유지하면 매우 건강한 몸이 된다. 경계를 따라 흔들리고 유동하는 마음도 먼저 안정을 취해야 한다. 선박의 안전한 항해를 보장하기 위한 平衡水(평형수)처럼 마음에도 평형수를 채워야 한다. 마음의 평형수는 中道(중도)다. 양극단에 치우치지 않는 평상심, 상대적 이분법을 떠난 안정된 사유, 生死(생사)의 가치와 比重(비중)을 동등하게 잡아 놓고 功利的(공리적) 저울은 치워 버리는 초연함, 이쯤에서 자유자재한 경지를 엿볼 수 있다면 세상살이의 문제라는 것은 다 헛것이었음을 깨닫고 궁극의 의문도 안개처럼 사라질 것이다.

view in panorama

1

빗소리는 나의 무덤
上下四方(상하사방)을 빈틈없이 에워싼
태고의 안식처

하늘엔 구름이 흐르고
구름은 비를 내리네
빗소리는 바람을 부르고
바람은 천지간에 풍악을 울린다

뻐꾹새가 울지 않아도
봄은 이내 가고
여름이 성큼 다가오듯
내가 없어도 세상은 여전히
잘 굴러갈 것이네
鳥不啼春去夏來 吾不在亦世如轉
(조부제춘거하래 오부재역세여전)

2

산 자들의 무덤이 즐비한 거리를
한참 지나왔다
추모객도 없고
꽃 한 송이 뿌려지지 않은 곳

虛言 誹謗 蠻勇(허언 비방 만용)으로 둘러친 울타리가
그럴듯했지만
황량한 풍경이었다
허영과 탐욕으로 보낸 일생도
초라한 碑銘(비명)에 가려 있었다

虛名 虛辭(허명 허사)로 분칠한 墓表(묘표)가
숲처럼 늘어서 있어도
을씨년스럽긴 마찬가지였다

한 구역을 더 지나가니
죽은 자들의 무덤이 나타났다
묘역엔 잔디가 깔리고
희귀한 나무들이 둘러서서
지나간 날을 추억하고 있었다

인간의 냄새는 외려
죽은 자의 무덤에서 더 진했다
짐승으로 살다가 죽어서 비로소
인간이 되었기 때문일 것이다

빗소리 속으로
뻐꾹새 울음이 들려왔다
是非善惡 美醜好惡 優劣貴賤(시비선악 미추호오 우열귀천)이
사라진 경계에서 부르는 노래였다

그대
부질없이 돌을 다듬어 세우고
보아줄 이 없는 명문(銘文)
새기지도 말고
저 뻐꾸기 노래 한 소리에
문득 會心(회심)하기를 바라노라

助言(조언)과 忠告(충고)

(거듭되는 실패에 좌절하고 불안과 우울까지 겹쳐 생에 지치고 괴로워하는 당신에게)

아무도 당신에게 이렇게 살라고 주문하거나 강요하지 않았다. 당신의 여린 감성과 무딘 이성이 잡다한 욕망에 이끌리고 밀려간 결과일 뿐. 그리고 당신의 남은 시간이 끓는 냄비 속의 물처럼 줄어든다고 생각하겠지만 저 경전의 불생불멸 부증불감을 한번 떠올려 보시라. 세계의 여러 가지 현상들. 특히 생명계는 파노라마처럼 전개되고 변해가지만 그 변화를 속성으로 하는 현상 자체는 불변이며 또한 부증불감이다.

인간에게는 사회 또는 국가 등 어떤 조직이나 단체에도 소속되지 않을 권리가 있다. 즉 천부적 자유인 것이다. 그러나 사실 모든 국가를 뒤져 보아도 그런 권리를 향유하는 존재는 별무하다. 열대우림에서 원시적으로 살아가는 인간에게도 부족이라는 집단이 있고 기이한 가치관으로 무장한 이단자들에게도 인연에 의한 계박(繫縛)이 얼마든지 발생할 수 있기 때문이다. 소속은 어떤 형태의 조직 단체든 구속과 제약을 동반하는 특성이 있고 완벽한 자유는 제한되기 마련이다. 무소속의 자유와 권리를 획득하고 행사하려면 힘이 필요하다. 그러나 그 힘은 물리적 힘, 무력이 아니라 정신력이 갖는 영혼의 힘, 부드럽고 강인한 소프트 파워이다.

외톨이는 고독하고 늘 불안하다. 그래서 의지하고 도움을 요청할 수 있는 이웃을 찾는다. 허약한 의지와 정신력으로는 생존 자체가 고통이다. 그런 범부중생이 혼자 살아가고 생사와 대적할 수 있을까? 생명체에게는 누구나 절대적일 수밖에 없는 생사 문제를 순진하고 감성적으로 접근하면 어린아이 취급을 받을 수도 있겠지만 그 절대성에 매몰되지 않고 외형적 상대성에 착안하여 단순하게 이해하고 체화되면 문제는 의외로 쉽게 풀릴 수 있다. 시선과 입술, 입꼬리의 근육이 연출해 내는 표정, 얼굴은 마음의 창이다. 조금만 심기가 불편해도 인상이 흐려지는 것이 보통 사람들의 심리가 드러나는 현상이지만 죽음이 코앞에 이르렀는데도 화색이 돌며 평온한 얼굴도 있다. 그런 인물은 이미 나고 죽는 것의 실체를 간파하고 생사의 강을 건너 버린 것이다.

성공과 출세의 문턱에서 번번이 무너지고 좌절해도 비참해할 까닭이 없다. 인생의 길에는 정도가 없고 지름길도 에둘러 가는 길도 없다. 불생불멸과 불거불래를 확신한다면 인생 자체가 그저 한 가닥 길일 뿐인 것이다. 길은 어디에나 있고 어느 곳과도 이어져 있다. 나아가거나 물러나지 못하는 것은 길이 아니다. 가는 것이 곧 오는 것이니 길도 역시 돌고 도는 것이다. 권세와 재력 앞에 쩔쩔매고 선망의 눈초리를 보내는 것은 조상과 인생에 대한 예의가 아니다. 비록 가난하고 불편해도 학력이 빈약해도 자신감과 정신력이 뒷받침되면 무엇이 더 필요하랴? 거기에 맑고 환한 영혼이 오롯이 자리 잡고 있으면 천하에 두려울 것이 없다.

이미 몸에 배어 버릇이 되어 버린 습성은 좋고 나쁨을 떠나 쉬이 떨쳐 버리지 못한다. 가장 대표적인 것이 말버릇, 손버릇, 술버릇 따위들이다. 좋은 버릇은 피차 이롭고 나쁜 버릇은 피차 해롭다. 내 버릇에 나쁜 습벽은 없는지 곰곰이 따져 보아야 할 것이니 자성(自省)의 시간을 버는 것도 노년의 지혜다. 별것 아닌 것을 가지고 조언이라고 한다면 부끄러운 일이고 충고라는 꼬리표를 단다면 그것은 나 자신에게 하는 것이다.

바닷가에서

바람 한 자락 불지 않는 해변
맨질맨질한 자갈을 핥고 쓰다듬으며
소근거리는 물결

착한 아이 엉덩이 토닥이며
어르듯 찰싹이는 파도
저 물결은 무슨 애원(哀願)으로
뭍으로
뭍으로만 밀려오는 것일까

바람이 봉창을 두드리면
손님인가 의심할 때가 있었지
고적(孤寂)을 깨트려 생기를 불어넣는
저 바람은 또 어디에서 불어오는 것일까

태어나 자란 곳을 고향이라 하는데
저 바람 저 물결은 고향이 어디일까
어릴 적 괜히 서러워서 흘린 눈물
젊은 시절 길가에 함부로 내갈긴
오줌 한 방울도 다 짠맛이라 바다로
바다로 흘러들어 갔는지 모른다

풍경(風磬)에 매단 붕어를 건드리고

장대 끝에 늘어진 깃발을 흔드는 바람도
어쩌면 마리아나 해구(海溝)
어느 심연에서 오는지 모른다
비행기 안에서 태어난 아이
세계를 순항하는 크루즈 위에서 태어난 아이는
배나 비행기가 고향일 테지만
그들은 돌아갈 고향이 없다

어머니의 자궁
그 유현(幽玄)한 곳이 내 고향일 테지만
어머니 가신 지 오래
나는 영원한 실향민이다

사람들은 다
어디에서 오는 것일까
저 바닷물은 답을 알 것 같지만
다만 철썩철썩…

한나절 놀다가
내 몸 빠져나가는 곳을 보라고
철썩인다

달 그림

달그림자가 그려놓은 수묵화 속으로
걸어가는 내 그림자
그림자가 가는가
내가 가는가

고요한데도
언덕에 오르면 바람이 분다
높은 곳은 바람을 먼저 맞고
먼저 보낸다

내게로 다가오면 가까워지는 것
내게서 떠나가면 멀어지는 것
내가 가면 동시에 만나고 헤어지는 것

오면 가고
가면 다시 오는 것이
그림인가 그림자인가

생에 의미를 달아 놓으면
생화가 되고
죽음에 의미를 부여하면 조화가 되나

시는 이렇게 쓰고

그림은 요렇게 그리고
노래는 저렇게 불러야 한다면
춤은 또 어떻게 추어야 하나

달은 중천에
나는 길 위에
발밑에 숨은 그림자가
나를 끌고 가는 새벽

격식과 등급을 좋아하는 세상에
아무도 보아줄 리 없는 그림
달이 연출하고 내가 주연하는
움직이는 그림자 연극

허상이 실상이 되고
때로는 실상이 바로 허상이지
밤마다 만월을 보려면
지구 바깥으로 나가야 하지만
그림자를 투과하는 고성능 망원경을
들여다보면

조영동시(照影同時)
빛과 그림자도
사라지겠지

새봄의 탄식과 反轉(반전)

處處桃花發(처처도화발)
萬朶鳥啼吟(만타조제음)
年年到來會(년년도래회)
何忙不待去(하망부대거)
自誦(자송)
곳곳에 복사꽃 만발하니
휘늘어진 가지에 숨어 우는 봄새여
해마다 돌아오는 이 좋은 만남을
무에 그리 바쁘다고 못 기다리고 가버리나
또 누가 탄식하여 읊었던가…
花發多風雨(화발다풍우)
人生足別離(인생족별리)
꽃 피자 시샘하듯 비바람 잦고
사람도 정붙여 살만하니 이내 헤어지네
花不落 葉未出(화불락 엽미출)
先客未發 後來不到(선객미발 후래부도)
꽃이 지지 아니하면 잎이 날 수 없고
먼저 온 손이 떠나지 않고 뭉그적거리면
뒤 손님을 받을 수 없어 여인숙(逆旅, 역려)은 문을 닫아야
한다

앞 강물이 자연스럽게 흘러가지 않고 멈칫거리거나 장애에 막혀 버리면 悠長(유장)한 강의 흐름은 정지되고 강의 기능과 역할도 사라진다. 그래서 뒤 강물이 앞 강물을 밀어낸다는 말이 생겼을 것이다. 모든 일들이 자연스럽게 이루어지는 이치를 간략하게 道(도)라고 표현한다. 道無所不在 道不用修 道不屬知不知(도무소부재 도불용수 도부속지부지) 등의 언구도 도의 본질을 간접적으로 암시하는 표현이다. 숨어 버리고 훼손되어 가는 도와 자연을 회복하려면 인간들의 심성과 체질에 깊숙이 배어 버린 假飾(가식)과 造作(조작), 위선과 탐욕의 앙금을 걷어내야 하고 사랑과 미움의 근원인 偏愛(편애)와 시기, 질투, 분노와 원한, 복수를 초래하는 빌미인 억압과 착취, 타자에게 고통을 선물하고 쾌감을 느끼는 야수적 遺傳質(유전질)을 정화하는 것이 우선이다. 그리고 한 세상 다하여 마치는 날까지 자연 속에 몸을 내맡기고 자연과 하나 되는 삶을 살아가면 도니 자연이니 하는 언어와 개념들은 잊어버려도 좋다. 홍류동 계곡의 바위 위에 미투리 한 짝 놓아두고 사라진 이나 돌망태를 지고 바닷속으로 걸어간 사람처럼 되지는 못해도 병실을 자주 찾고 요양원에 의탁해야 할 정도면 미리 끝마무리 준비를 해 두는 게 바람직하다.

엉성하게 집을 지은 덕분에 방 안에 앉아서 가랑비 내리는 소리까지 들을 수 있다는 것도 일종의 행운이라고 할 수 있을까? 귀는 열려 있어 빗소리, 바람 소리를 분간할 수 있고 새소리를 들으면 그 노래의 주인공이 누구인지도 알 수 있다. 이만하면 족한 것 아닌가? 무엇을, 얼마나 더 많이 알아야 하고 또 가져야 만족하고 성공했다고 자부할까. 미추와 선악을 분별하고 가치의 우열을 판단하는 감각과 능력은 지극히 사적이고 주관적인 영역이라 객관세계를 위해서는 쓸모가 없다. 小分知足(소분지족)으로 살아도 타자에게 폐해가 되지 않는다면 충분히 행복하고 의미 있는 삶인 것이다. 생동의 기운이 넘쳐나는 봄날 아침, 숲속에 울려 퍼지는 새들의 노래를 들으며 거기에 등급을 매기고 우열을 가리는 인간들의 행위는 그야말로 부질없는 짓이고 그들 개체의 固有個性(고유개성)과 능력에 차별을 지우고 평가할 수도 없지만 고도의 사회성과 복잡한 관계망으로 얽혀진 인간들은 언제 어디서나 삶의 전반에 걸쳐 다양한 형태의 가치 비교와 평가가 동시에 일어나고 비교의 결과로 우열을 가리고 등급을 나누는 행위가 일상화되어 있다. 비교의 잣대를 들이댈 수 없는 절대 영역, 인권이나 생명권 등을 제외하고 모든 비교, 판단, 평가는 상대적으로 행해질 뿐이다. 인간들이 추구하는 욕망과 목표, 추상적 가치들은 객관적으로 정해지고 標識(표지)할 수 없지만 오랜 전통과 문화, 관습에 따라 형성된 사회적 관념은 욕망의 등급과 가치의 質(질)을 추정 가능하게 하고 인생의 의미를 거기에 投影(투영)시킬 수 있는 것이다.

사회적 등급과 서열이 명백히 표지되는 현대에 신분 상승을 꿈꾸지 않는다면 모자라는 사람이거나 별종으로 치부될 것이다. 그러나 객관적 평가를 전혀 바라지 않거나 그에 무심한 부류도 적지 않을 것이다. 새의 노래나 꽃들의 향기와 자태를 분별하지는 않아도 인간들의 행태는 분명한 차이가 있으니 행위 주체에 따라 한없이 저열하고 추악한 면이 있는가 하면 高揚(고양)되고 精華(정화)된 정신의 경지를 드러내 보이기도 한다. 결국 인간 사회는 그 복잡함과 일반화된 비교 성향 때문에 주·객관적 가치의 등급과 우열 평가가 가능한 무한 욕망의 추구와 충돌 무대가 되고 만 것이다.

탐욕에서 촉발된 불만과 분노, 좌절과 역질주로 얼룩진 이 진창길을 어떻게 벗어날 것인가? 적절한 强度(강도)의 육체노동은 심신의 안정과 평온을 유지하게 하는 필수적 요건이다. 심신이 안정된 상태에서 다소 강도 높은 노동은 호르몬(엔도르핀) 분비에 의해 쾌감을 유발하고 일의 능률을 향상시킨다. 이어서 찾아온 휴식의 시간에는 침묵과 무한 침잠으로 내면의 심연으로 가라앉아 존재의 실체가 무엇인지 엿보는 삼매경에 빠지는 것이다.

미증유의 괴질이 횡행하고 수많은 사람들이 죽어 나가는 시대의 변곡점에서 나는 아직 살아 있노라고 장담할 수 없다면 무언가 대반전을 시도해 봐야 한다. 평생 익혀 온 삶의 방식들을 갑자기 바꾸기는 어렵다. 생각의 습관, 즉 사고의 틀을 한번 확 뒤집어 보는 것이다. 이를테면 맛있는 것, 편하고 재미있는 것, 쾌락의 유혹 등에서 자유로워지는 길을 찾아보는 연습으로 하루를 시작하고 마무리하는 것이다.

伏中 別解脫稿(복중 별해탈고)

비는 내 몸뚱이를 적실 뿐이지만 빗소리는 마음까지 적시고
바람은 앞을 가로막고 혹은 등을 떠밀지만 바람 소리는 온몸을
透過(투과)한다
계곡의 沼(소)는 백 근 고깃덩어리를 담그기에 족하지만 흐르는 물
소리는 베개 위를 뚫고 간다
비로 세탁한 심신을 바람 소리로 말리고 계류의 물소리로 눈, 귀를
씻는다

불지 않는 것은 바람이 아니고
내리지 않으면 눈비도 아니다
흘러가지 않는 것은 강이 아니듯
죽지 않는 것 또한 사람이 아니다
변화의 다른 표현
다만 이름과 호칭이 그러할 뿐이고
고착, 유전된 관념이 그러할 따름이다

누군가는 죽어 사라져야
새 생명이 나타나는 것
작게는 세대교체요
길게는 생명 릴레이인 것이다

점과 선으로 이어지고 각과 원으로 이루어지는
圖形(도형) 같은 인간사에

찰나와 영원이 대입될 수 있는 여지가 보이는
三伏(삼복) 그늘에서
돌아오지 않는 메아리로 부르는 노래…

觀燈攷(관등고)

세계의 중심은 須彌山(수미산)이나 에베레스트가 아니고 권력과 文物(문물)이 집중하는 도시는 더욱 아니다. 지금 여기 한 基(기)의 塔(탑)으로 꽂꽂이 앉아 있는 내가 바로 세계의 중심이다. 특정 지역이나 그 위치가 중심과 변방을 결정하는 것이 아니라 思惟(사유)하는 하나의 존재 자체가 모든 것의 중심을 이루는 것이다. 크지도 작지도 않은 조촐한 탑이 방구석 한 모서리를 밝히고 있는 등잔불을 응시하고 있을 때 이 나는 세상의 변두리도 아니고 권력의 국외자도 아니며 我執(아집)과 法執(법집), 그리고 모든 분별이 사라진 순간은 이 내가 세계의 주인공인 것이다.

진실한 것은 별개로 성립하고 존재하는 것이 아니라 허위를 전제로 假定(가정)한 개념이다. 바름과 삿됨의 분별도 이와 같은 이치로 생겨난다. 마치 구름이 흩어지면 달은 원래 제자리에 있듯 삿되고 거짓된 것이 사라지면 바르고 참된 것이 나타나는 것이다. 그러나 거짓이 사라지면 진실만이 남고 삿됨이 사라지면 바름만이 드러나는 것이 아니라 인간의 思考(사고)와 행위에 수반하는 하나의 불가분적 현상일 뿐 眞僞(진위)와 正邪(정사)의 구별이 對蹠点(대척점)에 위치하거나 兩立(양립)적인 개념인 것은 아니다. 구름만 있고 달만 빛나는 하늘이 없듯 세계는 있는 듯 없고 없는 듯 있는 그런 조화 속에 운행되고 있는 것이다. 죽음의 그림자(恐怖, 공포)가 사라지면 生(생)의 歡喜(환희)만 남는 것이 아니라 兩面(양면)이 함께 소멸하는 것이다. 따라서 眞假正邪 善惡是非 美醜好惡(진가정사 선악시비 미추호오) 등의 이분법적 상대

관념은 그대로 두고 이 서로 대립하는 듯한 가치 판단 요소들이 어떻게 상호작용하며 인간들의 삶에 영향을 미치는 것인지 잘 살펴봐야 하는 것이지 별개로 분석하고 정리할 것이 아닌 것이다.

인간 사회의 二元化(이원화)된 요소들과 상대적 分別知(분별지)들을 어떻게 生死(생사) 문제와 긴밀히 연결시킬 수 있을까? 生(생)과 死(사)라는 이원화된 관념과 현상의 당사자이면서 동시에 그 捕虜(포로)인 인간이 思考(사고)하고 논의하는 상대적 세계관과 가치관이 的實(적실)하게 결론을 맺을 수 있을까 하는 의문이 들지만 인간이 아니면 이 문제를 논할 존재도 없거니와 또 필요도 없는 것이다. 상대적 가치 현상들이 交互(교호)되고 뒤엉키는 세계에는 언제나 착각과 인식, 수단, 방법, 과정의 착오들이 발생한다. 나와 너라는 主客(주객)의 분리 속에 내 편, 네 편이라는 이익 집단의 편 가르기가 일반적으로 固着(고착)되어 있는 現今(현금) 사회에서 하나의 분명한 진리적 가치에도 이념과 사상, 정치 · 경제적 이해관계를 좇아 접근하는 태도와 방식에 따라 확연히 다른 견해와 입장을 보이는데 이와 같은 현상은 순전히 자기 위주의 일방적 가치 판단에 매몰되어 있기 때문으로 여겨진다. 가치의 진정성을 이해관계라는 너울을 씌워 왜곡하는 착오, 착각인 것이다. 어두운 밤하늘, 달이 구름을 헤치고 나와 환한 모습을 드러내면 주위에 몰려 있던 구름이 달의 뒤쪽, 즉 달보다 더 높은 곳에 있는 듯한 착시 현상을 일으킨다. 해와 달, 별들은 언제나 한 공간에 붙박여 있거나 떠돌고 있을 뿐인데 빛과 그림자의 영향 때문에 밤낮이 있고 주기적으로 바뀌는 위치 때문에 계절의 변화와 추위, 더위가 있는 것이다. 자연계의 질서나 천문 현상은 불변성을 띠지만 오랜 세월에 걸쳐 미미한 변화를 계속하고 있다. 인간의 진화도 그렇게 미세한 변화와 시행착오를 반복하면서 이루어진다. 참과 거짓, 바름과 삿됨이라는 관념도 별개로 定立(정립)하여 존재하는 것이 아니라 인간의 역사와 사회성의 변모에서 파생되고 고착된 개념인 것이다. 이와 같은 상대적 가치관에 生死(생사)라는 絶對無比(절대무비)의 이분법도 포함시키고 적용할 수 있을까? 이치나 논리상으로는 당연히 같은 範疇(범주)에 속한다고 볼 수 있다. 태어남을 전제하지 않은 죽음이 없고 태어나기만 하고 죽지 않는 삶도 없으며 태어난 자는 반드시 죽어야 또 누군가가 태어날 수 있다는 絶對循環(절대순환)의 법칙은 일견 상대적 構圖(구도) 속에 갇혀 있는 것 같지만 이것은 對對(대대)를 초월한 생명체의 존재 현상이자 사실일 뿐이다. 처음과 끝을 모르며 지속되는 이 至難(지난)한 근본 명제를 어떻게 풀어야 할까?

삶과 죽음은 서로 꼬리를 물고 동그라미를 그리는 윤회의 불춤 같은 것이라고 하더라도 悟道(오도)한 禪師(선사)들은 本無生死(본무생사)라고 당당히 말한다. 생사란 관념의 所産(소산)이자 착각이고 夢幻(몽환)이라는 관점에서 본래 없다는 입장을 선언한 것이다. 본질과 현상, 體(체)와 用(용), 실질과 형식, 물질과 비물질 등의 이원적 분리 체계로 설명은 가능하지만 찰나라도 현실, 지금을 떠나면 아무리 진리의 보배를 우박처럼 쏟아부어도 받을 그릇이 없다는 것이다.

이분법 내지 이원성의 유형을 살펴보면 일반적 사고의 이분법으로 시비선악, 애증 등이 있고 주관적 가치의 이원성으로 美醜(미추), 貧富(빈부), 用度(용도)의 유무, 절대가치와 상대가치 등과 함께 事實(사실), 現象(현상)에 대한 이분법으로는 有無(유무), 明暗(명암) 등을 열거할 수 있다. 그러나 먹고 살아가는 행위의 근간이 되지만 생명을 유지하는 데 큰 지장이 없는 요소들, 시비선악, 미추호오, 애증은원 등 모든 것을 총합해도 그 중량감이 생사의 이원성을 능가하지 못한다. 존재가 나고 죽는 일은 절대적 상대개념이자 현상으로 類推(유추)나 回避(회피), 緩和(완화)와 斷定(단정)이 불가한 非對立(비대립), 非兩立(비양립)하는 명제로밖에 수용할 수 없는 것이다. 밝음과 어둠은 공존할 수 없는 것 같지만 생명계의 존재에게 있어서는 함께 있는 다른 현상에 불과하다.

無明(무명)이 지혜로 바뀌고 지혜가 깊어지면 靈智(영지)가 된다. 하지만 무명(어둠)에 덮여 있을 때는 그것이 어둠인 줄 모르는 것이다. 生(생)을 밝음으로 死(사)를 어둠으로 대입시켜 보면 자명해진다. 밝은 세상, 생의 환희에 가득 차 있을 때는 어둠의 그림자인 죽음을 의식하지 못한다. 明暗(명암)이 교차하지 않는 곳은 이 세상이 아니다. 그러나 인연과 인과의 그물을 피해 갈 수 없는 세계에서는 모든 현상이 번갈아 나타나고 그것이 존재와 현상의 有無(유무)와 在不在(재부재)로 인식되는 것이다.

六度(육도) 三界(삼계)를 돌아다니며 온갖 고초와 경험을 해 보니 그래도 인간계가 살만한 곳이더라고 누가 말했다면 아마도 사람의 탈을 쓰고 있을 때 모든 분별과 방황을 멈추고 생멸거래에서 자유로운 초탈을 성취하라는 메시지일 것이다. 결론은 지금 여기, 살아 있는 존재로서 한 끝을 보아야 한다는 것이다. 뒷장에 붙인 졸시 한 편을 이 글의 제목으로 선택한 변(辯)으로 갈음한다.

등잔

때로는 얌전한 색시같이 다소곳이 앉아 있고
때로는 신들린 무녀처럼 모두뜀을 뛰며
때로는 웅혼한 闊舞(활무)를 추는 불꽃을
정수리에 얹고 사는 사람, 그가 누구인가?

인생! 살아가는 일이 춤추며 노래하는
喜悲雙交(희비쌍교)의 완판 唱舞劇(창무극)
大舞 熱唱(대무 열창) 아닌가?

그런대로 삶이 괜찮다는 것은
더러 아플 때도 있다는 것
살다가 조금씩 아픈 것은
견딜심을 기르는 것

누가 불러 주어야 돌아보는 것은
꽃이 아니네
누가 시인이라고 불러 주지 않아도
차가운 머리 위에
뜨거운 불꽃을 이고 있는
등잔 같은 그가
불러도 돌아보지 않는 꽃이라네

그대 아픔이 전염병처럼 내게로 옮겨와
미열과 잔기침이 나도 괜찮을 때
등잔과 불꽃이 본래 하나였음을 알까

고라니 기침

빈약한 筋骨(근골)을 두터운 옷으로 감싼다고 해서 강건하게 보이는 것이 아니듯 야윈 생각을 분칠해 보인 말글도 도탑게 느껴지지 않는다. 때 묻고 낡은 옷가지를 기우고 빨아 입는 시대는 지나고 새것이 지천으로 널려 있어도 심신을 새로이 하려는 자는 별무하다. 죽을 때가 가까워지면 비로소 몸과 마음까지 바꿔 보려 하지만 술버릇처럼 평생을 지배해 온 習(습)이 좀처럼 그를 놓아주지 않는다. 발가락, 손마디에 옹이처럼 박여 있는 굳은살이 먹고살기 힘들어했다는 여실한 증거지만 그렇다고 해서 그의 생이 썩 훌륭했다고 평가할 수는 없다.

처음부터 있는 것이(本有, 본유) 새삼 생겨날 까닭이 없고 본래 없던 것이 생겨난 것(假有, 가유)은 인연이 다하면 생겨난 근원으로 돌아간다. 이 몸뚱이, 물질 형상은 본래 있던 것이 아니라 여러 가지 인연이 결합하여 생겨난 것이므로 그 生因(생인)과 助緣(조연)이 소멸하면 부모미생전으로 회귀하는 것이다. 그런 이치로 육신이 죽어 本空(본공)으로 돌아가는데 그 몸뚱이를 굳이 땅속에 묻어 백골로 만드는 까닭이 무엇인가? 空(공)은 무한의 場(장, field)이고 이 장에서 모든 존재와 사물이 생성·변멸하는 조화가 일어난다. 여기에 시간이라는 변화의 주체, 무한 변수가 개입하여 온갖 생명체와 형상들이 출몰하고 은현거래(隱現去來)하는 것이다.

생이란 무엇인가? 고라니 기침 소리에 정답이 있다. 고라니는 추위와 더위, 계절을 가리지 않고 밭은기침을 한다. 고개를 넘어갈 때 비탈을 내려올 때도 기침을 한다. 당신이 고라니 속내를 짚어낸다면 아마도 그게 답일 것이다. 거래생멸 은현출몰은 변화의 속성이요 현상이지만 그 본질, 즉 본성은 불변이다. 고금을 불문하고 든든한 부모 울타리 안에서 온갖 찬스를 누리고 출세의 발판으로 삼는 것이 인간들의 욕심이고 원하는 바이지만 정작 인생 대반전의 기회는 스스로 만들어 내고 현장에 뛰어들어 거머쥐어야 하는 것이다. 이러한 성장과 立身(입신)의 과정에서는 생각하는 것, 즉 교묘한 궁리보다는 몸은 수고롭더라도 바로 실행하는 것보다 나은 방도는 없을 것이다. 부모, 형제, 자식을 믿고 친구와 동료를 믿고 사회 제도를, 국가 정책을 믿는 것은 可(가)해도 전적으로 의지, 의존하는 것은 不可(불가)하다. 他者(타자)에의 의지와 의존성이 굳어지면 어떠한 경우에도 자력구제와 갱생은 불가능하기 때문이다.

이쯤에서 사족을 하나 붙이자면 元曉師(원효사)의 일갈! 한달음에 生死路(생사로)를 뛰어넘어야 비로소 대장부라고 할 것이다.

무슨 이유에선지 기침을 자주 하는 고라니의 속내를 짐작해 보면 아마도 고독을 견디고 즐기려는 본능이 발현된 것이 아닐까라고 생각해 본다. 거의 단독 생활을 하는 고라니는 적은 있어도 친구는 없다. 교미기와 출산 후 새끼를 보살필 때를 제외하면 언제나 혼자 먹이 활동을 하며 배회하는 것이 목격된다. 하늘과 땅이 분리되어 있다고 생각한다면 대착각이다. 한시도 떨어져 있은 적이 없다. 조금의 빈틈도 없이 밀착되어 있는 천지 교합을 한번 상상해 보시라. 당신과 나는 엄연히 분리되어 있는 별개의 존재로 여기지만 역시 착각이다. 하나의 공간에서 서로 분할할 수 없는 空(공)으로 엮이어 있는 한 몸! 이 사실을 확인해 보시라. 과연 외로워하고 쓸쓸해할 까닭이 있는지. 무한 공간에 한 점

섬으로 던져져 있는 모든 존재의 터전이 바로 이 땅, 지구다. 내가 차지했다고 여기는 조그만 공간이 내 것인가? 내가 마시는 물과 공기가 본래 내 것인가? 소유 아닌 점유라고 굳이 고집하자 해도 어딘가에서 빌려 오고 또 누군가에게서 빌려 쓰는 것일 뿐이다. 인간의 존재 이유와 당위를 납득하면 고독과 애탐으로 고달파할 겨를이 없다. 살아 있을 때 모두 행복하려면 대상을 가리지 말고 많이 베푸는 것이 최선이다. 다 버리면 다 내 것이고 꼭 움켜쥐고 있으면 허망의 빈손! 사랑은 나누면 빛이 나지만 외로움은 즐길 줄 알 때 비로소 행복의 한 모습으로 다가온다.

시를 쓰는 시인도 고독을 즐기며 그 고독을 생의 절대가치 영역으로 변화, 상승시키는 일종의 연금술사라고 생각한다. 언어를 배열하는 기술, 행간에 의미와 상징을 배치하고 은닉하는 기교는 능력이라고 본다. 하지만 시인은 匠人(장인)이 아니고 시도 장인의 산물은 아니다. 인간들이 감지할 수 있는 모든 분야에서 고도의 에센스를 추출하여 다양한 형식으로 보여 주고 음미할 수 있게 해 주는 고독한 작업과 지난한 여정일 따름. 시의 해설을 읽다 보면 해설자와 작자가 사전에 교감하고 쓴 것이 아닌가 하는 생각이 들 때가 있다. 그렇지만 시인이 해설자의 안목에 맞추어 시를 쓸 리도 없고 해설자는 난해한 문자들과 그 행간에 숨겨진 의미를 읽어내지 못하여 멍한 독자의 이해를 약간 도와주는 것일 뿐.

시인의 고독은 같은 경험이 가능한 동류의 인간들이 인정할 수 있겠지만 감히 야생의 한 마리 짐승인 고라니와 비교하다니…. 욕을 먹어도 할 수 없지만 인간이 고라니의 속내를 알 수 없듯 같은 얼굴을 하고 같은 언어를 쓰며 한 사회에서 더불어 살아가는 인간들도 추측만 할 뿐 시인의 深淵(심연)은 들여다보기 어렵다는 점을 개가 풀을 씹듯 한 번 말해 본 것이다.

보살찬(菩薩讚)

날(日)이 가고
달(月)이 가고
철(節)이 바뀌고
해(年)가 바뀐다

가지 않으면
오지 않고
바뀌지 않으면
몰락이다

쳇바퀴 안의 다람쥐는
어지럼을 타지 않는다
돌림을 당하지 않고
한 세계를 굴리기 때문이다

하루 한 바퀴
빙글 도는 지구도
어지럽지 않다
중심을 잃지 않는 까닭이다

달이 차고 기우는 것은
월광보살의 원력
해가 지고 뜨는 것은

일광보살의 대원

산 너머
바다 건너에도
머나먼 극지에도
기다리는 생명들

그들을 다
품어 안으려는
대자대비
보살마하살

암탉이 알을 품어
고루 온기를 전하려고
쉬지 않고 알을 굴리는 것도
보살의 자비를 닮았기 때문

무연자비(無緣慈悲)는
유연(有緣)을 전제한 것이 아니라
있고 없음을 벗어난 곳에
무한연민의 산소를 뿌리는 것

일월이 교대로
수고를 아끼지 않는 것도
만물만생을 내 자식으로

여기는 자애심 때문

순간의 머무름도 없이
품어 안고 어루만지는
보살의 비원 속에
장엄히 펼쳐진 우주여

六大論(육대론)

六和(육화), 六律(육률) 등은 들어봤어도 뜬금없이 六大(육대)라니. 어깨너머 훔쳐본 文字(문자)인가, 풍문에 귀동냥한 것인가? 누구나 익히 아는 四大(사대)에 空大(공대)와 假大(가대)를 더하면 六大(육대)가 되는 사실을 나름대로 피력할 빌미를 만들고자 지어낸 말일 뿐이다. 사대가 화합하면 어떤 물질 형상이 만들어지는데 사대의 성질이 독자적으로 분리되어 존재하는 상태를 空(공)이라고 가정하여 空大(공대), 사대가 결합하여 물체가 형성된 것을 假大(가대), 즉 假有(가유), 임시로 형상을 빌려 잠깐 동안 존재하는 것을 가대라고 한다면 육대가 성립하는 것을 인정할 수 있다고 본다.

먼저 地大(지대)를 천체물리 과학계의 정설을 인용하여 볼 때 지구가 태양계의 권속이 된 지 약 45억 년이 흘렀는데 빅뱅(big bang)으로 지구가 생겨날 당시에는 아마도 큰 巖塊(암괴)의 형태였을 것으로 추정된다. 태양의 몇째 아들인지 딸인지는 모르지만 부모의 지극정성으로 지구를 둘러싼 대기권이 형성되고 그 영역에서 대류 현상이 발생하며 바람이 불고 비가 내리기 시작했을 것이다. 억겁 세월이 흐르면서 거대한 바윗덩어리는 단단한 부분만 남고 연약한 부위는 風磨雨洗(풍마우세)하여 물결과 바람에 쓸려가고 퇴적을 거듭하면서 부드러운 모래와 흙이 되어 생명체들의 터전으로 변모해 갔을 것이다.

형상을 가진 생명체를 구성하는 요소, 이른바 사대로 불리는 地水火風(지수화풍)은 일정한 형태를 가지지 않지만 四大哲學(사대철학)에서의 地大(지대)는 생명체로서의 형상을 이루는 기초인 骨格(골격), 즉 형태를 잡는 단단한 부분을 의미한다. 無常戒(무상계)의 髮毛爪齒皮肉筋骨髓腦垢色(발모조치피륙근골수뇌구색)은 여기서의 地大(지대)를 형성하는 요소들을 지칭한 것이다. 흙으로 벽돌이나 기와를 구우면 집을 짓는 재료가 되지만 집 자체는 아니고 흙으로 그릇을 빚어 구우면 사발도 되고 항아리도 되지만 역시 그릇 자체는 아니다. 요컨대 흙은 일정한 형상이 없지만 인위적으로 조작하면 여러 가지 형태를 이루고 다만 그러기 위해서는 물과 불이라는 이질적 요소와 결합 작용이 가해져야 된다는 사실이다. 물론 흙 자체만으로 온갖 생물이 서식할 수 있지만 이미 그 흙엔 적정량의 수분과 영양이 함유되어 있고 태양의 열기가 생육과 성장을 돕는 것을 전제로 한다. 또 하나는 부드러운 흙에 열을 가하면 단단해진다는, 즉 부드러움이 강한 성질로 변한다는 것이다.

水大(수대), 물은 수소와 산소의 두 원소가 결합한 구조로 되어 있지만 담기는 용기나 존재하는 형태, 방식에 따라 달리 불린다. 바다, 강, 호수, 못이나 술잔, 항아리, 사발에 담기면 각각 그 이름으로 다르게 불리고 汚水(오수)가 변하여 淨水(정수)가 되고 정수를 쓰고 버리면 다시 오수가 되지만 물의 본래 성질에는 변함이 없다. 太古(태고)에 생명체가 처음 출현한 것도 물을 기초 매개로 한 까닭에 지금도 물은 생명 유지와 생명체 발생의 절대조건이다.

火大(화대), 신선하고 더운 피가 끊임없이 생성(造血, 조혈)되고 건강한 혈관을 통하여 원활히 공급되지 못하면 동물은 생존할 수 없다. 인간이 불을 발견하고 활용한 계기로 빠른 진화를 거듭해 온 반면 그렇지 못한 종들은 대부분 아직도 원시 상태로 踏步(답보) 중이다. 더운 것과 뜨거움은 온도 차이일 뿐 비슷한 개념이다. 불은 생명체의 존재와 삶에 불가결한 원동력이면서 파괴와 소멸, 그리고 본래 無(무)의 상태, 즉 空(공)으로의 환원 작용을 동시에 수행하는 공능을 가진다.

風大(풍대), 불지 않는 것은 바람이 아니고 스스로 움직이지 못하는 것은 동물이 아니듯 움직인다는 것은 우선 살아 있다는 징표이다. 바람의 힘, 그 功能(공능)은 오묘하고 위대하여 불가사의 그 자체라고 할 수 있다. 생명체가 성장하는 것도 일종의 움직임이다. 한 자리에 가만히 서 있는 듯하지만 나무는 不動(부동)의 존재가 아니다. 성장기에 있는 소나무를 보라. 上下四方十方(상하사방시방) 우주로 가지를 뻗고 뿌리를 내리며 생존 공간을 확장해 나간다. 또한 미풍에서 태풍까지 바람의 인연을 만나면 마치 신들린 듯 춤을 춘다. 인간의 눈에 실시간으로 감지되지 않을 뿐 찰나 간에도 살아 움직이는 식물들 세계의 일단이거니와 생명체가 활동을 멈추면, 즉 움직이지 못하게 되면 생은 이미 끝난 것, 즉 죽은 것이다.

세상에서 가장 부드럽고 유연하면서 가장 강한 네 가지 존재의 기본 요소인 지수화풍을 대강 살펴보았다면 假大(가대)는 어떤 의미를 함축하고 있는가? 생명체는 죽음과 동시에 그의 생을 지탱해 오던 의식도 사라진다. 이것이 과연 현생과의 완벽한 단절일까? 객관적 지표로서 생사의 구분은 분명하지만 주관적 입장에서는 또 다른 경계를 보인다. 생과 사는 명암, 유무, 在不在(재와 부재) 등과 같이 극단적 상반 관계에 놓여 있는 개념이 아니다. 멀리 아득한 미지의 곳에 있는 것 같은 죽음이 실은 지척에 있고 죽는 것, 소멸을 전제로 생을 받아 나오는 것이니 생사는 동반자, 동거동숙의 관계 그것이다. 놀잇감이 마땅치 않던 시절, 소녀들이 공터에서 갖고 놀던 자그마한 고무공이 탄력을 받아 튀어 오르는 모양은 생기발랄한 그들의 자화상을 보는 것 같은 느낌이 들었고 성장기 소녀들의 몸짓과 대화는 살아 있음의 극치를 상징하는 것이었다. 욕구와 희망이 가능성과 뒤섞여 무한 질주하는 듯하고 부드러운 고무공이 통통 튀는 것처럼 생동감 있고 매력 넘치는 인생이 어느 날 바람이 빠져 찌그러진 공처럼 널브러지면 생은 스산히 막을 내리고 이어 죽음이 찾아온다. 바람이 팽팽히 들어 있는 고무공의 매끈한 표면이 생이라면 보이지 않는 내부의 세계는 죽음인 것이다.

오색의 고무풍선을 실에 매달아 띄워놓으면 생기 넘치는 젊음의 이미지가 생성된다. 그러나 그 풍만한 행복과 충족의 생에 가시가 박히거나 강력한 외압이 가해지면 풍선은 터지고 잔해는 처참히 흩어진다. 어느 순간 생의 희열과 의지는 사라지고 죽음이 손을 내미는데 바람 가득한 풍선과 바람 빠진 풍선은 알고 보니 생사의 모습 그대로였던 것이다. 심장이 멎고 호흡이 정지하면 물질 형상으로서의 동물적 삶은 끝나고 평생을 主管(주관)하던 의식도 함께 사라진다. 그러나 그의 정신 작용의 본질, 본체인 혼령은 깨지 않는 꿈의 상태로 존재할 것이다. 그러면서 道力(도력)이 깊은 수행자는 명료한 사후세계를 경험할 것이고 그렇지 못한 이는 어슴푸레한 빛을 좇아 혼몽한 꿈길을 방황할 수도 있을 것이다. 또 죽음을 맞이하는 순간에도 집착과 고통의 극한을 맛보는 이가 있을 것이고 생의 완성을 이루었거나 거의 근접한 이는 붙잡고 있던 애착과 욕망의 끈을 가볍게 슬몃 놓아버리면 평생을 장식하고 따라다녔던 오색 풍선은 하늘 저 너머 딴 세상으로 가뭇없이 날아갈 것이다.

무한 우주에서 인간을 비롯한 생명체가 존재할 수 있는 곳은 현재까지 확인된 바로는 태양계 내에서도 지구가 유일하다. 또 지구 내에서도 자연계를 이탈한 지 오래인 인간이 살 수 있는 곳은 극히 제한적이다. 튀는 공, 부풀어 오른 풍선처럼 생동감 넘치는 인간의 삶도 바람 빠진 공, 풍선같이 너절하게 주저앉으면 이내 죽음이다. 극과 극을 동시에 보는 착시 같은 현실 앞에서도 인생행로는 물론 죽음을 대하는 자세도 천태만상이다. 그러나 죽음에 대한 파격적이면서도 幽玄(유현)한 성찰과 함께 死者(사자)에 대하여도 예의는 지켜져야 한다. 부정적이든 긍정적이든 일생을 통하여 헌신한 그의 노고는 인정되어야 하기 때문이다. 비록 먹고살기 위한 몸부림에 불과한 생이라 하더라도 그 노력과 땀방울에는 후세들의 삶에 영향을 미치는 功過(공과)가 고스란히 含蓄(함축)되어 있는 까닭이다. 또 한 가지 지켜야 할 예의는 자리를 비워 준 사실에 대한 감사를 표하는 일이다. 70억 명의 지구인들이 먹고 마시며 쓰고 버린 오물, 汚水(오수), 오염된 공기가 현실적 생존 위협으로 迫頭(박두)한 시점에서 먼저 차지한 자리를 제때에 비워 주지 않으면 미래 세대가 찾아 들어오지 못한다. 先後緩急(선후완급)을 고려하지 않고 내 자리만을 고집하면 미래라는 희망이 사라지는 것이다. 適時(적시), 適所(적소)에 순서, 순리대로 생겨나는 공간과 자리에 다음 세대들이 역시 適期(적기)에 도래하여 새로운 현재를 열어가야 하는 것이 영존을 꿈꾸는 인간들의 도리다.

8선, 9선을 자랑하는 의원들이 더러 있었고 지금도 다수의 의원들이 능력은 여전하지만 나이와 체력이 받쳐주지 못한다고 한탄한다. 어떤 다선 의원이자 장관인 사람은 역시 장관급 예우를 받는 소속 부처 인물에게 “내 명을 거역했다”고 공공연히 호통을 쳐서 유명해졌는데 그가 놓치고 있는 것은 고위 공직과 정치권력에 한번 맛을 들이면 늙어 죽을 때까지 놓지 않으려는 허욕이 발동하여 그 또한 자리를 비워 주고 양보하는 겸양의 미덕과 순리를 외면하고 있다는 것이며 그러한 사고방식에서 비롯한 언행과 처신들이 가장 인간적인 질서에 정면으로 거역하고 있다는 사실이다.

지구상에 생명체가 출현한 이래 지금까지 무수한 존재의 생멸이 반복되어 왔으며 인간들의 생사와 애환들도 그 속에 고스란히 묻혀 있는 것이 假大(가대)의 실상이라면 空大(공대)는 어떤 시각에서 바라보아야 하는 것일까? 종교철학적 관점에서 공을 論及(논급)하기에는 문외한으로서 어려운 일이고 나름대로 억지를 부려 보자면 공은 사대가 결합되기 이전의 상태, 즉 가대의 본질이며 어떤 인연도 작용하거나 개입하지 않은 天地未分 主客不分(천지미분 주객불분)의 混沌系(혼돈계)와 유사한 개념으로 정의하지만 그렇다고 해서 生命者(생명자)와는 무관한 세계가 아니라 오히려 불가분의 관계에서 작동하는 존재 원리라고 본다. 온갖 생명체들이 출몰하는 이 세상에서 時空間(시공간)에 펼쳐지는 비워짐과 채워짐, 나타남과 사라짐 현상을 명료하게 인식하고 구별할 수 있느냐의 문제에서 공의 입장은 그냥 그러하다는 것이다. 물이 빠져나간 해변의 모래밭을 걸어가면 선명한 발자국이 찍히고 종이 위에 도장을 찍으면 印影(인영)이 나타난다. 본래 없던 발자국, 인영인데 문득 출현한 虛像(허상)이다. 아무것도 없는 本是無一物(본시무일물)의 허공에 온갖 형체들이 나타났다가 사라지곤 한다. 허공이 공인가? 드러난 형상과 발자국, 인발이 공인가? 또한 복잡다기한 인생행로가 어지러운 발자국을 찍는 것 같지만 실은 단순한 이치니 한 걸음 내디디면 한 발짝 찍히고 발을 드는 순간 도로 공이 된다. 몇 걸음을 옮기든 그만큼의 흔적과 지움이 되어 공과 색의 구분이 안 되는 것이다.

四大(사대)의 요소들은 각각 분리, 독립하여 존재하는 것이 아니라 상호 연계되어 영향을 미치고 交互(교호)하면서 독자성을 가지는 因子(인자)의 성질을 갖고 있다고 본다. 地大(지대)에는 나머지 3요소가 당연히 포함되어 있으면서 생명체를 비롯한 물질 형상들을 출현시킬 인연을 기다리고 있다. 대지의 굳건함과 영속성 위에 이루어지는 역사는 거룩하고 위대하다. 땅속에도 물길이 나 있고 뜨거운 용암이 아직도 끓고 있으며 대기권에는 바람이 그칠 날이 없다. 물의 부드러움과 親緣性(친연성), 불의 따스함과 열기는 생명을 발아하여 키우고 유지한다. 부드럽고 온화한 성품을 가진 사람이 위기에는 더 강하고 지혜롭게 대처하는 柔軟力强(유연력강) 현상은 사대의 성질과 각각의 특성을 닮았음을 웅변한다.

空(공)은 미지의 세계나 아득히 먼 우주별의 이야기도 아니고 황당무계한 소설 속의 狂談(광담)도 아니다. 바로 인연 따라 會合別離(회합별리)하는 우리들의 생애 속에 녹아 있는 사실이며 진리이고 살아가는 일, 존재 그 자체인 것이다. 그래서 저 經(경)에서는 色不異空 空卽是色(색불이공 공즉시색)이라고 했는지 모른다.

탄식

가수의 노래가
화가의 그림이
가슴 한편에 와닿았을 때
시인은 무슨 꿈을 꾸었을까

글이 노래가 되고(文章裏曲, 문장리곡)
글이 그림이 되어도(詩中有畵, 시중유화)
노래와 그림은 글이 아니네(歌畵非文, 가화비문)

시는 글로 쓰지만 글의 존재 이유인
설명과 해석으로는 어림없다는 걸
여태 몰랐지

철들자 망령 난다더니
내가 그 꼴인가
두서없는 글을 반평생 끄적였으되
누가 보아주기를 바라서가 아니라
다만 자화상을 그렸을 뿐

청산의 그림자는 푸르지 않고
백운은 바람에 쫓기어 간다
실없이 혼자 웃는 것은
지난 일들이 다

꿈이란 걸 알았기 때문이라네

글이 시의 옷을 입으면
다 시가 되는가
때론 달빛처럼 젖어들고
때론 화살같이 꽂혀 와도
老客(노객)은 고개를 가로 흔드네
봄새 노래만 못하다고(不如鳥春歌, 불여조춘가)

옛적 어느 형제가
실루엣으로 만나는 사진을 보고
무릎을 쳤지
그림자도 암호 전달이 될 수 있다는 걸
진작 알았다면
헛고생 안 했을 것을

自酌自酬(자작자수)
나는 이제 오욕에 끄달리지 않게 되었소
허어 그거 장하군
그럼 무얼 먹고 사나
색욕이 발동하면 어떻게 하나
졸리면 또 어떻게 하나

천지는 잠시도 떨어져 본 적이 없고
발바닥은 땅을 밟아 보지도 않았소

욕심은 가두면 더 치성해지는 법
담배 연기처럼 태워 날려 버리면
초목은 본래 푸르고
백운은 그대로 희다오

고개를 들기도 전에
달이 졌다

三世(삼세)의 幻想(환상)

미래가 희망이라는 통상적 假定(가정)하에 삼세의 관계를 일별해 보면 과거에 빚진 존재에게 미래는 영원히 유보된 희망일 뿐이다. 과거는 찰나 간에 지나가는 현재의 흔적이지만 미래는 인간의 願望(원망)이 투사된 허상에 불과하고 다가왔다고 느끼는 순간 현재로 돌변하는, 사막의 신기루 같은 幻影(환영)인 것이다.

인간이 오로지 자기의 의지와 능력으로 한 세상을 사는 것 같지만 이는 대단한 착각이다. 존재의 주체는 누구나 동등하고 자신을 제외한 모든 존재와 사물이 객관세계를 구성하므로 주체와 객체가 상호 交織(교직)되어 하나의 세계를 형성하는 것이다. 이 불가사의한 듯하지만 간단명료한 이치는 내가 사라지면 세계도 사라지고 객관세계가 사라지고 나만 남는다면 존재 자체가 성립하지 못하므로 이해하기가 수월하다. 현존하는 모든 존재는 과거에 진 빚으로 살고 있다. 과거가 없으면 현재도 없으므로…. 불안한 미완의 일생을 마무리하려는 순간 이러한 사실을 깨닫게 된다면 그나마 다행이고 그렇지 못하다면 영원한 윤회의 미로에 헤매게 될 것이다.

과거의 빚을 갚는 길은 미래에 속지 않는 것이다. 미래에 속지 않는 길은 현재에 충실하는 것이다. 직업 유무와 직장의 환경을 불문하고 인간은 누구나 소일거리를 찾아 헤맨다. 즉 餘暇(여가)를 어떻게 보내느냐를 놓고 갈등하는 것이다. 특히 노년에 이르면 이러한 갈등은 사회문제로 대두되고 정책에도 반영되게 마련이다. 여유, 자투리 시간의 소모에 골몰하는 인간들의 심리, 습성은 결국 어떻게 죽음의 문턱에

도달하느냐의 인생행로와 관련하여 경쟁하고 고민하는 사회적 인간의 딜레마가 된 것이다. 시간 죽이기(틈을 메우고 때우기), 세월 보내기의 삶을 시간과 세월의 개념 구도에서 벗어나고 과거와 미래에 대한 집착이 사라진 日日充滿充足(일일충만충족)의 현재성을 실현하고 유지하는 것이 미래에 속지 않고 삼세를 直覺(직각)하는 길이다. 인간은 저마다 개성이 다르기 때문에 특유의 고집이 있고 그 고집들이 상호 충돌하면서 사회문제로 비화되고 그로 인하여 파란과 굴곡으로 얼룩진 세계사를 엮어 왔지만 여전히 삼세를 넘나드는 생사의 큰 틀에서 벗어나지는 못한다. 과거가 현재를 잉태하고 있을 동안에도 이미 미래를 손짓하여 부르고 있는 존재들의 생멸은 도도한 격류와 같아서 그 누구도 그 무엇도 이를 단절하거나 막지 못한다. 흐름, 흘러간다는 것은 능동적이든 피동적이든 변화의 한 모습인 것이다. 생멸하는 존재에게 변화는 그 본질이고 가장 위대한 섭리이다. 변화해야만 세계가 유지, 존속되고 또한 발전해 간다. 머물러 있는 것, 변화하지 않거나 못하는 것은 벌써 죽은 것이다.

인간은 무척 영리한 듯하지만 존재 자체가 태생적으로 모순덩어리다. 그 원인은 본능을 훨씬 추월하는 욕구, 욕망의 다양함과 목적과 수단의 비대칭성 때문이다. 제어하지 못하거나 할 수 있음에도 탐욕과 쾌락의 유혹에 한번 코가 꿰이면 바로 인면수심, 사람과 짐승의 위치가 뒤바뀌는 것이다. 욕망이 지배하는 세계에는 언제나 缺乏(결핍)과 過滿(과만), 모자람과 넘침의 경계에서 방황하는 群像(군상)이 있게 마련이고 이 부족과 만족의 일방적 치우침에서 역사의 소용돌이가 일어나는 것이다. 우주공간의 천체들, 無盡數(무진수)의 별들이 생겨나고 소멸해 가는 과정을 縮約(축약)해 놓은 것이 생명체들의 출몰 현상이다. 여기서 시공의 크기와 간격이 개입할 필요는 없다. 본질과 원리는 동일하기 때문이다.

三世(삼세), 혹은 三界(삼계)라는 언어와 그 언어가 정립한 개념에 속박되어 일생을 감옥살이하는 사실을 아는 사람이 있는지, 만약 그렇지 못하다면 절집 기둥에 내리 걸려 있는 한 文句(문구)를 새겨 보시도록 권하는 바다. 云(운) "歷千劫而不古 亘萬世而長今(역천겁이불고 긍만세이장금)." '과거에 매몰되고 미래를 염려하는 것은 本分事(본분사)를 沒覺(몰각)한 것이다'라는 함의도 있겠지만 어떠한 생이든 그만한 가치를 지니므로 함부로 속단과 예단은 하지 않아야 인간사 도리일 것이다.

인간이 왜 모순덩어리인지 어떻게 해야 이 모순을 극복할 것인지 고민해 봐야 할 것이다. 배가 고프면 밥을 먹어야 할 터인데 술부터 찾는다. 술 깨는 약을 준비해 놓고 술을 마시는 짓거리를 한다. 긴급구조대를 불러놓고 자살 소동을 벌인다. 이건 아닌데 하는 양심의 경고를 무시하고 범법 행위를 한다. 모두 변질된 욕망의 구체적 표현 양태이다. 넉잠을 자고 난 누에는 五齡期(오령기, 다섯잠)에 들어가면서 먹는 일을 그친다. 억척스럽게 갉아대던 뽕잎들이 수북한데도 쳐다보지도 않는다. 천화할 준비가 되었다는 뜻이다. 먹고 배설하는 생리 활동이 중단되면 생이 다하였다는 신호다. 동식물을 불문하고 생명체들의 변멸하는 모습을 여실하게 증명해 주는 지표다. 본능에 충실하되 탐욕과 허영의 거품을 걷어 내버린 담백한 삶의 궤적을 그려 보고자 한다면 특별히 사랑하거나 미워하지 않는 것이 좋고 이것이 일찌감치 갖가지

구속에서 벗어나는 길이다. 다만 정직해도 모순의 틀에서 벗어날 수 없다면 그것은 운명일 뿐이다.

迷宮(미궁)에서 꿈꾸다

눈을 감고 앉아
빗소리를 듣다가 빗소리에 파묻혀
까무룩 잠이 들고
꿈을 꾸었다
꿈속에서도 비는 내리는데
빗소리는 들리지 않았다

꿈은
현실의 그림자인지
잠재의식의 파편들인지 모를
기묘한 조합

삶은 늘 위태하고
꿈도 언제나 절박한 위태로움에서
깨어나고
문득 안도한 삶은 또 어지러운 꿈속으로
빨려 들어간다

꿈은 깨기 위해 꾸는 것인지
그림자 연극을 위한 생의 장치인지
꿈속으로 깊이 들어가도 여전히
미궁이다

보이지 않던 빗발이 꿈에서는 보이고
소리는 들리지 않는 의식의 변용
천지미분 전으로 회귀하라는 신호인가

空(공)에 대한 私的(사적) 견해

코뚜레 없는 소마냥 느슨하게 살아오면서 조금 엿본(窺, 규) 것은 하늘(空)의 비밀에 관한 것이었다. 시방(十方) 모든 존재에게 낱낱이 공개되어 있는 것은 비밀이 아니지만 모르는 자에게는 손에 쥐여 주어도 비밀인 것이다. 누가 몰래 숨겨놓아서 비밀이 아니라 모르면 다 비밀이라 하는 것이고 접근 불가면 영원한 비밀이 되는 것이다. 숨기고 감출 것도 드러낼 것도 없는 투명한 본질, 본체의 權化(권화)에 무슨 그림자며 흔적이 있겠는가? 인생, 삶이라는 主題(주제)에 내(我, 아)가 먼저 개입하면 온갖 시비, 갈등과 혼란이 시작된다.

그림자가 현출되려면 光源(광원)과 물체 형상이 동시에 존재해야 하고 생명체가 흔적을 남기려면 意圖(의도) 유무를 불문하고 반드시 작위가 있어야 하는데 인간의 사유에서 특정한 목적과 욕망을 제거해 버리면 인간 냄새 나는 흔적은 찾기 어렵고 물질 투사에서 생겨나는 그림자는 발생과 소멸이 동시에 일어나는 현상으로 가치론적으로 논할 필요가 없다. 하드웨어와 긴밀히 연계되어 작동하는 소프트웨어, 본질의 권화인 아바타(avatar)는 실루엣이면서도 그 정신의 작용을 구체적으로 실현함으로써 비록 약간의 흔적을 남기더라도 시비의 대상은 되지 않는다.

공간은 독립한 사물과 사물 사이, 즉 비어 있는 場(장)이며 우주공간(space)은 무수한 별들이 흩어져 있는 星間(성간)의 장이다. 공간은 언어의 의미상 형체를 갖는 물질을 전제로 성립하는데 그 공간은 어떻게 형성되며 허공이 공간을 만드는가? 물질 형상이 공간을 만드는가? 공은 허공도 아니고 유무도 아니다. 모든 존재, 형상들의 원인과 결과들이 저장되어 있고 인연 따라 현출, 소멸하는 場(장)! 존재의 생멸이 영원히 반복되는 時空(시공)의 本源(본원)인 것이다. 비어 있는 자리 비집고 들어갈 틈이 없으면 어떤 형상, 존재도 성립할 수 없다. 하늘과 땅 사이의 거대한 틈 속에서 크고 작은 흔적을 남기고 사라져 가는 존재들에게 공은 무한한 애정을 베푸는 慈母(자모)인 것이다. 끊임없이 비어 있는 자리, 틈을 만들고 제공해 주는 공이야말로 모든 존재의 어머니 아닌가? 비움과 채움은 시차를 두고 진행되는 현상이 아니라 동시에 이루어지고 공존하는 진리, 이른바 공즉시색 색즉시공 그대로인 것이다. 빈 마당에 풀이 돋아나듯 비워둔 자리에는 새로운 존재가 들어선다. 비워지고 채워지는 과정의 연속, 즉 변화가 일어나고 세계가 형성되는 근본 원리, 만생 만물의 생성, 변멸을 주관하는 본체계가 바로 공인 것이다. 인간들의 무한 집착이 결국 구속으로 귀착되는 소유욕을 공의 도리에 대비해 보면 고개가 끄덕여지는 이치가 드러난다. 내가 걷고 뛰어다니는 공간이 내 것인가? 내가 앉거나 누워 쉬는 자리가 본래 내 것인가? 발바닥이 밟고 있는 땅은 그 순간만 내가 점유하고 있을 뿐이고 앉아 있던 자리는 일어서면 도로 공이 되고 만다. 집 한 칸 마련을 위해 그토록 애를 쓰고 땅 위에 금을 그어 놓고 서로 뺏어 먹기 놀이를 하는 어린아이 장난처럼 우스운 것이 인생이라면 다시 한번 생각해봐야 하는 공이 아닐 수 없다.

사람이 일생 동안 차지하는 공간은 키와 체격에 상관없이 딱 그만한 몸피의 면적에 불과하고 작든 크든 그 공간 내에서 점유와 향유를 동시에 행한다. 그리고 머지않아 그 작은 공간마저 비워 주어야 할 때가 온다. 이것이 변화의 진리다. 생명계에서 변화가 일어나지 않으면 죽음의 세계일 뿐이다. 공이 주재하는 공간에서 소유 개념은 虛幻(허환)과도 같다.

세계의 구성요소를 물질과 비물질로 구분한다면 우주에는 물질이 아니면서 물질 생성의 因子(인자)가 되는, 즉 質料(질료)가 미만해 있다고 가정한다. 무수한 천체들이 우주공간에서 생성, 소멸하는 현상을 인간들은 이미 알고 있었기에 어떤 원인, 달리 말하면 인연에 의한 물리적 충돌이나 화학반응을 통하여 새로운 물질과 형체들이 생겨난다고 보는 것이다. 그렇다면 생명은 어떻게 발현되어 존재하는 것일까? 아무것도 없는 無(무)에서 저절로 생겨난 것인가, 아니면 전혀 미지의 세계에서 오는 것일까? 생명이 형상에 부착하면 생명체가 되고 생명체가 소멸하게 되면 생명도 함께 사라진다. 어떤 神(신)이나 과학자도 생명만을 따로 만들어 낼 수는 없다. 그렇다면 물질인 형상과 비물질인 생명은 분리되고 독립하여 존재할 수 없는 불가분의 관계에서 미묘한 원리로 공존하는 것 아닌가? 생명 그 자체는 물질도 아니면서 개념상 비물질도 아닌 하나의 현상이고 그 현상을 창출하고 유지하는 究極(구극)의 원리가, 바로 공의 본질이라고 추론한다. 생명은 만들어지는 것도 오고 가는 것도 아니므로 불생불멸이 될 것이고 늘지도 줄지도 않는 것이므로 부증불감이 된다.

불교나 종교철학 등에서 다루는 공은 거창하고 難澁(난삽)하여 접근조차 어렵고 穿鑿窮究(천착궁구) 한다 해도 제대로 꿰어낼 수 있을지 의문이다. 보통 인간의 五感(오감)과 六識(육식) 너머에 있는 경계는 常軌(상궤)를 초월하여 들어가도 짐작만 할 수 있을 뿐 직접 體達(체달)하기란 더욱 지난하다. 누구에게 인정받고 검증을 마칠 것인지 궁리하지 말고 나름대로의 가치관에 접합시켜 하나의 주춧돌을 놓는 것이 나으리라. 누가 아는가? 廢寺(폐사)의 幢竿(당간)처럼 썰렁한 기둥에도 그럴듯한 깃발이 내걸릴지….

핑계와 변명

빗소리 때문에
무슨 말인지 알아듣지 못했지
바람 소리 때문에
멈추라는 신호를 깜빡했지
파도 소리 때문에
날 욕하는 줄로 잘못 들었지

변명의 기술이 늘어 가면
꽃잎 지는 소리
눈 내리는 소리도
핑곗거리로 불러내겠지

기술이 익고 교묘해지면
내 심장이 쿵덕거리는 소리
내 이명이 매미처럼 울어대는 소리에
네 사랑의 고백인 줄도 몰랐다고
정말 몰랐다고 하겠지

자연의 소리는 거짓이 없고
심장과 귀 고막은 다만 정직한데
무심한 그들을 왜 불러내는지
아무런 죄 없이 들러리로 내세우는지

서툰 변명으로 날이 가고
세월이 가고
피곤한 인생도 간다

철새의 조언

有情物(유정물), 즉 생명체들은 태어나고 죽어가는 과정을 당연한 사실로 인정하지만 무정물까지 포함한 세계의 존재들이 출현과 소멸을 반복하는 현상을 생멸이라고 표현하는 것은 합당하다고 본다. 생사거래, 생멸의 실상(본질)을 사실(fact)과 현상(appearance)으로 규정하고 큰 질서 속의 작은 질서로 받아들이는 삶의 방식은 대체로 편안하고 무난한 假定(가정)이라고 할 수 있다.

우주의 다른 표현은 무한시공이다. 우주라는 시공의 작동 기제, 시스템을 거대한 톱니바퀴로 상정할 때 그 시스템의 일부이며 구성요소인 개개 존재는 작은 톱니바퀴를 형성하는 더 작은 톱니에 해당한다고 볼 수 있다. 존재의 생멸을 객관적 사실과 하나의 현상으로 관조할 때 인간의 입장에서 철새의 거래(去來)와 일년초들의 삶에 비유해 보면 수긍되는 부분이 있을 것이다. 철새들이 가고 오는 데는 어떤 거창한 의식이나 절차가 없다. 다만 번식에 유리한 최적의 환경을 선택하여 새끼를 낳아 기르며 한 철 보내다가 또 다른 선택지로 이동해 갈 뿐이다. 일년생 풀들이 봄여름을 나고 가을에 말라 죽으면서 무수한 씨앗을 남기고 퍼뜨려 분신(分身)과 자기복제를 하는 것은 엄연한 사실이며 지극히 단순하고 의례적인 유전된 습성이다. 인간이나 금수초목도 하나의 생명체로서 존재하고 세계의 구성과 유지에 기여하고 있다는 사실에 착안하면 인생이라는 것도 결국 자연의 틀 안에서 생멸을 반복하는 한 개체의 존재 형식에 불과하다는 사실을 깨닫는다.

인간 사회의 한 특징인 복잡성 외에도 다분히 부정적 요소로 작용하는 假飾(가식)과 造作(조작), 허영으로 포장된 너울을 걷어내면 존재의 眞相(진상)이 드러난다. 그리고 자기기만으로 형성된 假像(가상)과 허상이 무너진 자리에는 당연히 허욕의 그림자도 사라진다. 가능성과 불가능의 사이에 출렁다리를 걸쳐 놓고 성취와 좌절, 미완의 여로를 방랑하는 인생은 대부분 因襲(인습)과 제도의 틀 안에서 평생을 동그라미를 그리다가 생의 종점, 동그라미를 이루는 선이 끊어지는 지점에서 고단한 여정을 마무리하는 것이다.

동틀 무렵 대기가 차분히 가라앉으면 먼 산이 성큼 다가오듯 어지러운 인간사도 심안이 문득 맑아지면 생사의 본질(實相, 실상)이 선명히 드러난다. 본능적으로 오고 가는 철새들의 삶의 궤적, 아무런 가식이나 조작 없이 자연스럽게 반복하는 초목들의 생멸을 직시하고 이해하면 인간은 고락생사의 덫에서 벗어날 수 있다. 찰나에서 영원을 포착하고 유한에서 무한으로 존재의 지평을 확장하면 시공을 초월하게 된다. 제한에서 무제한으로 풀려난, 즉 시공에 얽매이지 않으면 인간은 비로소 영원성을 획득하게 되는 것이다. 이는 말장난, 글 희롱, 언어유희가 아니라 실제로 이치가 그렇다는 전제하에 생사의 울타리, 동그라미의 경계를 가볍게 뛰어넘는 것이다.

개구리와 인생

냄비 속의 물은 가열하지 않으면 부증불감
불변이다
지금 지구 솥은
서서히 달궈지고 있다
솥 바닥이 뜨거워지기 시작하면
냄비 속 개구리가 될 수도 있다
무딘 감각과 지각으로
안락이 영원할 줄 알았던
개구리

한 존재의 종말
죽음도 그렇게 다가온다
청춘에 속고
돈과 쾌락에 속고
의술과 묘약을 믿다가
머리끝에 타오르는 불을 못 보았다

시위를 떠난 화살은
과녁에 꽂히지 않으면 이내
땅에 떨어진다
늦기 전에
한 걸음 멈추고 돌아보면
다 용서하고

더 사랑해야 한다는 걸
봄이 채 가기도 전에 목이 쉬어 버린
저 뻐꾸기가 일러 준다

안개의 마법

안개 속에서는 모두 평등하다. 생명이 있는 것과 없는 것의 구별이 사라지고 인간과 금수초목의 분별도 없다. 거기에 인간사, 대립과 차별은 당연히 무용지물. 안개 속 어딘가에 있을 무엇을 찾아 헤집고 들어가면 무엇이든 보이고 만나기도 하겠지만 들어가는 순간 그도 안개가 되고 만다. 객관세계는 이렇게 이루어지는 것이다. 그렇지만 안개 속에는 늘 무엇인가 살고 있다. 온갖 새들의 노래가 들려오고 계곡의 카랑한 물소리도 들려오는 것을 감지하면 그곳이 곧 별세계라는 것을 알 수 있다. 안개가 휘덮어 묻어 버린 세계, 색즉시공. 안개가 걷히면 드러나는 세계, 공즉시색. 이것이 안개의 마법이다. 術(술)은 인위의 냄새가 나므로 이건 마술이 아닌 자연의 무위법인 것이다.

붐비는 지하철 환승역, 탑승구로 꾸역꾸역 밀려들어 가는 인파, 출구로 역시 꾸역꾸역 밀려 나오는 사람들, 가고 옴이 동시에 일어나는 현장이다. 그러니 가는 것이 곧 오는 것이요, 오는 것이 바로 가는 것, 去卽是來 來卽是去(거즉시래 래즉시거)인 것이다. 여기서 거래의 轉義(전의)와 類推(유추)의 외연을 조금 확장하여 生死亦不二(생사역불이)라는 法等式(법등식)에 대입하면 사는 것이 곧 죽는 것이고 죽는 것이 바로 사는 것이 된다. 만약 나는 가고(去) 당신은 오는데(來), 나는 죽어가고(死去) 당신은 살아오는데(生來) 무엇이 同時(동시)고 무엇이 같으냐고 詰問(힐문)한다면 다음을 참고하시라. 여기 조그마한 반도 땅에 5천만 명의 사람들이 살고 있는데 5천만 명의 주체적 인간이 각각 나머지 4천구백구십구만 구천구백구십구 명의 객체적 인간과 주객

관계를 설정하면 꼭 그만큼의 인간관계가 성립한다. 그 5천만 명이 5천만 번씩 상호 1:1관계를 예정한다면 그 관계수의 算式(산식)은 어떻게 나타낼 수 있을까….

결론, 존재 개체 간에 생기는 관계망(인연)은 無窮無盡(무궁무진, 一中一體多中一 一卽一體多卽一(일중일체다중일 일즉일체다즉일, 의상스님 법성게)), 끝도 다함도 없으니 여기서 나(我, 아)의 주장과 고집을 쏙 빼 버리면 세상은 단순해지고 평안 속에 유지될 것이다. 그렇게 된다면 거래생사가 안개 속에 묻혀 있다가 선연히 드러나면서 그간의 분별과 고뇌는 착각의 산물이었음을 간파하게 될 것이고 결국 너와 나 모두는 그렇게 존재하는 것이다.

生從何處來 死向何處去 生也一片浮雲起 死也一片浮雲滅 浮雲自體本無實 生死去來亦如然(생종하처래 사향하처거 생야일편부운기 사야일편부운멸 부운자체본무실 생사거래역여연, 무상계). 생사, 곧 나고 죽는 일은 個人史的(개인사적)으로는 순차적으로 일어나는 중대 사건이지만 거시적, 전체적 관점에서는 동시에 발생하는 생멸 현상이며 자연계의 무수한 존재들이 우주의 무한시공에서 隱現出沒(은현출몰)하는 일대 壯觀(장관)이며 쇼(show)이고 이것을 쇼라고 인식할 수 있는 존재가 즉 인간인 것이다. 밤하늘(우주공간)에 촘촘히 박혀 있는 별들이 깜빡이는 듯 보이는 것은 장구한 세월을 거쳐 관찰자의 망막에 도달하기까지 무수한 빛의 산란과 장애물들을 통과하면서 생기는 착시 또는 점멸 현상이라고 볼 수 있지만 실제로도 광대무변의 우주공간에서 별들(천체)의 생멸이 동시에 일어나고 있다는 것은 익히 알려진 사실이다. 도회의 야경이 드러내는 휘황한 불빛들도 거리를 두고 조망하

면 깜빡이는 듯한 착시 현상을 체험할 수 있지만 실제로 점멸하는 교통신호등과 광고물도 있거니와 동시에 불을 켜는 집과 끄는 집도 있기에 꼭 착시만은 아니라고 본다. 한 생명체가 태어나고 죽어가는 생멸 현상도 객관적으로는 天體(천체)의 생멸이나 불빛의 명멸과 다름없는 것이다.

빛(생명)이 있어야 그림자가 생긴다. 그러나 그림자는 그냥 생기는 것이 아니라 비추임(照, 조)의 대상(境, 경)이 있어야 작용(照用, 조용)의 결과로서 陰影(음영)이 현출되는 것이다. 그렇지만 작용의 결과물인 그림자는 실체가 아니다. 인간의 육신이 그림자를 현출하는 매체라면 그 사람의 언행, 그가 내뱉은 말과 글의 표현은 그림자인 셈이다. 그림자든 허깨비든 드러낼 수단, 도구, 매개체가 없으면 그림자도 없으며 빛(생명)이 꺼지면 그림자도 동시에 사라진다. 짙은 안개 속에서 빛은 의미와 가치를 상실한다. 인간들은 濃霧(농무) 속에서 고단한 삶을 이어가고 있는 것일까….

임인년 칠월 십사일(음력 유월 십육일) 새벽 3시 무렵 달이 공전 궤적에서 지구에 최근접한다는 시각, 이른바 슈퍼문을 목도할 수 있는 기회라는데 무엇이든 視界(시계)에 가까이 다가오면 사물이 확대되어 보이는 것이 정상인가 착시 현상인가? 사물이 더 가까이 다가와 시야의 임계점을 초과해 버리면 그 사물은 形解化(형해화)한다. 즉 형체가 사라져 버리는데 이것도 착시의 일종인가? 풀숲 사이를 기어다니던 꿩 새끼가 계절이 바뀌기도 전에 다 자라서 푸드등 날아올라 웬만한 산골짜기를 훌쩍 건너 날아간다. 엄마 젖을 빨며 고사리 새순 같은 손가락을 꼼지락거리던 아이가 어느새 자라 시인이 되고 대통령이 된다. 이게 무슨 조화냐? 그뿐이랴. 여뀌, 바랭이, 망초, 귀침초 등 풀씨가 언제 익어 떨어졌는지도 모르는 까마득히 잊힌 것들이 되었지만 천만에, 알맞은 조건과 환경이 조성되면 하나도 빠짐없이 다 싹이 터서 세상에 고개를 내민다. 그야말로 바늘 하나 꽂을 틈도 없이 빽빽하게.

안개 속에서는 시간도 공간도 존재하지 않는다. 인식과 분별이 사라지기 때문이다. 생명계에서 시간이란 굴렁쇠를 굴리고 팽이를 돌리는 것과 유사한 사고 개념이다. 굴렁쇠는 일정한 거리(공간)를 밀대로 굴리고 가야 하는 행위를 필요로 하고 팽이는 회전축과 팽이채로 후려치거나 줄을 감아 던지는 행위가 부수되어야 하며 멈추어 있는 굴렁쇠, 팽이는 금방 쓰러지고 존재 의미도 없다. 인생도 물론 잘 굴러가고 돌아갈 때 효용과 존재 가치가 있지만 시공이 사라진 객관세계의 안개 속에서 생의 실체를 찾고 정체성을 확보하기란 천년의 꿈을 깨는 것처럼 어려운 일이다.

까마득한 우주공간에서 지구별을 조망하면 한 점의 푸른빛으로 보인다고 한다. 70억의 인간과 그 몇백, 몇천만 배의 생물체들이 각자 구명도생하며 각축하는 지구가 한 점 빛에 불과하다니…. 물론 이건 착시도 착각도 아닌 사실이다. 盡大地撮來 如粟微粒大 抛向面前 漆桶不會打鼓普請看(진대지촬래 여속미립대 포향면전 칠통불회 타고보청간, 벽암록). 온 세상을 한 손에 달랑 집어 들어 보니 '에이구야, 꼭 좁쌀 한 알갱이만 하구나. 옜다, 너희들도 한번 보아라' 하고 눈앞에 내던졌으나 깜깜 불통이라 '그러면 울력 북을 쳐서 모두 모이게 하고 샅샅이 수색해 보도록 하게나'. 滄海一粟(창해일속), 태평양 바닥에 가라앉은 黍粟(서속) 한 알갱이나 삼천대천계에 널려 있는 별들 중 하나를 찾아 가려내는 것은 무망한 일이지만 그 하나가 갖는 우주적 의미는 동일한 것이고 모든 생명체 중의 하나가 차지하는 우주적 비중도 다 같은 것이다.

안개 속과 안개 밖의 경계는 한 세계를 이루는 동그라미의 線(선)과 같다고 볼 수 있다. 안개 속으로 한 발짝 들어가면 모든 것이 사라지고 없는 혼돈계이고 한 발짝만 나오면 나(我)라는 주관자의 고집이 지배하는 현상계이며 역으로 동그라미의 밖은 무한계의 영역이지만 안쪽은 여전히 생사고락이 존재의 덫으로 작용하는 사바세계인 것이다. 안개 속에서는 적어도 착시로 인한 오판의 염려는 없다. 시각 작용이 통하지 않는 세계에서는 좀 더 정직한 청각과 촉감의 활용이 요구된다. 눈에 보이는 대로만 인지하고 판단하는 인간의 지각 능력은 지극히 자의적이고 주관적이다. 우주공간에서 지구 주위를 돌고 있는 달은 자전을 하지 않는 관계로 지구인들은 언제나 달 표면의 한쪽 면만 볼 수밖에 없다. 그런데도 인간들은 달의 앞면과 뒷면을 이야기한다. 달 자체는 전면도 후면도 없고 위아래도 없는 그냥 달일 뿐인데도 인간들의 관점에서 전후좌우상하를 거론한다. 높고 낮은 산과 앞산, 뒷산, 멀고 가까운 사물과 그것들의 명칭도 모두 인간들이 편의상 구분하고 분별해 놓은 개념과 허명으로 착오가 발생할 개연성이 常存(상존)한다. 안개와 동그라미의 경계선에서 방황하는 인생은 스스로 착시에 빠지기를 좋아한다. 알몸보다는 자극적인 속옷을 입거나 근사한 겉옷을 걸치면 한결 돋보이는 것은 착시로 인한 착각이다. 착각이라도 만족하고 행복하다면 그나마 다행이지만 착각과 誤判(오판)으로 타자까지 불행하게 한다면 심각한 문제가 아닐 수 없다. 안개와 동그라미의 내외 경계, 실체가 모호한 외줄 위에서 아슬아슬한 곡예를 하는 인생이여! 咄(돌, 한번 꾸짖음).

농무보다 더 지독한 안개 속에서 상쾌하면서 아늑한 꿈자리를 펼치는 것도 괜찮은 행복일 것이다. 백 년 안팎의 인생이라는 것이 어차피 꿈을 좇고 꿈을 꾸면서 살아가는 여정이기에. 칠흑 같은 밤바다를 항해하는 중에 설상가상으로 짙은 海霧(해무)가 항로를 폐쇄하면 배는 연신 고동을 울리고 해로등대에 설치된 비상 라이트와 霧笛(무적)이 안간힘을 쓰며 밤길을 안내한다. 어둡고 험한 해로를 헤쳐 가며 기항지를 찾아가는 선박처럼 인생여로도 예측 불가한 안개의 미로 속에서 꿈을 꾸는 것이라면 그 꿈은 비록 허망한 것일지라도 행복의 한 단면이 될 수 있을 것이다. 현실 속, 현상계에서 이루지 못한 願望(원망), 꿈을 안개 속에서 충족시킬 수 있다면 그것 역시 부정적으로 볼 까닭이 없다. 행복의 보편적 정의에 집착할 필요도 없거니와 그럴 여유도 없다. 잘 아는 바대로 시간은 없고 명은 짧기 때문에 나만의 기준에 합당한 행복을 찾아 누리면 족한 것이다. 그러나 안개 속은 도피처가 아니다. 현실, 삶의 현장을 이탈하지 말고 안개의 마법을 끌어들여 활용하는 지혜 아닌 편법도 무방하다는 것이다. 꿈과 현실을 분명히 구분하고 정리할 혜안이 있다면 모르거니와 허약한 근기와 작은 노력으로 생의 진창길을 쉽게 벗어날 수 있다는 것도 착각이다. 꿈과 냉혹한 현실이 뒤섞여 혼재하는 삶의 실상은 보탤 것도 뺄 것도 없이 그대로 타당한 것이다. 이 지점에서 긍정적이고 아름다운 꿈만 꾸고 가더라도 그 인생은 총체적으로 행복하였노라고 말할 수 있다. 五里霧中(오리무중)이 아니라 三界霧中(삼계무중)이라도 굳이 살점을 꼬집어 가며 깨어 있음을 증명할 필요가 있을까? 迷(미)와 悟(오)를 가려줄 객관적 準據(준거)는 어디에도 없다. 꿈속에서 또 꿈을 꾸는 것이 미혹중생이라지만 지금 꿈을 꾸고 있다는 사실을 알고 있는 것만으로 이미 꿈을 깬 것이다. 즐거운 꿈을 쉬 깨 버리면 아쉽듯 인생의 여러 문제도 금방 해결되어 버리면 재미가 없는 법. 안개 속 어딘가에서 들려오는 밀화부리 노래는 결코 꿈이 아님을 증명한다. 안개의 안과 밖에서, 동그라미의 선 위에서 회색지대를 서성이는 경계인이 아니라 이 상황을 명철하게 인식하고 조망하는 존재가 되기를….

多多春(다다춘)

따스한 봄 햇살을 많이 쬐어 두라
훈훈한 봄바람을 많이 쐬어 두라
포근한 날 봄비가 내리거든 흠씬 맞아 두라

화사한 봄꽃이 속속 피어나거든 또
많이 보아 두라

봄 새의 고운 노래를
저 생명의 소리를
많이 많이 들어 두라

일찍이 누가 말했지
花發多風雨(화발다풍우)
人生足別離(인생족별리)
라고

우리들의 봄은
두 번 오지 않는다

스스로 만든 감옥

苦樂 同時享有(고락 동시향유) 기술

炎帝(염제)가 지배하는 칠팔월 두 달이 저승사자처럼 버티고 있는 소서 무렵, 이 고통스러운 팔열지옥을 어떻게 통과해야 하느냐가 生死渡江(생사도강)과 같은 난제다. 인간, 특히 노약자에게 무섭고 위험한 더위는 전체적으로 본다면 생명 활동이 가장 왕성해지는 계절의 특징이라고 볼 수 있다. 즉 건강한 자에게는 이보다 더 활동하기 좋은 환경이 없다는 것이다. 여름철에 기승을 부리는 온갖 물컷들, 무성한 생장과 푸르름을 자랑하는 초목들이 이 시기에 성장과 번식 활동의 정점을 찍는 것이다. 어떤 자에게는 혀를 빼물고 헐떡거리는 고통이, 어떤 자들에게는 생명력의 최대치를 구가하는 삶의 충만이 동시에 일어나는 고락 현상은 일시적 혹은 반복적으로 나타나는 계절적 상황 같지만 실은 외부 환경을 수용하는 심신의 반응을 드러내는 심리적 기제일 뿐이다. 매일매일 지속되는 쾌락은 없거니와 설령 그러한 것이 있다 하더라도 이미 그것은 쾌락이 아니고 변형된 고통의 일종이며 고통 또한 영원히 계속되는 것이 아니며 그런 고통이 있다면 그것 역시 고통이 아니라 쾌락의 지형에서 인식한 상대적 심리 상태인 것이다. 추위와 더위가 갈마들듯 고락 또한 외물을 좇는 마음의 추이에 따라 번갈아 나타나는 인식과 감정의 다른 형태인 것이다.

一切衆生悉有佛性(일체중생실유불성)이라는 法句(법구)가 있지만 그 잠자는 불성을 깨워서 불러내고 활용하지 못하면 그냥 쓸모없는 것, 불성이 있다는 것만으로 어떤 존재 가치가 정해지거나 인정받는 것도 아니다. 인간 중에도 불성은커녕 魔性(마성)을 곧잘 드러내는 부류가 허다한데 하물며 짐승류에게 무슨 기대를 할 수 있을까…. 기왕에 벌려 놓은 잔치인지 광대놀음 판인지 알 수 없지만 이것이 허례허식인지 평범한 일상인지 피해 갈 수 없는 운명인지 잘 가늠해 보고 인생이 단지 고락의 외줄타기가 아니라고 확신하려면 신속한 결단과 實踐躬行(실천궁행)이 우선해야 할 것이다.

망각의 늪으로 서서히 침몰해 가는 기억의 파편들을 소환해 볼 때가 된 것 같다. 맨땅을 지렁이처럼 꿈틀거리며 어렵사리 기어온 내 삶의 궤적을 돌아보고 깨어진 기억의 조각들을 꿰맞추어 생애의 증거들로 삼으려는 것이다. 粗雜(조잡)한 인식, 천박한 사고와 관점에서 벗어나지 못하는 언어, 평생 끄적거려 온 拙文(졸문)들이 내 인생의 한 路程(노정)을 증명하기는 하겠지만 누가 인정하고 또 긍정해 주겠는가? 사고와 언행이 정확히 일치하는 사람들도 있다. 군자는 대인답게 놀고 小貪輩(소탐배)는 역시 그 길로 비틀거리며 간다. 훤히 뚫린 대로든 꼬불꼬불 狹窄(협착)한 소로든 인생의 길은 한 곳으로 통하고 이어진다. 꽃길이든 진창길이든 걸어가야 하는 운명의 길에서 싫든 좋든 맞닥뜨려야 하는 苦樂(고락). 고통과 쾌락의 정체를 명확히 간파하고 나면 세상살이는 한결 수월해질 것이다. 두 개를 동시에 움켜쥐거나 두 개를 다 버리고 나서 가만히 들여다보면 이 실체 없는 습성과 유전된 속성 때문에 일희일비했다는 사실을 깨닫게 된다.

고를 낙으로 바꾸는 것이 쉬운 일은 아니다. 용기와 지혜가 필요한 지점이다. 여기서 용기에 관한 사족을 하나 붙이자면 진짜 용기 있는 사람은 만용이나 허세는 절대 부리지 않고 침착하고 냉정한 판단을 내리며, 이성을 흐리게 하는 분노도 일으키지 않고 과묵하고 신중한 언행으로 일관하면서도 일을 당하여서는 간단명료한 의사 표현과 신속한 행동으로 의지를 보여 준다. 그리고 결과는 신경 쓰지 않고 스스로 해내고 감당할 수 있는 능력과 의지의 범위 내에서 역할을 다한 것으로 만족한다. 이 과정에서 다소간 고통이 개입하더라도 오히려 쾌락, 즉 만족의 도를 증폭시키는 촉매제가 될 뿐이다.

肯似人種 卽非仝類(긍사인종 즉비동류), 인간의 종인 것은 맞는 것 같지만 그렇다고 해서 곧 다 같은 부류는 아니다. 저마다 생각이 다르고 가는 길도 다르므로. 고요히 타오르며 주위를 밝히는 등잔불 같은 삶은 연소 과정이 고통일지라도 괴로워하지 않고 충만으로 대체한다.

不知(부지)의 罪辨(죄변)

무엇을 모르는지도 몰랐던 허물이 적지 않아
오나가나 받힌다
쇠뿔에 받히는 건 그렇다 쳐도
쥐뿔에도 받히니 몸 둘 곳 모르겠다

모르는 죄가 크다면
알고도 범하는 죄는 더 크다는 데서
조금 위안이 될까

가나오나 그르치는 생이 서러워
그만 접어 버리려던 오기는
이제 어찌해야 할까

위로와 휴식이 필요한 때조차 몰랐으니
변명의 가치도 몰랐지

테 없는 동그라미 하나 그려놓고
달팽이처럼 기어 들어가
빈집 안에서 그냥 쉬면 어떨까

쓰디쓴 자책도
허술한 변명도 소용없는
무위의 울타리를 치고
시간의 발자국을 지우면서…

어떤 業報(업보)

실정법을 어겨 죄를 짓지 않으면 몸은 자유롭다. 그러나 윤리, 도덕에 어긋나고 양심마저 속이면 마음은 스스로 감옥을 만들고 거기 들어앉아 괴로워한다. 한 걸음 더 나아가 인간 사회뿐만 아니라 생명계를 비롯한 모든 자연계에 보이지 않는 그물의 統御(통어)와 조절 기능이 작동하고 있는 이치를 눈치채지 못하거나 전혀 모른다면 어찌해 볼 도리가 없다.

佛祖(불조)와 聖哲(성철)들이 空道理(공도리)를 說破(설파)해 놓은 것을 내게 맞게끔 수용하는 것을 나무랄 수는 없다. 그 幽玄(유현)하고 혹은 조촐한 말씀들이 눈에 보이지 않는 법으로 작용한다면 내가 자의적으로 해석하는 것은 업보일 것이다. 空(공)과 空間(공간)은 개념이 사뭇 다르다. 나와 너의 사이, 사물과 사물의 틈, 천체와 천체의 벌어진 간격이 공간이다. 엄밀히 따진다면 한 인간이나 개미 한 마리도 우주 공간에서 헤엄치듯 살아가고 있는 것이다. 나는 공의 본질을 비어 있음이라고 정의한다. 그냥 텅 비어 아무것도 없는 無(무)의 상태가 아니라 모든 생명과 物象(물상)의 質料因(질료인)들을 內含(내함)하고 있으면서 외형상 감지할 수 없는 채움과 비움의 작용을 일사불란하게 진행하고 있는 靜的(정적), 動的(동적) 질서 운행 그 자체라고 본다.

온갖 형태의 세계가 펼쳐지는 우주공간에 없던 사물이 출현하는 것을 채움이라 하고 있던 것이 사라지는 현상을 비움이라고 하는 것을 달리 표현하면 隱現(은현) 또는 出沒(출몰)이라 해도 무방할 것인데 이러한 존재의 생멸을 주재하는 것이 바로 공이고 공의 본질이자 작용인 것이다. 무수한 種(종)의 생명체들이 출현하여 각자의 개성을 잃지 않고 한 생을 영위해 가면서 적자생존의 법칙 안에 살아남으려고 角逐(각축)한다. 약육강식의 먹이사슬에서 暗鬪(암투)가 死鬪(사투)로 비화하고 온갖 詐術(사술)이 난무하면서 혼란스럽기 그지없어 보이지만 실은 한 치의 흐트러짐도 없이 정교하게 진행, 유지되는 존재 질서인 것이다. 황량한 벌판에 서 있는 한 그루 나무, 절벽에 매달려 피어 있는 진달래꽃, 흐르는 강과 구르는 돌, 떠도는 구름과 부는 바람도 제자리에서 제 역할을 다하고 있지만 이는 각자의 의지대로 시공간을 차지하고 그 속에서 생멸거래, 은현출몰 하는 것이 아니라 우주 질서를 統合管掌(통합관장) 하는 공의 프레임 안에서 펼쳐지는 생명 질서의 엄정한 시현인 것이다. 이것이 바로 공의 역할이고 功能(공능)인 것이다.

공의 공능은 물질계나 비물질계에도 동일하게 적용된다. 공이 우주 질서를 주관한다면 질서의 핵심은 변화이다. 금강경에 보이는 應無所住而生其心(응무소주이생기심)의 포인트는 머무름이다. 한 곳에 머무르는 것은 停滯(정체)고 집착이며 마음의 특성은 자유이고 가변적인데 好不好(호불호) 간에 집착하는 것은 스스로 구속의 틀 안에 갇히는 것이다. 강물처럼 흘러가는 마음의 작용도 변화를 따라야 질서에 부합한다. 맛있는 음식이라도 입안에 넣고 우물거리기만 하면 소용이 없고 목구멍을 넘겨야 하며 채워진 위장과 창자는 반드시 비워야 다음 음식을 받을 수 있다. 이른바 신진대사의 진리다. 불의의 사고나 재난, 疫疾(역질)의 침범으로 목숨을 잃는 경우는 허다하다. 이때 당사자들은 나만 억울한 죽음을 당한다고 원통해할 것이지만 이것이 바로 질서의 한 패턴이고 변화의 작용인 것이다.

인위적 질서도 중요하지만 인간 사회에 국한하여 적용되는 것일 뿐 자연 질서의 한 支末(지말)에 불과하다. 오히려 인간들의 근시안적 무지와 허욕이 자연 질서의 교란과 파괴를 부추겼고 지구적 재앙을 초래하는 단초가 된 것이다. 자연적 질서에 잘 적응하는 것이 지혜로운 처신이고 천명을 누릴 수 있는 正道(정도)다. 천지의 조화를 주재하는 변화의 물결에 가뿐하게 실려 가면서 공의 도리를 깨닫고 덩실덩실 춤출 수 있다면 그 무엇도 부럽지 않으리라….

조팝꽃 필 때

미움은 사랑을 전제로 하는 것이 아니다
미움은
미워하기 위해 미워하는 것이다

꽃방석 깔아 놓고 싸우는 사람아
조팝꽃 피거든 찾아오라
흐드러진 방망이로 한번 때려 주겠다

죽기 위해 사는 것이 아니라고 말할 수 있을 때
사는 재미로 산다고 웃으며 말할 수 있을 때
싸움도 사랑이라고 엉너리 칠 수 있을 때

그때 오라
힘껏
때려 주겠다

묵은 빚(宿債, 숙채) 털기

동물이든 식물이든 간에 이 세상에 生(생)을 받아 나온 개체들은 다 제 몫이 있다. 이를테면 각자의 존재 이유와 가치, 고유의 개성과 역할이 있을 것인데 오직 인간들이 필요성이라는 명분과 이용 가치에 따라 가두어 놓고 통제, 관리하기를 좋아하는 데서 세계의 문제와 비애가 발생하는 것이다. 동물의 경우 울타리가 있는 목장은 그나마 나은 편이고 동물원, 축사 등이 대표적인 감금 시설이며 식물은 유리온실, 비닐하우스 등 일일이 열거할 수 없을 정도다. 왜 이런 감금이 문제가 되는가? 우선 생물체는 일반적으로 햇볕과 달빛을 충분히 받아야 하고 無垢(무구) 대자연의 혜택인 바람, 비, 청정 공기를 풍족하게 享受(향수)할 수 있어야 하는데 이 천부의 권리를 박탈당한 채 부자유의 생멸을 반복하니 건강할 리가 없고 생명력도 약해지는 것이다.

인간 사회에서는 더 다양한 형태의 통제, 관리가 시행된다. 장소적 억압인 감금 시설로 교도소, 정신병동과 가택연금 등이 있고 일시적 억압으로 체포, 구속이, 심리적 억압으로 권력에 의한 간접강제와 물리적 강압통제 등이 있다. 이는 모두 인간이 인간을 통치하고 지배하는 과정에서 불가피하게 발생하는 현상들이지만 간과하는 것이 하나 있으니 눈에 보이지 않는 구속, 느끼지 못하는 繫縛(계박), 죽어도 모르는 인연의 빚이다. 인연으로 진 빚은 成佛(성불)해도 다 못 갚는다고 한다. 저 釋迦佛(석가불)처럼 도솔천까지 가서 부모를 위해 설법할 경지가 아니라면…. 인연을 지운다는 것은 빚을 청산하는 것인 동시에 일생의 과오를 돌이켜 보는 것과 같아서 뼈를 깎는 참회수행이 없고서는 難望不可(난망불가)한 일이다. 典故(전고)로 비유하자면 밀라레파가 흑마술로 원수들을 몰살하였지만 다시 맺은 원한을 되받아야 하는 인연의 악순환의 사슬을 끊고 몸과 마음을 바꾸어 새로 나기 위하여 스승 마르파의 혹독하게 계획된 담금질을 견뎌내어야 하는 것과 같은 것이다.

세계 운행의 기본 질서는 씨줄과 날줄로 交織(교직)되는 그물코와 그물눈처럼 인연의 법칙에 의하여 편성, 유지된다. 이 인연 질서의 작동 시스템은 문자 그대로 天羅之網(천라지망), 모든 생명 개체와 사물들까지 자동 편입되는 불가역의 존재 형식이다. 因(인)이 없으면 緣(연)도 없고 이미 인이 던져지면 연은 자연적으로 형성된다. 인은 생명체의 의지가 행위로 발현된 것으로 모든 사건 전개의 시발점이다. 걷거나 뛰어가는 행위는 길을 연하여 가능하고 헤엄치고 빠져 죽기도 하는 것은 물을 연함이며 날아가거나 뛰어내리는 것도 허공이 없으면 불가능한 것이다. 인연은 특정한 시기와 장소에서만 발생하는 것이 아니라 無時無處(무시무처)로 끊임없이 벌어진다. 다만 느끼지 못할 뿐. 모든 존재는 어떤 행위(因)든 하게 마련이고 매 순간, 찰나마다 緣(연)의 고리에 얽혀서 살아간다. 따라서 살아 숨 쉬면서, 더욱이 사회적 인간으로 생활하면서 인연을 피해 간다는 것은 불가능하다.

갇힌다는 것은 누구인가에게 혹은 정체 모를 무엇인가에게 지배당한다는 뜻이고 불행이며 비극이다. 硬直(경직)된 思考(사고)와 습관화된 閉鎖性(폐쇄성) 사고의 틀에 갇힌 사람, 만약 그가 정치인이라면 정치적 고립을 자초할 것이고 장사꾼이라면 상인 집단에서 따돌림당할 수 있으며 조그만 동네에 살고 있다면 주민들로부터 역시 따돌림받을 것이고 일반 직장인이라면 그 사회에서 외톨이가 될 확률이 높다. 이와 같은 현상들은 결국 자기가 스스로를 고립시키고 부자유를 초래하는 아이러니한 결과인 셈이다.

인연은 부지불식간에 이루어지지만 끊기는 어렵고 인연을 쉰다는 것은 더욱 어려워 고도의 수행으로 지혜를 길러야 가능하다. 선연도 인연이고 악연도 인연이라 인연은 도저히 피해 갈 수 없는 존재의 길인데 어떻게 인연을 피하고 쉰다는 말인가? 선하든 악하든 이해관계가 관련된 것이든 어떤 의도를 갖는 행위는 반드시 연의 개입을 받게 된다. 이 연은 나를 도와줄 수도 있지만 해코지도 한다. 심하면 사경을 헤매는 나를 살릴 수도 있고 절벽 아래로 떠밀기도 한다. 여기서 착안할 터닝 포인트는 막히면 돌아가는 것이 아니라 돌파구를 찾아야 한다는 것이다. 無作之作(무작지작), 무심의 행위는 탐욕이나 애착, 고집을 수반하지 않는다. 정화된 상태에서 무심한 본능만이 자연스럽게 드러날 뿐이다. 여기에서는 어떤 시비, 갈등도 붙지 못하고 온갖 修飾(수식)과 조작도 불필요하다. 무슨 인연이든 다 소중하고 버릴 것이 없다고 혹자는 말한다. 수긍이 되지만 버릴 것이 없는 것이 아니라 버리지 못하고 버릴 수가 없기에 인연이 무섭기도 하다는 것이다.

보통 사람들이 현실 세계의 인간관계에서 맺어지는 인연만 중시하고 문제가 된다고 여기는 습성은 매우 근시안적이고 편협한 사고의 산물이다. 죽은 자들이 있었기에 산 자들이 있고 오늘 우리가 생을 향유하고 있다는 사실을 간과하거나 아예 잊고 있다. 행불행 간에 눈에 보이고 귀에 들리며 손에 잡히는 현상계에서 感得(감득)하는 생생한 현실! 이것이 이미 사라진 인과 연이 개입한 결과인 것이다.

구속과 억압은 외부적 요인일 때 견디기 어려워하지만 그것이 순전히 내부 사정으로 인한 것일 경우에는 보통 원인을 모르거니와 알려고도 하지 않는다. 혼자 괴로워하고 우울증에 빠지고 하면서 힘든 삶을 살고 간다. 왜 그런가? 인연의 법칙을 이해하지 못하고 오히려 인연의 볼모가 되어 스스로 구속되기 때문이다. 처절하리만큼 아름답고 감동적인 인연 스토리가 있는가 하면 그저 평범한 인연, 그 이하의 너저분한 인연, 또는 치가 떨리는 악연들도 있는데 이는 왜 생기는 것일까? 아무도 가르쳐 줄 수 없는 오직 자문자답해야 하는 외길이다. 한 세상 살아가면서 인연의 덫에 치여 허덕이고 고통받지 않으려면 소중하면서도 은원이 교차하고 피해 갈 수도 없고 쉬기도 어려운 인연의 속성을 철저히 깨달아 만물만생의 존재성을 규율하고 지배하는 인연법으로부터 자유로울 때 비로소 묵은 빚을 청산할 수 있을 것이다. 한번 뿌린 씨앗은 다시 거둬들일 수 없고 난마처럼 얽힌 緣(연)도 단칼에 자르지 못한다. 더 이상 因(인)을 심지 말고 緣(연)을 엮지 않아야 한다.

감옥의 자유

비의 독방에 갇힌 날
자유는 기쁘지도 슬프지도 않다는 걸 깨닫는다

저승의 無窮洞(무궁동)에 유폐되면
빠져나올 기약이 없지만 비의 감금은 조건부 해제 유보

위장에 술을 부으면 왜 창자가 먼저
찌르르 전율하는지 모르고 그 맛에 세상을 다 마신다

비에 젖는 것은
소리도 향기도 아니고 마음이란 걸 깨닫는다

비의 온도에 마음의 습도를 맞추면
춥지도 덥지도 않은 생의 溫帶(온대)가 펼쳐진다

無聊(무료)가 寂廖(적료)를 달래려고 낮술을 권하지만
취하는 건 세월

통제 불가한 향기는
촘촘한 빗발 사이로 날아오고

마음이 미처 모르는 앞산 풀내음을
코가 먼저 알아차린다

스스로 걸어 들어간 동굴에서 나오는 길을
잃어버린 사람아

행복하십니까

쾌락과 고통 사이의 거리(차이)는 얼마쯤 될까? 심신이 안락함을 느끼면 행복이고 그 반대면 불행인 것일까? 어떤 유형의 고통이든 반드시 원인이 있다. 핑계 없는 무덤 없다는 말이 있지만 죽는 것이 가장 큰 고통이고 피하고 싶은 것이라면 처음부터 나지 말았어야 옳다. 樂而盡是苦因(낙이진시고인), 무슨 일이든 즐거움이 다하면 바로 고통이 따라온다. 즉 쾌락이 고통의 원인이라는 말이다. 쾌락과 고통은 단순히 상대적으로 작용하는 심적 動因(동인)이 아닌 원인과 결과의 현상으로 드러나는 지극히 주관적인 감정과 수용의 산물에 불과한 것이다.

만약 "당신은 무엇이 부족하고 아쉬운가?"라고 自問(자문)해 보면 그것이 물질인지 정신적 혹은 지적 요소에 기인한 것인지 답을 찾을 수 있고 어떻게 대응해야 하는지도 알게 될 것이다. 부족과 缺乏(결핍)이 채워지지 않으면 좌절과 불만으로, 불만이 해소되지 않으면 분노와 저주로 방향을 전환해 가는 심리적 기제들, 모자람(결핍, 부족)의 원인을 객관적 사실이나 외부 상황에서 찾으면 불만이 증폭되어 분노를 유발하고 분노를 삭이지 못하고 키우면 폭력과 범죄로 나아가게 마련이다. 결핍과 불만의 원인을 주관적 내부 사정에서 발견하고 이를 해소하려는 노력을 배가하는 것이 정상이지만 객관 요소도 전혀 무시할 수는 없으므로 냉정한 이해와 판단 그리고 현명한 대처가 필요하다.

보통 분수에 넘치는 욕심을 내는 것을 과욕이라 하고 이루어지기 어려운 욕망에 집착하는 것을 허욕이라고 한다. 이 욕구와 욕망들이 채워진 상태를 만족과 쾌락으로, 그에 미치지 못하면 불만과 고통으로 인식하는 것이 중생들의 일반적 사고방식이다. 부족하지도 넘치지도 않는 그런 세상은 인간계에는 없다. 채움과 비움이 강처럼 흘러가면서 자연스럽게 이루어질 뿐이다. 인간 사회에서 피해 가기 어려운 타자의 시선과 평판을 의식하여 취하는 삶의 행태가 만들어 내는 허상을 깨고 진정한 자아, 나의 본래 모습(인간적 면모)을 바로 보아야 행불행, 고락생사의 이분법적 사고의 늪에서 벗어날 수 있을 것이다.

"당신은 지금 행복하십니까?" 타자에게 질문받기 전에 스스로 물어보아도 수긍할 수 있다면 괜찮은 삶을 살고 있다고 할 수 있다. "무엇이 불만입니까?"라는 자문에도 크고 작은 것들의 차이는 언제 어디서나 있게 마련이니 자연스럽게 놓아둔다고 말할 수 있다면 당신은 제대로 된 인생을 향유하는 것이다. 가족, 친지들을 떠나보내면서 울기도 하지만 울지 않을 수도 있는 心眼(심안)을 뜨고 있다면, 존재와 不在(부재)의 차이는 있다면 있는 것이고 없다고 해도 틀리지 않다면 그대는 영원을 보고 있는 것이다.

흔들의자에 앉아

生(생)이란 흔들리는 것
마천루
튼튼한 다리
댐의 제방도 조금씩 흔들린다

바람에 흔들리는 나무와 풀은
살아 있다
깃발은 나부낄 때만 살아 있다

고요한 밤을 밝히는 등잔불도
끊임없이 흔들린다
살아 있는 것은 다 흔들린다

흔들리지 않는 삶은
흐르지 않는 강
몸이 아프면
마음도 따라 흔들리고
견딜힘을 기르듯 그렇게
生(생)은 흔들리는 것

흔들흔들 흔들며
살아가는 것

그리고
견디는 것

生死(생사)의 岐路(기로)에서

2018년 9월 인도네시아 술라웨시섬 팔루 지역을 강타한 지진과 해일 참사는 인류사에 남을 대재앙이었다. 수천 명의 주민들이 한꺼번에 생매장되거나 해일에 휩쓸려 목숨을 잃었다. 앞으로도 이러한 지구적 재난은 계속 일어날 것이고 인간들은 미리 대비하지 않으면 더 크고 무서운 비극을 보게 될 것이다.

생명체는 地水火風(지수화풍) 네 가지 원소로 合成(합성)되어 있다고 보는 것이 불교를 비롯한 종교철학계 다수의 견해다. 또한 이 四大元素(사대원소)는 생명체뿐만 아니라 우주를 구성하는 要素(요소)로도 인식한다. 세계, 즉 우주는 成住壞空(성주괴공)을 무한 반복, 순환한다고 본다. 이번 인도네시아 지진 참사를 당하여 생명을 잃었거나 직접 목격한 생존자들은 아마도 지구 최후의 날인 壞劫(괴겁)의 到來(도래)를 떠올렸을 것이다. 지진으로 인한 괴겁의 도래는 지구를 하나의 생명체로 본다면 地大(지대)의 분해 과정으로 볼 수 있다. 산이 무너지고 땅이 솟아오르거나 꺼지면서 큰 못이나 호수가 술잔처럼 기울어진다. 대지의 균열로 인한 거대한 틈 사이로 모든 것이 빨려들듯 사라지고 무너져 내린 산사태에 매몰된다.

해저에서 발생한 지진의 여파로 큰 해일이 일어나서 육지의 모든 것을 휩쓸어 버리니 이는 水大(수대)의 분해에 해당된다. 연이어 크고 작은 화산들이 폭발하면서 엄청난 화염과 용암이 모든 것을 태우고 뜨거운 화산재로 묻어 버리니 이것은 火大(화대)의 분해로 본다. 지진과 화산 폭발, 해일은 무시무시한 바람을 동반하여 세계를 통째로 날려 버리니 이는 風大(풍대)의 분해다. 문제는 四大(사대)가 분해되고 사라지는 과정이 順次的(순차적)으로 전개되는 것이 아니라 동시에, 순식간에 일어난다는 것이다. 이것이 바로 세계의 무너짐 이른바 壞劫(괴겁)의 到來狀況(도래상황)인 것이다.

세계가 불타고 무너지고 날려 가버리는 괴겁이 지나고 나면 이어서 空劫(공겁)이 시작된다. 공겁은 우주에 彌滿(미만)해 있던 모든 물질, 天體(천체)들까지 사라져 버린 텅 빈 공간, 문자 그대로 空(공)의 시기이며 이 기간이 얼마나 오랫동안 지속될지 추측 불가능이지만 단지 예상할 수 있는 것은 다음 成劫(성겁)을 위한 준비 기간이라는 것뿐이다. 공겁이 지나고 나면 이어 成劫(성겁)이 도래한다. 소위 빅뱅 이론에 따르면 그동안 비어 있던 우주공간에 대폭발이 일어나고 뿔뿔이 흩어져 있던 여러 원소들이 재결합하면서 다시 천체, 별들이 생겨나고 세계가 벌어지는 것인데 이 성겁 또한 얼마나 오랜 세월에 걸쳐 이루어지는 것인지 짐작도 할 수 없는 것이다. 성겁이 지나고 바야흐로 住劫(주겁)의 시기가 열리니 천체 곳곳에 생명체가 나타나면서 사라졌던 갖가지 물질 形象(형상)들이 등장하게 된다. 이 주겁은 생명체를 비롯한 온갖 물질 형체들이 존재하는 기간인데 현대과학으로 태양의 나이 150억 년, 지구 나이 46억 년쯤으로 미루어 짐작할 뿐이다. 주겁을 현재 지구에 局限(국한)하고 또 인간에 限定(한정)하여 따져 본다면 인류발생기로 추정하는 700만 년 전부터 지금에 이르기까지 현재 인간계의 주겁이 진행되고 있는 셈이다.

이상 대강 간추려 본 우주의 성주괴공 循環(순환)을 인간의 生老病死(생로병사)와 모든 존재의 生住異滅(생주이멸)에 代入(대입)해 보면 순환 사이클의 규모와 기간의 長短(장단)에 차이가 있을 뿐 그대로 딱 맞아떨어지는 이치를 확인할 수 있다. 지수화풍 四大(사대)로 化合(화합)된 생명체가 그 緣(연)이 다하여 각 원소가 분리되면서 본래의 상태로 환원하는 것이 죽음을 맞이하는 때다. 한 個別者(개별자)의 죽음에 해당하는 지구별의 부분적, 국지적 괴겁은 세계 도처에서 일어나고 있고 앞으로도 언제든지 발생할 수 있다. 멀게는 저 유명한 폼페이 최후의 날로부터 오늘날 인도네시아 지진 같은 재난은 다 열거할 수조차 없을 정도다. 이런저런 緣由(연유)로 다만 홀로 高度(고도)의 思惟(사유) 능력을 가진 인간들이 스스로 小宇宙(소우주)라고 稱(칭)하는지 모르지만 인간이라면 인간답게 살 때에 비로소 소우주라고 自稱(자칭)해도 무방할 것이다.

老病死(노병사)든 事故死(사고사)든 災難死(재난사)든 兵禍死(병화사)든 죽음의 그림자가 어릿거리거나 징후가 또렷해지면 누구나 죽음이 가까워졌다는 것을 느끼게 된다. 臨死體驗者(임사체험자)나 불의의 사고, 재난으로 죽음 직전에서 생환한 사람들의 일관된 진술이 이를 증명한다. 이러한 상황에 직면했거나 이미 진행 중인 사람은 당황하지 말고 '이제 ○○○라고 불리던 나, 하나의 소우주가 드디어 무너지고 本空(본공), 고향으로 돌아가는구나' 이렇게 생각하면서 생애를 통하여 믿고 따르던 靈的(영적) 존재나 스승의 名號(명호)를 부르며 좋은 세계로 인도하여 주기를 懇求(간구)하고 사랑하는 사람들에게는 다음 생에서 다시 만나기를 기약하는 메시지를 전하면 小宇宙(소우주)든 素粒子(소립자)든 하나의 세계가 壞滅(괴멸)하고 歸空(귀공)하는 순간을 편안하고 평화롭게 맞이할 수 있지 않을까 싶다.

초혼

또
찔레꽃이 피었다
키다리 아카시 나무들이 주렁주렁 매단 꽃등에
하얀 불을 밝혔다
계절의 여왕이 다시 돌아왔다

○○아 ○○아 ○○아 ○○아 ○○아 ○○아 ○○아

돌아오라
찬란한 이 오월에 돌아오라
아직도 엄마는 밥을 짓고 아빠는 문간에서
이마에 손 얹고 기다린단다

녹슬어 흉측한 쇳덩이 너저분한 잔해들은 버리고
환한 웃음으로
푸르른 언덕을 넘어 남풍 불어오는
청보리 밭고랑 사잇길로
나비처럼 돌아오라

무능에 탐욕의 너울까지 덮씌워
물살 빠른 맹골 수도에 처박아 버린 세월과
못나고 나쁜 어른들은 그만 잊고
어서 돌아오라

와서
지난날의 그 미소와 발랄함으로
어머니 아버지 형제들의 가슴에 새겨진
흉터를 지우고
오월의 꽃 내음 속으로 말끔히
말끔히 날려 보내라

NOW HERE

문(빗장)을 연 자가 닫아야 한다든지 문을 닫은 자가 다시 열어야 한다든지 하는 말은 인연의 매듭을 지은 자가 풀어야 하는 結者解之(결자해지)의 섭리가 작동하는 기제를 말한 것이다. 또한 生(생)이라는 因(인)을 심고 緣(연)을 받은 자도 제 인생 제 지게에 지고 가듯 반드시 스스로 해결해야 하는 것이다. 무엇으로 해결하고 정리되는가? 果(과)!

몸은 비록 죽어 없어져도 그가 남긴 이름과 정신은 영원을 가는 이가 있는 반면 살아 있어 숨을 쉰다 해도 벌써 죽은 송장 같은 인간들이 정치를 하고 문화를 말하며 온갖 권력을 누린다. 그러나 '죽지 말고 살아라. 기회는 두 번, 세 번 오지 않는다. 아무리 윤회를 믿어도 깨달음을 얻기 전에는 전생도 후생도 지금의 네가 아니란다. 살아 있다고 확신하는 지금 枝末(지말)은 내버려 두고 궁극의 일을 해결하라.' 이보다 더 분명하고 절박한 주문이 있다면 어디 한번 가져와 보시라.

한 사람이 일관되게 指向(지향)하고 抱持(포지)하는 가치관, 신념이 그의 생애를 지배하면서 인생관으로 정립되고 개별자의 가치관 내지 인생관은 궁극으로는 존재의 生死觀(생사관)을 형성하는 기본 요소로 작용한다. 나고 죽는 일, 생사에 관한 확고한 입장과 신념이 있다면 세상에 두려울 것이 없다. 가치관과 인생관이 생사관을 확정하면 곧 영원성을 획득하는 수순으로 이어질 것이다. 다 늙어서까지 닳은 괭이로 언 땅을 찍고 호미로 풀포기를 헤쳐서 먹고 살아가더라도 내심 영원성을 놓치지 않으면 그의 삶, 생애는 나름대로 보람과 가치가 있다고 할 수 있거니와 권세와 부귀를 마음대로 향유하고 농락할지라도 영원을 망각하고 인간성을 상실하면 종당 초라한 커튼 한 장이 내려오고 허망한 이름표를 남길 뿐이다. 그렇다면 영원의 본질이 무엇이며, 규명할 실익이 있는가? 순간, 찰나의 대척점에서 인간들의 허욕을 향하여 흔드는 깃발인가? 흔히 쓰는 무심이란 말을 잘 살펴볼 필요가 있다. 생체 물리적 존재의 구성요소에서 생각, 즉 마음이라는 주체를 분리하고 독존시켜 버리면 물질과 비물질이 양립하는 현상이 발생한다. 쉽게 말해 몸과 마음이 따로 노는 세계가 전개되고 그것이 자연스러워진다면 무심의 경지에 가까이 다가간 것이다. 무심이 영원과 무슨 관련성이 있는가? 생사관이 뚜렷하다는 것은 결국 생사를 초월한 경지에서 나오는 확신을 의미하고 나고 죽고 가고 오고 하는 현실에 집착하지 않는 무심함이 곧 영원성을 획득한 것이며 그의 존재적 본질은 영원으로 이어지는 것이라고 볼 수 있는 것이다.

생각이 죽고 몸이 없어지는 것이지 내가 죽는 것이 아니다. 이 몸이 생겨날 때 내가 난다는 것을 알고 태어났는가? 무엇 때문에 올 때는 오는 줄도 몰랐다가 갈 때에만 간다고 서러워하고 두려워하는가? 習(습)이 생각, 즉 의식을 지배하기 때문이다. 무엇이 습인가? 살아가는 동안 주변의 지인들이 그렇게 가는 것을 무수히 목도하면서 굳어진 관념이다. 그러므로 죽는다는 생각을 내지 않으면 죽는 일도 없는 것이다. 나는 것을 모르고 왔다가 가는 줄도 모르고 가는 生(생)이라는 幻(환)을 보는 것과 같은 존재의 이치다.

다만 쓰는 것. 활용하는 곳에 잠깐 모습을 드러내고 멈추면 홀연 사라지고 마는 그것의 정체는? 하늘하늘 춤추며 어디로 가는지 모르는 버들솜(柳絮, 유서) 같은 것. 摘楊花 摘楊花(적양화)! 그것을 확실히 붙들어 매면 일대사는 해결된다. 버들꽃이 내려앉는 곳. 당나귀가 우는 곳을 알면 이 봄이 가기 전에 홍앙홍앙 할 것이다….

열반 연습

하릴없이 누워서
오지 않는 잠을 멀뚱히 바라보다가
생각을 바꾸었다

오른쪽 옆구리를 방바닥에 붙이고
모로 누워
부처님을 떠올렸다

무척 편안했다
그런데 왜 한 줄기
눈물이 흘러내리나

문득 인도양 어느 섬
지진과 해일에 한꺼번에 생매장된
사람들 생각이 났다

이번엔 왼쪽 옆구리를
방바닥에 대었다
그래도 눈물이 흘러내렸다

이름표를 떼어 놓고

인간이 출현하기 전에도 이 땅에는 물은 흐르고 꽃이 피었으며 높고 낮은 산들과 기암괴석들도 그대로였다. 온갖 짐승과 벌레들도 적당한 터전을 잡고 재주껏 살아가고 있었다. 말과 글은 이것(是, 시) 혹은 그것(渠, 거)을 표현하기 위한 불가피한 수단이지 실재하는 것이 아니다. 모양(形相, 형상)은 존재의 특성을 표시한 것이지 역시 실재가 아니다. 恒存(항존)하지 않고 수시로 변화하는 것은 다 그러한 특질을 갖고 있다. 그러므로 뻐꾸기는 실제로 뻐꾸기가 아니고 꾀꼬리나 마소, 개나 토끼도 마찬가지이며 진리라는 관념도 그렇고 모든 사물과 현상에 인간들이 임의로 붙인 명칭과 개념에 불과한 것이다. 마치 운동선수들의 유니폼에 붙은 백넘버처럼 개개의 사물과 존재를 구분하기 위한 수단과 방편이 이른바 名相(명상)으로 가장 대표적 語言(어언)으로 구성된 금강경의 시종일관 반복되는 否定(부정) 反語法(반어법)이 바로 그것이다. 오직 인간들의 세계에서만 유통되며 갈등과 싸움의 원인으로 작용하는 이름과 모습들, 명칭과 형상에서 자유로울 수 있다면 그는 도를 터득한 것이다. 지금 사람들은 가축인 소를 떠올리면 옛날 쟁기 끌고 논밭 갈던 농우가 아니라 맛있는 쇠고기를 연상하며 입맛을 다신다. 개개의 존재와 사물, 현상에 붙여진 이름은 그 이름만으로 이미 고정된 관념으로 존재의 본질을 특정시켜 버리는 것이다. 사회적으로 유명해진 인간은 그 이름만 듣거나 모습만 보고도 그 사람에 대한 판단을 내려 버린다. 시비선악과 미추호오, 대소장단 등이 다 그렇게 경험칙이나 학습된 지식에 의해 고정관념으로 단정되어 존재의 본질을 가리는 根因(근인)으로 작용하는 것이다. ○은 圓(원) 또는 동그라미라고 부르고 둥근 물체는 球(구) 또는 공이라고 부르고 표현한다. 만약 테가 없는 동그라미, 표면이 없는 공이 있다면 그것을 무어라고 불러야 할까? 또 윤곽이 없는 그림이나 형상이 있다면 幻影(환영)이나 幽靈(유령)이라고 해야 할까? 空(공)은 그냥 비어 있는 어떤 상태가 아니라 보이지는 않지만 만물을 생성하고 소멸시키는 온갖 물질, 비물질로 가득한 존재의 근원인 場(장)이다. 여기에는 어떤 이름도 붙일 수 없고 모양을 그릴 수도 없다. 아직 이름을 붙이지 못한 존재나 사물이 있다면 그것을 처음 발견한 자가 命名(명명)한다. 그러나 그 이름이 그 존재의 본질이나 특성을 대표하는 것은 아니다. 또한 모양 없는 존재가 있다면 그것은 현상계의 사건이 아닐 것이다. 고금을 통하여 인간 사회에서 이름과 외모를 중시해 온 것은 그것이 사회생활의 핵심을 이루기 때문인데 이는 인간 심리상 우월주의의 작용과 가치의 평가와 대우가 상대적으로 비교 평가되는 다중사회의 특징인 것이다. 테 없는 동그라미, 표면 없는 공, 윤곽 없는 그림이 현실적으로 존재하지 않듯 이름과 모양 없는 존재도 실존하지 않고 설령 있다 하더라도 가치를 인정받지 못한다. 운동선수 유니폼의 백넘버같이 붙여진 수없이 많은 번호표들, 이 이름표들은 진짜 이름이 아니다. 흰 구름이 일면 흰 구름, 먹구름이 일면 먹구름이라고 하지만 구름은 그냥 구름일 뿐이고 김 아무개, 이 아무개 하고 부르지만 역시 그냥 한 인간에 불과하다. 사람 몸을 받아 나와 한 세상 살아가면서 이름값을 하지 못하면, 즉 청사에 명함 한 장 올려놓지 못한다면 그냥 범부중생에 그치고 마는가? 이름표는 내가 붙이고 달아 놓은 것이 아니다. 그것은 운명으로 따라온 것이다. 이름이 대변하는 가치와 명예에 집착하지 않을 때 존재의 본질에 천착할 수 있는 기회가 올 것이다.

비밀 아닌 비밀

존재의 원리, 핵심적 본질에 관한 질문에 대해서는 모든 성현들이 즉답을 피하고 에둘러 말한다. 거기에는 정답이 없거나 있어도 언설로 표현할 수 없고 내뱉는 순간 어긋난다는 의미가 함축되어 있는 것이다. 그와 너, 그것과 저것은 나도 아니고 내 것도 아닌 他者(타자)와 他物(타물)이지만 근원적 의문을 해결하는 열쇠는 거기에서 찾아야 하는 것이다.

한 先賢(선현)의 경전 해설을 조금 인용해 보면

若識這個道理(약식저개도리)
生卽從他生(생즉종타생)
老卽從他老(노즉종타로)
病卽從他病(병즉종타병)
死卽從他死(사즉종타사)
生老病死不曾碍(생로병사부증애)
著我漚生漚滅(착아구생구멸)
波飜浪瀼(파번랑상)
水本常然古德云(수본상연고덕운)

到家底人不見生死(도가저인불견생사)

亦無生滅(역무생멸)

天堂地獄六道四生(천당지옥육도사생)

一切幻化於徹底人(일체환화어철저인)

總無交涉(총무교섭)

自然全身放下(자연전신방하)

古德云(고덕운)

諸行無常一切空(제행무상일체공)

卽是如來大圓覺(즉시여래대원각)

만약 이 도리를 알고자 한다면 어디부터 착수해야 할까?

태어난즉 그로부터 생겨나고

늙어가는 것도 그로부터이며

병들어 괴로운 것도 그로 인함이고

꼼짝없이 죽는 것도 그것으로 말미암으니

일찍이 생로병사에 구애되지 않는다

나에 집착하여 거품이 생기고 사라지며

파도치고 물결이 일렁이듯 하나 물의 성품은 본시 그대로다

옛사람이 말하기를 이 집에 돌아온

사람은 생사를 보지 않으므로 생멸 또한 없다

천당지옥육도사생이 다 환영임을 철견한 사람은

아무도 어찌해 볼 수 없는 것이어서

절로 온몸을 놓아 버려 온갖 인연의 구속에서 해방되는 것

이다
그래서 옛사람이 이르기를
제행이 무상하고 만법이 공한 이치를 깨달으니
이것이 바로 부처님의 대원각이라 하는 것이다

여기서 그것(他, 타, 혹은 渠, 거)이라 칭하는 그는 나도 너도 아니며 제삼자도 아니고 물건도 아니다. 또 출세간에 흔히 써먹는 고상하고 오묘한 修辭(수사)는 더욱 아니다. 미리 답을 정해 놓으면 다음은 그 답에 합리성을 부여하기 위해 온갖 이유와 설명을 끌어대기 마련. 정답이 없는 질문에 이치와 상식으로 접근해 가면 물걸레로 물을 닦는 徒勞(도로)일 뿐이다.

난세를 당하여 영웅이 나타난다. 태평 시절에는 애써 일하고 다툴 필요도 없으니까. 따라서 먹고살 만하면 더 나은 쾌락을 찾아다닐 뿐 向上(향상)을 꿈꾸지 않는다. 시력이 거의 없다시피 한 두더지가 땅굴은 어찌 그리 잘도 파는가? 땅속에서는 눈이 필요 없다. 손으로 파고 발로 밀어내기만 하면 되니까. 이치로 따지고 논하는 분야가 아닌 곳에서는 생각을 접고 두더지처럼 一路(일로)를 뚫을 따름.

적어도 또렷한 형태를 갖춘 생명체 중에 獨生(독생), 독존하는 것은 없다. 홀로 생겨나고 홀로 늙고 홀로 병들고 홀로 죽어가는 그런 존재는 없는 것이다. 태어나는 것은 죽음이 있음으로써 가능하고 죽음 또한 태어남으로 인해 찾아온다(死依生來, 사의생래). 아무런 이유 없이 늙어가고 까닭 없이 병드는 것도 아니다. 몸이 늙으면 자연스레 병마가 덤벼들고 병들면 죽기 쉬우므로, 생로병사는 하나의 예시일 뿐 하나의 현상이 다른 현상의 원인이 되고 결과도 되는, 萬有(만유)의 생성, 변멸에 적용되는 불가분, 불가역의 존재 형식인 것이다.

인연을 지배하는 원리 혹은 법칙은 변화이고 변화의 신통을 주재하는 것은 空(공)이다. 아무것도 없는, 변화의 기미조차 감지할 수 없는 공간에서 인연은 필요하지 않고 생기지도 않는다. 비행기를 타고 지구를 열 바퀴, 스무 바퀴를 돌아도 해는 여전히 동쪽에서 뜬다. 미리 방향을 정해 놓았기 때문에 죽을 때까지 동서남북을 분별하고 같은 이치로 생로병사의 틀에 갇혀 허덕인다. 죄명도 모르고 감옥에 갇힌 죄수처럼 억울해하면서…. 콩나물을 길러 먹는 사람은 아무거나 손에 집히는 대로 뽑는 것이 아니라 빽빽하고 웃자란 것부터 뽑아 먹는다. 먼저 뽑힌 콩나물은 억울할 것 같지만 결국은 다 뽑아 먹힌다. 생로병사 역시 마찬가지로 순서대로 이루어지는 것이 아니라 정해진 질서에 있지 않고 변화의 교차로에서 인연을 좇아 가고 오고 하는 것, 태어나자마자 죽거나 병들어 보지도 않고 죽기도하며 늙음이 무언지 모른 채 요절하기도 한다.

물의 속성과 공의 본질은 유사한 면이 있다. 물을 가열하면 증발하지만 아주 없어진 것이 아니고 加冷(가냉)하면 얼어서 굳지만 성질은 불변이라 녹으면 도로 물이 된다. 대기와 우주에 彌滿(미만)해 있는 수소와 산소는 물의 구성원소다. 물질계에서는 무엇이든 물의 영향을 벗어나 존재할 수 없다. 공은 어머니이자 고향으로 또한 모든 존재는 고향을 떠나 살아갈 수 없다. 독립 형상으로 드러나 있으니 어미 품 벗어난 병아리 같지만 실은 고향을 떠난 적이 없다. 떠난 것 같아도 떠난 것이 아니므로 공즉시색 색즉시공인 것이다.

물이 생의 원인(生因)이 되면 물이 그것일 것이고 물이 죽음의 원인(死因)이 되면 또한 물이 그일 것이며 물이 늙고 병듦에 관계하면 물이 그것이며 물이 모든 존재의 成壞(성괴)에 관여하면 역시 물이 그것일 터이며 공을 물에 대입해도 무방하다면 공 또한 그것일 것이다. 과연 그것, 그(渠)와 저것, 他者(타자)는 무엇인가? 변화는 공의 屬性(속성)이자 功能(공능)이며 공은 변화의 본질이다. 변하지 않거나 변하지 못하면 죽지도 않거니와 태어나지도 못한다. 변하지 않으면 늙을 일도 없고 병들어 괴로울 일도 없다. 공의 道理(도리)인 변화, 공의 실상과 작용이 만유의 존재 원리며 질서인 것이다. '자연은 살아 있다, 살아 숨쉬는 건강한 자연' 등 흔히 쓰는 말은 스스로 그러하다는 뜻을 갖지만 의역하면 '스스로 변화한다'라고 새길 수 있다. 스스로 변화하지 못하면 자연스럽지 못하고 부자연스러운 것은 오래갈 수 없다. 변화와 인연을 主宰(주재)하면서 그 주재하는 본체, 본질은 불변인 그. 이 몸 밖에서 찾으려면 더욱 멀어질 뿐이라는 그것! 생사의 길에 헤매는 가련중생의 짐을 벗어던지려면 모름지기 난세를 만난 영웅의 기개가 있어야 한다. 잡다한 것, 支末(지말), 여줄가리는 일거에 태워 없애고 오직 그것을 붙잡아야 결말이 나는 것이다. 咄(돌, 혀를 차며 꾸짖음).

어떤 示威(시위)(DEMONSTRATION OF DEATH)

매도 솔개도 건드리지 않는
하늘의 무법자 까마귀가
사람 다니는 길 위에 누워 있다

제도권 안에서
생애의 절정을 구가하는 절대 영역에
조심스레 끼어든 상대가
검은 우산 속에 숨고
權府發(권부발) 십자포화에 무릎 꿇은 亞流(아류)
몇은 넥타이를 돌려 맸다

홀연히 길 위에 나타났다가
그 길 위에서 사라진 부처님
혼자 가는 길은 멀고 외롭다고
그러나 無償(무상)의 자유가 기다린다고
중얼거렸지

허공을 응시하는 까마귀의 눈
무리를 이탈한 죗값인가
이젠 되돌아 갈 수도 없는
三途川(삼도천) 여울 가에서
덧없음 허망성에 대하여
분풀이라도 하는 걸까

불안이 해시계의 그림자처럼
서성이던 때에
해일로 밀려올 공포를
예견치 못한 무지와 小貪(소탐)이
덫이었다면

신호 조작을 잘못한 탓에
빈 하늘에 걸린 구름 조각
하나를 기억할 것

허공에는 길이 없더라고
옛사람을 원망해 보아도
까마귀의 눈은
끝내
감기지 않았다

無事春(무사춘)(신축년의 봄)

1

높은 재를 힘들게 넘어가는 열차가 가쁜 숨을 몰아쉬며 길게 기적을 울리듯 파란 굴곡이 정점에 달하는 생의 전환기에 여생을 산뜻하게 리셋(reset)하는 새로운 삶의 패러다임을 설계, 구축하는 발상을 시도해 볼 필요가 있다. 나이 들고 살아온 내력이 깊어지면 생의 전반을 지탱해 오던 五官(오관)의 기능이 쇠퇴하고 의지 또한 약해지기 마련이다. 안력, 청력이 현저히 저하되는 시기에 눈귀를 더욱 혹사하는 것은 실로 어리석은 짓. 이때 심신의 활력을 재충전해 줄 수 있는 획기적 動力源(동력원)을 발굴해 보는 것도 괜찮을 것이다.

자연 상태의 야생 조류, 특히 철새, 나그네새들의 울음소리는 실로 다양하다. 그들의 노래는 종류에 따라 독특한 개성을 가진 레퍼토리가 있고 그 音色(음색), 音調(음조)의 다양함은 無比(무비)의 극치를 이룬다. 연약하면서도 다이내믹한 박새類(류), 낮고 가늘면서 유현한 음조의 호랑지빠귀, 가녀린 체형임에도 마치 속이 빈 잘 마른 오동나무 통을 두드리는 듯한 후투티, 천상의 음악회를 주도하는 밀화부리들이 토해내는 소리는 노래로 들으면 無價(무가)의 唱(창)이요 울음으로 들으면 그냥 따라 울고 싶어지는 것을 어쩌랴. 포식조의 경우 대부분 울음소리가 경고성으로 매끄럽지 못하고 대형조일수록 더 심한 편인데 이 작고 연약한 우주의 손님들을 누가 초청했길래 그토록 아름다운 곡목들을 준비해 온 것일까! 그들의 無技巧(무기교), 무조작의 天然聲(천연성)은 고유의 음파가 있고 이 소리의 파동을 귀의 고막 진동으로 인식하면서도 한편은 몸으로, 몸의 윤곽을 형성하는 피부로 감지하는 것이다. 피부도 어느 정도 호흡기관의 역할을 하므로 코와 입을 통한 세계의 호흡을 귀와 피부로 전환하는 일종의 역할 공유 형식이다. 여기서 한발 더 나아가면 조작이 없는 자연 자체의 소리, 즉 바람, 물소리, 나뭇가지가 부딪치고 새가 날아가고 구름이 흘러가는 소리 역시 온몸으로 감지하는 전신 안테나가 되는 것이다. 안력으로 보고 청력으로 듣는 것이 아니라 몸, 피부로 감지한다는 것은 결국 마음의 작용이며 그 마음의 功能(공능)과 영역을 무한 확장하는 경지이다. 외계의 형상, 소리 등을 입자와 파동으로 분해, 분석하고 감지할 수 있는 능력은 심후한 내공으로 축적된 고도의 定力(정력)에서만 가능하다. 대기 중에 분포해 있는 어떤 성질이나 生氣(생기, 생명 발생과 유지의 기운)를 몸을 통해서 흡수하는, 비유하자면 풍란이 공기 중의 자양을 露根(노근)을 통하여 흡수하고 생장하는 것과 같은 이치라고나 할까….

작고 착한 등잔불을 저만큼 두고 마주 앉아 빗소리 듣는 새벽. 어쩌면 시종 같은 톤(tone)으로 속삭이는 빗소리도 저 등잔불처럼 착하고 다정하다. 빗소리도 처음에는 귀로 듣는다. 고막을 간질이듯 나지막하게 와 부딪치는 음조! 묵연히 앉아 그 소리에 빠져들어 가면 이윽고 몸이 반응하고 온몸으로 소리를 듣는다. 인간의 몸은 體積(체적)과 체중의 삼분의 이가 수분이고 습기를 머금은 빗소리는 당연히 수분이 지배하는 몸과 교감하고 몸의 기능을 작동하는 인간의 본체 역시 외계의 親緣性(친연성)과 內應(내응)하려 할 것이다. 여기서부터는 소리를 듣는 것이 아니라 마시는 것, 몸으로 전신으로 들이켜는 것이다. 빗소리에 빠지고 묻히고 동화되어 이윽고 나를 잊으면 무아가 되어 나는 사라지고 소리가 되고 비가 되어 내린다. 물과의 절대적 관계를 인정한다면 시냇물 소리나 강여울 소리, 달의 인력에 따라 출렁거리는 바다의 조수 소리도 같은 이치와 원리에서 감응할 수 있을 것이다.

동물의 몸체 대부분을 차지하는 물의 분자식은 H_2O이고 물의 구성요소인 산소는 동물의 호흡과 생존에 절대적 요소이다. 따라서 물은 모든 생명체의 始原(시원)인데도 유독 인간만이 물을 오염시키고 모독한다. 이는 자기비하, 자기파괴 행위에 다름 아니다. 淚腺(누선)을 건드리면 눈물이, 唾腺(타선)을 자극하면 침이 흘러나오고 살갗을 베면 핏물이 샘처럼 솟아나온다. 근원은 동일한 수분이지만 존재 형태와 역할에 따라 달리 이름 지어질 뿐 생명의 원천으로서 불구부정, 부증불감 그대로이다.

2

봄이 무르익어 가는 새벽 산길. 밀화부리와 소쩍새, 호랑지빠귀와 머슴새의 이중창은 쾌적한 분위기에도 불구하고 인간의 귀엔 그리 조화롭게 들리지 않는다. 소쩍새의 단조로운 반복음과 밀화부리의 다양한 레퍼토리가 썩 어울리지 못한다고 느끼는 까닭이다. 이른 봄 제일 먼저 찾아와 주로 새벽녘에 낮고 음산한 휘파람을 부는 지빠귀와 아주 자그마한 몸피에 보일 듯 말 듯 한 부리로 토해내는 머슴새(박새류)의 명징하면서도 가볍지 않은 내공이 느껴지는 힘 있는 노래가 和音(화음)의 기본에 어긋난다는 것일까? 그러나 그건 어디까지나 인간의 감수성일 뿐이고 자연의 이치에 따르면 이보다 더 조화롭고 아름다운 어울림도 없을 것이다.

반복되는 경험과 동일한 思考(사고)가 습성으로 굳어지면 외부의 모든 현상을 주관의 잣대로만 바라보고 판단, 평가하게 된다. 假飾(가식)과 造作(조작)에 능하다 보면 위선과 기만으로 흐르기 쉽고 작은 눈속임이 통하고 세상을 속이는 것에 자신이 붙으면 큰 사기 행각을 벌이게 된다. 이로 인해 타자와 사회집단에 해악을 끼치면 범죄가 되고 스스로 퇴물과 폐인이 된다. 정치, 경제, 문화 등 모든 영역에서 결합되어 있는 사회관계망에서 속고 속이는 것이 다반사이지만 자연의 생태계는 일견 복잡해 보여도 단순명료하고 인간계의 인과법칙은 별 의미가 없다. 할 일 다 해 마쳤거나 더 해야 할 일이 없으면 적당한 때와 장소를 택하여 온 곳! 本源(본원)으로 돌아가야 한다. 즉 이 裟婆(사바)에 머물 이유가 없거나 사라지면 복사꽃은 붉고 배꽃은 희지만 그 근원은 한 곳이라 歸根落地(귀근낙지) 하듯 조용히 고향으로 돌아가는 것이 얼마나 아름다운가!

일하고 쉬고 노는 것이 별개로 있는 것이 아니다. 일이 곧 노는 것이요 노는 것 자체가 일이므로 즐겁게 일하는 것이 곧 잘 노는 것이요 잘 노는 것이 또한 잘 사는 것이라는 등식이 성립한다. 굳이 날을 정해 특별히 놀고 일하는 것이 아니란 말씀이다. 꿈과 현실이 잘 구분되지 않는다고 해서 혼란스러워할 까닭이 없다. 꿈속, 악몽이 현실로 나타나고 사실이라 믿고 貪着(탐착)했던 쾌락이 지나고 보니(깨고 보니) 한낱 꿈이었으니까. 道人(도인)은 꿈을 꾸지 않는다고 하지만 本意(본의)는 迷夢(미몽), 즉 헛된 생각을 하지 않는다는 것이다. '꿈은 꿈일 뿐 몽환이고 현실은 사실이다'라고 확신한다면 무엇이 어지럽고 헛된 꿈인지 먼저 깨달아야 한다. 긴 안목에서 조망하면 인생 백 년이 白晝一夢(백

주일몽)이고 바른 안목에서 제대로 된 生(생)은 찰나마다 여실한 지금이고 행복일 터이니 당신은 꿈과 현실을 명백히 구분할 수 있겠소? 사는 것이 곧 죽는 것이고 열심히 일하는 것이 잘 노는 것이듯 거기에 특별한 경계는 없는 것이요. 여기서 의식의 지평을 무한 확장해 나가는 것은 한계가 있고 자칫 해가 될 수도 있으므로 이쯤에서 사고 활동을 중단(생각을 끊고)하고 무념의 상태에서 무의식의 심연으로 가라앉는다(沈潛, 침잠). 완전무결하게 심신이 淨化(정화)되어 精華 精金(정화 정금)이 될 때까지….

諸行無常 是生滅法 生滅滅已 寂滅爲樂(제행무상 시생멸법 생멸멸이 적멸위락). 有無情(유무정)을 불문한 모든 존재는 恒存(항존)하지 못한다. 이미 생겨난 것은 반드시 사라지게 되어 있는(旣生必滅, 기생필멸) 법칙을 아무도 피해 갈 수 없으므로. 그러므로 本不生 本不滅(본불생 본불멸)의 이치를 명료히 自得(자득)하면 바로 적멸의 낙을 누릴 것이라는 저 경(經)의 말씀을 믿든 말든. 또는 了卽不了 不了卽了(료즉불료 불료즉료)의 모호성 속에 진실이 숨겨져 있다는 것도 각자 알아채고 해결하기 나름이라는 것을. 盡日尋春不得春 芒鞋踏遍隴頭雲 還來却過梅花下 春在枝頭旣十分(진일심춘부득춘 망혜답편농두운 환래각과매화하 춘재지두기십분). 소매 속에 보물을 감추어 두고는 혈안이 되어 찾아다니고 한 손에 담뱃대를 쥐고 허공을 휘저으며 담뱃대를 찾는 촌 늙은이의 처지가 안타깝지만 어쩌랴? 문득 깨닫기 전에는…. 부귀영화를 좇으며 끊임없이 쾌락을 추구하고 크고 작은 욕망의 실현을 위하여 애쓰며 살아가는 삶의 방식과 행로가 일견 껍데기에 불과한 외형적 인생 같지만 그 수고로운 일생의 과정, 행간과 인과(因果)에서

주·객관적 진리를 발견하고 존재의 허망성을 벗어나 초라해 보이는 삶 자체가 완전한 의의를 갖는 진리가 되고 금생의 매 순간 찰나마다 이 삶이 바로 진리의 顯現(현현)이고 실천임을 자각할 때 비로소 행복의 실체를 붙잡을 수 있을 것이다.

꽃을 피워야 벌, 나비가 찾아오고 중매자들이 할 일 다 하고 떠나면 비로소 새로운 생명이 싹터 자리를 잡는다. 자연의 위대함은 거기에 국한하지 않는다. 벌과 나비가 제때 충분한 역할을 하지 못하면 벌새를 비롯한 작은 새들이 임무를 대행하고 그마저 부족하다면 오고 감에 걸림이 없는 바람이 천연의 媒質(매질)로서 빠짐없이 생명자의 仲介役(중개역)을 수행하는 자비를 베푼다. 또 봄이 가기 전에 해야 할 일을 마쳐야 하는 새들은 이른 아침부터 생의 축가를 열창한다. 밀화부리, 꾀꼬리, 박새들이 협연하는 다양하고 엄청난 내공이 실려 있는 레퍼토리와 천상의 보이스(voice)를 털구멍(毛孔, 모공)을 활짝 열고 흡입해 보시라. 인간도 따라 생의 환희를 만끽할 것이다. 가슴에 불덩어리를 품고 사는 이들은 추위가 맹위를 떨쳐도 기죽지 않고 더위가 숨 막히게 밀려와도 두려워하지 않는다. 그 불덩이가 과연 무엇인가? 어떠한 시련과 장해에도 꺾이지 않는 신념과 의지, 진리에의 열망, 생명 존재에 대한 무한 연민과 자비이다. 그 行(행)의 원천이자 동력인 불덩이는 뜨겁지도 않고 차갑지도 않은 無性妙體(무성묘체). 엄동혹한을 녹여 원상으로 돌려놓고 맹하폭염을 식혀 中和(중화)하는 영묘한 정신의 結晶(결정)이다.

어느 해 늦가을 바람에 불려간 솔 씨 하나가 암벽의 갈라진 틈에 자리를 잡고 꿈을 꾸기 시작했다. 알 수 없는 시간이 흐르고 위태로운 절벽에 매달린 듯 기이한 자태로 모습을 드러낸 소나무 한 그루. 그것은 그냥 평범한 소나무가 아니라 자연의 현묘한 道(도)를 실황으로 보여주는 생명의 쇼(show)이다. 사람들은 이를 보고 신기하다고 하지만 실은 소나무가 보기엔 낮고 평탄한 곳을 골라 한데 모여 복닥거리며 살아가는 사람들을 더욱 신기해할 것이란 것을 모른다.

지금껏 살아오면서 무수한 동그라미를 그렸고 지금도 그리고 있다. 그 동그라미의 原形(원형)은 대개 욕망이라는 울타리 형태다. 선천본능 이외에 시대와 환경의 변화를 좇아 무수히 생겨나는 새로운 쾌락과 탐욕의 동그라미들. 하나를 지우면 그 옆에 또 하나가 풀씨처럼 숨어 있다가 고개를 내민다. 간혹 두려움의 동그라미를 그리고 그 안에 自閉(자폐)되기도 한다. 동그라미를 이루는 線(선)! 그 울타리를 따라 굴렁쇠를 굴리며 맴을 도는 것이 인생이라면, 스스로 갇혀 벗어나지 못하는 幽閉(유폐)의 삶도 인생이라면, 天羅之網(천라지망)의 중력을 이탈하는 大鵬(대붕)을 쳐다보며 손가락질하는 뱁새의 삶도 삶은 삶이다. 두더지 잡기 놀이 상자의 두더지처럼 하나를 망치로 때려 누르면 다른 하나가 쏙 올라오는 욕망의 경계. 봄이 오면 메마른 대지의 地表(지표)를 뚫고 저마다 고개를 내미는 새싹들 같은 욕망을 일일이 다 채우고 혹은 制御(제어)할 필요는 없다. 그 욕망의 실체, 연원이 무엇이고 어디인가를 규명하면 욕망에 시달리고 욕망 때문에 괴로워할 일도 없게 된다.

낙락장송이 가지가 늘어지고 허리가 휘며 등이 굽는 까닭을 아는가? 세월의 무게를 견뎌내기 힘든 탓도 있겠지만 나이 듦은 그냥 늙는 것이 아니라 겸손을 익혀 겸허해지고 天理(천리)를 좇아 下心(하심)하여 근원으로 돌아가고자 함이다. 한 자리에 서서 묵묵히 수백 년의 풍파를 견뎌온 저 노송의 자태는 장엄 그대로 고고한 학과 어울리기 딱 좋지 아니한가. 血氣方長(혈기방장)한 성장기의 나무는 우듬지를 비롯 모든 가지가 上方(상방), 즉 하늘을 향하여 치켜들고 자라 오른다. 성장기가 끝나고 안정기를 지나 쇠퇴기에 접어들면 이미 많은 세월이 흘러 우듬지는 퇴화되어 사라지고 조용히 자연의 日傘(일산)을 펼친 나무는 기도와 명상의 자세로 변모한다. 그러나 種(종)이 다른 대나무(상록)와 참나무, 버드나무(낙엽)는 수명이 다하여 고사할 때까지 우듬지와 가지는 여전히 하늘을 향하고 허리가 굽거나 휘어지지도 않는 꼿꼿함을 유지한다. 왜 그런가? 다 그들만의 특성이 있기 때문이다. 대나무는 휘일망정 좀처럼 부러지지 않는다. 속이 비어 彈性(탄성)이 강한 까닭이다. 소나무와 대나무의 외형이나 생물적 특징이 전혀 다르지만 사람들의 품성에 빗대어 예부터 松竹(송죽)의 志操(지조)와 節義(절의)를 칭송해 온 것은 그것이 여전히 인간 사회의 중요한 덕목으로 기능하고 있기 때문일 것이다,

上根大智(상근대지)라 根機(근기)가 殊勝(수승)해야 큰 지혜를 성취할 수 있다고 하지만 다 그런 것은 아니다. 인간의 본성은 동일하더라도 타고난 천성, 즉 근기와 根性(근성)은 저마다 다르므로 부모의 좋은 유전자를 이어받고 또 宿根(숙근)이 있어 大智(대지)를 이룰 조건이 좋으면 금상첨화겠지만 이에 미치지 못하는 中下根機(중하근기)라도 온몸을 내던져 갈고닦으면 역시 大機大用(대기대용)을 갖출 수 있는 것이다. 무릇 지혜는 수용할 그릇이 커야 한다. 하늘에서 보물이 비처럼 쏟아져도 저마다 지닌 그릇만큼만 받을 수 있듯. 心地(심지)가 간장 종

지만 하면 그만큼, 사발만 하면 또 그만큼, 큰 솥 같으면 더 많이 수용하는 것이다. 인간 내면의 그릇(心量, 심량), 深淵(심연)이 호수처럼 깊고 잔잔하며 그 地平(지평)의 광활함이 얼마나 되는지 속내를 가늠할 수 없는 隱者(은자)는 밖으로 功能(공능)을 드러내지 않는다.

말을 하자면 사회의 예의와 도덕에 합당해야 하고 글을 쓰자니 문법과 격식에 맞아야 한다. 그림을 그리고 樂律(악률)을 베풀어도 사회규범의 일탈을 허용하지 않는다. 이래저래 山中無人處(산중무인처)에 금수초목과 동고동락하는 이유다. 늙어서 더욱 그르치는 것은 살날이 얼마 남지 않았다는 절박감에 조급성과 함께 노욕을 부리는 까닭이다. 고로 노년에 가장 경계해야 할 것은 조바심과 老貪(노탐), 즉 허욕이며 이는 농사에도 바로 적용된다.

從心所慾不踰矩(종심소욕불유구)
從觀寫出飛禽跡(종관사출비금적)

전자는 儒家(유가), 후자는 禪家(선가)의 냄새가 나지만 양자 다 수행이 極則(극칙)을 이룬 경지가 아니면 할 수 없는 말이다. 前句(전구)는 인위적 자기 통제적 취향이 강한 유가의 면목을, 後句(후구)는 무위자연의 신통묘용을 心畫(심화)로 포착한 선풍을 드러낸다.

無作消日不無聊(무작소일불무료)

아무 하는 일이 없어도 심심하지 않다. 뒤집으면 '종일 놀아도 재미 있다'라는 뜻인데 셋째 句(구)는 위 兩句(양구)의 틀인 矩(구)와 跡(적)을 다 벗어던진 無心之心(무심지심)의 경계라고 한다면 좀 심한 枉曲(왕곡)인가 모르겠다.

세상의 소란, 소음을 잠재우려면 더 큰 소리, 굉음을 내어 제압하면 되겠지만 그런 물리적 맞대응 방식을 택하면 상대는 보다 더 큰 소음으로 대응해 올 것이다. 이런 경우 차라리 귀를 막는 것이 편할 수 있다. 낮밤을 가리지 않는 저 요사한 불빛들을 끄거나 차단하려면 보통 귀찮은 일이 아니다. 이 또한 내가 눈을 감아 버리면 간단히 해결되지만 세상사가 눈 감고 귀 막는다고 그냥 넘어가는 것도 아니다. 세상에 완벽한 城砦(성채)는 없다. 얼핏 완벽한 듯한 외곽으로 둘러싸인 인간의 몸도 하나의 성이라면 이 요새를 관리하고 지키는 성주는 과연 누구인가? 아무리 천연의 요새라고 하더라도 성문을 굳게 닫아 놓고 외부와의 소통을 차단하면 자기들만의 천국이 될 수 있을 것인가? 인간의 육신은 외계와의 교류와 소통이 단절되면 잠시도 버티지 못하고 무너진다. 城(성)의 정면과 측면에 배치된 관측과 탐지, 교류의 창구는 構造(구조)와 역할이 미묘하게 분할되어 있지만 상호 교신과 협조는 불가분의 필수 요소다. 자동적, 혹은 의지에 따라 개폐할 수 있는 눈꺼풀과 입술의 구조는 보는 것을 통제할 수 있고 먹는 것과 말하는 것도 가리고 조절할 수 있도록 진화된 결과로 판단되지만 개폐 장치 없이 상시 열려 있는 귀와 코는 생리적 통제가 불가능하다. 듣기 싫은 소리도 들어야 하고 맡기 싫은 냄새도 어쩔 수 없이 맡아야 하는 이 器官(기관)의 비애는 어디에서 연유한 것일까? 아무리 幽閉(유폐)된 古城(고성)의 성주라 할지라도 생존과 현상 유지의 관건은 외계와의 소통

교류다. 100% 자급자족하는 유기체는 존재하지 않기 때문이다. 자동 개폐가 불가능하여 상시 개방되어 있는 이 두 門(문)에 사실은 성주의 생명 줄이 달려 있다. 생존에 필요한 외부의 정보와 生氣(생기)가 모두 이곳을 통하여 출입하고 거래된다. 개폐, 원근 조절이 가능한 카메라의 렌즈, 끄고 켤 수 있는 마이크의 버튼이 임의적 작동이 가능한 반면 불가분의 임무를 동시에 수행하면서도 恣意的(자의적) 기능을 배제한 造物者(조물자)의 意中(의중)을 정확히 짚어낸다면 고단한 인생행로가 한결 수월해질 것이다.

빛과 소리의 세계. 우주에 미만해 있는 형상과 聲音(성음)은 다 혼돈의 자식들이다. 처음에 미묘한 물질들이 결합하여 형체들이 만들어질 때 어떤 소리가 났을 것이지만 우리의 지식은 과학적 추론에 근거하여 짐작할 수 있을 정도에 불과하다. 분명한 것은 형상을 포착하는 카메라의 렌즈와 물질계의 현상에서 발생하는 소리들을 감지하는 기능이 필연적으로 발달, 진화하였다는 사실이다. 빛의 스펙트럼이 어떻게 색채의 마술을 부리고 그 과정에서 생겨난 미묘한 소리들이 각개의 존재들에게 어떤 경로와 방식으로 인식되었으며 또 그들에게 어떤 의미를 가지는가가 근원적 의문이 되고 이 의문이 해소되면 수만 년 이어져 온 생명계의 패러다임이 획기적으로 變轉(변전)할 것이다.

빛에 의지해 살아갈 수밖에 없는 존재들은 오랜 관성에 의해 그 사실을 망각하고 있다. 왜? 그들이 바로 빛과 어둠의 자식들이기 때문이다. 부모의 품속에서 자랄 때 그 부모의 고마움을 모르듯이. 스스로 온갖 빛과 형색을 만들어 낸 인간들은 자신이 새로운 창조자인 줄 알지만 착각이다. 변형이고 조작이며 눈속임이고 자기기만에 불과하다. 나는 지금 그 변형, 진화된 불빛 아래 그 불빛을 배경으로 이 글을 쓰고 있지만 실은 神主(신주)처럼 모시는 불빛의 본체가 따로 있으니 조그만 등잔이다. 어린 왕자가 지구의 굴뚝인 분화구를 날마다 청소하듯 나도 새벽마다 등잔과 심지 주위를 정성 들여 닦아낸다. 그래야 불이 잘 붙고 그을음이 나지 않기 때문이다. 성냥을 그어 불을 붙일 때는 잠깐 숨을 멈추어야 한다. 그리고 미약한 날숨으로 불을 끌 때에도 기도하는 심정이 된다. 생명의 端初(단초), 모든 존재의 源流(원류)에 대한 예의 이기에….

3

민주적 절차에 의하여 선출되는 국가 지도자는 그 품성과 능력이 완벽하거나 완벽에 가까운 인재라면 좋을 것 같지만 이 세상에 완전한 인간, 100% 無欠無缺(무흠무결)한 존재는 없다는 사실을 전제하고 立論(입론)해야 한다. 설령 자타 공인하는 최고 경지에 오른 인물이 있다 하더라도 그 완벽성을 검증할 객관적 기준이 없기 때문이다. 사실 한 국가와 민족의 운명을 책임질 지도자는 모든 면에서 완벽하기보다는 자기의 결점을 잘 파악하고 있는 보통 인간으로서 기본적 소양과 인성을 갖추면 족하고 그 외 부족하고 모자라는 부분은 주변의 인사들, 굳이 성현달사가 아니더라도 좌우에 포진한 보좌진들의 지혜를 모아 최상의 시스템을 구축하는 평범한 진리를 구현해 낼 혜안을 갖추고 있으면 더 바랄 나위가 없는 것이다. 대중의 인기나 지지도에 영합하며 자기의 능력을 과신하다 보면 자만에 빠지고 자만은 독선과 독단, 독재로 이어지게 마련이다. 실수하지 말고 실책(실수, 실책에는 가벼운 실언에서부터 인사·조직관리, 주요 정책의 오판, 강행 등이 포함된다)을 저지르지 말라고 그 많은 비서, 보좌관들이 있고 중대 실수, 범실과 오류를 용인하지 못하도록 입법, 사법부가 독립하여 존재하는데도 모두 부화뇌동한다면 선거 때만 주권자라고 분칠당하는 허수아비 백성들은 어떻게 처신해야 하는가? 방법은 하나! 물이 배를 뒤집어엎는 것뿐이다.

외세에 의존하거나 적대국에 구걸하여 일시적으로 향유하는 평화와 자유는 역사가 증명하는 굴종과 예속일 뿐이고 미래는 암담하다. 진정한 평화는 민족의 자존과 國格(국격)을 지키면서 건강한 國權(국권)에 기반한 자위자강의 역량으로 확보한 것이라야 한다. 미래 예측은 어렵지만 의외로 간단할 수도 있다. 상상을 초절하는 재앙과 시련이 불 보듯 예견되는데도 오판과 독단을 고수하는 권력과 이를 利權的(이권적)으로 追隨(추수)하는 무리들을 용인, 방치한다면 답은 물어보나 마나이다. 완행 혹은 직행버스, 삼등 혹은 특급열차, 이코노미 혹은 귀빈석, 현실로 구분되는 등급은 있어도 삼등 인생이나 일급 혹은 고급 인생은 없다. 가식과 조작을 일삼다 보면 생활의 습관이 되고 일생의 업이 된다. 꾸밈과 變作(변작)은 위선으로 흐르기 쉽고 위선의 탈이 자연스러워지면 기만이 따르게 되고 타인과 세상을 속이는 재미에 도취하면 결국 자기 자신마저 속이는 폐인, 폐물이 되고 만다. 수많은 사람들이 사회에서 각자의 능력과 개성을 뽐내며 존재감을 과시하지만 만약 그 속에 진실로 인간다운 이가 하나도 없다면 하늘을 찌르는 건물이 숲을 이루어도 개미굴에 다름 아니고 一國(일국)의 지도자급 인물이 불법과 오만방자를 감행해도 이를 제지하지 않거나 방치하는 조직도 두더지의 소굴에 불과한 것이다. 만약 누가 이의를 제기하면 "선출된 권력은 제 맘대로 하고 집단 폭주로 나가도 되는가? 누가 그걸 허용했는가?"라고 강력히 반문할 수 없다면 이미 지나간 날의 일들을 들추어 민주화니 과거사니 하고 再賣(재매)하지 말 일이다. 한 국가의 소속인 국민이 국가질서에 편입되어 강제를 수용하고 그에 따른 보상으로 약간의 자유를 누릴지라도 인간 본유의 평등과 자유는 권력자가 갖가지 명분을 내세워 거래하거나 통제할 수 없는 절대권리이고 이를 추구하지 않거나 포기하는 어떠한 권력도 정당성을 상실한 것이다.

4

智謀(지모)와 術手(술수)를 밑천 삼아 입신양명하고 권세와 부까지 거머쥔다지만 그 밑천은 바닥이 보이는 한계가 있어 가뭄에 바닥이 드러난 저수지처럼 곧 황폐해지고 너덜거리게 되어 있다. 흙에 뿌리를 묻은 존재들, 초목은 불멸이다. 그 토양, 강산이 空(공)으로 돌아가는, 즉 空劫(공겁)이 도래할 때까지 영원을 사는 것이다. 비옥한 땅이나 풍광이 수려한 곳이 아니라도 어디든지 着根(착근)하는 저 생명력과 인내를 보라. 절벽 바위틈에 매달린 듯 중력을 거부하는 老怪木(노괴목), 콘크리트 갈라진 틈새에 뿌리내린 민들레를! 따비밭을 일구어 호구연명하고 땅강아지 같은 새끼들을 낳아 길러 오늘을 있게 한 내 부조(父祖)들도 그 흙으로 여기 다시 살아 있고 그 선조님들이 지금 청산유수를 그림으로 다시 그려낸다.

모든 생명자의 본성은 동일하고 평등하지만 개개의 품격이 다른 이유는 쌓아온 習(습)과 카르마의 법칙을 따르기 때문이다. 유명 정치인이나 부호들 중에도 저질의 성정과 품격을 드러내는 이가 적지 않은 반면 가난뱅이 무식자라지만 성현의 반열에 드는 이도 있는 것이다. 왜 그런가? 태어나고 살아온 경로가 다르고 축적해 온 습성이 제각각인 까닭이다. 선입견, 고정관념 등 편향된 사고가 습관화되면 제반 현상에 대한 판단, 평가가 왜곡되고 가치관이 비뚤어진다. 내재적 사고가 외부로 표출되는 신체 물리적 동작, 의미가 내포된 행위는 버릇이 積滯(적체)되어 업으로 굳어진다. 고착된 가치관, 편향된 意識(의식)을 내버리고 존재의 다양성, 복합적 유기성(華嚴的, 화엄적)에 착안하면 불필요한 儀式(의식)과 부정적 갈등은 쉽게 정리될 것이다.

객관적 제 현상에 관하여 제기되는 의문, 문제들에 대하여 언제나 과학적 접근으로 해법을 찾고 결론을 도출해 내는 현대에서도 인생의 문제에 대해서만큼은 여전히 답이 없고 왈가왈부는 할 수 있을지언정 똑 부러지게 정의하거나 결론 내릴 수 없다. 존재자의 수만큼 주관세계가 펼쳐지고 각자가 구축한 세계에서 나름대로 가치관에 따라 살아가기 때문이다. 다만 公共善(공공선)의 범주를 벗어나지 않는 선에서 추상적 논의는 할 수 있더라도 "인생이란 이러이러한 것이다. 이렇게 해야 한다"라고 주문하거나 강요할 수는 없는 것이다. 흔히 하는 말로 '제 인생 제 지게에 지고' 가는 '各自救命圖生(각자구명도생)'의 철칙이 그대로 적용되는 까닭이다.

사람이 떼로 몰려 사는 도시, 마을의 외관이 자못 번듯하고 살아가는 樣態(양태)가 질서정연한 듯하지만 인위적 질서가 어느 정도 정착되었다고 볼 수 있는 현대 사회의 裏面(이면)은 거의 모든 영역에서 무질서 그 자체다. 인간들의 행위와 사고까지 통제하는 법규의 그물이 촘촘히 깔려 있지만 실은 그 많은 질서의 강요 때문에 개인의 취향과 성정이 빚어내는 욕망이 상호 충돌하는 갈등과 무질서가 연출되고 있는 것이다. 이러한 다중의 중첩된 삶의 형식들이 무수히 교차하는 사회에서 개별 존재의 생사와 대소 집단들의 흥망성쇠는 물거품처럼 기멸하지만 거시 관점에서는 큰 틀의 질서에 편입되고 묻혀 버리는 작은 사건의 물방울에 불과한 것이다. 시대(환경, 여건)가 다르고 사람(주체, 주관자)이 다른데 누구를 무엇을 탓하고 원망하며 생(삶)이 이미 이러할진대 죽음인들 뾰족한 수가 있겠는가. 환경이란 나와, 나의 삶을 둘러싸고 있는 조건들, 내 삶에 직간접으로 영향을 미치는 요소들 전체를 싸잡아 일컫는다면 내가 속한 사회와 국가, 나아가 글로벌 시대에 지구도 해당된다. 과거의 나, 현재와 미래의 무수한 나들, 일반적, 보편적 나들이 각각 존재했거나 존재할 것이거나 현존함으로써 세계가 벌어지고 운행된다. 그 각개의 나는 다른 존재, 다른 나에게 크고 작은 영향을 미치기도 하고 미치지 않기도 하지만 각자의 세계를 별도로 구축함으로써 존재 수만큼의 세계가 전개되는 것이다. 따라서 바닷가에 널려 있는 고만고만한 돌멩이들처럼 세계에 편재한 평범한 自我(자아)들도 각기 하나의 세계를 가지고 생을 향유하므로 당연히 존재 의식, 존재감이 있고 주장할 권리도 있는 것이다.

인간의 뇌 구조와 생리적 작동 시스템은 잠을 자지 않고는 견디지 못하게 설계되어 있다. 그런 까닭에 생애의 3분의 1을 잠으로 消盡(소진)하도록 잠자는 동물이 생겨났는지 모른다. 그러나 그 많은 시간과 횟수의 잠을 자도 잠드는 것은 순간, 즉 의식이 깜박하는 순간 잠이 들고 연이어 꿈을 꾼다. 그 꿈을 다 기억하지 못하고 기억할 필요도 없지만. 어쨌든 인간은 역시 생애의 3분의 1을 꿈속에서 보낸다는 결론이 나온다. 그렇다면 생리적, 의식적으로 깨어 있는 나머지 시간 3분의 2는 정말 깨어 있는 것일까? 먹고 살아가느라 분주한 일상에서 수없이 반복되는 착각(착시, 환각), 誤判(오판)과 실수들이 다 헛된 꿈의 所產(소산)들이며 허세, 허영을 몰고 다니는 허욕 또한 허망의 꿈 아닌가? 한 존재의 생애가 제법 긴 것 같아도 잠드는 것과 마찬가지로 죽는 것도 순간이다. 의식이 깜박하는 순간 죽는 것이고 다시 깨어나지 못하면 영면인 것이다. 오랜 시간 잠들지 못하여 뒤척거리다가 어느 순간 잠드는 것처럼 전 생애를 꿈속에서 버둥거리다가 역시 어느 순간 깜박하고 죽는 것. 마치 물수제비를 뜨던 돌멩이가 가속과 탄력이 줄어들면서 깜박 가라앉듯이. 일생 동안 반복하여 잠을 자는 것은 일종의 주기적 휴식인데 이 잠자는 휴식은 몸과 정신 활동까지 쉬어야 하지만 거개의 사람들은 깨어 있을 때의 의식이 잠 속까지 따라와 꿈나라에서 또 다른 세상을 펼친다. 凡生(범생)의 보편적 특징 중 하나는 끊임없이 새로운 일거리를 찾아내고 맛있는 먹거리의 기억을 불러내어 순간의 쾌락을 꿈꾼다는 것이고 무한 반복되는 일상에 피로와 싫증이 밀려오면 단잠을 원하지만 그 잠 속에서 또 허몽을 꾸는 것이다.

산하대지에 가득한 풀과 나무, 초목의 정체는 무엇인가? 그냥 식물이라 여기고 갖가지 이름을 지어 편한 대로 부르면 다인가? 인간들의 이기적 관점에서 이용 가치가 높아 일부러 키우는 재배 초목은 용도에 따라 주식용인 곡물, 부식인 채소, 과일, 특수 용도로 약초류, 관상용, 건축재, 가구재 등으로 분류한다. 이용 가치가 낮거나 제외된 초목은 잡초, 잡목이라 하지만 그중에서도 활용 가치를 발견하거나 증명되면 약재로 분류, 오히려 재배 식물보다 더 귀한 대접을 받는다. 약초의 효능을 연구하는 전문가들은 이 세상에 다소의 차이가 있을 뿐 약용하지 못하는 초목은 없다고 한다. 풀은 먹이사슬의 최말단에 위치하지만 물과 흙, 공기와 더불어 만물만생을 먹여 살리고 존재케 하는 어머니! 나아가 百草佛母(백초불모)라는 말이 함의하듯 자연적 삶의 기초 형태인 것이다. 예로부터 인간들은 무엇인가 정복하기를 좋아했다. 타민족은 물론 자연현상과 자연 자체를 정복하겠노라고 심혈을 쏟는다. 현대에 와서 문명과 과학의 힘으로 질병을 정복하고 마지막 관문인 죽음도 극복하겠다고 도전장을 내밀었다. 과연 그런 때가 올지 모른다. 농경시대 이래 농사의 기본은 예나 지금이나 잡초 관리가 최우선이다. 비료와 거름을 아무리 퍼붓고 병충 방제를 완벽히 해 놓아도 잡초가 무성하면 풍성한 결실을 기대할 수 없다. 그 원망스러운 잡초가 실은 잡초가 아니라 약초이고 자연의 기초 생명체라는 사실을 간과하고 있으며 이기적 목적에 따라 선별적 육성과 제거를 반복하다 보면 어느 순간 생태계의 균형은 파괴되고 생태계의 일원인 인간도 재앙을 면할 수 없게 되는 것이다. 흔히 자연을 인위적 요소를 배제한 세계의 모든 현상이라고 일컫지만 이는 인간들의 과도한 점령과 역할 때문이지 물고기가 물을 떠나지 못하듯 인간도 자연의 일원에서 이탈할 수는 없는 것이다. 어디 초목뿐이겠는가. 질병과 죽음도 마찬가지. 자연이 정복의 대상이 아니라 동화, 공존해야 할 모성이듯이 질병도 인간의 타락을 막기 위한 최후의 보완 장치로 이해하고 공생하는 선에서 타협하는 것이 현명하고 죽음 또한 완전한 극복보다는 심적 초월로 건강한 긴장관계를 유지하며 全一的(전일적) 거시 차원에서 현재와 미래를 관망,

조율하는 것이 바람직하다.

5

혓바닥(미각)이 나를 속이는지 내가 그를 속이는 것인지 알 수가 없다. 六根, 六境, 六識(육근, 육경, 육식), 이른바 18界(계)에 관해서 선천적 본능 혹은 동물적 감각으로 자연스러운 것이라고 여겨도 무방하지만 이는 평범한 경계이다. 보는 것과 들리는 것은 서로 밀접한 연관이 있고 냄새와 맛을 감지하는 코와 혀는 후각과 미각이 긴밀하게 연계되어 작동한다. 또한 시각과 미각도 긴밀한 상관관계를 유지한다. 탐스럽게 잘 익은 과일을 보는 시각은 자연스럽게 미각과 연계되어 군침을 흘리고 향기롭고 기름진 음식 냄새는 곧바로 후각이 미각을 자극하여 입안에 군침이 돌게 한다. 다만 촉각은 직접 체험(접촉)한 바가 아니면 다른 감각기관과의 상관관계에서 비교적 멀리 떨어져 있는 셈이다. 감관의 統御(통어), 통제와 어거가 결코 쉬운 일이 아니지만 거의 본능적 탐착으로 작동하는 감관의 기능에 지배당하여 끌려다니면 평생 한 마리 짐승밖에 되지 못하는 것이다.

인생이란 편하게 정의하면 출발지를 떠나 길고 짧은 여로를 더듬다가 다시 태어난 그곳으로 돌아가는 여정이다. 모항을 떠난 배가 항해를 마치고 귀항하듯이. 인간은 이 여로와 항행 중에 존재의 정체성에 대하여 끊임없이 질문하고 의문을 품지만 정해진 답은 본래 없고 한두 마디로 이렇다 하게 결론 내릴 수도 없다. 또한 답이 있거나 정답을 예정한 질문은 의미가 없다. 굳이 명답을 구하려 한다면 스스로 경험하고 탁마한 지혜와 능력으로 나름 도출해 낸 결론이 있다면 바로 그것이 답일 것이다.

우리들이 흔히 사용하는 인위적이란 표현은 어법이나 의미상 자연적인 것과 상대되는 지점에 위치하는 용어인데 인간 사회에서 인간이 진행하는 모든 일과 행위 중에 인위적이지 않은 것이 어디에 있는가? '행위의 주체가 사람인 만큼 인간의 행위는 모두 인위적이다'라는 등식이 성립할 수 있지만 그렇지 않은 분야와 영역도 있다. 보다 구체적 측면에서 인위적이란 인간이 의지를 갖고 행하는 모든 일들을 의미한다고 볼 때 의지의 상징성이 더 강한 조작이나 변작이 있는데 이미 인위와 조·변작을 떠난 행위는 인간의 행위가 아니라고 할 수도 있는 것이다. 비록 인간의 탈, 즉 사람 형상을 하고 사람의 활동을 하고 있지만 世間的(세간적) 목표와 집착을 잊어버린 이는 인간계를 초월한 존재로 볼 수 있다. 같은 이유로 일견 평범한 生死(생사)의 모습과 현상을 드러내 보이지만 그는 이미 생멸의 법칙을 벗어난 인간인 것이다. 그리 오래지 않은 時空(시공)을 두고 우리는 그러한 경지에 있었던 참인간들을 알고 있다. 외계의 사물과 현상들에 대하여 인간들이 명칭과 의미를 조작하여 부여해 놓은 것을 진실한 것으로 알고 그것에 끌려다니며 맞추어 살아가는 것과 거기에서 새로운 의미와 가치를 발견해 내고 존재의 정체성을 추구해 나가는 것은 天壤之差(천양지차)가 있다.

一身上(일신상)의 禍根(화근)은 첫째, 口舌(구설)에 있고 둘째, 生殖(생식) 뿌리에 있고 셋째, 手足(수족)에 있다. 깊은 思慮(사려) 없이 함부로 내뱉는 언사와 먹는 것을 가리지 않고 탐한 결과 舌禍(설화)로 자초한 고통과 함께 만병이 입과 혀를 통하여 출입하고 성욕을 통제하지 못해서, 자제력을 상실한 만용이 손발을 통해 드러나니 어찌 화근이 아니겠는가? 여기에 가담하여 눈, 귀, 코가 욕망을 더욱 부채질하니 인생행로 도처에 깔린 것이 스스로 설치하고 파놓은 올가미와 함정들이다. 입 안에 있어야 할 이빨이 입술 밖으로 나와 있으면 어떻게 될까? 無時無處(무시무처)에 무디고 보기 흉한 이빨을 드러내는 政客(정객)들. 절차적 정당성(합법적)만 인정되면 관계없다고 무소불위의 폭거를 자행하는 세력. 합법을 빙자한 厭政狂態(염정광태)를 통치, 정치행위라고 두둔, 미화하는 類似(유사) 학자와 그 패거리들. 물고기가 익사하는 경우도 있다는 궤변을 '정치는 생물이다'라는 成語(성어)에 借入(차입)하여 실패를 포장하고 권력의 주체와 책임성을 恣意的(자의적)으로 해석하는 政治亞流(정치아류)들은 부지불식간에 더 크고 위험한 함정을 파고 자식들 목구멍에 비상 덩어리를 겁도 없이 얹어 놓는다.

생의 고비란 결국 넘어가기 힘든 고개를 의미한다. 한 고비(고개) 넘기면 끝나는 것이 아니라 두 고비, 세 고비, 즉 고개 너머 또 고개가 기다리고 있다는 것. 그렇게 해서 인생이란 강물처럼 흘러 바다에 종착한다. 전구의 촉광이 높으면 불빛이 밝은 만큼 전력 소모가 많아지고 등잔 불꽃이 크고 그을음이 나면 역시 기름이 빨리 닳는다. 인생도 外様(외양)의 修飾(수식)과 유지에 에너지(공력)를 많이 투입하면 봄꽃처럼 화사해 보일 수는 있어도 기력이 빨리 쇠해지고 내면도 그만큼 피폐해진다. 적절한 상태의 형상 유지에 그치고 남는 에너지는 내공의 배양과 축적에 쏟아붓는 것이 필요하다.

渺忘世事 沒中自己(묘망세사 몰중자기)

엉망진창으로 돌아가는 정치권력과 그에 부수, 동조하는 군상들의 炎凉世態(염량세태)에 대하여 적개심을 키우기 알맞은 시대에 세상사 까마득 잊고 묵묵히 내 일 하고 내 길 가는 것이 심신의 건강에 유익하고 병들고 노약한 이웃들에게도 부담되지 않을 것이다. 인간 세상에서 最高難度 超高次元(최고난도 초고차원)의 쇼(show)는 어떤 것일까? 인생에 대한 질문과 답은 이미 살펴본 바와 같이 본래 정해진 것이 없지만 각자 나름대로 定義(정의)는 얼마든지 할 수 있다. 어떻게, 어떤 방식으로 살아가는 것이 가장 바람직하냐에 대한 답은 역사 이래로 매듭지어진 것들이 더러 있지만 인생 자체에 대한 정의는 여전히 내리지 못하고 있는 것도 사실이다. 동물적 본능 욕구는 유보해 두고 "허욕이라는 코뚜레에 코가 꿰여 세월이라는 고삐에 끌려가다가 먼 산 봄눈 녹듯, 물수제비뜨던 돌멩이 가라앉듯 사라지는 것이 인생이야"라고 해묵은 농담처럼 툭 던져 놓는다. 苦樂生死(고락생사)가 일월이 교체하듯 이어지는 풍진세상에서 피차 왕래가 자유롭다면 무엇 하러 이 고생을 하겠소? 춥지도 덥지도 않은 나라에서 편히 살면 될 것을…. '그러면 당신은 어떤 쇼를 하고 보여 주겠소?' 하고 묻는다면 "지금 눈앞에서 벌어지고 있고 당신도 보고 있지 않느냐"라고 되묻겠다. 흔히 말하기를 인생 자체가 한 편의 영화요 연극이라지만 주제와 주연, 내용이 없는 문학예술이 무슨 의미와 가치가 있는가? 평생을 보여 주기 식 삶으로 일관해도 마지막 한 편은 정말 근사한 차원의 쇼! 고난도의 연기를 펼쳐 보여야 하는 것 아닌가? 혼신의 공력을 투입해서…. 평범 속에서 비범을 드러내고 비범함을 갖추어도 平常(평상)을 잃지 않으면서 온갖 인정의 기미와 인연의 고리에 얽힌 세상사를 다 보듬으면서도 이를 가볍게 초월하는, 생에의 미련, 집착을 客觀事(객관사)로 바라보는 의연함은 마침내 일생을 끌고 다닌 것인지 끌려다닌 것인지 모를 蟬退(선퇴) 같은 짐 한 덩이를 불꽃처럼 연소시키는 great show!

공부, 수행이란 무엇이며 만약 진리를 찾는 것이 목적이라면 그 진리의 정체 또한 무엇인가? 살아온 세월만큼 쌓인 因襲(인습)과 편견을 바로잡고 本來心(본래심)을 회복하는 것. 누적된 카르마에 묻히고 거친 욕망의 물결에 휩쓸려 가버린 初心(초심), 물들지 않는 본성을 되찾는 것. 무엇을 잃어버렸기에 되찾는다는 것인가? 마음, 본성? 그것이 어떻게 생긴 물건이며 어디에 있는지부터 알아내는 것이 선행 요건이다. 갓난쟁이는 宿因(숙인) 외에는 아직 쌓인 업이 없으므로 깨끗한 상태다. 어떤 사람이 '갓난아이도 육식이 있느냐?'라고 묻자 노승은 '급류 위에서 공을 친다'라고 답하였다. 끝없이 이어지는 생사의 강은 느릿느릿 흘러가는 것도 같지만 다른 각도에서 조망하면 실은 도도한 격류의 거친 물살 위에서 위험한 공놀이를 하고 있는 것이나 마찬가지다. 존재자의 본능은 무조건 배척하거나 극복하는 것이 요체가 아니다. 본래 잃어버린 것이 아닌데 다시 무엇을 찾는다는 말이며 더럽고 물드는 성질이 없는데 정화할 것이 어디에 있다는 것인가? 처한 형편대로 마음 내키는 대로 살되 다만 뭇 중생, 타자에게 피해만 주지 않으면 족한 것이다.

생풀을 우적우적 씹으며 늙은 소처럼, 나뭇잎을 냠냠 뜯으며 산양처럼 살았다. 희비고락과 애증은원이 봄날 아침 안개와 같이 기멸한다는 사실을 알고 나면 서글프지만 동시에 가뿐하기도 하다. 독 안의 흙탕물이 가라앉아 차츰 맑아지듯 오직 망상을 잠재워 定力(정력)으로 명징해짐으로써 千載一遇 盲龜遇木(천재일우 맹구우목)의 기회를 헛되이 흘려보내지 않을 수 있을 것이다. 남에게 피해를 주지 않는 것으로 족하다면 무미건조하고 수동적 생이 될 수도 있다. 한 세계의 주관자로서 내 몫을 하지 못한다면 어떤 명분도 용납되지 않는다. 재삼 써먹지만 초목금수가 인간의 기척과 냄새에 놀라 달아나지 않고 같이 어울리려면 습성에서 뿜어 나오는 殺氣(살기)와 毒氣(독기)가 말끔히 사라져야 한다. 쉽지 않은 일이지만 먼저 착수할 일은 視線(시선)과 언행의 淨化(정화), 精鍊(정련)이다. 이것으로써 무사춘(좋은 봄)의 한 章(장)을 마무리한다.

오월이 가기 전에

밤사이 한 층씩 탑을 밀어 올리는
죽순의 神功(신공)
하루 한 자씩 촉수를 뻗어나가는
칡넝쿨의 內功(내공)
이 不思意(부사의)한 공력은 어디에서 나오는가

異化同心(이화동심)
꾀꼬리와 밀화부리가 和唱(화창)하는 소리를
잘 들어둘 것
새벽 버드나무 가지에 걸린 만월
흐릿한 광배 속 수월관음 미소도
잘 보아둘 것

한 송이 꽃을 꿈결 속에 바라보다가
화들짝 놀라 돌아온 현실
一花世界(일화세계)는 간 곳 없고
금 긋고 땅따먹기
돈 놓고 돈 먹기에 열중하네

계절은 오월은 다시 오지 않는다네
망각과 기억의 교차로에서
방황하지 않도록 잘 보고
잘 들어 두도록…

步虛者(보허자)의 꿈

단순 반복 작업을 하는 노동, 즉 풀 뽑기와 물 길어 오기 등을 시간 때우기로 소모할 것이 아니라 生活禪(생활선), 이른바 勞動禪(노동선)으로 置換(치환)하여 활용하면 대단히 효율적 인생 관리가 될 수 있다. 전설적 영화배우 이소룡의 걸음새를 보면 경쾌하면서 사뿐하다. 마치 고양이가 걸어가듯 체중이 전혀 실리지 않은 것같이 가뿐하고 힘찬 보행이다. 그러나 육신보다 훨씬 자재하게 노닐고 활동하는 정신, 마음의 작용은 보다 진중해야 한다. 형상이 없는 본질, 본체는 대소경중이 없으나 때로는 나비처럼 가볍게 때로는 태산처럼 장중하게 작용해야 하는 것이다. 여기서 생활의 일부인 步行禪(보행선)을 한번 짚어 보면 의식적 행위의 반복, 지속이 오래되고 습관화하면 무의식적 행위로 변하게 되는바 등산이나 걷기 운동을 할 때 이소룡의 걸음걸이를 흉내 내는 것을 반복하는 것이다. '내가 바로 이소룡이다', '내가 고양이다'라는 상념 속에 사뿐사뿐 걸어가기를 반복한다. 또 나비가 공중을 팔랑팔랑 날아가듯 오직 두 날개만으로 나비가 되어 날아간다는 상상으로 걸어가기를 반복한다. 步虛者(보허자), 즉 허공을 걷는 듯한 자세와 心象(심상)으로 팔다리에 전혀 힘을 주지 않는 걸음걸이를 부단히 연구, 수련한다. 이때 가장 요긴한 것은 호흡과 무의식적 집중이다. 길고 깊은 정확한 템포의 호흡과 오직 걸음걸이에만 집중하는 의식! 이것이 내가 창안한 보행선이다.

노동을 하든 禪修行(선수행)을 하든지 간에 힘을 더는 곳과 덜어야 할 때를 아는 것이 중요하다. 무엇이 힘을 더는 것인가? 헛심을 쓰지 말고 무리하지 않는 것이다. 과욕은 넘치는 것이고 절제는 줄이는 것이다. 힘, 체력의 안배와 효율적 관리, 사용도 중요하지만 보다 思考(사고)의 근원이자 본질인 마음의 구조를 정확히 이해하고 활용하면 허공을 걸어가는 한 인간의 모습을 그려볼 수 있을 것이다.

白鷺入蘆花 銀碗裏盛雪(백로입노화 은완리성설)

눈처럼 흰 해오라기는 가을의 하얀 갈대꽃 속으로 걸어 들어가고 하얀 은 주발 속에 백설이 소복이 내려 쌓인다! 전혀 성질이 다르고 개별적으로 독립된 개체인 물질과 사물이 動的(동적)으로 同化(동화)되는 순간을 포착한 그림이다.

白鷺孤足立雪(백로고족입설)

천지에 가득한 눈 속에 외다리로 서 있는 해오라기! 어느 것이 눈이고 해오라기인지 분간이 되지 않는 靜的(정적) 同化(동화)의 文中有畵(문중유화) 광경이다. 백로, 갈꽃, 은 주발, 눈이라는 별개의 존재와 사물이 相卽(상즉) 相入(상입)하여 事事無碍(사사무애)의 境界(경계)를 펼치는 것이다. 佛家(불가)에서 꺼리면서도 常用(상용)하는 名相(명상), 모든 존재와 사물의 모양과 이름을 부정하거나 명상 자체가 없으면 세계가 형성, 유지되지 않는다. 날거나 걷지 않는 백로, 내리지 않는 눈은 없고 아무런 의미도 없다. 존재성이 부인되는 까닭이다. 이는 現象(현상), 現實(현실), 現場(현장)을 떠난 별세계가 따로 없다는 진리를 증명하는 것과 같은 이치다. 모양과 이름에 집착하지 말라는 수행의 방편이기도 하지만 그것을 떠나서는 아무것도 할 수 없다는 絶對前提(절대전제)이기도 하다.

당신이 살아가는 힘, 즉 생을 유지하는 물질적 동력은 周知(주지)하는 바와 같아 차치하고 정신력을 유지하는 심적 動因(동인)과 동력은 무엇이며 어디에서 구하는가? 시간이 흐르고 날이 가고 해가 바뀌는 것이 아니라 有機的(유기적) 구조를 가진 생물체가 스스로 변화하는 것과 자연 상태의 외형이 조금씩 변해 가는 것을 두고 이른바 세월이 흘러간다고 표현하는 것이다. 또한 변해 간다는 것, 변화는 늙어 간다는 사실의 다른 언어이기도 하다. 경탄스러울 정도로 변하는 것의 표본은 아마도 나비, 매미, 누에 등의 곤충류일 것이다. 깨알보다 작은 알에서 애벌레로, 번데기로, 成體(성체)로 여러 번 變態(변태)를 거듭하는 反轉(반전)의 변화! 인간도 이렇게 획기적으로 변할 수 있다면, 그 대반전의 변혁을 꿈꾸고 추구하는 자체가 어떤 이에게는 존재의 이유와 가치(動因)가 되고 동력원이 될 것이다.

無常迅速 生死事大(무상신속 생사사대)

태어나고 죽어가는 일보다 더 큰 일이 없는데 이를 어떻게 해결할 것인가? 생겨나고 사라져 가는 하나의 현상에 대한 기존의 관념, 固着(고착)된 生死觀(생사관)에 의한 思考(사고)의 습성에서 벗어나는 것이 첫 번째 관건이다. 생명체에게 생사는 절대적 문제이지만 개념적으로는 역시 상대적 프레임에 속할 뿐이다. 한 존재에겐 비교와 수식이 필요 없는 절대의 생사 문제를 평등하게 상대적으로 바꾸어 놓고 그에 편안히 적응하는 삶의 방식을 택하는 것이다. 이는 삶과 죽음의 문제를 輕視(경시)하거나 戲畵化(희화화)하자는 것이 아니라 단순 구도로 바꾸어 보는 것이다.

현상에는 언제나 본질이 내재해 있고 인간의 사고, 생각과 행위인 작용에는 본체가 개입해 있다. 관념과 행위는 순간적으로 발생하고 단절된다. 이 찰나적 작용을 근원으로 되돌려 영원과 결합시키는 구도를 만들어 보면 어떨까? 복잡한 사회구조 속에서 살아가지만 가장 간결한 삶의 방식을 선택하고 자연스럽게 유지하는 것, 살아가는 존재 양태를 기초 형식으로 단순화하는 것, 이른바 졸리면 자고 목마르면 마시며(困卽眠 渴卽茶, 곤즉면 갈즉다), 배고프면 먹고(饑來喫飯, 기래끽반), 일이 있으면 일하고(有事着手, 유사착수) 일 없으면 쉰다(無事卽休, 무사즉휴)는 극히 자연스러운 형태로 전환하는 것이다.

인생이라는 것이 허공을 걷는 것 같아서 실감이 나지 않을 때가 있고 또 바람을 붙잡고 구름을 좇는 것처럼(捉風逐雲, 착풍축운) 허황된 면이 없지도 않다. 돈을 세는 것과 밤하늘의 별을 헤아리는 것이 다를 바 없는 비현실적이라는 사실을 문득 깨달으면 남은 생이라도 간편, 단순하게 살아가며 옛 스님의 偈誦(게송) 한 구절을 음미해 보기를 권한다.

> 含齒戴毛者無愛生不怖死 死依生來 吾若不生因何有死 宜見其初生知終死 應啼生勿怖死, 嘉祥慧皎
> (함치대모자무애생불포사 사의생래 오약불생인하유사 의견기초생지종사 응제생물포사, 가상혜교, 중국 스님)

그렇게 어려운 문장은 아니지만 이해하기 쉽게 의역하자면 '무릇 사람으로서 삶을 이어가기를 원하지 죽는 것을 좋아하는 자는 없다. 죽음이 있음으로써 생이 찾아온다. 내가 태어나지 않았다면 어찌 죽음이 있겠는가? 처음 태어남을 보고 죽음이 기다리고 있음을 알아야 할 뿐. 해탈문을 나설 때 이미 큰 소리로 한번 울었거늘 죽음을 두려워할 까닭이 없는 것이다'.

남해 바닷가의 꿈

삼천 년쯤 전에 누가
여기 지나갔다고
돌팍에 새긴 허물

흔한 낙뢰도 비껴간
유산

내 생애의 아름다운 이력을
가랑잎에 적어 띄운다 해도
바다는 말하지 않겠지

다 알면서
검푸른 물결만 수런수런
짐짓
딴청을 부리겠지

아직 늦지 않았으니
지금부터라도
긴
긴 꿈을 꾸라고

존재와 사용가치

봄 편지(호랑이해)

겨우내 칙칙하던 소나무 봄빛 도는 우듬지에 앉아 노래하는 동박새, 靑調潑剌(청조발랄)한 생명의 화살을 연거푸 쏘아 올린다. 저 명징한 경계를 누가 흉내 낼 것인가…. 까닭 없이 등이 시리고 뒤가 허전한 것은 약해졌다는 증거다. 늘 강하다는 의지와 신념이 무너지고 무엇인가 기댈 언덕을 찾는 심사가 썰물처럼 빠져나가면 저 박새의 생명 노래를 듣도록 할 것.

나는 일찍 자고 일찍 일어나야 할 필요가 없다. 돈 많이 벌고 써야 할 목적도 없다. 그러다 보니 오래 살아야 할 이유도 모른다. 그러나 자연의 순리는 지키고 따라야 한다는 신념은 아직 버리지 않았다. 현실과 현상이 虛假(허가)가 아닌 진실이고 眞相(진상)임을 깨닫는 열쇠는 누가 쥐여 주지 않는다는 것도 안다. 생사가 종이 한 장의 양면처럼 분리할 수 없고 길흉화복이 혼재하는 현상 속에서 무엇을 참가치로 건져 올릴 것인가? 다만 심안의 영역에서 그(渠)를 확증해야 육안의 可視圈(가시권)에서도 頭頭物物(두두물물), 제 현상이 다 그것의 진실한 모습이고 그의 작용임을 간파할 수 있을 것이다.

노화에 수반하는 심신의 변화, 체력 감소와 기능 쇠퇴 등 제 증상을 자연 순리로 수용하지 않으려는 인간들의 망상, 허욕이 늘 화근이다.

노령층이 크게 증가하면서 관련 부문의 식·의약품 산업이 급팽창하는 추세에서 허위, 과장광고와 사기 행위가 만연해도 당연한 시대상으로 받아들이는 현대인의 심리는 이해하더라도 잠깐 멈추어서 우문현답을 찾는다면 여전히 심신을 자연의 순리에 최적의 상태로 적응, 일치시키는 것이다.

당신은 매화 향기를 손끝으로 느낄 수 있는가? 바람과 바람 소리를 눈으로 보고 알 수 있는가? 시력을 상실했거나 미약한 이는 귀와 코, 촉감으로 외부의 사물과 현상을 감지하고 청력이 퇴화한 사람은 눈치와 촉수의 말초신경으로 진동과 파장을 분석하고 대응한다. 바람을 본다 함은 나무가 흔들리는 것으로 알아차리는 것이지만 '바람 소리를 보다'라는 말은 '들어(聽, 청)'의 생략이 아닌 실제로 귀의 작용을 눈이 대행하는 것이다. 五官(오관)의 기능과 역할을 자재하게 교류, 전환하여 작동시킬 수 있는 능력은 결국 第六意識(제육의식), 즉 心識(심식)의 작용인 셈이다. 이러한 경지에 도달하려면 外物(외물)과 객관 현상에 被動(피동)되지 말고 오히려 그것을 적의하게 활용하는 지혜를 터득하는 것이 선결문제다.

雜(잡)내(慾氣, 俗氣, 稚氣, 욕기, 속기, 치기)가 쏙 빠지고 군더더기 하나 없는, 정화수에 담아 두었다가, 혹은 오래된 우물에서 건져 올린 精金(정금) 같은 詩(시) 한 편 쓸 수 있다면 이른바 공자의 朝聞道夕死可矣(조문도석사가의)의 境界(경계)를 충분히 인정할 만하다. 오랫동안 무늬만 비슷한 글들을 써 왔지만 정작 會心(회심)의 경지는 요원할 뿐. 비록 그러하나 詩作(시작)에 기법이 따로 있는지는 배워 본 적이 없어 모르더라도 시의 본질에 기교나 기술적으로 접근하는 것은 처음부터 길을 잘못 짚은 것이라고 본다. 세상이 들어주지 않고 인정해 주지도 않는 글을 쓰고 노래를 열심히 불렀다고 해서 그가 마냥 헛수고만 한 것은 아니라는 사실이 대개가 작은 자기만족으로도 충분히 행복해한다는 것으로 증명된다. 이타심에 충만하여 無緣慈悲(무연자비)를 무심히 베푸는 仁者(인자)들도 결국은 자기 자신을 위해 살아가고 자신이 설정한 목표와 誓願(서원)을 위해 노력할 뿐이라는 점을 인정한다면 객관적으로 완벽한 인생과 성공적 작품을 위해 화살같이 지나가는 일생을 單發(단발)로 투자하기에는 아쉬운 것들이 너무 많다. 다만 일상의 말과 글에서 濁氣(탁기)가 사라지고 語言(어언)이 정화되면서 침묵과 내면세계로의 무한 침잠 속에 형성된 幽玄(유현)한 사유와 지혜는 비록 초라한 행색이나 볼품없는 용모일지라도 그의 전신에는 고요한 기품이 흐르고 작은 내공이라도 그만한 아우라가 발현되는 성취를 보일 것이다.

집(住宅, 주택)은 私的(사적) 자유를 보장하는 최소한의 기초 영역이고 그 안에 나누어져 개별적으로 사용하는 房室(방실)도 사생활의 안전과 자유를 향유할 수 있는 최소한의 공간이다. 그렇지만 이렇게 중요한 내 집을 갖지 못해 애태우고 인생의 중요한 시기 대부분을 내 집 마련의 꿈 속에서 허덕이며 生氣(생기)를 소진해 가는 사람들이 적잖은데 무엇이 잘못된 것인가? 국가 형태나 정치체제가 어떻든 간에 이 가장 절실하고 기본적인 국민 수요를 최우선으로 충족시켜 주어야 할 국가 권능이 무력화되고 중대한 책무를 放棄(방기)한 근인은 지금까지 계속되어 온 역대 정치 권력자와 관료들의 무능함과 탐욕적으로 사익을 추구해 온 결과라고 할 수 있다. 사회 활동의 다변화와 다양한 욕구 분출에 일일이 대응하기 어려운 사정이 있다 하더라도 정책의 최우선 순위를 제대로 설정하고 추진하지 못한 까닭이다. 정치권력이라는 괴물이 국민의 기본적 자유를 옥죄어 억압과 통제일변도로 지속해 왔을 뿐 본래의 자유를 회복하여 주려는 시도는 아예 엄두도 내지 않았기 때문이다.

국민 개개인에 있어 집과 방실이 안전과 자유의 공간인 것은 문밖으로 한 발짝만 나가면 天羅之網(천라지망) 같은 온갖 법규들이 인간의 모든 것을 옭아매고 감시, 통제하고 있는 까닭이다. 몇 평 안 되는 집 울타리와 방 안에서 지내는 것보다 드넓은 바깥세상에서 만끽하는 자유는 格(격)이 다를 것 같지만 인위적 자유와 구속은 차원이 같은 것이다. 인간의 모든 생활과 전 생애를 통하여 규제받는 사회규범은 필요악이라고도 하지만 인간들의 탐욕과 무절제가 자초한 것이고 인간의 자유를 제한하는 요소로 강제 규범 이외에도 고유한 전통과 문화, 관습, 윤리, 도덕이 있지만 가장 기초적이고 자율적인 공적, 사적 자유를 보장하는 장치는 인간의 본성을 긍정적으로 보는 성선설의 입장에서 태생적 양심과 성장 과정에서 습득한 예의라는 內的(내적) 설계이다. 다양한 인종과 문물, 이해득실이 뒤엉켜 상호 충돌하는 소음, 소용돌이 사회에서 본유의 양심과 예의만 지키고 살 수 있다면 그 많은 법제와 권력의 간섭, 억압이 무슨 필요가 있겠느냐만 현실이 그리 녹록지 않다는 것은 불문가지.

집이 인간 본연의 자유와 안전을 보장하는 최소한의 요람이라 하더라도 이 주택과 사적 자유에 과도하게 집착하는 순간 그렇게 원하던 내 집이 오히려 구속과 감금의 공간으로 돌변하는 反轉(반전)이 일어날 수 있다. 세간의 시선과 체제의 간섭을 일시적으로나마 피하고 홀로 자유에 만족해도 허물이 되지는 않겠지만 인간은 두더지와는 다른 동물임을 상기하면 자칫 집(宅, 택)은 스스로를 제한, 분리하여 가두는 구역으로, 집 내부의 방실은 幽閉(유폐)된 공간으로 존재와 사용 가치가 격하되는 것이다.

내 집! 소유 공간이 없는 수행자들은 세상을 집으로 삼는다. 소유의 주체가 나(我)라면 내 몸뚱이는 누구의 소유인가? 내가 나를 소유할 수 있는가? 굳이 내 것이라고 내세울 일도 아닌 갈아입을 옷가지와 식기, 생활용품 一襲(일습)을 담은 바랑 한 개와 지팡이가 전부인 떠돌이 수행자는 바람처럼 자유롭다고 한다. 외로움도 자유의 일종으로 包裝(포장)하며 그들이 추구하는 것은 사적 소유와 육신의 자유가 아닌 그 모든 것들로부터의 해탈을 지향하는 것이다. 집을 높이고 땅을 늘려 재산을 증식하는 것도 쉬운 일이 아니지만 그 재산을 관리, 유지하는 일도 엄청난 공력을 필요로 한다. 내 땅, 내 집이 없는 수행자는 머무는 곳이 내 집이고 가는 길이 내 땅이기에 생사마저 장애로 여기지 않는 대자유를 향해 거침없이 나아간다.

이렇게 당신에게 긴 편지를 쓰는 까닭은 그립다거나 전해야 할 말이 있어서가 아니라 지난 겨우내 눈발 하나 날리지 않았고 비 한 방울 내리지도 않았기 때문이다. 눈비가 없는 겨울이 얼마나 삭막한지 겪어보지 않은 이는 모를 것이다. 더구나 내면세계가 황폐일로에 있는 중늙은이의 처지에서랴…. 그래도 변화의 질서는 거스를 수 없어 꽃은 피고 옛정을 잊지 않은 철새는 돌아온다. 밀화부리와 호랑지빠귀가 일찌감치 들렀다가 어디론가 가 버려도 먼저 핀 매화는 벌써 분분히 落

地散華(낙지산화). 늙어가는 조짐을 모른다 하여 철이 바뀌는 낌새마저 놓치지는 않는다. 죽음은 잊어버려도 무방하지만 우주의 秘儀(비의)는 알아채야지. 아래에 拙漏(졸루) 한 편 보낸다.

아름다운 인사

잘 살아요
아프지 말고요
내년 봄 다시 만나려면
건강해야지요

더 늙어가고
자주 아프다 보면 영
못 볼 수도 있지요

당신이 여태 봐 왔던 것처럼
우리는 안 변해요
언제나 작년에 왔던 그들
바로 우리들이죠
더 크지도
늙고 병들지도 않는
똑같은 그들이죠

밤새 떠나 버린 그들
텅 빈 산
계곡과 들녘에
그들이 남기고 간 인사가
메아리친다

잘 있으란 말 한마디가
어려웠던 게 아니란 걸 알고
손수건을 꺼내 공중에 던졌다
그래
지금쯤 남녘 어느 바다 위를
날아가고 있겠지
어쩌면
지나가는 배의 마스트에 앉아
잠깐 쉬고 있는지도 몰라

인생과 조생(鳥生)이 무어 다를까
욕심 하나 말고는
그놈의 검질긴 허욕 말고는

귀엽고
아름다운 그들을 또 만나려면
나는
기를 쓰고 살아야겠지

진정한 마이 웨이(my way)

이십 년 전만 해도 갈데없이 경로당 뒷전 차지를 하고 있을 일흔 안팎, 시절의 변화에 밀려 어찌할 수 없이 세대 계층 간 어중간한 위치에 처했음에도 불구하고 지금까지 어렵사리 버텨온 세월과 경험에 비추어 "나도 백 년은 몰라도 팔구십은 너끈히 견디지 않겠나" 하는 희망 반 가능성 반의 시대가 장수 욕망을 가일층 부추기고 있다. 그럴 가능성도 얼마든지 있는 반면 개인적 희망 사항에 불과할 수도 있다는 말이다.

국민 다수를 대상으로 한 통계 조사를 토대로 평균수명과 기대수명을 수치로 산정한 것이 통계학적으로는 맞을지 몰라도 개별적 여건과 국지적 환경과는 엄청난 괴리가 있을 수밖에 없다. 개별적 혹은 집단적으로 발생하는 돌발 변수에는 속수무책인 까닭이다. 假想(가상)이나 假測(가측)에 근거한 신뢰는 언제든지 무너질 수 있고 설령 과학적 조사 자료라 하더라도 국가 정책에 이용될 뿐, 개개인이 처한 제반 여건과 환경과는 전혀 무관하다는 사실과 통계 수치의 요술 효과는 어느 정도 인정하더라도 그것을 믿고 나머지 인생을 올인 하는 것은 맹신과 허욕에 불과하다.

노년에 이를수록 여생과 건강에 대한 관심, 욕구는 더욱 강해지지만 그 욕망은 절제되고 겸손해져야 한다. 즉 자신의 기초 체력과 심신의 제반 여건 등을 감안하지 않은 무리수를 두는 것, 어설프게 老益壯(노익장)을 과시하려다가 돌이키기 어려운 결과를 초래하는 경우는 비일비재하다. 다양한 인생행로를 헤쳐가다 보면 온갖 세상 풍파와 遭遇(조우)하기 마련이다. 흔들리지 않고 풍파를 이겨 나가려면 가치관의 정립이 선결 과제이다. 확고하게 정립된 가치관은 비틀거리는 몸의 중심을 잡아 주는 지팡이 역할을 하고 행로의 방향을 잃지 않도록 도와주는 指南(지남)이 된다. 이 가치관이 확립되었을 때 비로소 인간은 어떠한 고난이나 유혹에도 굴하지 않고 제 방식대로 살아갈 수 있는 것이다. 여기서의 제 방식이란 누구의 조언, 충고도 듣지 않는 고집이 아니라 인생의 최대 변수로 작용하는 수명 장단, 빈부, 미추, 권력과 굴종, 어떠한 모방성 행복에도 구애받지 않는다는 것을 의미한다.

인간의 本性(본성)! 마음의 바탕은 누구나 동일하다. 형상이 없는 비물질의 마음 바탕은 허공과 같다. 아무것도 보이지 않고 텅 비어 있는 저 허공에 바람이 불고 구름이 날고 있다. 마찬가지로 아무것도 없이 그저 寂寥(적료)할 뿐인 마음의 본바탕에 온갖 물감을 풀어놓고 무슨 그림을 그리고 형상을 만드느냐는 개개인의 마음의 구체적 작동에 속한 일이다. 삶의 형식과 양상은 대체로 비슷한 경향을 보이지만 축적된 경험의 질이 다르고 일상화된 관념과 행위들이 습성으로 고착되면서 개개인의 심성과 性情(성정)도 다르게 나타나고 외물의 자극과 충동에 즉흥적으로 반응하는 민감형이 있는가 하면 무디게 반응하는 둔감형도 있고 외물이 충동하는 욕구에 끌리지 않는 고도로 절제된 유형도 있다. 인간 사회의 보편 상식과 합리, 양심과 도덕률에 어긋나지 않으면서도 자기만의 가치를 추구하고 창출할 수 있는 그런 顔料(안료)의 배합과 무심한 솜씨로 가장 인간다운 모습을 그려내고 이상향을 제시할 때 대자유를 획득한 생의 完成者(완성자)에 근접할 것이다. 내 인생의 행로, 내 길을 아무리 고집해도 세상사에 아무런 장애나 불편이 없다면 이른바 從心所欲不踰矩(종심소욕불유구)의 경지 아니겠는가….

模倣(모방)은 배움의 시작이고 학습의 전 과정에 직간접으로 개입한다. 태어나자마자 먹고 마시며 말하고 걸음마부터 시작하는 인생, 그리고 마지막 죽는 것까지 따라 하고 따라가는 형식을 취한다. 인간의 정서와 叡智(예지)를 고양시키는 글, 그림, 조각, 음악도 모방에서 시작하며 처음부터 독창, 창조란 없다. 보고 듣고 만지고 따라 하며 존재의 세계에 진입하고 학습의 효과가 나타나면서 언젠가는 자기의 길을 가게 된다. 모방을 賤視(천시)하고 경멸하는 것은 특별한 예술의 경지에서나 가능하지 인생의 과정은 모방 없이 성장할 수 없다. 그러나 일정한 시기와 단계에 이르면 막연하거나 의도적 모방 행위와는 訣別(결별)해야 한다. 권세와 부, 학문적 성취 등은 부러워하고 본받아 따라갈 수 있지만 처음부터 모방이 불가한 영역도 얼마든지 있다. 先天性(선천성)인 용모도 이제는 원하는 표본을 찾아 얼마든지 변형할 수 있고 외형상의 特長(특장)을 선호, 모방하려는 심리도 충분히 이해는 되지만 정작 본받을 만한 것은 존재의 내면, 그가 성취하고 구축한 특별한 경지일 것이다. 역사적 사실로서 기록과 유물로 전해오는 聖人(성인)의 행적과 근현대에도 큰 족적을 남긴 위인들, 그들의 定力(정력, 道力, 도력)과 性行(성행)을 보면 그 心地(심지)와 心淵(심연)의 맑음과 깊이를 가늠할 수조차 없다. 이러한 경지는 엿볼 수는 있을지 몰라도 모방은 절대 불가하거니와 오로지 자신의 모든 것을 내던지고 투입하여도 다가가기 어려운, 다만 스스로 이루어 내어야 할 몫이요 가치일 따름이다.

이제 충분히 따라 하고 모방할 만큼 했으면 그만 내려놓아야 한다.

그때가 빠르면 빠를수록 좋고 생의 끝자락이 저만큼 보이는 지점에서라도 미련 없이 버려야 한다. 내가 가는 길! 나의 길은 남이 가는 길처럼 별반 다를 바 없어 보여도 서두르지 않고 아쉬운 것 없을 때 제 길을 찾은 것이다. 제 길은 제가 스스로 만든 세계, 저만이 아는 숲속으로 평원으로 바다로 허공으로 나 있기 때문이다. 죽음의 儀式(의식)과 마무리까지도….

呪術(주술)

비의 窓(창)살로 圍籬安置(위리안치) 해 놓고
빗소리를 따라 나오란다

어버버 어버버버
벙어리 뻐꾸기도 침묵하는 비의 示威(시위) 속
송홧가루 씻겨가는 샛또랑에
찰찰 흐르는 봄

허공의 이마와 대지의 발가락에 걸쳐 놓은
天琴(천금)의 彈奏(탄주)를 듣는다

시름겨워 마땅한 비 오는 날의 閒寂(한적)을
잔에 부어 꼴깍 삼킨다

촘촘한 絃(현)의 틈새를 헤집고 날아온
濕香(습향)의 傳言(전언)은
아무도 엿보는 이 없을 때 실없이 한 번
웃어 보란 거였다

무술 사월 스무사흘 비의 감옥에서 민초

觀燈詞(관등사)

새벽마다 마주 앉는 등잔, 허연 두루마기를 걸친 아버지같이 언제나 한자리에 단좌한 燈佛(등불), 유아기에 어머니 품에 안겨 젖을 빨다가 가끔 바라보던 등잔불! 가슴 시리다가 금방 따스해지는 유년의 고향으로 실어가는 특급 순환 열차. 저 등잔의 석유가 졸아들고 심지가 타 버리면 마침내 불이 꺼지듯 나와 아바타(avatar)는 가물대던 기억 회로가 끊기고 氣盡(기진) 脈終(맥종)하여 등잔과 함께 영원의 고향으로 돌아갈 것이다.

대강 윤곽을 그리고 변화의 漸次(점차)에 隨順(수순)하여 구체적 형상을 만들어 갔다. 체계화된 유기적 조직이 형성되고 세부적 기능과 명칭이 부여되면서 민 아무개라는 대외적 칭호가 명명되면 하나의 아바타가 출현하는 것이다. 마치 선박이 건조되고 進水式(진수식)을 하게 되면 歲月號(세월호), 浮島丸(부도환) 같은 선명을 지어 붙이고 비행기의 편명을 숫자로 붙이듯…. 그렇게 불리면서 세상에 모습을 드러낸 나의 아바타는 변화의 법칙을 거역하지 못하고 이제 노쇠와 이탈의 갈림길에 장승처럼 서 있다. 옛적 할아버지는 자기의 둘째 딸(나의 고모)이 얼마나 귀엽고 예뻤던지 '얘야, 너는 더 크지 말고 요대로 있그라이' 했다는데 할아버지의 바람이 사실이 되고 그럴 리는 없겠지만 현실로 나타났을 경우 무서운 저주로 뒤바뀌었을 것이다. 변화를 거부하거나 저항하는 것은 매우 용기 있는 행위로 간주하지만 실은 가장 어리석은 짓이라는 것을 아는 이는 별로 없다. 대표적 사례가 생존 환경의 변화에 따른 민심의 遷移(천이)와 대세를 외면하는 권력 집단의 痼疾

(고질)이 여전하다는 것을 시대상이 여실히 증명한다.

고요만이 흐르는 夜半(야반), 법당의 촛불이 미동도 않는 것 같지만 실은 미세하게 흔들리며 춤을 추고 있다. 마치 降神巫(강신무)가 작두날을 타듯. 불의 속성인 자발적 동력(산소와 결합하여 연소되면서 발생하는 열에너지)이 불을 춤추고 흔들리게 하듯 外緣(외연)에 끊임없이 반응하는 인간의 심성도 불의 속성을 닮았다. 양어깨는 머리 위로 솟아오르고 배꼽은 사타구니 아래로 처져 버린 조화를 '위대한 변화'라고 탄식인지 긍정인지 모를 소리(莊子, 장자)를 하지만 변화의 妙道(묘도)를 달리 표현한 것일 뿐이다. 스스로 변하지 않거나 못하는 것은 생명이 없는 죽은 것이다. 바위나 枯木(고목)이 無情物(무정물)이라 해도 죽은 것이 아니다. 세월의 변화에 순응하고 있기 때문이다. 수행을 마친 도인이 法悅(법열)에 잠겨 시간을 망각하고 있는 듯해도 변화의 道(도)에 몸을 맡기고 있는 상태인 것이다. 또한 凡所衆生(범소중생)이 물질적 방법으로 변화의 흔적을 지우고 감추려 하지만 가여운 몸부림일 뿐이다.

큰 변화의 흐름 속에서 작은 변화의 톱니들이 이리저리 물려 돌아가지만 대세를 역류하지는 못한다. 인간들이 자연의 변화에 반기를 든 지 오래되었지만 여전히 코뚜레를 벗어 던지지는 못했다. 인간이 스스로 자연과 분리되고 이원화하여 특별한 관계를 설정한 이유 중에 긍정적 요소와 부정적인 것들이 공존한다. 비교적 덩치가 큰 개체들이 과도한 밀집 주거 형태를 취함으로써 대량생산·소비와 배출로 생태계를 오염시키고 복원 불가한 파괴를 지속적으로 자행하고 자연과 더불어 생존, 번식하는 모든 종들을 먹거리와 도구, 재료로 이용하는 기술의 발달로 지구의 장래가 매우 위태롭게 되었다는 사실과 일반 동물에게는 없는 존재 자체의 貴賤(귀천)과 美醜(미추) 따위의 감정과 가치관을 思惟(사유)하고 드러냄으로써 끝없는 갈등을 초래한다는 점. 희귀하지만 희생과 봉사, 헌신도 작지 않은 덕목이 되고 나아가 無緣慈悲(무연자비)를 실천하는 성인도 더러 있다는 사실은 그나마 희망적인 부분이다.

변화의 속도와 흐름의 방향은 어느 정도 예측이 가능하다고 해도 돌발 변수와 불가측의 인위적 재앙들이 지뢰밭처럼 널려 있는 시대적 전환기에 인간의 본성 회복과 인간 사회에서의 권력 구조와 본질을 변화시키지 않으면 절망의 터널은 여전히 이어질 것이다. 중국 宋代(송대)를 배경으로 하는 奇書(기서) 『水許誌(수허지)』의 도입부를 장식하는 복마전 스토리는 壓卷(압권)이다. 108 마왕의 혼령을 지하 밀실에 감금하고 자물쇠에 봉인 조치한 내막을 모르는 한 도도, 교만한 고위 관리가 봉인을 뜯어 버리자 마왕들의 靈(영)이 한 줄기 연기로 변하여 사방으로 흩어지고 이어서 전국 각처에서 108명의 영웅호걸이 출현한다. 한 가지 흥미로운 점은 절대군주제인 고대 왕조에서 권력에 반기를 든 호한들의 일원으로 적잖은 여성들이 등장하여 활약한다는 사실이다. 시대를 앞서간 페미니즘의 예고인지는 모르지만…. 비록 소설 형식을 취하고 있을망정 인위적으로 영혼의 구금과 방면이 가능하다면 한 개별자의 思考(사고)와 가치 영역에서 상식을 초월하는 자유자재도 가능할 것이다. 존재의 기억 창고에 시간을 가두어 버리고 마법의 자물쇠를 채워 놓으면 그는 변화의 요술을 두려워할 필요도 없고 지배당하지도 않으면서 임운왕래(任運往來)! 가건 오건 머무르건, 나든 죽든 자유로울 것이다. 유의할 것은 송대나 지금이나 권력형 부패,

비리는 달라진 것이 하나 없고 더 교묘하고 치밀해졌다는 것뿐이다. 즉 변화하지 않는 것은 문물제도 등이 아니라 인간의 심성인 것이다.

저 자그마한 등잔과 심지가 피워내는 불꽃은 인위의 조작이 가해지지 않는 한 변하지 않겠지만 그것을 응시하는 존재의 시각과 관념은 미세한 온도 차에도 흔들리는 불꽃처럼 수시로 바뀌고 찰나마다 변하여 간다. 어느 시대에나 더러 있었던 隱逸 遁士(은일 둔사)들이 비록 賢者(현자)였다 하더라도 세상에 기여한 바가 없다면 존재 가치를 인정받기 어렵다고 할 수 있다. 과연 그러할까? 질량 불변의 법칙이 작동하는 우주에서 그 권속의 일원인 인간사도 생멸거래는 물론 먹거리를 비롯한 갖가지 소비재 역시 등가(等價) 불변 요소로 작용한다. 풍년가를 미처 끝내기도 전에 흉년이 찾아오고 잘 먹고 잘사는 이가 있는 반면 의식주 전반에 걸쳐 초라한 인생 지게를 부려놓지 못하는 사람도 있다. 隱者(은자)들이 安分知足(안분지족)으로 소일해도 허욕이 없기에 다른 이의 몫을 나누거나 가로채지는 않는다. 고금동서를 막론하고 인간 사회의 이해 충돌과 가치 갈등이 난마처럼 개입하는 권력투쟁 양상을 들여다보면 만족 혹은 충족은 크고 작은 量(량)과 규모의 문제가 아니라 心性(심성), 즉 마음의 작동 상태에 기인한다는 것을 알 수 있다. 變地獄作天堂(변지옥작천당) 하는 마음의 조화와 기술이 너무 거창하다면 불편함을 예사로 여기고 맛없는 것을 맛으로 삼으며 재미없음을 재미로 돌려 버리면 모자람도 오히려 넘치는 풍요의 낙원이 펼쳐지지 않겠는가…. 이로써 세상에 아주 작은 폐해라도 끼치지 않는 말없이 가난한 사람들도 훌륭한 역할과 기여를 하고 있다는 사실을 명백히 증거 해주는 것이다.

카사블랑카

지독한 안개비 속에서 뻐꾸기가 운다
뒤처진 동료 후발대에게
길 잃지 말라고 보내는 신호

항만 입구를 지키는 해로등대
안개 내릴 때마다 무적이 운다
캄캄한 바다 조심조심 헤쳐가라고

뻐꾸기도 무적도 울지 않는데
안개 속에서 길을 잃으면
어디로 가야 할까

하나님 부처님 말씀도 들려오지 않는데
이 미몽 속 어느 곳으로
머리를 돌려야 하나

누군가가 무엇이 우는 것은 귀띔
모르는 것을 살짝 가르쳐 주는 것
차라리 눈을 감고 말지
차라리 안개가 되고 말지

그대는 무슨 꿈을…

破戒者 爲他福田 如折翼鳥 扶龜靑天(파계자 위타복전 여절익조 부구청천). 날개 부러진 새가 무거운 거북을 업고 하늘을 오르려는 것같이 無望(무망)한 일이다. 계율을 목숨처럼 중시하는 종교인을 警策(경책)하는 言句(언구)다. 이것은 일반적으로도 적용할 수 있는 警句(경구)로 인품이나 학덕이 별무한 자들이 허명을 좇아 자기구원도 하지 못하면서 타인의 복을 빌고 귀의하려는 터전이 되겠다고 나대는 것을 경계하는 것이고 조금 더 비약하면 제 부모, 형제도 돌보지 않는 자가 선행을 한답시고 관련 사회단체나 시설에 고액 기부를 하고 언론에 흘리는 얄팍한 술수를 비웃는 뜻으로 대체할 수도 있겠다. 因果論(인과론)적으로 도저히 성취하기 어려운 願望(원망)은 徒勞之夢(도로지몽), 허망한 꿈일 뿐이다.

현실에서의 미세한 불안이나 세상의 갈등과 불화가 황당하고 괴이쩍은 꿈으로 나타나고 반대로 희망의 불씨가 살아나고 하고자 하는 일의 可望(가망)이 어떤 조짐이나 징후로 보이면 평온하고 긍정적인 꿈의 세계가 펼쳐진다. 잠깐 조는 사이, 설핏한 풋잠 속에서도 꿈을 꾼다. 인생 백 년이 살아도 꿈이요 죽어도 꿈이다. 온갖 愛憎恩怨(애증은원)이며 四苦八苦(사고팔고) 또한 꿈이고 쾌락과 好事(호사), 椿事(춘사)가 또 꿈속의 꿈이니 이를 어찌해야 할까? 맛있고 귀한 것을 찾아 원근을 가리지 않고 다리품을 팔고 최상급의 醫療(의료) 시설과 名醫(명의)를 찾아 不遠千里(불원천리)하는 것도 다 건강하게 오래 살고 싶은 욕망 때문인데 그마저도 꿈이라면 이제 당신은 어떻게 해야겠는가?

산촌의 새벽은 닭이 울어 깨우는데 왜 수탉은 날마다 새벽이면 홰를 치며 우는 것일까? 쉽게 말해서 본능이거나 서로 간 의사소통 행위라고 간단히 정리하면 될 법하지만 한 生命者(생명자)에 대한 예의로는 미진한 감이 있다. 유추하건대 목소리를 가진 동물로서 존재 의식의 發露(발로), 즉 존재감의 표현이고 또 한 생명 개체가 "나는 지금 살아 있다"라는 소식을 주·객관적으로 확인하는 일종의 儀式(의식) 같은 것이라고 본다. 마치 옛날 어떤 스님이 밥 먹을 때만 되면 덩실덩실 춤을 추었다는 古事(고사)처럼. 존재감을 드러내는 個我(개아)의 意識(의식)은 주관과 객관이 합일되지 않으면 아무 쓸모 없는 허망한 꿈 같은 것에 불과하다. '개가 울고 소가 짖는다. 뻐꾸기는 속삭이고 꾀꼬리는 울부짖는다' 따위의 뒤바뀐 표현은 인간의 생각과 판단일 뿐 사실과는 무관하다. 들어줄 상대가 없거나 있어도 들어주지 않는 연설, 노래는 허공에 사라지는 메아리 없는 외침과 같은 것이고 보이는 것도 마찬가지.

回首看山醉流霞 依樹寢眠日已斜

(회수간산취류하 의수침면일이사)

'나무에 기대어 깜박 조는 사이에 해는 벌써 기울었네'라는 이 노래는 속절없이 흘러가는 생애의 탄식인가? 꿈을 깨었다는 소식인가? 이래도 꿈 저래도 꿈, 인생사가 다만 꿈이라면 무엇 하러 切齒腐心(절치부심)하며 몸부림을 치는 것일까? 꿈을 깨는 비결이 따로 있는 것이 아니라 생이 꿈인 줄 알면 꿈은 끝나고 꿈이 그대로 현실로 바뀌는 것이다. 그러나 고락생사가 다만 꿈인 줄 알았다 하더라도 본바탕이 흐려지면 도로 꿈이 된다. 본성은 차별과 청탁도 없지만 오랜 習(습)과 行業(행업)이 여전히 남아 작동하면 본디의 명징한 거울은 흐려져 제 모습도 바로 볼 수 없거니와 여타 객관세계의 제 현상은 물론이다. 마치 못물이 흐리면 청산 백운을 제대로 담아내지 못하듯이….

스스로 구축한 순 주관적 세계든 주객이 상호 교섭하여 벌어진 세계든 간에 세상의 주인공, 인생 드라마의 주연 배우는 바로 자기 자신이다. 따라서 모든 존재는 언제 어디서나 당연히 주인일 수밖에 없고 객관적으로는 가까운 인연은 조연으로, 멀게는 일반 관객의 역할로 그치고 만다. 현실 세계에서 한 사회나 국가, 세계를 주도하는 권력(정치, 무력)과 경제·문화적 시스템이 가동해도 권력자나 부호가 세상의 주인공은 아니다. 생사가 달려 있는 문제거나 이해관계가 개재된 게임에서는 관중이 없어도 승부에 집착할 수 있지만 이러한 전제가 없는 상황에서 게임에서 이겨본들 승자에게 무슨 소득이 있을까? 자아도취, 자기만족으로도 충분한 가치와 실익이 있다면 세상의 거친 반목과 투쟁은 아무 의미가 없을 것이다. 세계의 주인공이 다 황량한 꿈속에서 부침하고 방황하는 사이에 어떤 이는 청중 없는 무대에서 열변을 토하고 마땅히 쓸 곳이 없는 돈을 버느라고 심신이 편할 날이 없고 또 어떤 이는 권력 유지와 쟁탈을 위해 적의 허점을 찾아 헤매며 눈알에 핏발을 세운다. 꿈을 현실로, 현실을 꿈으로 置換(치환)해 놓아도 도대체 오리무중인 이 난국을 어떻게 돌파해야 할까? 돈 주고 살 수 없는 無憂明澄散(무우명징산) 한 봉지면 해결될 일을. 정판교의 名句(명구) '放下着 退一步(방하착 퇴일보)'를 차용하면 가능할 듯하다. 악착하게 거머쥐고 있는 것들은 물론이고 마음에 담아 두고 있는 불필요한 지식, 정보며 인간사를 분칠하고 갈등 속으로 몰아넣는 애증은원까지 문득 내려놓으면 답이 보일 것이다.

손바닥이 닿는 신체 부위, 어깨, 가슴, 허리, 팔다리를 만져 보라. 얇아진 살가죽 아래 탄력 잃은 근육이 흐물거리고 그 속엔 앙상한 골격이 곧 드러날 것처럼 안쓰럽다. 이것이 꿈인가 생시인가? 속절없는 세월의 조화에 붙잡힌 노쇠의 징표와 참담한 증거를 인정하지 않을 수가 없다. 한 존재의 생애에 이어 죽음의 문턱을 넘어가는 일이 가장 어려운 관문이다. 蕩兒(탕아)가 오랜 방랑을 멈추고 편안한 심정으로 고향에 돌아가듯, 무거운 짐을 지고 다니던 도붓장수가 물건을 다 팔고 지게마저 내려놓고 홀가분히 가족이 기다리는 집으로 돌아가듯, 혹은 전장을 누비던 장군이 싸움이 끝나자 帥旗(수기)를 내리고 담담히 귀환하듯 그렇게 평생 꾸어온 꿈의 실상을 확인하면서 존재의 본향으로 회귀할 수 있다면 그래도 여전히 꿈속일까?

두 번째 우린 차(茶)같이 진하지 않고 밍밍하지도 않으면서 코끝과 혀끝을 살짝 스치며 과분하지 않은 생의 보따리를 꾸려온 내력을 되돌아보게 하는 茶香味(다향미)는 어쩌면 더 깊고 悠遠(유원)한 꿈으로 유도하거나 아니면 졸음을 깨듯 문득 고향길로 안내할 것이다. 悟道頌(오도송)이란 깨달음의 노래, 즉 "나는 도를 깨달았다"라는 환희와 法悅(법열)의 순간에 벅찬 감회를 짤막한 시 형식으로 표현한 것을 말한다. 옛 스님의 오도송에 '頓覺三千是我家(돈각삼천시아가)', '온 세계(우주)가 내 집임을 문득 깨달았다'라는 구절이 있다. 화려한 문명과 더불어 무병장수를 더 이상 꿈이 아닌 현실화가 가능한 것으로 받아들이는 시대에도 여전히 요원한 꿈으로 남아 있는 딜레마가 있으니 '내 집'이다. 그런데 '온 세상이 다 내 집이다'라고 흰소리를 하고 있으니 두세 평짜리 방 한 칸, 내 집을 장만하지 못해 風餐露宿(풍찬노숙)하는 현대인들의 입장에서는 깜짝 놀랄 소리 아닌가.

산토끼는 바위 아래나 지형상 유리한 곳에 굴을 파고 은거지로 삼으며 거기서 새끼를 낳아 기르지만 비교적 덩치가 큰 고라니, 노루 등 초식동물은 따로 집을 짓지 않고 떠돌이 생활을 한다. 조상 대대로 포식자에게 쫓기며 살다 보니 특별히 집이 필요하지 않은 까닭도 있지만 늑대 등이 사라진 지 오래인 지금에도 그 逃避(도피)와 警戒(경계)의 유전자가 남아 눈은 감아도 귀는 쫑긋 세우고 이른바 노루잠을 자야 하니 아무 곳이나 드러누우면 내 집! 滿山遍野(만산편야)가 다 제집인 것이다. 마찬가지로 둥지를 틀지 않는 대표적 철새 뻐꾸기도 앉는 가지가 바로 제집인 셈이다. 아무 나뭇가지나 편할 대로 골라 앉아 쉬면 다 제집이니 집 걱정은 애당초 없었던 것이다.

야생의 세계에는 무덤이 없다. 인간들처럼 가족, 친구, 공동체가 있어 사후 수습을 해 줄 수가 없으니 가다가 쓰러지는 곳, 날다가 떨어지는 곳, 쓰러졌다가 일어나지 못하는 곳, 다시 날아오르지 못하는 곳이 바로 제 무덤이다. 아득한 옛적부터 내세와 환생, 영생을 꿈꾸었던 인간만이 무덤을 만들고 치장하며 거창한 의식을 벌여 왔다. 그러나 지금까지 바뀐 것은 아무것도 없다. 그토록 애써 마련하고 소유한 내 집이 결국 내 무덤이더라는 눈물겨운 痛恨(통한)의 自覺(자각) 이외에는….

그런데 스님이 깨달았다는 道(도)와 집은 대체 무슨 관계가 있는 것이며 또 무엇을 어떻게 깨닫는 것인가? 可道非常道(가도비상도)! 말하려면 너무 거창하고 幽玄(유현)해서 운을 떼기가 곤란하고 문자로 그려내 보고 싶어도 감당할 수 없다. 한풀 접어 두고 세계가 벌어지고 운행, 유지되는 이치를, 나의 본심, 존재의 근원, 본질을 알았다는 것인가? 말과 글로 표현하기 곤란함에도 불구하고 부득이 몇 행의 게송으로 압축해 놓았지만 깨달음이란 같은 맛을 본 자만이 공감할 수 있는 영역이므로 아무리 유려하고 세밀한 분석, 설명도 설상가상, 더 아득한 꿈속으로 몰아넣을 뿐이다. 집(家)은 宇宙(우주)의 축소형이다. 다 같이 우산(갓)을 쓰고 세상사의 원인과 과정, 결말을 논의하며 지켜보는 형상 아닌가? 인간이 성장하여 가정(一家, 일가)을 이루면 일단 성공한 것이고 나아가 사회적 성취가 있다면 그 역시 一家(일가)를 이루어 낸 것이다. 세상에 존재하는 모든 생명자들이 다 그런 것은 아니겠지만 특히 인간은 집을 떠나서 존재할 수 없다. 사회의 최소 기본 단위인 가정(가족)을 비롯해 일반 사회, 국가, 세계라는 질서의 울타리, 지구라는 절대 공간, 유기적이고 물리적인 집(拘束, 制約, 구속, 제약) 이외에도 自我(자아)라는 아교질(강력 본드)의 집은 여간해서는 벗어나지 못한다. 풍요와 쾌락이 넘쳐나는 이 황홀하면서 어지러운 시대에 한 몸 누일 곳이 없어 차가운 밤거리를 배회하는 역설의 현장에서 정치와 經世(경세)의 부재를 목도한다.

집은 크든 작든 웅장하든 초라하든 그 용도와 필요성은 동일하다. 나뭇가지에 매달아 놓은 새둥주리나 들쥐의 풀 방구리도 집은 집이고 땅속에 뚫어 놓은 개미굴, 뱀이 웅크리고 겨울잠을 자는 바위틈도 편안한 내 집이다. 수십억을 호가하는 집을 여러 채 갖고도 모자라서 땅따

먹기 집 사 모으기에 영혼을 저당 잡힌 사람들이 득세하고 불멸을 꿈꾸는 세상에서 문득 진주 남강 다릿발 아래 명매기 집 같은 둥지를 틀고 살던 친구가 생각난다. 그 친구는 웃으며 말했다. 월세 독촉, 전세금 마련에 속 끓이지 않고 집 걱정 하지 않아도 되는 지금이 훨씬 행복하다고…. 집 宇(우), 집 宙(주), 집 家(가), 눈비 맞지 않고 바람막이 벽만 있으면 족했던 원시시대를 그리워하자는 말로 새겼다면 참으로 눈치 빠른 분이다. 동굴이나 움막, 토굴에서 시작하여 하늘을 찌르는 빌딩과 고대광실 저택으로 변모한 집의 역사에서 인간 존재의 의식은 그때가 지금이고 거기가 여기인 行行本處 至至發處(행행본처 지지발처) 그대로라는 사실을 알아챘다면.

땅속에서 휴면 기간을 보내는 풀씨는 여건이 충족되면 언제든지 발아할 준비가 된 상태로 대기 중이다. 외부 환경을 살피다 지금이 適期(적기)라는 신호를 감지하면 발아와 거의 동시에 出芽(출아)한다. 인간이 꾸는 꿈의 일부인 망상, 허욕도 외물의 자극과 충동을 받으면 즉시 발동한다. 이 미몽의 싹은 초목과는 달리 뿌리를 제거하지 않으면 아무리 잘라내어도 바로 다시 올라온다. 그러기에 도인은 꿈을 꾸지 않는다는 말은 迷妄(미망)의 근원인 習業(습업)과 無明(무명)이 근절된 수행의 완성자! 大覺(대각)의 경지에 이른 성현에서 연유한 듯하다.

원론적으로 꿈은 깨기 위해 꾸는 것이다. 청운의 꿈을 꾸고 그 꿈이 실현되었다고 가정했을 때도 그 성취 역시 꿈을 깬 상태와 같은 경우다. 깨지 않는 꿈, 영원히 진행 중인 꿈은 꿈이 꿈인 줄 모르는 상태의 지속인 것이다. 옛사람의 글에 '主人夢說客 客夢說主人 今說二夢客 亦是夢中人(주인몽설객 객몽설주인 금설이몽객 역시몽중인)'이라는 것이 있다. 한쪽이 꿈이라고 하면 다른 쪽은 아니라고 반박해야 정상인데 모두 다 꿈이라고 하니 누가 진실을 말하는가? 지금 수작하는 두 사람도 필시 꿈속의 쇼일 뿐이네. 評曰(평왈), 주인과 손님을 나눈 것부터 잘못이네. 주객이 분리되면 孤魂(고혼)과 송장이요, 합해지면 다만 기나긴 꿈을 꿀 뿐이라네.

행복의 비밀

소쩍새는 늘 한 가지에서 우는데
새벽 졸음이 물안개처럼 내리면
소리는 멀어지고
눈을 가늘게 뜨면 등잔불은 잦아진다

고향 가는 길은
실눈으로 더듬으면
더 잘 보이고
사랑은 더 가늘게
외려 눈 감고 하는 게 낫다

착시와 착각이 실은
더 편하고 유용한 데도 있다는 걸
그대는 몰랐겠지

因緣(인연)과 忘却(망각)

심지가 닳고 기름이 줄어들면서 가물거리다가 문득 꺼져 버리는 등잔불처럼 잊힌 이름과 얼굴들, 내가 대대로 이어 내려온 조상들을 다 알 수 없듯 나도 그렇게 먼 훗날의 자손들에게 未知(미지)의 조상, 不詳(불상)의 존재로 잊혀갈 것이다. 누군가에게 잊혀진다는 것은 슬픈 일일까? 아니면 잘된 일일까? 서로 안다는 것, 한때는 같이 살았고 지금도 기억하고 있다는 사실에 인연의 소중함과 반면 무서움을 절감한다. 현존하는 지구상 70억 인구 중에 내가 알고 지내는 사람은 몇 안 된다. 더구나 그중에 특별한 친분을 쌓으며 정을 나누는 인연은 열 손가락 꼽기도 어렵다.

인연은 생애의 旅路(여로)에서 자연스럽게 맺어지고 정리되면서 끝난다. 더러 전생과 내생의 인연까지 거론하는 경우도 있지만 아직 다하지 않은 인연의 덫에 살짝 걸려도 어찌할 바를 모르면서 아득한 과거와 미래까지 불러와 혼란을 자초할 까닭이 없다. 불쾌하고 粗惡(조악)한 인연의 기억은 쉬이 잊어버리고 싶어 하지만 마음대로 되지는 않는다. 오히려 더욱 지우기 어려운 트라우마(trauma)로 남아 생을 괴롭히는 경우도 많다. 필요한 인연이 따로 있고 불필요한 인연도 따로 있을까? 적어도 인연의 경우에 要不要(요불요)는 적합하지 않은 표현이고 선택의 여지가 없는 운명의 진로에 얽혀드는 존재의 관계망일 뿐이다.

작가는 소설이나 드라마 등을 창작함에 있어 독자나 관객이 반응하는 객관적 감동의 증폭을 유도하는 구도와 장치들로 스토리를 엮어 나가고 여의치 않거나 결과가 시원치 않으면 작품을 일부 수정하거나 전면 개편할 수도 있지만 리바이벌(revival)이 불가한 인생의 현실은 감동은커녕 증오와 불쾌의 흔적만 남기지 않아도 다행일 정도로 천박한 측면들을 여과 없이 드러낸다. 세월 속에 자연스럽게 묻혀간 기억은 망각의 선순환이고 현실 속에서 끊임없이 再生(재생), 再演(재연)되는 기억은 망각을 회피하는 병적 고집이다.

인연은 회피나 고집과는 거리가 멀다. 억지를 부리고 강제한 인연은 관계의 파탄과 치유하기 힘든 상처를 유발하고 생애의 끝까지 흉터로 남아 괴롭힌다. 인연은 피하기보다는 쉬는 것이 바람직한 적응이다. 同志(동지), 同僚(동료), 同業(동업)의 관계에서 이해충돌이 발생하거나 의도된 목적 또는 이를 은폐한 조작된 인연이 개입하면 그 인연은 파멸로 끝나고 누구든 크고 작은 상처를 입게 마련이다.

休因緣(휴인연)! 무리수, 외고집의 시발점은 허영과 탐욕이다. 모든 인간관계의 갈등과 불화, 배신과 분노, 복수의 악순환은 대부분 심적, 물적 이해관계의 대립에서 무리수를 강행하고 고집을 부리다가 일어난다. 인연을 쉰다는 것은 결국 허영과 허욕에서 촉발된 탐욕과 아집을 버리고 자연의 순리를 따르는 맑고 단순, 단출한 삶을 살아가는 자세를 의미한다.

제목과는 다소 괴리가 있으나 주제의 外延(외연)을 확장해 보면 화살, 총알, 미사일 등 인간이 고안해 낸 어떤 비행 물체도 추진력과 가속도가 줄어들면서 결국 추락하고 만다. 반면 어떠한 경우에도 머뭇거리지 않고 거침없이 나아가는 것도 있다. 결코 정지하거나 추락하는 법 없이 영원히 현재진행형인 그 실체 없는 주체는 바로 세월이다. 세월의 사전적 정의는 끊임없이 흘러가는 시간이라고 하지만 흐른다는 동사적 표현이나 시간이라는 개념 설정은 인간 사회에서나 해당되는 것이지 실제로는 변화의 다른 이름일 뿐이다. 이 변화를 주재하는 세월이라는 無作之作(무작지작, 작용함이 없는 작용)의 객체(對象, 대상)에는 모든 존재(有情無情, 유정무정)가 포함되지만 유독 인간만이 이 변화를 거부한다. 대표적 사례가 醫藥科學的(의약과학적) 지식을 동원한 노화의 지연과 수명의 연장인데 효과가 전연 없는 것은 아니다. 그러나 세월의 長久(장구)함(永續性, 영속성)과 존재의 유한성에 포커스를 맞추고 관조하면 변화의 물결에 떠밀려 가는 과정에서 일어나는 작은 저항, 몸부림에 불과하고 그것도 물거품이 솟았다 꺼지듯이 이내 같은 흐름에 쓸려가고 마는, 즉 변화라는 영속적 틀 안에서 起滅(기멸)하는 작은 변화에 다름 아닌 것이다.

변화에 인위적 요소가 개입하든 자연스럽게 진행되든 거기엔 인연이 그물코처럼 얽히며 작용하고 영향을 미친다는 점, 또 변화에는 망각이 필수적 코스로 기다리고 있다는 사실을 환기한다면 무심한 듯 風打浪打(풍타낭타) 살아가는 현실이 놀랍고 한편 두렵기도 하다. 인연을 造作(조작)하거나 망각을 調節(조절, 기억을 인위적으로 지워 버리거나 유지, 강화하는 것)할 수 있어도 한 개별자에게 약간의 영향은 미칠지언정 세계의 운행과 변화는 잠시도 멈추지 않는다. 다만 이 어지럽고 짜증 나는 世態(세태)에서 인연을 쉬는 지혜가 緊切(긴절)히 요구되는 것이다.

인생

사철 바람이 불고
겨울에 매미가 운다
선로도 없이 기차가 지나가고
물길 끊긴 지 오래인데
물레방아도 돌아간다

알고 속는 것과 모르고 속는 것이 한가지고
남을 속이는 것이 결국 스스로 속는 것임을

닭이 울어서 날이 밝는 것이 아니라
날이 새니 닭이 운다는 것을
약과 병이 한 항렬에 속하고
이명과 환청이 사촌 간이라는 것을

지독한 안개 속에서 길을 찾는다고
허둥거리다가 모두 한 길목에서 모이고
만난다는 것이
누구에게서 빌려온 꿈인지
뒤늦게 알았다

한낮 빗속에 비둘기가 울면
청승스럽다지만 홰를 치는 새벽 수탉도
긴 꿈을 깨우지는 못한다는 것을

大虎不捕兎(대호불포토)

至近(지근)거리에서 일상으로 遭遇(조우)하는 사람, 짐승, 사물과 현상을 고착된 습성으로 대해 왔던 지난날을 반성하고 정리할 때가 왔다. 인간, 가축과 야생동물, 초목류, 기후와 지리 등이 종합적으로 빚어내는 현상에 대하여 知覺(지각), 판단, 평가하는 인식 행위의 총합에서 그간에 습관적으로 이루어져 왔던 인식의 각도, 방향, 거리를 살짝 비틀거나 180도로 바꾸고 遠視(원시)적 입장에서 관찰하되 판단은 중지하고 평가는 무한 유보한다. 특히 동류인 사람에 대해서는 何人(하인)을 불문하고 우선 선입감 배제와 흥미 유발 요인을 제거한다. 무의식중에 일어나는 관심을 중지시키고 완벽한 무관심 상태로 몰아가서 의지적 인식과 지각, 일체의 판단을 정지하며 본능적 감각 기능만 가동시킨다.

나이를 따지고 돈을 헤아리는 것만큼 허망한 일도 없다. 마치 돈 벌듯이 시간을 벌겠다고 걸음을 재촉하는 짓도 부질없다. 나이가 들어가는 것이 아니라 이 몸과 마음이 변화하는 것이고 시간이 줄어들고 늘어나는 것이 아니라 감각과 지각이 들쑥날쑥하며 변덕을 부리는 것이다. 반세기 가까운 세월을 목에 걸린 올가미처럼 붙어 다니는 見性悟道 解脫涅槃(견성오도 해탈열반)이 非不貴(비불귀)이긴 하나 이미 口舌(구설)과 耳目(이목)에 익숙해져서 신기루인 양 그를 좇아가면 더욱 멀어질 뿐이라는 것을 조금은 안다.

최소한의 자유와 안전을 보장하고 안락함을 제공하는 사적 공간, 사람의 집은 역설로 작은 우리, 외양간이나 영원한 감옥이 될 수도 있다.

처음부터 집이 없거나 집을 나와 버린 이른바 출가 수행자는 민달팽이와 같이 외롭게 살아가고 그 외로움이 생의 양식이자 동력원이 되며 또 그의 침묵은 無限忍苦(무한인고)의 견인차가 된다. 침묵과 침잠의 시공에서 시공마저 잊으려면 다만 호흡을 착 가라앉히고(龜息, 구식) 의식(六識, 육식)을 멈추어 고요하게 한 다음 그 한 곳에 집중, 몰입하는 것이다.

호랑이는 토끼를 좇지 않는다. 한 입가심도 되지 않는 먹이를 취하려고 공력을 낭비할 필요가 없다는 사실을 알기 때문이다. 그렇다고 토끼가 안심할 수는 없다. 허기진 범은 크고 작은 것을 가리지 않고 덮치게 마련이니까…. 山中君子(산중군자)라고 해서 주려 죽을 판에 한입 두입 따지겠는가? 눈앞의 이익을 좇아 동분서주하는 人間群(인간군) 중에는 속임수와 온갖 책략에 달통한 이들이 세상을 주름잡고 푼돈에 불과하지만 이문을 위해서라면 몇십 리 발품을 마다하지 않는 이들도 아직 수두룩하다. 호랑이가 통이 커서 작은 것을 쳐다보지 않는 것이 아니라 잡아 봤자 실익이 별무하다는 것을 간파하고 있어서인데 사람들은 어떤가? 대인과 소인을 가르는 기준이 모호하지만 이익이나 재물에 있음이 아니라는 것은 명백한 사실이다. 또한 지위나 신분, 부와 명성에 있는 것도 아니다. 꿩 잡는 것은 매나 솔개고 고기를 낚아채는 것은 물수리라 제가끔 몫과 역할이 있지만 인간의 능력과 역할은 구분과 제한이 없을 정도로 광범위하다. 名利(명리)를 좇고 情理(정리)에 얽매이는 것, 支末(지말)을 붙잡고 세월을 보내고 여줄가리를 놓고 시비를 벌이는 것이 凡所衆生(범소중생)과 소인배들의 공통된 性行(성행)이라면 이를 단번에 가볍게 뛰어넘는 자가 대인이라고 할 수 있을 것이다.

문득 스쳐가는 한 줄기 바람도 인연이 닿아야 맞닥뜨릴 수 있다. 하물며 同種(동종), 同類(동류)의 인간임에랴…. 하찮은 이해득실과 사소한 애증은원에도 인연의 소중함을 가차 없이 내던지고 밟아 뭉개 버리는 것이 또 인간이라면 그저 침묵할 수밖에 없다. 추위에 얼고 시들어 가는 쑥부쟁이는 이내 말라 버릴 꽃이지만 그래도 은은한 微香(미향)을 흩뿌린다. 이 각박한 시대의 벌판에서 사람의 향기는 어디에서 찾을 수 있나? 어떠한 분야든 권력 메커니즘이 작동하는 영역에서 훈훈한 미담이나 인간의 향기를 맡아 보기란 그야말로 하늘의 별따기다. 권력과 要職(요직), 재물이 오고 가며 뒤엉켜 亂場(난장)을 이루는 정치판은 이해득실의 치밀한 계산하에 인간관계도 성립하는 경향이 농후하므로 향기를 운운하는 것조차 가당찮은 일이다.

이제 와서 더 알아 무엇 하겠는가? 끊임없는 지식의 섭취와 축적으로 이루어 놓은 것이 무엇인가? 支末(지말)과 여줄가리를 붙잡고 씨름하고 그림자와 헛것을 보고 나름대로 용을 썼지만 그저 헛발질에 변죽만 울렸을 뿐이다. 識流轉變(식류전변) 自在截斷(자재절단)으로 반전해야 할 때가 되었다. 의식의 흐름을 마음대로 중지하거나 끊어 버리는 것이다. 외부의 사물과 현상에 대한 사람의 인식 능력은 부정확하고 정밀하지 못하다. 일상에서 착시, 착각이 밥 먹듯 일어난다. 외계의 객관적 현상을 지각하는 의식 작용에 온갖 지식, 정보와 잡념이 수시로 끼어들어 혼란을 일으키기 때문이다. 의식 활동이 정지하거나 순일해져 시비선악, 미추호오, 애증은원 등의 관념이 사라지고 수명 장단에도 무심해지면 생사의 흐름마저 끊어 버릴 수 있을 것이다.

본능적 감각만으로 살아가기란 결코 쉬운 일이 아니다. 오랜 사고와 생활 습관으로 고착된 성행이 여전히 걸림돌로 작용하는 까닭이다. 쉽지 않지만 그래도 해야 한다면 "보이는 대로 보고 들리는 대로 듣되 거기에 의미를 부여하거나 주관적 가치 판단을 하지 않는 것, 배고프면 먹고 졸리면 자되 입맛을 가리고 평가하지 않는 것, 가려우면 긁고 추우면 한 겹 더 껴입으면 족하지 불평하지 않는 것"이다. 호랑이는 토끼를 쫓지 않고 대붕이 뱁새가 몰라준다고 해도 개의치 않는 것처럼 대인은 그릇의 크기에 대한 분별 관념이 없기에 소인배를 비웃거나 나무라지 않는다.

臘月(납월)에 부쳐

달랑 달력 한 장 남았다
오 헨리의 마지막 잎새처럼
무엇이든 아직 남은 것이 있다는 건
희망

시곗바늘이
살바도르 달리의 고집같이 구부러져도
시간은 흐르고
달력을 찢어 버려도 세월은 멈추지 않는다

침침한 눈에 떨어지는 空華(공화)
먹먹한 귀는 幻聽(환청)을 부르는데
功名(공명)은 저 멀리 신기루로 떠 있다

하룻밤을 보장받지 못하는 노년
남은 믿음은 내일도 해는 뜬다는 것
그래서 잠이 들고
생애의 저쪽에서 걸어오는 그림자 하나

창밖엔 영원을 노래하는
바람이 불고 있다

정유 십이월 초하룻날 민초

空(공)의 陷穽(함정)과 活路(활로)

先知者(선지자)의 사상과 철학 또는 종교적 사유와 本旨(본지)를 드러내고 후세에 전하려 하다 보니 부득이 문자나 기호 혹은 도형으로 표현한 것일 뿐 말과 글로 설명과 해석이 불가한 영역의 일을 가지고 범부중생이 왈가왈부하거나 아는 체라도 하는 짓은 실로 우스운 일이다. 다만 이로 인하여 눈 밝은 초심자나 수행자가 번갯불처럼 숨은 뜻을 알아채고 들어가는 문을 찾아낸다면 역할은 다한 셈이다.

깔끔하게 空(공)의 개념을 정의하기란 쉽지 않지만 '세계의 모든 사물과 존재는 다만 인연에 의하여 나타난 假有(가유)의 현상으로 불변하는 실체가 없고 실재하지도 않는다는 것이다'라고 일단 운을 떼놓고, 무지의 所以(소이)지만 나름 과학적으로 접근해 보면 물질의 기초 형태인 입자 또는 원소의 구성 성분인 質料因(질료인)이 비물질의 상태로 있는 것을 이르는 것이고 종교(불교)적으로는 모든 존재와 현상이 출몰하는 場(장)이면서 근원이고 非有非無(비유비무, 아주 있는 것도 아니고 전혀 없는 것도 아닌)이나 또한 묘하게 드러나는, 즉 眞空妙有(진공묘유)로서의 本源(본원)이라고 생각한다.

반야심경의 初入部(초입부)에 色(색)을 비롯한 五蘊(오온)이 다 공이고 색은 공과 다르지 않고 공 또한 색과 다르지 않다(色不異空 空不異色, 색불이공 공불이색)라고 선언하고 이어서 '색이 바로 공이고 공도 그대로 색이다'라고 확언한다. 그리고 '모든 존재와 현상의 空性(공성, 諸法空相, 제법공상)은 생겨나는 것도 아니고 사라지는 것도 아니다(불생불멸)'라고 附言强調(부언강조)한다. 이 지점에서 다르지 않음

(不異, 불이)은 곧 같은 것이고 分離(분리), 分割(분할)이 불가한 同性同體(동성동체)라는 定言(정언)을 확장, 유추하면 불생불멸에서 구체적으로 生不異死 死不異生 生卽是死 死卽是生(생불이사 사불이생 생즉시사 사즉시생)으로 전개해 나갈 수 있다. 또 여기서 有無(유무), 明暗(명암) 등 어떠한 관념이나 命題(명제)도 이 公式構圖(공식구도)에 대입해 보면 같은 결론이 도출된다.

모든 생명과 사물의 根因(근인)을 품고 있고 근원 그 자체인 空(공), 생명이 깃들어 있는 물질로서의 형상, 즉 목숨붙이들이 생겨나고 이 세상에 존재하기 위해서는 그 형체가 들어설 자리, 공간이 먼저 마련되어 있어야 하며 이것은 존재의 절대적 전제조건이다. 비물질이던 공의 상태에서 일정한 공간 속으로 나툰 것이 생명체의 출현이며 본래 없던 것이 새로이 생겨난 것인데 이러한 존재가 바로 인연화합(化成, 화성)의 산물이며 그 인연의 매듭이 풀어지고 고리가 끊어지면 도로 還歸本空(환귀본공) 하는 것이다.

語感(어감) 또는 의미상 공과 유사한 공간은 변화의 주체인 시간과 더불어 모든 사물(만물)의 성립과 존재의 기초 형식이라고 한다. 별과 별 사이의 거리도 공간이지만 우주탐사선이나 물체 등이 이동이 가능한 星間(성간)이라고 표현한다. 공간은 먼저 물질 형상의 출현과 존립을 전제로 형성되므로 아무것도 없는 텅 빈 공간이란 말은 성립하지 않는다. 無窮洞(무궁동)이라는 말이 있지만 우주에 미만해 있는 천체와 물질들이 없어져야 가능할 것인데 그것은 공간이라기보다는 그냥 공이라고 하는 것이 더 적합할 것이고 제법 근사한 이 말은 외형적 공간보다는 오히려 사유하는 인간의 내면적 광활함을 修飾(수식)하는 언어라고 생각된다.

지구의 자전과 공전이 지구 자체의 힘이나 慣性(관성)으로 이루어지는 것일까? 약간 기울어진 중심축에 의지하여 빙글빙글 도는 것은 지구의 自力(자력)에 의한 것이 아니라 어미 닭이 알을 품어 끊임없이 굴리듯 온갖 생명을 품어 기르는 대지에 온기를 고루 전해 주려는 太母(태모)의 대자비가 구현되는 방식에 따르는 것이다. 그 어머니를 가운데 두고 기도하듯 한 바퀴 돌아오는 동안 무수한 생명들이 태어나고 또 그만큼 사라져 가는 이 儀式(의식), 불변의 祭儀(제의)가 계속되는 한 인간들의 공에 대한 의문과 탐구도 그치지 않을 것이다. 물리 천체과학이 極微(극미)와 極大(극대)의 영역을 천착하듯 인간이 공에 속든 스스로 공에 매몰되든 죽음의 직전까지 가서 공의 본질인 근원의 근원까지 확증하고 귀환하는 이른바 기사회생의 대역전을 이루어 내기까지….

크고 작은 般若雲舟(반야운주)가 冬天 碧空(동천 벽공)에 드문드문 떠 있는 풍경은 그대로 공을 떠올리기에 맞춤하다. 해와 달, 지구 사이에 흐르는 기류가 생성해 내는 바람과 구름은 실체가 없다. 그것을 바라보고 느끼는 인간이 그렇게 인식하고 명명할 뿐. 공의 변형된 顯現(현현)! 어쩌면 인간도 그 범주에서 벗어나지 못하는 존재일 것이다.

流産(유산)

그믐밤에 애 배러 간다더니
초사흘 저녁 무렵 수척한 몰골로 돌아왔다
사뭇 냉랭한 눈매에 비릿한 체취

차츰 불러가는 배를
나무와 새들이 걱정스럽게 지켜보았다

보름날 새벽에 몸 풀러 간다고
가뭇없이 떠나더니
열이레 초저녁에 새침한 얼굴로
이마에 검은 피를 흘리며 돌아왔다

아이는 없고
배가 조금 홀쭉해 보였다

싸늘한 달빛 낭자한
산길 풀숲에 토끼 새끼 한 마리
널브러져 있었다

解脫攷(해탈고, 객관화된 죽음과 주관의 상태)

1

사람이 죽음에 이르는 원인과 과정은 다양하지만 일반적 죽음의 객관적 지표는 호흡 정지와 맥박 종지로 나타나고 입원 환자의 경우 의사는 이를 근거로 사망 선고를 내린다. 전쟁 중에 폭사하거나 특별한 산업사고사 또는 천재로 인한 사고 등의 경우 순간적으로 발생함으로써 생체 물리적 사망 원인을 확인할 수 없는 경우도 있다. 특별한 경우를 제외하고 보통 사람들은 가족 이외 타인의 죽음과 과정을 직접 목도하기란 쉽지 않다. 그리고 항상 죽음을 염두에 두고 사는 사람도 별로 없다.

2

오랜 기간 죽음의 고비를 넘나들며 중환자 병실에서 버티고 있는 사람들은 자신의 죽음을 예감하고 미리 준비도 하지만 돌연사, 돌발사고사 등의 경우 평소 전혀 죽음을 의식하지 않았거나 못하고 살았다면 죽는 순간에도 '지금 내가 죽는구나' 하는 의식 없이 죽을 것이다. 그러나 이미 주검이 되어 있는 것을 바라보는 제3자의 입장에서는 그의 죽음을 객관적 사실로서 확인하게 되는 것이다. 하지만 정작 죽은 자의 心識(심식)은 지금 내가 죽었다는 사실을 인정하지 않을 것이다. 죽는 순간에도 죽음을 의식하지 못했으니까.

3

'나는 죽지도 않았는데 가족들은 울고불고 난리다.' 한 존재의 주체의식은 죽음을 인정하지 않는데 타자는 인정하는 이 괴리된 사실을 어떻게 설명해야 할까? 생사에 통달하여 걸리지 않는 도인이나 수행자는 죽어가면서도 "이것은 인연이 다하여 용도폐기 된 몸을 바꾸고 낡은 옷을 갈아입는 과정이지 내가 죽는 것은 아니다"라는 자각 속에 있기 때문에 객관적으로 죽음 현상을 드러내 보이지만(示現形式, 시현형식) 정작 본인은 보통 사람들처럼 일반적 죽음을 인정하지 않고 있는 것이다.

4

여기서 타자의 視線(시선)이나 관점을 개입시키지 말고 전혀 주관적으로만 사멸의 과정을 이해하면 어떤 현상이 벌어질까? 먼저 나의 죽음을 기정사실로 假定(가정)하고(이때 주객 분리 현상이 나타난다) 자연사든 병사든(老病死, 노병사) 事故死(사고사)든 간에 "나는 죽었다"라고 인정하고 그 사실과 현장을 살펴본다. 가족, 친지들이 울고 친구들이 찾아와 조문하며 탄식한다. 이런 황망 중에 나는 賢聖道人(현성도인)은 아닐지라도 약간의 거리를 두고 냉정하게 이 상황을 관찰하고 "지금 나는 어느 것이 진짜 주인인가? 거적에 싸이고 나무 곽에 담겨 있는 저것이 나인가?"라고 의문과 답을 구한다.

5

주관적 세계는 내 의식이 인식하고 판단, 평가하여 의미와 가치를 부여해 구축하고 벌려 놓은 個我的(개아적) 세계이므로 그 세계의 주인인 내가 처음부터 존재하지 않았거나 소멸하면 성립하지 않는 架空(가공), 假想(가상)의 세계이다. 물론 객관 사실을 바탕으로 펼쳐진 세계지만 객관적 사실과는 무관한 자기만의 세계인 것이다. 반면 객관적 세계는 주관자가 없고 개입하지 않아도 언제나 스스로 존재하고 개별자의 주관이 작동하지 않아도 平常(평상)과 平衡(평형)을 유지한다.

6

모든 존재는 스스로 주인이 되고 그것을 유지하기 위해 고군분투하지만 하나의 개체는 언제나 한 번의 생멸을 거쳐 갈 뿐이고 자신이 직접 주객을 분리하지 못하고 뒤범벅(혼잡, 혼란)이 되어 살아간다. 물론 주관, 객관세계가 현상계에서 확연히 분리되는 것은 아니다. 주객이 서로 어울려야 세상이 형성되고 공생, 공존하지만 생사의 질곡을 벗어나려면 이것을 냉철하게 관조하는, 즉 주객 관념의 외형상 해체와 내면적 분리가 필요한 것이다.

7

추위와 더위(困境, 病苦, 生死苦, 곤경, 병고, 생사고)를 견디고 이겨내려면 강한 의지와 기력이 필요하다. 추우면 웅크리고 더우면 늘어지는 것이 생체반응이기는 하나 생리본능이나 편리한 대로 욕구만 좇으면 인간이라 할 수 없다. 定處滯留(정처체류), 한곳에 머물면 이미 바람이 아니다. 바람(생명력, 살아 움직이는 존재)은 끊임없이 움직여 활동함으로써 세계를 변화시키는 원동력이 된다. 그러나 바람의 심술,

심통, 作亂(작란)이 과하면 물건을 부수고 환경을 파괴한다. 인간의 내면에 부는 바람도 자연을 닮아서인지 생을 가볍게 띄우고 춤추게 하는 순풍이 있지만 생명과 존재 간의 유대를 파괴하는 악마적 검은 바람도 일어난다. 옛 스님(西山老師, 서산노사)의 오도송에 十年端坐擁心性 寬得深林鳥不驚(십년단좌옹심성 관득심림조불경)이 있다. 십년을 죽치고 앉아 마음을 다잡았더니 놀라기 잘하는 숲속의 새가 다가와 친구가 되었다는 뜻이다. 내심에 한 점 殺(살), 毒(독), 惡氣(악기)가 없어도 인간을 피하는 것이 禽獸蟲類魚族(금수충류어족)인데 황차 생사고를 해탈하려면 오죽해야겠는가….

8

실소득을 따지자면 오히려 마이너스(-)인 내 농사 살림을 들여다보면 기가 찬다. 연중 사계절에 맞추어 일해야 할 농기계와 그에 부수되는 자재, 연장들이 창고 가득히 널려 있는데 고생은 따라오는 것이니 어쩔 수 없다 치더라도 그에 덤으로 생기는 온갖 질병과 사고는 난감한 친구가 되어 버리는 현실이 정말 不可言也(불가언야)라…. 인생! 한 사람의 생애를 살아내는 데 필요하고 소모되는 인적, 물적 자원은 또 얼마나 되는가? 단출한 식구의 한 살림을 꾸려 가는 데 필요한 가재도구며 의복류와 온갖 잡탕 나부랭이들이 부엌과 창고, 방방이 쌓이고 널려 있는 것을 보면 또 한 번 기가 찬다. 하나의 올곧은 수행자를 키워내고 깨달음으로 인도하기 위하여 온갖 장치와 소품들을 동원하고 희비극을 연출하는 禪家(선가)의 오랜 풍습을 보면 감탄하면서도 눈물겹다.

9

부모 인연으로 한 세상을 출발한 이래 무수한 인연의 고리와 매듭으로 얽혀 있는 현상계에서 이날까지 목숨을 부지한 것은 부정할 수 없는 사실이다. 日月星辰(일월성신)으로부터 風雨雪霜(풍우설상), 금수초목, 蠢動含靈(준동함령), 길 위에 나뒹구는 돌멩이 하나까지 생애에 영향을 미치지 않은 것이 없다. 한 목숨 먹고살자고 이런저런 핑계로 바쳐진 뭇 생명들은 또 얼마나 되는가? 이 인연들로부터 享受(향수)한 은혜는 크든 작든 내가 성취한 공덕으로 回向(회향)해야 마땅하다. 나름 열심히 살았지만 결과는 별무하더라도 자책하지 말고 한 생을 꿋꿋하게 살아낸 것 또한 공덕이라 여기고 다만 겸손하고 자제할 따름이다. 인연을 버리지 않되 매이지도 않는 이때의 나(我)는 凡我(범아)가 아닌 고귀한 인격으로서의 나, 불변의 주체인 본성으로서의 나임을 확증해야만 한다.

시나브로

이웃집 맘마 할배네 괭이 날은
애기 발바닥만 하고
호미는 애기 손바닥 같다
칠십 년 넘게 오로지 땅만 긁었더니
다시 풀무간으로 돌아갈 일도 없어졌다

목숨이란 게 산다화 지듯 그렇게
툭툭 내던지는 게 아니란 걸
괭이 호미가
말 없는 말로 증명한다

누룽지 숟가락 닳듯
숫돌 닳아 없어지듯 시나브로
비바람 눈서리에 부대껴
왜 사는 건지
왜 고생 마다하지 않는 건지
닳아 없어진 만큼 안 뒤에
늦가을 서리국화 시들듯
노랑 탱자 마르듯 가볍고 살가워진 다음에
어느 날
어두워지는 창가에 기대어 서서
이따금씩 날리는 눈발 저쪽으로
그림자 같은 무엇이 후딱

지나가는 것이 있는지 가만히
지켜보는 것이다

내 안의 너

동물이든 식물이든 간에 생명계의 기초적 존재 원리는 내 위주로 살아간다는 것이다. 상호협력하고 공생 관계를 유지하는 경우도 더러 있지만 삶의 근본은 我生然後(아생연후)라는 대전제하에 생명을 이어가는 것이다. 간혹 이타적 행위에 익숙한 사람들도 있지만 희귀한 사례에 불과하고 모든 존재는 자기의 주관적 생명관에 입각하여 치열한 경쟁 관계 속에서 살아간다. 아무리 좋은 명분과 목적이 있어도 우선은 내가 살고 봐야 하니까…. 주관적 세계는 내(주체)가 없으면 다른 모든 것도 없으므로 성립할 수 없고 객관세계는 내가 없어도 다 그대로 존재하므로 언제나 성립한다. 그러므로 내가 주체의식(자아)을 제거해 버리면 주객 관계에서 초래되는 혼란은 소멸할 것이며 생애의 전부를 지배하는 이 절체절명의 내(我)가 他者(타자)와 일심동체라는 확신과 함께 진정으로 同化(동화)할 수 있다면 그리고 여기에서 주관적으로 구축한 세계를 객관화해 버리면 문득 영원성을 포착할 수 있을 것이다.

인간의 일상생활이 다 사실이고 현실인 것 같지만 실제로는 상상적 계획과 행위들이 그 사실 관계에 개입하며 상상이 사실이 되고 현실화하는 경우는 얼마든지 있다. 高度(고도)의 종교철학적 사유와 논리에 근거한 화엄의 四無碍(사무애)에 통달하여 理事無碍(이사무애)가 되고 나아가 事事無碍(사사무애)의 경지에 이른다면 현상계에서 바로 이상향으로 진입하는 것이 아니라 衆生是佛(중생시불)이요 娑婆卽寂光(사바즉적광)의 경계가 펼쳐지는 것이다. 밤하늘의 별을 헤아리면서 미지의 천체들을 상상하는 것도 좋지만 그보다 더 현실적이고 절박한 문제들, 즉 나의 有限性(유한성)과 허망감을 극복하는 것이 선결문제 아니겠는가? 우선 상상부터 시작한다. '나는 네가 될 수 있고 너는 나일 수도 있다.' '나는 한 그루 나무, 풀포기가 될 수 있고 한 마리 짐승, 개미, 나비가 될 수도 있다.' 한발 더 나아가 바로 선언한다. '나는 너다. 너는 나다. 나는 고라니다. 은행나무다. 들국화다. 지렁이다. 두꺼비다'라고 확언한다.

이러한 상상이 현실화되기는 극히 어려운 일이지만 일단 시작부터 하고 본다. 상반되거나 대척점에 서 있는 부분 혹은 양립할 수 없는 영역에서 상대하는 개념들을 위치를 맞바꾸어 놓고 기존의 고정관념들을 해체해 보는 것이다. 遠近高低長短輕重(원근고저장단경중) 등은 객관적 사실을 비교하여 인식하는 것이고 美醜好惡(미추호오), 是非善惡(시비선악), 幸不幸(행불행) 등은 주관적 감정을 비교, 판단, 평가하는 것이며 有無(유무), 明暗(명암), 生死去來(생사거래) 등은 비교할 여지가 없는 상반된 현상에 대한 개념들이다. 만약 거래생사의 위치(地點, 지점)를 바꾸어 놓고 유무와 명암도 기존의 개념을 反轉(반전)시키면 현상계에 대혼란이 초래될 것이다. 여기서 고착된 관념 속에 매몰된 가치관을 처음으로 되돌리고(本地還元, 본지환원) 상반, 대립하는 兩(양) 개념 사이에 설정된 경계, 즉 넘지 못할 고개와 건너지 못하는 강을 초월하는 것이다.

보이는 것(色見, 색견)의 裏面(이면) 그 너머에는 무엇이 있으며 들리는 것(聽音, 청음)의 저쪽에는 메아리 같은 것이 있을까? 아는 것(知解, 知見, 지해, 지견)의 내면에는 원초적 無知(무지)가 자리하고 있지 않을까? 유의 이면에는 무가 있는 것이 아니라 존재(보이는 것)의 본질이 있고 유무는 현상이 아니고 관념에 불과하다. 명암 역시 관념의 작용이며 밝음과 어둠은 대척점이 아니라 상호 존재하는 현상의 원인이자 본질인 것이다. 생사거래의 현상에 대하여 一瞥(일별)해 보면 평원에 깔아 놓은 기차선로가 視界(시계)에서 사라지는 곳, 消失点(소실점)으로 내가 탄 열차는 달려가고 이윽고 열차도 하나의 점이 되어 소실점 너머로 사라질 때 이를 지켜보는 他者(타자)는 다시 돌아오지 못할 먼 곳으로 갔다고 애도할 것이고 죽음이란 바로 이러한 것이며 소실점 너머로 사라졌던 열차는 머지않아 未知(미지)의 손님들을 태우고 이쪽으로 돌아올 것이니 去來(거래) 또한 이러한 것이다. 그러한즉 생의 반대쪽에 죽음이 웅크리고 있는 것이 아니라 상대되는 현상에 설정해 놓은 관념인 것이다.

인간의 삶에 있어 혼란을 야기하는 무수한 긍정과 부정의 중간, 혹은 교차하는 어느 지점에 애타게 구하는 답이 있는 것이 아니라 양자 모두를 초월하는 곳에서 그 답을 찾아야 할 것이다. 가기도 하고 오기도 하지만 일면 가는 것도 아니고 오는 것도 아닌 거래 현상. 나고 죽는 것의 저 너머 어딘가에 답이 있을 생멸 현상. 밝음과 어둠의 일방적 세계가 아닌 無對立項(무대립항)의 영역. 있음의 대척점에 없음이 있는 것이 아니라 있음은 없음을 전제로, 存在(존재)는 不存在(부존재, 在不在, 재와 부재)를 전제하여 성립하므로 이 오래된 덫에 걸리지 않으려면 有無(유무)의 강을 단번에 훌쩍 뛰어 건너야 하는 것이다.

인체의 일부분인 코와 콧구멍이 갖는 含意(함의) 또한 상반된다. 코는 얼굴의 정중앙에 자리 잡고 있으면서 面相(면상)의 균형을 잡는 역할을 하고 두 개의 콧구멍은 생명 유지의 원천인 호흡의 출입을 담당하는 기관이다. 반면 근현대까지만 해도 농사에 불가결의 임무를 수행하던 소는 코뚜레를 꿰지 않으면 길들일 수가 없었다. 송아지 티를 벗어날 무렵이면 좌우 콧구멍을 분할하는 막을 뚫어 코뚜레를 꿰는데 이때부터 소는 주인에게 끌려다녀야 하는 예속과 노예의 신세로 轉落(전락)하는 것이다. 옛 禪師(선사)의 오도송에 '어찌하여 소가 되더라도 콧구멍이 없으면 괜찮다는 말을 듣고 온 우주가 내 집임을 문득 깨달았다'라는 것이 있는데 나름 해석하자면 '저승사자에게 끌려갈 빌미(원인)를 제공하지 않으면 生死(생사)에 무슨 관계가 있느냐' 하는 당찬 깨달음의 선언이다. 숨을 쉬지 못하면 죽고 마는 그 콧구멍이 구속과 노예의 원인이 되는 이 기막힌 사실을 어떻게 받아들여야 할까….

발원지에서 용출한 샘물은 계곡을 흘러내리며 支流(지류)를 만들고 합류를 거듭하면서 바다에 이르는 동안 잠시도 흐름을 멈추지 않는다. 溪流(계류)에서 마을 앞 시내로, 강으로 흘러드는 과정에서 汚染(오염)과 淨化(정화)를 반복하며 마지막으로 바다에 모여든 모든 물들은 鹹水一味(함수일미)가 되고 다시 증발한 수분은 구름으로 변하고 비가 되어 源泉(원천)으로 회귀한다. 이때 증발한 수분은 무색, 무미, 무취한 자연수의 원료가 되어 만생 만물의 생장 유지의 근원이 되는 것이다. 母胎(모태)에서 出門(출문)한 이래 칠팔십 년에 이르는 긴 여정의 인간 생애에도 물의 흐름, 물길을 따라가는 것과 같이 汚濁(오탁)과 淸淨(청정)의 시기가 있고 때로는 분노와 좌절, 희망과 용기가 분출되기도 하지만 최종 도착지에 모여든 존재들의 실체는 태양열에 의해 증발한 수분같이 무색, 무미, 무취한 本空(본공)으로 회귀하는, 소실점 너머로 달려가는 열차에 탑승한 손님들인 것이다.

사는 것이 귀찮아지면 곧 죽는 길로 들어서는 것이다. 살아가는 환경이 불편하면 짜증과 함께 삶이 귀찮고 구차하게 느껴지게 마련. 그 불편함을 오히려 즐기고 역이용하는 지혜를 발현하면 생의 반전이 일어난다. 다만 편안함 속에서 일생을 보낸다면 그건 더 큰 불행. 육신의 편안함이 행복이 아니라 고통이 될 수 있다. 부족함, 불편함을 견디고 극복하여 오히려 편함으로 置換(치환)할 때 행복은 거기서 기다린다.

복잡다단한 사회관계 속에서 온갖 시비, 갈등을 겪으며 살아내어야 하는 인생이지만 한번 태어난 이상 생을 되돌릴 수는 없고 願不願(원불원) 간에 앞으로 나아갈 수밖에 없는 것이 운명이다. 전대미문의 감염병 恐惶(공황) 속에 화려한 문명시대의 비참과 낙담을 경험하면서 세상을 향해 분노와 저주를 퍼부을 수도 있지만 차라리 내 안의 나를 찾아 잘 다독이는 것이 현명한 처신일 것이다. 한없이 착해질 수 있는 반면 한없이 악해질 수도 있는 심성, 환경과 상황에 따라 교활하고 비열해질 수도 있고 지혜로운 인간의 참모습을 드러낼 수도 있는 천의 얼굴을 가진 그 작용(생각)의 주인공! 내 안에 네가 비집고 들어올 수 있는 공간, 너의 자리를 비워두고 토끼와 솔개가 동거하고 소나무와 들국화가 함께 자랄 수 있는 틈새를 마련해 두면 여유 만만한 그 주인은 무척 행복할 것이다.

매미의 꿈

처서 무렵
서늘해진 밤중에
불청객이 문을 두드렸다
전등 불빛을 따라 들어온 손은
창틀에 붙어 징징거렸다

여름은 아직 끝나지 않았어
나는 더 많이 더 크게 울고
더 살아야 해
나는 여름이 좋아

생은 즐기는 것이요
당신은 지금 뭘 하고 있는 거요

삶과 죽음은 同行者(동행자)고
榮華(영화)와 汚辱(오욕)
苦樂(고락)과 愛憎(애증)도
와이셔츠 단추 구멍 같은 것이요

한바탕 신명을 돋운 蟬者(선자)는
볼일 마친 듯 어둠 속으로
하르르 날아갔다

잘못 끼우면
흉하게 되는 거라…

자유와 인생

老衰(노쇠)와 病苦(병고)가 느닷없이 찾아오는 것이 아니라 태어나자마자 그 징후를 보이며 결과를 향해 나아가기 시작했지만 다만 모르고 있었던 것이다. 靑壯年(청장년)을 거치며 서서히 진행되던 노화가 어느 시점에 이르러 급작스럽게 변화의 징조가 나타나면 그때에 비로소 깜짝 놀라고 당황해하는 것이다. 병고 또한 태생적으로 혹은 살아가면서 형성된 생활 습관 또는 여러 환경적 요인에 의하여 病因(병인)이 심어지고 잠복해 있다가 내외적 여건이 성숙하면 본색을 드러내는데 당사자는 이러한 질병과 불행이 갑자기 찾아온 것으로 착각하고 불안, 당황해한다.

잘 부러지고 끊어지며 상처 나기 쉬운 빈약한 筋骨(근골), 더구나 땅속에서 겨울잠을 자는 풀씨처럼 내부 곳곳에 병인들이 잠복해 있는 이 몸을 가지고는 칠팔십도 버티기 어려운데 백 년을 쉽게 말하고 그 이상을 바라보는 시대라도 나이라는 것은 그냥 虛數(허수)임을 알아야 한다. 나이가 허수라면 實數(실수)를 찾아야 할까? 答(답) 또는 代案(대안)은 生(생)에서 수의 개념을 제거해 버리는 것이다. 작위적 배제이든 무의식 상태, 즉 의식하지 않는 것이든 수의 개념적, 관습적 지배에서 벗어나는 것이다. 수의 개념이란 무엇인가? 數(수)! 수의 개념이란 인생에 있어 생의 전반을 지배하는 시간, 나이, 그리고 돈을 의미한다. 즉 매사를 계산하고 셈으로 따지는 숫자 놀음인 것이다. 하루를 시, 분, 초 단위로 나누고 쪼개어 쓰는 현대인의 하루는, 또 일생은 어떻게 지나가는지 생각해 본 적이 있는지…. 1분 60초, 1시간 60분, 1일

24시간, 1달 30일, 1년 365일, 그리고 각자 정해진 운명에 따라 달라지는 나이, 평생을 그러모으고 움켜쥐고 헤아리고 손익을 계산하는 돈, 필경 죽음에 이르고 마는 생애에 보이지 않고 느끼지 못하는 삶의 족쇄로 작용하는 이것들이 人生(인생)에 개입하지 않는다면 얼마나 자유롭겠는가!

자유 시간, 자유 공간이라는 언어 개념이 생겨난 것은 아마도 나만의 시간, 나만의 공간을 원하지만 그것이 부족해서일 것이다. 가족끼리 한집에 살아도 각자 자기 방이 필요한 이치로. 나 홀로 있으면 자유 時空(시공)이 되겠지만 그것은 물리적, 상황적 현상에 불과하고 진정한 자유가 아니다. 살아가는 현장에서 관념에 매이고 욕망에 휘둘리지 않을 때, 어떠한 인위적 제도와 관습에서도 心的(심적) 장애를 받지 않을 때 비로소 대자유가 찾아올 것이다.

만약 한 인간의 일생을 실시간으로 촬영해 놓은 CCTV가 있고 이 카메라의 映像(영상)을 빠른 속도로 재생하면 해맑고 곱던 청소년이 순식간에 얼굴에 주름살이 가득한 노인으로 변할 것이다. 백 년 인생의 긴 여정이 그날이 그날이라 늘 같은 모습, 같은 현상으로 여기지만 전체적 構圖(구도)에서 조망하면 찰나마다 변해 가는 것이 생명계의 불변 법칙이라는 것을 알 수 있다. 과학은 時空(시공)을 거의 무한대로 축소, 확장할 수 있지만 인생을 과학으로 규정할 수는 없다. 지금의 나, 내가 나의 정체도 제대로 모르면서 전생은 어떻게 알고 남의 과거사는 또 알아 무엇을 하겠다는 건가? 먹고 사는 것조차 온갖 장애에 부딪쳐 버거워하면서…. 인간이 스스로 발견하고 창안, 발전시킨 과학의 법칙에 의존하는 것이 편할지는 모르지만 그것에 기대어 살고 결국 지배당한다는 것은 무의미, 무가치한 일이다. 여기서 모든 일에 시간을 재고 나이를 따지고 돈을 계산하는 삶의 오랜 방식을 확 바꾸거나 잊어버리거나 아예 탈출하는 용기를 발휘할 필요가 있다.

모든 문제를 일거에 해결할 수 있는 秘方(비방)은 집착을 놓아 버리고 무지와 탐욕에서 벗어나는 길이지만 그게 그리 쉬운 일이 아니다. 먼저 알아야 할 것은 노쇠와 병고는 대개 동반하기 마련이며 불청객이 아니라는 사실, 그렇다고 自招(자초)한 것도 아니라는 것을 깨달아야 한다는 것, 지극히 당연하고 자연스러운 현상이고 생로병사의 프레임 속에서 진행되는 하나의 과정일 뿐이라는 것을 담담히 수용하면서 그에 대응하는 자기의 태도와 본모습을 잘 관찰하면 괜히 허둥대고 悲感(비감)해할 까닭도 없는 것이다. 아름다운 몸과 더러운 몸은 없어도 아름다운 이름과 추한 이름은 역사가 기록하고 靑史(청사)에 남지는 않아도 當世(당세)에 꽃다운 명성은 얼마든지 있으며 나쁘고 추악한 이름도 있지만 사실 이름과 人性(인성)은 아무 관계가 없다. 정작 내가 상대해야 할 최대의 敵(적)은 바로 나다. 아집과 탐욕으로 똘똘 뭉쳐진, 허욕에 날뛰고 순간의 고통과 순간의 애증을 인내하지 못하는 그 나를 이겨내야 하는 것이 선결문제인 것이다. 영원한 청춘이 없듯 영원한 노년도 없이 잠깐 스쳐가는 간이역의 풍경을 자기의 내면에 오버랩시켜 제삼자의 입장에서 관망해 보면 울리지 않는 기적을 들으며 떠나보내는 이도 마중 나온 이도 없는 썰렁한 驛頭(역두)에 홀로 서 있는 나를 발견할 것이다.

시간이란 처음부터 없는 것인데도 인간이 스스로 有限性(유한성)에 발목 잡히려고 자초한 自繩自縛(자승자박)형 개념이고 돈이라는 것도 마찬가지로 본래 없던 것을 탐욕을 비축할 방법이 없자 이의 대체 수단으로 고안해 낸 것인데 이 돈 때문에 세상이 감옥과 지옥으로 변하기도 하는 것이다. 商去來(상거래)가 물건을 팔고 사는 것이라면 歸去來(귀거래)는 집 나갔다가 다시 돌아오는 것이고 生滅去來(생멸거래)는 내가 스스로 가고 오는 것이 아니라 내가 가면 대신 네가 오는 것이며 隱現(은현)은 해와 달이 숨바꼭질하는 것이고 出沒(출몰)은 잔잔한 바다 위에서 숭어 떼가 공중제비 하는 것이요, 도깨비불(鬼火, 귀화)이 여기 번쩍 저기 번쩍 모였다가 흩어지곤 하는 현상과 같은데 그 모였던 자리, 흩어진 자리는 어디며 찾을 수는 있는가?

무엇이 나를 이토록 불안하고 부자유스럽게 하는가? 편안하지 못하면 불안한 것이고 무엇엔가 간섭받고 불편하면 부자유라고 느끼는 것이다. 환경과 시시각각 벌어지는 상황에 대응하는 나의 심리가 결정요인이다. 저 般若(반야)의 經(경)을 도배질하는 없을 無(무), 빌 空(공), 아닐 不非(부비)의 字句(자구)에 그 반대되는 言句(언구)를 대체하여 음미해 보면 어떤 답이 나올 듯한데, 글쎄…. 자유, 부자유, 행불행, 고락생사는 물론이고 인생사 대부분이 이와 같은 것이거늘 모름지기 다 내려놓고 편히 쉬도록.

幽悠(유유) 인생

흔히들 뒤 강물이 앞 강물을 밀어낸다고 하는데 자연적으로 흘러가는 강물에 先後(선후)가 있는가? 새로운 것이 묵은 것을 밀어내는 현상을 新陳代謝(신진대사)라고 하지만 그러한 원리는 생물체, 즉 동물의 생리 구조를 자연현상에 빗대어 표현한 것으로 여겨진다. 발원지에서 흘러온 물이 支流(지류)를 만들고 지류가 合水(합수)하여 보다 큰 강을 형성하므로 상류의 물이 먼저 흘러간 물을 뒤따라가는 듯하지만 먼저 흘러내린 물이 없으면 뒤쫓아 갈 물도 없고 뒤따라올 물이 없으면 앞서간 물도 없으며 우리의 인생도 이와 같은 것이다. 먼저 태어난 사람이 없으면 뒤에 태어날 사람도 없고 계속 태어날 아이가 없으면 먼저 간 사람도 결국 없는 것이다. 이것이 일견 새것, 새로운 존재가 묵은 존재를 밀어내고 퇴출시키는 것 같지만 외형상 그렇다는 것이지 강이나 인생이나 하나의 흐름(一道, 일도), 즉 변화일 뿐이다. 강으로 모여드는 개울과 시내, 큰 강으로 흘러드는 소하천들, 終當(종당, 마지막에) 바다에 모여 一海(일해)를 이루는 물과 생명의 세계는 큰 세계(宇宙, 우주)에 포섭되는 각개 존재들과 큰 사이클에 편입되는 소 사이클이 종횡무진으로 엉켜 있는 것이라 할 수 있다. 이러한 관계망 속에서 모든 이분법적 존재 구도와 상대적 가치체계를 명료히 간파하고 하나씩 확실하게 깨트려 나가면 마지막 코스로 생사의 프레임에서조차 벗어나는 것이다. 초월이란 특별한 무엇이 아니라 담담히 웃어넘기는 것이고 매이지 않는 것이며 한 번 눈감아 주는 것이다. 깜깜 불통, 모르는 것과 알면서도 짐짓 모르는 체하는 것의 차이라고나 할까….

이렇든 저렇든 한번 생을 받아 누렸으면 죽음 또한 겸허히 받아들이는 것이 마땅한 도리다. 한 존재의 출현을 부모, 형제, 일가친척이 함께 기뻐하고 축하하였다면 그 존재의 死去(사거) 역시 담담하게, 혹은 생명계의 한 사이클(주기)을 무사히 통과한 것에 대한 예우로 축하주라도 바치고 나누며 송별하는 것이 아름다운 習俗(습속)일 것이다.

평범한 인간이라면 맛있고 영양가 높은 음식과 향기로운 술, 멋과 품격 있는 고급 옷과 장신구, 살기 편하고 넓은 집을 원하지 않는 자 없을 터. 한술 더 떠 이른바 성공, 출세, 부와 권세에 명성까지 탐하지 않는다면 야망이 없는 그저 한낱 동물에 불과하다고 할 것이다. 그런데 어떤 이는 이와는 정반대의 길을 가고 있으니 무욕의 성자가 되려는 것일까…. 무릇 인간이라면 五慾(오욕)을 비롯 무병장수와 부귀영화를 마다하지 않을진대 이 좋은 것을 한꺼번에 내버리기란 죽기보다 어려운 일. 그래서 하나씩 차근차근 버리다 보면 어느새 길이 보이고 새 눈이 확 뜨이는 변곡점에서 생사의 분별마저 내려놓을 때 당신의 목적은 이루어질 것이다.

배냇머리 몇 올을 뒤꼭지에 붙이고 나온 갓난쟁이가 점점 자라서 배밀이를 하던 젖먹이가 되어 금방 앉게 되고 네발로 엉금엉금 기어다니며 방긋방긋 웃던 아이가 어느새 두 발로 일어서서 위태로운 걸음마를 시작한다. 가는지 오는지도 모르는 세월이 부지불식간에 그 아이를 늙은이로 변장시켜 도로 입을 헤벌리고 침 흘리는 아이로 만들어 놓는다. 이것이 무슨 조화냐! 변화의 힘, 변화의 위대함이고 그 변화에 잘 적응하고 순응한 결과이다. 생명을 가진 자의 세계에서 변화의 진리를 이해하지 못하거나 변화를 거부하는 것은 곧 죽음 그 자체이다.

한 뙈기의 밭 울타리 안에 수박과 호박이 함께 자라면 잎이 무성해지고 넝쿨이 서로 엉켜 생존 경쟁이 치열해지지만 서로의 개성이나 특징이 사라지거나 융합, 동화되지는 않는다. 호박은 호박꽃을 피우고 수박은 여전히 수박을 매달 뿐. 수박과 호박의 혼재와 뒤엉킴은 각기 존재 방식의 특성이며 자연 그대로일 따름이다. 인간은 스스로 변할 수도 있고 변화를 따르기도 하지만 시간과 공간 개념을 창출해 낸 인간이 변화의 원리를 모른다면 엄청난 모순 속에서 꿈을 꾸고 있는 형국이다. 비어 있음과 비워둠의 도리를 아는 인간이 拙劣(졸렬)함의 극을 달리는 행태를 보이는 서글픈 시대에 차라리 더 멀고 깊은 꿈을 꿀 것을 권하고 싶다. 왜 心法(심법)을 닦아 자유자재한 생을 구가하지 않고 끝없는 허욕을 발동하여 외물에 구애되는가? 저 작은 등잔과 불빛에 그 답이 있다. 요란한 소음과 요사한 불빛들에 포위되어 사는 건지 죽는 건지도 모르는 현대인들. 새벽에 자그마한 등잔불을 켜놓고 멀찍이 떨어져 마주 앉아 바라보시라. 더없이 따사로운 불빛과 그 불꽃을 정수리에 이고 단좌해 있는 하얀 등잔, 문득 그 등잔과 불빛을 닮아가고 싶은 생각이 절로 들 것이다. 무한 고요 속, 무한 침잠. 거기에다 갓 우려낸 녹차 한 잔을 心腹(심복)에 바치면 스스로 우주의 주재자가 된 듯 자족의 희열을 느끼리라.

觀心一法總攝諸行(관심일법총섭제행). 일법이 묘법이고 묘법이 비우고 없애는 것. 마음과 생각을 분리할 수 있는가? 생과 사를 확연히 구분할 수 있는가? 만약 그게 가능하다면 제삼의 어떤 주재자가 있어야 할 것이다. 마음은 생각이 아니다. 마음이란 제 마음대로 하거나 할 수 있는 어떤 功能(공능)이 아니라 모든 존재에게 공통적으로 본유한 의식 작용의 주체, 컴퓨터의 본체와 모니터, 소프트웨어와 하드웨어처럼 외형상 분리되어 있으나 분리되면 존재 가치가 사라지는 그런 시스템으로 작동하는 妙諦(묘체)인 것이다. 觀心(관심)! 마음의 정체, 즉 인간의 본성이 무엇이며 어떻게 드러내고 작용하느냐를 살펴보는 것을 방해하는 큰 장애가 바로 생각, 즉 의식 작용이며 심지어 잠자는 중에도 꿈이라는 형태로 이어지는 의식의 연속을 끊고 쉬는 것이 관심묘법인 것이다. 만약 본질과 현상, 體(체)와 用(용)을 해체하여 현미경처럼 들여다볼 수 있다면 무한 가능의 세계가 열릴 것이다.

먹어야 할 때 먹지 않으면, 즉 끼니를 건너뛰면 평생 그 밥은 먹지 못하니 얼마나 큰 손해인가? 또 배워야 할 때 열심히 공부하지 않고 빈둥거리면? 반드시 해야 할 일을 제때에 하지 않으면 또 얼마나 큰 손실이며 후횟거리인가? 놀아야 할 때 놀지 못하면 '다음에 놀아도 되지만'이라고 토를 달면서 무슨 일이든 제때, 즉 適宜(적의)한 시기를 놓치지 말라는 것은 朱氏十悔(주씨십회)를 되뇌지 않더라도 백번 옳은 소리이지만 밥 먹고 공부하는 것, 일하고 노는 것의 차이는 조금도 없는 것이 인생이고 한 존재의 일생이라는 것이 그렇게 지나가는 것이다. 세상사 긍정과 부정이 자유로운 경우가 드물지만 적어도 사회와 他者(타자)에 해가 되지 않는 범위 내에서 얼마든지 가능한 일. 그렇다고 하여 자기의 自存(자존)은 부정하여도 타인의 세계는 부정의 대상이 못 되고 내 인생을 긍정하고 향유하면 타자의 삶의 방식도 긍정할 수밖에 없다. 생을 긍정하면 죽음 또한 긍정해야 하듯이….

생사의 갈림길은? 호흡 간에 있다는 말은 유명하지만 이미 陳腐(진부)하다. 그렇다면? 망상, 망념이 허욕을 발동하고 허욕은 精氣(정기)를 消盡(소진)시키는 동시에 거칠고 悖惡(패악)한 언행을 유발한다. 操身(조신)치 못한 일상의 처신은 언제 어떠한 위기를 초래할지 모른다. 어찌 輕擧妄動(경거망동)이 생사의 갈림길 아니겠는가…. 인생이란 각자 걸어온 길은 다르지만 나름대로 지은 복덕도 있을 것이고 瑑

磨蓄積(탁마축적)한 내공도 있을 것인바 문제는 그 積功(적공)과 능력을 어떻게 활용하느냐에 달렸다. 自足(자족)으로 끝내거나 더 나은 사회적 신분 상승을 위한 지렛대로 이용할 수도 있다. 일면 국가와 사회를 위하여 헌신하거나 사회적 약자를 도우는 데 이바지할 수도 있지만 다 스스로 하기 나름이고 무턱대고 폄훼하거나 賞讚(상찬)할 수도 없다.

인간에게도 무엇이든 간에 길들여진다는 것은 슬픈 일이다. 개의 조상은 늑대로 알려져 있지만 야생의 맹수는 필요 없이 짖거나 울지 않는다. 오랜 세월 인간에게 길들여져 가축이 된 개는 짖는 것이 習(습)이 되고 본성으로 고착되어 버린 슬픈 짐승이다. 개도 꿈을 꾼다는 사실은 직접 확인한 바이다. 전혀 짖을 상황이 아닌데도 낮잠을 자던 개가 갑자기 일어나 짖어대는 것은 꿈을 꾸다가 깨어났기 때문인데 꿈속의 상황을 현실로 착각한 것이다. 평범한 사람들은 不知不覺(부지불각) 간에 정치와 권력에 길들여지고 경제와 종교에 馴致(순치)되어 간다. 환언하면 인간이 창출한 법과 제도에 끌려가고 순응하기도 하는 모순 속에 살고 있는 것이다. 권력과 물욕에 도취한 시대의 종막은 언제나 비극과 허망이었음을 古來(고래)의 역사가 증명하지만 인간들도 지금까지 이 불변의 프레임에서 탈출하지 못하고 있는 슬픈 짐승이다. 개가 습관적으로 짖는 것은 길들여진 결과이고 꼬리를 내리고 으르렁거리는 것은 일종의 경고인데 인간 사회의 권력 암투에는 교활하게도 속임수로 개의 속성을 이용한다. 이른바 성동격서로 허위와 진의를 간파하지 못하도록 교묘한 위장 전술을 구사하는 것이다. 영리하고 훈련된 사냥개는 꼭 필요한 시점과 장소에서만 짖지 함부로 짖어대지 않는다. 사냥이 끝나면 느긋이 앉아 쉬면서 주인의 논공행상을 기다릴 뿐이다. 權府(권부)의 주변을 얼찐거리는 군상들. 권력의 핵심부로 진입하고자 하는 인간들의 정황은 어떠한가? 정작 짖어야 할 사안에 대해서는 침묵하고 세간의 이목이 쏠리는 현안에는 價値高下(가치고하), 眞僞(진위) 여부는 불문하고 무조건 짖어댄다. 마치 낮잠에서 깨어난 개가 무턱대고 짖어대듯이….

칠월 말께서 팔월 초순 사이 어느 날 갑자기 시끄럽던 산골짝이 정적에 파묻힌다. 산마루 나무우듬지에서 울던 뻐꾸기, 계곡의 수풀 사이에서 노래하던 밀화부리들이 일시에 떠나 버렸기 때문이다. 가야 할 곳과 떠나야 할 때를 정확히 알고 있는 철새들. 다시 찾아와 반갑고 고맙다는 인사도, 잘 가라는 袂別(메별)의 손짓을 할 틈도 주지 않고 홀연히 종적을 감추어 버리는 그들! 하지만 아무런 기약을 하지 않아도 내년 봄이면 어김없이 같은 모습으로 돌아온다. 그게 작년의 그 뻐꾸기인지 그 밀화부리인지는 중요하지 않다. 인간들의 경우도 마찬가지로 한 존재가 어떤 일을 하였고 어떤 업적을 남겼는가는 그리 중요하지 않다. 매년 주기적으로 되풀이되는 철새들의 이동 현상과 자연계의 입장에서 인간들의 생멸거래를 관망하자면 별반 다를 것이 없고 그가 어떤 이름표를 달고 어떻게 구별되는 누구인지도 중요하지 않다는 말이다. 만약 철새처럼 일정 지역을 주기적으로 오가며 살아가는 인간 무리가 있고 이를 지켜보는 제삼의 어떤 존재가 있다면 그는 이러한 반복적 이주 현상을 무어라고 할까? '우리들처럼 한곳에 붙박아 살면 고생 덜 하고 자식 낳아 기르기도 수월할 것을 뭣 하러 저 고생을 한단 말인가?'라고 탄식할지 모른다. 적어도 인간들의 이기적이고 편리지

향적인 사고와 성향에서는…. 비록 그러하나 보다 우주적, 거시적 관점에서는 자칭 만물의 영장이라는 인간이나 저 수많은 야생의 짐승들도 일생을 살아가면서 생명자의 한 존재로서 거창한 임무나 사명보다는 그저 맡은 바 역할을 다했다는 것, 이 세상에서의 내 몫은 책임지고 완수했다는 것, 그 사실 하나만으로 존재의 의의와 가치는 발현된 것이라고 보아야 할 것이다. 어떤 작가가 「새들은 페루에서 죽다」라는 소설을 쓴 바 있지만 그의 기발한 상상력에 불과하고 실제로 새들은 불멸이다. 허공을 날아와서 허공으로 사라지는 새. 그것은 인간의 원초적 꿈이었고 새는 그 꿈의 실현을 대행하는 존재인 것이다. 당신은 새들의 무덤을 본 적이 있는지. 卵生(난생)이라 둥지에서 알을 깨고 태어나는 줄은 알겠지만 어디에서 어떻게 죽는지도 안다면 잊지 말고 연락주기 바란다.

철새들이 떠나고 없는 새벽 산골짜기의 적막, 이제 태양이 서서히 대지를 달구기 시작하면 그 고요를 감당하기 싫은 매미들이 떼로 합창을 할 것이다. 끝없이 이어지고 반복하는 자연생명계의 릴레이를 보고 있노라면 인간이 먼저 자연 만물과의 관계에서 상생과 공존의 대원칙을 지킬 때 세계의 평화와 자유는 유지되고 보장 가능하다는 사실을 깨닫게 된다. 그러나 인류사는 처음의 먹이다툼에서 권력쟁탈전으로 비화, 확장되면서 생명 경시에서 비롯한 인간성 모멸과 대량 학살, 자연 파괴로 이어져 왔고 작금에도 치열한 암투 속에 권력을 향한 전쟁은 계속되고 있다. 정치인, 특히 대선주자들과 그 패거리들이 뱉어내는 輕薄(경박), 粗惡(조악)한 언어들, 실현 불가능한 허언과 공약들을 듣는 것보다는 차라리 이 폭염의 계절에 무한 청량제를 선사하는 매미 소리가 한결 시원하고 얼마나 고마운지 모른다면 갑이나 을이나 丙丁(병정)도 마찬가지라는 것을 알 수 있다.

인간들의 외계의 모든 현상에 대한 인식체계는 상대적 분별지와 판단에 의거한다. 時空(시공)은 상대적 관계가 아님에도 천체물리학에서 상대성 이론이 도출되고 크게는 하늘과 땅, 음양과 생멸, 부분적으로는 대소장단, 원근고저 등 物象(물상)의 세계에서 행불행, 시비선악, 미추호오 등 정신 사유의 영역으로 확장해 나간 가치체계에 경제적 요인이 가중됨으로써 더욱 혼란스러워진 현대인의 고뇌들을 어찌할 것인가?

非汝不我(비여부아)
但只是渠(단지시거)

비어 있음의 무한 잠재 가능성과 비워둠의 功效(공효)와 진가를 명료히 인식하고 지금까지 내가 고집했던 나의 시간과 공간을 무로 돌리고 비워 버리면 차츰 한 답이 떠오를 것이다. 비어 있지 않고 누군가 비워 주지 않으면 세계는 유지되지 않는다는 사실을 깨달았다면 인류가 構築(구축)한 거대한 역설과 모순의 블랙홀에 빠져 들어가지 말고 찬란한 미래와 행복이 소용돌이치는 화이트홀로 과감히 뛰어 들어가라. 생사를 이미 초월한 자는 잠을 자지 않아도 무방하겠지만 나는 잠이 오면 자고 깨면 일어나는 것이 그나마 할 일이네.

저 조그만 불꽃이

옥색 두루마기 차림에
머리 위에 불꽃을 이고 단좌한
하나님

그 하나님이
나를 슬프게 하고
살아 있다는 징표도 된다

사방 한 자도
환히 밝히지 못하는 작은 불꽃이
명암에는 대소가 없다는 것을
증명한다

또 존재에게
목숨에게는
차별이 없다는 걸
고요히 밝힌다

육십 년 전에는 저 불꽃 아래서
책을 읽고 공부하였지
다시 육십 년 뒤에는 무엇을 할까

그때가 오면
하얀 두루마기를 벗고 알몸으로
정수리에 불꽃을 이고 서리라
저 작은 등잔처럼

낙하(落霞)를 아름답게

‘인생을 왜 이렇게 복잡하게 생각하고 어렵고 힘들게 사느냐?’고 누가 묻는다면 무어라고 답할 것인가. 천부적 자질과 사회성의 특징을 가진 인간이라서 그런가? 그런 측면도 있겠지만 누구도 피해 가기 어려운 원초적 함정, 즉 허욕과 더불어 허영이 심층 심리에 내재해 있기 때문이라고 본다. 어쩌면 천형이라고나 해야 할 이 헛것들의 충족을 위해 복잡한 계산과 설계, 교묘한 속임수와 기관 장치들이 필요해진 것이다. 인간의 오욕 중 본능에 속하는 식색은 언제나 과탐(허욕)이 문제를 초래했다. 더욱 맛있는 것과 포만의 추구, 변질, 변용된 성적 쾌락의 도착이 사회문제화와 범죄를 유발했다면 인간을 가장 인간답게 타락시킨 것은 재물욕과 명예심이 주범이었다. 사회적 신분과 지위가 가져다주는 알량한 명성 때문에 얼마나 많은 사람들이 스스로 목숨을 버렸으며 또 보장된 지위와 신분으로 말미암아 생기는 재물에 집착하여 얼마나 많은 이들이 패가망신하고 영어의 몸이 되었던가.

말과 글(언어)은 의사의 표현과 전달 기능을 갖는 관계로 때로는 심대한 오류와 모순을 드러내는 부작용이 있는 반면 노래와 춤(가무)은 감정과 감성을 본질적으로 내함하고 있기에 기교와 창법에 따라 감동의 진폭이 다를 뿐 모순이나 오류가 붙을 자리가 없고 부작용이 따를 염려도 별무하다. 말과 글에는 속이고 속는 일이 허다하나 노래와 춤에는 매혹은 있을 수 있어도 속이거나 속을 일도 없다. 나고 죽는 일(생사)은 모든 생명체에게 일반적 현상이지만 당사자에겐 절대적 일대사다. 한 존재에겐 절대적일 수밖에 없는 이 생멸의 문제가 실은 엄중한 세계(우주) 질서라는 사실을 모르거나 간과하고 있다. 부연하면 인간들이 지어낸 관념에 속거나 속을 수 있다는 것이다. 금생을 전제로 당연히 전생과 후생도 가정할 수 있고 환생과 영생, 불사불멸 따위의 관념은 물론 천당지옥의 설정과 유혹, 경계에 얼마든지 속고 있고 속을 가능성도 농후하다. 누군가가 오고 가는 것이 바람 불고 구름 날며 물 흘러가는 것처럼 극히 자연스러운 질서의 한 부분이며 그 질서에 순응하는 것이 진리의 길임에도 인간들은 그냥 좌충우돌하면서 허망한 몸부림을 치고 있는 것이다.

잡다하고 황망한 말과 글에서뿐만 아니라 이젠 지나간 생은 어찌할 수 없더라도 남은 시간들은 생에서 거품과 군더더기를 말끔히 걷어내는 것, 그래서 단순(simplicity), 간명(conciseness), 바보처럼(foolish) 살면서 이 삼 요소가 자연스럽게 하나의 초점을 향하여 응집되면 삶 자체가 가을 못처럼 담담하고 명징해지면서 영원의 통로가 보이지 않겠는가….

인간이 포지하는 주관적 가치는 상호 비교 대상이 아니기에 더 나은 가치, 더 못한 가치란 없다. 다만 개별자의 주관적 가치관이 외표로 객관화되었을 때 사회적 판단이 따르고 문제도 발생하는 것이다. 그럼에도 불구하고 사회적 존재는 그 이유만으로 객관적 가치를 존중하고 따르지 않을 수 없는 것이다. 지는 노을을 아름답게 바라보는 이가 있다면 쓸쓸한 상념에 잠기고 처연한 심정으로 한잔 술을 마시는 사람도 있을 것이다. 같은 인간의 언행도 관점과 시각에 따라 달리 평가, 해석한다. 미리 정해진 고유의 가치란 본래 없는 것이다. 인간 세상의 가치란 각자가 창출하고 사회적으로 인정되면 객관적 가치가 되는 것이다.

사회적 혹은 객관적 가치의 한 편린을 짚어 보자면 현 시대는 태생적으로 공동선이나 공공의 편익에는 그 중요성을 모르거나 아예 관심 없는 부류가 너무 많다는 사실이다. 가정교육에서 공교육까지 한참 빗나갔다는 이야긴데 인간의 기본과 사회적 가치의 재정립이 필요한 이유이며 진부한 이야기들을 중언부언하는 것도 가치의 한 유형을 제시해 보고자 하는 과욕의 소산일지도 모르겠다.

무중도

간밤에 영락도원을 유람했다
늙은 소를 몰고 가는 늙은 농부가
손가락질하는 남녘 포변

전생에 보았던 것일까
복사꽃 만발하고
수염쟁이 어부가 빈 배를 저어오는
바닷가
멀리 세존도가 보였다

땡전 한 푼 없는 주머니를 만져 보며
돌아갈 차도 배도 없는 황무한 해변에서
꿈조차 무의미해질 때
비로소 길을 찾아야 한다는 걸

어슴푸레한 거리쯤에
가라앉아 있는 섬이
묵언으로 말하고 있었다

꿈꾸기 전이나
꿈속에서나 다를 것 없다면
밤마다 찾아오는 불청객은
몽둥이로 내쫓아야 한다는 것도

오월 문답

새벽 두 시 반
하안거 방부 신청을 받았다

어디서 왔는가
남방에서요

북방에는 길이 없던가
거기는 아직 추워요

한마디 일러 보게
뻐꾹…

동구불출 십 년에 너 같은 놈 처음이다
다시 한번 일러라
뻐꾹…

내가 졌다
광활한 자유천지 그러나 여기는
솔개도 있고 사나운 매도 많다 한 철 무사히 나려거든
모름지기 照顧靑天(조고청천) 할 것

生來處(생래처)와 死去處(사거처)

산촌 통신

1

잘 사는 것이 잘 죽는 것입니다. 즉 멋있게 사는 사람이 죽을 때도 멋스럽게 가는 것이지요. 거꾸로 더럽게 살다 보면 더럽게 죽습니다. 그렇다면 삶과 죽음이 정반대의 대척점에서 마주 보는 현상이 아니라 불가분의 인생 문제에서 대등한 의미를 갖고 작용을 하는 것으로 볼 수 있습니다. 어떻게 사는 것이 잘 살고 멋있게 사는 것일까요? 다랍게 살지 않는 겁니다. 타자에게 폐해 끼치지 않고 국가, 사회에 짐 되지 않으며 나름대로 열심히 살면 다 멋있는 인생입니다.

2

선인(先因)은 숙명이고 후연(後緣)은 운명이라고 할 수 있습니다. 생인(生因)은 숙명이라 설령 석가부처의 경지라 해도 어찌해 볼 수 없는 것이지만 후연은 불필요한 관계를 맺고 불러들이지 않으면 조율이 어느 정도 가능한 운명으로 수용할 수 있겠습니다. 하지만 이 또한 절대 쉬운 일은 아닙니다. 변하는 것(變化, 변화), 끊임없이 변해 가는 것, 이것이 불변의 진리입니다. 생장하는 것도 변화, 쇠멸하는 것도 변화, 이 변화의 묘도(妙道) 위에 세계가 펼쳐지고 모든 유정, 무정이 출현하고 사라져 가며 유지, 존속되는 우주의 법칙, 곧 진리인 것입니다. 대해의 적도 부근이 변화의 첫 번째 공간입니다. 온종일 내리쬐는 태양의 복사열에 의해 발생한 다량의 수증기가 구름이 되고 구름은 바람의 영향을 받으며 전 지구의 상공으로 흩어집니다. 대류와 기압의 인연을 만나 비로 변한 구름은 대지로 스며들고 그 수분들은 다시 초목의 뿌리와 수관으로 유입되어 생명 유지의 원액이 되고, 동물의 혈관과 장기를 통해 체액으로 변하여 계류와 시내, 하천, 강을 경유하여 바다로 흘러드는 대순환을 반복합니다. 이 모든 현상들이 생멸을 주관하는 변화의 위대한 작용이며 존재의 순환을 구동하고 조화를 이루는 묘리이며 현도(玄道)인 것입니다. 물리적 변화의 시작은 그렇다 치고 시공에 구애받지 않는 변화의 기초 형식이 있으니 바로 인간의 마음입니다. 비물질이면서 묘용을 드러내는 마음의 본질 또한 변화입니다. 욕망의 대상인 경계를 따라 이리저리 흔들리는 마음을 변덕스럽다 하여 그것을 변하기 쉬운 마음이라고 하지만 그것은 변화가 아닙니다. 자연스럽게 옮겨 가고 바뀌어 가는 것, 그것이 변화의 묘도이지 한곳에 머물러 있는 마음, 그것은 이미 죽은 것이고 마음도 아닙니다. 금강경에 보이는 응무소주이생기심(應無所住而生其心)이란 명구가 바로 이를 증명하지요. 끊임없이 흘러가는 시간이나 강물 같은 변화의 작용, 그 물결을 유심히 관찰해 보면 자기 자신의 운명의 흐름도 감지할 수 있을 것입니다. 악연을 피한다고 해서 운명이 쉽게 바뀔까요? 허욕이나 탐애의 발동은 결국 어리석음에서 기인하니 욕망이 충동하는 부자연스럽고 불필요한 관계를 맺지 말고 연(緣)줄을 걸지 않는 현명함이 자기의 운명을 스스로 정화, 개척하는 첩경입니다.

3

과욕인지 허욕인지 모를 한 정치인의 허세 때문에 온 나라 사람들이 몸살을 앓고 있습니다. 자신의 잘못, 무수한 과오들은 하나도 인정하지 않으면서 집권세력의 강압과 핍박에 굴하지 않는 기개를 보여 주겠다고 억지를 부리고 무리수를 강행합니다. 이는 가치관이나 정치 신념에 남다른 차이가 있어서 그런 것이 아니라 애초에 길을 잘못 들었는데 이를 알면서도 행로를 수정할 용기가 없는 소심함과 어리석음 때문인 것으로 보입니다. 보통 세상을 보는 눈, 즉 세계관이 다른 특별한 안목을 척안(隻眼) 혹은 제삼안(第三眼)이라고 하는데 같은 뜻입니다. 이러한 격외의 뛰어난 안목을 심안 또는 혜안이라고도 하지만 정작 이러한 지혜의 눈을 갖춘 사람은 천박한 언행으로 일관하는 정치 술수 따위에는 관심도 두지 않습니다. 곧 잡힐 듯하면서도 거리는 더욱 멀어지는 그 무엇을 거머쥐지 못해 애가 탈 때 과연 어떻게 하는 것이 가장 현명한 처신일까요? 승패 간에 끝장을 보려면 최소한 주변과 타인에게 폐해를 끼치지 말고 스스로 해결하는 것입니다. 아니면 깨끗이 두 손 털고 미련 없이 놓아 버리는 일뿐입니다.

水流花開(수류화개)

두드리면 통통 튀어 오르는 고무공, 매어진 실이 끊어져 하늘로 날아가는 오색 풍선, 깃대에 매달려 나부끼는 깃발처럼 살고 싶고 그런 꿈을 꿀 때가 있었다. 좀처럼 잡기 어려운 산토끼를 쫓으며 내게도 총이 있었으면 하는 바람이 있었지. 예쁘게 생긴 여배우의 사진을 책갈피에 숨겨 놓고 가끔 꺼내어 볼 때도 있었지. 비현실적이지만 順直(순직)했고 현실적이지만 願望(원망)에 불과했던 그런 시절이 지나가고 끔찍한 고통의 순간들을 인내한 대가인지 모를 직장과 가정이 엄동에 꽃 피듯 생겨났지.

혹독한 겨울, 초열지옥 같은 여름이 빨리 지나가기를 바라는 것은 고단하기만 한 생이 후딱 지나가기를 기다리는 것과 다를 바 없다. 駑馬(노마)가 폭풍우 속으로 뛰어들기를 주저하는 것같이 지레 겁을 먹으면 그 생은 이미 종 친 것이다. 겁이 없고 두려움을 모르는 일생을 살았으면 남은 일은 원래의 목표를 確證(확증)하고 생을 마무리하는 것이다. 금생을 끝으로 인간계와 작별하려면 생을 마치기 전에 도를 이루어 무위자연과 합일하여야 한다. 도는 드러내어 보일 수는 있어도 설명할 수 없고 언어로 定義(정의)할 수도 없지만 굳이 사족을 붙이자면 세계(인간계+자연계=우주) 운행과 유지의 본질인 질서 그 자체이며 동시에 작용인 것이다. 도가 알고 모르는 데 있는 것이 아니라면 보아서 알고 들어 알고 만져서 아는 것 등 느껴서 아는 것도 아니며 그 모든 것(六根, 육근)의 작용을 총합하여 아는 것도 아닌 것이다. 다만 全身全心(전신전심)을 投影(투영)하여 天地合一(천지합일)을 이루어야 비로소 도를 조금 터득하게 되는 것이다.

낮은 곳에서 올려다보이는 곳은 높은 곳이고 높은 곳에서 내려다보이는 곳은 낮은 곳이다. 관찰자의 위치에 따라 高低(고저), 遠近(원근)이 달라지는 상대 비교적 판단의 결과다. 또 관점에 따라 달리 판단, 평가되는 것들도 있다. 객체 또는 객관적 상황에 대한 주관적 가치 판단이다. 한 존재, 인간의 생애를 長短(장단)으로 표시하는 것은 가능하나 객관적 數値(수치), 즉 생존 기간의 대비에 근거한 상대적 평가일 뿐이다. 인간의 出現点(출현점)과 死滅点(사멸점)을 정해 놓고 비교 도표를 그려 長短(장단)을 설명하는 것은 主客(주객) 어느 면에서도 실익이 없는 徒勞(도로)이다. 나이를 숫자, 年數(연수)로 셈하고 따지는 것은 무의미, 무가치하다. 아득한 전설의 팽조와 동방삭을 들먹이고 백세시대를 구가한다지만 대다수가 팔십 전후로 맥없이 스러지고 마는 사실을 부인하지 못한다. 생이란 야구 경기처럼 그라운드를 빙빙 도는 그런 것이다. 치고 달리고 또 치고 달려서 집(home)으로 돌아가는….

여기까지는 꽃은 피고 물은 흐르는 江路(강로)를 거슬러 올라왔다. 고향집이 보일 때가 다 되어서 뜸 좀 들이고 쉬련다. 일생을 살아가면서 파도처럼 밀려오는 시련과 고난이 있다. 生(생)이라는 한 구역을 통과하는 의례로 여기고 대부분 잘 버티고 견뎌 나간다. 그러나 예고 없이 찾아오는 위기는 없다. 느닷없이 몰아닥친 불행, 불운도 사실은 예정된 것이다. 당대의 사회적 특성이 생성해 내는 불행의 요소들, 각종 사건 사고와 재난은 예측 불가하고 불가역적일 수도 있다. 그러나 지극히 개별적인 문제들, 질병을 비롯한 개인적 요소들은 대부분 방종과 나태, 즉 불성실이 초래한 화근이다. 위기를 극복하는 포인트(point)는 절제와 自重(자중), 가장 취약한 부분에 대한 집중 관리와 개선이며 다른 하나는 일단 멈추고 호흡을 고르면서 지나온 路程(노정)을 리셋(reset)해 놓고 반추하면서 재충전의 기회를 갖는 것이다.

달팽이가 집 밖으로 나오기는 쉬워도 한번 나오면 다시 들어가지는 못한다. 달팽이는 뒷걸음질을 못 하는 까닭이다. 그러나 인간은 언제 어디서나 돌아설 수 있고 그대로 백스텝을 밟아도 된다. 사람 사는 일이 마음대로 다 된다면 무슨 시비, 갈등이며 걱정거리가 있겠는가. 문제는 나아가야 할 때 물러나고 멈추고 관망하거나 한발 물러야 할 때는 오히려 고집을 부리는 愚(우)를 범한다는 사실이다. 어쩌랴, 그래도 꽃은 철 따라 피고 물은 여전히 흐르는 것을….

소실점 너머

종소리는 들리는데 어디서 나는지는 모른다. 종소리가 나는 곳은 아는데 소리가 흩어져 사라지는 곳은 모른다. 잔잔한 연못의 수면에 동심원이 그려지는 이유는 짐작하지만 사방으로 번져 나간 동그라미의 파문이 고요 속으로 잦아들어 원상태로 회귀하는 까닭은 모른다. 선로 위의 기차, 수평선을 떠가는 배, 창공을 나는 비행기가 視界(시계)를 벗어나 사라지는 마지막 점, 그것을 消失点(소실점)이라고 하지만 사람들은 환영처럼 사라진 것들이 다시 돌아온다는 것을 안다.

나무의 나이테 형성은 생장점에서 시작하여 동그라미 형태로 확대, 확장되어 간다. 마치 고요한 호수에 던진 돌멩이가 同心圓(동심원)의 波紋(파문)을 그리며 확장되어 가듯이. 어떤 존재나 물체가 출발점을 지나 한계 내지 임계점을 통과하면 추진력과 확장력이 감소하면서 결국 소멸하는 소실점과 마주치게 된다. 생명자 중에 오직 인간만이 오는 곳과 가는 곳을 알려고 노력하지만 여전히 오리무중이다. 生緣(생연)과 死因(사인)은 경험칙과 과학으로 명확해졌으나 生來處(생래처)

와 死去處(사거처)는 현상계에서는 아직 증명된 바가 없다.

시야에서 사라지는 마지막 점 하나, 물수제비뜨던 돌멩이 깜빡 가라앉듯 다만 보이지 않는다고 해서 그저 아무것도 없는 것일까? 맥놀이치던 종소리가 더 이상 들리지 않는다고 해서 아주 사라진 것일까? 시공의 확장과 축소는 임의적일까, 불가역적일까? 하나의 點(점)이 되었다가(최대 축소) 이내 視界(시계)에서 사라지는 消失(소실, 무한 축소), 그다음엔 무엇이 있을까? 그냥 無(무)일 뿐인가? 그러나 시야와 기억에서 사라졌다고 해서 실제로 사라진 것도 無化(무화)한 것도 아니다. 그냥 보이지 않는 것이고 잊혔을 뿐이다. 한 사람의 의식과 기억에서 사라져 가는 마지막 부분을 忘却点(망각점)이라고 한다면 그 망각 너머 自己(자기) 망각 이외의 객관세계는 여전히 펼쳐지고 온존하는 것이다. 생명 존재의 소멸도 그와 같은 이치로 죽어 없어진 것이 아니라 확장의 끝에서 메아리처럼 되돌아오는 축소의 과정을 거쳐 무한 속으로 잠겨 가고 다시 새로운 인연을 기다려 때가 무르익으면 어떤 모습으로든 출현하게 되는 것이다.

무한 확장과 무한 축소, 무한이라는 시공 개념에서만 같은 것이 아니라 사라지고 나타나는 현상의 동일 반복이라는 점에서도 같다. 모든 존재와 현상은 스케일과 사이클의 차이가 있을 뿐 확장과 축소의 과정을 영원 속에서 반복하므로. 존재의 生成點(생성점)과 消滅点(소멸점)도 시공을 달리하지만 역시 반복한다. 거시 관점에서는 우주적 성주괴공이고 미시적으로는 한여름 밤 풀숲에서 명멸하는 반딧불인 것이다. 生從何處來 死向何處去(생종하처래 사향하처거), 가는 곳을 모르는데 온 곳은 어찌 아는가? 온 곳이 바로 가는 곳! 緣生緣滅(연생연멸)하는 존재는 인연(有爲法, 유위법)을 쉬어 버리면 不來不去(불래불거)다.

무한 우주에 산재해 있을 미지의 세계들을 想定(상정)해 두고 소실점 너머 不可視(불가시)의 세상이 우리들을 기다리고 있다는 믿음과 희망을 가질 수 있다면 안팎으로 팍팍하고 살벌한 시대에 그나마 다소 위안이 되리라. 사라진 종소리, 퍼져 나간 물결 그 너머, 종소리의 波動(파동)과 波紋(파문)이 소실된 지점은 다만 無(무)의 세계가 아니라 거기에 사나운 호랑이와 유순한 토끼가 사이좋게 공존하는 새로운 세상이 열린다는 꿈같은 소식을 전하며 바람이 지나가는 길목에서, 종소리 흩어지는 곳에서 부디 나를 찾아보기를….

호랑이해와 토끼해가 마주 보는 밤에 민초

開士悟水因(개사오수인)

물의 성질은 무색, 무미, 무취의 三無(삼무)이고 일정한 형태가 없다 보니 실은 성질이라 할 게 없다. 근본 성질이 없는데 특성은 있겠는가? 다만 아래로 흐른다든지 스미고 젖는 성질은 고유한 속성이라고 해 두면 될 것이다. 물은 그러면서도 무엇 하나 차별하지 않고 모든 것을 포용하는 자비와 생명의 어머니다. 짜고 쓰고 맵고 시고 단맛, 붉은 물, 검은 물, 더럽고 깨끗한 것을 가리지 않고 다 수용하기 때문이다. 일정한 형태가 없다지만 못에 고이면 못물, 술잔에 담기면 술, 풀잎에 맺히면 이슬이 되는 무한자재 변신이 가능한 마법의 원초적 본질이다.

물을 가열하면 증기로 기화하면서 본래 원소인 수소와 산소로 분해, 환원된다. 기화된 원소는 대기 중에 떠돌다가 어떤 계기로 인연이 화합하면 다시 물 분자가 되어 구름을 형성하고 중력을 견디지 못할 정도에 이르면 눈비가 되어 떨어지는 것이다. 눈, 서리, 우박은 외형상 물이 아니지만 물 위에 떨어지면 도로 물이 되고 모닥불 위에 떨어지면 기화하여 물의 결합 원소인 수소와 산소로 환원한다. 현출된 모양은 다르나 물의 근본 성질은 변하지 않는 까닭이다. 초목이나 동물의 사체를 태우면(加熱, 가열) 연기로 기화되어 대기 중에 흩어지고 다 타지 못한 것은 재가 되어 흙과 물에 흡수되고 토양의 일부가 된다. 타고 남은 재는 다시 생명체의 재료로 환원되고 흩어진 연기도 물 분자에 편입되어 역시 새 생명 구성의 한 축을 담당하게 되는 것이다.

생명은 어디에서 오는가? 명백한 과학적 근거를 요구하는 현대에도 생명과 생명체의 관계는 분리하여 논할 수 없고 물의 존재 형식(分子式, 분자식, H_2O)과 동일한 구조를 갖는다고 본다. 물질과 비물질의 결합 형태인 생명체는 물 분자의 해체처럼 분리되면 원래의 生命因(생명인, 識, 靈, 魂, 식, 영, 혼)과 물질 원소(지수화풍)로 다시 환원되는 것이다. 생명체의 절대적 구성요소인 물과 물 본유의 속성을 비교해 보면 이러한 현상을 존재의 순환 법칙이라고 정의해도 무방할 것 같다. 물을 가열하여 증발시키고 물체를 태워서 無化(무화)시키는 것처럼 한 인간을 치열한 수행과 담금질로 精華(정화)하면 그 功能(공능)은 물질의 한계와 구속에서 벗어나 오히려 물질을 자유자재로 통제할 수 있는 경지에 도달할 것이다.

손끝에 작은 가시 하나만 박혀도 아파서 펄쩍 뛰는 인간을 무엇으로 가열하고 태울 수 있을까? 산 사람을 태워 죽이는 화형은 끔찍한 범죄로 야만의 시대에도 흔치 않은 일. 하지만 自火葬(자화장), 燒身供養(소신공양), 燃指(연지) 등은 근현대에도 종종 있었던 일이다. 살아 있는 인간이 육신의 일부를 태우거나 상처를 내어 가며 수행한다는 것도 상상하기 어려운 일인데 여기서 과연 무엇을 어떻게 태울 것인가? 물의 속성과 유사한 인간의 본성에 달라붙어 부정적 작용으로 나타나는 것들, 오랜 버릇이 굳어져 습성이 되고 그 습성이 한 인간의 됨됨이를 평가하는 人性(인성)으로 擬制(의제)되는 탐욕과 我執(아집)을, 교만, 위선을, 奸狡(간교)한 性行(성행)을 말끔히 태워 버리는 것이다. 我慢(아만)과 허욕을 버리는 것으로 시작하여 고도의 수행으로 영혼이 맑아지고 心識(심식)이 명료해지면 존재의 근원이 드러나 보일 것이고 더 태우고 버릴 것이 없어지면 비로소 영원과 함께 대자유를 누리는 것이다.

뛰어난 근성을 가진 자(開士, 上根機, 개사, 상근기)는 욕실에서 몸을 씻다가도 물을 인하여 홀연히 깨닫는다고 한다. 아마도 淨穢(정예)가 없고 늘지도 줄지도 않으면서 모든 生命者(생명자)의 근원이 되는 물의 성품이 인간의 본성과 같다는 사실을 문득 알아챘다는 것일 터이다. 사람의 몸을 구성하는 요소들 중에 수분, 물이 차지하는 비중과 중요성은 절대적이다. 오염되지 않은 물이 목숨을 살리고 유지하는 것처럼 본래 더럽혀지지 않는 인간의 성품을 바로 보면 무엇을 태우고 버리고 할 것도 없는 것이다.

時空超越(시공초월, transcendence)

시간 이동(time slip)과 공간 이동(space mobility)이 현실 세계에서 가능하다면 어떤 현상이 벌어질까? 만약 그런 일이 실제로 일어난다면 상당한 사회적 혼란이 야기되고 사태가 안정되는 데도 오랜 기간이 걸릴 것이다. 하지만 시공은 분리되지도 않고 분리할 수도 없는 개념이면서 불가분, 불가역적 현상이며 물질로서 형체를 갖춘 모든 것들의 존재 조건이며 기초 형식이기도 하다. 그러나 인간들은 이 절대의 법칙에 대하여 반역을 꿈꾸고 초월을 시도한다. 불편하고 불만스러운 현실이 지속되면 불안 심리가 증폭되고 불안한 삶에서 행복은 찾을 수 없기 때문이다.

현실계에서 제약을 가장 많이 받는 것은 다름 아닌 바로 이 몸뚱이, 육신이다. 마음대로 가고 오고 한다지만 과학문명의 힘을 빌리지 않는 한 허공을 날고 물 위를 걸어갈 수도 없거니와 빨리 뛰어가지도 못한다. 설령 10초에 100미터를 주파한다 해도 이내 헉헉거리며 주저앉고 만다. 건강한 몸으로 오래오래 살고 싶어 하지만 온갖 질병이 무시로 공격해 오고 불의의 사고와 재난도 도처에 지뢰밭처럼 잠복해 있다. 또한 이 몸을 이끌고는 천당, 극락도 갈 수 없다. 하느님, 부처님도 데리러 오지 않는다. 그러면 영혼은 자유로운가? 종교계 일각에서 영혼의 실재 여부를 놓고 입장과 견해를 달리하지만 있다고 하더라도 영혼도 자유롭지 못하다. 왜 그런가? 영혼이 한 인간의 주인공이라면 그 마음과 육신을 통한 작용으로 실체를 드러내고 행위 할 것인데 현실은 우선 재물에 걸리고 주색과 쾌락의 덫에 치이고 명예에 발목 잡힌다.

온갖 탐욕과 허영, 허욕에 계박된 영혼이 어떻게 자유로울 수 있나? 그런데도 이 몸을 가지고 시공을 마음대로 넘나든다?

시공 이동 혹은 초월은 과거나 미래 세계로의 자유로운 移行(이행)을 의미한다. 전혀 불가능할 것 같지만 경우에 따라서 가능할 수도 있는 꿈의 여행, 추억과 飛翔(비상)의 여행이라고 해도 무방할 것이다. 한 사람이 살아온 환경이나 그 사람의 천성과 인품, 지식 정도 등, 즉 인생행로에 따라 각자마다 개성과 사연이 있고 다르겠지만 나의 경우를 들어 시공 초월에 접근하는 방법을 예시해 보면 다음과 같다.

1. 시공간 이동에 유용한 재료

청각의 활용: 빗소리, 바람 소리, 파도 소리, 여울물 소리, 천둥소리(遠雷, 원뢰), 누에 뽕잎 갉아먹는 소리, 부엉이 울음소리, 낮닭 우는 소리, 엄마 소 송아지 찾는 소리 등

시각적 접근: 등잔불, 등불, 아궁이 불, 아지랑이, 달무리, 바람에 쓸리는 갈대밭 혹은 대숲, 앞산에 낀 이내, 창공에 그어진 비행운 풀어지는 형상 등

후각적 접근: 보릿짚, 밀짚 태우는 냄새, 두엄 발효 냄새, 술독에 술 익는 냄새, 아주까리 혹은 동백기름 냄새 등등

2. 접근 방식

대상에 대한 관심과 집중, 몰입이 깊고 오랠수록 감각기관 간의 경계는 허물어지고 상호 보완 관계를 넘어 기능 대체가 가능해진다. 즉 눈으로 보아야 할 것을 귀나 코로 해결하는 것이고 손으로 더듬어 파악

하는 식이다. 나약하다면 한없이 무력하고 강해지려고 하면 맞설 자가 없는 인간의 능력은 정신력이 좌우한다. 신념과 의지가 금강처럼 굳세고 고도의 수련과 정밀한 수행이 궁극에 이르면 저 티베트의 밀라레파 성자처럼 아스트랄體(체)로 顯身(현신)할 수도 있고 수행의 結晶(결정)인 에센스가 응축, 응결되면 사리가 생길 수도 있는 것이다. 과거로 소급해 가는 이행은 결국 전생을 찾아가는 것이고 미래를 미리 더듬는 것은 후생을 예견하려는 것일 텐데 과도한 욕망이 외려 화를 자초할 수도 있겠지만 인간들은 도전을 멈추지 않는다.

3.

위에 예시한 感官(감관)의 대상들, 外境(외경)들은 내가 지금까지 살아오면서 무수히 접하고 느끼며 내 몸의 일부가 되어 버린 감성의 觸發劑(촉발제)들이다. 요점, 관건은 대상이 무엇이든 집중하고 몰입하는 것이다. 고양이가 쥐 한 마리 잡으려고 한나절을 꼼작도 않고 쥐구멍을 응시하고 있는 집중력을 배우면 족하다. 실례를 하나 들어 보면 두엄 발효 냄새는 요즘 젊은이들은 고개를 갸웃할 법한 말인데 농촌에서 살아 본 나이 든 사람들에게는 익숙한 재료다. 오월 상순 무렵 무성하게 피어나는 초목의 잎들과 묵은 볏짚, 보릿짚 따위를 섞어 썰고 거기에 가축 분뇨를 끼얹어 퇴비를 만드는 작업을 하는데 이 거름 무더기가 시간이 지나면서 내부에서 발생한 열로 삭아지고 발효되는 과정에서 나는 냄새를 말한다. 한 번 맡아본 사람은 평생 잊지 못할 구수하면서도 무어라고 표현하기 어려운 특이한 냄새인 것이다. 그러나 지금 시대에 이런 퇴비를 만드는 곳은 없으니 그저 옛 기억에 의탁하여 타임머신을 대체할 뿐이다.

또 멀리 외계에서 시공 이동의 재료를 찾을 필요 없이 스스로를 되돌아보면 된다. 우리 삶의 현장과 주변에는 조상들의 흔적인 유물과 유적이 산재하고 실제로 그분들이 물려준 이 몸, 나 자신이 그 증거이다. '나'라는 한 존재의 실존, 그것은 먼 과거의 연장이며 아직 오지 않은 미래의 豫證(예증)인 것이다. 선조의 피가 지금 내 몸속에 돌고 있고 유전자는 또 다음으로 이어질 것이다. 현실에서 불가능한 것, 없던 것들이 미래에 차례로 나타난 사실을 역사가 증명하고 있다. 부엉이 울음소리를 듣고 보릿짚 타는 냄새를 맡는 찰나에 유년의 고향으로 시공이 이동하는 경험을 해 본 적이 있을 것이다. 그렇다면 胎中(태중)에서 감지한 어머니의 한숨과 울음, 그 고초와 슬픔을 오랜 세월이 흐른 지금도 생생히 느낄 수 있다. 꼬이고 얽힌 매듭을 풀거나 원하는 목표를 찾아가는 데는 순서가 있다. 먼저 한 인간의 존재 증표인 이 몸을 바르게 잘 건사하고 마음을 도와 그 주인인 영혼을 감싸 안아야 한다. 버림받은 영혼은 갈 곳이 없다. 심신과 영혼이 함께 자유를 누리는 시공을 찾아가는 여로에 당신을 초대한다. 미지의 길은 헤치고 가는 자가 개척하는 것이다.

꿈의 變奏(변주)

한낮의 無聊(무료)와 閑寂(한적)을 불러오는 늦장마. 하릴없이 팔베개를 하고 누워 빗소리를 세다가 까무룩 잠이 든다. 비몽사몽간에 아득히 들리는 遠雷(원뢰)를 좇으며 浮游(부유)하는 촌로의 꿈은 허황된 비현실인가? 광대무변한 우주의 허공 한 귀퉁이에 담배씨 알갱이 하나가 던져지기 전의 상황에서 너와 나, 늙음과 젊음이 과연 무슨 의미가 있을까. 어느 날 지구별의 薄土(박토)에 착지한 담배씨는 緣(연)을 만나 발아하고 자라서 널찍한 잎이 되었다가 연초로 변신한 씨앗은 마지막 變成(변성)으로 인간들의 입과 콧구멍을 적시는 연기가 되어 도로 허공으로 흩어진다.

과거는 이미 현재 속에 녹아 스며들어와 있고 미래는 변화한 현재의 모습이다. 현실을 조금만 이탈하고 부정해도 존재자의 반열에서 배척당한다. 그러나 욕되고 추한 모습의 현실은 당장 그 자리에서 벗어던져야 한다. 이것이 현존을 부정하지 않고 진실을 찾아 진리의 문으로 들어가는 길이다. 쾌락과 탐욕으로 기울기 쉬운 인간의 심성은 바뀌기 어렵다. 일년생 잡초의 재발과 우점을 최소화하는 방법은 씨앗이 여물기 전에 꼬투리를 베어내는 것이다. 한번 여물어 버린 씨앗은 언제 어디서든 반드시 뿌리를 내리고 싹을 틔우기 때문이다. 인간의 습성도 이와 같아서 因(인)이 뿌려지고 緣(연)을 도와 열매를 맺고 결과가 발생하면 이미 늦다. 뿌리를 캐내든 業(업)의 그림자를 걷어내든 結實(결실) 전에 처치해야 하는 것이다. 自古(자고)로 지위가 높고 권세가 장하거나 거만과 오만이 同時(동시)하고 재물이 많으면 방탕, 교만해지는 것은 대다수 인간들이 피해 가지 못한 덫이었다. 눈에 보이지도 않는 병원체가 세계를 공포 속으로 몰아넣고 있지만 언젠가는 제자리를 찾을 것이고 손에 집히지도 않는 담배씨 한 알이 연기로 변하여 우주 속으로 사라지는 마술 같은 현실도 엄연한 사실이다. 씨앗은 크든 작든 모든 존재와 현상의 인이고 그 인을 구성하는 질료가 다양하므로 그에 합당한 각양각색의 꽃을 피우고 형상을 드러낸다. 인간들의 천차만별한 심성의 발로 또한 동일한 본성의 所以(소이)지만 인연의 매듭에 달린 거울에 되비치는(反射, 반사) 習業(습업)의 그림자가 각자의 운명을 끌어가고 있는 것이다.

지구 중력을 벗어나지 못하는 배, 비행기는 결국 출항지로 되돌아온다. 그 배, 비행기의 항적이 그리는 궤도가 圓(원), 동그라미와 비슷하기 때문에 둥글다는 의미에서 지구라고 명명하였다면 돌고 돌다가 구심력이 떨어지면 쓰러지고 마는 팽이는 제자리에서 돌면서 무수한 동심원을 그리지만 한 방향으로 도는 관성과 속도에 따른 작용의 결과일 뿐 팽이 자체가 반드시 둥글어서 그런 것은 아니다. 인생이라는 것이 분주히 세계를 누비고 돌아다니지만 결국 떠난 그 자리, 제집으로 귀환하는 것도 그 행적이 무수한 類似(유사) 동그라미를 그리기에 존재의 생도 輪回(윤회, 돌고 돈다)한다고 하는 것이다. 과거와 미래, 시간과 공간은 수직도 아니고 수평도 아닌 우주적 심원(心圓), 동그라미에 내재하는 현상에 대한 개념이고 인간들이 임의로 부여한 명칭일 뿐이다. 種(종)의 유전과 진화가 다양한 수단, 방식으로 이루어지고 시공을 초월하며 영역을 확장하는 기이함이 있지만 모기, 파리는 억년을 유전해도 그게 그거고 매미, 귀뚜라미도 그러하고 뱀이나 쥐도 마찬가지. 인간이 비록 진화의 시공을 가장 극적으로 압축했다고는 하지만 아직은 역시 그게 그거라는 自嘲的(자조적) 평가를 벗어나지 못하고 있다.

자연의 생태계에서 먹이사슬이 주로 수직으로 형성되어 있지만 수평적으로 상호의존, 공생하는 경우도 많다. 생명 질서의 系(계)에서 꽃고 쫓기며 捕食(포식)과 被食(피식), 억압과 被壓迫(피압박)의 줄다리기가 연속되지만 퇴로나 달아날 길이 완전히 막히는 경우는 없다. 물속의 세계, 지상의 야생들도 설령 잡아먹힐지언정 도망할 길이 없는 막다른 골목, 절대궁지에 몰리지는 않는다. 그러나 인간 세상의 경우는 다르다. 심리적 압박과 물리적 폭압으로 사실상 항거나 도피 불능의 상태로 몰아가서 결국 自盡(자진)하고 말게 하는 야만의 비정이 비일비재하니 개별적 혹은 조직적, 제도적으로 자행되는 비인간적 행태가 작금에도 정치권력과 경제적 死活(사활)의 기로에서 계속되고 있는 것이다. 보통 인간들은 자기 신체에 건강상 이상반응이 감지되면 이를 개선하기 위한 노력을 하고 병증으로 나타나면 치료에 전력투구하게 마련이다. 그와 같이 심성에 習癖(습벽)으로 굳어진 思考(사고)나 잘못된 行爲樣態(행위양태)도 즉시 또는 점차 개선해야 함에도 이는 게을리하거나 방치하는 것이 일반적 인성의 특징이다. 정작 인생을 망치기 쉬운 心病(심병)은 당장 결과로 드러나는 것이 아니기에 대수롭지 않게 여기고 목전에서 유혹하는 쾌락과 탐욕에 명운을 걸고 마는 것이 인생이라면 어찌 슬픈 일 아니겠는가.

밤이 오면 잠을 자야 하고 잠이 들면 꿈을 꾼다. 조신의 꿈이나 한단지몽, 남가일몽의 고사는 진부한 이야기지만 여전히 세속의 출세에 목을 매는 사람들에게 경종으로 울린다. 늦매미 지친 울음소리에 하마 가을인가! 가슴속에 한 줄기 싸아한 바람이 이는 늙은 농부는 달팽이마냥 기어온 칠십 생애를 낮 꿈속에서 술잔에 담아 비워 버린다. 영욕을 겪어 보지 못한 無骨蟲(무골충) 不名鬼(불명귀)의 삶에 청운, 백운의 꿈이야 있을까마는 한 철도 채우지 못하고 기진해 가는 晩蟬(만선)

의 노래는 아직 내게도 虛空遷化(허공천화)의 꿈으로 남아 현재진행중이다.

片片(편편) 노트

禪語(선어)에 有佛處急走過 無佛處不放過(유불처급주과 무불처불방과)라는 말이 있다. 문자대로라면 '부처가 있는 곳은 빨리 지나가야 하지만 그렇다고 부처가 없는 곳이라 해서 그냥 지나치면 안 된다'라는 뜻인데 부처나 그에 근접한 성현과 그에 미치지 못하는 중생이나 범부를 대입해 보면 조금은 감이 잡힌다. 행간에 숨어 있는 함의를 짚어 보면 모든 생명체와 사물이 동등한 가치와 존재의 당위성을 갖는바, 부처와 성인, 중생과 범부 등의 분별은 지어낸 이름이고 관념의 소산일 뿐이며 부처 혹은 깨달음이라는 관념에 미혹하여 거기에 안주하고 집착하는 경우라면 급히 지나가라는 것이고 모든 존재와 현상들이 세계의 참모습(皆是眞相, 개시진상)임을 모르는 초보에게는 부처가 없다고 해서 함부로 지나치지 말라는 경고인 것이다. 성현은 고귀하고 범부중생은 비천하다, 깨달은 자는 우월하고 無知蒙昧(무지몽매)한 자는 열등하다는 이분법적 관념에 사로잡히면 그 장막부터 제거하고 다시 시작해야 한다. 부처상, 중생상을 내고 富者相(부자상), 가난뱅이 相(상)에 집착하면 설령 어떤 경지에 이르렀다 하더라도 徒勞(도로) 아미타불. 다만 내심의 本覺(본각)을 보듬고 오로지 行(행)이 있을 뿐인 것이다.

성현과 범생은 비교 우열의 대상도 아니며 객관적 평가의 결과도 아니다. 인간의 格(격)과 가치는 오직 가장 인간다움에 달려 있는 것이다. 그럼에도 사회의 모든 영역과 분야에서 인간의 가치는 상대비교에서 비롯하고 평가된다. 개인 관계에서 '내가 너보다', 집단적으로는 '우리가 당신들보다 더 낫다'(잘났다, 똑똑하다, 강하다, 잘산다 등)라는 우월의식이 인간관계 전반을 지배하고 있는 것이 사실이다. 반면 비교 우위의 반열에 들지 못한다고 자괴하는 층은 그 열등의식만으로 충분히 열등할 수도 있다. 이러한 심리적 분열 현상이 이원성, 상대적 대립과 분별의 단초가 되며 여기에서 인간 사회의 차별화, 양극화 현상이 발생하는 것이다.

지구의 생성 과정과 연대를 살펴보면 地水火風(지수화풍)을 왜 四大(사대) 혹은 四元素(사원소)라고 하는지 이해할 수 있다. 초기 지구는 아마도 거대한 巖塊(암괴)였을 것이고 오랜 풍우의 侵蝕(침식)을 거쳐 부드러운 모래와 흙이 퇴적되고 바다와 호수가 만들어지면서 어느 땐가 최초의 생명체인 풀이 돋아나고 자라기 시작했을 것이다. 세월이 흐르고 풀을 먹이로 삼는 움직이는 생명체가 생겨나고 이어서 여러 종의 동물로 진화해 갔을 것이다. 여기서 地(지), 땅은 바로 공간을 의미하지만 水火風(수화풍)은 물질로서의 원소라기보다는 공간을 형성하는 요소로서 생명체가 출현하고 존속, 유지 가능한 質料(질료)로서의 의미가 크다고 본다. 땅과 부드러운 흙이 없으면 초목이 자랄 수 없고 초목이 없으면 인간을 포함한 동물도 살아갈 수 없다. 따라서 땅은 생명체가 존재할 수 있는 가장 기초적인 토대인 것이다. 물(水)이 없으면 역시 생명체가 출현할 수도 살아갈 수도 없다. 불(火)은 빛과 열기를 동반하면서 생명 유지의 기본 요소가 된다. 원시 생물이 태양열에 의존해 살아가다가 인류가 불을 발견하고 진화를 앞당겼지만 지금도 여전히 지구 심층부에는 용암이 부글부글 끓고 있고 태양은 대지를 달구고 있다. 바람(風)은 움직이는 동력을 의미한다. 살아 있는 식물도 끊임없이 움직이고 있는데 하물며 동물이 활동하지 못한다면 이미 죽은 것이다. 세계의 만물을 생성하고 변화시키며 유지하는 원리로서 네 가지 요소, 四大(사대)라는 개념은 인간이 생각해 낸 것이지만 관념과 현상, 사실로서의 괴리와 차이가 있다. 이질적인 요소들과 관념의 괴리를 中和(중화)하고 봉합하여 조화시키는 또 하나의 키워드가 있으니 바로 空大(공대)이다. 나는 변화를 공의 다른 이름, 다른 표현으로 간주한다. 늘 비어 있기만 한 것은 無用(무용)한 것이고 언제나 가득 차 있는 것은 암흑의 무덤일 뿐이다. 달이 차고 기우는 것처럼 오면 가고 채워지면 비워지고 나타나면 사라지는 변화의 원리인 공대 속에서 사대가 톱니바퀴처럼 물려 돌아가며 세계(우주)의 질서를 차질 없이 운행하는 것이다. 공의 권속인 네 가지 질료들이 화합하여 인간의 육신을 형성하고 정신까지 지배하다가 어떤 원인에 의하여 각기 본래의 질료로 환원하면 그 인간의 생애도 막을 내린다고 보는 것이 불교적 생사관이다. 우연히 생겨나고 아무 때나 죽어가는 것이 아니라 복잡하지만 정교하고 치밀한 인연의 개입과 과정을 거쳐 한 존재의 생멸이 우주적으로 펼쳐지는 것이다. 장엄하지 않은가?

은행 계좌, 비밀 금고에 넉넉한 현금을 보유하고 대형 냉장고에 온갖 먹거리를 저장해 둔 부유층 인간들의 표정과 언행은 여유롭고 자신만만해 보인다. 하지만 생사의 갈림길에서 느닷없이 마주치는 불청객은

빈부귀천 없이 두렵고 너나없이 당황망조 허둥대는 것은 공통된 반응이다. 겉으로 드러난 사안에 대한 객관적 평가는 기준 없는 상대비교의 결과일 뿐 비교가 적용되지 않는 절대 영역에서는 그러한 優劣(우열) 분별이 곧 허환이었음을 알게 된다.

국민이 직접 선출하는 지도자(대통령, 국회의원 등)는 임기 중 무형의 구속 상태와 비슷한 처지에 놓인다. 왜? 그 직무를 수행함에 있어 民意(민의)에 어긋나면 바로 지탄받고 정도가 심하면 해임(탄핵)의 사유가 되는 까닭이다. 여기서 뽑는 사람이나 뽑히는 사람이나 같이 명심해야 할 것은 내가 선출한 권력이라고 해서 네 마음대로 하거나 해도 된다는 가정은 철저히 부정되고 민주주의 핵심은 모든 권리와 책임, 의무는 법과 원칙에 의한다는 법치주의에 있다는 것이다. 종종 정치 행위 혹은 통치 행위라는 명목을 덧씌워 교묘하게 피해 가려는 술수를 자행하는바 이때의 정치, 또는 정치 행위는 불법과 편법을 임의적으로 차용한 것이므로 공식적 변론이나 변호는 민주적 법리에 위배되는 것이다.

바람의 노래

오목눈이 한 떼가 마른 풀숲을 비질하고 바람이 그 뒤를 좇는다. 솔개는 한 점 구름으로 높이 떠 있고 굴뚝새는 전깃줄 위에 보일 듯 말 듯 앉아 있는데 붕새는 구만리장천을 날아오른다. 왜 그런가? 제각기 생을 받아 나온 경로가 다르고 섭식 수단이 다르며 세상에서의 역할도 다르기 때문이다. 작은 새들은 고작 풀씨 몇 알, 날벌레 한두 마리면 족하고 솔개는 꿩이나 토끼를 노린다. 굴뚝새는 작은 몸을 옹송그려 자취를 감추지만 붕조는 허세를 크게 떨치어 천하를 도모하려는 것이다.

작은 새들이 분주하고 날렵하게 움직이는 것은 바람이 생명력을 불어넣어 주기 때문이며 솔개가 창천에 높이 뜨는 것도 바람의 힘을 비는 까닭이고 붕새가 아득히 허공 밖으로 나는 것도 바람의 속성, 즉 양력(揚力)을 이용함으로써 가능한 것이다. 삼만 육천 킬로의 장공(長空)에서 지구를 굽어보는 저 대붕의 위용이나 한 끼 먹잇감을 찾아 고공부양의 수고를 마다않는 솔개나 가시덤불 사이를 바람처럼 날아다니는 오목눈이나 저물녘 해거름에 하루의 생을 마치면서 떼 지어 나는 혜계멸몽(醯鷄蠛蠓)이나 살아가는 방식과 수단에 차이가 있을 뿐 한 존재의 생의 의미는 같은 것이다.

생명체는 지수화풍의 네 원소로 구성되어 있다는 전제하에 움직이는 원동력은 당연히 바람의 힘이다. 자연적 기류의 성질과 원리를 몸에 익힌 생명체들은 대부분 날렵함을 생존의 기술로 삼는다. 그런데 인간은 어떤가? 새처럼 날지 못하고 들짐승처럼 재빠르지도 못하며 물에 떠도 금방 가라앉고 만다. 그래도 인간은 바람에 의지해 살아간다. 호수의 심연 같은 내면에서 솟구쳐 올라오는 감성의 회오리바람! 이 바람이 뜨거운 정열(火大, 화대)과 조화를 이루어 존재를 키우고 향상시켜 나가는 것이다.

오로지 눈과 귀, 콧구멍과 혓바닥에 의지해 욕망을 좇고 채우며 살아온 날들이지만 이제 와 어찌할 수가 없다. 오관육식(五官六識)이 죄가 없고 마음이 이를 통어(統御)하지 못한 까닭이다. 물고기처럼 눈을 뜨고 자는 사람이 있고 눈 감고도 잠 못 드는 이도 있다. 귀는 열어 두고 묵연단좌(黙然端坐) 하는가 하면 귀마개를 하고 고함치는 사람도 있다. 세상일이 다 그런 것이다. 이제 바람을 일으켜야 한다. 내면의 호수, 그 심연에 켜진 조그만 불씨가 미풍을 일으키고 열기를 확산하면서 오래도록 지고 온 묵은 짐들을 태워 날려 버리고 가슴 가득 차오르는 시원하고 뜨거운 바람을….

사물의 안과 밖의 경계는 물체 윤곽의 선면(線面)이 될 것이고 인간의 육신에 있어 내부와 외부를 가르는 경계는 물체의 윤곽 역할을 하는 피부가 될 것이다. 입체적 형상의 윤곽이 안팎의 경계를 이룬다면 평면의 안과 밖을 구분하는 경계선은 울타리가 될 것이다. 직선의 양 끝을 구부려 이으면 동그라미가 되고 이때 만들어진 동그라미는 독립되면서도 제한되는 하나의 구역이 된다. 외부와 구획되고 단절된 동그라미의 내부는 더 세분된 구획이 가능하고 그 안에서 상대적 차이와 차별이 일어나는 세계, 즉 현상계가 벌어진다. 모든 생명 존재들이 어울려 살아가는 이 현상계는 생멸거래와 재부재(在不在), 명암, 유무가 확연히 대비되는 상대계로 인연법과 인과율이 적용되고 지배하는 유위법계인 반면 동그라미의 바깥은 어떠한 인위도 개입할 수 없는 절대무한, 절대자유의 세계다. 일반적 사물과 현상의 경계는 그렇다 치고, 확실히 대비되면서 대척점에 있는 듯한 생사와 유무, 명암의 경계는 어떻게 이루어질까?

물질, 물리적 형상으로서의 경계가 성립하지 않는 계(系)는 그냥 인간의 관점이 경계의 역할을 한다고 본다. 생사의 관점에서 경계의 기준은 '나'이다. 이른바 아상(我相)을 내고 그것에 집착하는 순간 그 '나'

가 일으키는 관념이 생사의 명확한 경계가 되는 것이다. 반면 아상이 일지 않거나 사라지면 경계 또한 소멸할 것이다. 생즉사 사즉생이 되어 분별의 경계가 사라지고 밝음과 어둠, 있음과 없음의 분별도 내가 고수하는 관점에서 일으킨 관념에 불과한 것으로 되어 버리는 것이다.

인간이나 야생동물의 세계에서도 보통 여기는 내 땅, 요만큼은 내 구역, 내 소유니 함부로 침범하지 말라는 표식을 하고 울타리를 치며 경계를 늦추지 않는다. 그러나 한번 생각을 바꾸어 보면 견고한 울타리를 치고 경계를 강화한 만큼 스스로를 가두고 자유를 제한하는 자승자박이 될 수 있다. 무욕의 자연을 상징하는 새하얀 종이 위에 먹물로 동그라미를 그리고 그 안에 스스로 갇히는 어리석음을 실제의 생활 경제와 소유 개념에 대입하기는 곤란하지만 무형의 자산, 무공용(無功用)의 공능(功能) 등 계량화, 형상화할 수 없는 정신적 가치에 관해서도 절제 없는 탐애의 포로가 되면서 본래자연, 무오류의 주인을 구속하고 고통스럽게 하는 것이 인간의 에고(ego), 강고한 자의식이 빚어낸 역설적 비극인 것이다.

바람은 걸림이 없다지만 일정한 공간에서는 드나드는 통로가 있어야 한다. 무한대로 지평 확장이 가능하다는 인간의 정신도 동그라미 안에 갇혀 버리면 바람의 자유를 상실할 수 있다. 무한 영역의 사고와 행동을 제한하는 동그라미의 울타리는 인간 스스로 쳐 놓은 것이다. 비록 그러하나 현상계, 현실을 유지, 존속게 하는 울타리는 그 누구도 함부로 부숴 버리지 못한다. 나는 이제 동그라미의 한 곳을 끊어 두어 안팎으로 자유롭게 출입하고 내외부의 세계가 서로 조응할 수 있도록 숨통을 틔워 놓으려 한다.

古今天地在一圓(고금천지재일원)
生滅去來頸上夢(생멸거래경상몽)
吾亦不見渠者影(오역불견거자영)
猶君琓弄浮世事(유군완롱부세사)

옛날과 지금, 하늘과 땅이
다 한 동그라미 안에 있고
나고 사라지고 오고 가는 일이
다만 모가지 위의 꿈이라네
나 역시 그것의 그림자도
못 보았는데 그대는 오히려
부질없는 세상사를 갖고 노는구려

민초 自誦(자송)

고사관수도(강희안, 한국데이터베이스산업진흥원)

斷章(단장) 노트

1

愛憎恩怨(애증은원), 是非善惡(시비선악), 美醜好惡(미추호오), 貧富貴賤(빈부귀천) 등은 인간계의 일이자 인간 특유의 관념이다. 이 관념의 울타리를 벗어나면 赤裸裸(적나라) 亦灑灑(역쇄쇄)의 경지가 펼쳐진다. 또한 이것은 아득히 세월 밖의 일로서 인생살이, 삶의 현장을 이탈하지 않고 고락생사에 기꺼이 동참하면서 온갖 制約(제약)을 가볍게 초탈하는 것이다.

2

나는 專門性(전문성)과는 거리가 멀다. 지식이든 기술이든 무엇이든간에 잘하는 것이 없는 까닭이다. 먹고 마시고 일하고 잠자고 애 낳고 하는 것은 아무나 하는 일이라 전문 영역이 아니다. 모든 것이 경제성(돈)과 연결되어 있는 이 세상은 전문가가 아니면 살아내기 어려운 시대다. 지식이든 技藝(기예)든 그저 평범 이하일 뿐이라면 먹고살기조차 힘들다는 말이다. 그러나 전문가의 영역은 무궁무진하다. 다만 그 분야를 찾지 못할 따름인데 인생 자체에도 전문성을 논할 수 있을까? 차를 달여 마시는 데는 茶道(다도)가 있고 혼자 술을 마셔도 酒道(주도)가 있다. 제상(祭床)을 차리는 데도 법식이 있고 농사와 고기잡이에도 농구와 어구의 준비와 수확에 이르기까지 나름대로 지켜야 할 절차와 기술이 요구된다. 땅을 파고 초목과 씨름하며 산 지 근 이십 년이지만 여전히 서툴기만 한 나는 오랜 경험으로 노숙해진 이들을 농사 9

단이라고 칭하고 예우한다. 그냥 평범한, 굳이 직업이라고 내세우기도 뭣하지만 전문 농사꾼, 전문 어부도 있음은 부인할 수 없는 사실이다. 수많은 분야의 전문가들이 그들의 뛰어난 재능으로 세상에 기여하는 바가 있으면 금상첨화이겠지만 그렇지 못한 경우도 얼마든지 있다. 법 전문가들은 법의 맹점을 이용해 인간과 제도를 농락하고 축재한다. 투자, 투기 전문가들 역시 사회 시스템의 허점을 파고들어 천문학적 이익을 취하면서 각종 범죄, 비리와 연루된다. 실정법상 범죄로 규정된 도박에도 전문 도박사들이 활동 무대를 장악하고 斯界(사계)를 주름잡는다. 몇 가지 사례를 들어 보았지만 요컨대 利他性(이타성)이 없거나 미미한 전문 기능은 효용 가치가 현저히 떨어진다는 점이다.

인생에도 등급을 매길 수 있겠지만 사람이 한 세상 살아가는 일, 제 인생 제 지게에 지고 간다고 해서 아무렇게나 살아도 되는 것일까! 人道(인도), 사람의 도리는 제시된 유형이 무수하지만 최소한의 품격은 갖추고 유지해야 하는 것 아닌가? 인도는 곧 인격인 것이다. 인간의 가치는 예의에서 비롯된다. 예의를 모르거나 알면서도 지키지 않을 때 바로 厚顔無恥(후안무치)라는 人間卑下(인간비하)가 따라붙는다. 조용히 엎드려 살면서 제 할 일이나 하고 있으면 될 것을 권력과 명예를 탐하다가 세상의 손가락질을 받는 사이비 정치인들이 넘쳐나는 세태에서 새삼 인간의 품격을 논해야 하는 것이 서글프다.

3

團團不知圓(단단부지원), 동글동글한 것은 제가 동글다는 것을 모른다. 거제 학동 몽돌해변에 가 본 적이 있는 사람은 무슨 말인지 대뜸 짐작이 갈 것이다. 고만고만한 돌멩이들이 무수하게 널려 있는데 만약 그 돌멩이들을 사람으로 바꾸어 놓으면 누가 누군지 알아보고 구별할 수도 없고 거울을 보아도 내가 누군지조차 모를 것이다. 바닷속에 몰려다니는 멸치 떼나 정어리, 고등어 떼와 다를 바 없다면 굳이 인간이니 사람이니 하면서 이름을 지어 부르고 품격을 논할 필요도 없을 것이다. 그러나 인간이라면 그래서는 안 되고 도리와 격식을 갖추어야 한다. 끼리끼리, 즉 '비슷한 것끼리 어울리고 같이 논다'라는 뜻의 類類相從(유유상종)이란 말이 함의하듯 소견과 욕심, 가치관이 고만고만한 사람들이 서로 뜻이 맞고 어울려 협업하기 딱 좋은데 이러한 조직이나 사회에서는 내가 어떠한 존재라는 자기 확신을 할 수가 없어 정체성이 사라지고 人品(인품)을 논하고 따질 일도 없게 되는 것이다. 귀한 인간의 몸을 받아 나와 멸치나 정어리 떼의 일원으로 전락하고 만다면 이건 정말 슬픈 일 아닌가….

4

生死於是(생사어시), 하나의 존재가 나고 죽고 하는 현상이 이와 같다. 是無生死(시무생사), 그러나 이것은 생사가 아니라는 말이다. 근대 善知識(선지식)인 한 스님의 열반을 두고 碑銘(비명)으로 붙여진 표현인데 일견 모순되는 주장 같지만 깊이 음미해 볼 필요가 있다. 꿈을 깨지 못한 범생들이 보고 들어 아는 생사는 다만 겉모습일 뿐, 실제로 생사를 체험하고 그 사실을 자각해 본 적이 있는가? 이 세상 올 적에 내가 태어난다는 것을 알고 왔으며 죽을 때는 내가 왜 죽어야 하는지 알고 가는가? 온 곳을 모르는데 가는 곳인들 알 리도 없다. 실제로 사람이 죽는 것은 인간답지 못할 때, 즉 인간성을 상실하는 순간 虛妄死(허망사)하는 것이다. 스스로 만물의 영장이고 最貴(최귀)한 존재라고 으스대지만 사람이 사람답지 못하면 아무리 自己美化(자기미화)를 해도 한 마리 짐승, 원시 상태로 회귀한다는 것을 잊지 말아야 한다. 네발로 기거나 두 발로 걷거나 짐승임에는 변함이 없다는 것을! 寬容(관용), 친절과 나눔, 연민과 자비, 헌신, 봉사를 모르고 오로지 자기 이익을 위해 사는 인간은 짐승류 중에도 최하급이라는 사실을! 꿈을 깨지 못하면 그대로 꿈속일 뿐이고 꿈을 깨고 나면 이미 꿈이 아니다. 모르는 줄을 모르면 영원히 모르는 것이지만 모르는 줄을 안다면 이미 아는 것이다(但知不會 是卽見性, 단지불회 시즉견성).

내가 있다(i'm here). 나의 존재를 느끼고 확인하는 것, 즉 존재감 내지 존재 의식은 네(타자, 상대방)가 있음을 전제로 생성된다. 반대로 네가, 타자가 부존재면 당연히 나도 없는 것이다. 내가 죽으면 나만 없는 것이지 객관 相對界(상대계)는 여전히 온존한다. 그러므로 나의 세계가 유지될 때 상대를 인식하기 전에 먼저 상대를 인정하는 것이 중요하다. 당신이 있기에 나도 있는 것이고 당신이 아프면 나도 아프고 당신이 행복하면 나 역시 행복하다는 사실을 체감한다면….

5

물의 속성을 개관해 보면 어떤 대상이든 젖고 스미며 담긴다는 것과 고여 있지 않으면 흘러내리거나 넘친다는 사실이며 이것은 물이 일정한 형태가 없다는 것과 연관된다. 또한 물은 가열하면 증발 · 기화하고 가냉하면 굳어져 고체로 변한다는 가변성의 속성과 함께 전체적, 본질적 특성은 모든 사물과 현상에서 소순환과 대순환의 연계 반복 구조인 순환 질서를 형성하고 있다는 것이다. 이 같은 물의 속성을 인간의 본성인 마음 작용과 비교해 보면 거의 유사한 측면이 있음을 알 수 있다. 형체가 없고 머무는 곳도 없으면서 분명한 작용을 드러내 보이는 마음의 妙體(묘체), 어느 곳에도 머물지 않으면서 한 곳에 집중할 수도 있는 작동의 妙用(묘용), 그러면서도 끊임없이 변화하며 순환하는 마음의 행로는 물의 성질과 빼닮았다. 본성은 不垢不淨(불구부정)이나 깨끗함과 더러움으로 나타나기도 하는 마음의 변용은 본질에 淨穢(정예)가 없는 물의 속성 그대로이기도 한 것이다.

물처럼 흘러가는 인생행로가 세월의 말고삐에 매여 끌려가는 것이 아니라 오히려 시간의 징검다리를 건너 寒暑風雨(한서풍우)의 세월을 밟고 가는 것이다. 살아오고 견뎌낸 시간의 축적 속에 因習(인습)으로 굳어 버린 삶의 형식들과 제도권의 질서 내에서 사회생활 전반에 통용되는 절차, 형식, 의례 따위는 공공규범에 반하지 않는 한 구애받지 않는다. 외연을 확장하여 문학과 관련한 실례로 시나 수필, 소설 등의 고전적 틀이나 현대적 감각의 요구 등에도 관심을 두지 않는다. 다만 시한부 고독의 자유를 최대한 향유하면서 저 흘러가는 물, 悠長(유장)한 강처럼 고요히 살아갈 따름이다.

6

한 인간의 생애, 그 기나긴 꿈속에서 또 이중, 삼중의 꿈을 꾸면서 날려 버린 세월과 시간들을 이제 와서 어떻게 해 볼 수 있나? 금쪽같은 시간을 아껴서 보람 있고 성공한 인생사에 편입시키려고 노력하다가 정작 세월은 화살같이 지나가는 줄 몰랐나? 무엇이든 아낀다는 것은 그냥 묵혀 두는 것이 아니라 유용하고 가치 있게 적시적소에 쓰는 것을 말한다. 그러나 보통 사람들은 아껴야 할 때 낭비, 허비하고 가치 비중이 한참 낮은 것들을 아등바등 껴안고 몸부림친다. 권력과 부와 명예는 같은 반열의 개념이 아니고 연결고리도 약한 허욕의 산물에 불과하다. 서로 좇고 상응하는 관계가 아님에도 권세는 부를 불러오고 명예도 따라온다고 여기고 집착하는 세태가 항상 사달을 일으키는 것이다. 대통령, 국회의원이 되고 난 후에도 초발심은 유지해야 하고 다만 변해야 할 것은 더 정직하고 더 공정하며 탐욕은 확 줄여야 하는 것이고 부자가 된 후에도 더 근검하고 더 많이 베풀며 소박했던 초심을 잃지 않아야 하는데 만약 그렇지 못하다면 덤으로 따라온 명예는 허영의 산물이었고 여전히 꿈을 깨지 못한 채 거친 광야를 헤매고 있을 뿐이다.

7

'증거의 부재가 부재의 증거는 아니다'라는 반어법적 논리는 실은 '증거를 찾지 못했다는 말이지 증거가 없다는 것을 증명하는 것은 아니다'라는 역설이다. 여기 한 사람의 완벽한 인생, 흠 하나 잡을 데 없는 생애가 있다고 가정하고 같은 논리에 대입해 보면 그 사람의 흠결을 증명하는 증거들을 찾을 수 없다는 뜻이지 그의 완벽성을 입증하는 것은 아니라는 결론에 도달한다. 어떠한 사안이든 섣부른 결론을 내는 것은 위험하다는 경고로도 읽히는 대목이다.

현상적 또는 개념적으로 상호 대척점에 있고 상반되는 지점으로 인식하는 有無(유무)와 明暗(명암), 生死(생사)의 관계에서 유는 무를 전제로, 밝음은 어둠을, 삶은 죽음을 전제하여 성립한다는 논리와 사실 그리고 진실은 다르다고 본다. 일응 현상적으로는 절대적 상반관계로 보이지만 한 존재의 객관세계의 인식체계에서 비롯된 것이고 이는 개념 논리 전개와 현상 파악의 단초에 불과한 것이다. 무엇이 있는 것이고 또 없는 것인가? 밝음이 물러가면 어둠이 찾아오고 생이 다하면 죽음에 이르는 것인가? 현상적으로는 틀림없는 사실이나 이는 대척적 관계가 아닌 불가분의 공존 개념이다. 즉 유무, 명암, 생사가 각각 독립하여 성립하고 전개되는 것이 아니라 분리할 수 없는 세계의 존재 원리이고 유지 방식인 것이다. 죽음을 떼어 놓고 삶을 논할 수 있으며 삶 없는 죽음이 가능한가? 서로에게 원인과 결과로서 작용하고 相依(상의) 상관관계에서 형식적으로는 상대적으로 성립해도 존재론적으로는 절대적인 이 명제들에 대하여 깊이 매몰되는 것을 경계한다. 그저 가벼운 봄바람, 꽃잎들의 미소처럼 느끼고 바라보기를….

無限(무한)을 세다

만뢰가 숨죽인 신새벽에 일어나 간단하지만 쉽지 않은 요가 동작을 하는 것은 자꾸만 비틀어지고 허물어지려는 육신의 불균형을 교정하려는 의도이다. 또 추위에 약해지고 두려워하는 의지의 쇠락을 통어하고 여전히 앙금이 남아 있는 허욕의 그림자를 걷어내기 위해 스스로를 점검하고 다잡아야 하는 일련의 과정이기도 하다. 아직도 노탐의 겨드랑이에서 스멀거리고 있는 허욕의 정체가 무엇인지 안다면 그것을 깨끗이 내려놓으면 되련만 결코 쉽지 않은 일. 물욕에서는 멀어진 지 오래인 것 같지만 허욕이란 죽을 때까지 끌고 가는 골고다의 십자가 같은 것이다. 나는 그 허욕이 존재감이라는 것을 이제야 알았다. 세상 사람들로부터 인정받고 싶고 사후에도 긍정적인 흔적을 남기고 싶어 하는 이 욕망은 아마도 지구상에서는 인간들만이 집착하고 있는 환각제 같은 것 아닐까라고 생각해 본다.

부실한 토대 위에 쌓아 올린 관념의 집에서 포착하고 구축한 가치관은 탐욕과 쾌락의 충족, 심신의 灑落(쇄락)과 건강이 제공하는 만족감과 행복은 보통 사람들 누구나 추구하는 욕망이지만 이것을 인생 최고의 가치로 규정하고 말기에는 어딘가 찜찜한 구석이 없지 않다는 自激之心(자격지심) 같은 것 때문이다. 적지 않은 세월을 허비해 가며 나름 천착해 온 것이 영원성에 관한 定義(정의)와 접근, 그리고 영원의 실마리를 붙잡는 것이었는데 여전히 미궁 속이라면 길을 잘못 들었거나 방법이 틀렸거나 아니면 본시 그럴 만한 자질이 없었다는 결론을 내릴 수밖에 없다. 다만 오류와 착오에 대한 원인을 발견하고 그것을 제거해 나간다면 길은 다시 열릴 수도 있을 것이다.

하나(1, 一)와 0은 형태와 圖式(도식)은 다르나 불가분의 관계에서 상호작용하는 개념으로 볼 수 있다. 0은 동그라미, 원(圓), 공 혹은 영(ZERO)으로 일컬어지는데 영어의 제로는 한자어의 空(공)에 근접한 함의를 갖고 있다고 본다. 0의 한 곳을 끊어서 구부리면 곡선이 되고 곧게 펴서 세우면 1, 가로로 눕히면 역시 一이 되니 어떻게 해도 하나가 되고 끊은 점을 이으면 도로 0이 된다. 즉 끊으면 線(선)이 되고 이으면 다시 面(면)이 되는 이차원의 세계가 하나의 행위에 의해 열리고 닫히는 것이다. 數(수)의 개념은 문외한으로서 논하기 어려우나 용도의 짐작은 가능하다. 그 대상이 무엇이든 개체를 헤아려 셈하고 量(양)을 비교하고 정하는 기능과 물리적 또는 비형식적 사건과 현상(경제·문화 가치, 나이, 시간 등)에 대한 파악 기준으로 활용된다. 또한 비물질적이면서 지극히 주관적 가치인 만족도, 행복감, 불쾌감 등도 이른바 指數(지수)라는 방식으로 표현하는데 통계나 비교의 기법으로 쓰일 뿐 특별한 의미는 없다.

無限(무한)이란 수와 양(數量)으로 계산하거나 표시할 수 없는 절대 영역의 개념이다. 돈과 나이, 나누어 쓰는 시간도 숫자로 표시하지만 과연 시간과 공간을 수치로 나타낼 수 있는 것일까? 소위 무한 시간, 무한 공간을 수량화하는 것은 불가능하다. 長江大河(장강대하)의 모래알을 세고 태산의 흙 알갱이를 세어 나가면 그 대상이 있으므로 언젠가는 끝이 오겠지만 형상은 물론 없고 파악의 대상도 아닌 시공은 물리적 계산으로는 어떻게 해 볼 방법이 없다.

숫자 10은 滿數(만수)를 의미하고 만수의 종결을 나타내는 0은 수의 안정적 배치, 수의 전개와 활용의 무한성을 함축하고 있는 마법의 열쇠 같은 것이다. 만수는 가득 참을 의미하고 가득 찬 것은 비워진다. 인간사에 무엇이든 가득 차면 족한 모습일지 몰라도 꽉 차서 숨통이 막히면 죽게 되므로 반드시 덜어내고 비워서 생존에 필요한 공간을 유지해야 하는 것이다.

하나 1을 가로세로로 겹쳐 놓으면 十이 되고 十 역시 만수의 漢字(한자)식 표현이다. 十은 네 방향, 사방을 가리키고 그 사이에 다시 十을 겹쳐 놓으면 팔방이 되면서 이 이차원의 평면에 위아래의 입체 옷을 입히면 上下四維(상하사유) 이른바 十方(시방) 우주, 즉 무한 공간이 펼쳐지는 것이다.

만수 10에서 0을 제거하면 1만 남아 처음으로 돌아가고 1을 지우면 제로가 되어 空(공)의 상태로 환원된다. 0(ZERO)부터 시작하는 것은 통상적 셈법은 아니다. 0은 숫자를 불러내는 기초 바탕 형식이자 수가 갖는 변수와 오류, 모호성을 해결하는 기능을 하는 것으로 종교적 논리를 차입하면 空(공)과 유사한 개념을 갖는다. 인위적 셈법은 하나, 1부터 시작하는 것이다. 하나부터 시작하여 무한히 헤아려 나가는 관념의 수는 결국 출발지로 되돌아와 영(0), 제로가 된다. 끝없이 이어져 나가던 선의 양 끝이 다시 맞물려 동그라미, 가도 가도 본래 그 자리(行行本處, 행행본처)고 닿았다 닿았다 해도 떠난 그 자리(至至發處, 지지발처)가 되고 마는 것이다.

무한은 크고 작은 현상들의 주기적 반복, 순환 질서의 연속이고 이 질서를 생명체들의 생멸에 대입해 보면 윤회라고 할 수밖에 없다. 아날로그시계의 톱니바퀴들이 서로 맞물려 돌아가면서 계속하여 24시를 보여 주는 것과 별반 다르지 않는 것이다. 무한을 센다는 것은 無限數(무한수)를 찾는 것이고 결국 영원을 본다는 뜻이다. 두 마리의 뱀이 서로 꼬리를 물고 있으면 동그라미가 되고 빙빙 돌아가면 圓舞(원무)가 된다. 강강수월래(江江水月來)! 달은 항상 만월이다. 초승에서 보름까지, 다시 보름에서 그믐까지 외견상 변해 가는 모습은 그림자의 흔적이 남긴 餘白(여백)일 뿐이고 한 달은 하나의 만월인 것이다. 작은 강은 큰 강으로 이어지고 큰 강은 더 큰 강과 연결되어 결국 한 바다에서 모여 하나의 세계를 이룬다. 지구의 자전은 작은 춤, 즉

小圓舞(소원무), 공전은 大輪舞(대윤무)가 된다. 밤하늘의 별들이 수억 년 전부터 깜박거리며 나에게 신호를 보내고 있었는데 내가 그것을 알아차린 것은 찰나에 불과했다는 사실을 당신이 눈치챘다면 무한과 유한의 관계는 자명해질 것이다. 돈을 세고 지구의 연대기를 쓰는 데는 億(억)이라는 수의 개념이 필요하겠지만 한 인간의 나이를 따지는 데는 百(백)이면 족하다. 대부분 백 년을 채우지 못하고 스러져 가는 존재들에게 억년이란 세월은 영원과 동의어이다. 억 광년의 거리와 시간을 달려 내 눈의 망막에 꽂히는 별빛은 그 자체로 영원이며 나는 지금 영원을 보고 있는 것이다. 지구별에서 살아가는 존재들에게 바다를 영원의 한 이미지로 대입하여 상정한다면 한 달에 한 번 차고 이울어 가는 달과 그 달이 바닷물을 희롱하며 어르고 달래는 것, 하루에 한 바퀴 자전하고 일 년에 한 바퀴 공전하며 잠시도 멈추지 않는 지구의 춤도 그대로 영원의 한 모습이고, 강으로 바다로 흘러드는 모든 물길도 영원의 지류인 것이다. 불가능을 가능태로 바꾸는 인간의 사유 능력은 그렇게 지평을 넓혀 간다. 무한, 무한수를 찾는 여정은 결코 쉽지 않고 고달프지만 사고의 패러다임을 바꾸면 엄청난 환희를 경험하는 길이기도 하다.

흔히 하는 말로 어떤 사람이 평소에 안 하던 말을 하거나 안 하던 짓을 하면 '저 사람이 이제 죽으려고 그러는가 보다'라는 비판조의 표현을 한다. 대상이 무엇이든 간에 변하는 것을 영어로는 바뀌다(Change)라고 단일하게 번역하는데 인간의 언행이 표변하는 것을 急變(급변)이라고 해도 되겠지만 전혀 예상 밖의 말과 행동으로 돌출하는 인간의 모습과 성정을 목도하면서 꼭 죽을 때가 되어서야 바뀌는가

하는 自嘲(자조)와 함께 서글픔을 느낀다. 왜 처음부터, 더 일찍 바뀌고 변하지(변화) 못하였는가? 죽음에 다다라서야 아무리 변해본들 무슨 소용 있는가라는 탄식밖에 할 것이 없다면 지금이라도 바뀌어야 한다(change up). 바뀐다는 것은 형식의 변화도 필요하지만 실질의 변모(upgrade)가 더욱 중요하다. 한 인간의 存在觀(존재관)에 대한 기울어지고 비틀어진 비대칭적 불균형부터 바로잡고 명료한 생사관의 정립과 영원성에 대한 확신이 생기면 다음에 할 일은 정교하고 치밀한 실행뿐이다.

삶과 죽음도 형식상 二次元(이차원)의 세계다. 이어지고 끊어지기도 하는 선과 면은 영원의 길을 암시한다. 동그라미 면(0)에 유폐된 生(생)은 선의 한 점을 끊음으로써 해방되고, 그라운드 제로(ground zero) 위에서 다시 삶이 펼쳐지고 세계가 구축되지만 언젠가는 또 무너져 제로, 空無(공무)로 회귀한다. 돌고 도는 생명의 릴레이, 한 치의 오차도 없이 전개되는 이 엄중한 순환 질서를 장엄한 축제와 축복으로 전환시키는 안목을 당신이 갖추었다면 문틈 사이로, 흰 망아지가 달려가는 것을 얼핏 바라보듯(白駒過隙, 백구과극) 영원도 찰나에 포착해야 하는 것이다.

어떻게 무한을 읽고(헤아리고) 영원의 실마리를 찾아 풀어낼 것인가? 숨겨둔 秘笈(비급)이나 묘책은 없다. 心識(심식)의 명징한 淨化(정화)로 아무런 장애도 받지 않게 될 때, 즉 생사의 그물에 걸리지 않는 바람같이 되면 유한이 곧 무한으로, 靈性(영성)이 별빛처럼 精華(정화)되어 우주의 모든 존재에게 자비와 연민의 미소를 보낼 수 있을 때 찰나가 바로 영원으로 바뀌는 것이다. 오랜 세월을 궁리하고 괴로워할 여유가 없다. 무한 우주에서 언제부터인가 나에게, 우리에게 깜박깜박 신호를 보내고 있는 별빛의 의미를 알아채는 그 순간 의문은 풀리고 그게 답인 것이다. 마른하늘에 천둥, 벼락이 칠 때, 캄캄한 방 안에 전기가 들어오고 나갈 때, 눈꺼풀이 여닫힐 때, 번개같이 작동하는 직관, 그 힘이 곧 열쇠인 것이다. 유한과 무한, 찰나와 영원을 對比(대비)하고 존재의 욕망과 한계에 미치는 영향을 애써 궁구할 까닭이 소멸하면 한결 개운하고 산뜻한 인생의 여로가 이어질 것이다.

한 가지 더, 본래 없던 그림자의 흔적(影迹, 영적)을 살짝 남기자면 여태껏 몇 가지 허술한 암시와 속임수를 꺼내 보였는데 "당신은 영원과 무한의 단서를 어디에서 찾나요?" 여전히 이렇게 묻는다면 그냥 쉽게 말하리다. "여름 한 철 존재감을 드러내 보이는 매미 울음과 봄부터 가을까지 날아가는 나비의 날갯짓 속에서, 혹은 모든 것들이 침묵하는 한겨울의 대지와 허공에서"라고.

영원과 접속하다(finding point of connection)

1

아무리 튼튼하고 정교한 신체 구조를 가진 인간도 이 몸을 가지고는 거북이나 은행나무처럼 오래 살 수 없고 나비처럼 자유자재로 날아다니고 물고기처럼 유연하게 헤엄칠 수도 없다. 그런데도 인간들은 불사영생을 꿈꾸고 이의 실현을 위한 노력을 포기하지 않고 있다. 영존, 영원불멸(everlasting)한 생이 가능하지 않다는 것을 알면서도 온갖 수단, 방법을 동원하여 도전을 멈추지 않는 것은 이미 유전자에 각인된 지 오래인 생과 사의 극한 대비에 발목 잡힌 이른바 고착된 생사관의 포로가 된 때문이다. 시작과 끝, 예측 불허의 한정된 시간, 이 프레임에 갇힌 인생은 절뚝이고 허덕이며 방황해야 하는 여로를 피할 길이 없다.

2

먼저 영원불멸에 근접하거나 유사한 언어와 개념들을 살펴보고 정리할 필요가 있다. 永(영)은 시간적으로 길고 오랜 것을 의미하고 遠(원)은 永(영)보다 공간적으로 멀고 아득하며 넓다는 의미가 강하여 영원은 무한한 시공을 표현한 언어로 볼 수 있다. 무한, 끝이 없는 시공과 함께 영원은 계속성, 항상성을 내포하고 진리의 측면에서는 불변성을 함의한다. 유·무정을 불문한 모든 존재는 찰나마다 끊임없이 변하고 바뀌어 간다. 변해 간다는 것은 닳아서 낡아지고 죽어 간다는 의미도 있지만 '찰나마다 생겨나고 새로워진다'는 뜻도 포함된다. 이것이 바로 생명 활동이고 영원의 물결이고 흐름인 것이다.

3

세계(우주)의 현상은 변화의 연속이고 주기적으로 반복, 순환하는 무한 변화! 그 영속성이 곧 영원이라고 정리할 수 있는 것이다. 그렇다면 과연 영원과 어떻게 접속할 수 있을 것인가? 영원이든 찰나든 유한이든 무한이든 이것을 인식하고 사유하는 주체는 언제나 나일 뿐이다. 내가 없으면 다 불필요하고 무용한 개념이다. 살아 있어 맑은 정신으로 시공을 관조할 수 있는 나만이 영원에 접근하고 그것의 실체를 포착할 수도 있다. 흔히 忘我(망아) 또는 無我之境(무아지경)을 말하지만 나를 잊는다거나 내가 사라진다는 표현은 실존하는 나를 부정하려는 것이 아니다. 안팎으로 온갖 장애에 걸리는 존재의 인식과 사유체계의 부자유에서 벗어나기 위한 방편으로 망아와 무아를 차용하고 강조하는 것이다. 이 세상의 주관자이자 주체인 나를 잊고 나를 무화시켜 영원의 일부로 편입되는 것이 아니라 생생한 의식의 지평 위에서 영원 그 자체가 되고자 하는 것이다.

4

날개는 빈약하고 왜소한데 상대적으로 몸이 무거운 새는 날지 못한다. 인간은 육신의 무게보다는 마음이 추동하는 욕망의 무게가 훨씬 負荷(부하)가 커서 자유는 물론 영원에의 접근조차 방해하는 장애물로 작용한다. 형체가 보이지 않을 정도로 작아지고 가벼워진 존재는 영원에 접선하기 딱 좋은 상태로 기회를 엿본다. 가벼워진다는 것은 다각적 의미가 있다. 몸이 가벼워진다는 것과 행보가 가뿐한 것은 당연한 연동 관계이고 마음 씀씀이(심법)에 아무런 장애가 없으면 허공을 떠다니는 구름, 흐르는 바람처럼 가벼워서 자유왕래! 시공에 걸리지 않게 되는 것이다. 생이 가벼워지는 첩경은 무욕의 실천이다. 많이 가지려는 소유욕은 필경 많이 지고 많이 끌고 가야 하는 고통과 괴로움의 시발이고 연속이다. 아상과 집착에서 비롯한 것이 소유욕이고 소유욕의 제일 번 주자가 물욕과 지배욕이며 자존심과 존재감에서 머리를 치켜드는 것이 명예욕이다. 사회적 지위나 신분에 따라 부수되는 명예

감정은 그야말로 뜬구름 같은 것이고 다만 인간, 가장 인간적인 면모에서 드러나는 자존감과 명예야말로 귀중한 가치일 것인데 대부분 사람들은 그런 명예의 본질은 잘 모른다.

5

모든 욕망의 본질은 소유와 충족을 기반으로 한다. 그리고 소유욕은 파멸과 허망의 나락(naraka)으로 초대하는, 환불되지 않고 물릴 수도 없는 승차권 같은 願不願(원불원)의 양면성을 갖고 있다. 이쯤에서 한숨 돌리고 심신의 초輕量化(경량화)를 지나 소실점으로 다가가는 지점에서 소유욕과 명예심을 살짝 내려놓으면 일단 難題(난제)의 작은 실마리라도 풀린 셈이다. 토란과 蓮(연)은 넓적한 잎사귀에 밤새 내린 이슬을 모아 한 방울 영롱한 구슬을 만들고 아침 해가 떠오르면 햇살을 투과시키며 또르르 굴려 떨어뜨려 버린다. 한순간 반짝 빛나며 도로 無化(무화)하는 생명의 流轉(유전)! 지금 살아 숨 쉬는 유일한 보석은 바로 이슬방울인 것이다. 이슬이 모여 생긴 한 방울의 물이 연잎이나 풀 끝에 매달려 있을 때 하나의 존재와 현상의 頂点(정점)이 드러나는 듯하지만 거기서 굴러떨어지지 않으면 동력을 상실한 세상, 곧 생명 활동이 멈춰진 세계, 죽음의 적막인 것이다. 이슬은 내리고 연잎과 풀 끝은 밤새 이들을 붙들어 머물게 하다가 어느 순간 문득 떨어져 땅속으로 스며들고 본래의 근원으로 회귀하는 순환 질서. 이제 막 떠오른 아침 햇빛의 축복 속에 歸根落地(귀근낙지)하는 絶頂(절정)의 이슬방울 모습을 포착하는 순간 영원과 접속하는 절호의 기회가 펼쳐진다.

6

존재는 생사 문제를 해결하지 않고는 영원을 논할 수 없고 접근하기도 어렵다. 생사를 관념의 차원에서 접근할 것이냐, 아니면 사실적으로 접근할 것이냐가 문제 해결의 시작점이다. 생명자들이 나고 죽고, 죽고 나고 하는 이 현상을 어떻게 생각하고 바라보느냐는 사유와 관점에 따라 엄청난 괴리가 생길 수 있다. 나고 죽는 일, 누구에게나 절대의 문제인 이 일대사를 관념으로 치부할 수 있다면 실체가 없는 영원, 무한 따위의 개념은 더욱 관념적일 수밖에 없다. 그럼에도 사람들이 영원성에 집착하는 것은 인간의 욕망 구조와 관련이 있을 것으로 생각된다. 위에서 아래로 물처럼 흘러내리는 遺傳質(유전질)에 설계되고 잠재의식에 내장된 욕망의 유형들이 발현하는 프로그램 같은 것 말이다. 그러나 어떠한 이유나 원인을 전제하더라도 영원이란 장생불사나 세월의 영속성에 착안하고 있는 것은 아니고 인간의 본능이 피워 올린 물안개 같은 것이라고 본다.

7

하나둘 떨어지는 낙엽이 차곡차곡 쌓여서 부식토층이 만들어지듯 한 시간, 두 시간 시간이 흐르고 누적되어 세월이 형성되는 것은 아닐 것이다. 세계 인구 70억 명이 1년씩 살아낸 것을 합하면 70억 년이 되는데 70억 년은 지구 나이보다 많다. 돈이 물질인가? 경제적 교환가치, 액면가를 표시하여 통용되는 지폐, 주화 등은 물질로서의 형태를 가지지만 돈은 그냥 인간 사회의 거래 수단으로 이용하는 개념이고 비물질이다. 헤아리고 저축해 두는 돈은 있어도 시간, 공간을 비롯한 비물질들은 누적 합산의 대상이 아닌 것이다. 재산은 증감 현상이 발생하지만 인간의 수명은 늘었다 줄었다 할 수 없다. 나이를 숫자로 표시, 인식하는데 이를 연월일로 계산하는 것은 시간의 級數的(급수적) 표현이다. 일상생활에서 시간은 늘리거나 줄여서 쓴다고들 하지만 시간이란 개념 자체는 본래 증감이 없고 짧은 시간이 모여서 긴 시간이 되는 것도 아니다.

8

시작도 마침도 없는 세계, 우주 공간에 온갖 존재들이 출몰, 거래하는 것 중 하나가 인간사다. 起源(기원) 이후 선조들이 차례대로 스쳐간 그때마다 한 세계가 펼쳐지고 사라져 갔으니 한 사람의 생로병사를 劫數(겁수)로 논하는 우주의 성주괴공에 비유하면 찰나적 인생이라고 할 수밖에 없는 것이다. 이 몸과 마음은 잠시도 쉬지 않고 변해 간다. 瞬間(순간)은 눈 깜빡할 사이를 말한다. 멈추면 죽고 마는 심장의 박동과 호흡, 사멸과 재생이 반복되는 세포, 이 모든 변화가 순간에 찰나적으로 이루어진다. 사람의 일생을 수명 장단에도 불구하고 시간의 급수적 차원에서 조망하면 나고 죽는 일도 같은 변화일 뿐이고 생멸의 순간도 역시 찰나에 오는 것이다.

변화의 틈, 그 間隙(간극)을 틈새라고 한다면 그 틈새에 무엇이 있지 않을까라는 의문을 가져볼 수 있다. 한 인간이 인식하고 파악할 수 있는 사실, 그가 존재할 수 있는 시공도 역시 틈새에 불과하다면 이 변화의 틈새에 영원도 함께하는 것이라고 결론을 맺고자 한다. 그래도 아직 미진한 것이 있다면 焉敢生心(언감생심) 탓으로 돌리고 祖師(조사)

의 게송 몇 구절로 갈음하는 수밖에 없다.

一微塵中含十方 一切塵中亦如是
(일미진중함시방 일체진중역여시)
無量遠劫卽一念 一念卽是無量劫
(무량원겁즉일념 일념즉시무량겁)
九世十世互相卽 仍不雜難隔別成
(구세십세호상즉 잉불잡난격별성)
(義湘(의상) 스님 法性偈(법성게) 中)

모순과 부정

인간의 언행이 초래하는 사건과 현상들 중에 부정적인 면과 모순된 결과는 빛과 그림자처럼 따라다닌다. 사람이 완벽한 존재가 아니라는 반증이기도 하다. 내가 나를 부정하는 것이 가장 큰 부정이고 큰 모순인데 이는 한 인간의 실존을 송두리째 뒤집어엎는 것으로 대반전의 계기가 되기도 한다. 부정의 강도를 다소 완화해서 접근하면 나를 앞세우고서는 타자를 논평할 수 없고 나를 부정한다는 것은 나를 내세우지 않는다는 뜻도 있다. 참나(眞我, 진아)는 認否(인부, 긍정과 부정)를 논할 대상이 아니다. 정상적 의식을 가진 인간은 반드시 나와 너(주객)를 구분하는데 이 지점에서 분별 의식을 깨부수는 것이 대반전의 열쇠다.

철저한 自己不定(자기부정)! "이 세상에 '나'란 존재하지 않는다. 이제껏 나라고 여기고 집착해 온 것은 假名(가명)이라는 이름표를 달고 있는 허수아비, 假有(가유)의 그림자였다." 즉 실존하지 않는 것을 실재로 착각한 것이라고 自認(자인)하는 것이다. 임시로 붙여진 이름, 인연 화합으로 생겨난 존재의 명찰을 떼고 허울을 걷어 나가는 과정과 방법의 하나가 자기부정이라면 과유불급이거나 견강부회인지는 모르겠지만…. 인생이란 것이 태어나서 그럭저럭 살다가 죽고 마는 것이라고 여기는데 실은 아득한 무한 공간을 우주인처럼 헤엄쳐 다니며 생성과 變滅(변멸)의 파노라마를 연출하고 있는 것이라고 할 수 있다. 조금 더 修辭(수사)하면 시공을 건너뛰어 몸을 바꾸어 가며 은현, 출몰하는 숨바꼭질 같은 것이 인생이라는 말이다. 누구에게나 먼저 가야 할 때가 있고 홀로 남고 홀로 가야 할 때가 온다. 다소 긴 세월을 두고 벌이는 심신과 정력의 소모전 같지만 남는 것도 순간, 가는 것도 순간이다. 엉뚱한 데서 천국과 영원을 찾지 말고 순간, 찰나마다 충만하고 행복하면 바로 지금 여기서 無何有之鄕(무하유지향)의 영원을 사는 것이다.

내가 하는 일 중에 남보다 잘하는 것은 당연히 없고 그나마 조금 낫다고 할 수 있는 것은 도끼질, 장작 패는 일과 대충 글줄이나 쓴다는 것이다. 그러나 이제 와 곰곰 생각해 보니 그 어느 것 하나 타자로부터 인정받을 수 있는 자질이나 능력이 못 된다는 사실을 깨닫고 이제부터라도 바른길을 찾아야겠다는 늦은 결심을 하게 된다. 그 길이 무엇이며 어디로 나 있는 길인가? 어차피 사회적 인간일 수밖에 없는 존재에게 족쇄같이 작용하며 달라붙어 있는 존재감과 그 유사한 욕망들을 훌훌 털어 버리고 그저 본능에 충실한 사람다운 짐승이 되는 길이다. 內外

無慙(내외무참)! 안팎으로 부끄러울 일이 없는, 강산과 허공에 비추어 보아도 그냥 자연 그대로일 뿐인 無心客(무심객)이 되는 것이다. 心路(심로)가 끊어진 곳으로 가는 길은 처음부터 모르는 것은 애써 알려 하지 말고 조금 아는 것이 있더라도 모조리 내던져 버리고 가는 風雲流水(풍운유수)의 길이다.

세상을 보는 눈(세계관과 안목)을 몇 가지로 분류해 보면 다음과 같이 나눠 볼 수 있다.

1. 나와 내 가족의 이해관계가 얽혀 있는 상황에서 지극히 주관적이고 이기적 태도를 견지하는 평범한 가치관
2. 1에서 약간 후퇴한 지점에서 객관 상황을 어느 정도 고려한 판단의 관점
3. 주관을 배제한 제 삼자의 입장에서 냉철한 객관자의 안목을 갖추는 것

한 나라의 지도자가 동요하는 민심을 수습하고 반발과 혼란을 진정시키는 첩경은 자기희생이다. 자기가 무엇인가? '나' 개 아닌가? 내 주장, 내 고집을 내려놓으면 침몰하던 내가 오히려 되살아나는 것이 인간사의 특징이다. 작은 나(私的 個我, 사적 개아)를 버리고 公的 大我(공적 대아)를 지향하는 것이 확인되면 상황은 반전한다. 옳은 것(是)을 그르다(非) 하면 틀렸고(不定), 그른 것(非)을 옳다(是)고 해도 역시 틀린다(不定). 어느 경우의 부정이라도 다 틀렸다면 무엇이 잘못된 것인가? 즉 부정의 부정은 긍정이라야 되는데 이 논리가 성립되지 못하

는 이유는 무엇이 옳고 그른가의 본질적 의문이 해소되지 않은 채 인식과 사유의 관행이 因襲化(인습화)되어 온 까닭이라고 본다. 시비의 발단이 된 근원이 명확히 증명되지 않으면 끊임없는 부정과 갈등이 지속될 뿐인 것이다. 지극히 공적인 일에서 공사를 구별하지 않거나 못하는 경우에 공적 책무의 주체성이 흐려지고 사라지면 남은 것은 혼란뿐이다. 이때의 자기희생은 사적인 자기 존재를 부정하는 典型(전형)이다.

상식과 사리에 맞지 않는 언행을 하면 '말도 안 돼' 하고 어불성설이라 하고 도리에 어긋난 짓을 하면 '정상이 아니야'라며 정신 나간 사람이라고 비하한다. 말이 되지 않거나 이치에 맞지 않는 경우를 예시해보면 '활줄을 당기기도 전에, 시위를 놓기도 전에 살은 벌써 과녁에 꽂혔다', '출발하자마자 도착했다', '태어나기도 전에 죽어 버렸다' 등등이 있는데 어불성설의 유형들은 무의미한 말장난 같지만 나름 유현한 함의가 있다. 선지식의 질문에 핵심을 간파하지 못하고 우물쭈물하면 '화살은 이미 신라로 가 버렸다'거나 엉뚱한 대답을 하면 '차나 한잔 마시게'로 마무리한다. 세간의 상식과 진부한 軌則(궤칙)을 부정하면서 문제의 본질에 접근하려는 의도가 깔려 있는 것이다. 진리를 부정하고 나의 실존을 부정할 수 있다는 것은 상당한 용기를 필요로 하는 극한 도전이다. 그러나 부정의 이유를 제대로 설명하지 못하면 무지에서 비롯한 만용에 불과한 것이다. 緣生 緣滅(연생 연멸) 하고 刹那生 刹那滅(찰나생 찰나멸)하는 존재가 영원을 보는 것도 찰나, 영원을 향유하는 것도 찰나며 한순간도 만물의 도움과 혜택을 입지 않으면 생존할 수 없다. 그러나 인간들은 그 은혜를 모르고 제가 뛰어나서 잘 살아가고 있는 줄 착각하고 있는데 이 착각으로 점철된 기왕의 인생을 스스로 부정하는 것이 곧 자기부정(self-abnegation)의 한 패턴인 것이다.

남의 살을 꼬집으면 남이 아프지 내가 아플 일은 없는데 내 살은 살짝만 꼬집어도 아프다. 아픈 것을 보면 내 몸인 것이 분명한데 내 몸이 내 말을 안 듣는다. 몸만 말을 안 듣는 것이 아니라 마음도 내 말을 듣지 않는다. 내 마음대로 되는 것이 없는데 내 것이 어디 있는가? 내 몸이 내 것이 아니고 내 마음도 내 것이 아니라는 것을 뼈저리게 느껴 알았다면 어떻게 해야 할까? 우선 감각과 지각을 주관하는 의식이 자유롭지 못하고 그 부자유가 마음에서 비롯된 것이라면 마음은 자유로운가? 나라는 주체와 소유 개념이 모순으로 대치하며 갈등하는 것은 나를 잘못 파악했기 때문이다. 잘못 인식하고 설정한 '나'를 버리고 부정하지 않으면 我執(아집)은 끊을 길이 없고 그 나(개아)에 얽매여 있는 한 대자유의 성취는 이루지 못한다.

자연계에서는 모순이나 부정이 있을 수 없다. 다양한 욕구들이 갈등으로 얽히고 꼬여 있는 인간 사회에서나 일어나는 현상이지만 부정의 부정이 긍정을 낳고 모순을 정리해 나가는 과정에서 변화와 진전을 거듭해 나간다. 끊임없이 자기부정을 하는 것은 참나, 궁극의 진리를 찾아가는 시도이며 자기부정은 치열한 자아성찰의 다른 표현이라고 봐도 무방할 것이다. 인간 세상에 널려 있는 온갖 모순들을 끄집어내고 해결하려는 의욕은 가상하지만 자기부정과 성찰을 통하여 인간의 의식이 빚어내는 욕망 구도의 그물에 갇힌 심성의 원상회복과 자기모순을 극복하는 것이 우선되어야 하지 않겠는가. 생사고와 함께 세계의 비애에서 벗어나고자 하는 인류의 갈망은 이루어질 수 있을까? 치열한 자기부정의 반복으로 끊임없이 새로워지고 또 기존의 관념과 가치관을 부정하면 代案(대안)이 들어설 여유가 생겨나면서 참신하고 진일보한 인생관이 자리 잡게 될 것이다. 태어남과 죽음, 생멸의 현상과 근원에 대한 질문에 모범으로 제시된 답들은 있어도 최종적으로 확인되거나 확정된 것은 없고 있을 수도 없다. 오직 개개 존재들이 자기들이 향유하는 삶에 풀어 녹이고 보듬어 가며 해결해야 하는 숙제일 뿐.

이로써 지난하지만 참나를 찾아가는 尋牛(심우)의 열 단계(十牛圖, 십우도)와 유사한 그림 한 폭을 심안으로 그려 허공에 걸어 두고 인생 역정의 나침판으로 삼아 볼 수 있기를 바라는 마음 간절하다.

사람의 냄새 짐승 냄새

산악의 형세와 그 구성물인 바위, 초목 등에서 기가 방출되듯 인물에게도 다양한 기가 잠재해 있고 여러 형태로 뿜어져 나온다. 사람의 기는 그 됨됨이에 축적된 수양과 내공의 총량 정도로 내재해 있지만 보통 그의 언행과 글, 얼굴 표정과 표정의 핵심 역할을 하는 시선을 통하여 표출된다. 이목구비가 반듯하다는 말은 입과 눈은 가로로, 귀와 코는 세로로 제자리에 붙어 있는 것을 의미하지 미남미녀의 잘생긴 용모를 가리키는 것은 아니다. 그냥 사람의 얼굴을 하고 있다라고 보면 되는데 그 용모 중에 눈과 입에서 기가 흘러나오고 비슷한 안목이 있는 사람은 바로 감지할 수 있는 것이다.

내공이 심후한 도인은 존재 자체가 기의 덩어리이므로 온몸에서 기가 放射(방사)되면서 일종의 아우라(aura)를 형성한다. 아우라는 불보살의 光背(광배), 즉 後光(후광) 같은 것인데 이는 부처나 보살에 버금가는 심신의 공력을 갖춘 이에게서나 가능한 현상이고 보통 평범한 사람들은 일상의 언어와 표정, 행동을 통하여 그 기의 일단이 드러난다. 내면에 깊은 자비심과 지혜를 지닌 사람은 온화한 표정과 자애로운 시선으로 사람들을 편안하게 하는 기를 내보낸다. 이러한 인물에게서 느낄 수 있는 기는 맑고 밝은 기운(明澄), 따스하고 다정한 기운(溫情), 정갈하고 담백한 기운(淨澹), 고아하고 평온한 기운(雅靜) 등이며 그 외에도 사람의 품성과 자질에 따라 다양한 종류의 기가 나올 수 있다.

긍정적이고 유용한 기가 있는 반면 세상을 흐리게 하고 불편하게 하는 부정적 기도 있다. 사람에게서 뿜어 나오는 다섯 가지 부정적 기는 이른바 五臭(오취)의 다른 표현인 慾氣(욕기), 俗氣(속기), 濁氣(탁기), 稚氣(치기), 雜氣(잡기)인데 모두 그 사람의 언행과 문자, 표정으로 나타나며 이 기를 냄새의 느낌으로 받아들여 臭氣(취기)라고도 하는 것이다. 한 사람의 말과 행동, 글에서, 얼굴 표정과 시선에서 은연중 풍기는 취기를 감지할 수 있을 때 그 기는 사람을 불편하게 하고 정도가 심하면 비리고 역한 느낌까지 받게 된다.

일상적 언행에서 꾸밈없이 드러나는 표현들은 그 사람의 품성을 대변하고 평소에 조심하다가 不知不覺(부지불각) 간에 튀어나오는 돌출 언행은 내면에 잠재해 있던 사고와 가치 수준을 그대로 노출한다. 의도적으로 신중한 언행과 표정 관리를 하며 범상치 않은 시선을 발출한다고 해서 거기에 긍정적인 기가 나오는 것은 아니다. 무심결에 표출되는 자연스러운 언행에 가식이나 조작, 어떤 의도도 없이 드러나는 인품, 사람다운 품격에 진면모가 담겨 있는 것이다. 말과 글에, 얼굴 표정과 행동에 묻어나는 한 인간의 참모습은 아무리 꾸미려 해도 꾸밀 수 없고 감추려고 해도 감춰지지 않는다.

적지 않은 세월을 허비하며 하찮은 글들을 써 오면서 늘그막에 와서야 깨달은 사실은 수련과 공력이 부족한 처지에서 하나의 단문을 쓰는 데도 주제와 내용의 부합, 의미와 연결이 어설프고 문법과 어휘의 선택이 부적절한데도 이를 간과하고 방치했다는 사실을 뒤늦게 발견하고 내심 당황하고 부끄러워한다는 것이다. 물론 나는 그냥 일기 쓰듯 해 온 것이라 남에게 보이고 평가받는 작가들과는 다른 경우이지만 그래도 장·단문과 형식을 막론하고 글이란 자신의 모든 역량을 동원하여 한 존재의 의미를 새기고 세계관과 가치관을 투영하는 지난하며 고독한 작업이라는 점에서 절대로 소홀히 할 수 없다는 것을 방심하고 그냥 넘어갔다는 사실이다. 천박한 자질과 능력으로 감히 엿볼 수 없는 영역을 건드리고 접근한 것이 과욕이자 허욕(慾氣, 욕기)이고 속세에 발을 담그고 그 물을 마시고 즐기면서 탈속을 논한 자체가 어불성설(속기)이며 풍문으로 어깨너머로 보고 들은 잡동사니 지식들로 얼기설기 엮어 놓은 것이 雜氣(잡기)이며 별것도 아닌 한물간 것들을 주제로 불러내어 세간의 관심을 사려 한 것이 稚氣(치기)이고 글을 쓰는 자신이나 읽을 수도 있는 사람들을 피곤하고 싫증 나게 하는 文語(문어)의 나열들이 濁氣(탁기)의 한 유형일 것이다. 이와 같은 五臭(오취)의 氣(기)들은 담 너머로 내던져 버리고 차라리 밉지 않고 싫지도 않은 狂氣(광기)나 내보였으면 한결 나았을 것을….

사람에게서는 사람 냄새가 나고 짐승에게는 짐승 냄새가 나는 것이 당연하고 정상이다. 사람도 짐승의 한 종류인지라 짐승 본연의 냄새는 날 수 있다. 그러나 사람도 아니고(非人, 비인) 짐승도 아니며(非獸, 비수) 半人半獸(반인반수)도 아닌 기이한 취기가 난다면 큰 문제다. 한 인간이 異性的(이성적) 양면성을 가진, 즉 이율배반의 위험한 존재가 될 수 있기 때문이다. 세상에는 향기를 뿌리는 사람들도 많다. 자연의 꽃향기보다, 숱한 인조 향보다 더 진하면서 감동을 자극하는 인간의 향기를. 온갖 욕망의 무게에 짓눌리고 분노와 좌절, 불안이 뒤섞여 표류하는 인생의 길에서 황폐해진 心勞(심로)를 고요한 위무로 다독이고 진정시키는 아름다운 생이 뿜어내는 기의 냄새를….

모든 제도와 문물이 격변하는 요즘 시대에도 명산대천과 명당산사를 찾아다니며 영험한 기를 받으려는 사람과 기공 수련에 몰입하는 이들도 적지 않은데 수렴, 축적한 그 기운을 좋은 일에 쓰면 다행이지만 세상을 어지럽히고 불편하게 하는 곳에 사용하면 精氣(정기)는 濁氣(탁기)가 되고 陽氣(양기)는 陰氣(음기)가 되어 버린다. 그런 기는 닦지 아니함만 못하니 自重自愛(자중자애)에 그치는 것이 그나마 상책이다.

三足(삼족)

물에서 건져낸 달갈이
오취가 쏙 빠지고
군더더기를 싹 걷어내어
말쑥해진
멋과
정갈한 기가 느껴지는 글 한 편
쓸 수 있다면
저 공부자의
아침과 저녁의 일은
잊어도 좋으리

날이 밝아오기 전에

닭 울기 전에 일어나 梳洗(소세)하고 등잔의 심지를 닦아내고 불을 붙인다. 갓 우린 녹차 한 모금을 입에 물고 멀찌감치 물러나 앉아 녹두알만 하던 불꽃이 점점 커져 가는 것을 바라보고 있노라면 어느 순간 상념은 칠십여 년의 생애를 단번에 遡及(소급)해 간다. 어머니는 깡통으로 만든 조잡한 석유 등잔불 아래서 나를 낳았을 것이니 저 등잔과 불꽃은 내 인생의 출발과 삶의 궤적을 같이한다.

이제껏 살아오면서 겪었던 일들을 다 기억할 수는 없고 생의 고비마다 있었던 특별하고 착잡했던 순간들은 등잔 불빛을 따라 추적해 가면 대부분 떠올릴 수 있다. 지나간 생애를 기억하고 그게 다 사실이라 해도 어느 한 시점에서는 순간에 펼쳐지고 찰나에 사라지는 꿈의 파노라마일 뿐이다. 그래서 저 자그마한 등잔과 불꽃은 내 인생역정의 기억 회로를 되살려 펼쳐내는 파노라마의 연출 기제이면서 긴 여로의 나침반이자 지팡이 역할을 톡톡히 하고 있는 것이다. 가끔 흔들리고 너울춤을 추기도 하는 불꽃을 따라 順逆縱橫(순역종횡)으로 전개되는 인생 드라마는 이제 막을 내릴 때가 가까워지고 있다. 기억의 무덤에서 잠자는 과거사, 혹은 덧없이 사라져 간 애증의 그림자들 너머 광막한 미지의 세계로 스며들어 갈 수 있는 마지막 기회가 다가오고 있는 것이다.

먹고사는 일이 다 그렇다지만 남달리 이사 보따리를 많이 싸고 수십여 곳을 전전하다 보니 불의의 사고도 많이 겪었고 죽을 고비를 가까스로 넘긴 적이 다 기억할 수 없을 정도다. 명이 긴 것인지 태어날 때 이미 운명의 프로그램이 그렇게 설계되어 있었던 탓인지 알 수는 없지만 아무튼 산골에 오두막 집칸이나 마련하고 다 늙어가는 몸뚱이를 구부려 땀 흘릴 땅뙈기도 장만했으니 이만하면 그런대로 성공한 것이고 감사해야 할 일이다. 죽을 고비란 아차 하면 幽明(유명)을 달리할 수 있는 절체절명의 순간을 말하는데 이러한 위기들을 그때마다 살짝 비켜 가면서 새삼 삶과 죽음에 대하여 골똘히 생각해 보는 기회가 되었다. 할아버지, 할머니, 아버지, 어머니, 형님 내외분을 차례로 떠나보내고 이젠 내 순서가 되었는데 그때가 언제일지는 모른다. 직업의 특성상 살아오면서 수많은 죽음과 주검을 접해 왔지만 그때마다 한잔 술로 잊고 덤덤히 지나온 것은 아마도 나와 내 가족의 일이 아니었기 때문일 것이다.

나의 일이 아니라고 여겼던 것들이 실은 조만간 닥쳐올 내 일이라는 것을 몰랐던 것은 아니지만 아직 그런대로 살아갈 만하고 해야 할 일이 있을 때는 누구나 잊고 지내기 마련인 죽음! 이쯤에서 그 죽음을 삶과 함께 동일 선상에 올려놓고 정리해 볼 때가 된 것 같다. 손을 뻗어도 닿지 않는 높은 곳에 올라가기 위해서는 사다리가 필요한데 외발 사다리는 반드시 걸치거나 의지할 벽, 담장 등이 있어야 하지만 요즘 흔한 두발 사다리는 다리를 벌려 고정시켜 놓으면 다른 물건의 도움 없이 올라갈 수 있다. 평탄하고 견고한 지면에 사다리를 설치하면 두 발이 균형을 이루면서 안정을 유지하고 이용자는 안전하게 올라갈 수 있는 것이다. 만약 하늘로 올라가는 두발 사다리가 있고 이때 마주 보고 서 있는 한쪽 다리를 죽음이라고 가정하면 반대편 다리는 삶이라고 할 수 있을 것이다. 천상에 도착할 때까지 사다리가 균형을 잡고 안전 상태를 유지하지 못하면 사다리는 쓰러지고 사람은 추락하고 만다. 목적은 달성하지 못하고 한 세계는 파멸된다. 같은 이치로 삶과 죽음도 相依相關(상의상관)하면서 완벽한 균형과 조화를 이룰 때 아름다운 인생은 더욱 찬란한 빛을 발하고 이 세상은 하늘까지 올라갈 필요도 없이 지금의 삶 그대로 천국이 된다.

地表(지표)를 경계로 하여 지상부와 지하 根莖(근경)부로 나뉘는 식물계의 생존 형식에서 줄기와 가지가 잎을 매달고 꽃을 피우며 열매가 익는 지상부를 삶이라고 한다면 뿌리가 내리고 뻗어 나가며 수분과 자양을 길어 올리는 근경부는 죽음이라고 가정해 볼 수 있다. 비유의 대상을 잘못 골랐을 수도 있지만 뿌리가 없는 나무가 없다면 죽음 없는 삶도 당연히 없다는 결론을 도출하기 위한 장치였을 따름이다. 나무는 지표면에서 톱으로 밑동이 잘리고 태풍에 쓰러져도 뿌리가 성하면 이내 새순을 밀어 올리고 풀은 낫에 베이거나 제초제를 맞아도 풀뿌리는 땅속에서 다음 생을 준비한다.

생사, 삶과 죽음은 언뜻 순서대로 원인과 결과로 나타나고 작용하는 것 같지만 생멸은 단순한 인과관계가 아니라고 본다. 태어남이 없으면 죽음도 없겠지만 역으로 죽음이 없다면 생도 없는 것 또한 사실이다. 의지할 것 없는 외발 사다리는 무용지물이고 뿌리 없는 지상부의 초목은 환영이거나 그림에 불과한 것처럼. 삶과 죽음도 牽聯(견련)과 相補(상보) 관계에서 균형과 조화를 이루며 안정적으로 유지되어야 이 세상도 존속할 수 있는 것이다. 만약 거울의 매끈한 면이 이승과 저승의 경계라고 가정해 보면 거울을 들여다보는 나는 현실 속 삶의 모습이고 거울에 비친 나는 죽음의 세계인 저승에서 이쪽을 응시하고 있는 또 다른 내가 되는 셈이다. 이때 내가 거울을 보아도 그 속에 내가 없다면, 즉 거울이 제 기능을 하지 못하면 생명계는 대혼란에 빠질 것이다. 삶과 죽음의 경계가 무너져 버렸기 때문이다. 物像(물상)이 비치는 거울은 사람 사는 곳 어디에나 걸려 있고 디지털 기기에 저장된 모습들은 언제든지 꺼내어 볼 수 있다. 그것들은 실물이 아니고 그들이 연출해 낸 환영이고 그림이지만 사람들은 이제 그것들 없이는 살아갈 수조차 없다. 물상이 아닌 心像(심상)이 맺히는 거울은 없을까? 고독한 시간에 산골짜기에 고여 있는 자그마한 못을 찾아가서 맑고 고요한 못물에 비친 자신의 모습을 들여다보되 오직 자기의 눈만을 응시해 보라. 또 고독을 불러올 수 있는 시간에 한 잔의 술에 담겨 있는 자신의 얼굴과 눈을, 거울 속에서 자신을 유심히 바라보는 왠지 낯설어 보이는 눈을 무심히 바라보면 거기에 어렴풋한 마음의 모습이 투영될 수 있을 것이다.

열정적으로 삶을 사랑하고 생을 가치 있게 향유하는 이들은 죽음도 기꺼이 맞이할 것이다. 왜? 죽음이 거기서 자신을 지켜보며 든든히 받쳐 주고 있었기에 지금의 생을 열심히 살고 행복할 수 있었다는 확실한 자각이 작동하는 까닭으로. 잘나면 잘살고 못나면 못산다는 등식은 인간 사회에 두루 통하지만 죽음 앞에서는 쓸모가 없고 염마왕의 조롱거리가 될 뿐이다. 죽음과 삶을 새로운 인생을 시작하는 결혼식에서 맞절하는 신랑 신부와 같은 입장으로 바꾸어서 생각해 볼 수도 있다. 신접살림을 차리고 백발해로 할 때까지 무난하고 행복하게 살아가려면 두 사람의 마음이 얼마나 잘 맞고 찰떡궁합을 이루어야 하는지는 불문가지가 아닌가. 만월이 서산마루에 걸려 있을 때 동쪽에서는 아침

해가 떠오른다. 떠오르는 해가 삶이라면 지는 달은 죽음이다. 하지만 황혼이 오고 어둠이 내리면 입장은 뒤바뀌어 달은 다시 둥실 솟아오르고 해는 어둠의 세계로 잠기어 간다.

인도 신화에 등장하는 吉祥天(길상천) 락슈미(laksmi)와 黑闇女(흑암녀) 가라라저리(kalaratri)는 자매간으로 한시도 떨어지지 않고 붙어 다니는데 추악한 용모와 사악한 성품으로 언니의 공덕을 갉아먹고 소모시키며 만나는 사람마다 재앙을 선물하는, 마치 그리스 신화의 메두사(medusa)를 연상케 하는 동생 흑암녀를 현생의 부정적이고 대척점에 있는 죽음으로 간주한다면 태어나면서 몸이 붙어 나온 샴쌍둥이처럼 삶과 죽음은 분리되지 않는 존재의 양면인 것이다. 며칠 밤 환락의 대가로 청춘과 생을 통째로 매수당한 옛 서하국 젊은이들의 이야기가 실크로드 둔황 지역 일대에 전해지고 있지만 천상에서 영원한 쾌락을 누릴 수 있다는 꾐에 빠져 죽음도 불사하는 용맹함을 보이는 인간의 심리는 예나 지금이나 크게 다를 바가 없는 것을 천국행 티켓은 이미 확보해 놓았다고 믿는 일부 종교인과 극렬 신자들의 맹신맹종이 증명한다. 그러나 천당행 탑승권을 보유한 사람이라도 당장 생사의 기로에서 선택을 강요당하면 모두 현실적이고 확실한 지금의 행복을 원할 것이며 생을 꿈으로 죽음을 관념으로 치부한다고 해도 역시 꿈은 깨기 싫고 관념은 인정하려 할 것이 자명하다면 이 상반된 심리와 욕망의 원형을 무엇으로 설명해야겠는가….

인류의 시원에서부터 지금까지 그리고 아득한 미래에까지 이어져 갈 생멸의 길에서 새겨 두어야 할 것이 有史(유사) 이래에도 처음에는 지구 반대편에 같은 바닷물이 출렁이고 뭍에는 비슷한 사람들이 살고 있다는 사실을 몰랐으며 삶과 죽음이 한 몸의 두 얼굴이라는 것도 몰랐다는 것. 많은 세월이 흐르고 나서 지금은 그 미지의 세계가 속속 드러나고 밝혀지면서 영원한 암흑으로 명명되던 죽음, 冥界(명계)를 탐험하려는 배의 닻을 올리고 돛을 펼쳤지만 여전히 꿈은 깨이지 않았다는 사실이다. 실제로 경험한 일이라도 재생하여 기억해 내지 못하면 言及不可(언급불가). 지금까지 완전히 죽었다가 살아난 사람은 없고 알지도 못한다.

아무리 문명이 발달해도 아직까지 마음의 실체와 작동 기제를 과학으로 규명하지는 못했다. 생물학적 뇌 구조와 기능은 설명 가능해도 마음의 본원은 불가지의 영역으로 남아 있는 것이다. 내 마음을 내가 알지 못하고 볼 수도 없는데 남의 마음인들 알겠는가? 다들 느껴 알 수 있겠지만 간과하는 것이 마음의 일단을 축약하여 보여 주는 상징이 그의 시선이고 언어와 행위의 구체적 표현이라는 사실이다. 본래 형상과 처소가 없는 마음을 다른 데서 찾으려는 것은 헛수고라는 뜻이다. 비록 그렇지만 볼 수 없으니 알 수도 없는 마음은 前述(전술)한 바와 같이 눈, 귀의 기능과 역할을 무한 확장하여 불가능의 일단을 해결할 수 있다. 하지만 그렇게 類推(유추)하고 더듬어 볼 수 있는 마음도 가질 수는 없다. 물질이 아니고 내 것도 아니기 때문이다.

먼동이 터 오고 해가 솟으면 아침을 맞으며 새로운 하루를 시작한다고 말하지만 일 년 삼백육십오 일 그날이 그날일 뿐 나날이 새로워지는 삶을 사는 사람은 없고 있다고 해도 희귀할 것이다. 정말로 날마다 좋은 날(日日是好日, 일일시호일)이 되고 나날이 새로워지려면(日新又日新, 일신우일신) 날이 밝기 전에 새로운 결심과 실행의 준비를 마쳐야 하고 또한 인생의 종막에 이르러 唐慌罔措(당황망조) 허둥지둥하지 말고 죽음을 맞이하기 전에 깨끗하고 精緻(정치)한 매듭을 지어야 하는 것이다.

작은 새

새야
작은 새야
동지섣달 추운 날
무얼 먹고 살아내니

어둠 발 깔리는 산길
둥지 찾아 종종걸음 치는 작은 새
가슴 한구석이 시려 온다

스러져 가는 노을빛 타고 있는 전선 위에
어슴푸레한 점 하나로 오도카니 앉아 있는
작은 새
왠지 눈가에 배는 습기는
태고의 슬픔 같은 것

새야
풀씨 몇 알 쪼아 먹고
어디까지 날아가니
얼마나 작아져야 작은 새가 되니
백 근 남짓 이 몸뚱이 무거운 줄
진작 알았지만
천 근 만 근 더 나가는 게
또 있는 줄은 몰랐지

살아 있는 것이
작아질 수 있을까
넉잠 자고 난 누에처럼
말갛게
졸아들 수 있을까

작아진다는 것
자꾸자꾸 작아지면
얼마나 더 작아질 수 있을까
선로의 소실점 너머로 사라지는 기차처럼
영영
보이지 않을 때까지

깃털 하나와
욕심의 무게를 바람의 저울에 달면
추가 기우는 쪽은
눈에 보이는 비밀

걱정 마요
우리는 세상 끝까지 날아갑니다
작고 가벼운 것이 더 높게
멀리 멀리 간다는 걸 잊지 말아요

그리고 그게
마른 풀씨 몇 톨의 덕분으로

작고 여리지만
착한 생을 사랑한
힘이라는 것도

세상의 길목에서(닭 울음)

완료(完了)된 일(事)은 없고
완성(完成)된 틀(格)도 없다

끝없는 삶이 이어지듯
죽음도 끝없이 계속된다

강으로 흘러 바다로 간 것들이
아침 풀 끝에 이슬로 맺혀 있다

해탈열반이 귀하기는 하여도
그것도 끝은 아니다

고락 화복이 실타래로 뒤엉켜 있어도
풀어 헤치고 끝까지 가야 하는 것

가고 오고 나타나고 사라지는 일
존재의 길은 그렇게 무한으로 나 있다

생명의 릴레이는 밤낮 없는 축제
인연의 교차로 위에 떠다니는 꿈

가서 오지 않는 사람 있거든 찾아보라
가지 않고 오지도 않는 그를 찾아보라

애써 남긴 유산은 무상의 그림자
허공에 찍힌 새 발자국

꽃이 지어 보인 미소의 여운
바람이 부른 노래의 메아리

한 세상 살고 간 흔적을 남기려 해도
허공에 쏘아 올린 화살

영하 십오 도
적막을 비집고 번져 나가는
벅찬 환희가 있다

대지의 숨소리도 들리지 않는 새벽
발끝에서 머리끝까지 자아올리며
세상의 은혜에 화답하는
안간힘

뽐내지 않아도 드러나고
빛나는 자존

살아가는 것은 죽을 때가 와도
지금 살아 있는 것은 얼지 않는다
전류가 얼어붙어 정전이 되어도
흐르는 목숨 소리는

얼지 않는다

꼬끼요오
꼬끼요오오

별에 가묘(假墓)를

자연이라는 말은 인간들이 지어낸 개념이므로 사람이 살 수 없는 공간에서는 쓸모도 의미도 없다. 인위적 요소가 작동하는 모든 일들이 그러하지만 누구나 쉽게 말하는 자연은 가변적이거나 가역적 개념으로 재단할 성질이나 대상이 아니라고 본다.

일반적으로 지구라고 통칭하는 대자연은 인간이 관리하고 통제할 수 있는 공간이 아니다. 인간도 자연의 일부이며 결국 자연의 품을 벗어날 수 없다는 명백한 사실을 전제로 현실적으로 지구를 지배하고 있는 인간이 원자연의 법칙을 거스르며 훼손한 결과 스스로 대재앙을 초래하는 근인이 되었다는 것을 인정하지 않을 수 없게 되었다. 인간들의 무절제한 욕망 추구가 초래한 위기는 변함없이 가속 진행 중이며 이 와중에서도 인간들은 첨단문명과학의 힘으로 장수불멸을 꿈꾸지만 여전히 대부분의 인간은 자연의 어깨와 등에 기대고 자연의 품에 의지하여 살아갈 수밖에 없다.

수시로 바뀌고 찰나에 변해 가는 인생행로에서 예측 가능한 운명이나 보장된 미래는 없다. 경험칙과 과학을 동원한 가능성도 유보된 것일 뿐, 예정되어 있고 확실한 것은 늙음과 죽음이다. 생로병사의 과정에서 비교적 서서히 진행되는 탓인지는 모르나 덜 절박하게 다가오는 노화와 병고는 형사 재판의 선고 유예(주문으로 유죄를 판결하되 일정 기간 선고를 미뤄 줌으로써 그 기간을 무사히 경과하면 형이 소멸되는 제도)와 같고 죽음은 형의 집행이 유예된 상황에서 남은 생을 불안하게 살아가는 것과 비슷한 양상, 바꾸어 말하면 목에 올가미가 걸린 상태에서 디디고 있는 마루 밑창이 언제 빠질지 모르는 불확실한 운명을 경험하고 있는 중이라고 할 수 있다.

형상을 갖춘 한 존재가 이 세상에 출현하는 것, 태어남이 자연스러운 현상이라면 죽음도 자연스러워야 마땅할 것이다. 생명체가 모습을 드러내는 것은 보일 듯 말 듯 한 알에서 깨어나 꼬물거리는 작은 벌레에서부터 고래나 코끼리 같은 거대한 포유류까지 생명계에서 동일한 시스템으로 작동하는 것으로 지극히 자연스럽고 또한 마땅히 존중되어야 할 것이다. 그러므로 자연은 모든 생명과 사물의 존재 형식이면서 질서이자 존재 상태라고 정의해 볼 수 있다. 이 지점에서 존재 상태의 원형이 본래 자연이라면 개조와 훼손을 수반하는 인위적 변형을 부자연스럽다고 하면 말이 될 것인가 모르겠다.

열대우림 지역, 남미나 아프리카 밀림에서 여전히 원시 상태로 살아가고 있는 일부 부족들은 생존 방식 자체가 자연 그대로다. 그들은 자연에 의지하는 것이 아니라 의존하여 자연에 동화된 상태로 삶을 유지한다. 그러나 대부분 문명사회의 인간들은 의존은 물론 의지도 아닌 파괴와 추출, 이용으로 자연을 생의 수단으로 여기고 도구화함으로써 자연의 일부, 일원에서 스스로 이탈하여 재앙의 진원을 자초한다. 1960년대에 시작한 우주 개척은 익히 아는 바와 같이 대자연의 권능을 거부하는, 즉 중력을 이탈하는 인간 초유의 모험을 의미한다. 보이저, 파이어니어 등 명칭이 함의하는 우주 탐험은 끝없이 펼쳐지겠지만 생명체가 살아갈 수 있는 지구와 같은 조건을 갖춘 천체를 찾기 전에는 여전히 제자리걸음이라고 할 수 있다.

불교의 우주관에 삼천대천계(三千大天界)라는 말이 있다. 현대과학으로 해석하면 지구가 속한 태양계가 천 개 모인 것이 소천세계, 소천세계가 또 천 개 모인 것이 중천세계, 중천세계가 다시 천 개 모인 것이 대천세계, 이런 식으로 공간 시스템을 확장해 나가면 규모의 집적이 끝이 없는 즉 무한무진수의 천체들이 펼쳐지는 대우주가 되는 것이다. 이것을 일러 언어도단, 적멸과 무한확장 무한축소 자재의 세계라고 하는 것이다. 우리 지구가 포함된 하나의 태양계에서 생명체가 존재할 수 있는 행성은 지금까지 알려진 바로는 지구가 유일하다. 우리의 태양계가 속한 은하단은 그 수가 얼마인지 알 수 없고 그러한 은하계가 또 얼마만큼 우주에 분포해 있는지는 아무리 정치(精緻)한 광학렌즈가 장착된 망원경이 등장해도 불가측의 영역으로 남아 있을 것이다.

철새와 나그네새들이 한 철 살다 가고 잠깐 머무르며 쉬었다 가는 지역에서 살며 그들의 생태와 오고 가는 자취를 관찰해 볼 수 있다는 것도 일종의 행운이라고 생각한다. 고니, 두루미, 큰 기러기 등 대형조(大型鳥)들이 어떻게 무거운 몸을 이끌고 장거리 비상 여행을 할 수 있는지 정확한 논거를 제시하거나 분석을 못 하고 있지만 짐작은 가능하다. 관련 학자들의 추론과 가설에 의하면 철새들이 주로 밤에 이동하는 까닭은 별자리(성좌)의 위치가 변해 가면서 전해 오는 신호, 즉 공간 이동에 필요한 정보를 실시간으로 수신, 분석하고 지구의 자기장을 온몸으로 감지하면서 이동 방향과 목적지를 탐색, 추적해 나간다는 것이다. 사실이 그렇다면 이들 철새들이야말로 우주의 여행자 아닌가. 무한 우주에 편재한 천체들의 기를 받으며 허공을 순력(巡歷)하는 자연의 천사들! 인간은 날개가 없고 몸도 너무 무거워 자력 비상이 불가하니 대기의 부력이나 양력을 받을 수도 없다. 물론 비행기를 타고 세계 곳곳을 넘나들고 있고 언젠가는 우주선을 이용하여 천체 여행을 할 수 있는 날이 오겠지만 아직 세계적 부호들도 지구 밖을 그냥 한 바퀴 돌아오고 마는 정도인데 범생이들에게는 아득한 미래의 불확실한 꿈에 불과한 것 아닌가.

그런데 별에 무덤을 만든다? 무슨 뜬금없는 소리냐고 나무라겠지만 끝까지 읽어 보시길. 한계가 없는 인간의 정신 작용, 영혼의 힘(靈力, 영력)은 무한히 새로워질 수 있지만 유한성의 육신은 한계에 부딪치면 끝이 나고 다른 형상을 빌려 와야 한다. 땅속에 파묻어 벌레들의 잔칫상이 되게 하든지 바다 밑에 가라앉혀 물고기들의 허기를 달래 주든지 태워 없애든지 아무튼 금생의 흔적을 말끔히 지우고 다른 생명 개체가 출현할 틈, 공간을 비워 주는 것이 그가 이승에서 베풀 수 있는 마지막 이타공덕(利他功德)인 것이다. 어떻게 별, 머나먼 천체에 내 무덤을 만들 수 있을까. 세계는 상상으로 이루어지고 그 힘으로 유지된다는 특수한 가설을 믿는다면 답은 간단하다. 과거는 물론이고 지금 시대에도 멀쩡하게 살아 있는 사람들이 가묘를 쓰는 일이 더러 있다. 미리 자기 무덤을 만들어 놓으면 무병장수한다는 민간 속설을 믿고 하는 사전 액막이 비슷한 것인데 효험이 있는지는 미지수다. 밑져야 본전이라는 말이 있듯이 손해 볼 일이 아니라면 시도해 볼 가치는 충분하다.

24시간 도시의 불빛에 갇혀 사는 사람들에게는 좀 곤란한 일이지만 여행을 가면 된다. 굳이 멀리 갈 필요는 없고 근교의 한적한 곳에 가서 밤을 맞고 그리고 별을 보면 된다. 눈에 잘 띄는 별자리 중의 별 하나를 선택하고 거기에 내 무덤을 심상(心像)으로 그려 넣으면 그 별은 나의 가묘가 되고 미래의 내 고향이 된다. 조촐한 묘표를 세워도 좋고 근사한 비명이 있으면 새겨 놓아도 된다. 요즘은 산간 오지 마을에도 가로등이 늘어서 있어 깜깜한 밤하늘에 선명히 드러나는 별 보기가 별 따기처럼 어렵게 되었지만 순정한 용기와 함께 약간의 발품만 팔면 얼마든지 가능한 일이고 뜻밖의 호사(豪奢)를 누릴 수도 있다.

나는 오래전에 달에 약간의 토지를 사 두었다. 그닥 머지않은 미래의 내 일터와 묏자리를 미리 마련해 둔 것이다. 초저녁에 잠깐 모습을 보이는 초승달부터 시작하여 점점 배가 불러가는 임부를 지켜보는 심정으로 보름의 만월까지, 다시 배가 홀쭉해져 가는 그믐까지 달과 지구가 태양과 합작 연출하는 그림자연극을 관찰하고 감상하는 재미는 아마 돈 주고도 못 볼 분외의 지복일 것이다. 인간의 일생에서 도깨비바늘(귀침초)처럼 집요하게 붙어 따라다니는 운명, 행불행, 고락, 애증은원 따위의 관념들은 가볍게 밟고 넘어갈 수(輕破踏越, 경파답월) 있어야 별에 내 무덤을 쓸 수 있다. 격외의 상상계(想像界)에서는 크고 작은 이해관계나 얽히고 꼬이는 인연과 탐욕 따위는 아무 쓸모가 없기 때문이다. 그리하여 무한허공을 변함없이 지키고 밝히는 가로등 같은 저 별에 내 무덤이 있다는 상상만으로도 나는 행복하다.

자연! 환경, 어렵다면 어렵고 쉽게 생각하고 접근하면 그르치게 마련인 난제들이다. 자연의 상태는 보통 인간들의 관점에서 수시로 변해 가는 것 같지만 외견상의 변화는 복원(復原)을 전제한 질서의 운행일 뿐이고 사실은 불변이라는 것을 간과하고 있다. 봄이 가면 여름이 오고 가을의 정취가 사라지기도 전에 겨울이 닥쳐오지만 계절이 어디 한 번으로 끝나던가? 모든 존재의 생멸거래도 이와 같아서 가고 오고 나타나고 사라지는 변화의 파노라마가 허망한 듯 다가오지만 이것이 바로 불변의 진리라는 것을 깨닫는다면, 자연을 인간의 능력으로 변화시키고 개조할 수 있는 대상으로 착각하는 순간 파멸과 직면할 수밖에 없다는 사실을 명료하게 인식한다면 인간은 더 겸허하고 정직해질 것이며 더불어 저 머나먼 우주 공간에서 깜박깜박 어떤 신호를 타전하고 있는 별 하나에 내 꿈과 나의 미래를 살짝 묻어둔다고 해서 아무도 나무라거나 시비 걸지는 않을 것이다.

장대높이뛰기 선수가 새처럼 가볍게 날아올라 우아하게 크로스바를 넘는 자세를 슬로모션으로 꿈꾸듯 경이롭게 바라본 적이 있을 것이다. 나같이 우매한 중생도 그런 초월의 꿈을 꾸지 말라는 법은 없고 무심, 무욕한 경지의 향상으로 얼마든지 행복할 수 있으며 언젠가는 생사의 틀(프레임)마저도 가뿐하게 뛰어넘을 수 있지 않을까, 하는 희망의 끈을 걸어 본다.

〈後記(후기)〉

누군가 이 글을 읽을 수도 있다는 가정을 전제하고 사전 양해를 구할 것은 나는 인문학이나 자연과학 또는 천체물리학을 배우거나 접해 본 사실이 전혀 없는 국외자이고 다만 세월의 풍화 속에 남겨진 다소간의 경험과 눈 깜빡이와 귀동냥을 밑천 삼아 깜냥대로 그려 본 사유의 편린과 얼룩 같은 것이라는 점을 이해하여 주기 바란다.

3부.

흰소리 떫은 소리

3부를 시작하며

국민 개개인의 능력 차이를 행정력으로 좁히고 조정하여 평등 사회를 만들겠다는 허황된 발상을 실행에 옮기고 장래가 암울한 청년 세대와 사회적 약자들의 지지를 얻어 장기 집권을 도모하려는 정치 세력들이 발호하는 시대에 침묵하고 있는 양심들은 누구인가? 정상적인 방법과 수단으로 벌어먹고 살 수 있도록 유도하고 지원하는 것이 정치와 행정의 기본인데 왜 세금으로 공돈을 퍼부어 허욕을 발동시키느냐고 문제를 제기하고 질타하는 언론도 없고 학자도 정치인도 없다. 양심이 실종된 위험하고 타락한 작금에 쓴 소리 좀 하면 집단 비방과 쌍욕을 기관총처럼 난사하는 간교한 무리들이 득세해도 어쩔 수 없다면 민주주의 방식을 바꿔야 한다. 선거로 무능한 정권을 교체하고 못된 버릇들을 징치한다지만 그게 뜻대로 되지 않는다는 것을 익히 봐 왔다면 민주주의의 허울을 걷어낼 때가 이미 지난 것이다.

길을 잘못 들었다는 것을 아는 사람은 많아도 멈추거나 되돌아오는 사람은 드문 세상에서 그들이 들을 수 없는 시공에 대고 씨부린 내 글들은 허망한 넋두리에 불과할지라도 귀 간지럽고 밥맛 떨어지는 소리가 어쩌면 고질병을 치유할 수도 있다는 믿음으로 흰소리를 늘어놓아 본 것이다.

쓴 소리도 귀담아들어야

사라지는 것을 어찌하랴

옛 스님의 게송 하나를 먼저 인용하고 졸문을 이어가 보겠다.

> 含齒戴毛者 無愛生不怖死 死依生來 吾若不生因何有死 宜見其初生知終死 應啼生勿怖死(嘉祥慧皎).
>
> 함치대모자 무애생불포사 사의생래 오약불생인하유사 의견기초생지종사 응제생물포사(가상혜교 스님, 중국).

* 역해, 2부 步虛者(보허자)의 꿈 참조.

인간은 왜 죽음을 두려워하는가? 나고 죽는 일의 원인과 실상을 모르기 때문이다. 태어나지 않았으면 죽는 일도 없을 것을. 세상에 부모 없이 태어난 자가 있던가? 無性生殖(무성생식)에 의하여 개체수를 늘려가는 특수한 경우를 제외하고는 어떠한 형식을 취하든 부모 인연을 만나야 한 존재로서 삶을 향유하게 되는 것이다. 죽음이 그토록 두려운 것이라면 그 원인은 바로 부모가 나를 낳았기 때문이니 이치대로 따지자면 부모가 바로 내 죽음의 근본 원인자이고 죽음을 생의 절대적 대척점에 놓고 본다면 부모는 철천지원수가 되는 셈이다. 비록 적절한 추론이 아닐지라도 이치를 말한 것이고 또 사실이 그렇더라도 누구든지 부모에게서 태어나지 않으면 세계가 유지되지 않는다. 이 기막힌 은원 관계, 부모가 자식을 낳은 죄와 기른 은혜가 미묘하게 맞물려 세상을 유지해 가는 것이 생명계 불변의 섭리인 것이다.

현재 지구상에서 가장 절박한 인구문제에 직면한 우리의 현주소는 어디쯤일까? 인구절벽에 봉착한 현실의 원인을 형식적이나마 대강 짚어 본다면 첫째, 아이를 배고 낳아야 하는 고통이 싫고 둘째, 아이의 성장에 소요되는 보육 기간이 길고 경제적 부담과 함께 부모의 희생이 너무 크다는 것과 셋째, 자식에게 노후여생을 의지하지 않아도 된다는 믿음을 갖게 한 국가의 복지정책을 꼽을 수 있을 것이다. 자식을 낳아 키우지 않아도 얼마든지 살아갈 수 있다는 자신감을 심어 준 시대적 배경이 문제지만 이는 부모 없는 자식이 없다는 대전제하에 나는 한 부모의 자식으로 태어나 싫든 좋든 금생을 누리고 있으면서 남의 부모 되기는 꺼려하는 극단적 이기심의 발로라고 할 수밖에 없다. 실제로 자녀 갖기를 원하지 않는 사정은 다양하고 여러 가지 원인이 있더라도 인류사가 오늘까지 유지되어 온 사실과 인간 존재의 근원에 대한 물음에 답하기 전에 신생아 출산율 사망자 대비 마이너스, 결혼 기피율 50% 이상의 현실 앞에서 고개를 가로저을 수밖에 없다는 생각이다.

부모라는 호칭은 자식을 전제로 성립한다. 즉 자식 없는 부모는 당연히 없고 부모 없는 자식도 마찬가지. 환언하여 자식이 없거나 자식을 낳지 않는 부모는 처음부터 존재하지 않는 것이며 그런 경우에는 부모라는 말 자체가 어불성설이고 그런 부모는 부존재다. 기존의 부모도 모시기를 회피하여 요양원이 목하 성업 중인데 자식 낳기를 싫어하는 세태에서 효 사상도 효용이 다해 전통적인 효의 의미와 가치도 사라지고 있는 중이다. 근래 한 매체의 보도에 따르면 요양병원 입원자의 14%가 별도의 치료가 불필요한 멀쩡한 사람이라고 한다. 국가와 지방자치단체의 지원을 받아 운영하는 요양원은 현대판 공공 고려장 터가 된 지 오래다. 모두 노년에 이르러 밥하고 반찬 만들어 먹기 귀찮고 빨래와 목욕은 물론 잡다한 가사와 생업에 수반되는 다소간의 노동도 적잖은 부담으로 작용하지만 근본 원인은 부모와 함께 생활하면서 부양하려는 자식이 없기 때문이다. 노후복지가 대세인 시대적 상황 인식 탓으로 돌리더라도 시대가 바뀌었다고 해서 효의 개념까지 변하는 것은 아니다. 아득한 미래에도 효라는 말과 개념이 유효하다면 언제나 부모의 은혜를 알고 보은하는 것일 수밖에 없다. 부모 은혜에 보답하는 길은 여러 갈래가 있겠지만 가장 백미인 것은 역시 자식을 낳아 부모가 되고 그 자식을 훌륭히 키우는 일, 이른바 聖胎(성태)를 기른다는 것이다. 돈 많고 지위 높은 그런 잘난 자식이 아니라 조용히 장차 만생을 보듬어 안을 성현의 싹을 키워내는 것이야말로 조상은 물론 사람의 몸을 받아 나온 한 존재로서 인류 전체에 대한 최고의 보은인 것이다. 자기를 이만큼 키워 준 스승이나 先代(선대)를 顯彰(현창)하는 것은 고금동서에 다 있는 일이다. 청출어람이라면 그 스승이 뛸 듯이 기뻐하고 膝下(슬하)나 門下(문하)에 성현 또는 그에 버금가는 인물이 출세하면 그 낳고 기른 부모와 가르친 스승은 또 얼마나 감격하겠는가! 이것이 바로 인간의 하는 일 중에 최귀한 것이고 가장 우선적으로 실행해야 할 의무 아니겠는가? 만약 이 어설픈 논지에 대해 당신이 수긍하지 않는다면 반론을 제기해 보기 바란다.

심각 단계를 넘어선 인구문제와 유구한 전통을 이어온 효 사상이 소멸되어 가는 현상을 제대로 인식하고 대안을 고민한 흔적을 어디에서도 찾아볼 수 없는 작금의 우리 시대 상황에서 그저 눈먼 노새마냥 발길 닿는 대로 끄덕거리며 가야 하겠는가…. 부모가 나를 낳아 내가 이제 죽음에 이르게 되었으니 그 한과 원망이 참으로 크다고 해도 이는 이치상으로 그렇다는 것일 뿐, 어느 부모가 자식이 미래에 죽을 것을 예견하고 낳아서 애지중지 길렀겠는가? 한 인간으로 태어나서 나도 자식 낳아 그럭저럭 길러 사람 구실 할 수 있게 해 놓았고 덕분에 세상 구경 잘하고 가는 것이 온전히 부모 은덕이라는 사실을 문득 깨달으면 죽음에의 공포가 사라지고 죽음 자체도 극복하며 마침내 부모 은혜에 진정으로 보답하는 효도가 될 것이다. 이것이 바로 大怨(대원)이 大恩(대은)으로 바뀌는 극적 반전인 것이다.

사라지는 忠孝(충효)

국가라는 한 체제가 성립, 존속하려면 영토와 구성원인 국민 그리고 외세의 간섭을 배격할 수 있는 주권(독립, 독자성)이 충족되어야 함은 주지의 사실이다. 忠(충)이란 내 존재의 근원과 당위성을 보장하고 보호해 줄 수 있는 주체, 그 체제에 대한 충성을 의미한다. 고대로부터 전근대에 이르는 왕조 시기에는 충성의 구심점이 세습되는 절대 권력인 군왕에게 집중되었지만 민주주의를 표방하고 그 체제 유지가 대세인 현시대에는 국가를 유지, 존속하는 기본 틀인 세 가지 요소(국민, 영토, 주권)들이 복합적으로 내재하고 있는 무형의 이념 혹은 원초적 감성이라고 할 수 있다. 보수, 진보와 좌우 세력 집단이 갈등하고 충돌하는 시국을 두고 "이게 나라냐? 이게 대통령이냐?"라고 울분을 토하는 것은 나라와 대통령을 동일시하는 착각에서 나온 듯한 말인데 실은 국회의원이 다 국민의 대변자이고 국민을 대표한다는 자부심도 그에 못지않은 착각인 듯하다. 흔히 착각은 자유라지만 착각도 유분수지 경쟁자보다 몇 표 더 얻어 당선되었다고 국민의 대표자 운운하는 것은 엄청난 착각을 넘어 환상에 불과한 것이다. 代議制(대의제)의 이점과 필요성을 무시해서 하는 말이 아니고 정치권력과 지도층의 되풀이되는 망언, 망발과 부패 행태에 환멸을 느끼지 않을 국민들이 별무하다는 시점에서 무엇을 旗幟(기치)로 내걸고 국민을 불러 모으며 충을 내세우고 단합을 이끌어 낼 것인지 가늠할 수 없는 답답한 심정에서 해 보는 말일 따름이다.

곤궁한 家勢(가세)와 함께 체계적인 배움의 길마저 포기한 암울했던 시절, 끓어 넘치는 청춘을 불사르고 소모시킬 마땅한 대안을 찾지 못한 나는 결국 부르지도 않은 군대를 제 발로 찾아갔다. 훈련도 그렇지만 인간이 인간을 대하는 格式(격식)이 지옥도를 방불케 하는 그런 곳으로. 충성 따위는 입 발린 헛구호에 불과하고 오직 살아남기 위한 몸부림이 전부인 그곳에서 복무 중 단 한 번 얻은 휴가를 닷새 만에 반납하고 돌아가려 했을 때 난생처음 아버지께 호된 꾸지람을 들었고 어머니는 대청마루에서 훌쩍거리셨다. "야, 이늠아. 갈라문 가라, 그렇게 부모 형제가 보기 싫더나? 가서 죽든 살든 다시 오지 마라." "아부지, 그게 아니라요, 이 한겨울에 땔나무 말고는 할 일도 없고 친구들도 없고 너무 심심해서 그래요." 나는 도리 없이 휴가를 다 채우고 복귀했다.

칠십 넘은 지금도 나는 무기만 쥐여 준다면 어디든지 갈 자신이 있다. 그 이면에 국가에 대한 충심 같은 것이 자리하고 있다면 발간 거짓말이다. 그냥 몸에 밴 습성 같은 것일 뿐. 내 가족, 내 삶의 터전이고 마지막 보루인 나라의 안전이 위협받는 상황에서는 다른 선택이 있을 수 없다는 결기만 작동하는 것이다. 군인들만 국가에 충성하는 것은 아니다. 다만 患亂時(환란시)에 더 많이 신명을 바쳐야 하는 운명일 뿐이지. 그 군인들을 징병에서 모병제로 전환하려는 움직임이 보이는데 경제적 여력이 충분하다면 못 할 것도 없다는 생각이다. 외국 사례에서 보듯 傭兵(용병)은 돈을 보고 생명의 위험을 감수하며 임무를 수행한다. 모병제도 별반 차이가 없다. 충분한 보수만 보장되면 팍팍하고 인정 메마른 사회생활보다는 오히려 활력 넘치는 삶을 영위할 수도 있다. 그러나 체제에 대한 근본적 충심과 애정이 결여된 상태에서 선택한 진로는 국가가 원하는 방향으로 나아갈 수 있을지 의문이다.

老境(노경)에 이르도록 살아오면서 경험이 축적된 원숙한 삶의 지혜가 자손과 후대에 전승될 기회가 차단되는 세대 간 단절 현상이 일반화되고 있다. 근본 원인은 노후생계와 복지를 국가가 책임지겠다는 법률 시행에 있다. 동양권에서 한국은 특히 효 사상에서 세계적 모범 국가였다. 그러나 그런 효와 관련된 미담이나 정당성 등 이슈가 사라진지 오래되었다. 4~5, 7~8명의 자식들이 건재함에도 부모를 모시려는 자가 없으니 독거노인 孤獨死(고독사)가 보편화되어 가는 현상은 정부가 세금으로 노후 설계를 책임지겠다는 발상에서 비롯한 정책 난맥과 오류가 초래한 비극인 것이다. 아무리 인공지능 시대가 도래하고 삶의 질이 향상되어도 아직은 부모는 자식과 同居同樂(동거동락)하는 것이 최선의 행복이고 자식은 부모와 함께 희로애락을 공유하는 것이 최고의 미덕이다. 현대판 고려장 터인 요양원이 등장한 지 오래인데 이제는 慈育孝恩(자육효은)이란 옛말은 들어볼 수도 없다. 요양보호사라는 직업이 있다는 것도, 인기 직종으로 부상했다는 것도 몰랐던 산중거지(山中居止)가 뒤늦게 땅을 친 이유다.

아무리 고령자라도 제 수족으로 움직이고 생활할 수 있을 때까지 버텨 나가는 것이 최고의 삶이고 행복이며 생존의 기쁨을 누리는 기술이다. 멀쩡한 사람에게 도우미가 붙어 말장난이나 하고 시간 때우기 하는 이런 직업이 각광받는 시책과 세태가 과연 온당한가? 경로당에 모여 놀던 사람들이 제 쓰레기도 치우지 못할까 봐 월 삼사십만 원 세금 알바를 둔다. 이제 자식들은 효의 개념, 효의 필요성 자체를 모른다. 무엇이든 이미 아는 것이 있어야 망각이라는 증상이 나타날 것인데 처음부터 모르는 것을 어찌하랴.

고용과 복지정책의 통계 허구가 합작하여 빚어낸 기이하고도 서글픈 현상이 목하 진행 중인데도 다 수수방관, 큰 힘 안 들이고 돈 버는 재미에 하루 두 탕, 삼 탕 뛰는 도우미들만 살맛 나는 세상이 되었으나 그들이 일조하여 뭉개 버린 효의 궁극을 증명하는 것이 아직도 전국 곳곳에 산재한 효자문, 효자비다. 그리 오래된 이야기가 아니다. 봄이면 남쪽 어디에선가 어김없이 찾아와 둥지를 틀고 새끼를 낳아 기르는 철새들을 지켜보면서 가끔 상념에 잠기고 눈물을 흘릴 때가 있다. 여름이 다해 갈 무렵 훌쩍 커버린 자식들을 이끌고 다시 왔던 곳으로 돌아가는 그들의 뒷모습이 아름답고 쓸쓸하기도 해서, 그리고 오래전에 돌아가신 할아버지, 할머니, 아버지, 어머니와 형님의 또 다른 미래와 안위가 걱정되기도 해서….

* 위에 서술한 논리는 모두 내 식으로 전개하는 지극히 사적 견해이고 사회 일반의 공식 논의와는 무관함을 밝혀 둔다.

법의 지배와 모순

사회인으로서 한 세상 무난하게 살아가려면 어느 정도 법의 내용을 알고 또 그것을 준수할 것을 요구받는다. 근현대사에서 득세한 부류 중에는 법률가들이 유난히 많다. 대통령을 비롯하여 정부 요직은 물론이고 국회에도 법 전문가들이 대거 진출해 있으며 사법부는 말할 필요도 없고 무수한 변호사들이 세상사를 입맛대로 요리하는 듯한 착각을 불러일으킨다. 현행 실정법이 몇 가지나 되는지 법제처의 담당자가 아니면 알 수 없을 정도의 법안들이 발의되고 통과되지만 폐기되는 것은 극소수에 불과하다. 말을 바꾸면 법은 시대의 변천에 따라 개정과 새로운 제정이 당연히 필요하지만 불필요하거나 오히려 해악적인 개별법과 조항들이 무수한데도 정작 입법기관은 이를 간과하고 있다는 것이다.

원칙(正法, 정법)은 공존, 공생과 질서에 관한 내용을 의미하지만 예외(便法, 편법)는 인정과 여유에 관한 것으로 다소 비판적 시각에서 자유롭지 못한 것도 사실이다. 수많은 사람들이 한데 엉켜 살아가는 복잡다단한 세상살이를 보면 원칙을 무시하고 살 수 없는 반면 원칙대로

만 살 수도 없는 것 또한 사실이다. 엄격함과 느슨함(융통성)은 背馳(배치)되는 것이 아니라 相補的(상보적)인 것이고 이의 적절한 조화와 활용이 절실히 필요한 시대이지만 그런 사례를 찾아보기 어렵다. 수사기관에 융통성을 요구하기란 쉽지 않은 일이지만 재판부는 시대의 변화해 가는 추이와 인간성의 다양함을 고려하여 합리적 융통성을 얼마든지 발휘할 수 있음에도 高踏的(고답적)이거나 恣意的(자의적) 판결로 세간의 비난을 자초한다. 법의 지배가 대세고 원칙인 세상을 살지만 결국 인간이 인간을 지배하고 통제하는 것과 다름이 없는 동물농장식 아이러니가 속출하는 것이다.

법이 지배하는 세상에서 법의 제정과 시행에 착오와 모순은 없는지 면밀하게 살펴볼 수 있어야 한다. 먼저 입법부인 국회를 구성하는 국회의원은 자타 공히 국민의 대변자라고 하는데 그들 각자가 전체 국민을 대표하는지? 그들의 입지와 처신, 그들의 語言(어언)과 활동이 능동적, 적극적으로 나타날 때와 혹은 침묵하고 있을 때에도 대표성에는 차이가 없는지? 각자의 의원 활동에서 민의를 왜곡, 조작하여도 대표성은 유지되는지? 당파적으로 위법 또는 불법성 의사 표현을 하거나 결정을 하여도 이를 제재할 방법이 없는지? 정치학에 권위 있는 斯界(사계)의 교수, 학자들이 주도하여 국회의원 위상을 세밀히 점검하고 재정립할 필요성은 충분하다. 또한 대통령, 국회의원 등 선출직 공직자의 권한을 과감히 축소, 조정하고 특권 조항을 전면 수정 또는 폐기할 때가 되었다는 것이 국민적 여론이다. 정치 지망생들이 선출직 공직에 기를 쓰고 도전하는 이유는 분명하다. 권력이 제공하는 반대급부와 특혜가 크고 축재의 기회는 물론이고 신분 상승의 확실한 디딤돌이 되기 때문이다. 민주주의와 선거의 요체가 다수결이라는 점을 인정하더라도 共滅(공멸)의 가능성을 배제할 수 없는 악법, 廢法(폐법)을 다수의 힘으로 밀어붙이는 민주주의와 표결은 배척되어야 마땅하다. 모든 공직자는 직책과 직급에 따라 법을 집행하거나 집행을 감독하는 위치에서 직무를 수행한다. 법의 지배는 합리적이고 정당한 목적과 정의로움이 先存(선존)해야 하고 公平無私(공평무사)한 절차와 집행이 담보될 때만이 그 당위와 필요성이 인정된다. 그러나 통치권과 형사면책 특권을 누리는 대통령은 최상위의 법 집행 감독자이면서 스스로 법을 어기거나 법 정신을 무시하는 등 직무 위배로 감옥행을 자초하며 국회의원은 법을 제정하고 국정감사와 조사 등을 통해 정부와 사법을 견제, 감독하는 위치에 있으면서도 위법과 탈법을 예사로 자행한다. 법안을 날치기로 통과시키는 집단 표결 강행은 절차적 요식 행위를 악용한 편법이 아닌 불법 내지 탈법 행위인 것이다. 절차가 위법이면 결과도 당연히 무효인 형사법체계의 대원칙을 원용하지 않더라도 법치국가, 법치만능 사회에서 입법과 집행 그 감독자들이 위법한데도 온존하고 오히려 득세하는 세상은 더 이상 민주사회도 아니고 국익도 사라진 모순덩어리일 뿐이다.

회고와 성찰의 시간

지난 정권 5년, 집권세력의 대북유화정책을 전문가들이 세밀하게 분석하지 않아도 건전한 상식이 있는 국민이라면 5천만 국민의 생명을 담보로 한 꼭두각시놀음에 다름 아니었다는 사실을 알 수 있다. 해를 넘겨 가며 이어지는 우크라이나 전쟁이 이를 극명하게 대비, 증언해 주고 있는 것이다. 적의 관용에 기대거나 구걸하여 얻은 평화는 신기루 같은 것이라 이내 사라진다는 것을 오랜 인류의 전쟁사가 엄혹한 증거로 남아 보여 주고 있는데도 그들은 무모하게 정부 수립 이래 지속되어 온 정치, 안보, 경제 등에 관한 정책기조와 전통들을 일거에 파기하거나 부정하고 마치 破天荒(파천황)의 새 세상이 도래할 것처럼 선동과 기만을 일삼았으니 결과는 참담했다.

견제와 대응 수단이 따로 없는 적대국의 절대 위협에 직면하여서 상대의 내심을 감춘 평화 쇼에 附和同調(부화동조)한 허물이 적지 않거니와 자칫 사라질 뻔한 나라 운명을 혈맹의 도움으로 구명, 유지해 온 사실을 망각하고 오랜 우방과의 유대에 찬물을 끼얹는 언행과 안보관을 적나라하게 보여 주었다. 작금의 우크라이나 전쟁 양상을 보면 답은 자명하다. 누가 봐도 모든 면에서 비교 불가한 명백한 열세임에도 지도자와 국민들이 택한 길, 그것은 순교를 각오한 종교전쟁을 떠올리게 한다. 상대방의 적의에 자비를 구걸하는 평화와 자유는 결코 있을 수 없다는 결연한 의지는 조만간 무도한 폭압자들이 빼어 든 녹슬고 이 빠진 칼을 소득 없이 회수하는 쾌거를 달성할 것이다. 고전하면서도 의외로 선전하는 우크라이나에 서방국들이 전쟁 물자와 일부 무기는 지원하면서도 자국 병력을 直派(직파)하지는 않는 이유가 뭘까? 우방? 좋기는 하지만 설령 도와주고 싶어도 핵폭탄이 무차별 작렬할 수 있는 남의 나라 전쟁터에 누가 자국 군대를 보내려고 하겠는가? 대한민국의 영토에 김정은의 핵미사일이 폭죽처럼 난무하는데 어느 나라가 선뜻 파병할 것인지. 환상 깨라고….

이에는 이, 눈에는 눈으로 대응하는 방식은 오래된 교범 중 하나다. 만약 원하지 않은 사태가 발생하더라도 지혜롭고 냉철하게 대처하여 피해를 최소화하는 것, 그 이상은 없다. 어떤 선택이든 불가피한 결심, 결정이 필요할 때는 이미 국제적으로 확립, 용인되어 가는 추세인 전쟁억지 원칙을 따르는 것뿐이다. 직접 겪어 보지 않아도 전쟁은 비참하고 반드시 피해야 한다는 걸 다 알고 있다. 도발억지 수단을 사전에 확보하는 것, 교전이 불가피하다면 반드시 승리할 수 있는 전력과 민심의 결집을 대비해야 한다는 것, 전쟁이 벌어지면 승패를 불문하고 무참히 짓밟히는 것은 힘없는 백성들뿐이라는 사실을 감안하면 이제는 적어도 나와 내 가족의 생명과 안전은 최후까지 내가 지킨다는 강고한 결기를 전제하고 국민 각자가 自力圖生(자력도생)에 필요한 최소한의 무기를 보유할 수 있도록 제도적 장치를 마련할 필요가 있다.

전쟁은 가능한 한 꼭 피해야 하지만 반면교사로 삼고 배워야 할 것도 있다. 비겁한 자와 용기 있는 자가 어떻게 행동하는지, 그리고 아무 죄 없이 지옥고에 신음하는 가련한 자들은 누구인지 명백하게 보여 준다. 정작 해야 될 일은 하나도 안 하고 허송세월하다가 슬그머니 물러나 편안하고 풍족한 여생을 즐기고 있는 권력자와 그 측근들, 그들이 배우고 익힌 것은 교만과 위선이었다. 권력의 술독에 모여들어 어지러이 날면서 빠지고 허우적거리는 초파리 떼와 다름없는 파렴치한 그들을 국고를 축내 가며 보호하고 방관한다면 우리는 미래를 거론할 자격조차 없다.

바빠도 짚고 가야 할 것들

國史(국사), 즉 自國(자국)의 역사를 모르면 아무리 문명이 발전하고 잘살아도 미개인에 속한다. 자기 나라의 역사에 대한 명확한 인식과 확고한 이해 그리고 자긍심은 미래 세대에 전승되고 교육시켜야 할 소중한 정신적 자산이기 때문이다. 자국 역사에 대한 명철한 이해는 자기의 정체성과도 직결되는 문제이다. 범위를 좁혀 보면 자기의 조상에 대해 무지하면서 天方地軸(천방지축) 날뛰는 것과 같은 이치다. 한 나라의 역사는 어느 시대, 어느 사회와도 연결되어 있고 한 가정과 개인에게도 삶의 모티브 혹은 주체성을 견지하는 원동력으로 작용하는 것이다.

과거를 알면 현재의 상태는 확실해진다. 개인사든 인류사든 과거가 현재의 덫이 될 수는 없고 되어서도 안 된다. 개인사적으로는 자기 조상을 탓하고 국가 사회적으로는 前世代(전세대) 내지 前政府(전정부), 근현대사의 선배와 선조들에게 책임을 전가하는 후안무치한 사고와 행위들을 현재 권력들이 자행하고 있는 것이다. 불행한 과거사들이 지금 修正(수정)되어지는 것이 아니라 성찰과 발전의 디딤돌로 삼아야 하는데도 거기에 얽매여 자가당착적 국가 경영을 하려는 것은 언젠가는 같은 방식으로 심판받는 불편한 순환을 반복하게 된다. 이러한 눈에 보이지 않는 족쇄들의 원인을 알았다면 다음 권력이나 미래 세대에게는 그러한 부정적 유산을 남기지 않도록 노력하는 것이 정상적이다.

현재 인간들이 문명의 이기와 산업용, 상업용, 편의용 등으로 남용하고 있는 화학적 합성품들, 고체용기, 액체, 기체의 용도가 다하고 남은 殘骸(잔해), 잔여 물질들의 放置(방치)는 미래적으로 조망하면 雷管(뇌관)이 해체되지 않은 原爆(원폭)과 같다고 볼 수 있다. 이것들은 지구상에 본래 없던 물질을 화학적으로 만들어 내고 있기에 지구의 무게를 계속 늘려갈 것이다. 천체들 간의 균형을 유지하는 중력의 법칙이 파괴될 정도로 지구의 중량에 변화가 생긴다면 그 결과는 보나 마나다. 화학적 합성물인 다양한 물질, 물건들이 별 부작용 없이 본래의 물질 또는 원소로 환원될 수 있을까? 아무리 물질계의 質量不變(질량불변)의 법칙과 우주적 不增不減(부증불감)의 진리를 적용시키려고 해도 안 먹히는 분야의 고질병적 문제라고 생각된다. 새로운 물질을 끊임없이 연구하여 찾아내고 이를 이용하여 신제품을 量產(양산)해 내는 과학자와 기업이 먼저 이 물음에 답해야 할 것이다. 일상의 편안함과 편리성, 그것을 충동하고 유혹하는 광고 세례, 물질적 풍요와 무병장수를 무한 추구하는 욕망의 과잉이 빚어내고 초래할 수 있는 불안한 미래의 재앙에 대하여….

하나 더 짚고 가야 할 것은 먼 과거사를 다 알 수 없고 미래의 일까지 예단할 수는 없으나 현시대 사회에서 거짓말과 속임수가 넘쳐난다는 사실이다. 개별적 인간관계에 있어서는 사적인 일로 거짓말이 통용되고 이해할 수 있는 부분도 있지만 공적인 책무나 업무 처리에 있어서도 버젓이 거짓과 속임수가 행해져도 언론 일각에서 간혹 건드려 볼 뿐 일반 국민들은 무관심한 데서 더 큰 문제를 초래할 개연성이 상존하는 것이다. 특히 대통령을 비롯한 국회의원 등 정치인들의 행태에서 비호감적 특징인 속임수, 꼼수, 약은 꾀 등을 포함한 術手的(술수적) 언행이 적지 않은데 거기에 교만과 위선을 더 얹으면 본디 양민이던 사람들을 권력과 선거가 맞물려 불가촉천민으로 바꿔 버리는 심각한 상황이 발생하는 것이다. 정책(국책) 결정과 집행, 환류의 과정에서 드러난 불합리와 오류들을 조작, 粉飾(분식)한 통계자료를 인용하며 자화자찬하는 대국민 기만을 태연히 자행하는 권력자, 집단이익에 포함된 사익을 지키려고 내심 불안해하면서도 치졸한 방식의 결속과 궤변을 사양치 않는 사이비 의원들이 단합하여 세를 불려가면서 계속 집권하는 것을 수수방관하면 국가의 미래는 물론 국민 대다수를 헤어날 길 없는 늪으로 밀어 넣고 말 것이다.

瞞語(만어)와 詐術(사술)이 판치는 세상을 방치하고 법과 정의를 부르짖는 것은 황무한 사막에서 메아리를 찾는 것과 같아 헛되이 기력을 낭비하면서 자기마저도 속이는 어리석은 짓이다. 보통 남을 속이는 데는 이유가 있게 마련이다. 거의가 직면한 곤경을 모면하려는 경우와 부정한 이익을 취하려는 목적이 있는, 이른바 사기행각의 수단인데 이때 키포인트는 남을 속이고 특정한 목적을 달성하겠다는 의도, 즉 고의성만 인정되면 상대방이 속건 속지 않건 간에 범죄는 성립한다는 것이다.

거짓말과 속임수가 만연하는 사회는 정의가 사라진 이미 타락한 세상 그 자체다. 법은 모든 사기범과 자잘한 속임수까지 통제할 수 없다. 어떤 수단이든 어떠한 목적이든 타인을 속이는 행위는 자기의 양심에 위배되므로 먼저 자신을 속이고 들어가는 이율배반적 인간 모멸에 속한다. 인간이 인간을 모욕하고 능멸한다? 거기다가 양심까지 팔아가면서…. 詐術(사술)의 특징은 수법의 수준에 따라 양상을 달리한다는 점에 있다. 상대방이 뜻한 바대로 쉽게 속아 넘어가는 경우와 아에 속지 않는 경우가 대부분이지만 희귀하게도 상대가 속이는 줄 알면서도 모른 체하고 속아 주는 경우가 있다는 것이다. 이런 경우는 행위보다 오히려 결과가 역전되는 웃지 못할 현상, 즉 기껏 상대를 속아 넘겼다고 쾌재를 부른 것이 오히려 자기가 속고 만 반전이 일어난 것인데 이를 무엇에다 비유할 수 있을까? 노름판에서 하수가 고수인 줄 몰라보고 한 재주 부렸다가 도리어 당하고 난 후에 가슴을 치는 격이라고나 할까.

아무튼 공돈, 공밥, 공술을 좋아하는 것이 국민적 특성이 되어 버리면 전 세계의 사기꾼들이 그리로 대거 몰려들게 마련이다. 그뿐이랴? 권력을 탐하는 무리들이 국민들을 감언이설로 꼬드기고 충동질하여 막대한 부정 이익을 챙겨 가도 몇 푼 던져 준 것에 눈이 멀어 장딴지에 거머리 피 빨아먹는 줄도 모르고 허벅지까지 내어주는 衆愚籠絡(중우농락) 정치에 국민성은 탐욕적으로 사나워지고 나라는 결딴나는 것이다. 한술 더 떠서 정월 보름에 풍년을 보상으로 내걸고 마을 편싸움 붙이듯 시대와 상황에 걸맞지 않은 이념과 달 타령 하는 듯한 복지 정책을 뒤범벅하여 백성들을 편 갈라놓고 어르고 선동하는 정치권력 셈법에 놀아나는 줄도 모르는 사람들이 많으면 많을수록 더욱 좋은, 최악의 다다익선 정치를 꿈꾸는 무리들을 색출해 내지 못하면 우리의 미래는 없다고 단언해도 탓할 수 없을 것이다.

거짓말, 눈속임, 과대광고, 巧言令色(교언영색) 등등 인간의 사회적 유대 관계를 든든하게 결속시키는 신의를 좀먹고 무너뜨리는 유사한 표현과 행태는 널려 있다. 사소한 거짓이 탄로 나지 않고 통과되면 더 크고 위험한 거짓말과 속임수에 도전하기 마련. 그러나 여의도의 한량들이 면책특권의 비닐 커튼을 가려 놓고 막후에서 기고만장 自省(자성) 없이 설쳐대다가 종국엔 결정적 自充手(자충수)를 두고 마는 것을 보고 들은 사람은 다 안다. 정치, 경제, 문화 등 제반 영역에서 국민 수준을 향상시켜야 국력 신장은 물론 國格(국격)도 높아진다. 그러기 위해서는 사회 각 분야에서 개인이 차지하고 누리는 지위와 신분의 高下貴賤(고하귀천), 빈부, 행불행 등 상대적 사회평가를 떠나 평가와 대우의 기본 전제로 정직성을 擧揚(거양)해 놓고 구체적 실현 지침을 마련해야 할 것이다.

공간과 자리

公共(공공)의 사회조직에 빈자리가 생기면 절호의 기회를 놓치지 않으려는 취업 대기자들의 엄청난 경쟁이 벌어지듯 식물의 세계에서도 빈자리를 먼저 차지하려는 치열한 경쟁 양상을 보이는데 이것은 생존과도 직결되므로 절대 양보할 수 없는 목숨을 건 투쟁인 것이다. 덩굴식물군(蔓生種, 만생종)에서도 가장 왕성한 생장 활동을 하는 칡과 한삼덩굴, 사위질빵 등은 빈자리, 즉 경쟁자가 별로 없거나 있어도 크게 문제 될 게 없는 길 가장자리로 한사코 줄기를 뻗어내는데 生長力(생장력)이 정점에 이르는 칠팔월에는 하룻밤 사이에 한 자씩 촉수를 밀어내는 가공할 능력을 선보인다. 자기들끼리 서로 덩굴을 휘감고 경쟁을 벌여 봐야 더 이상 번성하지 못하고 결국 枯死(고사)하고 말 것이라는 사실을 잘 알기 때문이다. 생명체에게 빈자리, 공간은 생명 그 자체와 같은 것이다.

움직이고 이동하면서 살아가는 동물들도 삶의 영역, 즉 활동 공간을 최대한 확장하려는 본능에 가까운 특성이 있다. 특히 인간들은 끝없는 소유욕의 발현으로 보다 더 넓은 私有(사유) 공간을 차지하려고 투자와 노력을 집중한다. 주택, 상가, 공장 건물, 창고, 토지에서 허공과 지하까지 소유 공간의 대상을 확대한다. 그러나 아무리 욕망을 발동시켜도 공간 확장은 한계가 있고 또한 아무리 무수한 생명체나 사물이 생겨나도 이 세상의 공간을 다 메우지는 못한다. 채워지는 것은 곧 비워지는 세계의 진리를 어길 수 없는 까닭이다. 모든 공간이 다 채워진 상태, 즉 공간이 사라진 혼돈의 세계는 空無(공무)이기 때문이다.

인간 세상의 사회에는 네 집 내 집, 네 땅 내 땅의 소유 구분이 명확히 되어 있다. 현실적으로 인간들에게 필요한 공간은 극히 제한적이기에 이 공간의 소유권을 둘러싼 갈등과 분쟁은 거의 일상화되다시피 한 세상에서 공간 분할이 허용되지 않는 절대영역이 있다. 한 존재, 생명개체가 그의 실존을 증명하기 위해 반드시 필요한 공간은 그의 형상유지와 생명 활동을 보장하는, 즉 양보나 타협, 分占(분점)이 불가한 존재의 기초 형식이자 요건인 것이다. 일반적으로 세상에는 비어 있는 자리, 無主空席(무주공석)은 先占者(선점자)가 주인이고 無主物(무주물)은 先取得者(선취득자)가 소유권을 갖게 되지만 분할 불가한 공간은 共同占有(공동점유)는 가능할지라도 어머니의 子宮(자궁) 같은 절대 공간은 분점마저 허용되지 않는 것이다. 개개의 인간이 독점할 수 있는 유일한 공간은 살아 있는 동안 그의 體積(체적)이 차지하는 면적뿐이고 육신의 소멸과 함께 그 점유권도 사라진다.

滿空(만공), 가득 참과 완전히 비워짐, 이 틈새에서 생멸 현상이 일어난다. 조선 말기 고승의 법호이기도 한 이 개념에서 세계가 벌어지고 존속, 유지되는 원리는 채워짐과 비워짐의 연속이며 보다 간명하게는 변화의 묘용이라고 할 만하다. 수직으로 우듬지를 뽑아 올리고 사방으로 가지를 뻗어내는 수목들은 지심으로도 생명 공간을 확장해 나간다. 그러나 나무들은 생존 경쟁은 해도 소유욕은 없다. 소유 자체가 애초부터 불가능하고 또한 부질없다는 것을 아는 까닭일 것이다. 딱 그만한 생명체의 출현 공간에서 시작하여 필요한 만큼의 영역만 확장하고 時空(시공)으로 織造(직조)된 존재의 構圖(구도) 속에서 본능대로 생을 영위하다가 다음 세대에게 생존 공간을 물려주고 사라지는 초목들의 성실함과 정직성을 체감하면서 이 존재의 프레임에서 벗어나고자 부단히 몸부림치는 인간들의 미래는 미지수이나 우주와 태양계, 그 작은 권속인 지구별의 생성 연대를 감안하면 탈출과 변모의 가능성은 인정하더라도 그 요원함은 필설로 다 표현할 수 없다.

인간 사회에서 옷을 뒤집어 입거나 신을 거꾸로 신고 다니면 이상해 보이고 비정상으로 여긴다. 일반 상식을 벗어났기 때문이다. 상식을 초월한 사고방식은 뜨악해하지만 기발한 착상에는 경탄과 박수를 보낸다. 상식이 지배하는 常軌(상궤)의 한계를 아는 까닭이다. 모두 오래 지속된 고착관념의 殘影(잔영)이다. 상식이란 무엇인가? 시대마다 약간의 차이는 있지만 그 사회 일반에 두루 적용되고 통용되는 지식, 공동선을 추구하기 위한 준규범의 성격을 갖는 불문율 같은 것이다. 상식에 매몰되기는 쉬워도 깨뜨리기는 어렵다. 함부로 깨뜨려서도 안 된다. 사회질서가 유지되는 대들보 역할을 하기 때문이다. 상식이 깨어지고 통용되지 않는 사회는 말 그대로 난장판이다. 그러나 인류는 보편적 지식과 상궤를 뛰어넘어 새로운 가치 영역을 추구해 온 선각자들 덕분에 급속한 진화와 발전을 이루어 온 것도 사실이다.

이 지점에서 크게 상식에 반하고 오히려 상식을 부수어 버리는 영역이 있다. 생명체에게는 절대의 공간 분할인 삶과 죽음의 문제를 해결하는 일종의 퍼포먼스적 접근이다. 불생불멸의 도리, 生死不二(생사불이)의 궁극에 다다른 수행자의 면모가 그것이다. 生死於是(생사어시)! 현상으로 드러낸 삶과 죽음의 모습, 현실을 가볍게 인정하면서 是無生死(시무생사) 혹은 本無生死(본무생사)! 존재의 본질 면에서 절대적 이분법을 단호히 부정하고 부수어 버린다. 결국 현실 세계에서의 공간 분할을 인정하지 않는 것이다. 一空卽大空(일공즉대공)! 인위적 공간 나누기는 금 그어 놓고 땅따먹기 하는 아이들 놀이 같은 짓이고 공간 너머 本來空(본래공)은 쪼개어지거나 나누어 갖는 것이 아닌 생명 존재의 근원임을 체득한 所以(소이)다.

너와 나, 주객의 분리와 네 것과 내 것의 소유권도 인정하지만 각각의 개체들이 내 것이라고 주장할 수 있는 공간은 없다. 내 집, 내 땅은 제도상 보장되는 것일 뿐 假名(가명)의 주체가 사라지는 순간 연기처럼 허공으로 흩어진다. 극장과 경기장에 들어찬 객석, 滿席(만석)으로 분위기를 달구던 관중은 흥행이 끝나면 본래 제자리로 돌아간다. 제자리가 어딘가? 살고 있는 집이다. 그 많은 자리가 다 내 것인가? 내가 앉아 있을 때만 내 자리인 것이다. 우주공간에서 어떠한 존재도 이 법칙을 피해 갈 수는 없다. 처음부터 나를 위해 마련된 자리는 없다. 本有(본유)의 座席(좌석), 인간의 자리도 지키지 못하면서 대통령, 국회의

원을 꿈꾸는 것은 法語(법어) 그대로 "破戒者 爲他福田 如折翼鳥 負龜青天(파계자 위타복전 여절익조 부구청천)". '법과 윤리 도덕은 물론 양심도 지키지 못하면서 국가, 사회를 위해 헌신하고 백성들의 의지처가 되겠다는 짓거리는 날개 부러진 새가 거북을 업고 하늘을 오르려는 것과 같아 무망한 일'이니 그저 夢遊荒原(몽유황원, 꿈속에 황야를 헤맴)이라고 할밖에. 咄 喝(돌 할, 혀를 차고 꾸짖는 소리).

씨름꾼 머슴론

근자의 씨름계에서는 천하장사, 백두, 한라장사 등으로 체급을 분류하지만 예전에는 상씨름, 중씨름, 애기 씨름으로 등급을 나누었다. 무제한급의 상씨름, 중간 체급의 중씨름, 조무래기 급에 속하는 청소년들이 참여하는 애기 씨름이 단오, 백중, 추석 등 명절에 전국적으로 성행하였으니 요즈음의 선거 열기와도 비슷한 국민적 관심사였다. 상씨름 판은 그야말로 용호상박하는 대격돌인데 체력과 기술이 승패를 좌우한다. 안다리걸기, 밭다리 후리기, 배지기, 뒤집기 등 큰 기술이 강력한 힘에 의하여 구사되는데 여기서는 잔기술, 詐術(사술) 등 雜技(잡기)는 통하지 않고 먹혀들지도 않는다. 입씨름이라는 말이 있지만 씨름은 언변이나 잔꾀로 하는 것이 아닌데 현대의 각종 선거전을 씨름판에 비유해 보면 흥미로운 점이 발견된다. 상씨름을 대선, 중씨름은 국회의원, 광역단체장 선거, 애기 씨름을 기초단체장, 지방의원 선거에 대비시켜 보면 그럴듯한데 온갖 현란한 언변과 말재간, 인신공격성 비방, 선동, 모함 등이 난무하는 선거판을 잔재주와 잡술이 통하지 않고 반칙이 용인되지 않으며 오로지 우직하게 힘과 정석인 기술로 밀어붙이는 씨름의 정직성, 정당함과 비교해 보면 그저 처연할 따름이다.

요즈음은 호칭이 달라졌지만 근현대까지만 해도 잘사는 부잣집들은 대부분 머슴을 부렸고 천석, 만석꾼들은 많은 머슴을 두었다. 여럿의 머슴 중에 연치가 높고 경험이 많은 이를 큰머슴, 중간치를 중머슴, 아직 터럭 수염도 나지 않은 미성년자급을 꼴망태머슴이라고 불렀다. 주인이 머슴을 채용하는 기준은 건강과 체력, 그리고 미더움이었다. 말재주 있고 인물 좋은 이른바 신수가 훤한 사람은 머슴의 조건에서 제외되었다. 그런 사람이 남의 집 머슴으로 올 리도 없지만 잘못되면 주인집 고명딸을 넘보고 후려치는 사달이나 벌이기 맞춤하기에…. 또한 바람직한 머슴상은 일도 잘할 뿐 아니라 맨드리도 야무지게 하면서 주인의 가치관이나 생활방식에 어느 정도 적합해야 했으니 이러한 요건을 충족하면 달리 상머슴이라고 불렀고 그에 상응한 대우도 하였다.

공직자를 국민의 심부름꾼으로 자리매김하는 민주국가에서 씨름판의 체급을 차용하여 대통령을 상머슴, 국회의원, 광역자치단체장을 중머슴, 기초단체장과 지방의회의원을 일응 꼴망태머슴이라고 해 보자. 상머슴인 대통령은 주인인 국민들이 세세한 일들에 신경 쓰지 않고, 말하자면 안심하고 나랏일을 맡겨 놓을 수 있는 능력을 갖춘 적임자를 선발하는 것이고, 또 상머슴은 중머슴, 꼴망태머슴들에게 적절한 일거리를 안배해 주고 관리, 감독하면서 자기 일도 능숙하게 처리해 내는 우두머리 머슴이면서 본래의 임무대로 주인의 안전과 재산을 지키고 늘리는 데 혼신의 노력을 기울여야 하는 것이다. 지금의 유능한 것이 아니라 유명무실한 상머슴, 중머슴들은 어떠한가? 주인이 일 좀 시키려고 애써 뽑아 놓았더니 하라는 농사는 쳐다보지도 않고 빈둥빈둥 놀면서 주인을 골탕 먹이고 오히려 등 위에 올라타서 狐假虎威(호가호위)하는 主客顚倒(주객전도)의 상황을 적나라하게 연출하고 있는 것 아닌가?

엄청난 경비를 들여가면서 상머슴 하나 뽑자고 하는 판에 본업인 농사와는 전혀 무관한 발차기 격파술을 뽐내는 태권도인, 주먹질 잘하는 권투인, 말재주만 현란한 이들이 등장하여 한바탕 쇼를 벌였으나 그런 것은 머슴 선발하는 심사 항목에도 없거니와 도대체 체급에도 미달하는 꼴망태 꾼들이 대거 몰려와 코로나 정국을 무색게 하는 소란을 피우니 날씨도 문제려니와 머슴 농사부터 그르칠까 보아 주인은 안절부절이다. 만약 머슴을 잘못 뽑아 되레 머슴이 동물 농장의 두목 돼지 행세를 하게 된다면 이건 보통 일이 아니다. 민주의 허울을 뒤집어쓴 파쇼 왕국이 재현될 것이 뻔하기 때문이다. 왕국 말이 나왔으니 내친김에 누구나 왕국을 건설할 수 있는 비법을 공개하겠다.

王國(왕국)이나 帝國(제국), 小國(소국), 大國(대국)은 객관적 규모와 세력의 차이일 뿐이고 자기 자신의 나라, 내가 통치하는 나라는 어떠한 호칭이거나 간에 아무런 차별, 제한도 없이 동등하다. 法堂(법당, 법치제)이 쓰러지면 왕국도 무너진다. 그러나 많은 신료, 부하와 백성이 필요 없는 왕국은 진즉 내가 홀로 건설하였으므로 망할 염려도 없는 영원한 제국, 누가 왕이라 황제라 대통령이라고 불러 주지 않아도 무방한 나라다. 어떻게 그런 나라를 세우느냐고? 오래전에 이 기발한 왕국을 설계한 생텍쥐페리 선생에게 물어보라. 리틀 프린스! 군이 어리지 않아도 늙은이나 젊은이나 쉽게 다가갈 수 있는, 그러나 절대 쉽지 않은 大役事(대역사)를…. 비록 황제나 왕, 대통령이 된다 한들 역사의 심판은 비정하다. 칭송과 비난, 동정이 엇갈리는 중에서도 제대로 된 永世不忘碑(영세불망비)를 세우려 한다면 먼저 我相(아상)과 허욕을 버리고 무엇이 虛名(허명)인지 꿰뚫어 볼 수 있는 안목부터 길러야 한다.

인간의 역사와 광기

고대 중국 역사 전쟁 드라마 「楚漢戰(초한전)」을 시청하다 보면 소싯적에 곧잘 두곤 했던 장기판이 자연스레 떠오른다. 장기판의 構圖(구도)와 병력 배치가 초한의 싸움을 그대로 본뜬 것이기 때문이다. 양편 왕을 중심으로 同數(동수)의 將卒(장졸)들이 같은 형식으로 진영을 펼쳐 놓고 맞서는데 왕의 최측근을 경호하는 무사 2, 진영 좌우에 포진한 전차 대포 각 2, 코끼리와 말을 탄 기병 각 2, 최전방에 배치된 보졸 각 5, 이들이 팽팽히 대치하다가 어느 한편의 선공으로 싸움이 시작되면 왕이 더 이상 물러날 퇴로가 없이 포위되었을 때 항복하는 게임임은 장기를 두어 본 사람은 누구나 아는 사실이다. 여기서 뛰고 날고 하는 車砲(차포)와 기병의 역할이 크지만 마지막 단계에서 적장의 턱밑까지 압박해 들어가는 것은 병졸들이며 요즘 군대의 보병, 즉 步卒(보졸)이 전장의 끝마무리를 하는 것은 고금이 동일한 전쟁 양상이라고 할 수 있다. 물론 고대 혹은 중세와 근현대의 전쟁 수행 형태나 무기체계는 비교할 수 없지만 고금동서에서 무수히 벌어진 전란들이 결국은 많은 수의 하급 군인들과 민간의 희생으로 종결되었다는 점에서 전쟁은 원인과 결과가 어찌 되었든 절대적 또는 상대적으로 약한 자들의 무덤으로 덮이고 만다는 사실을 통감하지 않을 수 없는 것이다.

力拔山氣蓋世(역발산기개세)로 인구에 회자되던 초패왕 항우에 비하면 문무를 비롯한 모든 면에서 비교조차 할 수 없는 유방이 마침내 천하의 패권을 차지하고 漢高祖(한고조)가 되는 대역전극이 벌어지는 역사에서 유방의 승리 요인을 분석해 보면 일견 유약하고 우유부단해 보였던 유방이지만 웅지를 품고 있으면서도 드러내지 않고 인의를 중시하며 백성의 고통을 이해하고 함께하는 애민 정신이 유능한 인재들을 대거 휘하에 모여들게 함으로써 전세를 극적으로 뒤집는 결정적 요인으로 작용한 것이며, 반면 항우는 일대영웅의 기개와 막강한 戰力(전력)을 갖추고 있었지만 성급하게 대망을 쟁취하기 위해 부하들을 가혹하게 다루고 살생을 서슴지 않는 만용을 부린 까닭에 勝機(승기)를 놓치고 만 것이다.

이러한 古史(고사)들을 현대정치와 권력투쟁에 대입하여 비교해 보면 국민을 정치 내지 정책 실험 대상으로 취급하여 민생 대란에 빠트리고 보수·진보, 좌우 진영으로 나뉘어 대립하는 정치권과 이에 편승하는 민심을 교묘히 조종, 이용하는 술수에 능한 자들이 권력을 독점하고 더욱 강화, 유지하려는 행태는 족제비 정치라고 할 수밖에 없다. 족제비는 한번 닭장에 침입하면 한 마리만 물고 가거나 잡아먹는 것이 아니라 닭이 열 마리든 스무 마리든 마릿수를 불문하고 모조리 물어 죽인다. 그게 본능이든 아니든 간에 인간의 관점에서는 악랄하기 그지

없는 잔인성을 드러낸다는 점에서 정치권력 판의 비정하고 교활한 특징과 유사성이 있다고 본다.

큰 바다의 태풍과 지진이 몰아오는 해일은 巨艦(거함)도 뒤집고 침몰시킨다. 역사 속의 전쟁과 환란을 반추해서 비교적 안정된 생을 꾸려가고 있는 현대에도 상황에 따른 민심의 向背(향배)를 예측하지 못하고 자의적이고 방만한 권력을 탐하다가 휴화산 같던 민심이 폭발하면 권력으로 우쭐대던 배도 속절없이 가라앉고 마는 것이다. 진정 존경하고 싶은 국민적 師表(사표)를 찾아보기 어려운 시대에 비록 남의 나라 古事(고사)이지만 유방, 항우 두 영웅이 벌였던 乾坤一擲(건곤일척)의 爭覇談(쟁패담)을 참고해 보는 것도 괜찮을 듯하다.

大人攷(대인고)

중국 TV 역사 무협 드라마 속에 빈번하게 등장하는 大人(대인)은 과연 어떤 인물을 지칭하는지 우리식으로는 가늠하기가 쉽지 않다. 전개되는 내용과 臺詞(대사)를 관통하는 느낌은 상대방에 대한 존경심과는 무관하게 상대를 대접하여 부르는 일반적 호칭이라는 생각이 든다. 대인이라는 호칭이 현시대에는 별로 사용되지 않는지 모르지만 대인이라는 용어의 의미가 갖는 가치와 무게는 여전히 중요하다고 본다. 만약 중국식 대인을 우리 사회에 대입해 보면 지위의 高下(고하), 신분의 貴賤(귀천)을 가리지 않고 일상통용어가 되다시피 한 사장님, 사모님으로 부르는 것과 비슷한 현상이 아닐까 싶다. 그렇지만 나라마다 다른 전통과 문화, 풍습을 감안하더라도 중국의 習(습) 근평 씨를 시 대인이라고 부를 수는 있어도 우리나라의 문 모 씨를 문 대인이라고 부를 수 있을지는 의문이다.

그렇다면 대인의 기준은 무엇일까? 포괄적 意義(의의)로 세상의 모든 生命者(생명자), 나아가 萬物萬生(만물만생)을 아우르는 포용력을 가진 사람, 즉 큰 그릇을 의미한다고 본다. 내 가족, 내 친구, 내 고향, 내가 속한 조직을 아끼고 사랑하는 것은 평범한 사람은 물론 소인배들도 다 하는 일이기에 그릇이 큰 대인과 비교되는 것이다. 대인 해석의 지평을 더욱 확장하면 마르지 않는 우물, 줄어들지 않는 밥솥, 또는 화수분이라고도 할 수 있다. 대인의 집 부엌에 걸려 있는 밥솥에는 배고픈 자는 누구라도 와서 밥을 퍼먹고 배를 채워도 밥이 줄어들지 않고 그 집 쌀뒤주는 도둑이 무리지어 와서 퍼가도 쌀은 줄지 않는다. 그 집 마당에 있는 우물은 세상 사람들이 다 와서 마셔도 결코 마르는 법이 없다. 이러한 대인은 無慾(무욕)의 聖者(성자)와 같아서 그 그릇의 크기가 한량없기 때문이다.

대인을 규정하는 일반적 특징을 짚어 보면 국익이나 사회공공의 안녕과 관련된 일이 아니라면 분노하지 않고 적을 만들지도 않으며 내 편, 내 소속이 아니라고 해서 척지지 않는다. 항상 사회적 약자, 貧者(빈자)를 생각하여 그들을 배려하는 정책을 편다. 일이 꼬이고 방향이 어긋나며 길을 잘못 들었다고 판단하면 즉시 멈추어 성찰하고 돌아선다. 아는 것이 있어도 드러내지 않고 가진 것이 있어도 과시하지 않으며 세간의 명리에 초연하다.

우리나라에도 대인은 많을 것이다. 隱者(은자), 逸士(일사) 등은 평가받을 기회가 별로 없으니 차치하고 사회 활동이 활발한 명망가들이 주로 세인의 입방아에 오르지만 무엇보다도 언론에 자주 등장하는 정치인들이 평가의 대상이기 쉽다. 그중에서도 정치권력을 독점한 다수당에서 볼썽사납게 목청을 높이며 힘자랑을 하는 국회의원들 중에 대인의 풍모를 갖춘 이는 눈을 씻고 비비고 보아도 찾기 어려운 현실은 같은 나라의 백성으로서 안타깝고 서글프기 그지없다.

어떤 체제이든 민주적 절차에 의해 선출된 대통령은 국민에 의해 부여된 수임권력기관으로 다수 국민의 뜻에 반하는 자의적 권한을 행사할 수 없다. 한 나라의 대통령이라는 사람이 자기의 명예심을 위해 평범한 국민, 그것도 일개 무명인을 형사소송절차를 통해 告訴(고소)한 것은 世人(세인)들이 익히 알고 있는 사실이지만 새삼 그 고소가 苦笑(고소)를 금치 못하게 하고 같은 국가의 국민으로서 더욱 자괴감을 느끼게 한다. 이유와 과정이 어떻든 간에 대통령이 일반 백성을 명예훼손으로 고소한 것은 전무후무한 사건이거니와 그 당사자인 대통령은 이 件(건)으로 인하여 대통령으로서의 품격을 상실하는 것이 아니라 처음부터 대통령 깜냥이 못 되었다는 것을 스스로 증명한 셈이다. 대통령이라고 해서 법률의 보호를 받지 못하는 것이 아니라 대통령이라는 높은 신분과 국가적 지위는 그만큼 신뢰와 존경으로 보장받기에 사소한 일을 가지고 법률로 쟁송하지 않는다는 취지이며 그래서 대통령은 재임 중에는 내란, 외환죄를 제외한 일체의 형사소추를 면제받는다는 형사법 규정이 대통령이라는 직책이 함의하는 고도의 신뢰와 덕성을 보증하는 것이다.

중국 드라마의 「포청천」 같은 대인이 되기는 쉽지 않은 일이다. 그러나 그렇다고 하여 소인배라고 손가락질 받는 짓거리를 하며 살아갈 수는 없지 않은가? 대인은 스스로 갈고닦아 지혜와 襟度(금도)를 갖추어야지 他者(타자)가 불러 주어야 대인이 되는 것은 아닐 것이다. 대인은 術數(술수)와 謀策(모책)을 모른다. 위기가 닥쳐와도 담담히 헤쳐 나갈 뿐. 대인, 소인, 귀인, 천인을 구분하지 않고 顏面(안면), 世評(세평)을 가리지 않아도 눈인사만으로 풍문만으로도 상대방을 이해하고 존중해 줄 줄 아는 사회가 된다면 이런 노파심이 무슨 필요가 있겠는가….

소쩍새 통신

(전초기지에서 철야 경계근무를 서고 있는 영원한 전우님들께 드리는 편지)

봄이 한창입니다.

산골짝에 사는 늙은 농부는 잠이 없어서 밤새워 우는 소쩍새와 벗을 삼고 있습니다. 「전선야곡」이라는 노래를 들어 본 적이 있는지요. '들려오는 총소리를 자장가 삼아 꿈길 속에 달려간 내 고향 내 집에는….' 달빛이 하얗게 부서지는 최전선의 밤, 철책을 지키는 병사들이 이 노래를 듣거나 불러 본다면 아마도 절로 고향과 두고 온 가족들의 얼굴이 떠오르고 아득한 그리움에 휩싸여 눈물을 흘릴지도 모릅니다. 여러분들이 경계근무를 서는 전선에도 소쩍새나 부엉이 등 밤새가 울 것입니다. 특히 소쩍새 울음은 듣기에 따라 다르겠지만 애잔한 감정을 자아내기에 맞춤합니다. 한참 듣다가 보면 가슴 한편이 시려져 오는 것을 느낄 수 있습니다. 소쩍새가 왜 그렇게 우는지 진정 알고 싶다면 막연한 질문만으로는 안 되고 같이 따라 울어 보아야 됩니다. 말하자면 스스로 소쩍새가 되어 보아야 한다는 것이지요. 생을 괴로워해 보지 않으면 인생의 진정한 의미를 읽어내지 못합니다. 소쩍새든 비둘기든 목이 쉬도록 우는 데는 이유가 있습니다. 다만 인간들이 모를 뿐이지요. 구닥다리 지나간 생애담 하나를 말해 보겠습니다. 어느 무더운 여름날 부대 행군을 하고 있는 길 옆으로 먼지를 일으키며 지나가던 낡은 트럭이 멈칫거리더니 내 앞으로 무엇인가 툭 던지고 가 버리는 것이었습니다. 주워 보니 반쯤 피우다 남은 진달래 담뱃갑 안에 천 원짜리 지폐 한 장과 동전 몇 개가 들어 있었습니다. 제대로 먹지 못해 와사증에 걸리고 낡아빠진 훈련복에 다 떨어진 농구화, 야윈 어깨에 무거운 엠원 총을 메고 비틀비틀 걸어가는 군인들이 얼마나 불쌍하게 보였으면 그랬을까요. 육이오 전쟁 때 포로로 잡혀가던 인민군과 똑같은 모습이었습니다. 그때 나는 그 담배와 돈으로 동료들과 막걸리를 사 마시고 잠시나마 허기를 메꾸면서 인생의 한 측면을 생각했습니다. 아마도 그분이 지금 살아 계시고 우습기도 하고 슬프기도 한 이 이야기를 듣는다면 잔잔한 미소를 지으시지 않을까 생각됩니다. 번개처럼 지나가는 청춘이 아까워서 군대에 가지 않으려고 별별 방법과 수단을 동원하는 시대입니다만 묵묵히 전방을 응시하며 밤을 새우는 전우님들의 노고는 그 무엇과도 비교할 수 없는 큰 의미와 가치가 있습니다. 정치권력의 허황된 수사(修辭), 표심을 노리는 믿을 수 없는 공약 같은 것은 잊어버리고 소쩍새 소리에 귀를 기울이십시오. 그 피 울음 소리를 은폐 삼아 살금살금 적들이 침입해 올 수도 있습니다. 적과의 대치 상태에서 자연계의 소리, 특히 조수류(鳥獸類)가 내는 음향으로 위장하여 경계의 주의를 다른 데로 돌리거나 방심하게 하는 기만전술을 구사하는 경우도 있다는 것입니다. 그리고 전우님들의 밤샘 근무 뒤에는 고향의 사랑하는 할아버지, 할머니, 아버지, 어머니, 형제와 친구들이 안전하게 살고 있다는 사실을 잊지 마십시오. 건강한 몸으로 귀중한 임무를 완수하고 고향으로 돌아갈 수 있기를 기원합니다.

明氣(명기) 수련

빛과 소리(聲色, 성색)의 전달 방식은 波動(파동)과 波長(파장) 형태이고 그 전달 과정(이동)에서 에너지가 발생한다. 공기 중에 진동하고 퍼져 나가는 빛과 소리의 에너지를 먹고 사는 생물종에 인간도 당연히 포함된다. 움직이지 않는 사물, 산과 고여 있는 호수, 암벽, 암반, 거암, 고목 등 무생물은 물론 좌선명상 중인 사람, 노거수, 웅크리고 있는 맹수 등에서도 氣(기)라고 일컬어지는 에너지가 내재하고 발산된다. 대표적인 것이 풍수지리 전문가들이 주장하는 바위와 산세 등에서 기가 뿜어 나온다는 氣論(기론)이다. 땅덩어리와 바위 자체는 무생물이지만 무수한 기초 물질들인 원자, 원소로 구성되어 있고 전자와 결합한 입자들이 끊임없이 운동을 하고 있기에 물질 존재는 모두 움직이고 있다는 과학 이론대로라면 만물에 氣가 있고 이 氣가 실체적 에너지로 변환되어 나오느냐에 따라 존재감에 차이가 나고 거기에 어떤 가치를 부여한다면 그 가치도 각자 발산하는 에너지만큼 달라지게 될 것이다.

그런데 자칭 만물 영장이라는 인간의 심신에서 발출하는 모질고 독한 기운, 얼굴 표정과 언행에서 세상을 오염시키는 추악한 파장이 각종 매체를 통하여 흘러나오는 작금의 세태는 같은 인간으로서 심한 자괴감과 아울러 비애를 느끼게 한다. 포식자로 분류되는 맹수들, 호랑이, 사자, 늑대는 원하는 만큼의 먹이를 얻으면 더 이상 사냥을 하지 않는다. 가끔 예외가 있으니 족제비가 닭장에 침입하면 한 마리만 물고 가는 게 아니라 닭장 안에 있는 모든 닭을 물어 죽이고 정작 닭은 먹지도 않고 가 버린다. 아무리 분석해도 이건 먹이 사냥이 아니라 족제비의 성정에 내재해 있는 살육 본능이 작동한 것으로밖에 보이지 않는다. 먹지도 않고 저장하지도 않을 것을 닥치는 대로 물어 죽이는 가공할 습성! 인간의 깊은 내면에 잠재한 무의식의 심연에도 이런 魔性(마성)이 똬리를 틀고 있는지 모른다. 고금동서에 걸쳐 악명을 전해 오는 전쟁범죄자와 연쇄살해범들의 행적이 그 증거일 것이다.

오랜 수행의 결과로 우주자연의 기가 축적되고 충만해진 사람의 내공은 그 고요히 파동하고 넘치는 생기, 활기를 타자에게 전해 줌으로써 세계를 평화롭게 하며 기 수련 전문가들은 그 공력으로 각종 질환으로 고통받는 중생들에게 도움을 줄 수도 있다. 수천 수억의 사람들이 부대끼며 살아가는 세상에는 별일이 많고 별종도 많을 수밖에 없다. 비록 그렇더라도 국민의 세금이 투입되는 공적 영역, 즉 국가 공공기관시설 등을 구성하고 운영하는 인적 자원에는 별종이 개입하면 안 되는 것이 원칙인데 요는 그 불순물을 걸러내는 여과 장치와 시스템이 허약하다는 것이다. 맑고 투명한 기운이 넘쳐나는 세상이야 바랄 나위 없지만 모질고 악랄한 언사와 허공을 두드리는 듯 공허한 말장난이 난무하는 정치판의 귀족들(nobles)에게 밝은 면의 기공 수련을 적극 권하고 싶다.

視也聽而皆不會(시야청이개불회)

過冬至吟(과동지음, 동지 무렵에 읊다)

출발과 도착점을 이으면 點(점)이 線(선)이 되고 선의 양끝을 이으면 동그라미가 된다. 시작과 마침도 과정을 연결하면 처음과 끝이 동시에 만나는 사건이 되고 이음새가 없는 無始無終(무시무종)의 圓(원)이 그려진다. 生(생)과 死(사)도 같은 원리로 영원의 동그라미를 그리는 시작과 마침의 과정이자 반복이기에 輪回(윤회)라고 命名(명명)한다.

어느새 노년의 경계에 이르러 건강 지표의 종합적 악화와 함께 노화와 衰落(쇠락)의 징후가 곳곳에서 드러난다. 건강에 문제가 생겼을 때 의약의 도움을 받으면 편리하고 효과도 있겠지만 상황이 발생할 때마다 이러한 대응을 반복하게 되면 의존성이 나타나게 되고 의존성이 심화되면 중독증으로 발전하며 무슨 중독이든 중독은 치명적 결과를 초래한다.

이럴 때 내가 할 수 있는 것은 묵묵히 해야 할 노동, 그리고 참선명상뿐이다. 어차피 돈이 되지도 않거니와 안 되는 돈을 억지로 만들어 보려는 욕심은 버린 지 오래지만 일마저 놓아 버리면 갈 곳은 하나뿐!

만 권의 책을 읽고 외우고 새기는 수고를 하느니보다 한 번 마음을 돌리는 것이 효험이 크다. 평생을 출세와 성공을 위해 동분서주하는 것보다 한 발짝도 옮기지 않은 제자리에서 우주를 거머쥘 수 있다면 무엇 하러 그런 고생을 하랴…. 그러나 책을 읽고 세상 사회에서 배우지 않으면 一心廻轉(일심회전)의 지혜가 생기지 않으니 다른 길이 있다면 그리로 가도 무방할 것이다.

但知不會是卽見性 團團不知圓
(단지불회시즉견성 단단부지원)

두 문장의 공통 요소는 모른다는 것과 깨달음이다. 不會不知(불회부지)와 見性(견성)과 圓(원)이라는 개념이 그것을 표방한다. 무엇을 모른다는 말인가? 즉 깨달음이란 상식은 물론 영리하거나 지혜롭다고 해서 되는 일이 아니란 뜻이다. 視也聽而皆不會(시야청이개불회), 아무리 보고 들어도 모르는 것. 識見(식견), 배워서 아는 것. 六識(육식)으로, 그 너머 七識(칠식), 八識(팔식)으로 아는 것도 다 모르는 것이며 이 모르는 것을 또 모르는 줄 알아야 제대로 길을 찾은 것이고 이 모르는 것을 알 때 비로소 모든 짐을 내려놓게 되는 것이다.

둥근 것은 둥근 것을 알지 못한다. 그렇다면 모난 것도 제가 모난 줄 모른다. 이게 무슨 말장난인가? 제가 저를 모르는 것. 상대되는 비교 거울을 보고서야 비로소 알아채는 것. 작은 것은 큰 것의 새끼나 그 일부가 아니다. 동글동글한 자갈이 주먹만 한 몽돌의 새끼가 아니듯, 태양이 우주의 자식이 아니라 일원이고 구성 분자이듯, 그러나 인간의 思考(사고)와 기틀, 지혜의 大小長短(대소장단)에 있어 작은 것은 큰 것을 모른다. 내가 왜 작은지를 모르기 때문이다.

苦樂生死(고락생사)를 오래 잊고 지내다 보면 결국 그것을 떠나게 된다. 길이(영원) 생사를 잊는다는 것은 超脫(초탈)을 의미하며 결국 본래 생사가 없다는 깨달음과 함께 그 경지에 이르렀다는 뜻이다. 中道(중도)를 체달함에 여러 길이 있겠지만 生死中道(생사중도)를 廓徹大悟(확철대오) 하면 有無(유무), 明暗(명암), 고락 따위는 저절로 해결된다. 한 존재의 정체성! 생도 아니고 사도 아니고 생 아님도 아니고 사 아님도 아니며 그 중간도 아니면서 日月(일월)처럼 明徹(명철)하고 여실한 법. 진리란 본디 그러한 것인가….

눕는다는 것은 결국 쓰러진다는 말이다. 풀이 눕는 것은 바람의 위세에 밀려 잠깐 몸을 굽히는 것일 뿐 그 반동으로 다시 일어난다. 그러나 나약한 인간은 한 번 쓰러지면 재기가 거의 불가능하다. 그러므로 자의든 타의든 누우면 끝나는 것이다. 수행자들의 열정과 원력이 눕지 않고 자지 않는 長坐不臥 廢寢忘飡(장좌불와 폐침망손)의 강개한 결기로 드러나는 까닭이다.

작으나 크나 한 나라의 지도자는 아무나 쉽게 되지도 않고 할 수도 없다. 나름대로 원대한 포부와 사회적, 정치적 단련을 거쳐 인간 된 면모를 갖춘 후에도 운과 함께 치열한 경쟁을 통과한 결과일진대 그러한 一國(일국)의 최고지도자가 권력 맛에 취해 虛言(허언)과 欺罔(기망)을 일삼고 허세나 부린다면 나라와 국민의 장래는 그저 암담할 뿐이다. 마음 한번 돌리는 것이 그렇게 어려운 일인가? 個人事的 志操(개인사적 지조)로는 그럴 수 있어도 공조직의 어른, 그것도 한 나라의 최고지도자는 고집대로 하는 자리가 아니다.

희나리 비나리

祖父(조부)를 크게 꾸짖어 급제한 文才(문재)로 출세를 꿈꾸었네.

어사화 꽂고 돌아온 아들의 이야기에 기절초풍 까무러친 어머니.

비정한 현실을 깨닫고 망연자실한 선생.

붓 대롱 꺾어 던지고 다시는 하늘을 볼 수 없는 죄인이 되어 破笠(파립) 눌러쓰고 방랑의 길에 오르네.

삼십여 년 구름처럼 떠도느라 폭 삭아 버린 심신. 생애의 끝 무렵에 문득 나타난 젊은이. "아부지, 절 받으십시오. 둘째 아들 학균입니다." 뭐? 아들? 화들짝 놀란 삿갓 선생. "나는 가족이 없소. 대체 누구시관대 날 보고 아비라고 하오?" "아부지의 銜字(함자)는 병 자 년 자이옵고 어머니는 이 아무개 댁이고요. 증조부님은 선천부사를 지낸 익 자 순 자 어른이옵니다. 이래도 자꾸 모른다고 하시겠습니까? 어머니께서 올빼미가 다 되어 아부지를 기다리시는데 오래 버티지 못할 것 같습니다. 그만 가시지요." "그래, 그렇게 됐구나. 그럼 가자꾸나."

남도의 오월 누릇누릇 보리가 익어가는 들판에서 삿갓은 또 도망을 쳐 버린다. "내가 속이 좋지 않아서, 뒤 좀 보고 오마. 여기서 기다려라." 그러고는 보리밭 고랑 사이로 기어서 가뭇없이 사라져 버렸다.

얼마 후 마지막 여로의 한 知己(지기) 집에서 고단했던 생을 마감하는 삿갓 선생. "이보오. 삿갓. 내 평생 약을 지어 팔아먹고 산 사람 아닌가. 이 약은 起死回生(기사회생)의 효험을 보증하네. 쭉 마시고 일어나시게." "그래. 고맙기는 하지만 다른 청이 있네. 평소 즐겨 마시던 막걸리 한 사발만 가져다주게. 내겐 그것이 외려 더 좋은 약이라네."

몇백 년 전 그렇게 우리의 삿갓 선생은 틉틉한 막걸리 한 잔으로 생애의 終焉(종언)을 간명하게 처리하였다. 다른 일들은 다 군더더기였다.

예나 지금이나 관직과 利權(이권)을 둘러싸고 나부대는 인간들의 작태는 변함없이 추한 모습을 보인다. 법이라는 미명으로 포장하고 민주라는 허세의 너울을 뒤집어쓴 高官(고관)들의 농간을 지켜보면서 생각한다. 우리의 삿갓 선생, 아득히 세월 밖에서 끊임없이 자기를 시험하고 버리고 관조하면서 비애의 강을 건너갔던 그런 고결한 선비는 이제 우리 시대에서는 정녕 찾아볼 수 없는 것일까….

土塔(토탑)

민주주의의 대전제는 선거제도에 미비한 맹점을 援用(원용) 내지 악용하여 다수의 이익을 위하여 소수가 희생되거나 다수의 횡포와 독점이 용인되거나 다수가 소수를 공격하는 명분으로는 절대 작동 불가하다는 점이다. 정보통신수단을 교묘하게 이용하여 정치적 적대관계나 이해득실이 엉켜 있는 他者(타자)들을 공격, 음해하는 정치사회적 현상이 일반화된 지 오래인데 이를 간교하게 이용하는 정치지도자들이 더 큰 문제이다. 이러한 부류의 인간들을 挾雜謀利輩(협잡모리배)라고 하는데 이들의 행위 자체는 형법상 협박죄에 해당하고 그로 인하여 재산상 이익을 취하면 수단의 유형에 따라 공갈 또는 강도죄도 성립할 수 있다. 어떤 분야이든지 궁박한 처지에서 곤경에 처한 자들이 정당한 방법으로 활로를 모색하는 것과 기왕의 권세를 유지, 강화하기 위하여 부정한 모의를 획책하는 것은 행위의 결과 질이 天壤之差(천양지차)로 다른 것이다.

한 사람의 국민(백성, 민초)을 우습게 여기면 한 사람의 국회의원, 대통령도 우스울 따름이고 한 사람의 국민이 없으면 또한 그 어떤 공적 직함이나 부수된 권력도 필요 없는 것이다. 개개의 인간마다 향유할 권리가 있고 그 권리가 보호, 보장되는 사회 국가라야 비로소 민주주의가 완성되는 것이며 다만 그 목적에 접근, 도달하려는 수단과 방법에 다소의 차이가 있을 뿐인 것이다. 보통 인재를 발굴하고 쓰는 과정에서 쓰이는 자의 면면을 보면 쓰는 자의 인성과 자질이 그대로 드러난다. 일반적으로 특정 이슈나 주제를 정해 놓고 토론, 논쟁을 하거나 정치적 공방을 벌이고 선문답을 하든 간에 상대방의 허점을 찔러 드러내고 우위를 점하려는 성향을 보이게 마련인데 아무리 출중한 능력과 언변을 구사해도 완벽한 인간은 없다. 자기의 허물, 무지와 결점이 노출되면 솔직하게 인정하고 보완, 노력하여 더 완벽한 단계로 상승해 가는 기회로 삼는 지혜를 발휘하는 인간적 면모를 찾아보기 어려운 작금 政街(정가)의 풍경이 씁쓸할 따름이다. 누가 누구를 천거하고 누가 그에게 권력이라는 녹슨 칼을 쥐여 주는지 국민들은 다 알고 있지만 침묵하고 있을 뿐. 대개 토론이라는 형식을 빌린 논쟁과 정치 공방이 가치의 공유나 충돌이 아닌 집단 간 이해관계의 극한 대립에서 비롯한 것임을 간파했다면 이제 정치지도자의 선택에 얼마나 고심하고 공을 들여야 하는 것인지 많은 국민이 공감대를 형성하는 기폭제가 되어야 할 것이다.

人間私語天聽若雷 暗室欺心神目如電 天網恢恢疎而不漏

(인간사어천청약뢰 암실기심신목여전 천망회회소이불루)

『명심보감』天命篇(천명편)에 나오는 말로 다들 아는 이야기지만 인용해 본 까닭은 정치, 경제를 비롯한 인간 사회 전반에 지금도 여전히 유효하게 적용되는 警句(경구)가 아닌가 싶은 淺慮(천려) 때문이다. 현대의 인간들이 첨단 과학 장비를 이용하여 비밀리에 소통하고 완벽히 차단된 밀실에서 謀議(모의)해도 하늘과 신, 즉 민초들의 눈과 귀를 다 속일 수는 없다는 것, 하늘 그물, 즉 우주 법칙이 넓고 커서 성긴 것 같지만 실은 물 한 방울도 새지 못한다는 사실을 민심의 작동과 그 본질에 대입해 보면 능히 수긍할 수 있는 대목이다.

有史(유사) 이래 권력과는 거리가 멀고 인연이 없는, 오히려 권력에 짓밟히고 희생된, 애달픈 운명에 가혹하게 치이고 매몰된 존재들. 기록되지 않는 민초들의 역사는 슬프다. 口傳(구전)이 訛傳(와전)되고 왜곡된 사실들도 아프다. 그러나 곳곳에 흩어진 유물과 흔적들이 거품이 끼지 않은 그들의 질박하고 절실했던 삶을 증명하고 있다. 쓰라린 상처와 함께 莊嚴(장엄)하게 역사의 행간을 메우고 있는 민초들의 遺產(유산)이 곳곳에 비장한 土塔(토탑)으로 남아 있다.

難付題(난부제, 제목을 붙이기 어려움)

'귀한 분만 드시는 ○○ ○○○.' 어느 제약사의 건강약품 포장지에 박혀 있는 광고 문구다. 세상에 어떤 사람은 귀하고 어떤 이는 비천한가? 권력과 富(부)를 독점하고 마음껏 향락하는 무리는 귀한 신분이고 가난뱅이, 무직자, 노숙자 등은 비루한 존재인가? 구중궁궐 深處(심처)에서 수많은 신하들에 둘러싸여 영화를 누리는 대통령이나 영하 10도를 오르내리는 엄동에 길거리에서 노숙하는 인간들이나 먹고살아야 하는 것은 똑같고 누구나 행복을 추구하고 또 행복해질 권리가 있다. 다만 그 행복의 실체가 무엇인지, 어떻게 행복을 누리는지는 각자의 깜냥과 분수에 속하지만….

무식, 무지한 것과 어리석은 것은 의미상 그 본질을 달리한다. 어떤 이유(원인, 환경) 때문에 제대로 배우지 못하고 각종 사태에 명민하게 대응하지 못하는 경우와 영리하고 지식도 풍부하지만 탐욕과 울화의 덫에 치여 오히려 모르는 것만 못하게 된 것을 일반적으로 어리석다고 하는데 세상 살아가는 데 정말 걸림돌이 되는 것은 후자의 경우다. 사람의 도리(人道, 휴머니즘)를 배워 알지 못하면 그저 한낱 짐승과 같아질 뿐이다. 똑똑한 듯하지만 실은 어리석은 자들이 더러 짐승만도 못하다는 소리를 듣는 것은 그러한 이치를 잘 알면서도 과도한 탐애와 원망, 화로 인하여 잘못을 저지르기 때문이다.

백 년이 걸려 지은 집은 천 년을 견디며 인류와 영욕을 함께하지만 허술하게 설계하고 급조한 집은 외양은 그럴싸해도 와르르 한꺼번에 무너진다. 집권세력(정권)이 나라 사정이 좋지 않다는 빌미로 국민들에게 일상적 욕구를 자제할 것을 주문하거나 입법적 수단으로 강요, 통제하는 것은 일부 불가피한 점이 있다 치더라도 마땅히 경계해야 할 일이고 그들의 권력 유지와 강화의 방편으로 국민들의 저급한 욕망을 충동질하는 것, 일례로 재난을 핑계하여 무차별적 금품 지원과 선심 공세로 買票(매표)하는 국민 기만행위는 악질, 저질정치라고 할 수밖에 없다.

因(인)을 심지 않으면 果(과)도 없다. 원인 될 행위를 하지 않으면 어떤 결과도 생기지 않는다. 짜게 먹으면 목이 마르고 물을 찾듯이 不義(불의)의 씨앗을 뿌려 놓으면 독초가 되어 발아하고 독과가 열려 무고한 삶들을 해코지한다. 살고자 하는 의지는 충만해도 생명의 추동력인 氣(기)가 고갈되면 의지는 꺾이고 만다. 인연으로 생겨난 것은 그 연이 다하면 반드시 소멸하듯이. 공부(수행)가 무르익지도 않았는데 닭 울음소리를 기다리는 조급함은 어리석은 욕심일 따름이다. 박학다식, 博覽强記(박람강기)도 좋으나 날카로운 直觀(직관), 明澄(명징)한 靈性(영성)을 길러 지니면 그 많은 지식이 어디에 필요할까…. 전대미문의 역병이 창궐하여 정치의 퇴행에 가세하면서 경제 파탄과 국론 분열, 민심 이반을 초래하는 이 혼란스런 시국에서 난세를 살아내기 힘들다는 사실을 인정하더라도 이럴 때일수록 곤경과 위기를 슬기롭게 견뎌내고 마침내 온전히 평상을 회복하는 지혜가 절실하게 요청된다. 아무리 많이 배우고 영리해도 누군가 알아주고 써 주지(고용) 않으면 인생허사로 남을 뿐이다. 반면 내용은 별로이지만 언행이 번지르르하여 세간에 널리 알려진 사람이 요직에 발탁되기 쉬운 시대에 영리함과 슬기로움이 다른 차원이라는 것을 보여 주는 典故(전고)가 있다. 중국 청대의 楊州八怪(양주팔괴) 중 하나인 정판교의 글귀에 聰明難 糊塗難 云云(총명난 호도난 운운)하는 것이 있으니 그것이 현대에도 들어맞는 것일까? 아니면 그 반대로 적용되는 것일까? 아무래도 후자에 해당한다고 여겨지는 것이 작금의 우리네 인생살이 풍토다. 내 존재를 알리는 행위들, 광고 선전에 무심하면 死藏(사장)되고 마는 지식과 능력보다는 비록 보잘것없는 재간이라도 쓰일 곳을 적극적으로 찾아 나서는 용기가 필요한 시대에 총명한 자가 멍청한 듯하기란 예나 지금이나 쉽지 않은 일이지만 권력 주변에 부나비 떼같이 모여드는 인재들은 영악하기만 할 뿐 슬기로운 처신은 목도할 수가 없다. 약은 꾀로 잔재주만 부리는 꼼수 정치, 말장난, 기 싸움 판에 지혜의 강물을 끌어댈 수로를 트는 이는 없는가….

局外者(국외자)의 詭辯(궤변)

정권 정치권력을 논하기 전에 정치란 무엇인가 확실한 개념과 의미를 정립할 필요가 있다. 정치가 안전한 사회와 튼튼한 국가체제를 유지하고 국민을 편안하고 행복하게 살 수 있게 하는 다양한 제도적 수단이라고 하더라도 강제 규범이 아니면서 인간 사회의 영원한 통칙으로 기능하는 윤리와 도덕을 기반하지 않은 권력, 불합리한 이론적 근거에 의해 비합법적으로 발동하는 권력은 정치권력이라고 할 수 없다. 민주국가에서 절차와 형식을 무시한 정치 행위는 어떠한 修辭(수사)에도 불구하고 야만과 폭거에 다름 아닌 것이며 이는 명백한 거부와 함께 타도의 대상이 될 뿐이다.

인간의 눈길이 불안과 두려움을 유발하는 동물의 視線(시선) 혹은 불쾌감이 묻어나는 한 마리 짐승의 것에 불과하다면 서글프기 짝이 없는 일이다. 이 경계에서는 唯我獨尊(유아독존)이니 萬物靈長(만물영장)이니 하는 말은 다 헛소리가 되고 말기 때문이다. 스스로 정치인이라고 자부하는 면면들의 행태를 찬찬히 뜯어보면 悖惡(패악)한 범죄인의 불온한 말투와 시선을 빼닮은 듯한 경우를 적지 않게 확인할 수 있다. 안 해도 될 말과 행동, 안 하는 것이 더 좋은 말을 거침없이 내뱉고 행하는 사람들이 권력 주변의 정치하는 사람들과 관료들이다. 또한 정치와 관련하여 토론, 평론을 한다면서 토론 아닌 논쟁, 논쟁 아닌 언쟁을 일삼고 언쟁이 결국 욕설과 폭언으로 비화하는 장면을 공공 매체에서 심심찮게 목도할 수 있다. 이는 마치 천동설과 지동설이 대립하던 중세 유럽의 정치·인문 현상과 유사한 면이 있다. 자기중심의 세계관으로 무장하고 이익공유집단의 승리와 패권을 공고히 하기 위한 일이라면 어떠한 術數(술수)라도 불사하는 그악스러운 고집과 행태가 고스란히 드러나기 때문이다.

정치를 전공하고 강단에 서는 어떤 교수는 인간들의 모든 사회적 행위가 정치적이고 정치적 요소를 띨 수밖에 없다고 한다. 학문적 입장에서는 수긍이 가는 말이지만 당장 이해관계가 충돌하는 현실 정치는 다분히 비껴간 소리다. 화급한 눈앞의 이익과 미래와의 연결을 저울질하는 정치인들과 이를 지켜보는 다수의 무력한 국민들 사이의 괴리를 어떻게 해결하느냐가 진정한 민주정치의 최대 과제일 것이다.

한없이 미약하기도 하고 위대할 수도 있는 인간! 원래 하나인 그것이 두 개의 양극단으로 나뉜 것이 아니라 처음 그대로인데 인간들이 그 주인공인 나의 본질과 작용을 잘못 파악하고 있는 것이다. 옹졸하고 초라한 小我的(소아적) 個我(개아)와 위대하면서 무한 확장이 가능한 大我的(대아적) 全一我(전일아)가 어떻게 분리되고 합일하는지 그 接點(접점)을 예리하게 포착하고 본래 온전했던 인간성을 회복한다면 정치, 경제 등 제반 사회문제와 국제관계들까지 잘 풀리려니와 그렇지 못하고 종래의 고루한 아집에 머물러 있다면 더 이상 정치에는 기댈 언덕이 없다.

伏中閻談(복중염담)

국민들이 특정 후보를 대통령으로 선출할 때에 '당신이 나를 다스리고 나의 행위와 자유를 통제해 주시오'라고 뽑지는 않았다. 왕조시대의 임금보다 더 막강한 권력을 행사하는 대한민국의 대통령은 고위공직자의 임면, 외교와 국방안보 등 분야에서 통치 행위라는 미명하에 초법적 권한을 자의적으로 행사한다. 또한 국익과 공공의 이익과 안전을 위하여 헌신하라고 대통령, 국회의원 등을 선출하였지 사익을 추구하고 당파의 집단이익을 도모하라고 뽑지도 않았다. 선출직, 임명직을 불문하고 공무원을 공복이라고 하는 이유는 권력의 주체인 일반 국민이 주인이고 주인이 임명하거나 가려서 뽑은 공직자는 머슴이라는 뜻이다. 주인의 뜻에 따르고 시키는 대로 행동해야 할 머슴이 오히려 주인 위에 올라타고 제 맘대로 해도 무방한 나라가 대한민국이라면 이거 참!

대통령이든 누구든 공무원은 권력자가 아니다. 임기 내에 적법한 권한만 행사할 수 있을 뿐이고 그 권한에도 상응한 책임과 의무가 반드시 따른다. 권한이란 문맥 그대로 권리의 행사에 미리 법적 제한을 두었다는 뜻이다. 대통령이라는 직함과 통치 행위, 사면 등의 용어를 더 민주적 의미가 함축된 언어로 바꾸는 것이 필요한 이유다. 공무 수행은 오로지 국익과 공익을 위해서만 매진하라는 당부로 고액의 보수를 지급하고 신분도 보장받는데 편 가르기, 당파싸움, 눈치 보기, 보신 제일주의로 일관하는 정치권과 관료들의 행태가 만연한 것은 국민이 어리석어서인가 관대해서인가? 부패, 무능한 관리에게 지급된 보수는 전액 또는 일정액을 환수해야 마땅하다. 전 정권이 부패, 안일, 나태의 온상이었다면 현 정권은 투명 비닐로 가림막을 쳐 놓고 그 안에서 모의를 일삼는 대국민 기만의 복마전 같다.

爲政者(위정자)님께 드리는 苦言(고언)

모든 국민이 잘 노는 것을 포함하여 열심히 일하고 즐겁게 살아갈 수 있는 조건, 즉 삶의 動因(동인)과 환경을 제공하고 조성하는 역할을 정부가 하고 이러한 자유와 평화복지행정을 입법 기능으로 뒷받침해 주는 의회와 국정 운영의 법적 안정성과 정책의 집행에 걸림돌이 되는 장해 요소들을 제거해 주는 사법부가 삼위일체가 되어야 제대로 된 국가체제요 조직일 것인데 지금 이 나라에서는 무슨 일이 벌어지고 있는가?

한 국가의 최고 권력자가 평소 지향하던 가치관이나 私的(사적)으로 信奉(신봉)하는 이념, 사상 또는 종교철학의 정치적 접목을 시도하고 실험하려는 의도가 민주국가에서 통치 행위라는 명분으로 용인되고 가능한 일인지 학계를 비롯한 정관계 주도의 국민적 논의가 필요해 보인다. 대통령은 국민 다수가 지지하여 선출되었으므로 그 권력의 원천인 국민을 무시하거나 기만하면 즉시 비판받고 상황에 따라 소환도 가능해야 마땅하다. 일반 국민이 바라고 요구하는 사항과 소수자의 희망까지도 고려하여 최대공약수를 제시하고 국민이 원하는 보편적 가치 추구에 전념하면서 정치 노선을 달리하는 반대 세력도 포용하는 襟度(금도)를 보이는 것이 정치의 正道(정도)일 것인데 작금 드러나는 행태는 과연 이에 합당한 것들인지 의문을 가지지 않을 수 없다.

임기 내내 멈추지 않을 과거사 규명과 적폐 청산이라는 선동 구호 프레임으로 彼我(피아)를 식별하고 편 가르기를 유도하는 정치 악습의 심화, 생산 동력의 근간인 대기업을 압박하여 사업 의지를 위축시켜 놓고 국민 혈세를 퍼부어 일자리를 늘리고 소득을 높인다는 本末顚倒(본말전도)된 경제 정책을 고집하고 강행하는 마이웨이식 행보는 어떤 논리적 근거와 자신감에서 비롯된 것인지 궁금할 뿐이다. 왜 이러한 전근대적 엽관주의와 권력집중, 권력만능의 퇴행적 정치가 횡행하는가? 작금의 정치권력을 관통하는 한 가지 典型(전형)이 있다면 대통령이라는 공직과 한 개인으로서의 가치관이나 국가세계관을 권력에 附隨(부수)하는 세력들이 어쩌면 그렇게 한마음으로 공유하고 추종할 수 있는지 신기하면서도 영원한 미스터리가 아닐 수 없다는 것이다. 깊이 그 원인을 찾고 먼 곳에서 근거와 자료를 구할 필요 없이 날마다 저녁 황금 시간대에 방송되는 종편 채널의 정치 평론 프로그램을 보면 바로 그 이유를 실감할 수 있다. 전현직 의원들과 유력 변호사 權府(권부)의 핵심 주변에 머물렀던 인사들이 출연하여 서부 영화「오케이목장의 결투」나「황야의 칠 인」을 방불케 하는 여야 양 진영의 대리전 양상을 띠며 벌이는 설전은 평론이 아니라 날 선 논쟁의 공방과 失笑(실소)가 뒤엉키는 해프닝을 연출하고 있는데 바로 현 정치와 政局(정국)의 돌아가는 상황을 가감 없이 보여 주고 있는 것이다.

최고 권력의 측근과 그 수하들은 권력의 정점을 의지하면서 그 권력을 이용하여 保身蓄財(보신축재)하고 榮辱(영욕)도 함께한다. 권력자는 소소한 권력 일부를 배분하고 전체 권력을 공유하는 同志的(동지적) 관계로 포장하여 추종 세력을 이용하는 전술을 구사하는 것이다. 자고로 권력계의 因果(인과) 고리는 상호 이용하는 관계로 맺어지고 이용가치가 미미하거나 없어지면 토사구팽, 아니면 배신과 원한으로 귀결되는 것이 지금까지 하나도 변한 것이 없다. 비판하지 않는 권력은 放任(방임)된 권력, 비판하지 못하는 권력은 독재 권력이라는 類似等式(유사등식)은 현재도 유효하며 정치든 경제든 권력 판에 법과 도덕이 결여되면 곧 부패와 쇠멸의 길로 들어선다는 것이 고금동서의 진리로 남아 있다. 하나 添言(첨언)한다면 잘 풀리지 않는 경제를 살리는 길에 묘수나 꼼수를 찾지 말라는 것이다. 경제범죄와 경제질서를 교란하는 행위만 규제하고 여타는 100% 자율적, 창의적 경제활동을 보장하라는 것이다. 공무원, 공공직을 대폭 감소하고 급여도 사회 일반과 균형을 조율해야 한다. 대통령을 비롯한 권력기관의 특권 조항을 삭제하고 보수를 감액하거나 동결하는 모범을 보이지 않으면서 기득권만 향유하려 한다면 고양이 목에 방울을 달아야 할 필요성은 절감하면서 쉽지 않은 일에 선뜻 총대를 메고 나설 용기 있는 자가 없는 판국에 애

꽃은 쥐만 하나둘 고양이의 밥으로 희생되고 마는데 이 사태를 언제까지 방관만 하고 있어야 하는가?

不義(불의)한 권력을 회수하라

아버지는 내가 태어나기 전부터 이장이었다. 내가 중학교에 다닐 때까지 이장을 했고 그 바통을 작은아버지가 이어받아 형제분이 자그마치 삼십 년 넘게 마을 이장을 했으니 요즘 세태로 치면 상당한 권력 가문인 셈이었다. 당시 이장의 보수는 보리타작 후에 호당 겉보리 서 되, 추수 후에 나락 서 되를 각 공출해서 반장 한 되 떼어 주고 나머지가 이장 몫이었다. 지금도 거의 마찬가지이지만 그 당시 이장의 임무란 것은 관공서의 심부름꾼 역할이었다. 추 · 하곡 매상(정부 수매)을 비롯해 농약, 비료 대금, 도로 부역, 민둥산에 나무 심기, 각 가정의 세금 납부까지 일일이 이장이 챙기고 수고해 준 대가로 관리들 출장 나오면 닭 잡아 술밥 간에 대접하느라고 문전옥답 두 마지기를 말아먹고 자기 일은 제대로 하지도 못하는 어리보기 짓을 하였는데 그것도 집성촌이니까 가능한 일이었다. 전기도 들어오지 않던 시절 마을에 알릴 일이 있으면 어린 자식들이 동원되었고 삼촌은 사흘거리로 조카를 불러다가 장부 정리를 맡겼다.

지금 이장 형편은 어떤지 살펴보자. 우선 동네 규모와 관계없이 연간 오백만 원 상당의 보수를 지원받고 있고 각종 특혜도 누리고 있어 연말이 되면 서로 이장 하려고 경쟁이 치열하다. 하는 일은 지역에 따라 차이가 있겠지만 공동구매물량의 조사와 신청, 직불금지급조서의 확인 날인, 기타 대소 마을 행사 주관이 대부분이다. 하지만 그 이면에는 엄청난 특혜를 누리고 있으니 이를 간과하면 언제든지 부정과 불의가 개입될 수밖에 없는 것이다. 정부 자치단체에서 지원하는 각종 사업에 관한 정보는 이장이 먼저 입수한다. 그리고 그 예산은 한정되어 있다. 농로 확·포장, 관정 굴착, 축사 신축, 유해조수방지목책, 과수 묘목 보급 등 최소 50%에서 무료까지 다양한 지원 시책을 예산의 한정성 때문에 이러한 내용을 주민들에게 전파하지 않고 이장들이 정보를 독점하고 이권은 독식해 버리는 것이다. 속된 말로 공적 자금은 먼저 본 놈이 임자라는 표현이 딱 들어맞는 경우라고 할 수 있다.

국가권력이나 공권력은 법률이 정한 범위 내에서 최소한의 권한 행사를 하되 그에 상응한 책임과 의무를 병과하고 있다. 헌법 전문 어디에도 대통령이나 국회의원이 제 맘대로 해도 된다는 조항이 없다. 그렇다면 현재 다수 국민의 의사와 감정을 무시하고 강행하는 정책, 정치 실험들이 더러는 위헌 내지 위법 행위라고 볼 소지는 없는가? 다수 국민의 지지를 받아 선출된 권력이라 해도 국민이 직접 칼자루를 쥐여준 것이 아니라 국민에게 유보된 권력이라는 것을 명심해야 할 것이다. 시골 마을 이장이든 하늘 높은 줄 모르는 대통령이나 국회의원이든 공적 임무를 수행한다는 점에서는 차이가 없다. 비록 무식하고 가난하다 해도 한 사람의 국민이 없으면 한 사람의 대통령, 국회의원도 필요 없고 존재 가치도 없는 것이다. 그래서 다수의 국민이 원하지 않는 오만과 독선을 깔고 있는 권력은 언제든지 회수할 수 있는 제도적 장치가 필요한 것이다.

봄비를 건드리다

몸이 아프면 바로 병원을 찾고 약을 지어 먹는다. 그래도 여의치 않으면 온갖 수단, 방법을 동원하여 원상회복을 시도한다. 그러나 마음은 병들어도 즉시 자각하지 못하거니와 중병이 들어도 모른 채 지나가거나 별반 대책이 없다. 마치 癌腫(암종)이 육신을 서서히 갉아먹으면서 점령해 들어가는 것을 느끼지 못하듯이. 집에서 기르던 강아지나 닭이 보이지 않으면 동네방네 돌아다니며 찾으려 애를 쓰지만 마음이 집을 나가 버려 몸뚱이가 유령같이 되어도 그 마음을 찾아볼 생각조차 않는다. 도둑이 누가 시켜서 하는 것인지 모르고 도둑질을 하며 사기꾼이 누구에게 속아 사기행각을 하는지 모르듯 그렇게 눈에 보이고 귀에 들리며 손에 잡히는 그것에만 집착하는 결과이다.

머슴이 주인을 나무라고 깔아뭉개는 일이 도처에서 벌어져도 무엇이 잘못된 것인지 원인을 규명하려고도 않는다. 눈에 보이고 감이 잡히는 이익에만 혈안이 되어 있기 때문이다. 당신은 오는 비를 그치게 하고 부는 바람을 멈추게 할 수 있는가? 한 존재의 始源(시원), 그 출발은 어디에서 시작하는가? 물의 근원은 무엇이며 바람은 어디에서 불어오는가? 이 질문에 답할 수 있다면 언젠가는 존재의 본질에 가닿을 수 있을 것이다. 일체의 작위를 멈추고 地層(지층)을 뚫고 흐르는 물소리. 허공을 휘젓는 바람의 흔적을 추적하라. 일체의 군더더기와 꾸밈이 없는 세계, 시공의 씨줄과 날줄에 걸리지 않으면 보이지 않는 거미줄도 피해 가는 것이다. 마치 레이더망에 포착되지 않는 스텔스기처럼.

태양이 비치는 곳에는 무수한 존재들의 生成(생성), 成長(성장), 衰

退(쇠퇴), 消滅(소멸)의 순환 사이클이 반복되는 생명계의 질서가 있고 이 질서가 곧 변화이며 無常(무상)의 진리임이 확연히 드러난다. 일출과 함께하는 순간만은 질병과 노쇠에 시달리고 허욕을 주체하지 못해 버둥거리는 인간은 사라지고 無我(무아), 空無(공무)로 남는다. 태양이 있는 세상에 영원한 음지는 없다. 암탉이 알을 품어 굴리듯 자모의 배려와 사랑으로 끊임없이 세상을 굴려 고루 비추고 온기를 전하기 때문이다. 봄비가 흠씬 적신 대지에 햇빛이 닿으면 화들짝 놀란 생명들이 기지개를 켜면서 고개를 내밀 것이다. 인정을 피하고 계절의 악수를 외면할 필요는 없다. 달아나든 숨든 어차피 변화의 물결 위에 떠 있는 까닭이다.

〈餘滴(여적)〉

코로나바이러스 사태와 관련하여 재난안전관계법 적용을 선수 치고 나온 여권 인사들의 면면을 보면 현 정권의 총선 전략 시나리오를 미리 짐작할 수 있다. 야권이 감염병 예방과 관리에 실패한 책임을 물어 선거 이슈로 삼을 호재임에도 오히려 여권에서 정세 역전의 호재와 호기로 삼는 전략을 구사할 것이다. 초점은 이러한 국가적, 사회적 위기 상황을 최대한 지연시키면서 총선을 연기하고 그 사이에 복지 확대, 현금 살포 등 가능한 수단, 방법을 동원, 불만을 표하거나 비판하는 세력과 취약계층 달래기에 총력을 투입하여 득표와 연결시키는 전략인 것이다. 해서는 안 되지만 충분히 가능한 모책과 술수들이기에 정치는 언제나 환멸의 대상으로 전락한다. 세상의 불의를 자의적으로 혁파하고 권력으로 지배, 통치하려는 욕망을 一轉(일전)하여 자기 자신을 혁명하고 波瀾(파란)으로 가득한 인생을 회고, 자성해 보기를 권면하는 심정이다.

앵두를 따며

각종 공직선거에 출마한 후보가 많은 득표와 압도적 지지로 당선되었다고 하더라도 그에게 특별한 권력을 부여하거나 자의적 권력 행사를 하여도 된다는 뜻은 없다. 한 표 차이든 만 표 차이든 그냥 다수의 유권자가 그를 선택하였다는 사실뿐인데도 당선이 확정되자마자 오만방자한 행태로 표변하는 사람들을 수없이 보아 왔다. 그에게 주어진 것은 무소불위의 권력이 아니라 헌법과 법률의 규정에 따라 극히 제한적으로 부여된 권한을 행사할 수 있다는 것이며 비록 법적 권한이라도 그 권한의 원천은 국민이며 임기 동안 적법하게 행사하라는 위임된 명령이다. 법조문의 해석상 다소 재량의 여지가 있다 하더라도 자의적 권력 행사로 민의를 거스르거나 국익에 배치되는 결과를 초래하면 즉시 소환 또는 탄핵되는 절차법적 민주장치도 마련되어 있는 나라에서 민주주의라는 비단 너울을 덮어쓰고 망나니 칼춤을 춘다면 유보된 권력의 원주인이 그 권력을 회수하고 냉정하게 심판할 수밖에 없다.

열 개의 앵두를 한입에 털어 넣고 먹으면 열 개의 씨앗을 뱉어내어야 한다. 앵두는 참외나 수박처럼 달지는 않지만 은근한 맛이 중독성이 있어 한번 맛보면 자꾸 당기게 된다. 그런데 그 맛에 취하여 아홉 개나 여덟 개의 씨만 뱉어내다 보면 한두 개는 목구멍 너머로 삼킨 것이다. 앵두 씨가 무독하기 망정이지 만약 씨앗에 독성이 있다면 사람들이 겁을 내어 아무도 앵두를 먹지 않으려 할 것이다. 실수로 삼킬 확률이 아주 높기 때문이다. 무릇 정치인이나 관직에 있는 이들이 고액의 보수를 받으면서 분외의 이득을 탐하다가 해야 할 일을 제대로 처리하지 못한다면 씨앗에 독성이 있는 열 개의 앵두를 먹고 서너 개의 씨밖에 뱉어내지 않은 결과가 되어 알게 모르게 축적된 독성이 불원간 그 효력을 나타내게 될 것이다.

종이 먼저 울리는가, 창(커튼)이 먼저 닫히는가? 종도 울리지 않고 커튼도 내려오지 않는다. 평생 패거리를 지어 싸움질하고 사익이나 탐한 이들을 위하여 울릴 종도 없거니와 내려 줄 커튼도 없기 때문이다.

名利(명리)를 좇아가는 인간사가 如似月雲競走(여사월운경주)라 雲月背馳(운월배치)하면 露虛淸霄(로허청소)인데 續續到雲群(속속도운군)하니 何待見明月(하대견명월)이라. '달과 구름이 경쟁하는 듯해도 두 물건이 서로 엇갈리면 맑은 밤하늘이 드러나련만 구름이 쉬지 않고 몰려오니 밝은 달 보기는 틀렸네.' 세상사가 형식, 절차를 무시할 수 없으니 차서(次序)를 따르되 거기에 매이지 않는 것. 즉 인연의 고리에 얽히지 말고 담담히 제 길을 가는 것. 인연을 떠나면 이미 현상계를 이탈한 것이 되니 그 전에 한 매듭을 지어야 한다.

출세의 길

오래전 道(도) 단위 직장 내에서 직원들을 상대로 충효에 관한 글을 공모한 적이 있었는데 그때 어쭙잖은 내 글도 뽑혀 당선작 모음집에 실려 각 부서에 배부되었다. 그 덕분인지 촌놈 이름이 조금 알려지고 어느 날 직장 상사와 독대할 기회가 있었는데 그가 말하길 '이봐, 민 아무개. 효도란 그런 것이 아니야. 오직 출세하여 부모님을 기쁘게 해 드려야 진정한 효도지 그깟 술 한 병, 고기, 과일 사 들고 찾아가는 게 무슨 효야? 그건 아무나 하는 건데….' 즉 자기 정도(署長, 서장)는 되어야지 일개 말단 졸병 주제에 돼먹지 않은 글로 무슨 효도냐는 질책 아닌 충고였다. 은근한 자기과시와 함께. 사십 년 전 일인데 契(계)가 한참 유행할 때였다. 돈놀이 계는 물론 친목계, 즉 끼리끼리 모여 짬짬이 돈을 모아 두었다가 주말 산행이나 휴가 때 여행을 같이 가는 등 계 모임이 성행하였는데 그런 계 한번 들어 보지 못한 내가 그 글 말미에 '樹慾靜而風不止 子慾養而親不待(수욕정이풍부지 자욕양이친부대)'의 古言(고언)을 인용하며 '바쁜 업무 중에도 틈이 나거든 계 모임, 산놀이는 뒤로 미루고 고향의 부모님을 자주 찾아뵈는 것이 효다'라고 한 것이 이 사달의 빌미가 된 꼴이었다. 그 상사의 말이 틀린 것도 아니고 공감이 가는 부분도 있어 줄곧 '출세란 과연 어떻게 해야 되는 것일까…' 하고 곰곰이 생각해 보는 계기가 되었다.

권력자의 지위에 오르고 유명 학자가 되거나 배우, 가수 등 출세가도는 다양하게 열려 있지만 당시엔 판검사, 의사가 최고의 羨望(선망)이었다. 어렵사리 하급 공무원으로 들어가거나 션찮은 월급쟁이 처지로서는 과시 그럴 만했다. 그도 저도 다 물거품이고 꿈이 되어 사라진 지금에 와서 나름대로 '출세란 허망함의 시작이자 끝이다'라는 결론을 내린다. 부자가 되어 출세하였다는 이가 드문 까닭을 살펴보면 다이아몬드 수저를 물고 태어나거나 고사리 새순 같은 빈주먹만 쥐고 나온 이의 처지와 운명은 業報(업보)로밖에 설명할 길이 없지만 부자라고 하여 다 출세했다고 보기는 어렵다. 간혹 자수성가하여 그 축적한 부를 사회에 되돌리는 이가 있지만 백주에 별 보기로 드물고 세계적 반열에 오른 부호들도 권력자에게는 굽실거리면서 사회적 약자에게는 인색하고 야박하기 그지없는 쫌생이 짓을 하는 것을 보면 이름만 가지고 출세하기 어렵다는 사실을 납득한다. 無上(무상)의 권력을 누리던 자들도 그 이름에 영구히 먹칠하고 늙은 몸뚱이마저 오라지고 감옥살이하는 판국에 부와 권세를 다 쥐고 인물도 허우대도 멀쩡한 사람이 세상 사람이 다 보는 텔레비전 카메라 앞에서 코를 훌쩍이고 눈물을 질금거리는 모양새를 보면서 탄식하지 않을 자 누구 있겠는가!

가난하고 해어진 옷을 걸쳤다고 襤褸(남루)하다는 말이 있지만 기실 그런 남루는 서러울 것도 없고 내세울 일도 아니다. 고만고만한 지위에서 도도하게 큰소리치던 사람이 다중이 지켜보는 앞에서 孤陋(고루)하고 민망한 언행을 하는 짓을 일러 인생의 남루라고 하는 것이다. 비록 빈한하고 남루한 생을 살고 갔으나 결코 고루하거나 어리석지도 않았던 내 부모님을 그런 상황에 오버랩시키면서 나 역시 그 길을 가고 있다는 미련에 늙어 가는 것도 잊어버린다.

작금의 정치, 사회, 교육 풍토에 비추어 충효를 다시 논하고 부활시킬 때가 되지 않았나 싶다. 출세가 중요하고 결국 효에 이르는 한 길이겠지만 이름을 밝히지 않는 편이 더 나은 출세는 아니함만 못하고 부자 되는 걸 누가 마다하랴만 私學(사학)을 설립해 놓고 뒷구멍으로 학부모 주머니 털어먹는 부자, 시골구석까지 대형 마트를 지어 놓고 촌늙은이 쌈짓돈까지 울궈먹는 부자도 아니 됨만 못하다. 효가 별것인가? 살아 계시는 부모님 마음 편하게 해 드리고 여생을 즐겁게 보낼 수 있도록 노력하는 것. 이미 안 계시는 부모님은 스스로 道(도)를 닦아 先亡(선망) 부모님의 來生(내생)을 돕고 인도해 주는 것이다. 충은 효와 분리할 수 없는 개념으로 효를 완성하면 충은 저절로 이루어진다. 至孝(지효)를 실천하기 위하여 어려운 출세를 붙잡고 일희일비하며 허송세월할 필요가 있을까….

사람의 길

고금동서를 막론하고 출가 수행자가 계율을 守持(수지)하지 않고 닦고 쌓은 지혜를 乾慧(건혜)라고 하여 진정한 수행의 결실로 여기지 않았다. 불교의 기본 수행 지침인 三學(삼학)에서 계를 중시하는 이유는 戒(계)가 모든 수행의 기초가 되는 것이기 때문이다. 먼저 계를 지켜 청정한 심신을 갖추지 아니하고 수행하는 것은 마치 주춧돌을 제대로 놓지 아니하고 집을 지으려는 것과 같고 날개 부러진 새가 거북을 등에 업고 날아오르려는 것 같아서 無望(무망)한 짓이라는 것이다.

범속한 중생들도 마땅히 가져 지켜야 할 계율이 있으니 굳이 언어로 표현하자면 人間戒(인간계)라고 할 만하다. 비구, 비구니의 수백 가지 계율에 비교할 수 없고 만물만생을 아우르는 자비를 강요하기란 무리, 무망한 일이지만 최소한 타자에게 사소한 피해라도 주지 않는 것, 불필요한 살생과 자연 파괴를 하지 않는 것, 이것은 자기 자신의 양심과 護身(호신)을 위해서라도 반드시 필요한 불문율과 같은 것이다. 계율을 지키는 데는 양심과 윤리, 도덕이 선행하지만 예의도 필수적 덕목이다. 만물만생이 잠든 고요한 밤중이나 새벽에는 기침, 방귀 소리는 물론 찻잔 달그락거리는 소리도 내지 않으려고 노력하는 것이 공생,

공존하는 세상에 대한 예의며 實參實修(실참실수)가 된다.

세계의 대륙과 크고 작은 섬에서 수많은 시내와 강이 바다로 흘러들어 가지만 바닷물은 늘지도 줄지도 않는다. 또 바다에 유입되는 순간 平等一味(평등일미)! 한 가지로 짠맛이 되고 만다. 솔잎 하나하나가 모여 소나무가 되는 것이 아니고 자투리땅을 모으고 합하여 광대한 평원을 이루는 것도 아니다. 또한 인간 하나하나가 모여 사회를 형성하고 살지만 인간이 세계를 구성하는 것이 아니라 하나의 인간이 이미 한 세계를 구축하고 있다. 강물이 모여 바다를 이루는 것이 아니라 바다는 언제나 바다일 뿐 不增不減(부증불감) 그대로이다. 세계의 모든 생명 존재도 개체수가 늘어난 만큼 사라져 가서 역시 부증불감을 유지한다. 한 존재의 세계가 무너지고 소멸하면 다른 생명체가 그 빈자리를 비집고 들어와 똑같은 생멸 현상을 반복하니 우주의 成住壞空(성주괴공)과 더불어 잠깐 각자의 세상을 향유할 뿐인 것이다. 이 生命者(생명자)들의 존재 진리 앞에서 인간이라고 하여 오만무례해도 좋을 권리는 인정되지 않는다.

물은 불을 제압하고 불은 물을 말려 증발시키니 현상적으로는 相剋(상극)의 관계인 것 같지만 물에는 이미 불의 성질을 갖는 질료가 內含(내함)되어 있다. 물의 구성원소인 산소로 불을 일으켜 용접을 하고 또한 산소는 동물의 생명 유지에 절대적 요소이며 물의 다른 질료인 수소에도 불의 성질이 잠재해 있으니 수소폭탄의 원리가 그 한 예다. 따라서 물과 불은 인간의 보편적인 관점과는 달리 상극이 아니라 상생, 공존하며 세계를 형성, 유지해 주는 절대필수요건인 것이다. 마치 해와 달이 지구를 번갈아 가며 지키고 보듬어 안아 만물을 유지하고 萬

生(만생)을 기르듯이….

胎生(태생)이든 卵生(난생)이든 獨孕(독잉)의 경우는 없다. 따라서 獨生者(독생자)도 당연히 없다. 생명 그 자체는 비교나 교체가 불가한 절대적인 것이지만 생명체의 출현은 상대적 인연에 의하지 않으면 또한 불가하다. 식물도 가루받이(受粉, 수분)라는 절차를 거쳐야 꽃을 피우고 열매를 맺을 수 있다. 그러면 절대의 생명이 깃들어 있는 이 몸은 부모 인연(상대성)에 의해 출현했는데 受胎(수태) 이전의 나는 어떻게 상정해 볼 수 있을까? 그냥 空(공)이고 無(무)라고 해도 무방한가? 물질 원소로 치자면 물이 되기 전의 산소나 수소로 보면 되겠지만 지금 생각하면서 글을 쓰고 있는 나는 또 무엇인가? 불완전한 두 개의 내가 만나 하나의 온전한 내가 된 것인가? 인간들이 생각해 낸 절대개념은 독자적으로 성립한 것이 아니고 모든 존재와 행위들이 상대적으로 이루어지는 현상에 配對(배대)하여 의미를 부여한 것이다. 생명이 절대적이기는 하지만 생명체가 존재하는 것은 상대적 인연에서 비롯하듯이 인간들이 중요하게 취급하는 正義(정의) 개념도 처음부터 정립된 것이 아니고 '무엇이 不義(불의)냐?', '어떠한 행위가 의롭지 못한가?'라는 판단에 따라 불의의 상대개념으로 등장한 것이며 따라서 불의가 없으면 정의도 없는 것이다. 故(고)로 사회적 정의란 시대 상황의 변천에 따라 개념 변화가 있을 수밖에 없는 것이다.

상대적 가치, 이익 등은 포기하거나 평가절하 할 수도 있다. 그러나 절대가치로 분류되는 생명, 자유 등은 그렇게 소홀히 다룰 수 없다. 우리의 옛 선비들이 목숨보다 더 중시했던 名譽(명예)는 어떤가? 명예라는 개념은 한 인간이 살아가면서 축적하고 인정받는 사회적 名望(명망)에 대한 당사자의 자긍심 같은 것이라고 볼 수 있겠지만 정작 인간의 명예란 그 사람의 인격, 즉 인간적 면모에서 드러나는 품격이나 品位(품위)에 대한 세간의 평판이라고 할 수 있을 것이다. 특별한 지위나 신분, 재력, 권력, 학식 따위가 그의 명예를 대변하지는 않는다는 뜻이다. 현대 사회에서의 명예는 인간의 五慾(오욕) 중에서 除名(제명)해야 할 상황에 이르렀다. 태양계의 아홉 행성 중에서 명왕성을 빼 버리듯이…. 정치인들이 욕을 들어먹는 것은 다반사라고 하지만 권력과 재물 앞에 헌신짝처럼 벗어던지는 명예를 밥 먹듯 목도하니까. 인간의 길을 바르고 시원하게 再開設(재개설)하는 첩경은 실종된 명예 의식을 되찾아 절대가치 개념으로 원상회복시키는 것이다.

聲色之道(성색지도)

형상이나 소리를 통하여 영원성을 표현하거나 상징적 의미를 드러내고자 하는 시도는 유래가 오래되었다. 또한 문자와 언어를 사용하여 존재의 허망성을 극복하고 久遠(구원)의 이미지를 축적해 온 역사도 유구하다. 그림, 조각, 음악, 문학 등의 영역에서 상당한 성과를 이루었다고 보지만 아직은 특정 종교 차원의 수준에는 이르지 못했다고 평가받는 것도 사실이다. 무릇 형상이 있는 것은 다 고유의 소리와 파동을 가지고 있고 형상이 없는 허공도 진동에 의한 음파를 세계에 전달한다. 식물들이 속삭이고 교신하는 소리, 바위의 억년 침묵이 전해 오는 소식, 이른바 無聲之聲 不聽之音(무성지성 불청지음)을 듣고 이해할 수 있다면 영원에 근접한 것으로 간주한다.

인류 출현 이래 생명계의 일원으로 삶의 현장에 등판한 그 무수한 나(我, 아)들은 어디서 왔다가 모두 어디로 갔을까? 지금도 여전히 나를 고집하고 주장하는 그들의 정체는 또 무엇인가? 나는 홀로 성립하지 못하는 일인칭 주격 대명사의 虛構(허구), 독존할 수 없고 영존하지 못하는 그 나는 한낱 허울뿐인 존재인가? 그러나 그 나, 낱낱의 내가 없으면 세계도 없고 유지되지도 않는다. 객관적으로 하나뿐이면서 존재의 수만큼 벌어지고 펼쳐지는 세계는 그래도 여전히 한 송이 꽃인가(世界一花)….

물 분자(H_2O)의 총합이 一海(일해)를 이루는 것처럼 개개 생명체의 總集(총집)이 하나의 세계를 형성하는 것은 아니다. 온 세계에 미만한 有無情(유무정)이 함께 어우러져 雜華嚴(잡화엄)의 한 송이 꽃이 되는 것이다. 영원의 개념이 정립되면 영원을 구성하는 요소도 있을 것이다. 물질계에서의 영원, 항상성을 구하려는 노력과 사유를 통한 생명체로서의 영원성, 恒存(항존)을 추구하려는 인간의 집요한 탐구는 竝立(병립)하여 달성할 수 있을까? 추구의 목적, 천착의 수단, 방식이 다양한 가치체계와 경로를 보이지만 현실에서 인간이라는 존재의 至願(지원)한 꿈인 불로장생이 불원간 실현되더라도 종교만의 영역이 아닌 難題(난제), 즉 전생과 후생이 어떻게 연결되는지 그 고리를 밝히지 못하면 온갖 지식과 과학까지 투입한 노력과 담론이 무용지물이 되고 말 것이다. 누가 "나는 영원을 보았다. 나는 영원을 붙잡았다(捕捉, 포착)" 혹은 "나는 영원과 하나가 되었다"라고 確證(확증)의 一聲(일성)을 내지르는 것을 본 적이 있는가? 천상의 음악을 베풀어도 귀머거리는 듣지 못하고 절세미녀, 아름다운 풍광이 펼쳐져도 소경은 보지 못한다. 그러나 盲聾者(맹롱자)라도 상대자가 발산하는 소리의 진동과 물체에서 뿜어 나오는 氣(기)를 몸과 마음으로 감지할 수 있다. 눈이 멀면 귀가 한층 예민해지고 귀가 안 들리면 눈치가 빨라지는 것처럼 비록 눈귀가 다 멀어도 다른 기능, 즉 코와 몸이 대행하며 마음이 순일하게 집중되면 오히려 더 심원한 영역까지 간파할 수 있는 것이다.

소리를 듣고 형상을 보는 것은 동물의 세계에서 공통되는 기본 인식작용이지만 인간에 특유한 애증은원이나 미추호오 따위의 감정은 마음 작용의 일환으로 그 자체가 道(도)라고 할 수는 없다. 經(경)에 이르기를 모양으로 나를 보려 하거나 소리로써 나를 구하려는 짓은 바른 길이 아니라서 결코 나를 보고 찾을 수 없다고 한다. 이때의 나는 覺者(각자), 즉 부처를 의미하지만 자기 자신의 본래면목이라고도 할 수 있을 것이다. 다섯 가지 감각기관과 의식작용이 결합하여 외계의 사물과 현상을 인식하는 기능은 인간의 기본 존재 형식이므로 이를 벗어나서 살아갈 수 없다. 그러나 최고의 경전이라는 찬탄 속에서 누누이 강조하는 四句偈(사구게)는 이를 단호히 부정한다. 멀쩡한 五官(오관)과 六識(육식)이 오히려 영원을 투시하는 데 장애가 된다는 역설인 것이다.

선어록에 開士悟水因(개사오수인)이라는 화두가 있다. 여러 명의 보살이 함께 목욕을 하다가 문득 때를 밀어내는 물을 인하여 홀연히 깨달음을 얻었다는 이야기다. 물의 본질은 어떠한 성질이나 형태이든 생명체의 가장 기초가 되는 불가결의 요소라는 점에서 접근해 보면 몸이라는 존재의 집 안팎에서 호응하고 출입하며 상생, 상존하는 우주적 질료가 결합한 생명의 어머니 아닌가? 그렇다면 더럽고 혹은 깨끗하다고 여기는 인간의 생각이나 감정은 지극히 자의적이고 오랜 습관에 의해 축적되고 유전된 허구, 허상인 셈이다. 오염된 물도 여과 과정을 거치면 도로 정수가 되고 깨끗한 물도 사용하고 버리면 오수가 되는 것이다. 인간의 심성도 이와 마찬가지 아니겠는가…. 흐르는 물이든 고여 있는 물이든 물의 성질은 동일하고 인간의 外樣(외양)과 심성도 어떠한 수사를 갖다 붙이든 본체와 본성은 변함없이 동질인 것이다.

외모가 두드러지고 능력이 뛰어나면 대우받고 살기 좋은 세상이지만 그것도 잠깐일 뿐 꿈같이 지나가는 일생임에는 다름이 없다. 고급 인생과 저급 인생의 차이가 무엇이냐? 멋있고 향기롭게 사는 것이 고급이고 德不孤(덕불고)의 정신으로 사는 것이 또한 참다운 삶(물론 이때의 멋과 향기, 덕성은 주·객관적 판단, 평가의 조화가 필요)이다. 권력자, 부호라도 그의 노는 행태에 따라 얼마든지 級(급)을 달리할 수 있다. 상식을 벗어나고 사리에 어긋나면 그의 도덕도 의심된다. 일반 도덕에 위배되면 실정법에도 저촉되는 것이 대부분인데 사회생활의 거의 모든 분야에 공권력이 개입하여 간섭, 통제, 지배하려는 입법만능시대에 이 촘촘한 감시와 압박의 그물을 쉽사리 빠져나갈 수 있겠는가?

전대미문의 怪疾(괴질)이 해를 거듭해 가며 창궐하는 우울과 불안, 좌절의 시대에 현명하게 살아남는 방법은 없을까? 질병을 빙자하여 민중을 통제, 억압하고 정치적 목적에 활용하려는 세력들이 권력의 유지, 강화를 입법으로 해결하려는 시도는 언젠가는 결국 부메랑으로 돌아올 것이다. 이들의 오만 방자가 극에 달한 시점에서 세상을 향한 분노와 원망보다는 누구라도 자기 자신에게 교만하지 않는 것이 우선이다. 절제와 겸손, 포용을 능가하는 인간적, 사회적 덕목은 아직 없다.

보고 듣는 대로 판단, 평가하고 여기에 지극히 私的(사적)인 견해를 덧붙여 세상에 유포시키는 행위가 만연하여 사회적 폐해가 절정에 달하여도 민주사회에서는 어쩔 수 없다는 입장이 대세인데 권력을 독점한 세력들은 오히려 언론에 재갈을 물리고 통제를 강화하려고 한다. 모름지기 보아야 하고 들어야 하며 여기에 의미와 가치를 부여하고 평가도 하는 인간의 행위는 지극히 당연한 것이지만 보고 듣고 말하는 행위에 인간만의 특징인 도덕과 정의에 기반한 절제미가 없다면 난장판의 소음에 다름 아닐 것이다. 그래도 여전히 세속적 목표와 동물적 탐욕에 집착하며 名利(명리)에 치우친 풍진세상은 하많은 인생들이 살아가는 수단, 방법과 경로가 각기 다르지만 결과는 동일할 것이니 一歸萬法(일귀만법) 그대로….

지배 권력이든 일반 백성이든 지금 내가 세상을 속이는 것인지 세상에 속고 있는 것인지, 혹은 내가 세월에 속고 있는 것인지 세월을 속이고 사는 것인지 아니면 내가 그려낸 모양과 소리에 스스로 속고 있는 것인지 차분히 되돌아보는 계기가 필요하다.

知性(지성)의 墮落(타락)

생명을 유지하며 살아간다는 것, 즉 삶 자체가 소모와 보충의 반복이자 연속이다. 섭생에 필요하고 응용되는 모든 물질 자원의 공급 역시 소모와 재생의 반복, 순환으로 이루어지며 그 에너지원을 활용하여 생성된 체력과 기력이 생명체의 유지, 존속을 가능케 하는 것이다. 그러나 생물체의 생리적, 물리적 시스템은 가동내구력이 제한되어 있어 재충전과 보충이 원활하지 못하면 언젠가는 작동이 멈추고 소멸한다. 인간의 가장 큰 特長(특장)은 사고력인데 이것 또한 무한대로 작용할 것 같지만 의지의 원천인 정신이 기력의 쇠진과 함께 흐려지면서 타락하거나 정지할 수도 있다.

개의 본성은 언뜻 짖는 것이라고 볼 수도 있는데 실은 짖는 것이 본성이 아니라 인간에 의해 길들여진 결과라는 사실이다. 개가 절대 복종하는 주인 외에는 무조건 적대감을 드러내며 맹렬히 짖어대는 것은 본성이라기보다는 인류와 역사를 같이해 오면서 가축화되고 습성이 된 까닭이다. 그러면 본성이란 대체 무엇을 말하는가? 나는 흙(土)의 성질, 흙과 물, 돌, 쇠붙이 등 광물질을 비롯한 온갖 원소들이 초목군생과 함께 어우러진 복합적 유기체인 땅! 모든 존재들을 포용하고 攝收(섭수)하며 아우르는 대지의 성품과 같다고 본다. 생명체의 근원적 구성요소로 간주하는 사대원소인 지수화풍과 생명체가 발생하는 과정으로서의 태란습화가 모두 땅의 성질에 圓融(원융)되어 있으니 이른바 콩을 심든 팥을 심든 뿌린 대로 고루 생장하고 호랑이, 사자와 그들의 먹잇감인 노루와 사슴이 한곳에서 무난히 함께 살아가고 있는 것과 같은 이치인 것이다.

유정무정을 가리지 않고 모든 존재를 품어 안고 기르는 대자연을 닮은 인간의 본성도 원래 시비선악과 優劣美醜淨穢(우열미추정예)가 없지만 존재의 인간다움을 주재하는 정신이 흐려지고 타락하면 그 의지의 외표는 비열과 악독함, 추함과 거침으로 나타나고 정신이 고양되면 성현의 지혜와 順善(순선)으로 나타나게 되는 것이다.

또한 인간들의 생각하는 능력이 일구어 낸 업적들이 경이로운 면이 있지만 역시 유한의 울타리를 벗어나지 못한다는 것을 먼저 이해하고 들어가야 한다. 흐려지거나 타락하지 않고 소멸하지도 않는 근원, 성품을 깨달아 체득하면 불필요한 에너지 소모를 줄일 수 있을 것이다. 진일보하여 불생불멸하는 그것의 정체, 공의 실상을 온전히 터득하여 그것을 체화하고 동화된다면 인간들의 염원인 영원의 통로에 한 발 들여놓게 되는 것이다.

현시대에서 국가권력을 제 맘대로 주무르는(壟斷, 농단) 집권세력, 대통령과 국회의원, 고위 행정 관료들 다수가 법조인, 이른바 판검사 출신과 변호사들로 채워지고 일반 국민들은 그들을 출세한 부류 중에서도 고급한 지식과 다양한 능력을 겸비한 지성인이라고 보고 예우한다. 예나 지금이나 사회 제반 영역에서 정의와 불의의 경계가 불명확하기는 마찬가지이지만 작금의 정치판에서는 더욱 모호해지고 착각하는 지경에 이르렀다. 집권 다수 세력이 국민을 위한다는 명분으로 내거는 정책이나 주장하는 정치 논리는 무조건 정의라고 주장하고 소수, 적대 세력의 반박 논리나 주장에 대해서는 선택적 정의라고 매도한다. 민주주의 꽃이자 정점으로 인식하는 선거제도의 함정이 여기에 고스란히 드러난다. 정치에 명운을 건 인사들은 제도의 맹점을 빤히 꿰고 있지만 권력을 쟁취하는 순간 마리화나를 피운 듯 환각에 빠지거나 아예 망각해 버리고 만다. 진정한 지성은 박학다식하기보다는 냉철한 이성으로 사리를 판단하고 합리적, 도덕적으로 실천하는 것이며 합법을 가장하거나 불의를 보고도 눈감거나 침묵하는 행태는 그냥 사이비일 뿐이다.

부모, 형제, 조손 관계로 이루어지는 가족, 가정은 인간 사회의 최소 단위이면서 기초적 존재 형식에 속한다. 연중 두 번 있는 명절에 이 가족의 모임을 질병 감염의 위험성을 이유로 차단, 봉쇄하는 것이 합당한 정책인가? 입법 독재와 행정 명령으로 위반 시 벌과금 제재까지 강행하는 정치와 행정을 비판하지 않을 수 없다. 합법 여부만 따지고 힘과 세(勢)로 밀어붙이는 다수결 입법 만능주의가 판치는 민주독재, 합법의 탈을 쓰고 오히려 불법과 비합리가 난무하는 나라, 이것이 묵인되는 사회는 그들이 전매특허로 내거는 양두구육이 따로 없는 몰염치의 極(극). 이성에 기반한 지성은 사라지고 오로지 이권을 지향하는 패거리들이 유유상종하며 설쳐대는 악취가 진동하는 타락 그 자체이다.

壬寅(임인)년 遁辭(둔사)

수당송원명청으로 이어지는 중국 제국사에서 비교적 오랜 기간 존속했던 당송 대는 팔대가를 비롯한 걸출한 인재들이 대거 등장하여 화려한 문물시대를 구가하였고 종교 또한 중국 불교의 진수인 선종의 발흥이 그 정점을 찍은 시기였다. 그러나 정치와 관료 사회의 부패 또한 이에 못지않은 폐해를 남겼으니 중앙정부의 고위 관료는 물론 지방의 토호 세력과 관리들이 결탁하여 모함과 수탈을 일삼는 것에 분노한 호걸들이 부패한 관리들을 응징한다는, 비록 소설 형식을 취하고 있으나 당시의 시대상을 반영한 『수허지』, 오랜 기간에 걸쳐 재방되는 「포청천」 시리즈 드라마도 송대를 배경으로 한다. 그만큼 매관매직과 관리들의 가렴주구가 극심하고 국기가 문란했다는 증거들이다. 현재 우리나라의 고위 관리들이 특히 주목해야 할 것은 바로 포청천이고 측근들의 비리를 두호하고 은폐하는 권력자들이 본받아야 할 것이 명관의 추상열일 같은 강직함이다. 그는 그의 가족이나 측근이라도 부정부패나 범죄에 연루되면 가차 없이 처벌한다. 송 왕조(북송 167년, 남송 152년)가 그나마 유지된 것은 이러한 청렴결백한 관리들 덕분이라고 할 수 있다.

황제의 자리를 두고 피비린내 나는 암투를 벌이는 중국 사극을 보면 왕과 아들의 관계는 먼저 군신유의, 군주와 신하의 입장에서 예의를 지키고 직분을 다한 후에 부모 자식의 관계를 돈독히 한다는 원칙을 담은 장면을 흔히 목격할 수 있다. 신하로서의 예를 다하지 않고 직무를 소홀히 하면서 육친의 정에 기대려 하면 황제의 총애와 신임은 싸늘히 식어 버리고 만다. 우리의 경우는 어떤가? 과거사는 들출 필요도 없이 작금에 벌어진 모범 사례가 있다. 대통령 아들을 잘나가는 예술인이라고 선정하여 가난한 예술가들은 꿈도 꾸지 못하는 거액의 공적지원금을 여러 차례 수혜하게 하는데 이는 명목이 지원이지 알아서 바치는 뇌물로 인정할 수밖에 없다. 왕조시대는 아니라도 그에 버금가거나 오히려 더한 부정과 부패상이 국정의 전 분야에서 공공연히 벌어지는 판에 당사자나 그 아비 되는 사람이나 당연히 고사하고 사과해야 할 일인데도 '뭐 어때서?' 하고 되레 큰소리치니 이는 양자 다 贈受賂罪(증수뢰죄)와 그 공범으로 처벌해야 마땅하다. 또 어떤 장관의 남편이란 사람은 전대미문의 괴질 코로나로 인해 전 국민이 고통받고 있고 불필요한 해외여행 자제를 권고하며 어길 경우 불이익을 주는 간접강제 시책을 펴는 중에 호화 요트를 구입하러 외국으로 나갔다가 구설에 올랐는데 장관님 왈 "남편이 가겠다고 우기는데 내가 뭐라고 하겠느냐?" 또 어떤 국회의원은 아들 퇴직금을 빙자하여 수십억 원의 뇌물을 받아먹고도 여전히 의원직을 유지하고 검찰은 처벌할 생각도 않고 있다. 이러한 일련의 행위들은 공과 사를 구분하는 것이 아니라 완전히 뒤바꾸어 놓는 先私後公(선사후공)의 정치와 권력 행정의 면모를 여실히 증거 해주고 있는 것이다. 하나 더 짚어 보면 핵폭탄을 머리맡에 두고 가슴 졸이는 위태로운 상황에서 연이어 미사일 위협을 가하는 적을 사실상 방치하고 임기 말의 관례라는 핑계로 한가로이 외유를 즐기는 대통령이라는 사람을 어떻게 평가해야 할지 그저 말문이 막힐 뿐이다.

국민으로부터 위임된 권한을 사유 내지 고유 권력으로 착각하고 자의적으로 행사하는 고위 공무원들이 국정 수행 과정에서도 사익을 우선하는데 실체가 모호한 국익을 제대로 챙길 까닭이 없다. 차제에 비록 임기 중이라도 자격 없는 인물, 능력 없는 정당, 기관단체에 위임된 권력은 원천 무효로 처리하고 절차상 회수하는 것이 마땅하다고 본다. 이러한 권력의 소재에 대한 자격과 능력 검증은 일반적으로 인정된 양심적 언론과 종교단체 등이 주도할 수도 있다. 또한 국회 다수당 의원들의 입법 횡포를 저지할 수단은 현재로서는 헌법재판소의 견제와 대통령의 거부권 행사, 국민 저항뿐인데 어느 것도 여의치 못한 형편이다. 대안은 학계에 포진한 전문가들과 교수 집단, 언론사 등이 여론을 형성하고 국민적 참여하에 새로운 입법 장치를 고안해 내는 것이다.

호랑이해의 벽두에 여기저기 널려 있는 메모지와 생각나는 대로 끄적거려 놓은 단상들을 조합하여 췌언과 조잡이 뒤섞인 글을 엮으면서 곤경을 피해 가려고 교묘히 꾸며내는 말이라는 뜻의 단어를 굳이 반어적 제목으로 택한 심사를 헤아려 보면 끝이 보이지 않는 질병의 터널과 대선 정국의 혼란 속에서 늠름한 호랑이의 기상과 포효를 갖춘 인물을 찾아보기 어려운 시대적 딜레마를 어떻게 탈출할 수 있을 것인가에 대한 나름대로의 고민이 담겨 있는 것이다.

사람아, 인간아!

사람이 머리칼과 수염을 깎아 손질하고 손발톱을 다듬는 행위, 의관을 정제하고 조신한 언행을 하는 이유는 무엇일까? 특정한 목적을 성취하려고 전심전력 투구하는 혹자는 예측 불가한 인생에 시간 낭비일 뿐이라고 할 수 있을 것이지만 나는 달리 해석한다. 사람들이 자기의 외모를 가꾸고 언행을 단정히 하는 것은 내면적으로는 스스로 고귀해질 수 있는 여지, 즉 인간 고유의 존엄성과 불성에 대한 경건함, 그리고 생명에 대한 외경심 때문이며 대외적으로는 더불어 살아가는 세상과 사회에 대한 예의를 지키고자 함이라고 본다.

사람의 몸을 받아 나왔다고 해서, 인간 사회의 일원이라고 해서 다 고귀하고 또 고귀한 대접을 받는 것도 아니다. 혼자서는 고귀해질 수도 없고 그러할 필요도 없다. 다만 사회의 구성원으로서 존재할 때 상대적으로 마땅히 향수할 수 있는 무형의 가치이자 자격 같은 것이라고 해 두면 될 법하다. 인간이 훈련되지 않은 개처럼 함부로 짖지 않는 것은 금수와의 차별성을 인식하기 때문이다. 언론을 빙자하고, 선출된 권력에 부여된 면책특권을 남용하고, 통치권을 자의적으로 행사하며 세상을 향하여 무책임한 언사들을 쏟아내는 작태를 보면 '인간아!' 하는 탄식이 나오지 않을 수가 없는 것이다.

사회의 기본 단위는 가정이고 자연 부락으로 시작한 씨족들의 세거지에서 인구 증가와 함께 점차 지역 국가로 확대되어 간 인류사지만 행정 관할로서 리, 동이 생산과 소비, 기초적 삶을 같이하는 공동체라고 할 수는 없다. 각자도생하며 치열한 욕망과 사익 추구에 몰입하는 시대에 비록 오랜 이웃이라고 해도 배려와 존중이 없고 무엇보다도 예의가 실종된 인간 사회가 어째서 공동체인가? 십여 호의 산간 오지 마을에 각성바지들이 살면서 사소한 일로 충돌, 대립하는데 행정기관은 이런 동네를 전통적 공동체로 간주하고 세세한 사안까지 간여한다. 나라를 시, 도, 군, 구, 읍, 면 등으로 구역 분할을 해 놓은 것은 행정의 편의와 함께 통치 권력의 행사, 즉 국민 통제를 용이하게 하기 위함인데 통제와 견제가 곤란한 권력의 속성에 비추어 갖가지 명분을 동원한 권력 오남용은 끝없이 이어질 전망이다. 이러한 시대적 상황에서 보편적 복지와 인권을 현수막으로 내걸고 뒷전으로 사익을 챙기는 공직 관료들을 보면서 또 한 번 '인간아!' 하고 자탄하게 되는 것이다.

잘생긴 용모와 듬직한 허우대, 자타 공인하는 학력과 경력으로 한 시대를 풍미하면서도 인간과 사회에 대한 예의를 지키지 않는 자들이 수두룩하지만 세상은 여전히 굴러간다. 왜? 금방 잊히니까…. 그러나 오해다. 관행, 관습이 고착된 불변 사회에서 유사한 사건들은 언제든지 재발하고 그때마다 사람들은 망각의 갈피에 묻어 두었던 기억을 소환해 내므로…. 결국 참사람, 진인의 바탕을 갖춘, 인간의 본성에 대한 경건함과 성찰이 없는 사람이 이웃과 사회에 대한 배려와 존중은 물론 예의를 지킬 리도 만무하다는 것, 또 이러한 자기기만은 세상에 대한 배신으로 귀결될 수밖에 없다는 사실을 상기하면서 다시 한번 '사람아, 사람아!'라고 외쳐 부르지 아니할 수 없는 것이다.

에필로그

내 핏줄들과 상의하여 미리 지어 놓은 비문이 있는데 이름하여 무비명(无碑銘)이다. 송곳 하나 꽂을 땅쯤은 있다고 해도 그게 내 땅인가? 이 세상에 제 땅이 어디 있으며 설령 제가 묻혔다고 해서 그게 제 땅인가? 조촐하게 묘표 하나 세워본들 누가 쳐다보기나 하겠는가…. 본시 없는 허깨비 같은 것들 바람결에 띄워 보내고 후일담은 여백으로 남겨 두련다.

无碑銘

영원한 해병
참경찰
홀로 시인이었던 그
우리들의 아버지
내 형
내 오빠
여기서
오랜 방랑을 멈추고
바람 속으로 걸어 들어가다
영원, 영원히…

Non epitaph

the eternal marine
the true policeman
who was a solo poet
our father
my brother
Here
I stop the long wandering
and walk into the wind
ever, forever

自跋(자발)

詩文(시문)이란 무엇일까? 간명한 언어와 비설명적 단장(斷章), 그 행간에 분노와 격정, 차가운 의지와 뜨거운 갈망을 투사하고 존재의 의미와 상징을 감추고 불러내기도 하지만 때로는 낭만과 애수 같은 여리고 보드라운 것들도 따뜻하게 품어 안아야 하는 것이라고 여긴다. 노경에 이르면서 생과 사멸의 갈림길에 어른거리던 상념들을 붙든, 풋감이나 서리 참외 같은 것들이지만 이것도 한 생의 발자국이라고 할 수 있다면 크게 나무랄 일은 아니라고 자위하면서 풍진세상 두루 구경한 기념으로 삼고자 감히 상재의 념을 내었음을 밝힌다. 한 가지 아쉬운 것은 모름지기 글이란 전문 서적은 예외로 하더라도 누구나 읽을 수 있고(可讀性) 읽히는 글이어야(普遍性) 작문 창작의 의의와 가치가 있다는 어느 노 교수님의 지적과 조언을 살갑게 받아들이면서도 가독성의 장애물인 한자(漢字)어와 고어(古語) 투의 문장이 곳곳에 널려 있으나 기기 조작이 서툰 관계로 삽입, 삭제 등 이의 수정, 보완을 일일이 다 하지 못했다는 점이다.